Arnold Zweig
Beatrice Zweig
Helene Weyl

KOMM HER,
WIR LIEBEN DICH

Arnold Zweig
Beatrice Zweig
Helene Weyl

KOMM HER, WIR LIEBEN DICH

Briefe
einer ungewöhnlichen
Freundschaft
zu dritt

Herausgegeben
von Ilse Lange

Aufbau-Verlag

Mit einem Nachwort von Jost Hermand

Mit 20 Abbildungen

ISBN 3-351-03439-3

1. Auflage 1996

Einbandgestaltung Torsten Lemme
Satz LVD GmbH, Berlin
Druck und Binden Clausen & Bosse, Leck
Printed in Germany

1 Arnold Zweig an Helene Joseph

Kattowitz, 13 Friedrichstr
1912, 14. März

Sehr wertes Fräulein Joseph,
ich schreibe Ihnen diesen Brief, um nicht im Verdachte einer unverständlichen Unhöflichkeit zu bleiben, der sich Ihnen aufdrängen muss, weil ich unser verabredetes berliner Telefongespräch nicht innehielt. Aber die Schuld lag nur soweit auf mir, als ich, unverbesserlich, das Blatt, das Ihre Adresse enthielt, in ein Heft legte, das Heft in einen Koffer tat und den Koffer hierhersandte … worauf ich mir, im Vertrauen auf die Notiertheit des Sachverhalts, den Luxus leistete, bis auf die Konstanzerstrasse Ihre ganze Wohnung zu vergessen, selbst den Namen der Herrschaften bei denen Sie zu Gaste sind. Heute schlage ich das Schelerheft auf, Ihre verloren geglaubte Wohnung ist wieder da, und mit einer Art Erlösung schildere ich Ihnen den Vorgang – und erbitte Absolution. Werde ich sie erhalten? Ich bin genug mit Bussstrafe beladen, denn erstens hatte ich den dringenden Wunsch, noch einmal mit Ihnen zu sprechen, Sie noch einmal zu sehen – und zweitens sitze ich hier, wo man den blauen Himmel eines neuen blauen Lackaufstrichs bedürftig finden muss.

Berlin war wundervoll in seiner Frühlingskühle, mit den Übergangshüten und den vielen schönen Anemonen auf den Strassen. Die Damenausstellung sehen Sie sich wohl an; es ist ein schönes japanisches Schaufenster und noch mancherlei alte Rococomöbel da, und somit wird der grösste Teil der ausgestellten Mediocrität gebührend auf sein Niveau verwiesen.

Höre ich einmal von Ihnen? Mir ist immer, als sähen wir uns noch einmal, in nicht zu ferner Zeit. Ich wünsche Ihnen gute Zeit und grüsse herzlich.

Arnold Zweig

2 Arnold Zweig an Helene Joseph

Berlin, Freitag d. 19. April 1912

Wertestes Fräulein Joseph,
Ihr Brief kam wirklich wie ein Seewind in die trübe und feuchte Atmosfäre meiner sogenannten Ferien, und so werden Sie es verstehen, dass ich, ihn würdig zu beantworten, erst in eine Seelenlage kommen musste, die der Mitteilung zuträglicher ist als die erdrückte Stimmung einer Zeit erzwungener Musse, wo man in schlechtestem Wetter und ziemlicher Erschöpftheit nicht fähig ist zu arbeiten noch sich recht zu erholen, und in quälender Apathie auf eine hellere Stunde warten muss, die kaum kommt. In solcher Lage verkriecht man sich, hütet sich andere Menschen in der Nähe mit sich zu belasten, und maunzt für sich herum – und so wissen Sie jetzt, dass ich dann noch viel weniger in der Lage war, an Sie schreiben zu können, wenngleich ich oft, bei jeder Wahrnehmung die auch Ihnen interessant oder angenehm sein konnte, mir vornahm, Ihnen davon zu schreiben: so beispielsweise, als ichs nicht länger in Kattowitz erträglich fand und mit zwei Leidensgefährten nach Krakau ausriss, um die Osterfeiertage irgendwie zu retten. Das war nun freilich sehr schön, besonders als am zweiten Tage das Wetter goldblau wurde und man von der Burg Krakaus herab (Wawel heisst sie) weisse, unendlich zart und lockend hingebaute Ketten schneeiger Gebirge (Tatra) den Horizont runden und schliessen sah, während uns zu Füssen die Weichsel breit und gelb hinging. Ein Konversationslexikon und eine gute Kunstgeschichte haben Sie gewiss; wenn Sie darin nach »Krakau« blättern, werden Sie den Altar der Marienkirche abgebildet finden, den Veit Stoss geschnitzt hat, und vielleicht noch manch anderes dieser köstlichen alten Stadt, in der das grosse Mittelalter lebendig dastehende Denkmale hat. Hochamt

und uralte Synagoge, Kirchenruinen und der musikalische Arkadenhof einer Bibliothek, Heiterkeit, Geselligkeit und ein spottfrohes Fremdsein von allem alltäglichen machte diese Tage zu einem bunten Ineinander von Kunst und beweglicher Lachlust, und so stark ist die Erinnerung, dass ich Ihnen hier rücksichtslos alles das hinbreite, ohne Kontrolle der Höflichkeit und der Freude des Mitteilens überlassen.

Und Sie segeln indessen und arbeiten. Wenn Sie wüssten was in mir für ein Junge steckt, der sofort bereit ist, mit mir durch und ins Boot zu gehen! Ach, Fräulein Joseph, ich wünschte nur, ich wäre wie Sie am Meere zu hause, oder im Gebirge oder irgendwo sonst wo die Natur vernehmlich redet! Aber um aus dem oberschlesischen Walde Erlebnisse herauszuzwingen, muss man schon die ganze gierige Fantasie eines Vierzehnjährigen haben, und auch dann sieht man kaum mehr als seinen eigenen Schatten. Wie gut Sies haben – wissen Sies? Aber ich glaube: ja.

Nun bin ich hier und lebe auf und teile mich mit und vergesse die »Ferien«. Ich habe *nichts* tun können, alles liegt so wie ichs in Göttingen hinlegte, das Dichten und das Denken. Ich weiss noch nicht, wohin ich gehen soll, um zu promovieren, nach Rostock oder nach Marburg; in beiden Fällen wäre es nicht unmöglich, dass wir dennoch wieder einmal mit einander sprächen. Ich habe nichts in dem ganzen Göttinger Semester so bedauert als die Tatsache, dass zwischen uns ein rechter Verkehr nicht zu stande kam – sollte es nicht möglich sein, ihn brieflich einzuleiten und eines Tages zu sehen, was das Leben aus seiner caprice heraus zu einer Begegnung in München sagt? ich denke doch. Wenn es mir gut geht, und bei Sonnenschein gehts mir immer gut, antworte ich auf Briefe sogleich und gern; und ich werde mit grossem Interesse Ihre ästhetischen Resultate mit meinem stets fliessenden Anschauen vergleichen; es wird für uns beide, hoffe ich, Grund zum Verständniss und zum Genusse sein. Ich danke Ihnen für Ihren lieben Gruss und erwidere ihn herzlich: Ihr

Arnold Zweig.

Arnold Zweig 1911

3 Arnold Zweig an Helene Joseph

Rostock, 17_{II} Friedrichstr,
am 1. Mai 1912

Sehr wertes Fräulein Joseph,
(verzeihen Sie, aber »geehrtes« *kann* ich nicht übers Herz bringen) ich beantworte, damit Sie sehen dass ich in guten Tagen wirklich nicht so salopp im Antworten bin, auf der Stelle Ihren lieben Brief und bedaure nur, dass wir all die schönen Dinge, die er aufzählt, nicht miteinander haben sehen können – denn bis auf die Mondnächte habe ich wirklich all das aufgespürt, was Sie mir nennen; nur den Flieder des Seilerwegs habe ich bis jetzt wohlweisslich intakt gelassen und Oldendorf ist bis jetzt nur ein unausgefüllter Name. Auch werde ich wohl kaum so bald mit der Jacht heimkommen, und ganz gewiss nicht des nachts, denn ich glaube kaum, dass man auf Mietsbooten so lange draussen bleiben darf. Aber das wundervollste war bis jetzt ein Gang in den Strassen und auf dem Walle in der Stunde als die Sonne verschwunden war. In den rotglühenden Westen bauten die Wolken blaue Berge, die Luft um die Zinnen des Kröpelintores war hellgrün und so dünn, dass die Schwärze und Schärfe des Baues und all der Dächer hart wie Stahl hineinschnitt, und von der Fischerbastion aus – welch ein Einfall, die Kanonen stehn zu lassen! lag der Strom wie ein Stahlblock da, lang gekrümmt, bläulich und gelbgrün und nur auf der Oberfläche vom Fliessen überbuscht, so leise als tanzte nur die Luft. Ich habe zwei kleine Zimmer, mit einem Balkon so gross wie meine göttinger Bude, und einer wundervollen Garten- und Warnowaussicht aufgetrieben, und wenn es nicht so kalt in ihr wäre (Nordlage) wäre ich froh über sie, trotz aller Primitivität. Gott weiss, ob es hier noch einmal warm werden wird; heute musste ich heizen lassen um zu arbeiten, und draussen ist alles von Sonne vergoldet!

Ich würde ja lieber Voltaire als Golther (!) zum Lehrer haben, aber da der letztere hier gilt, mags gut sein, wie mein Lehrer Goethe immer sagte. Sie verleumden Ihre Landesuniversität; man immatrikuliert uns bemakelte Oberrealisten nicht nur, man promoviert uns hier sogar, wenn wirs wissenschaftlich und pekuniär

bestreiten können. Ihr Freund Utitz wird mir hoffentlich helfen, den Filosofen Erhardt zu ertragen; ihn und den Dr. Schlick hab ich noch nicht lesen hören, weil die Herrn Dozenten faul sind, wenn sie privat sind. An dem Studentenleben gedenke ich mich nicht zu beteiligen; ich bin viel zu wenig Student dazu, und mein Mangel an Unbewusstheit würde sicher überall befremden; aber der Seewind findet mich nicht exklusiv, und was mir die See für ein Erlebnis geworden ist werden Sie später hören. Ja, Rostock gefällt mir wohl. Und dennoch bin ich hier im fremden Land. Ich werde sehr zu arbeiten haben und, anders als Sie, das was mir am nächsten steht, zu ignorieren suchen: das Schaffen. Die Literaturgeschichte ist leider nicht in der Lage, mir die lebendige Literatur zu ersetzen – nicht einmal meine eigene; aber wenn es mir nur gelingt, mir mein geistiges Klima herzustellen, werde ich zufrieden sein. Ich denke an Kopenhagen (zu Pfingsten), denn Berlin ist dann leer. Übrigens: mit Lina Lossen habe ich wieder wunderschöne Stunden gehabt (was hat man Ihnen denn von ihr erzählt?), sie ist doch das Mass dessen, was einer Frau heute erreichbar ist. Und nun wünsche ich Ihnen zu Ihrer Mathematik das beste. Grüssen Sie mir Göttingen, das geistige und das gemauerte, die Filosofen und die alten Türme – weiss Gott, ich wäre lieber dort … Für Ihren Glückwunsch herzlichen Dank. Wenn in diesem Jahre alles gut geht, kommen 2 Bücher von mir heraus, besser als mein erstes, und dann wollen wir einmal über das reden, was ich kann und für später will. Unterdess bin ich ganz Ihr
Arnold Zweig.

4 Arnold Zweig an Helene Joseph

Mai 24, 1912, Warnemünde, am Ferienfreitag

Liebes Fräulein Joseph,
Sie wollen dass ich vom Meere rede? ich kann es kaum – und um es besser zu können, nehme ich diesen Bogen mit ins Freie. Ich habe im Sande gelegen und den Wind leise über mir atmen las-

sen, ich habe die Sonne wie eine geliebte Hand auf meinem Gesichte gespürt und den Sand durch die Finger rinnen lassen, diesen Sand, der auf so saubere und heitere Weise von der Vergeblichkeit unseres Bemühens redet, dem Leben durch Taten Dauer zu verleihen. Ich bin, von meiner Stimmung anmasslich zu reden, in eine hohe Heiterkeit entrückt. Soll ich so vom Meere reden? Es wird ein einseitiges Loblied, meiner Treu, denn recht wild hab ich es noch nicht erblickt, und vielleicht fände ich heute garnicht Worte es wild zu malen. Denn heute liegt es wie ein glücklicher Mensch. Es rinnt blau und seidig grün in einander wie mein Schlips – mir ist, als hätt ich einen Glanz von ihm im Spiegel gefangen und trüg ihn um den Hals gebunden. Der Himmel wölbt ein türkisenes Augenlid darüber, in das eine kleine senkrechte Wunde geschnitten ist die sehr rot blutet: der Leuchtturm auf der Mole. Die Menschen die, grosse und kleine Kinder, im Sande graben und um die Zellen der Strandkörbe Wälle bauen, tupfen das gelbliche weiss mit hellrosa und dunkelblau. Heute stören sie mich nicht, heute gehören sie dazu. Aber ich weiss Nachmittage, wo mich ein einsamer Hund verjagt hätte – so allein musste ich sein mit meinem Erlebnis. Das waren die Tage der ersten Anblicke, die zwei drei ersten Besuche hier. Ich würde lange wählen müssen und die Worte kunstvoll fügen, sollte ich Ihnen auch nur eine Ahnung von dem geben, was das erste Mal in mir anrichtete. Können Sie sich denken, dass man gleichzeitig von innerster Erschütterung *und* von einem jauchzenden Gelächter gerüttelt wird? dass man aus seinen Augen Munde macht die nichts als saugen, das Blau, das tiefe rauschende Blau einsaugen und dass man zugleich sich hüten muss, nicht an Tränen zu denken? Ich gebe es auf. Aber als da hinten im Blauen die Ketten weisser Hände auftauchten, auftauchten, winkten und versanken und neue erhoben waren, Geschlechter von weissen winkenden Händen die nicht endeten und im Tode neue zeugten: da wusste ich, dass wir aufs Land *verbannt* sind, und dass unsere Heimat das Meer ist, die Heimat aller Farbe, aller Rythmen, alles Tönens – dass das Meer unsere Heimat ist wie die Heimat unserer Seele Musik.

Bis jetzt habe ich es nur vom Strande aus gesehen. Ich mag nicht wie eine Spinne darauf herumrudern und zum Segeln fand ich keine Gelegenheit. Aber morgen vor Sonnenaufgang fahr ich nach Kopenhagen, und da soll mir die Sonne auf dem Meere aufgehen wie sie mir vom Strande aus schon manchmal unterging. Ich bin nur sehr allein hier, und habe niemanden der mit mir herausfahren könnte; darum bin ich ziemlich selten draussen, denn auf die Dauer wird man doch die machtlose Beute dummer Sorgen, und nicht jeder Meeranblick entrückt ja wie die ersten. Ich habe keine Bekannten und suche auch keine. Menschen, die mir auf den ersten Blick sagen: ich bin jemand, die gibt es hier nicht (während in Göttingen sich ziemlich viele finden) und andere brauche ich nicht. Ich unterhalte mich vor und nach den Kollegs mit Herrn Hartmann, dem rotbebarteten Schüler Utitzens, den Sie kennen, und sonst gibt es hier niemanden, wie ja auch Utitz vereinzelt dasteht. Das ist gut für ihn; hier ist er der erste, und in Göttingen würde er kaum zählen. Sie haben ganz recht: er ist eng und ein bischen kleinlich, ein bischen schüchtern im Denken und beinahe bürgerlich. Ich verhehle nicht, dass er sich durch eine Bemerkung über Scheler meine Sympathie sehr beschnitt: er fand es ein bischen sonderbar, dass ein Mensch, der einen solchen Prozess hinter sich hat, eine Ethik schreibt. Das erledigt, nicht wahr? Ich bin darum nicht etwa ungerecht und schätze, was an ihm schätzbar ist, sehr hoch ein; in seinen Kollegs und der Übung ist geistige Luft, während ich den Namen Erhardt einfach als Zeichen der Verachtung hersetze und von Herrn Schlick nur sage: ein Alter wie das Erhardts macht jede Dummheit begreiflich; Schlick aber ist ganz jung und das ist das unerhörte. Bei Erhardt lernt man wenigstens Examensfilosofie; zu Schlick zu gehen bin ich ausserstande.

Sie sehen also, dass es mich zu U. nicht stark genug hinzieht, um bei ihm zu promovieren; ausserdem hab ich mich bei Golther bereits gemeldet. Er ist tüchtig – gott ja; es gibt leuchtendere Koryfäen, aber er ist nicht allzu verhärtet und verhornt. Wenn nur seine Wagnerei wegfiele! Er liest seine Kollegien so, dass ich, der ahnungslos zu ihm kam, nach der ersten Stunde wusste: das (Drama des Mittelalters; u. d. Gralsage) geht beides auf R. Wagner und Bayreuth, oder ich hänge. Welches war denn die utitzische Arbeit, die Ihnen nicht gefiel? ich möchte nächstens mal was von ihm lesen.

Ich freue mich, dass der Gehilfe Ihnen etwas gesagt hat und dass Sie hinter dem antiquarischen Reiz das Lebendige und Menschliche gesucht und gefunden haben. Ich bringe nächstens wieder etwas in Licht und Schatten; von grösseren Publikationen schreibe ich Ihnen, wenn Sie erlauben, erst wenn sie gewiss sind. Haben Sie mein kleines Buch gelesen oder davon gehört? (»Aufzeichnungen üb. ei. Familie Klopfer« 1911 b. Alb. Langen) Es ist allerdings 1909 geschrieben und ich stehe ganz historisch dazu; dennoch enthält es Lesenswertes. Ich könnte Ihnen mein Exemplar schicken. Vielleicht geht es zu machen, dass wir uns Anfang der Ferien sehen? Dann kann ich Ihnen Sachen vorlesen, die das Zuhören wie mir scheint verlohnen. Bin ich arrogant oder eingebildet? Ich flüchte mich zu Scheler: warum soll ich einen Wert nicht anerkennen weil er zufällig in meiner Nähe haftet? Nun lächeln Sie hoffentlich.

Darf ich Sie ehe ich schliesse, schnell noch um einen Gefallen bitten? Ich erinnere mich, in der Buchhandlung Dieterich einige Radierungen von Klinger gesehen zu haben, aus den Intermezzi. Das Blatt »Bär u. Elfe« war dabei. Würden Sie die grosse Freundlichkeit haben und einmal nachfragen; wenn ja, es prüfen obs gut erhalten ist und dann den Auftrag geben, es an Frl. Margarete Zweig, Schlachtensee b. Berlin, Friedrich Wilhelmstr. 38 zu senden? Ich würde den Betrag (6 od. 8 Mark, wenn ich mich nicht irre) sofort einsenden. Ich irre wohl nicht wenn ich glaube, dass mein Brief Sie erst in Friedrichroda ereilt. Somit wünsche ich Ihnen frohe und erquickliche Ferien und Laune zu einer baldigen Antwort – denn ich sehe mit Freuden, dass unsere Briefe zwischen uns eine bessere und vertraulichere Brücke bauen als die Gegenwart es, aus vielen Gründen wohl, vermochte. Ich grüsse Sie unterdessen von Herzen und mit vergnügtem Ferienwinken. Ihr

Arnold Zweig

Reinach ist wohl wieder unglaublich gut? Und was machen Sie in der »fänom. Gesellschaft«?

Ich sehe eben beim Adressenschreiben, dass ich Ihre Hausnummer nicht weiss; wollen Sie sie das nächste mal vermerken?

5 Arnold Zweig an Helene Joseph

Rostock, Juni 9, 1912

Liebes Fräulein Joseph,
so sage ich Ihnen denn meinen allerherzlichsten Dank für den so freundlich vollbrachten Bilderkauf. Meine Cousine Grete hatte Geburtstag, und da ich mich erinnerte, erstens, dass ihr im Kupferstichkabinett das Blatt besonders gefallen hatte und zweitens dass ichs bei Dieterich einige Zeit sah, benutzte ich die Gelegenheit, was mir freilich jetzt ohne Ihre freundliche und schnelle Hilfe nicht möglich gewesen wäre. Schenken, und zwar so dass wirklich aus Überraschung und geheimem Wunsch Freude entsteht, ist mir ein lieber Genuss, und auch dafür danke ich Ihnen von Herzen. Kommen Sie im Laufe Ihres Studiums einmal nach dem guten Berlin? Dann würde ich gern den Kuppler machen und zwischen Ihnen und meinen Kusinen Bekanntschaft stiften.

Übrigens hat das hiesige Wertheim-Atelier mir eine besondere Freude gemacht und Ihr Fotoporträt ausgestellt, eine gute seelisch ausdrückliche Profilaufnahme, etwas feiertäglich und sehr ähnlich. Und obwohl ich daran feststellen konnte, wie intensiv ich Zug um Zug Ihr Gesicht im Kopf hatte, und dazu Ihre Geste und Stimme, war ich doch froh es zu sehen und es sozusagen bei jedem Gang ins Kolleg und nach haus zu begrüssen; denn als Grundlage aller meiner Person und Kunst steht das Erfassen, Geniessen und sich Freuen an (und von) jeder sinnfälligen Gestalt am nachdrücklichsten in meinen Geist geschrieben, und selbst wenn ich ein Gesicht nur als den Ausdruck einer Seele schätze, bleibt noch genug Genuss an der Art, ja am Vorhandensein eines solchen Ausdrucks übrig, um mich, wenn man mich nicht kennt, in den Verdacht eines Äusserlings zu bringen (den ich übrigens gern auf mich nehme, weil ich blutwenig davon an mir habe). Ich möchte aber trotz meiner Freude an Ihrem Bilde nicht versäumen dies hinzuzufügen: wenn es Ihnen peinlich ist, dass Ihr Bild hier zur Schau steht, so autorisieren Sie mich dafür zu sorgen dass es entfernt wird. Auch Utitz, der beleibte Filosof, hat nicht versäumt es zu entdecken wie ich von dem sanften Herrn Hartmann weiss, dessen roter Piratenschnauzbart eine schwärmerische,

Beatrice Zweig 1911

fast zarte Knabenseele verbirgt. Aber da Sie von jenem hören wollen, berichte ich, dass er eine zweistündige »Problemgeschichte der Filos.« liest, in der er die Frage nach dem Grunde des Seins, bis jetzt zu Plotin, hetzt, um eine weitere Stunde daran Übungen zu knüpfen, in denen Hartmann und ich einen versteckten Krieg gegen ihn führen. Seine Schwärmerei für Wissenschaftlichkeit macht ihn blind und trocken, und ich ziele mit peinlichen Fragen immer von neuem darauf, den Griechen mehr Gerechtigkeit und filosofischeren Geist zukommen zu lassen als er will. Es sitzen ausser uns beiden noch drei oder vier Stümmlinge im Seminar, die sich vermutlich nicht wenig langweilten, als ich das letzte mal, vorigen Freitag, das Problem der evidenten und der intuitiven Erkenntnis die ganze Stunde lang zu ventilieren zwang. Wir sind mitten drin und werden nicht nachlassen, bis auch den Mystikern ihr Recht auf Erkenntnis wird; Utitz hat Herrn H. erklärt, dass er Plotin hasst und dass er ihm überaus grosse Mühe machte. Anlässlich der Evidenz leugnete Utitz die Gefühlevidenz Brentanos. Können Sie mir wohl Auskunft geben was bei Brentano etwa steht, und wo? Ich möchte ihm zu gern noch schärfer zusetzen. Um vollständig zu sein füge ich noch hinzu, dass U. ferner einstündig vor einer Versammlung zahlloser Damen und etwa 4 Herren über Museum und Theater banale und geläufige Dinge sagt. (»Aesthet. Kulturprobleme der Gegenwart« nannte sich die Vorlesung auf dem Zettel), die man sich ohne Aufregung anhört, und die nur dort zum Widerspruch reizen, wo er solche Dinge wie Kunstgewerbe, Operette etc. zur Analyse des *Kunst*verständnisses oder -genusses heranzieht. Meiner Meinung nach besteht zwischen diesen Dingen und Hamlet oder den Bürgern von Calais überhaupt keine Brücke; die Wesensverschiedenheit drängt sich bis in die Sfäre des Geniessens, und für beide Gruppen muss man eigene Abteilungen schaffen, nicht aber meinen, dass der Genuss der Operettenmusik und der einer Brahmssonate irgendetwas gemeinsam haben das der Rede wert ist. – Eh ich zu Kopenhagen gehe (wo ich nur kurz verweilen will, mit Verlaub) will ich noch der Freude gedenken, die mir die Leistung von Frl. Martius als gutem Göttinger gemacht hat; und wenn ich mich nicht irre wird bei Ihnen noch die Genugtuung dazukommen, dass hier eine Frau schöpferisch über Männer gesiegt hat – eine gültige Genugtuung wie mir scheint; denn das Gerede der Männer über die schöpferische Unzulänglichkeit der Frau ist ein bischen angreifend.

Über Kopenhagen heute lieber nichts, als dass es Tage des reinsten ungestörtesten Geniessens waren die ich dort erlebte, eine frohe reiche farbige Zeit, die ich mir wohl gönnen durfte und noch einmal zu gönnen gedenke, wenn ichs irgend kann; vielleicht treffen wir uns gar in Kjøbenhavn? das wäre ein prächtiger Glücksfall. Die dänische Landschaft hat eine Eigenschaft die keine andre hat: sie ist grün, aber wirklich leuchtend grün, (»Smaragdinsel«, dachte ich mit Shakspere) bei jedem Wetter und unabhängig von der Sonne. Sie werden im Juli zwar nicht mehr die von innen glühende Pracht des mailichen Grüns erleben, und vielleicht werden Ihnen die Buchenwälder und Wiesenbreiten vorkommen wie deutsche oder irgendwelche – aber das ist dann eine Täuschung …

Ich arbeite über einen jung gestorbenen Dichter des hallischen Kreises, Rudnick geheissen, der noch nicht gedruckt ist und dessen Überreste (Fragmente und Briefe, ganz wenig) den Druck wohl wert scheint. Sie aber sehnten sich, als Sie mir schrieben, nach Ihrer Mathematik (! welch ein th!) und haben sie unterdessen wieder; und auch vom Sanatorium sind Sie glücklich los. Ich kenne solche Zustände vor wichtigen Entscheidungen; es muss gräulich sein, in Krankenluft solche Stunden herankommen zu sehen. Wenn ich könnte, würde ich Ihnen gern über diesen Entschluss hinweghelfen, das wissen Sie; und wenn irgendeine Möglichkeit besteht, mich ohne Eindrängen an Ihrer Angelegenheit zu beteiligen, werd ich es als ein starkes Zeichen von Näherkommen gebührend und dankbar aufnehmen wenn ich Ihnen mit Rat oder Meinung beistehen kann. Mit herzlichem Grusse

Ihr Arnold Zweig.

6 Arnold Zweig an Helene Joseph

[Rostock] freitag, 19. [–21.] Juli [1912]

Liebes Fräulein Joseph,
seit einer Woche habe ich den täglichen, dringenden Wunsch Ihnen zu schreiben; und wenn ich mich bei Ihrem Bilde wegen allzu harter Arbeit (die Zeit ist so beschränkt, Semesterschluss droht) und allzuarger abendlicher Müdigkeit entschuldige, so finde ich, dass es mich hochmütig übersieht und gehe mit dem schlechtesten Gewissen nachhause. Seien Sie lieber als Ihr Bild, ja? und nicken eine milde Verzeihung zu dem rostocker Verbannten hin. Denn mein Wunsch war, Ihnen sofort zu antworten, auf der Stelle, und nur die natürliche Scheu vor diesem Tempo hielt mich ab – und hat mich nachher in diese vermaledeite Tätigkeit gleiten lassen ohne dass ich Ihnen schon nach einer Woche Ihren lieben langen lebendigen Gruss beantworten konnte. Aber auch diesmal einen »Plauderbrief« zu geben war, das gestehen Sie selbst, verboten – schon durch ihre feine liebe Spitze in dem Wort glatt erstochen …

Frauenrechte – du lieber Gott! Produktivität der Frau – ach du *lieber* Gott! Wenn ich jemand anderen als Scheler von »*der* Frau« reden höre, so muss ich leider schnauben. Alle diese Leute die »der Frau« diese und dergleichen Eigenschaften laut abstreiten, oder die sie ihr ebenso laut zusprechen, sind so drollig wie junge Hunde. Ihre Sehensart ist ganz die meine, wie ich sie aus Ihrem Briefe erschliesse. Produktivität … es kommt bei Frauen auf so ganz andere Sachen an! Hat jemand welche, um so besser; nur Ungiltige sprechen sie ihr prinzipiell ab – aber das alles macht nicht die Frau; sie bleibt der einzigartige Wert in unserem Leben ohne alle Produktivität, und es scheint mir fast als sei das Dringen auf Schöpfertum ein Zeichen des Barbaren, der den echten, eigentümlichen, so unendlich herrlichen Wert und Zauber der Frau nicht verspüren kann. Wenn ein Mensch wie Sie hingeht und sagt: ich versage vor jeder Anstrengung – liegt für den Geaichten in der Art dieses Bekenntnisses mehr Reichtum und Belebung als im Bewältigen dieser Anstrengung selbst. Aber wenn die Frauen selber, die Frauenrechtlerinnen, den Wesensunterschied von Frau u. Mann verwischen wollen indem sie mit Gewalt darauf dringen, an Mädchen die Masse der Jünglinge zu legen und »Leistung, Leistung!« schreien, so darf man die Söhne deutscher Bürger ihrer Ansichten wegen kaum anklagen ... Ins Leben passen, Tüchtigkeit – jawohl! Man bevölkere die Erde mit Tüchtigen, und der Selbstmord der Guten wird eine Epidemie. In das Leben, für das Sie bestimmt scheinen, Frl. Joseph, in dieses werden Sie wohl passen, wie Sie selber hoffentlich wissen – schon Ihre entzückende Gemütsruhe beweist das, mit der Sie sich von der »Tüchtigkeit« lossagen. Ach nein – der Reiz des Lebens und die Werte des Daseins werden von ganz andern Leuten als den Herrn Tüchtigen geschaffen!

Ich kenne die Tüchtigen, ich lebe unter ihnen. Utitz ist der einzige Mensch hier, und auch er ist sehr stark mit dergleichen gemischt – obgleich ich ihn jüngst fast lieb hatte, als er vor den Bildern der hiesigen Sezessionsausstellung coram publico in Extase geriet und von diesen Bildern, die ausser mir sicherlich alle Anwesenden für monstra hielten, das Loblied des Expressionismus sang. Aber Hartmann? Meine Sprache? Liebes Fräulein Joseph, ich habe hier nur ein Wesen mit dem ich meine Sprache spreche, das ist ein prachtvoller brauner Boxhund, Martin geheissen, den ich mir habe schenken lassen und der mich liebt – einen Burschen von unendlichem Humor und einer so grossen Stärke, dass er sich den Luxus der Güte leisten kann. Sonst kenne ich niemanden. Hartmann ist ein weicher Mensch mit einem rasenden roten Schnurrbart. Er hat es aufgegeben zu promovieren – »so etwas passt nicht für unsereinen« – und kapriziert sich auf die Filosofie. Er werde selig. Nein, liebes Fräulein Joseph, ich habe hier *niemanden.* Wenn Sie eine so sympathische Freundin haben die obendrein musikalisch ist, und Sie glauben es verantworten zu können wenn Sie mich ihr empfehlen, so tun sies doch – ists für dieses Semester zu spät, so ists fürs nächste um so besser. Ich habe sehr gelächelt, als Sie sich zum »Äusserling« ernannten – resolut und vergnügt. Ich erinnerte mich nämlich eines Spaziergangs zu mehreren, irgend eines abends, wo Sie mir eine Spitze über meine Unachtsamkeit auf innere Qualitäten der Frauen sagten: erinnern sie sich? Mir wird es im Augenblick ganz deutlich, der ganze Vorgang – wir gehen am Auditorium vorbei, Laternen, junge Leute, Ihre Stimme … wäre ich kein solcher Sinnenmensch, woher wollt ich mein bischen Kunst saugen! Versinnlichung der Seele – das ist ja in drei Worten alles was man wollen kann, Seele gegossen in Gebärde und Geste mittels des Wortes; und ist das möglich ohne dass man zuvor gelernt hat, diese ganze übermässig zaubervolle Sinnlichkeit anzuschauen? Muss man nicht, ehe man die Seele in ihr erfasst, die Körperlichkeit selbst in sich hineingerissen haben, jahrelang? Glauben Sie mir, ich hätte niemals Ihre Bekanntschaft gemacht, wenn ich nicht die ganze Besonderheit, die um Sie ist, in Ihrem Gesichte gesehen hätte. Sie wundern sich bestimmt, dass ich Ihnen solche Dinge sage. Aber ich habe einmal aus Konventionen heraus versäumt, einem mir werten Menschen zu sagen dass er mir wert sei, und dieser Mensch ist in dem Augenblicke gestorben, als ich endlich, fern von ihm, so weit war mich ihm zu erkennen zu geben. Ich habe seit dieser Lehre, die sich nicht vergisst, das kleinere Übel gewählt; der Mangel an Offenheit (unter Gleichartigen, wohlverstanden) ist das grössere. Nun wissen Sie, was meine Komplimente zu bedeuten haben. – Verzeihen Sie doch den Fleck, bitte; mein Hund, das Riesenbaby, hat mich gestossen als ich just die Teetasse in der Hand hatte.

Sonnabend, d. 20.

Ich werde auch heute nicht fertig werden – doch das macht ja nichts. Ich habe mancherlei getan und auch meinen Freund Martin nach Barnstorf geführt, wo er sich sehr für allerlei mir unriechbare Dinge interessiert und einen herrlichen Grad von Wildheit annimmt. Dass er dabei alle meine Töne, Vorwurf, Freundlichkeit, Zorn, Scherz und Liebe genau versteht und beantwortet, alle Register von Heuchelei, Schmeichelei, Zerknirschung und Zärtlichkeit inne hat, das macht ihn bei seinem furchtbar wilden Gesicht so zwiespältig und interessant. Was ich arbeite wollen Sie wissen? Ich grabe einen begabten Jüngling aus, der um 1741 in Halle gestorben ist, dichterisch und filosofisch begabt war und von dem alles in allem etwa 60 Seiten Handschrift übrig geblieben sind, die ich jetzt ediere, erläutere und auslege. Sehr interessant und in seiner ergebungsvollen Filologie – der junge Mann war nicht etwa ein Genie sondern ein achtbares Talent – sehr erzieherisch. Aber niemand weiss, durch welchen heimtückischen Plan ich mir diese Arbeit versüssen lasse ... Ich will mich Ihnen anvertrauen: ich werde ihn zum Helden meines ersten Romans machen. Seien Sie froh, dass wir so weit auseinander wohnen – es würde Ihnen mancherlei vorgelesen werden – zumal jetzt, wo ich weiss, dass Sie »vom Fach« sind und eine Gespenstergeschichte geschrieben haben, Fräulein Kollege. Sehe ich Sie nach Kollegschluss? Schreiben Sie mir doch, wann Sie in Ribnitz sind; wann Sie hinkommen und wann Sie Oktober wieder wegfahren. Ihr Fest aber müssen Sie mir recht ausführlich erzählen, denn – doch davon morgen; es ist schon recht spät und mein Hund Martin gähnt ostentativ, mit prachtvollen Zähnen notebene.

Sonntag, den 21

Guten Morgen, Frl. Joseph! Ich habe wohl geruht (Sie auch? hoffentlich!) und schon in meinen Papieren gekramt; es musste sich ein Gedicht finden lassen das nach einem derartigen Feste geschrieben ward. Ich habe in Berlin auf Spreeinseln und im Wald, aber besonders in München derartige Nachtfeste im Freien erlebt und weiss, dass es nichts schöneres gibt – obwohl Kostümfeste im Fasching Lebenserinnerungen bringen. Aber welche Atmosfäre, welches Glück bringt die Nachtluft, der Himmel, die Sterne! Welche Musik im Rauschen der Bäume! Wie das Ungewisse der Büsche, die Schwärze der Erde, der Duft des Rasens die Seele erregt! Ach, ich werde manche Nächte dieser Art nie vergessen. Das Kostüm das man trägt wird zur Rolle die man spielt, die Rolle wird zum übergeworfenen Ich, das neue Ich wird, für die Dauer einer Nacht, zum pathetischen, berauschenden, unverantwortlichen Herrscher. Man lebt solche Nächte gesteigert und doch halb bewusstlos; und wenn man dabei glücklich war, gibt es am Morgen jene selige Mattheit, in der der Sonnenaufgang zum Ereignis wird, das in regungloser Wachheit Minute für Minute erlebt wird – nicht hingenommen wie sonst wohl, sondern erlebt, innerlich gestaltet, ein seelischer Vorgang. Aber die Erinnerungen werden zu mächtig, und ich wende mich ab. Ja, ich bedauere sehr, dass ich Sie nie habe spielen sehen. Ich möchte wohl wissen wie Ihre Seele sich in der Kunst gebärdet. Julia, mit einem Romeo den Sie so begrüssen! Ich habe ihn oft gesehen und er schien mir fast ein bischen zu sanft hübsch zu sein ⟨da er der Sohn des grossen Anglisten ist, fällt mir ein Schreck ein: Sie haben doch hoffentlich Shakspere nicht englisch gespielt? Er ist kein Engländer, unbedingt nicht!⟩ aber wenn er Sie sehr angeregt hat, war er vielleicht gerade hübsch genug. Werden Sie mir davon schreiben, und, ich bitte Sie, bald? Ich wäre betrübt, wenn mein, wahrhaftig nicht gewolltes Stillsein Sie gegen mich eingenommen hätte. Ich sende Ihnen das Gedicht – es stammt aus einer bitteren Zeit und ist eher quälend als schön; aber vielleicht gibt es Ihnen einen Eindruck. An jenem Nachmittag las ich Ihnen, auf Ihren Wunsch, schlechte Verse vor – bei diesem weiss ich offen nicht, ob es zu solchen oder besseren gehört; es ist zu beladen mit Vergangenheit und Erinnern. Ich wünsche Ihnen gute Tage und grüsse herzlich.

Ihr Zweig.

Das kleine Fräulein Güdemann ist Ihnen unsympathisch? Ich habe es vorausgewusst.

Ausklang des Festes

Der Glühwurm brennt im schwarzen Fliederstrauch
die Nacht hat alle Sterne ausgestreut –
so fallt nur ins betaute Gras!
Die Lauten stimmt zu klimprigem Geläut,
bespiegle sich der Mond in Wein und Glas,
und lacht mir auch:
heut ist für trübe Seelen Lachen Brauch.

Denkt nicht, ihr Mädchen, dass die Stunde lügt
wenn ihr die Lippen fremden Küssen leiht –
heut ist viel Plunder ausgespannt …
wir tragen alle unsre Traurigkeit
wie bleiche Ringe an derselben Hand
die sich um Schultern schmiegt –
heut ist betrogen wer sich nicht betrügt.

Die grellen Farben am verschollnen Kleid
und unsre bleichen Mienen schwärzt die Nacht –
oh trinkt den Wind vom Walde her!
Wir haben heute schon zuviel gelacht,
ich bitt euch, sprecht nicht mehr
und gebt mir eure Hände und verzeiht –
so viele Stunden Freude ist so schwer ...

Nein, lehnt die Lauten an den nächtigen Baum
und giesst die Neigen aus den Bechern fern –
so opfern wir dem trüben Gott!
Ach, gebt dem feuchten Rasen nur die Stirn,
als Ausklang ist das Herz ein wenig matt.
Wir träumen schon und wissens kaum.
Wie falsche Reime scheppert Traum an Traum
in unsern Reden. Ach, wie sind wir fern –
wie sind wir, Liebste, du und ich, uns fern ...
Der Morgenwind rührt zischelnd Blatt an Blatt ...

7 Arnold Zweig an Helene Joseph

Zehlendorf-West, Flensburgerstr 6
15–16. VIII. 1912

Liebes Fräulein Joseph,
es ist Sonne in Ihrem Briefe und Meerwind, und der Salzgeschmack des Schwimmens in gewissen transparenten Wellen liegt mir auf den Lippen wenn ich jetzt wieder hineinsehe, um Ihnen zu antworten. Er hat mich froh und wohl auch stolz gemacht, als ich ihn das erste mal las – stolz, weil es nicht nur scheint sondern vielleicht auch ist, dass ein gewisses Vertrauen oder dergleichen von Ihnen zu mir auf das antwortet, was ich in Göttingen oder auch hernach (Briefe sind dazu fast geeigneter als Gegenwart) an aufrichtiger Achtung – setzen Sie ein wärmeres Wort dafür – unverdrossen zu Ihnen brachte. Ich danke Ihnen für diesen langen schönen Brief und wähle zur Antwort die reichste Stunde, die

ich bis jetzt fand, eine Stunde, vor der Beethoven und Brahms meisterlich gespielt ward, im dunklen Zimmer, in der Gegenwart und von der Hand der mir teuersten Menschen. Diese Klänge schliessen auf; im Dämmer der Luft die zugleich vom Atmen vertrauter Menschen bewegt wird weitet sich das Herz, und wenn man jetzt auch einsam vor seiner Lampe sitzt, so meint man zu fühlen, dass über dem Dache dieses gleichgiltigen Hauses die Sterne stehen.

Ich verliess Rostock weil ich es nicht mehr ertrug. Ich wäre sicher geblieben und hatte es seit langem vor, bis Sie kämen, aber da Sie von Kopenhagen schrieben und von Freunden, deren Bestimmungen Ihre Reise regeln sollten, nahm ich an, dass Sie erst spät nach hause kommen wollten, und floh. Ich trauere ein wenig um den Tag den Sie mir schenken wollten – ein wenig, weil ich von Ihrer Freundlichkeit hoffe, dass sich die Gelegenheit im Oktober zu einer Wiederholung schicken wird, und weil ich sie dann nicht verpassen werde. Es wäre *sehr* schön gewesen; aber nicht wahr, es wird auch dann sehr schön sein, und wir werden auch dann von allem reden, was uns beide angeht. Ich hoffe, Ihnen dann ein neues Buch von mir geben zu können und andere in nahe Aussicht stellen, denn mein neuer Verleger gedenkt mit schnellen Taten das nachzuholen, was das Missgeschick früherer Jahre an mir gesündigt hat. Ich habe seit diesem Frühjahr 3 fertige Bücher liegen, drei! einen romanartigen Novellenkranz, eine Tragödie und ein Buch Erzählungen, die Früchte dreier Jahre. Sie werden jetzt endlich heraus kommen und mir die Hände frei machen für künftige Arbeit. Was ich schreiben werde? Eine Komödie und einen Roman; bittere seelische Dinge, gemäss dem was mir das Leben zu verarbeiten aufgab. Man hat Schicksale; und diese liegen auf einem drückend, bis man sie formt und hinaussendet, durchleuchtet und wohl maskiert, damit man seine Seele nicht verrate. Ich habe manchmal Lina Lossen oder meine Cousine Marie darum beneidet, dass ihnen Ibsen oder Beethoven Stoff und Vorwand zugleich ist, wenn sie *sich* geben wollen, und dass sie, nach der Leistung, sich unverbindlich in einen gesellschaftlichen Menschen verwandeln können. Aber freilich: dass die Werke, in denen unsereiner sein Erlebnis niederstellt, andauern, dass sie, gesetzt sie leben überhaupt, dann mit uns mitleben und beständig auf uns weisen, das hat zwar sein Schlimmes; aber wer wollte das nicht gern auf sich nehmen, wenn er die ganze Kunst des Schauspielers und Pianisten nach dem Tode in eine sehnsüchtig erinnerte Vergangenheit zerfallen sieht? Hans von Bülow ist tot, Kainz wird bald eine Mÿthe sein, aber Hamlet lebt ewig. Sie selbst die Sie sich für die Dauer eines Abends unter Bäumen und einem gotischen Fenster in Julia verwandelten – und ich, der nach zwei Jahren eine Anzahl Verse vor sich sieht und alsbald Bitterkeit und Süsse des Gewesenen empfindet – sind wir nicht, im kleinsten, die Spiegel dieses Geschicks?

– Hätte ich gewusst, dass Scheler liest, ich wäre ziemlich gewiss nach Göttingen gekommen. Die Intensität, mit der Gedanken von diesem Menschen ausströmen und die innige Freude an ihm (und Reinach) kann kein Buch ersetzen. Ich werde natürlich lesen was immer von ihm kommt; das Bedeutende dieses Mannes springt ja aus jeder seiner Zeilen. Aber ich bin so ganz aus den Göttinger Kreisen herausgeschnitten, dass alles neu war was Sie schrieben. Mein Göttinger Aufenthalt hat mir einen Menschen geraubt, der mir von früh auf nahe war und der sich kleiner erwies als das Bild das ich von ihm hatte, und da er die Brücke zu den anderen jungen Leuten bildete, brach das Ganze von mir weg. Es tut mir leid darum; ich überschätze so gern. Und doch hat vielleicht diese selbe Freude, junge Menschen wertvoll zu finden und von der Höhe einer Leistung auf die Höhe des Menschen (falsch) zu schliessen der sie hervorbringt, eine Näherung an manche der Fänomenologen verhindert. Ich glaubte gern, vollen Menschen zu begegnen, und sie erwiesen sich als starke Köpfe, zu denen Seelen gehörten die vielleicht kleiner waren als sie sein sollten. Ich spreche natürlich nicht von Reinach; über dessen Verlobung ich in eine staunende Freude ausbrach. Wissen Sie etwas von der Dame der es gegeben war diesen Filosofen zu captivieren? Ich denke, sie wird Jüdin sein, und denke es gerne. Reinach ist so überaus die Darstellung dessen, was einem geistigen Juden besten Blutes heute erreichbar ist, dass es mich wundern sollte, wenn eine Blonde ihn erkannt hätte. Obwohl ja Juden dieser Art – und Jüdinnen erst recht – so leidenschaftlich auf ihre blonde Ergänzung hinstreben. Schelers Braut hat man mir in München gezeigt; sie ist sicher apart. Aber Scheler muss jede Frau lieben, der er sich ganz gibt; Reinach ist soviel spröder. Frl. Martius und Dr. Conrad nannte man mir schon in Göttingen nebeneinander. Ich kenne ihn garnicht; Utitz findet ihn unbedeutend und erzählte triumfierend – der Gute – wie Conrad bei Brentano abgefallen sei ... Was ich nicht versäumen will zu fragen: wie stehen eigentlich Sie zu Ihrem Judentum? Bedeutet es Ihnen etwas? Gewiss meine ich nichts Religiöses – für Deutschland und ganz Westeuropa hat das Judentum den Charakter der Religion längst verloren, woran Rationalismus und Aufklärung schuld sind; aber um so eindringlicher kann das Volks- und Rassenbewusstsein sich geltend machen. Nehmen Sie irgendwie Stellung dazu? Ich mache mir meine Gedanken darüber, aber erst hörte ich gerne Ihre Antwort auf diese hoffentlich nicht indiskrete Frage.

Ich habe soeben mit dem lebhaftesten Interesse Freuds Psychopathologie das Alltaglebens gelesen, ein unbedingt bereicherndes und erweiterndes Buch, und in das Unterbewusste besser hineintastend als irgendetwas mir sonst bekanntes. Es bestätigt sehr vieles mit ziemlicher Wissenschaftlichkeit, was der intuitive Psycholog und Seelenerrater im Dichter schon früh weiss; ich glaube, ich kann es Ihnen zur Lektüre raten. Seine Traumdeutung ist mir, viel Skepsis beiseite, seit langem wert; aber von seiner Liebestheorie gestehe ich nichts zu wissen. Wo steht sie zu lesen? Da ich jetzt die königliche Bibliothek benutze – die als Notwendigkeit für meine Dissertation zwar nicht die Quelle aber doch das Motiv für meine schleunige Abreise von Rostock war – möchte ich mich danach umtun. Wenn Sie Büchertitel, die Scheler lobend nannte, mir Ausgeschlossenem mitteilen wollen, danke ich Ihnen für jeden einzelnen besonders, wenn Sie wollen.

Und so bleiben denn, für den Schluss dieses langen Briefes aufgespart, zwei Dinge: das erste ist Ihre gütige Aktion für meinen gesellschaftlichen Verkehr, die ich selbstverständlich annehme und so gern annehme wie Sie sie unternehmen wollen, und das zweite ist jene Frage, die ein Rittergut gegen Göttingen stellt.

Freilich kann ich nicht anders als das Geistige vorziehen. Aber es bleibt die Frage: was tut man, wenn man studiert hat, einen gewissen Abschluss gefunden hat und nun, wie sich das einzustellen pflegt, ein wenig müde ist? Das Geistige ist oft so schwer, und die Realität von Ställen und Eigengebackenem so duftend und quellend, und so zum Ausruhen einladend, das wirkliche greifbare tatenvolle Handeln ist so einfach und dem Griffe gewiss, verglichen mit dem Arbeiten in der abspannenden und zarten Materie der strengen Wissenschaft ... Ja, was tut man dann? Wenn der Besitzer dieses Gutes ein verlässlicher und zartfühlender Mensch und Freund ist, und gesetzt dass einem noch immer Tagesstunden bleiben um Filosofen und Abendstunden um Dichter zu hören – wäre dann ein radikales »nein« nicht am ende kurzsichtig? Sehen Sie, so frägt man sich als »Gewissenhafter des Geistes« (und Nietzschescher Typus) und spinnt Ihre Frage in einen langen Faden aus, auf dem alle Probleme das geistigen und praktisch wirkenden Seins aufgereiht sind. Aber der Brief würde eine Abhandlung ex tempore, wenn ich den Faden nicht glatt abschnitte und Ihnen für heute mit herzlichem Händeschütteln Lebewohl – eigentlich Gute Nacht – sagte. Ich freue mich schon jetzt auf Ihre Antwort; ich will nachher unter meinen Gedichten kramen und wenn ich eins finde, das Ihnen etwas sagen kann, schreibe ichs auf die nächste Seite. Herzlichen Gruss,

Ihr Arnold Zweig

Mir fällt ein Sie zu fragen, ob Ihr Freund Peter vielleicht weiss, woher man einen gutrassigen deutschen Schäferhund zwischen 6 u. 8 Monaten alt und als Schutzhund für Damen brauchbar, beziehen könnte? Sind Sie böse über diese runde Ausnutzung Ihrer Bekannten? J'espere que non.

Nächtliche Pappel (aus »Sinnbilder«)

Stromgespiegelt auf dem Damme
den sie feierlich bewacht
steigt die Pappel, schwarze Flamme
flüsternd in die laue Nacht.

Helene Weyl geb. Joseph

Ihren Schatten weiss sie kreisen
stumm und dienend, tags durchsonnt,
und des Nachts die Sterne reisen,
lichte Wolken und den Mond,

wenn sie selber mitternächtig
auch den Winden sich verschliesst,
in gelassnem Schweigen mächtig
nur ihr Bild ins Wasser giesst –

aber donnernd seinen tollen
Sang der durch die Stille schreit
braust der Strom den wundervollen
Pilgerweg der Ewigkeit.

Ich weiss, meine Verse sind spröde. Aber vielleicht gibt lautes Lesen leichteren Zugang. Ihre Worte über das jüngst gesandte Gedicht beweisen mir, dass es am ende doch ausspricht was es sollte. Quälend ist es – und dann taugt es was.

8 Arnold Zweig an Helene Joseph

Zehlendorf West, 1912, 2. September

Liebes Fräulein Joseph,
Ihr Brief, der mir wie stets eine lebhaft erwartete Freude war, bringt so vielerlei zur Sprache, dass ich kaum mit ebensovielen Saiten werde musizieren können wie Sie und dass ich mittenhinein springe, um drin zu sein. Meine Achtung hätten Sie verscherzt, durch den sonderbaren Abbruch unseres Göttinger Besuchsfusses? Ach nein – dann schrieben wir uns heute nicht. Ihre Festigkeit tat mir beinah wohl, so leid es mir war, dass unsere Annäherung nun so ins wage und weite geschoben wurde; dass sies wurde, wusste ich vorher, denn nur durch völlig unabgelenktes beieinander im geschlossenen Raum kann man im Winter bekannt mit einander werden. Aber dass Sie Ihr Elternhaus, das freilich ein beneidenswert reiches und warmes für Sie sein muss, mit

solcher innerer Sicherheit mit ins Studium nahmen, das hatte in seiner Seltenheit etwas rührendes und schönes, wenngleich ich heute noch der Meinung bin, dass Sies auch einmal mit anderen Maximen werden probiren müssen, würde ich doch nichts ablehnbares darin finden wenn Sie sich schliesslich für Grossmutter Bülow – mutatis mutandis natürlich! – entschieden. Die Sitte gibt ein wundervoll bereitetes Gebiet ab, wenn man sich ihr nicht dumpf sondern mit klarem Geiste hingibt, auf dem sich die Seele reich entfalten kann, ungestört durch Überfälle des Lebens. Aber freilich – erst muss man das Jenseits der Sitte erprobt und gesehen haben. – Und Geduld hätte ich mit Ihnen gehabt? Wissen Sie, liebes Fräulein Joseph, warum Faust an jener entscheidenden Stelle »Fluch vor allem der Geduld« äussert, als Gipfel seiner Absage an die lebenbauenden Kräfte? Weil die Geduld allein genügt, um alle anderen zu ersetzen, Hoffnung, Glauben, Vertrauen, ja selbst Liebe. Und wenn man nun wie ich in der Gewohnheit des Lebens nur ein Mittel sieht, Menschen kennen zu lernen und festzuhalten die es wert sind dass man lebt, die bereichernd und ermutigend wirken nur dadurch, dass man sich ihnen verbündet weiss – denn es muss furchtbar sein, ohne Widerhall in der Wüste zu predigen – dann gibt es keinen Grad von Geduld, den man anzuwenden zögern dürfte. Es gab Zeiten, wo ich nicht so dachte; als ich jünger und fahrig durch die Monate ging, innerlich nicht ganz unverwundet und sehr sehnsüchtig, pflegte ich schroff und grün meine Meinungen und mein Wesen hinzustellen mit der Tendenz: »So bin ich; urteilt nun – wenn ihr mich mögt, so nehmt mich so, wenn nicht, so ists um euch nicht schade.« Ja, ich pflegte mich mit einer kalten und ironischen Pose zu wappnen, dergestalt, dass, als ich in München einmal halb öffentlich eine Novelle vorlas, alle meine Bekannten verdutzt dasaßen und mir nachher erklärten: So etwas warmes und zartes habe man von mir nicht erwartet – was mich, den angehenden Psychologen, natürlich in eine kleine verachtungsvolle Heiterkeit versetzte. Vorlesen vor Leuten die man ein bischen verachtet: können Sie sich das denken? Sie haben eine Frage gestellt, die die Verneinung dieser oben gebrachten einschliesst. Es ist die tiefe Verwandtschaft des Künstlers mit dem Schauspieler, die sowohl meine wie die Ihre beantwortet. Das Werk des Mimen wird fertig erst in dem Augenblick, in dem es sich vor dem Zuschauer, besser noch vor dem »vollen Hause« vollzieht; alles andre ist Spass und Probe. Und ganz so muss der Künstler (Dichter) seinem Wesen nach, ohne anders zu können, das Werk »fertig machen«, von sich lösen, hinausstellen und wirken lassen. Erst das gedruckte und gelesene Buch ist fertig; aber in diesem Augenblicke auch geht es den Dichter wenig mehr an. Das merkwürdige und meine Ansicht bestätigende ist nun, dass noch nie ein Künstler sich hat abhalten lassen, ein Buch dem Publikum zu überliefern – und zwar einem Publikum das er aufs tiefste verachtete, ja bei vollkommener Menschenverachtung. Shakspere (Timon!) Flaubert, Stendhal, Nietzsche verachteten die Mitlebenden und erwarteten wenig von deren Enkeln, Goethe ignorierte sie, Kleist konnte sie nicht mehr ertragen. Und kein einziger hat die Publikation unterlassen. Der Grund scheint mir in zweierlei zu liegen: im Streben nach Vollkommenheit (das jeden Künstler zum Künstler macht) des Werks, das eben erst fertig ist wenn es »draussen« ist – wie das Kind von der Mutter ausgestossen wird; ferner aber in dem Drange des Künstlers, sich darzustellen, sich »auszustellen« wie man es boshaft bezeichnen kann; ein Zwang der nur dadurch erträglich wird, dass Geist und Scham den Künstler auf tiefe und immer neue Verkleidung sinnen lassen, und umso vollkommenere, je höher sein Künstlertum steht. Nur Dilettanten (geniale darunter, Rousseau par exemple) bekennen sich und geben Werke mit dem Motto »Mon cœur mis à nu« (Rétif de la Bretonne, ein sehr interessanter vom fin des dixhuitième). Aber ebenso kennzeichnet die Scham irgend etwas von sich fortzugeben, den Dilettanten; dies Wort immer in dem edlen Sinne genommen den Goethe mit ihm verband. So wundert es mich garnicht, dass Sie mit Ihrem Niedergeschriebenen umgehen wie mit Ihrer Seele. Denn freilich kann man sich nur einem ganz geben, und das dauert lange.

Ich kenne Husserl leider zu wenig um mitreden zu können, aber ich glaube Ihnen aufs Wort. Ich hatte einen starken und sympathischen Eindruck von ihm. Er schien mir sehr vornehm und zart, dazu von gedämpfter Herzlichkeit und mit einem klaren und tiefen Geiste begabt. Ich lese die Logischen Untersuchungen mit ernstem Entzücken. Wir werden von Ihm (dem »Meister« der Fänomenologen-Jünger) reden, wenn Sie nach Berlin kommen. Es war die schönste Stelle in Ihrem Briefe die, in der Sie dies ankündigten. Jawohl, wir werden Nachmittag und Theaterabend mit einander verleben, will ich meinen! Und dass ich Ihre Adresse nicht wieder in ein Kollegheft sperre, sondern sie mit unerbittlichem Reissnagel an den Schreibtisch pieke, dessen können Sie, freundliche Bosheit, gewiss sein. Auch wird sich zum Lesen von Versen sicherlich Musse finden – Sie sind der erste Mensch, dem meine Gedichte gefallen, und so müssen Sie sich schon darein finden, dass Sie wieder eines bekommen. Kennen Sie die Fackeldistel, diese grosse wundervolle Sommerblume, die so abwehrend mit ihren metallgrünen Blättern um sich sticht? Es stehen welche auf meinem Schreibtisch, mitten unter violetten Astern die sehr schön welken. – Ich komme das nächste Mal auf das Judentum zurück; heute nur noch, auf den Schluss Ihres Briefes bezogen, ein Wort: ich habe sehr wohl gewusst, dass Sie nicht »als Haushälterin auf ein Rittergut« gehen sollten, und es findet sich in meinen Worten ein etwas versteckter Passus der sich darauf bezieht …

Ich grüsse Sie von Herzen und bin, bis Ihre Antwort kommt und Gegenwart für Entferntheit setzt, Ihr

Arnold Zweig.

Die Fackeldistel (»Sinnbilder« III)

Umzürnt von Stacheln, ernsthaft grün gewandet
den purpurblauen Fackelkopf erhebend
ragt sie so schön wie ungemeinsam lebend
aus ödem Kräuticht, das den Weg berandet.

Ihr kecken Finger, weh dass ihr sie fandet –
sie sticht mit Dornen, wehrt sich stumm und bebend
und ihr entfernt euch trauernd und vergebend
dass ihre Schönheit nicht bei jedem landet.

Oft liegt sie welk, von Bubenhand zerhauen;
nur selten nahen Hände, die sie schonen
und zärtlich brechen (und sie hat Vertrauen):

meist nehmen sie die Guten, Immergrauen
die ihre Eselsnützlichkeit betonen
behaglich sie mit hartem Gaumen kauen

und nie schmückt sie das Silber der Matronen.

9 Arnold Zweig an Helene Joseph

Zehlendorf W, Flensburgerstr 6
1912, 15. September

Liebes Fräulein Joseph,
es war brav und lieb von Ihnen, Ihren Brief nicht erst aufs Eis des Abwartens zu legen sondern ihn gleich zu schicken. Warum denn zögern? Sicherlich wäre nichts falscher als zu vermuten, dass ich eine rasche Antwort mit anderen Gedanken empfange als eine verzögerte – abgesehen von der Freude die der Empfangende und Überraschte doch haben darf – nicht wahr? und jener anderen Freude, wiederum ein Stück mehr von einem werten und lieben Menschen zu besitzen. Ich hätte längst geantwortet, wenn ich nicht zwangsweise verurteilt gewesen wäre, abzuwarten, bis Ihre neue Adresse zu mir geschwommen käme. Geschwommen, durch den unendlichen Regen der mit zwei unterbrechenden Tagen fällt und einen episch hexametrischen Tonfall ins Entrinnen der Stunden trägt. Auch ich bin ein Wettertier, in so lächerlichem Masse, dass schlechtes Wetter meine Arbeit dauernd verhindert, und dass ich seelisch ungleichmässig und meiner selbst unsicher werde, in dem Masse dass mir die Erfahrung rät, an solchen Tagen alles zu unterlassen, was irgend welche Spannungen voraussetzt, seelische, geistige, gefühlsmässige: ich unterlasse also dann ernsthafte Briefe, wichtige Gespräche und verantwortliche Arbeiten ... Eben jetzt scheint, seit fünf Minuten, die himmelblaue Sonne und ich profitiere davon: meine Seele steigt wie Quecksilber und wird geschwätzig.

Menschen »kennen lernen« ist für mich identisch mit »Freunde finden«. Gerade das Gegenteil von Kälte verbindet sich mir damit; ich suchte Jahre und Jahre den wertvollen Menschen, den ich lieb haben könnte, dem ich mich ohne Scheu vor Versagen ganz geben könnte – und der dann, wenn er mich wirklich sieht, nicht anders können kann als auch von sich aus Warmes, Freudiges, Liebes an mich heranzubringen. Ich habe die sonderbarsten Erfahrungen dabei gemacht und in argen Leiden (den Leiden des Stetsenttäuschten) fast wider Willen eine Summe psychologischer Kenntnisse errungen die ich vielleicht deshalb so hoch werte weil sie mich so viel gekostet hat. Ich habe niemals in einem Menschen den guten Willen zum Überschätzen, zum Hineinsehen von Werten in Objekte denen sie wirklicherweise fehlen, so stark gefunden wie in mir, einem jungen anerkennenden und verehrenden Tier das ich war. Ich bins nicht mehr; ich habe viel Skepsis gelernt und von meinen Irrfahrten drei Menschen heimgebracht, die sich in konzentrischen Kreisen um meine Seele herumbewegen. Sie sind der vierte, Fräulein Joseph, und jemehr Sie mir von sich geben um so näher kann ich Ihnen kommen, will sagen, um so sicherer und unbedingter können Sie sich in seelischen wie allen Erlebnissen auf mich verlassen, wenn Sie mich brauchen wollen. Es ist freilich schwer, in Menschen einzudringen, und ohne den guten Willen zur Freundschaft, ohne Geduld bei Enttäuschungen, ja ohne ein zollweises Abtasten der Seelen lässt sich Gemeinsamkeit nicht schaffen. Ohne solche entsagende Arbeit bleibt freilich das schöne Erlebnis bündig, das Ihnen matt leuchtende Schiffe in Seelen wandelte. Aber diese Frage glaube ich doch beantworten zu können: ob man, bei diesem nicht Wissen um die Gründe der Seele, Menschen verachten darf. Das darf man: sofern man *eine* wirklich verächtliche Eigenschaft an ihnen entdeckt. Dann ist alles was sonst an Wertvollem da sein mag, geschändet und erniedrigt; und oft sind Menschen nur darum in ihrem Zartesten und Wertvollsten nicht erkennbar, weil dergleichen einfach mangelt. Wenn einer bloss ein Mensch ist, so ist er noch herzlich wenig, scheint mir; erst bei einer bestimmten seelischen Seinsart wird er wertvoll, wesentlich, beachtenswert. Ich bin kein Demokrat und halte *eine* Pappel für wertvoller als zehntausend verkrüppelte Kiefern …

Ich wünsche Ihnen von ganzem Herzen, dass die Nordsee mit Salzwind und Wellenlied Ihnen über das hinweghelfe, was in Ihre Seele so verstörend eingriff. Wäre ich bei Ihnen, so liesse sich vieles Erleichte[r]nde tun und sagen; Stimmton und Blick der Augen, ja eine bloss stumme Gegenwart sind durch Worte in solchem Falle nicht ersetzbar. Ich wünsche Ihnen heitere Tage und die Geselligkeit des Meeres, das bei diesem Herbstwind wohl seine Schuldigkeit tun wird. Ich schicke am Ende das übliche Gedicht. Die letzte Strofe des vorigen vollendet wie mir scheint das Schicksal des Zarten, das ins Nützliche, Praktische gezwängt wird und auf alle Fälle jung zugrunde geht ... Es stimmt, ob Sie nun ein nobles Mädchen in einer der alltäglichen Ehen oder einen rechten Jüngling in einem Amt statt der Distelblume setzen ... Nein, diese Gedichte sollen nicht gedruckt werden. Ich finde sie zu matt dafür. Persönlich mitgeteilt erhalten sie Relief, aber gedruckt und gelesen – wären sie da nicht mässig? Ich habe nur einmal gute Verse drucken lassen, sechs Sonette (auch aus den Sinnbildern) in der schönen Zeitschrift Hyperion, 1909, kurz ehe sie einging. Der Aufsatz über Th. Mann ist nicht gedruckt und auch im Manuskript nicht bei der Hand; ich schicke ihn, wenn ich Ihnen damit einen Spass machen kann, sobald er bei mir ist.

Und nun ein herzliches Abschiedslachen, »gute Erholung« und einen Händedruck von Ihrem

Arnold Zweig

Baum und Stern

Du, als ich nachts auf der Brücke weilte
sah ich nichts als den Baum und das Geäst
wie es starrschwarz den Himmel des Winters teilte –
hing der Stern nicht drin wie ein leuchtendes Nest?

Trübe Freude war mirs, sie zu schauen
verfangen wie in eins, Baum und Stern:
Einer nackt im Morgengrauen
und der Andre im Kalten brennend und weiss und fern.

10 Arnold Zweig an Helene Joseph

Berlin NW 23, Lessingstr 24 I
(b. Clausmann) [Oktober 1912]

Liebes Fräulein Joseph,
ich hätte Ihnen auf Ihren lieben Sylter Brief und besonders auf die letzten, die Schlussseiten soviel zu erwidern – werden Sie mir böse sein, wenn ich Ihnen dies nur schreibe, um zu sagen dass ich Ihnen jetzt nichts, besseres und längeres, schreiben kann? Ich begründe diese Unhöflichkeit mit zwei Geständnissen, die Ihnen zeigen werden dass ich unter dem Drucke einiger ungewöhnlich widriger Begebenheiten stehe. Ich stehe vor einer Entscheidung, die die Gesundheit und die nächsten Monate meiner beiden Cousinen ganz erheblich beeinflussen werden, ich habe dabei einen wichtigen, nein die Wichtigsten Entschlüsse zu fassen und zu vertreten – Gedanken die ich nicht los werde spannen mein Innerstes so an, dass jede Äusserung zu meinen eigenen Affären und Geschäften zerstreut, ja fragmentarisch wird … Und bei alledem *muss* ich, um in den nächsten Wochen leben zu können, eine Novelle schreiben, ja mir ablisten und abquälen, auf die eine Zeitschrift wartet – aber nicht so sehr wie ich auf das Honorar angewiesen bin … Und damit diese Novelle gedruckt wird, muss sie *gut* werden …

Sind Sie böse? Nein. Sie werden meine Lage verstehen. Ich kann zur Not diesen Brief schreiben – aber den Ihren beantworten, das kann ich jetzt nicht. Sie sehen es an meinem Stil.

Kommen Sie nach Berlin? Hoffentlich. Ich bin bis zum 15 (–18) hier, dann in Rostock.

Schreiben Sie mir, ob Sie diesen Wisch gelten lassen. Herzlich

Ihr Arnold Zweig

In den vergangenen 5 Tagen hatte ich Umzug und Wohnungssuche …

11 Arnold Zweig an Helene Joseph

Wieder in Rostock (exile) [20.–27. Oktober] 1912
Augustenstr. 94,

am 20. Oktober: Liebes Fräulein Joseph, da wäre man also wieder, froh seiner Einsamkeit und ihrer bedürfend ... Man könnte im Ton eines friederizianischen Bulletins sagen: wir haben diese Tage brav battaillirt, der Feind ist geschlagen und auf einige Zeit unschädlich gemacht; aber auch wir haben brav Haare lassen müssen und nun sitzt man im Winterquartier und nimmt seine alten Beschäftigungen wieder auf. Meine Lage war ungefähr die einer Mutter, die mit ihrem Mann in Trennung und Unfrieden lebt, und deren geliebtes Kind er in seiner Gewalt hat. Nun droht er ihr: wenn du dies und das nicht tust, so – schlage ich das Kind. Die Aufgabe ist nun, dies und das *nicht* zu tun und zugleich zu verhindern, dass das Kind geschlagen wird. Das ist mir gelungen, aber es war nicht ganz einfach. Verzeihen Sie diese Rätsel; wenn ich allein darein verwickelt wäre, spräche ich zu Ihnen ganz frei; aber so geht es nicht. – Gestern regnete es, heute ist es schön, und da ich eine sehr nette Bude gefunden habe (bei Frau Geheimrat Thierfelder if you know her, einer bis jetzt sehr angenehmen und sorglichen alten Dame) so kann die Arbeit angehen. Wissen Sie, dass diese Fahrt nach Rostock einen Sieg für mich bedeutet? Ich traf nämlich drei Tage vor meiner festgesetzten Abreise einen Bekannten, der soeben in München promoviert hatte, in denselben Fächern wie ich; und der mir von seiner Prüfung derartige Details erzählte, dass ich mir zutraute, dieses Examen in drei Monaten zu bestehen. Nur Latein hätte ich nachlernen müssen, was ich ohnehin vorhabe, wenn auch erst nach der Promotion. Nun denken Sie sich diese Lockung: nach München zu gehen, nach München! In diese Stadt meiner glücklichsten Tage, wo es Filosofen gibt bei denen man etwas lernt, Dichter und Literaten mit denen man verkehren, Faschingsfeste auf denen man tanzen und Menschen mit denen man leben kann – von all den Konzerten, all den Bildern, all den Schauspielen zu schweigen! Ich lebte diese letzten drei Tage in einer so qualvollen

Unentschlossenheit, dass ich ihr durch den Befehl: nach Rostock! ein Ende machen musste. Da bin ich nun – und ich bins zufrieden. Man lernt sich bescheiden.

Dienstag, 22: Ich nehme Ihren letzten Brief vor und lege den vorletzten dazu, um nichts zu übersehen. Die Novelle ist gestern beendet worden, eine harte und traurige Geschichte, die Sie hoffentlich eines Tages lesen werden. Sie ist wie es scheint dennoch geraten; und wenn ein Hamburger Komponist des siebzehnten Jahrhunderts (Telemann glaub ich) von einem ordentlichen Musiker verlangte, er müsse den Teaterzettel komponieren können, so durfte ich wohl auch ein mal die Poesie kommandieren. Aber wenn Sie meinen, dass ich Sie in Berlin nicht hätte brauchen können, so irren Sie, sehr wertes Fräulein Helene Joseph aus Ribnitz – – denn ein wenig Freude kann man *immer* gebrauchen. Aber natürlich sind Ihre Gründe gut, und von einem Lächeln, gar von einem »Lächeln des reifen Menschen unartigen Kindern gegenüber« ist nicht zu reden. Weder bin ich ein »reifer Mensch« – du lieber Gott; ich und reif: ringend, vorwärts wollend, reifend wenn Sie mögen, aber reif? – noch sind Sie ein »unartiges Kind«, nur weil Sie eine Disposition geändert haben. Aber wenn Sie Weihnachten nach Haus kommen, so werden wir wohl, da ich in Rostock bleibe, Zeit für einander finden. Jedenfalls habe ich vorläufig Ihrem Bilde bei Wertheim freundschaftlich zugenickt … Eins haben Sie in Berlin versäumt, etwas Sehenswertes; das Experiment: Tilla Dürieux im Lessingtheater Hedda Gabler spielend.

Mittwoch, 23: Haben Klopfers überhaupt einen Eindruck auf Sie gemacht? Ich schrieb sie 1909, in einer guten Woche; aber heute, ja schon als sie im vorigen Jahre erschienen, stand ich ihnen skeptisch gegenüber. Sollte ich unter meinen hier liegenden, noch nicht ausgepackten Büchern ein Exemplar finden, so erhalten Sie es natürlich und verbrennen die abscheulichen Korrekturbogen. In Kattowitz habe ich noch etwa 10 Stück lagern. Ich komme jetzt darauf, weil ich gestern die Korrekturen meiner »Novellen um Claudia« abgeschlossen habe – gottseidank. Ich bin ziemlich zufrieden damit; es ist immerhin ein Schritt vorwärts, den ich da besiegelt sehe.

Donnerstag, 24: Heute habe ich den fetten Pater Utitius besucht, welcher in grosser Liebenswürdigkeit erglänzte, und dann in der Tat angenehm ist. Wir sprachen aestheticis (er gab mir zwei Bücher über Heinse zur Rezension in der Z. f. Aesth.) und er zeigte mir seine Kunstschätze, die er auf eine recht sympathische Art anbetet. Sein neuestes Stück, ein Prachtstück, ist eine nagelneu fabrizierte »Serapis«-Fayence aus Wien, von einer pittoresken Schönheit in gelb, dunkelbraun, weiss und gold, der Form nach chinesiierend – ich bin versucht sie an den Rand zu malen und

tue es, aus dem Gedächtnis, und zwischen modernstem Occident und tiefstem Orient schön vermittelnd. Aber ich merke eben dass ich abbrechen muss, um mir Bücher aus der Bibliothek zu holen, und verabschiede mich mit einem Knix. *Freitag:* Gestern ging es nicht weiter; ich hatte »Material« bekommen und verarbeitete es, und wenn Sie diese Bibliothek kennen, so wissen Sie, was das für ein Glücksfall ist. Ich habe mir ganz primitive Bücher in Hamburg bestellen müssen, da man sie hier einfach nicht hat ... Doch tue ichs gern, denn meine Arbeit macht mir Spass. Ich habe sie mir schmackhaft zubereitet, indem ich sie mit ironischem und übertriebenem Filologismus anfertige. Eine künstlerische Gewissenhaftigkeit würde mich übrigens ohnehin zwingen, sie so gut als nur möglich zu liefern, denn wenn man erst einmal sein Leben darauf stellt, Dinge zu schaffen, so vollkommen man sie leisten kann, (jedes gut gemachte Ding hat an der Kunst teil) dann erfasst einen die Leidenschaft des »Beendens« vor jeder kleinen Notiz die man von sich lässt; wieviel weniger vor einer langen und einflussreichen Abeit wie dieser hier ... Nur im Brief lasse ich mich gehen und überlege kein Wort bevor ich es schreibe; denn ich dehne den Kunstwerk-Bezirk auf Briefe nicht aus; wenigstens auf Briefe an vertraute Menschen. Zwar liessen etwa Lessing oder Nietzsche kein noch so geringes Briefchen oder Zettelchen ohne Konzept von sich; aber aus Faulheit und menschlicher Nähe unterlasse ich es, hier diesen sonst Verehrten zu folgen. Ich mache ungern vor lieben Leuten mehr Toilette als ich stets an mir trage.

Sonntags 27: Sie schreiben mir nicht wo Sie sind, also sende ich diesen letter nach Göttingen. Es wird bald ein Jahr sein dass wir uns kennen lernten, bald ein Jahr, dass Sie mein Gast waren! Jener historische Nachmittag, wie war er seltsam schön! Sie hätten nicht wegbleiben sollen, Fräulein Joseph, ich meine die nächsten Male. Das Leben, dessen Entferntheit Sie manchmal beklagen, es wäre Ihnen näher gekommen und doch durch eine sorgliche Vermittelung nicht schmerzhaft, nur fremdartig am anfang gewesen. Aber Sie wichen damals zurück – ich habe mir lange, lange Gedanken darüber gemacht ob irgendetwas an meinem Benehmen Sie verscheucht habe (war etwas derartiges dabei?) – und so hat sich auch das »Leben« etwas von Ihnen entfernt, und wie es Ihnen jetzt nahe kam, schmerzte es vielleicht ein wenig. Sagen Sie doch: würden Sie, wenn ich jetzt wieder in Göttingen lebte, jetzt mein Gast sein, zu mir kommen wie zu einer Freundin, zu mir sprechen wie Sie mir schreiben und wenn ich einmal Ihre Hand fasste, sie mir lassen ohne sich dabei Gewalt anzutun? Wir haben ein merkwürdiges Schicksal miteinander: wie wir beieinander lebten, wichen Sie mir aus (glauben Sie nur, dass ich alles merkte, und eigentlich Ihnen und mir zum Trotz in Ihrer Nähe blieb, weil ich sah wer Sie sind), und jetzt, wo wir uns langsam nähern, lässt uns der Zufall nicht zusammen kommen. Denken Sie manchmal an mich, der Ihnen für Ihre beiden letzten Briefe und besonders für den letzten, von Herzen dankt, und der Ihnen voll guter und warmer Gefühle die Hand schüttelt.

Ihr Arnold Zweig.

Schreiben Sie mir doch Ihre Hausnummer auf, ich weiss sie nicht und leide darunter, sie auf dem Couvert auslassen zu müssen.

Baum und Stern sollte sich eigentlich selbst erklären. Was sagen Sie zu beiliegendem Bandwurm?

Weg und Garten

Du gehst in deinem Garten
der grade Wege führt
und den von Eisendisteln
ein niedrer Zaun umschnürt;

dort lässt du Schleier flattern
und spielst mit jedem Wind,
Springbrunnen deine Schwestern
und Du ein Wolkenkind.

Ich rufe von der Pforte.
Du lässt den grünen Grund
und sagst mir holde Worte,
und gibst mir deinen Mund,

und drückst dich an das Eisen,
und hebst dich auf die Zehn:
oh könnt ich mit dir reisen
und Liebster mit dir gehn!

⋆

»Auf meiner heissen Strasse
da jauchzt der Wind und tanzt
und wirft sich in die Bäume
die ihm der Herr gepflanzt –

da brennen bunte Blüten,
da schlägt dich Schnee und Frost,
heut isst du süsse Früchte
und morgen karge Kost ...«

⋆

Ich muss vor Wehmut schweigen,
du bleibst in Tränen stumm,
muss mich verzweifelt neigen.
Du weinst – du weisst warum:

du kannst nicht mit mir schweifen!
wie niedrig auch der Zaun
und selbst die Pforte offen,
kein Auge, dich zu schaun –

doch nicht auf eine Stunde
verlässt du deinen Park,

mein Wegland ist zu seltsam
und das Gebot zu stark,

zu zart sind deine Hände
und deine Haut zu lind –
Springbrunnen deine Schwestern
und du ein Wolkenkind.

Doch manchesmal im Jahre
denk ich an deinen Mund
an deine feinen Haare
so ist das Herz mir wund;

denn wollt ich dein Gespiele
im graden Garten sein …
und spüre Nacht und Kühle …
und schlafe schwerlich ein …

Zw

12 Arnold Zweig an Helene Joseph

à Rostock, ce 17. XI, 1912

Mademoiselle et chère amie,

Certes, Vous n'êtes pas bonne à Vos amis, et vous prenez revanche cruelle à des gens qui Vous ont écrit une si longue lettre, le plus tôt possible. Je m'imaginais un moment que vous fûtez malade peut-etre, et cette idée m'aurait inquiété à mesure de vous écrire, si la bonne raison ne s'était pas moquée d'une telle extrémité. Je préférais donc à croire, que vous ne pussiez pas m'écrire à cause de travail, de philosophie, de vie – bref, à cause de Gottingue; j'avoue même l'inquiétude que vous ne le voulussiez pas, en cas que ma dernière lettre, peut concentrée comme elle fût – nécessairement fût – Vous eût déplu. Néanmoins, ou en conséquence, j'ai beaucoup songé à Vous et sur Vous, sur nous, s'il vous plaît; deux fois j'étais au point de vous demander si vous eussiez réçu ma lettre, mise en boite un jour avant l'arrivée de votre carte; aujourd'hui il se trouve que Wertheim amicale a exposé deux tableaux nouvelles de la Dame Joseph, la tête d'autrefois, mais cinq fois plus grande, et, aussi grande, une lady with hat and shawl, d'un visage un peu chinois (ne Vous déplaise?) mais de tenue et de costume d'un caractère bien connue: de la votre.

Voilà pourquoi Vous recevez ce billet. Dîtes moi donc, s. v. p., si vous visitez les vôtres à Noël, et la durée de cette visite; je reste à Rostock, mais je voudrais bien passer quelques jours à Kopenhague; m'accompagnez – Vous?

Le votre, Vous savez bien, que vous baise respectueusement la main:

Arnold Zweig.

N'allez pas, je vous prie à genoux, à la chasse de fautes de grammaire; elle serait trop facile.

13 Arnold Zweig an Helene Joseph

Rostock, 1. Dezember 1912

Liebes Fräulein Joseph,

ich glaube, Sie haben meinen Brief zu schwer genommen; er war drolliger gemeint als Sie ihn empfunden haben, aber da er eine so liebe und rasche Wirkung tat, will ich ihn nicht schelten und lieber neue Dinge sagen und die Ihren beantworten. Ich habe mit tiefem Neid Ihre Göttinger Speisekarte gelesen; ich schweige dazu. Mein hiesiges Ergötzen besteht in Utitzens Allgemeiner Kunstwissenschaft, in der er lauter bekannte Dinge immerhin systematisch vorbringt; seine Übungen bringen mich zur Verzweiflung (*die* Dummheit, die sich dort breit macht, ist nicht einmal von Wundt messbar) und sein Praktikum langweilt mich. Trotzdem gehe ich in alle diese Stunden; ermessen Sie meine Verlassenheit. (Er behauptet zb. das Kunstwerk existiere erst, wenn es jemand geniesse; ausserhalb des Menschen sei nur die »objektive Gegebenheit«, die vom erlebenden erst beendet, beseelt werde; etc. Jetzt streiten wir uns um den Naturgenuss, aber davon schweige ich heute). Privatim stehen wir ganz gut. Ich habe es übernommen, an seiner Statt 2 Bücher über Heinse zu rezensieren; meine Arbeit erregte sein enthusiastisches Entzücken, und in der Tat ist sie dank Reinachs und Schelers Schule etwas ganz lesbares geworden, das, etwa 6 Folioseiten lang, im Juliheft (!) der Zeitschrift für Aesthetik zu lesen sein wird. Überhaupt sehe ich, seit ich für mich allein bin, wieviel ich durch Göttingen gewonnen habe; von dem furchtbaren ethischen Nihilismus der mich ganz hoffnungslos gemacht hatte – denn ich spiele nicht mit dem ethischen Sein – gibt der Schluss von Klopfers Zeugnis. Sie haben recht gefühlt, nichts ist so ganz gelebt als diese beiden Abschnitte. Aber ich habe auch zu Peter und dem jüngeren Heinrich selbst viel, viel beigegeben ... Ich schrieb das ganze in einer Woche, 1909 (ausser 2 teilen die später hineinkamen) und damals bedeutete es etwas. Seither ist es mir so fremd geworden, und schon im vorigen Sommer, als ich die Korrekturen las, war es mir so verhasst, dass ich, als ich heute darin blätterte und las, kopfschüttelnd völlig vergessenes entdeckte ... Ich schicke Ihnen ein Exemplar sobald ich aus Kattowitz welche bekommen kann; d. h. wenn ich selbst dort sein werde; im Frühling, rechne ich. Denn ich gedenke am Ende dieses Semesters zu promovieren; wenn es gut geht. Unterdessen ist vorgestern mein liebes neues Buch herausgekommen, meine »Novellen um Claudia«, eine art foliant gegen Klopfers, auf wundervollem Papier schön gedruckt. Ich gehe mit einer zart heiteren Mutter- und Rekonvaleszentenfreude umher; ich habe erst ein Exemplar da, aber mit diesem befasse ich mich aufs zärtlichste ... Denken Sie lästerliches über den selbstverliebten Autor? Ach, es ist so wenig Eitelkeit in diesem Glück ... Es ist die klare Erkenntnis, etwas Zartes und Schönes geschaffen zu haben, das nun ausserhalb, draussen, unter den Fremden seinen Weg machen soll ... Werden Sie es lesen? frage ich mich, und antworte: vielleicht, wenn Sie Zeit haben. Wird es Ihnen etwas sein und geben? frage ich weiter, und sage, wieder ohne Eitelkeit: ja. Um meine guten Tage zu vollenden, ist am selben Tage auch der Druck meiner Tragödie fertig geworden, eines biblischen Werkes von ganz und gar eigenem Charakter, meines »Hauptwerkes« bis jetzt; es wird im Januar herauskommen. Die Korrekturbogen leihe ich Ihnen wenn wir uns sprechen (die berliner Novelle ist gestern von »Licht u. Schatten« angekauft worden, der Druck wird vor Februar kaum geschehen). Fürchten Sie sich doch nicht davor, liebes Fräulein Joseph, wir werden schon miteinander auskommen; ich werde mir Mühe geben Ihnen alles so leicht wie möglich zu machen und, je nach Ihrem Wunsche, das Technische entweder selbst regeln oder es ganz Ihnen zu überlassen; verfügen Sie über mich und nehmen Sies so leicht es geht; dann *ists* auch leicht. – Ich muss Ihnen wenigstens andeuten, wie tief mich Otto Brahms Tod getroffen hat: das Lessingtheater! Nein, es ist schrecklich. Ich verdanke diesem Menschen soviel der es geschaffen hat, ich freute mich so sehr auf die Stunde, in der ich mir durch Leistung das Recht erworben hätte, ihm dafür zu danken; und nun stirbt er so still weg …

Sie gehen, um von den Lebenden froh zu reden, Ihren fraulichen und fleissigen Gang; ich ziehe mich so hin, vertraulich mit meinem Hund, meiner Geige und meinen Gedanken, die inbrünstig an den Dichtungen hängen die ich schaffen werde sobald ich frei bin, im stillen Verkehr mit Entfernten wie Sie und mit den Schatten der Großen die ich liebe, und von denen gerade Goethe meine Lektüre beherrscht … Wie gerne sässe ich mit Ihnen allen bei Reinach, bei Husserl; wie schade, dass Rs Frau hässlich sein soll! Wir Sinnenmenschen kommen schwer darüber hinweg, und ich sage nicht, dass wir unrecht haben … Geht es Ihnen nach Wunsch? Auch ich habe manches zu vergessen. Es gibt eine Stelle an der meine Seele ohne Haut ist, und diese ist rohen Menschen erreichbar. Gerade jetzt rührt niemand daran; aber wielange dauert der Friede? Ach, das Dasein ist grausig unsicher, solange man nicht alles was man liebt in einen Kahn packen kann und eine Insel erreichen, auf der man karg und sicher leben darf … Denken Sie freundlich an

Ihren Arnold Zweig.

14 Arnold Zweig an Helene Joseph

Rostock 1912, 30. XII

Liebes Fräulein Joseph,
ich wäre am Sonnabend im Theater gewesen, wenn nicht ein geschwollenes Gesicht und ein Kopfschmerz auf derselben Seite meines Hauptes mich einem Halbaffen ähnlicher als einem leidlich polierten Menschen gemacht hätte. Ich bin bestraft, wie Sie sehen, oder bin es wenigstens gewesen. Ich bin nur um die Bekanntschaft Ihrer werten Eltern gekommen, und das ists was mir leid tut; (Taifun, nicht wahr, gab einen gräulichen Anblick und Langweile; oder?)

Sehe ich Sie also noch einmal? Ich wäre froh über einen ganzen Tag, und Sie würden Muck windan am Strande jagen sehen; ein Anblick der sich lohnt ... Meine Tragödie ist unterdess erschienen, wenn sie auch noch nicht im Handel ist, und gibt mir viel Freude.

Ich wünsche Ihnen ein herzlich glückliches Neues Jahr, und das will sagen: gut mit Menschen und gut mit der Arbeit auszukommen.

Auf Wiedersehen!

Herzlich Ihr Zweig

15 Arnold Zweig an Helene Joseph

Kattowitz O/Schles. 13 Friedrichstr
1913, am 9. März

Liebes Fräulein Joseph –
kein Zweifel, daß dieser Brief inhaltreicher und menschlicher wäre, wenn ich damit noch wartete; aber ich glaube, daß Zeit und Eile hier etwas Wärme hinzufügen können, wenn die Sammlung fehlt oder nur mangelhaft erreichbar ist. Ich bin erst zwei Tage hier und habe mich kaum ausgepackt und eingerichtet, und wenn die Atmosphäre meines freundlichen homes auch lieb und erfreulich ist, so bin ich doch noch nicht daran ge-

wöhnt, täglich viele Menschen um mich zu haben. So sind meine Gedanken noch etwas aforistisch, aber nicht weniger freundschaftlich.

Glauben Sie mir eins: wenn ein Mann fähig ist Ihnen zu *sagen*, Sie hätten sein Leben zerstört, so sind Sie von jeder Schuld frei. Diese unerhörte Plumpheit beweist ganz scharf wie wenig wert er gewesen wäre, von Ihnen geliebt zu werden; sie geht so ganz aus ressentimentalem Hass hervor, ist so ganz darauf berechnet, Sie schlechten Gewissens und leidend zu machen, daß jedes Mitleid hier Sünde wäre. Ein Mann soll verbeißen lernen, und je mehr Mann er ist, um so besser kann ers. Geht er dann daran zu grunde, schweigend – ja, dann können Sie mit ihm leiden und ihn bewundern und meinethalb sich anklagen; aber in Ihrem Falle – nein, sicher nicht.

Um von uns beiden zu reden, so wollte ich, daß wir einmal freundlich und klar feststellen, was wir einander sind. Wenn wir diese Klärung im Dezember erreicht hätten, so wäre mir – um mal von mir zuerst zu reden – die traurige Vermutung fern geblieben, daß Sie sich von mir abgewandt hätten – ein Verlust, den Sie einem Einsiedler, der Wert auf wertvolle Menschen legt, recht hoch anrechnen dürfen; und Sie hätten jederzeit einen Menschen, von dem Sie wissen könnten wie weit Sie sich auf ihn verlassen dürften und daß Sie ihm mit allen Ihren Plagen und Unglücken kommen dürfen, nicht erst, wenn sie vorbei sind. Dann ist meist wenig mehr zu tun; auf der anderen Seite bin ich oft besorgt, Ihnen zu nahe zu kommen und vertrauter zu werden als Sie mirs zubilligen. Sie wissen wohl, daß ich Sie quasi durch Aufdringlichkeit »erobert« habe – leicht ist mir diese Rolle nicht gefallen – aber jetzt möchte ich sie nicht wiederholen. Je mehr Sie mir von sich geben, um so einfacher und sicherer wird unser Verkehr; Andeutungen sind oft so vieldeutig, und mit Tasten gerät man oft auf schmerzende Stellen. Sie wissen von mir viel mehr als ich von Ihnen – obwohl ich glaube, Menschen sehen gelernt zu haben – und wenn Sie meine Bücher aufschlagen, haben Sie mich manchmal so direkt wie im persönlichen Verkehr nur selten möglich ist. Wollen Sie damit anfangen? auch wenns Ihnen ein bisschen schwer wird? gleichsam zur Sühnegabe für Ihre lange Schweigsamkeit? Sie wissen wohl, daß ich Sie in einem herzlichen Verstande lieb habe (nicht erschrecken!) und Ihnen überhaupt recht gut gesinnt bin? Ihr Arnold Zweig, bestens grüssend.

Haben Sie »Abreise« gelesen? Gesetzt, dass ich mit von Muhr ein wenig verwandt wäre? Und damals (Oktober) ganz besonders? Und wenn Sie in den Ferien Zeit haben, meine Claudia zu lesen? und mir zu schreiben?

Schelers »Sympathiegefühle« sind erschienen und Sie haben mirs verschwiegen!

16 Arnold Zweig an Helene Joseph

6/6. 13 München 1913
Ismaningerstr. 91_{I}

Liebes Fräulein Joseph,
ich habe mich so herzlich an Ihrem Bilde gefreut, dass ich dazu kein banales Wort sagen konnte; und zu unbanalen war ich unfähig. Ich war ganz einfach fertig. Arbeit und Erlebtes hatten mich in einer Weise ausgelaugt, dass ich die ganzen Ferien, von anfang März bis Ende Mai in Kattowitz verbrachte, ohne Tätigkeit, ohne Äusserung, ohne élan vital – – ich war mit Ausruhn beschäftigt. Das schliesst in sich viel untätiges Herumliegen auf Sofas und dem lieben grünen Rasen, als die Tage sich schön anliessen; und dann denkt man an liebe und erfrischende Dinge. So dachte ich an Sie. An den inneren Zustand, in dem Sie jetzt umhergehn, an das was Ihnen bevorsteht: Ehe, und an die Art wie Sie es wohl verarbeiten werden. Ich wünschte, dass Sie jetzt meine beiden Bücher läsen, erst die Novellen, dann das Drama; hätte ich noch ein Exemplar, ich würde es Ihnen gleich schicken. Denn es setzen sich in diesen Büchern Menschen mit Erlebnissen auseinander, die auch an Sie herantreten werden oder können. Ja, in meiner Claudia finden sich ganz merkwürdige Analogien zu Ihnen, liebes Fräulein Joseph …

Arnold Zweig 1913

Heute schreibe ich weiter nichts. Ich freue mich nur darüber, dass Sie nach Breslau gehn werden. Ich wohne nämlich nur drei Schnellzugstunden davon ab, wenn ich bei meinen Eltern bin, und muss immer durch, wenn ich hin- und fortfahre. Da gibt es mancherlei Gelegenheit zum Wiedersehn. Bis dahin aber hoffe ich, manchen Brief mit Ihnen zu wechseln. Wenn Sie glücklich sind, freut sich niemand wahrer an Ihrem Glück als ich.

Ich grüsse Sie von Herzen.

Ihr Arnold Zweig

Warum ich hier in München bin hören Sie später.

17 Arnold Zweig an Helene Joseph

Am 4. [–12.] Juli 1913, München, Ismaningerstr 91[1]

Liebes Fräulein Joseph,
nun regnet es doch wieder! Aber wenigstens gabs tagsüber Sonne, und die hat mich erwärmt und so offen und froh gemacht wie man sein muss um Ihren schönen, beglückend offenen Brief halbwegs würdig zu beantworten. Denn ich habe zwar in Gedanken viel, viel mit Ihnen geredet, aber bis zum Papier war der Weg so grämlich und weit, weil der ewige Regen einem alle Freudigkeit nahm. Heute aber habe ichs buchstäblich nicht länger ausgehalten, Ihnen noch immer nicht geantwortet und gedankt zu haben, und obwohl es anfangs noch stukert und holpert wie ein Wagen auf einer rostocker Chaussee, so komme ich doch langsam in Gang, denn ich habe Ihnen soviel zu sagen ... Auch ich hatte mich darauf gefreut mit Ihnen zu sprechen. Es hätte sich zeigen müssen, ob wir nicht aus der lauen Freundlichkeit unserer Beziehungen in ein wärmeres Bündnis übergehen konnten; ich dachte mir manches aus, das man Ihnen vorlesen oder erzählen könnte, um Sie aus Ihrer verschlossenen Art in eine vertrauendere zu verleiten, denn Sie waren mir zu schade um noch länger im Halben und Unklaren, mehr fremd als befreundet neben mir

her zu gehn; ich war entschlossen, auf die Gefahr hin dass man sich trennen müsste, aus Achtung vor Ihnen wohlverstanden, Ihre Reserve zu verletzen: und nun kommen Sie mir so herzlich und so mutig und so frauenhaft frei entgegen, dass ich wieder einmal glücklich bin, diese Claudia geschrieben zu haben, die alles so wundervoll erleichtert und gelöst hat. Die menschliche Wirkung des Buches ists, die ich an ihm schätze; denn ja, ich habe offen geredet und meine Art in ihm bezeugt, und wenn auch Walter Rohme nur ein geringes Teil von mir ist und David und Nabal in meiner Tragödie mehr Ich sind als er, so ist doch in der Art, wie ich das Seelische des Buches gegeben habe, nichts anderes enthalten als der Respekt, den ich jedem echten Menschen und wahren Problem darbringe, weil ich ihn auch für mich fordere. Und so habe ich ein Recht, über die Dummköpfe zu lächeln die das Buch ohne Verstehen herabgesetzt und selbst beschimpft haben, aber auch diejenigen ruhig stehen zu lassen, die nur, wie Utitz, mit wenn auch sehr offenem Sinn die Kunst des Buches loben: nur wer, wie Sie, den Menschen sieht der hinter dem Ganzen steht, hat das Werk ganz zu eigen. Viele Enttäuschungen und vieles Leid haben gemacht, dass ich, früher vertrauend und ganz offen, zu einem verschlossenen und undurchsichtigen Menschen geworden bin, der sichs nicht mehr erlauben durfte, sich im gelebten Verkehren mit Anderen ganz aufzuschliessen, weil er zu verletzlich und empfindlich geworden war; und seitdem ich, meine schlimmste Erfahrung, hatte erleben müssen, dass meine beiden Jugendfreunde die ich sehr geliebt hatte, ohne jede Ahnung von mir, ohne die kleinste Neigung zu mir, sich von mir trennten, stand es bei mir fest, ausser dem einen Mädchen das mich ganz kennt und dem ich ganz gehöre, nur nach langem Warten und nicht ohne Entgegenkommen mich neuen Menschen erkennen zu geben anders als durch das Medium des Werks, der Dichtung, das mir erlaubte, mich jederzeit hinter die Deckung der künstlerischen Objektivität zurückzuziehen. Sie aber haben, ganz Frau, nicht gezögert, den Künstler zu vernachlässigen und den Menschen zu ergreifen, und damit haben Sie mich sehr beglückt. Ich habe wohl gewusst, warum ich, wie Sie sagen, »Geduld« mit Ihnen hatte. Die Fähigkeit,

Menschen denen ich von ungefähr begegne alsbald zu kennen und ihren Wert, ihre Art, ihre Seele zu sehen, ihnen gerecht zu werden und darum mit ihnen umgehen zu können, diese vielleicht dichterischeste meiner Begabungen hatte mir gezeigt, mit wem ichs zu tun hatte, als ich nach einiger Beobachtung mich Ihnen in Göttingen näherte; und dieser Ihr Brief, in dem Sie mir zum ersten Male die Hand ganz frei hinhalten, ist das Ende dieser langen Zeit einer werdenden Bekanntschaft und, nicht wahr, der Anfang einer Freundschaft. Als wir uns in Rostock verabschiedeten hatte ich in der Tasche ein Exemplar meines Dramas, um es Ihnen zu geben; aber ich sagte mir schliesslich: noch nicht. Jetzt ist die Zeit da, und wenn Sie es halb so gern nehmen wie ich es Ihnen gebe, so sind wir beide froh.

Was in meinen Ferien zerstörend auf mich losging, war eine jener Entscheidungen, die ich nur durch Briefe, nur ganz mittelbar beeinflussen konnte und von denen mein ganzes Leben abhing. Es ging darum, das Mädchen das ich liebe aus den Händen von Menschen zu befreien, die es folterten und denen zu widerstehen ihm lange nicht mehr möglich sein konnte. Es ging um die Existenz der erlauchtesten, verletzlichsten Seele die ich kenne; dass davon meine eigene abhing, war beinahe Nebensache vor der furchtbaren Notwendigkeit, jenem Zustand ein Ende zu machen. Sie werden das nicht verstehen können, Fräulein Joseph, denn Sie wissen nicht wie es ist, wenn eine Mutter ihre Tochter hasst, wenn diese Tochter zugleich vor der Idee »Mutter«, selbst jener Frau gegenüber, voller Ehrfurcht ist und ganz wehrlos ist, nur leiden kann. Nun, es gelang. Das Unbegreifliche ist Realität, das Mädchen ist frei, ist hier, wir sind beieinander (wenngleich geheim); wir sind glücklich. Ich lerne langsam, glücklich zu sein; das Eis geht langsam fort, das mich solange, vier Jahre fast, einschloss und erstarrte. Ich bin nicht mehr auf meinen Hund angewiesen und auf den Monolog, den meine Seele sich selbst vorsagte; ich habe jemanden, der auch auf das antwortet, was ich *nicht* ausspreche. Und wenn auch die Zukunft noch rätselhaft verschlossen ist und dunkel, ja drohend, so ist die Gegenwart ganz Sonne und eine Landschaft deren Duft beglückt. Zu zweien gehen, zu zweien manchmal tanzen – Sie wissen wie das ist; einen Menschen ganz haben, Sie kennen auch das. Ich habe bis jetzt nichts getan als gelebt; solange ich hier bin habe ich faulgelenzt – was von Lenz herkommt; ich bin glücklich, ich lerne langsam Glücklichsein.

7. Juli. Heute gab es mindestens acht regenfreie Stunden, und alsbald komme ich Sie besuchen, liebe Lady Helena. Wir – mein Fräulein und ich, gingen tagsüber Besorgungen machen: Strümpfe die man gekauft hatte, seidene Damenstrümpfe, graue, braune und blaue, erwiesen sich als zu groß und man mußte sie umtauschen. Well, wir zogen drei Seelen stark, los: der dritte war Muck der Box, zugleich der kläglichste, denn sein Fell wurde ganz nass. Wir aber sahen aus wie die Kobolde: meine Freundin, sonst eine der elegantesten jungen Damen Münchens, in einem Bozener Mantel, ohne Hut, und die Zipfelkaputze über dem Kopf, sodass sie einem Zwerg glich, und ich in einem Tourenanzug von grünem Loden, kurzhosig, mit Überstrümpfen und festen gelben Schuhen. Ich glaube nicht, dass schon übermütigere junge Leute in diesen eleganten Straßen und Geschäften umhergegangen sind, die auf ganz ungesetzte Weise sich neckend und lachend demonstrierten, dass vielleicht ihre Konzentrationsfähigkeit, aber sicher nicht ihre Laune vom Regen abhingen. Wissen Sie warum ich Ihnen das sage? Damit Sie wissen, ein Wiebeschaffener ich jetzt bin, und dass ich die Wichtigkeit der Toilette und die Eminenz von Teddybären sehr wohl adäquat erfasse, dass ich die Flanke über den Theetisch als ein unerreichbares Ideal anstaune und das Benutzen der Universität zum persönlichen Austoben für eine musische und mathetische Bereicherung dieser Institute ansehe. Ich übe sie auch aus, aber auf andere Weise. Ich habe meiner Freundin die Erlaubnis verschafft, Geiger zu hören, was sie tut, um Grundlagen historischer und problemgeschichtlicher Art zu bekommen (G. ist keinesfalls mit Reinach oder Scheler auch nur gleichzeitig zu nennen), denn dass sie Fänomenologin ist, scheint Ihnen nicht weiter sonderbar (Schülerin Schelers in Berlin gewesen, Lektüre, mündliche »Überlieferung«). Nun gut, ich höre dieses Kolleg natürlich nicht, sondern habe bei Geiger nur ein schwaches und kursorisches Seminar über Bergsons Evolution créatrice. Mein Sohn Muck und ich kommen also als Abholer an die Universität, ich bewaffne mich mit einem Riesenstrauss von Gebirgsblumen (Blumen gibts hier, Fräulein Joseph – –!) dann muss sich Muck hinsetzen, bekommt den Strauss zwischen die Vorderpfoten gelegt und muss ihn bewachen, während ich im Innern des Gebäudes, vor der Tür des Hörsaals, meinen Posten einnehme. Und nun sitzt das große Vieh mit seinem grämlichen Doggengesicht und stiert auf den bunten Pack Blumen, bis wir kommen: dann, seines Amtes enthoben, beginnt er einen indianischen Sprungtanz an uns beiden empor, bis seine Erregung sich soweit ebnet, dass er seine Herrin nicht mehr umzuwerfen droht. Solche Sachen ereignen sich; auch kommt vor, dass ich plötzlich einen Spaziergang zwischen Wiesen unterbreche, indem ich den nächsten Abhang herunterrolle und Muck an den Hinterpfoten nachziehe, ohne darauf Rücksicht zu nehmen, dass er gerade nach Feldmäusen buddelt und seine dicke Nase vergeblich in die Erde zu zwängen versucht. So bin ich jetzt, liebes Fräulein Joseph – und zugleich offen wie nie zuvor für alles was von aussen an mich herantritt: vor allem für Sie und Ihre Angelegenheiten. Schreiben Sie mir soviel Sie können von sich und Ihrem Manne; ich wüsste sehr gern mehr von dem, dem Sie sich gegeben haben und der Sie beglückt, und ich mag nicht warten bis ich selber sehn kann. Unterdessen will ich herzlich gern mit Ihren Augen sehn; denn was die dummen Sprichwörter auch sagen mögen: die schärfsten Augen, die wahrhaft werterfassenden, wesentlich schauenden hat allein die Liebe.

Nur eines rechnete ich Ihrem Manne im ersten Augenblick des Lesens erschreckt an: dass Sie keine Jüdin mehr sind. Aber das war nur der Impuls des ersten Antwortens auf die Überraschung. Dann sagte ich mir zweierlei: erstens, dass Sie niemals Jüdin im fänomenologischen Sinne waren, d. h. von Ihnen selbst aus gesehen und zweitens, dass das objektiv Jüdische in Ihnen von Ihrem Übertritt völlig unberührt bleibt: Ihr Blut. Ja, ich sagte mir alsbald froh, dass das Geschick wieder einmal unbegreiflich schneller gearbeitet hat als ich, der ich vor hatte, Ihnen über kurz oder lang mit Nachdruck die Bibel ans Herz zu legen: nun haben Sie sie selbst gelesen, vielleicht mit anderer Einstellung als ich erstrebt hätte, vielleicht allzu theologisch orientiert, da ja ein Geistlicher

Ihren Unterricht geleitet hat, und nur das Neue Testament – aber gleichviel, Sie haben begonnen. Und nun geben Sie sich ganz ohne Scheu und Hemmung dem hin, was in den Teilen die Sie lieben zu Ihnen redet. Es kommt so garnichts darauf an, dass Sie alles das vorläufig als »Christentum« nehmen und es dem Judentum entgegenordnen. Sie wissen, wie leidenschaftlich, ja mit welchem Glück ich Jude bin, und ich sagte Ihnen auch, dass man unter den Führern der jüdischen Neugeburt beginnt, mich hinzuzuzählen: nun, es gibt sicher wenige, die die Person Jesu, von dem Luther (manchmal vergass ers auch) einmal betonte, dass er »ein geborner Jude gewest«, mit gleich leidenschaftlicher Bejahung erfassen wie ich. Alles, was am Christentum schöpferisch ist, ist im Heiligen wie im Polemischen (Paulus!) so sehr jüdisch, dass es für mich, ausser manchen Gestalten des Alten Testaments, keine großartigere, herrlichere, genialere und überirdischere Darstellung der höchsten Möglichkeit des Juden-Menschen [gibt] als Jesus von Nazareth. Aber davon und von anderem der biblischen Welt (mein Drama gibt, Ihnen vielleicht eine Ahnung, wie intensiv ich in ihr zeitweise lebte, und gerade jetzt bereite ich mich vor, einen großartigen Stoff (Könige I, 16 $_{(29)}$ – II, 2 $_{(12)}$ ⟨Könige = Bücher der Könige⟩), den des Profeten Elija, zu einem biblischen Roman zu gestalten) wollen wir später sprechen. Auch von Jahrbuch – natürlich hab ichs – und von den Münchenern hören Sie später. Heute freue ich mich nur für Sie, dass Sie bald in Göttingen sein werden, und dass ich wieder daran bin, von Ihnen einen Brief zu haben. Ich küsse Ihnen die Hand – da Sie bald junge Frau sind, ist das kein Faux-pas mehr – und bin sehr froh und

von Herzen Ihr Arnold Zweig.

Zwischen Utitz und mir hat sich doch ein sehr nettes Verhältnis ergeben: wir schreiben uns sogar!

Grüssen Sie Rostock, und die See die ich sehnsüchtig liebe. – Reinach ist in der Tat wundervoll; ich war durch »Zurechnung u. Willensfreiheit« vorbereitet, bin aber ganz entzückt, und mein Fräulein hat sich par distance in Reinach verliebt, weil er sie so glücklich machte.

8. Juli. Ich lese meinen Brief durch und finde ihn unvollständig, weil ich unterlassen habe, auf etwas Wesentliches einzugehn. Aber ich kann jetzt nichts mehr sagen. Am Abend von Regentagen bin ich ganz erschöpft; anstatt dass der Tag, wie er sonnenscheins tut, mir Kräfte zuführt, sodass ich nie frischer bin als zwischen abends 8 u. 12, verbraucht er jetzt alles, und ich lege mich früh zu bett, um morgen wieder, in einer langen Ruhe gestärkt, mit Elan leben zu können, selbst im Regen. Auf Wiedersehn, Frl. Joseph!

10. Juli. Oh Enttäuschung! der Vormittag ist herrlich und blau, man geht über Feld und ist sehr froh und frech (um zu telefonieren geht man zu ganz wildfremden Leuten ins Haus und lächelt liebenswürdig, als Schwerenöter) liegt zwischen Kornfeldern im (noch feuchten) Gras und redet über Sommerreisen: und am Nachmittag beginnt der Landregen, immer mal wieder ...

12. Juli. Der Brief muss beendet werden, und so nehme ich diesen regenfreien Vormittag dazu, während draussen das Gewölk schon wieder aufmarschiert, um wie ein Landmann rasch meine Ernte trocken einzubringen. Sie bangen, wie es scheint, vor Ihrer Hochzeit, wenigstens wünschen Sie den Termin weit weg. Nun, liebes Fräulein Joseph, Sie haben dazu ebensowenig Grund wie zu unzufriedenen Gedanken über Ihr Äusseres. Sofern Ihr Mann Sie sehr liebt und er nur halbweges taktvoll und schonend zu Ihnen steht, ist *er* es, der sich vor diesem Ereignis zu fürchten hat, denn auf ihm ruht, sofern Sie sich nur vertrauend auf ihn verlassen können, alles Schwere. Für Sie wird sich alles auf die natürlichste Weise in das Leben einordnen, um so einfacher, je weniger angstbetont der Wechsel für Sie ist. Das allermeiste der Wandlungen innerhalb der Ehe geschieht für Sie so unmerklich, dass Sie nichts davon spüren, bis Sie etwa eines Tages alte Tagebücher oder Lieblingsbücher in die Hand nehmen und staunend merken, wie sehr Ihre Neigungen, Wertungen und Urteile auf bestimmten Gebieten sich gewandelt haben. Der einzige Punkt, der nicht ohne weiteres glatt aufgeht, ist der, vor dem meine »Keusche Nacht« aus künstlerischen Gründen abbricht; das, was dort anhebt, gehört in einen Roman für sich, den ich eines Tages zu schreiben gedenke. Ich meine natürlich das fast Fysiologische der Liebe oder Ehe, die ja hier gleichzusetzen erlaubt ist. Ich werde darüber so offen sprechen als Sie wollen, und ich warte daher Ihre Stellung zu diesem Problem ab, um die meine danach zu richten. Auf diesem Gebiete gibt es ein wundervolles Hilfsmittel, sowohl des Sprechens als des Tuns: es heisst rückhaltlose Sachlichkeit und Natürlichkeit. Ich zweifele garnicht daran, dass Ihnen Ihre Mutter und, wo sie nicht hintasten will, Ihr Vater, der Arzt, alles Unheimliche und nebelhaft Beängstigende fortnehmen wird, sofern Sie nur sachlich und dringlich genug vorgehen, d. h. Fragen. Die frühere Generation wird sich zwar vielleicht über unsere heutige ein wenig entsetzen, aber da Ihre Eltern mir, aus der Ferne in der ich sie leider zu sehn genötigt bin, stets als wundervolle Eltern erschienen sind, glaube ich doch, dass sie Ihnen auch hier beistehen werden. Nur dürfen Sie nicht warten, bis Ihre Hochzeit vor der Tür ist, sondern durch Denken und Erwägung alles das an sich heranziehen, vor dem zu fliehen Sie vorläufig noch geneigt sind. Ich glaube, dass Sie sich auch hierbei, wenn Sie wollen, auf mich verlassen können. Mit herzlich grüssendem Händedruck

Ihr Arnold Zweig.

18 Arnold Zweig an Helene Joseph

Klausen i. Tirol (an der Brennerbahn) 22. August 1913:

das ist die Szene, liebes Fräulein Joseph; und der Brief wird kurz. Nicht weil ich Ihnen nicht Legionen von Seiten schreiben könnte. Aber der Berg lockt, die alten Klöster locken; auf Felszacken grüsst weiss das Kloster Saeben, das einst Sabiona hiess und ein räthisch-römisches Kastell war; der Wind stöbert in den Blättern nach Geräuschen die er etwa noch nicht aufgejagt hat, und die üppige Sonne kocht die Äpfel, die überschwer in den Zweigen hängen. Das ist nicht die Zeit, an eine liebe Freundin lange Briefe zu schreiben, zumal der Verlag auf ein zu vollendendes Buchmanuskript wartet, und zumal diese Freundin ihrer hohen Zeit entgegengeht … Liebes, liebes Fräulein Joseph! Wenn

Sie nur wissen, dass Sie hier zwei Menschen haben die Sie sehr lieben und die Ihr Geschick mit dem Herzen mitempfinden – weiter ist ja eigentlich nichts von nöten …

Sie gehen nach Zürich, Meermädel das Sie sind, in die hohen Berge; und haben doch wenigstens ein Segelwasser dabei: wie schön, und wieviele neue Dinge werden Sie zu erleben haben, ohne doch ganz auf die alten verzichten zu müssen! Wir beide, meine Liebste und ich, sind ganz glücklich, dass es Ihnen so wohl gerät, und dass Sie nicht nach Breslau oder sonstwo in die Tiefebene verschlagen werden. »Es ist wundervoll«, sagt Beatrice, »dass es Menschen in unserer Nähe gibt, denen das Leben so gerät wie es sich für sie ziemt« … (Jetzt sitzt sie, während ich auf der Veranda schreibe, an einem alten Tafelklavier neben an, und singt mit halber Stimme altitalienische Renaissancemusik.) Ja, es schickt sich Ihnen alles aufs schönste, und nur eins ist schade: dass Sie durch München kommen, während ich nicht da bin. Aber falls Sie nach Italien gehen, so liegt Klausen an der Brennerbahn, nahe bei Bozen. – Sie haben völlig recht: es gibt Sachen, die man weder der Mutter noch dem Freunde sagen kann; und mein Erbieten, ja Erwähnen dieser Sachen geschah nur, um Ihnen, falls Ihnen die Ungewissheit sehr lähmend und angstvoll auf der Seele läge, für den schlimmsten Fall einen Ausweg zu weisen. Aber da Sie sich auf Ihren Mann verlassen können – und glauben Sie nur, das ist selten, selten! – so schickt sich Ihnen auch hier alles im Guten und relativ Leichten, und die Sonne, die hier ein jauchzendes und erfrischendes Gold ausgiesst auf alle Kreatur, wird nicht aufhören, auch Ihnen zu scheinen.

Ich danke Ihnen für Ihre Worte über mein Drama. Ja, es sollte eigentlich auf der Bühne erst recht leben; aber die Bühnenleute sehen das vorläufig nicht ein. Wie könnten sie auch. Noch nie, weiss ich, ist die Tragik des ganz auf erkennendes Leben gestellten Menschen ergriffen worden wie in diesem Werk. Nabals Schicksal ist das jedes Philosophen, der seine Erkenntnis *leben* will: er will mehr, als dem Menschen gegeben ist. Denn die Sfäre des Lebens ist unbändig und sträubt sich gegen den der sie ganz erhellt und gerecht machen will. Dieser Nabal, der als *wirklicher* Mensch leben will, nur das Wichtige wichtig nehmen will, dieses aber ganz: seine Überlegenheit über die Welt da unten, und der dabei notwendig gegen jeden anderen ungerecht werden muss, der an seinem Leben auf gleich wirkliche Weise teil haben will, der zerstörend auf diese Frau wirkt, weil sie an ihm genau so teil haben will wie er an der Welt, den Sternen und der Macht teil hat – dieser Gerechte, der ungerecht, der Weise, der unweise wird, der Kühle, den ein Traum ins Wanken bringt und umwirft – keine Bühne wird ihn verstehen, kein Publikum mit ihm mitgehn können. Er ist das Größte was mir bis jetzt gelungen ist, und es ist tief beruhigend für mich zu sehen, dass ich mit diesem Werke diese Zeit hinter mir gelassen habe. Ich werde vielleicht ein ruhmloses Leben in Armut führen; aber diese Dichtung wird man eines Tages entdecken, und ich bin gesonnen, ihr Dramatisch und im Roman gleiche Brüder, größere Brüder folgen zu lassen. Solange es ein paar Menschen gibt, die sich meinen Schriften öffnen, und die, was ich ehrlich und inbrünstig aus mir entlasse, bereitwillig und herzlich aufnehmen, will ich mich nicht beklagen, nicht Mut und Kraft verlieren und weder leichtfertig noch schleuderig mit meinem Pfunde umgehn.

entschuldigen Sie bitte diesen ekelhaften Fleck; der Tisch war unsauber auf dem ich Ahnungsloser schreibe.

Nicht wahr, die Leute sind grotesk, die die Menschlichkeit Jesu anzweifeln oder verteidigen! Als ob nicht seine lebendige Seele aus jeder Seite dessen herausspritzt, was von Wichtigem an Wort, Lehre und Tun von ihm berichtet wird! Die naive Ruhe der Evangelisten müsste jedem Psychologen zu denken geben; ihre wundervolle Vertrautheit mit dem Berichteten müsste doch lehren, dass all das, ob es sich nun ganz so in der realen Existenz abgespielt habe oder ob die gläubige Beschäftigung, das Dichten des Frommen, eines oder das andere ausgebaut habe: dass all das einem wirklichen Menschen, einer aufs wesentliche Leben gerichteten Seele zugestossen sein müsse. Das Leid der Welt *sehen* und es erlösen wollen, ist eins. Und ob man es nun tut wie Nabal, der sich herauszieht und wenigstens *sich* reinhalten will, oder wie Christus, der das ganze Leid der Welt auf seine Person sammelt und so sich Beladenen zum Opfer dahin gibt, um, dem inneren Sinne nach, mit einem Male alles Unrecht, alles Weh, alles Wüten gegen sich selbst (Sünde) aus der Welt zu bringen: das ist zwar ein Unterschied der Typen, aber nicht des Wesens. Mir ist Jesus der Jude Jesus, und möglich nur als Jude; das Judesein ist seine Form des Menschseins. Sokrates konnte für seine Lehre sterben und Giordano Bruno für *seine* Lehre; Bach oder Beethoven hätte für seine Musik sterben können wie Kleist für die Größe seiner Dichtung gestorben ist; aber kein Volk der Welt hätte das Pathos oder die Größe aufbringen können, für die Seelen aller Menschen zu sterben, sich zu opfern damit die Sündlosigkeit in die Welt käme, d. h. die Einheit des Menschen mit sich selbst, ausser einem Sohne jenes Volkes, dessen Profeten die grandiose Idee der Gotteskindschaft, der Verpflichtung zur Reinheit, einer ganzen widerspenstigen Nation, auf immer unvergänglich, eingehämmert hatten. Das ist mein Volk, Helene Joseph, das ist das Ihre; wir sind Juden, das ist: wir müssen unbedingter Mensch sein als alle anderen Menschen. Und glauben Sie nur: wer, wie Sie, ganz schlicht durch alles Kirchliche hindurch nicht den evangelischen Mittler noch den katholischen Gott, sondern den *Menschen* Jesus erfasst, der steht auf vertrautere und nähere Art zu ihm als jene Christen, die sich seine Anbeter nennen und es auch sind. Wir beten ihn nicht an; aber er ist unser allergrößter Bruder.

»Die Gerechten aller Nationen haben teil am ewigen Leben« sagt ein Rabbi im Talmud, und dieser Satz gilt auch in diesem, diesseitigen Leben. Darum brauchen Sie nicht zu fürchten, dass andere als ganz natürliche Unterschiede zwischen Sie und Ihren Mann treten könnten. Jeder wahrhafte Mensch, der vom Schematismus und der gespenstischen Dagewesenheit der Leute frei ist, jeder echte und vornehme, reine und gütige Mann wird Sie verstehen und sehr lieben, sobald er Sie kennt, ob er nun Jude ist oder Germane. Und so sehe ich Ihrer Hochzeit mit tiefer Ruhe und großer Freude entgegen. Ich wünsche Ihnen Glück, das will heissen: ich wünsche Ihnen, dass die lebendige Einheit zweier Seelen, die die Ehe ist, sich Ihnen rein ergeben und ohne Kämpfe und Trübung rein erhalten soll. Ich wünsche Ihnen Geborgenheit ohne stumpfes Stehnbleiben, Erhobenheit ohne Ferne vom Wirklichen, großes Glück ohne Wirbelwind, und eine treue, starke und geliebte Hand in der Ihren; und Sonne auf den Weg, den Sie mit Ihrem Manne bald antreten.

Ihr Arnold Zweig.

[Beatrice Zweig:]
Herzlichen Gruß sendet Beatrice Zweig.

19 Arnold Zweig an Helene Weyl

München, Ismaninger 91_{I}, 2. November 1913

Liebe Frau Helene,
glauben Sie mir, dass mich der Unterton Ihrer Karte überaus beglückt? Dass ich auf ihn horchte mehr als auf das was *auf* der Karte stand? Ich bin so herzlich froh, ihn zu hören, dass ich alle Ihre Vorwürfe in den Mittagswind schlage, der soeben von den Feldern her weht, den Brief in Tirol als erhalten bestätige und sofort mit irgend einem der vielen Dinge beginne, die sich erzählen lassen; nachdem ich vorher gefragt habe, ob Sie aus Venedig eine Karte über Ribnitz bekommen haben. Ja, wir waren in Venedig, zehn Tage, vorher fünf am lago di Garda, vorher vier in Bozen. Klausen wissen Sie. Wie eine Perlmuttene Insel, wie eine sonngoldene Wolke im Herbst, wie ein Traum von Musik und Glanz liegen diese Tage, liegt besonders Venedig hinter uns, ein neues Rückgrat für unser Leben, ein Hafen der sich nie schliesst. Ich bringe ausser allem anderen, außer einem menschlich neuen Erblühen und einer Erhöhung meiner Blutwärme um fünf Grad, ausser der Vision von der Möglichkeit eines Lebens ohne hässlich-praktische Umwelt, einen ganz neuen Begriff von großer Kunst heim. Alle Renaissancekunst, auch der Colleone, alle Bauten, Bilder, Räume, Kirchen der Renaissance erwiesen sich als kalt, prunkvoll und hohl! ohne jede Seele, ohne spirituellen Geist, ohne metafysischen Hintergrund! Die *ganze* Renaissance, wie sie sich in Venedig zeigte, liegt unterhalb der Massstäbe mit denen ich an Kunst herangehe! Welcher Chok! Und ich hätte mir misstraut, wenn nicht dreierlei unerhört bezaubernd meine Seele, unsere Seelen zum Singen gebracht hätte: die gotischen Paläste

am Canale, die frühgotischen Bilder in der Academia, und das Innere von San Marco mit der herrlichsten religiösen Kunst die ich kenne, den großen frühen Mosaïken, die eine unbegreifliche Einheit aus Kraft, Geist, Adel, Frommheit und Schöne darstellen. Wir haben uns Reproduktionen mitgebracht, Fotos die in unseren Zimmern hängen und in die Wände gleichsam ein Loch reissen das den Blick in die blaue Ewigkeit zieht die hinter Mauern und Dingen ist. Aber vom Lichte Venedigs und vom Zauber seiner Morgen, vom Meeresprunk am Lido, von der Sonne abends hinter den Kuppeln der Salute, Redentore, Giorgio Maggiore, hinter den aufgereckten Campaniles, von der rosigen Marmorfront des Palazzo Ducale im Abendlicht, von alledem und von den Nächten, den warmen Nächten in die immer von irgendwoher Gesang fällt, oder eine Hornmusik oder Gitarren – von alledem schweig ich, halb ohnmächtig und halb in Eifersucht. Ich weiss ja, dass ich Ihnen nicht mehr machen kann als Sehnsucht, und die sollen Sie fühlen. Wir hatten die beste Jahreszeit die man haben kann, erwischt: einen goldnen September.

Wir mussten Geldes wegen »heim«, d. h. nach München; und kaum dort überfiel uns das äffische Nachspiel und Schicksal, dass es herauszukommen drohte, meine Freundin habe gewagt Ferien zu machen, sie habe (sie, die Zarteste, eben von vierjähriger Krankheit Genesene!) nicht den ganzen Sommer gearbeitet und das teure Geld des Vaters (homme de presqu'une million) zum Fenster hinausgeworfen. ⟨Man hatte ihr auch verboten, sich mit ihrer sehr geliebten Schwester zu treffen, die zu gleicher Zeit wie wir reisten, in Weimar war, aus purer Bosheit verboten, angeblich um die »heilsame Isolierung« nicht zu unterbrechen. Und habe ich Ihnen mal geschrieben, dass man sie *nur* darum aus dem Hause gelassen hat weil man genau wusste, sie würde allein ganz hilflos und unglücklich sein? das letztere hab ich ja nun glücklich zu nichte gemacht ...⟩ Es war natürlich auch von mir die Rede aber nur sehr vag; man schleuderte Vermutungen, war aber so feig nicht selbst zu schreiben, sondern eben jene Schwester zu zwingen, alle diese Vermutungen in einem Briefe niederzulegen; man hofft so, die beiden Schwestern zu entzweien da sie zusammen eine Macht bildeten. Die Sache schien ziemlich gefährlich; aber ich, selbst wenig angegriffen und nur in Verzweiflung zu sehn wie Bice litt, herausgerissen aus dem ersten Glück ihres Lebens, arbeitete mit Überlegung, Marie (die Schwester) half brav und so ging das Ganze harmlos vorbei. Wissen Sie, warum ich Ihnen dergleichen breit vorlege? Damit Sie uns nicht für Leute halten, die ohne Not andere Leute belügen und hintergehn. Wie gräßlich uns dieser Zustand ist, dieses fortwährende Unfrei- und Gehemmtsein, das verbergen wir schonend einander; weil wir es ja ohnehin einer vom andern ganz genau wissen. Sobald es irgend geht, das heisst sobald ich eine Anstellung finde, heiraten wir – obs biegt oder bricht ... für heute genug davon und von allen Miseren.

Ich war dann auf eine Woche in Berlin und Leipzig, meines neuen Buches wegen, obenbesagter Anstellung wegen und um den Kongress für Aesthetik mitzumachen. Das Schönste dabei war für mich viel Zusammensein mit Scheler; ferner mit Utitz und Geiger. (Utitz und Scheler gaben sich viel miteinander ab). Das Niveau des Kongresses: unglaublich, ganz unglaublich dumm. Der beste Vortrag natürlich Geiger: über Scheingefühle; methodisch gut aber leer Utitz über allg. Kunstwissenschaft; angenehm Worringer über Ornamentik, Kayssler über das Schaffen des Schauspielers; systematisch gut aber falsch Jonas Cohn über Autonomie der Kunst. Das ist fast alles. Das Schlechte (Walzel, Basch, Zieben, Lamprecht, Wolff – Kiel, auch Dessoir, auch Cornelius und noch viele, viele) so schlecht dass man sich an den Kopf fasste. Nicht *eine* Diskussion von Niveau.

Ich schliesse für heute; der Essai ist ja ohnehin Verlängerung genug. Bice grüsst Sie von Herzen; sie richtet sich innerlich an Ihrem wundervollen Schicksal sehr auf: »Wie schön, dass solche Lebensläufe noch möglich sind«, sagte sie einmal. Schreiben Sie bald und soviel Sie sagen können. Ich bin glücklich wenn Sie es sind

Ihr Zweig.

Und grüssen Sie Ihren Mann aufs beste, besonders wenn Sie gerade sehr gut gelaunt sind; d. h. wenn dieser Brief Ihnen die Laune nicht gemindert hat. Von meinem neuen Buch später. Haben Sie ihm Claudia schon gegeben?

Verzeihen Sie diese Lücken; das Mädchen hat meinen Schreibtisch mit Petrol befleckt.

20 Arnold Zweig an Helene Weyl

München, 28. XII 1913

Liebe freundliche Frau Helene,
Ihre Briefe sind so erquickend und es beglückt so sehr, Ihre Existenz von der Nähe zu sehn, dass man sich jeden Tag einen wünscht, und den Drang hat, immer gleich zu antworten. Aber der Arbeit ist für mich so viel! Ich werde zwischen den Plänen meines Dichtens und meiner Dissertation so hin und hergerissen, dazu nimmt mir die Tatsache, dass wir zwei in zwei verschiedenen Wohnungen wohnen, soviel Zeit, und ein Esel von Gesangschüler der neben mir übt soviel Konzentration, dass ich in Gedanken die frohsten Briefe an Sie beide sende, und in der Wirklichkeit mich mit diesem kurzen begnügen muss. Wüssten Sie, wie wohl Sie uns tun! Wie Ihre Teilnahme an meinen Büchern und an uns Wärme und Elastizität gibt! Das Novellenbuch erscheint vorläufig nicht. Ich finde keinen Verlag dafür; meiner und der eines befreundeten Lektors haben es, unter den größten Lobhudeleien, abgewiesen, weil mit Novellenbüchern in Deutschland kein Geschäft gemacht wird. Ich hatte mit dem Gelde dafür meinen Doktor bauen wollen; ich mache keine Schulden (ausser beim Buchhändler). Ich habe zwei kleine Novellen geschrieben die mir die Zeitschriften zurückgeben, weil sie ganz unpopulär seien. Aber das weiss ich ja, dass ichs bin. Und dennoch bin ich glücklich. Denken Sie was ich mache, um zu sehn, wie gut es mir geht. Erst schicke ich Bice nach Haus, wo hin man sie eingeladen hat und wohin sie garnicht will, und dann setze ich mich hin und schreibe in 7 Tagen eine fünfaktige Tragödie, deren Stoff mir erst eine Woche vor Anfang in den Horizont kam! Gestern ward

sie fertig; gestern schrieb ich den 4. und 5. Akt. Von der ganzen Sache hat Bice keine Ahnung (am 24. schickte ich sie nach Berlin, hart genug war mirs) und ich komme zu keinem Entschluss, ob ich ihrs schreiben oder ob ich ihre Rückkehr abwarten soll. Die Tragödie spielt 1882/83, heisst »der Ritualmord in Ungarn«, beginnt und endet im Himmel und bringt Dämonen und Heilige mitten zwischen die realistischesten Szenen. Glauben Sie mir, gestern war ich glücklich, und Sie sind die ersten dies erfahren. Seit den Aufzeichnungen über eine Familie Klopfer, die ich September (?) 1909 in 6 Tagen schrieb (Verlag Langen, mein erstes Buch), habe ich nichts Großes mehr so rapide geschrieben (die Keusche Nacht in einem Tage, fast wörtlich wie sie gedruckt ist, Passion in zweien). Nehmen Sie mirs übel dass ich alter Esel renommiere? Nein, weiss ich. – Meinen Aufsatz mögen Sie nicht? Das habe ich mir gedacht, und das gefällt mir von Ihnen, denn Sie sind eine so in sich ruhende Ganzheit, dass jede Hinneigung zu der ungeheuren Bewegung, die das neue Judentum ist, kein Plus sondern ein Minus bei Ihnen wäre. Aber Scheler hält ihn wert, auch Geiger. Scheler ist ein grosser Nabalfreund geworden, und publiziert ausserdem fleissig in den »Weissen Blättern« (im letzten Heft, unter uns, unter dem Pseudonym Ulrich Hegendorff, im vorletzten unter dem eigenen; schöne Dinge). Zum Nabal-Bühnen-Problem dies: Dessau, das Hoftheater, beschäftigt sich damit, und die Hellerauer Festspiele haben mich, »zu einem vorläufig noch unmitteilbaren Zweck« um ein Exemplar gebeten. Mein Gott, wenn sies aufführten! Mein neues Drama ist unglaublich für die Bühne. Aber ich rede heute von nichts als Literatur. Und doch bin ichs jetzt weniger als je. Ich freue mich, nein wir freuen uns so unendlich über Ihr Glück! Ach ja, jung sein, beieinander sein und produktiv sein, das ist, wenn man keine Sorgen hat, der Inbegriff des irdischen Glückes – nämlich wenn mans so ernst mit sich und mit einander meint wie wir, Sie und wir. Vor einem produktiven Mathematiker – im Vertrauen – werde ich ganz klein und hässlich. Ich habe großes Verlangen mal kennen zu lernen wie das ist – ich kanns mir nicht vorstellen, es muss sehr kalt und sehr berauschend (hinterher) sein. Ich selbst arbeite innerlich an meiner Entdeckung eines bestimmten filosofischen Gesetzes der Pervertirungen und Entartungen im kulturellen Sein; ich habe da eine hübsche Entdeckung gemacht. Aber ich und immer ich! Wenn Sie in der Neujahrsnacht beieinander und glücklich sind, so denken Sie bitte an einen strammen Einsiedel und nabalischen Weinschwelg in München, der bis 12 arbeiten und seine Zigarre rauchen wird, um 12 aber erst nach Berlin und dann nach Zürich herzliche Wunschgedanken zu senden verspricht, und grüßen Sie ihn bald, wie er und seine Liebste Sie, in einem (aber längeren) Briefe. Ich bin Ihnen beiden sehr ergeben: Ihr Zweig.

Hoffentlich hatten Sie eine schöne Weihnacht? Ich bekam von meiner Wirtin einen Teller Obst u. Pfefferkuchen, und mein Muck bekam eine Wurst. Und Sie?

21 Arnold Zweig an Helene Weyl

[München] 9. März 1914

Liebe Freundin,
wie lange habe ich schweigen müssen! Ich hielt mich, nachdem mein neues Drama fertig war (es ist ein allerneuestes und heisst »Claudias Ehebruch« Schauspiel in 4 Akten von Arnold Zweig) schadlos durch ein häufiges, sehr herzliches und warmes an Sie denken – von dem Sie freilich nichts hatten, wenn es nicht als ein Mahngeist lindernd vor Sie trat, falls Sie geneigt gewesen sein sollten, mich Säumenden zu schelten; und dieses Denken kleidete ich in die Formel: wie ist es möglich, vielleicht in den Ferien mit Weÿls zusammenzutreffen? Was haben Sie vor? Wir, Bice und ich, wollen reisen, in Berge und südliches Land; am Gardasee sich zu treffen – sollte es nicht möglich sein? Schreiben Sie mir hierüber bald ein Wort, liebe schöne Freundin und Frau; bald, denn wir wechseln am 1. April unsere Wohnungen wollen erst am 15. eine neue beziehen, und gedenken listig 14 Tage doppelter Miete zu sparen. Und nun zu Ihrem Brief, der mit seiner warmen Farbe seine Gesinnung auf der Stirn trägt und sein liebes Herz auf der Hand.

Meine Dissertation (dieselbe von Rostock, über Rudnick) ist viel mehr als das neue Drama an meinem langen Schweigen schuld, denn, denken Sie, plötzlich entdeckt man auf meine Anstachelung im Gleimhaus zu Halberstadt ein Exemplar einer lateinischen Abhandlung von 1736 mit handschriftlichen Notizen Rudnicks! 17 Seiten neues Material! Umarbeitung der letzten Teile der Dissertation! Neue Literatur! Eine tägliche Arbeit im Arbeitssaal der Universitätsbibliothek, da man mir das Ms nicht mit nachhause gibt! Ich muss in Gegenwart vieler Leute arbeiten, die hin- und herlaufen, ich darf nicht rauchen, ich darf nicht nach Belieben pausieren! Oh Gott, was hab ich armer Krebs ausgestanden! Ich bin erst seit 6 Tagen mit dem Kopieren und den Vorarbeiten fertig, und jetzt mache ich daheim weiter, wo es behaglicher zugeht, und wo die Zigarre mein Herz wärmt (raucht Ihr Mann? denn Sie verstehn sowas doch nicht.). – Nein, mit Filosofie hat meine Arbeit nichts, oder nur wenig zu tun. Diese Entdeckung, nach der Sie fragen, ist kulturfilosofischer Art. Ich fragte mich eines Tages: was ist Kitsch und wie entsteht er? Ich sah alsbald: es gibt ethische (Pharisäismus) soziologische (Beamtentum) pädagogische (heutige Schule) Parallelerscheinungen zu diesem sehr merkwürdigen aesthetischen Fänomen; ich ging weiter und fand überrascht, dass all das, was wir (im unbiologischen Sinne) Perversionen geistiger Haltungen nennen, damit zusammenhängt, und ich endete dabei, den Grund der heutigen Mechanisierung des Weltbildes und des Lebens zu ahnen. All das hängt mit etwas ganz primitivem zusammen, das mit menschlichem Tun im allgemeinen erklärt werden muss: man muss von den Folgen einer Handlung scheiden 1) ihren Zweck den sie haben soll 2) den Erfolg den sie hat 3) den Sinn der ihr innewohnt 4) die »Funktion« die sie mit sich zieht, dh. das Ereignis oder Ergebnis, das, ohne gewollt zu sein, notwendig an die Handlung gebunden ist. Die Wesensgesetze die das Verhältnis dieser 4 Geschiedenheiten regeln, kann ich hier nicht aufstellen, auch hab ich sie noch nicht alle. Ankommen tut es darauf, dass die Menschen Nr. 4 einer Tat A, weil das Ereignis ihnen erwünscht war, oft als Nr. 1 einer neuen Handlung B setzen, um es »direkter« zu erreichen, und dass, statt des erwarteten und erwünschten A 4, etwas ganz neues, Verfälschtes, eben z. b. jene oben aufgezählten Dinge das Ergebnis waren: statt eines schönen Bildes ein süsser Kitsch, statt eines Frommen ein Farisäer, statt eines »Staats«mannes im griechischen Sinne ein Beamter etc. Wenn mein Gesehenes stimmt, darf ich an die beendete Darstellung die Möglichkeiten setzen, das sie Wege zu einer natürlicheren Gestaltung des Lebens weisen wird. Wie weit es freilich damit kommen wird, weiss ich nicht; die Arbeit liegt mitten zwischen Reinach und Scheler (schade, dass Ihr Mann nichts von ihm hält) und erfordert eigentlich mehr, als ich mir zutraue. Aber ich habe mir zeitlebens zu wenig zugetraut, und so darf ich wohl mich einmal übernehmen. Ich werde in der nächsten Zeit mit dem Ausarbeiten beginnen. Das sind, bis auf eines, all meine augenblicklichen Beziehungen zur Fänomenologie; dies eine aber sind neue Scheler-Arbeiten in den Weissen Blättern, darunter eine wundervolle unter dem Pseudonym Ulrich Hegendorff, Zur Rehabilitierung der Tugend (Heft 4), dann eine »Der Bourgeois« in Heft 6 (die ich noch nicht kenne) und eine in Heft 3 Zur Philosofie des Lebens (Nietzsche – Dilthey – Husserl – Bergson) die aber alle in einem bald zu erscheinenden Essaibuch auch kommen werden. Er ist ein Prachtkerl und Sie sollten seine Partei halten, gegen ihren Eheherrn; und obgleich ich nichts von all den Problemen verstehe, die Sie zwischen Mathematik und Fänomenologie hin und her jagen, sag ich Ihnen doch: Scheler ist schon was, und Husserl auch. Es wäre übrigens doch *sehr* erwünscht, wenn ihr Mann seine theoretischen Gedanken (filosofischen, meine ich) einmal aufschriebe, es fehlt daran so sehr! Vielleicht dass er ihnen von Zeit zu Zeit diktierte? Zusammenarbeit fördert sich von selbst, auch wenn sie von Küssen unterbrochen wird, und es bleibt doch im Notierten immer etwas positiv Gerettetes.

Mein Ritualmorddrama muss nun seinen kinesischen (reizendes Wortspiel!) Titel behalten, denn er sagt genau das was vorliegt. Ich habe an dem Geschick eines Knaben die ganze furchtbare Tragödie meines Volkes im Exil gestaltet, und unter genauer Benutzung eines Vorkommnisses von 1881 ein hartes, düsteres und erhobenes Drama geschrieben, das im Himmel anfängt, im Himmel endet, von Dämonenszenen durchsetzt ist und Volk gegen Volk, seelische Gewalt gegen seelische Gewalt stellt. Ich glaube, es wird Ihnen beiden trotzdem gefallen; denn das Menschliche hinter dem Nationalen zu vergessen ist meine Art nicht. Und wie um das zu beweisen, hab ich in den Faschingstagen, während ich meine Liebste, die durch Krankheit vier Jahre nicht auf Festen sein konnte, auf die bunten und tanzvollen Feste führte die die »Künstler« hier geben, mein neuestes Drama geschrieben, das sich an einem Abend zwischen Claudia und Walter ereignet, Seele nackt gegen Seele stellt, und nach einem tötlichen Kampf von Erlebnissen, Erkenntnissen und Gefühlen einen neuen, lichten Weg öffnet. Ich glaube mit diesem Werk in eine zukünftige Dramatik hineingeschritten zu sein; wenns geht, werden Sie es noch diesen Sommer lesen. Ich hatte Bice nichts davon erzählt dass es schon begonnen sei, um sie zu überraschen, und es ging auch bis zur Beendigung des 2. Aktes. Aber ich war beschwert von dem tiefen Ernst meiner Arbeit, und nicht leicht genug, dem Fasching genugzutun, sodass ich sie durch meine Schwere selbst am Tanzen – Fliegen hinderte. Das betrübte sie, und da sie den Grund nicht kannte, war es ihr sehr wenig recht; da, um ihre Verstimmung zu beseitigen, musste ich denn gestehen was mich so ernst machte; und sogleich war alles gut … Auch mein Geschichtenbuch soll diesen Sommer kommen; eine dieser Geschichten finden Sie in Heft 6 der »Güldenkammer« (Bremen). Ach, liebe Freundin, schreiben Sie mir viel von sich, auch »lyrische Gedichte«, auch Hausfrauenpoesie; ich bin so froh, von Ihnen zu hören! In diesen Frühlingstagen, mit Blumen und einer geliebten Frau, Gelingen und fruchtbares Schaffen hinter mir, ist es so schön von anderem Glück zu wissen. Wem das Leben leicht wird, der hat gut Lieder singen, und nichts taugt uns besser zur Arbeit als leichtes Leben; so ermutige ich meine Augen an Ihrem Bilde, die auch das haben, was uns noch fehlt: die Gewissheit schattenloser Zukunft zu glückseliger Gegenwart. Schreiben Sie mir auch, wann Sie Geburtstag haben; und hören Sie noch eines: ich lasse Sie nie mehr, soweits an mir liegt, lange auf Antwort warten. Wir grüßen Sie beide froh und guten Herzens; leben Sie wohl!

Ihr Zweig

Die Weissen Blätter haben drei gute Mitarbeiter: Scheler, Buber, Franz Werfel; sonst taugen sie nicht mehr als alle anderen Revüen. Ihre Hedda-Dürieux-Begegnung freut mich recht; Th. Mann treffe ich manchmal im Theater oder auf der Straße (wir wohnen in einer Gegend); aber »Tod in Venedig« ist mir zu kalt, wenn auch gut gemacht; lebendige Einzelheiten, aber im Ganzen schöner Leichnam (böse?)

22 Arnold und Beatrice Zweig an Helene Weyl

Solln II, Hofbrunnstr 29_{II}, 17. April 1914

Liebste Freundin, schöne lady Helena,
halten Sie uns nicht für Bären sondern nur für Auspackende, weil wir bis jetzt geschwiegen haben. Es genüge Ihnen – denn ich habe keine Lust, Sie und mich mit der Aufzählung unserer Missgeschicke zu belästigen, die damit begannen, dass wir ankommend unsere Koffer nicht vorfanden – die Tatsache, dass ich erst gestern meine Bücher aufgestellt habe, und meinen Hund mit einem kahlen, von weisser Salbe verzierten Rücken aus dem Spital auch gestern, nach Solln brachte. Nun bin ich, besser sind wir, all right, wenn auch zur Behaglichkeit noch manches mangelt. Aber ich komme doch endlich dazu, die vielen in Gedanken geschriebenen Briefe in einen realen umzusetzen – zu welchem Behufe ich um sieben aufgestanden bin, während Beatrice noch im Bette liegt, denn es ist halb elf, und sie ist vom Aus-Packen etwas kaputt; ich aber habe schon einen Spaziergang hinter mir mit hellblauem Himmel und Frühwind, mit Birkenhainen voller Anemonen, mit großen großen Wiesen auf denen Muck Hasen jagt und auf denen nachmittags Schafherden bis vor unser Fenster grasen, mit Tannenwald der gleichfalls vor unsern Fenstern hinter der Wiese beginnt, und mit Rehen, die in den jung bestellten Feldern äsen, und von denen eines 12 Schritt von mir entfernt gemütlich in den Wald geht, während Muck eine tolle Disziplin wahrt und Rebhühner knarrend neben uns auffliegen.

Schön ist Solln, nicht wahr? Und von meinem Balkon sehe ich die Alpen perlfarbig um die Hochebene gelagert, dieweil der Wind seine Stirn an der Hauskante zerstösst. Das ist der Frühling – auch bei uns hat er Kirschbäume in japanische Bilder verwandelt, und wenn Sie einen See besitzen, so gibts hier die große Ebene, auf der man pflügt und über die der Wind saust, und eine Viertelstunde entfernt schiesst und braust die grüne Isar über die Blöcke ihres Bettes. Nun wissen Sie, wies bei uns aussieht, und über die Wohnung ein andermal – da sie ja doch nicht halb so stolz ist wie die Ihre …

Ja, liebe liebe Frau Helene, nun sind wir also wieder auseinander, und wenn ich an die Tage der Gemeinsamkeit zurückdenke, so sind sie ein schönes helles Kontinuum, und ärgerlich ist mir nur das hinderliche Wetter, und dass ich weder Kellers Grab, noch Bodmers Buch, noch Hodlers Bilder in Zürich gesehn habe. Sonst ist alles für ein erstes Beieinander zu vieren unglaublich gut abgelaufen. Das schönste des Ganzen war freilich erstmals Sie, die Sie menschlich so viel viel weiter gekommen sind als früher, und, wofür ich Gewissheit habe, noch viel weiter kommen werden; denn ich glaube bemerkt zu haben, dass Sie, in der kurzen Zeit von dem Vorlesen meiner neuen Claudia bis zur Abfahrt, einen ganze[n] Knäuel wichtiger Probleme des menschlichen Zusammenlebens, die Sie vorher unerörtert gelassen hätten, mit Ihrer prächtigen Energie in den Bereich des zu Bedenkenden gezogen haben (ich verschrieb mich eben zweimal, weil Muck mich für sich reklamierte und ich ihn beschwichtigen musste). Und das zweite Schönste (das gibts, trotz Logik) schien mir Ihres Mannes und Ihr Verhältnis zu einander, worüber ich nur dieses sagen will, dass Ihr Jungsein auf mich wie ein Tauwind überwehte und mir, der ich beständig zu Schwere und Ernst neige (wofür es ja Gründe gibt) einen Auftrieb gegeben hat, der beständig in mir nachwirken wird. Ihr Mann ist sehr liebenswert, und wenn Sie ihn ein wenig von der Mathematik abziehen, der Kunst zu, für die er so starke Triebe hat (Sie freilich noch stärkere, und Sie sollten sie kräftig pflegen), wird er zwar anfangs traurig sein, am Ende es Ihnen aber danken. Denn für sein Vorlesen der plattdütschen Märchen danken wir beide ihm noch besonders und dauernd. Man muss mit dieser Art Dichtung im Kontakt bleiben, oder man wird früher oder später verkümmern, trotz Rilke und Dostojewski. (Am liebsten würde ich Ihnen andauernd Liebeserklärungen machen, wahrhaftig, denn mir wird das Herz warm, sooft ich mir Sie vorstelle, und wissen Sie wie vorstelle? in dem gelben noch ungemachten Kleid; aber Sie selbst haben ja Lyrik aus unsern Briefen verbannt, und da haben Sies nun; und dürfen, aus eignem Verbot heraus, nicht hören, was für eine schöne und prachtvolle Freundin ich in Zürich habe, und wie verliebt ich, und nicht ich allein, in Sie bin (au weh, »sie« hätte ja klein geschrieben bleiben müssen!) Jedenfalls hat unser Bündnis eine neue Plattform bekommen, ein neues Stockwerk, wenn Sie wollen, auf dem es wärmer und entzückter zu leben ist. Aber bleiben wir sachlich.)

Sagen Sie mir etwas über meine neuen Arbeiten, was auch immer Sie sagen, kann fruchtbar für mich und sie sein. Denn ich bin alles andere als ein verliebter Vater, ich gedenke durchaus, wie ichs mit Bices Einwänden auch mache, alles gesagte erst für richtig zu nehmen, und daraufhin mein Werk noch einmal zu prüfen. Ich lehne erst ab wenn ich nicht anders *kann.* So werde ich die Pfarrhausszene auf alle Fälle noch einmal schreiben, und erst die beiden fertigen Fassungen darauf hin ansehn, welches die endgültige werden soll. Ich weiss nicht, ob ich mich bei Ihnen nicht aus einer sehr unangenehmen aber mir eingeborenen Sprödigkeit nicht schlechter, d. h. gegen anderes Verdienst absprechender gegeben habe als ich bin; ich lobe und liebe anderer Dichtung sehr, aber ich spreche ungern darüber, weil es mir im Sprechen weniger auf Mitteilung als auf Erkenntniszuwachs ankommt, und ich bestrebt bin, an den Fehlern anderer zu lernen, ebenso wie an meinen eigenen Fehlern (Tangente z. b., oder meine Gedichte, über die ich den Stab gebrochen hatte, und endgültig, ehe Sie sie lobten [)]. Sagen Sie mir auch darüber etwas, wenn Sie sie noch im Gedächtnis haben. Und was Sie über »Simson« geschrieben haben, müssen Sie mir schikken. Im ersten Forumheft steht, abgesehen von dem peinlichen Herausgeber, etwas entzückendes von Thomas Mann, unserer »Liebe«.

Ihr Mann wird sich nun schon wieder, froh seiner Ungestörtheit, auf seine Arbeit gestürzt haben, und auch ich, sobald die Wehen des Wohnungswechsels vorüber sind, denke daran, zu arbeiten. In meinem Kopfe streiten sich zwei Komödien und eine Tragödie ganz großen Stils mit einem Roman, und da meine Promotion, auch noch da, mich am raschen Hintereinanderschreiben behindert, ja es unmöglich macht, werde ich mich wohl für den Roman entscheiden, der in Göttingen spielen soll, und dem ich zwei oder drei Stunden des Tages zu weihen gedenke. Er wird wohl »Tagtraum« heissen, oder so, und die Liebe eines Studenten zu einer Dreizehnjährigen als erotische Komponente haben; ausserdem wird die Handlung von einer filosofischen, einer kulturpolitischen und einer persönlich-menschlichen (»Freundschafts-«) Komponente ausgemacht werden. Ich freue mich eigentlich sehr auf das Werk; Sie werden viele Bekannte darin finden, und auch sich selbst. Hoffentlich merkt man dann, wie verliebt ich, mit Bices Erlaubnis natürlich, in Sie bin – mag Ihr Mann sagen was er will – und in dieser heiteren und warmen Gesinnung lassen Sie mich für heute schliessen, indem ich Ihnen, wie allabendlich, die Hände küsse, aber beide und mit großer herzlicher Zuneigung und Zärtlichkeit (wenn Sie dies Wort genehmigen). Leben Sie beide glücklich! Ihr Zweig.

München, d. 17. IV. 14.

Meine liebe Frau Helene Weyl,
Wir kommen eben von den Feldern zurück und finden auf dem Tische liegend den »Ritualmord« vom Deutschen Theater zurückgesand. Ich bin noch nicht in der Verfassung Ihnen lang schreiben zu können, lassen Sie mich nur Ihnen und Ihrem Mann Peter meinen schönsten Dank für die hellen, freundschaftlichen Tage sagen, die wir bei Ihnen hatten.

Ein andermal mehr.

Ich grüße Sie beide von Herzen.

Teddy auch.

Ihre Beatrice Zweig.

[Arnold Zweig:]
Ich auch – und ich finde es unglaublich, mit welcher Kälte ich diese an sich betrübliche Tatsache hinnehme. Bice freilich ... sie hatte für unsere Zukunft so viel von der Annahme erwartet ...

23 Beatrice und Arnold Zweig an Helene Weyl

Solln, d. 25. Mai 1914.

Liebe Helene Weyl,
ich nehme einen Briefbogen aus Arnolds Schublade, die immer noch ganz stark nach Schweizer Lindt Schokolade riecht, um für den Rest dieses heißen grauen Vormittags bei Ihnen zu sein. Wir hatten seit einem Monat ununterbrochen Besuch, Dr. Buber und seine Frau waren bis gestern hier, Clemens kam und zuguterletzt eine liebe Freundin, Pianistin aus Berlin, die jetzt noch in unserm Hause wohnt, bis sie weiter fährt, nach Italien; ich habe alle lieben in den grünen kühlen Wald geschickt, um Ihnen endlich schreiben zu können.

Von Arnold ist zu sagen, daß er sich tüchtig und tapfer und ganz ruhig überlegen nach wenigen Tagen mit der Rücksendung des Dramas abgefunden hat. Die Pfarrhausscene wird in einen Dialog aufgelöst, und das ganze Drama durch noch eine Dämonenscene vertieft, sie steht aber erst in Arnolds Kopf, darum schreib ich noch nichts Präzises darüber, Claudia ist auch noch durchgearbeitet worden und an den Verlag Kurt Wolff abgegangen, der es bestimmt zurückgeben wird.

Ich freue mich von ganzem Herzen über Ihr schönes ernstes Interesse an Arnolds Werken. Ich habe aber das strikte Gefühl (ich bitte sie herzlichst, mir zu vergeben, wenn ich mich verfühlt haben sollte, was leicht möglich sein kann) daß Ihnen, aber mehr noch Ihrem Mann, den ich *sehr* gern habe, Arnolds Menschlichkeit etwas peinlich ist. Ich schreibe Ihnen das, liebe Helene Weyl, weil ich zwischen Menschen, die ich schätze und liebe eine ganze und echte Reinlichkeit brauche eine klare luft, in der man frei und leicht atmet, wie auf Bergen, über die die Sonne scheint und der frische duftende Wind hergeht. Ich weiß nun, daß mein Mann eher schroff und hart als liebenswürdig, eher wild und stürmend als sanft und leis auf die Dinge losgeht, wenigstens war es in Zürich so, zu mir ist er der zarteste, behutsamste, sachteste Mensch, der je mein Leben irgendwie berührt hat, und man muß ihn lange und aus der Nähe sehen, um diesen Menschen zu kennen. Ich kann alle diese Dinge unmöglich einer Frau verschweigen, die selber liebt, die selber ein ganzes und hingegebenes Frauenleben lebt, ohne in meinem innigsten und wärmsten von ihr getrennt zu sein, ich hätte Ihnen sonst die Dinge nicht zugemutet, mitanzuhören. Ich fühlte hinter Ihrem Brief irgend etwas krampfhaftes, das Sie hastig verbergen, aus Zartgefühl, um nicht zu enttäuschen, nicht wehe zu tun, ich danke Ihnen für diese zarte Gesinnung, sie ist in Ihrer Lage das Rechte, in meiner ist es das Rechte Sie herzlich zu bitten, daß Sie mir nichts verschweigen, was Ihnen unangenehm war, was mehr noch Ihrem Mann unangenehm war, ich weiß ja viele Dinge, weil ich sie mit angesehen habe, aber ich will erst Sie hören und schreibe dann von andern Dingen, aber erst muß dies aufgeräumt sein.

Mein gelbes Kleid ist nett geworden, das rötliche hab ich mit grauen Rüschen aus Tüll am Halse und einem schmalen grauen Seidengürtel arbeiten lassen, es ist sehr schön. Die Philosophie geben Sie doch nicht auf, gelt? Ich kann auch kein Kolleg bei Geiger hören, und kann nichts tun, als bessere Zeiten abzuwarten und vorläufig mit meinem Mann zu arbeiten, was der gescheiteste Beruf für mich ist, denn ich werde vielleicht gezwungen sein, Modezeichnen zu lernen, was häßlich, richtig häßlich ist.

Haben Sie Ihre Novelle schon weiter geschickt? Wenn die Jugend sie nicht nimmt, nimmt sie eben eine andre, lassen Sie sich nur nicht entmutigen.

Für heute grüße ich Sie herzlichst, liebe Frau Helene Weyl, Sie und Ihren Peter und Teddy.

Ihre Beatrice Zweig.

25. V. 1914

Liebe Freundin,

Worte mehr als Sätze schreib ich, denn ich bin seit einer Woche schrecklich erkältet und das gibt mir Kopfweh, manchmal unerträgliches. Wie lieb von Ihnen Wurst für Muck! Körbchen haben wir zu Bices Schmuckkörbchen gemacht, schön mit Seide gefüttert. Marie Zweig ist jetzt unser Hausgenosse, ausser der von B. beschriebenen Freundin; viel Klaviermusik, da beide Pianisten, und viel Reden. – Ich habe mit Verlegern zu tun. Mein Novellenbuch noch immer keinen Verlag (Hyperion kann sich nicht entscheiden, höre nichts darüber) Tragödie auch noch keinen, Claudia-Drama gestern zu Wolff. Ich habe das Kalte, Überlegte aus Claudias Hingabe entfernt. Sie würden sich besser jetzt damit vertragen. Und ich arbeite Ritualmord vertiefend um. Neue Szenen zwei oder drei, gerechter gegen Ungarn; tiefere, transzendente Begründung der Motive aller Handlung. Ich nenne es auch vielleicht um: »Die Jüdische Tragödie«. Aber ich habe noch nichts aufschreiben können. Wird, dennoch schon sichtbar, unendlich verbessert. Orientiere Moritz Scharfs Leiden u. Tod an Isaacs Opferung. Sobald mein Kopf wieder will – heute erster Tag halbwegs – arbeite ich. Man rät mir dringend, Werk ins Jiddische übersetzen zu lassen und in New York zu spielen. Tus auch.

Alles Menschliche überlass ich Bice, die was auf dem Herzen hatte. In gesünderen Tagen schreib ich mehr, denn schliesslich sind Besuche beieinander doch nicht dazu da, um zu entfremden, und Menschen sind Aufgaben. Herzlich wie

immer Ihr Zweig.

Das Beste für Ihren Mann.

24 Arnold Zweig an Helene Weyl

Solln II, Hofbrunnstr 29 II, 27/8. 14

Liebe Frau Helene,

vorgestern kam, sehr begrüßt, Ihre Karte, und regte mich eigentlich zu sofortiger Antwort an. Aber wir Packen, und ich sitze ausserdem scharf hinter einer neuen Arbeit, sodass ich mirs verkneifen musste, sogleich zu schreiben. Wir packen – das heisst, wir müssen uns trennen. Bice geht nach Berlin zu ihren Eltern, ich nach Kattowitz zu den meinen, um dort, den Ereignissen näher als hier, meinen Landsturmdienst zu tun. Was uns das bedeutet, werden Sie sich vorstellen können; und uns hält nur der Gedanke in aller Fassung, ja Heiterkeit, dass es die Größe und der Zwang der Zeit ist, der uns trennt – Notwendigkeit, die starke Trösterin. Wir haben beide Sinn für Wirklichkeit, und dass es diese Art von Realität ist, die auch unser Geschick in ihre Gleise einbezieht, und uns am eigenen Leibe die große Not und die alles überragende Pracht und Macht der Gegenwert fühlen lässt, dafür sind wir *dankbar.* Wir, Menschen die so gerne achten und das Achtbare und Echte überall suchten, sehen mit einem manchmal wahrhaft heissen Glück plötzlich, über Nacht, aus einem Volke ichsüchtiger Krämer und patriotisch-politischer Phrasendrescher das große tüchtige deutsche Volk erwachen; der fette Bürger, unser Antagonist, lernt plötzlich wieder sich einordnen, opfern, echt fühlen – er verliert seine moralische Hässlichkeit, er wird schön! Dies schon beglückt; und so genügt es zu sagen, dass die Haltung des Heeres, des Einzelnen wie der Gesammtheit, des Gemeinen wie der Leitung, der Zurückgebliebenen wie derer in der Front, ganz herrlich ist – ein jauchzendes, tollkühnes Entzücken vibriert in mir, wenn ich die Zeitungen lese. Wissen Sie, wie einer der Kommandierenden dem Großen Generalstab einen der großen lothringenschen Siege meldete? »Die vorgeschriebene Linie ist erreicht«, lautete das Telegramm! Das grosse Deutschland ist wieder da, die klare ungeheuer geniale Kälte der Kantischen Intuition und das Feuer Beethovenscher Allegretti und Scherzi spukt in der deutschen Kriegführung, die tragende Ordnung »romanisch«-deutscher Fassaden und der gefasste, schweigsame Griffel holbeinscher Zeichnungen gibt sich kund im Rythmus des organisatorischen Lebens der Daheimgeblieben[en] – und über allem hängt die furchtlose Nähe des Todes (und des Teufels = Schreckens) aus Dürers großem Blatt. Der Ritter reitet. Dass Liliencron dieses Deutschland nicht mehr erlebte!

Ich habe viel, viel neue Gedanken über das Wesen der Nation gehabt, die ich noch nicht fixieren kann. So hat mich die im tiefsten verbindende Kraft der *Kulturgemeinschaft*, die mir früher nicht *so* gegeben war, geradezu überfallen. Ich weiss ganz genau – und Sie wissen, dass das zu meinem Glücke gehört –: ich nehme meinen leidenschaftlichen Anteil an unseres Deutschlands Geschick *als Jude*, auf meine mir eingeborene jüdische Art mache ich die deutsche Sache zu meiner Sache; ich höre nicht auf, Jude zu sein, sondern ich bin es *immer mehr*, je wilder ich mich freue, je tiefer ich empfinde, je heftiger ich nach Aktivität dränge. Ich wäre als Kriegsfreiwilliger gegangen, aber ausser meiner Verpflichtung gegen Bice war es vor allem meine körperliche Zartheit, die mich abhielt. Ich habe mit dem Gedanken und Entschluss eine lange Woche schwer gerungen: aber ich sehe ja nichts! Auf 400 Meter schiesse ich, selbst mit Brille, ja an einem Hause vorbei, weil ich es schlecht sehe – und 400 Meter ist das normale Minimum. Sie haben hier aus meiner Bekanntschaft allein 3 Leute, große Hochtouristen und Skiläufer, wegen kleiner Mängel zurückgestellt, denn es sind etwa 1 Million 20000 Kriegsfreiwilliger in Deutschland vorhanden. Man braucht mich nicht. Also stürme ich Land und schreibe. Ich habe ende Juli den Plan einer neuen Tragödie »Der Abtrünnige« gefasst, und am 2. August die Niederschrift begonnen; ich habe sie mit aller Energie gefördert, denn ich kann nicht untätig sein, und so ging es, gestern den zweiten Akt zu beenden. Sie hat 3 Akte, ein Vor- und zwei Zwischenspiele, und wird, wie billig, wenn sie fertig ist, »Ritualmord« um ein Beträchtliches übertreffen. Von letzterem nur dies: es ist mitten im Druck liegen geblieben; ganz gesetzt, ganz korrigiert, die ersten 6 Bogen ausgedruckt (ich hab sie, auf sehr schönem Papier, schön gedruckt) und nun höre ich nichts mehr. Die Leiter des Verlags sind beide im Feld. Somit müssen wir warten. Wien (Neue Wiener Bühne) hatte für 1915 angenommen, der Schauspieler des Moritz, Jacob Feldhammer, war sehr entzückt und plante mit dem Werk eine Tournée in oesterreichischen Städten; die Verhandlung mit Reinhardt stand dicht vor dem positiven Abschluss; Bice und ich waren gewiss, im Frühling zu heiraten. Auch das »Geschichtenbuch« sollte gerade gedruckt werden, und sowohl der Neue Merkur wie die Weissen Blätter wie das Forum hatten Arbeiten (z. T. große) von mir kurz vor dem Druck (Oktober meine größte Novelle »Saint-Pierre und die Schulherren« im Merkur gesichert). Meine Produktivität ist groß; Sie finden im neuen Simplicissimus eine eben entstandene Reminiszenz meiner Reise in Baden, von der ich Ihnen eine Karte sandte; und die moralischen Probleme des Krieges reizen mich zu novellistischer Gestaltung auf.

Soviel von mir. Was unsere persönlichen Erlebnisse miteinander angeht (dass Sie von mir enttäuscht waren, besonders Ihr Mann) wird sich einrichten. Man müsste einmal längere Zeit auf neutralem Gebiet mit einander umgehen; ich stand im Frühling unter schlimmen Sternen. Auch ich bin mit Ihnen nicht ganz zufrieden. Sie verlieren in Ihrer Ehe zuviel von Ihren persönlichsten Werten; Sie färben zu sehr von Ihrem Manne ab (grüßen Sie ihn herzlich) und das sollen Sie nicht. Er hat Sie doch geheiratet wie Sie noch ganz Helene Josef waren, und nicht in Mathematik ertranken. Davon später mehr; auch von dem überraschenden und Neuen Ihrer Karte. Es hat mich sehr nachdenklich gemacht, und ich sage Ihnen meine Gedanken ganz freimütig von Kattowitz aus, (Friedrichstr 13 ab 1. September) wenn Sie mir vorher mitteilen dass Sie sie hören wollen.

Ich habe Sie sehr lieb und halte Sie sehr wert. Ich schicke Ihnen Ihr Buch und eine Korrektur des »Ritualmordes« – arm wie ich darin bin; den Reichtum eines gebundenen Exemplars kriegen Sie sobald wie ich.

Ihres Mannes und vor allem

Ihr Arnold Zweig.

[Beatrice Zweig:]
Liebe Helene Weyl, von mir bekommen Sie einen Brief extra, für heute viele herzliche Grüße an Sie und Ihren lieben Mann.

Ihre Beatrice Zweig.

25 Arnold und Beatrice Zweig an Helene Weyl

Kattowitz, O/Sch. 27. [–29.] IX. 14
13 Friedrichstr

Liebe Freundin, liebe Frau Helene,
ich habe eben Ihren Brief mit tiefer Freude und Bewegung gelesen, und ich setze mich hin, um eine Antwort zu beginnen. Ja, ich war oft daran, Ihnen inzwischen zu schreiben, wie es Ihnen geht und was Professor Peter macht (dem ich eine herzliche Menge von Genesungswünschen mitsende, und sagen Sie ihm, dass alle Genialität auf jedem Gebiete schlechthin unersetzlich ist, jetzt besonders, und dass, wem das Leben einen schwachen Körper gegeben hat, daraus nur lernen soll, es verlange von ihm Dienste des Geistes: Kriege gehen vorüber, aber die Mathematik bleibt) aber, nach dieser langen Klammer gesagt, wir dürfen erst seit heute nacht darauf rechnen, dass die Briefe etc. die wir schreiben auch wirklich *abgehen*. Wir hatten Postsperre, und zwar ist das nur durch einen Zufall herausgekommen, so geheim war sie. Nämlich: die Lage hier unten hat eine ungeheuer überraschende Wendung genommen; nachdem sie durch die (durchaus tüchtige) Defensivstellung der Österreicher bei Lemberg und durch das Zurückgehen der Lubliner Armee (Dankl oder Auffenberg) für Oberschlesien immerhin so war, dass sehr viele Leute mit einer kurzen Invasion der Russen rechneten und Frauen und Töchter panisch nach Berlin – Breslau transportierten. Dass ich zu diesen Leuten nicht gehörte, ja dass ich einen grimmigen Spott für alle Panikmacher und Ausreisser hatte, glauben Sie mir. Immerhin standen preussische Truppen nur ganz dünn jenseits unserer Grenze, und diese haben zum Teil furchtbare Verluste erlitten (schon sind drei oder vier meiner hiesigen Bekannten »aus«). Aber nun ist, wie gesagt, alles verändert; und da ich nicht weiss, ob ich Ihnen davon schreiben darf, will ich nur sagen, dass wir eine neue Armee gebildet haben, die eine Woche lang hier durchfuhr, und deren Kommando Excellenz Generaloberst v. Hindenburg hat, der in Ostpreussen einige Übung im Russensieg sich erworben hat. (In den masurischen Sümpfen u. Seeen 150000 tote Russen schlecht gerechnet, 90000 lebendige

Gefangene – man glaubt es kaum!) Damit sei das politische erledigt, oder besser, abgeschnitten, und es beginne das Zwiegespräch zwischen Ihnen und mir.

Wissen Sie, dass ich Sie sehr lieb habe, Sie so recht im Herzen hege und zärtlich betreue als etwas sehr Zartes und sehr Geliebtes? Und nun stellen Sie sich vor, wie mir verarmt und regnerisch zu mute war, als sich diese Fremde zwischen uns aufmachte – denn ich gehe mit einem sehr warmen und offenen Herzen auf die wenigen Menschen zu die ich liebe, und ich bin also leicht zu verwunden. Es ist aber nicht wahr, dass Sie die Schuld haben. Schuld daran war (– meine persönlichen Fehler abgerechnet, z. b. dass ich im Gespräche so absprechend und respektlos erscheine, weil ich die Wertschätzung derjenigen Dinge (Dichter zb.) über die ich lästere, im Gemüte als Voraussetzung voll gegeben halte, so voll, dass ich nicht darauf komme, zu loben – weil sich das von selbst versteht –) dass wir in zwei verschiedenen ethischen Welten leben, Sie beide und wir beide, und dass ich mit »Claudias Ehebruch« nichtsahnend in die Ihre einbrach; dieses Drama genommen nur als Ausdruck für die Verschiedenheit des Lebens, die sich in jedem Gespräche auftat, nur dass ich, von Bice die die Lage viel schneller erfasste als ich gewarnt, dann darüber wegzuleben versuchte. Das war das große Unrecht unserer Freundschaft. Wir sollten sein und sind doch auch Menschen, die es vertragen, die Grundlagen ihres Lebens zu erörtern ohne dass sie die Achtung verlieren, die die Vorbedingung jeder Gemeinschaft von Menschen bildet, wenigstens von Menschen wie wir. Ich bin durch die Niedrigkeit der Eltern meiner Frau zu soviel Lügen gezwungen, dass mir der Ekel davor bis an den Hals steht, und selbst auf Kosten meiner liebsten menschlichen Beziehungen werde ich, auch die sogenannte »Lebenslüge« des Herrn Ibsen, jede Lüge, jede Unwahrhaftigkeit, jeden möglichen Irrtum aus diesen Beziehungen ausmerzen. Das Element meines Lebens mit Bice, die Reinheit, die restlose Offenbarung und Verständigung über alle eminenten Grundlagen unseres Miteinanderseins – all das muss, wenn auch in minderer Heftigkeit und Endgültigkeit, auch zwischen uns zu errichten sein; sonst ist unsere Beziehung eine Sünde am Wesen der Freundschaft. Sie werden mir all das zugeben, denn Sie werden hoffentlich nicht jene zivilisierte Überschätzung der »Distanz« im Verkehren mitmachen, die heute, gründend auf schlechtgelesenem Nietzsche, die Bindung zwischen jungen Menschen so kalt und kahl, ja so unmöglich macht. Das ist mir kein Respektieren des Anderen, das auf Verschweigen gebaut ist; Offenheit plus Achtung erst ermöglicht auf meiner Stufe die Gemeinschaft. Denn nichts ist mir ferner als der Bürgerirrtum, die Anerkennung eines Andersseins heisse entweder Unterwerfung des eigenen Seins unter den Aspekt des Fremden, oder Verachtung des Anderen, Nachsetzung gegenüber dem Eigenen. Es gibt eine intellektuelle Nachsetzung, die sich verträgt mit persönlicher Hochachtung; ich kann eine Moral als niedriger ablehnen und meine Gründe dafür angeben, zugleich aber den Menschen der ihr nachlebt mit ganzer wertschätzender Liebe lieben. Verzeihen Sie diese Trivialität, aber ich will lieber geschwätzig sein als Missverständnis ermöglichen.

Wissen Sie das Grundfänomen, das unsere Welten scheidet? Es heisst: die sittliche Autonomie der Frau als Person (wenn ich vorläufig von der noch prinzipielleren Frage absehe, die auf die Grundlagen der Ethik geht nach der gelebt wird. Für Sie beide sind diese Grundlagen undiskutabel, d. h. übernommen von der Formung der augenblicklich geltenden Moral (z. b. der Ihrer beiden Elternhäuser); für uns sind sie erst gegeben auf Grund einer sehr inbrünstigen Bemühung um ihre erkenntnismässige, wertfühlende Gewissheit. Davon später mehr.), angewendet auf das fraulichste Gebiet, nämlich die Sittlichkeit des Erotisch-Sexuellen. Ich rufe Ihnen zwei Aussprüche ins Gedächtnis, die Sie beide vertreten haben: der erste, dass Sie nicht glauben könnten, es gäbe Mädchen die sich ohne Ehe hingeben und dennoch wertvolle Menschen sind; der zweite, als Sie über die Erziehung Ihrer Kinder sprechend, beide der Meinung waren, man könne zwar den Knaben Freiheit gönnen, die Mädchen aber müsse man ganz streng halten. Das erste anlangend, scheide ich zunächst *unseren* Fall, nämlich Bices und meinen, ganz aus, da wir längst eine Ehe haben, so echt und unzerstörbar wie ich sie selten fand, wenn auch ohne jene Legitimierung die uns vorläufig ja auf lange hin verschlossen bleibt. Aber ganz prinzipiell gesprochen: ich halte das Mädchen, das sich nicht mit einem Manne bindet, ohne zu wissen wie seine erotischen, ja sexuellen »Manieren« sind, für wertvoller als das blind in eine Ehe tretende, die entweder mit einer Katastrofe oder mit schleppendem Elend, Gleichgültigkeit, Ehebruch endet. (Dass es glückliche Fälle gibt, beweist nichts, weil man nicht jedem Mädchen die seelische Hellsichtigkeit und das *Glück* zusprechen darf, das zum Beispiel Sie, Liebe, hatten und haben.) Ja, ich lehne auch die ungeheure Überschätzung des Erotisch-Sexuellen zur Charakterisierung der Frau unbedingt ab. Sie werden mir zugeben, dass a priori nichts für die bürgerliche Gleichsetzung spricht, dass ein Mädchen, welches sich einem begehrten Manne gibt, ein gemeines Mädchen, umgekehrt eins, das sich nur mit dem Trauring gibt, ein wertvolles Mädchen ist. Hier treten die Grundlagen der ethischen Gesinnung zu tage: die bürgerliche Moral schliesst das Sexuelle von der Person der Frau aus und weist es der Familie zu. Nur als Mitglied einer Familie kann man das Mädchen werten, wenn man Hingabe ohne Ehe = Entehrung setzt – nämlich = Entehrung der Familie. Und so komme ich zu dem Grundsatze der Verschiedenheit: es gibt heute eine steigende Zahl von Mädchen, die individuelle Personen sind und ebensowenig nur Teile einer Familie wie die Söhne. Diese Mädchen gleichzusetzen mit unbeherrschten, lüsternen oder dirnenhaften (ich sollte besser sagen sexuell »gemeinen«) Frauen, ist ein Unrecht, nicht wahr? Und dieses Unrecht liegt Ihrem Satze gefühlsmässig zu Grunde. »Strenge« Erziehung, dh. Erziehung nach der Tradition, die den Wert der Familie höher setzt als den der Person (wie sie heute noch im niederen Adel, im Judentum und in der guten bürgerlichen Familie herrscht) hält dann aber nur solange vor als man das Mädchen innerhalb des Elternhauses vollkommen festhalten kann (was in der Großstadt schon heut unmöglich ist). In dem Augenblick, wo es aber jener großen und edlen Strömung verfällt, die das Geschlecht in die Erneuerung der Sittlichkeit einbezieht, wo es sein Person-sein erlebt (ich spreche von dem edlen Falle des begabten Mädchens) und erfährt, die sittliche Haltung zu sich selbst stehe in der Rangordnung höher als die konventionelle – und dieser Erneuerung gehört die Zukunft – – in diesem Augenblick wird die Entfremdung gegen auch das bestmeinendste Elternhaus Tatsache; und Sie können es erleben, dass Sie von ihren eigenen Töchtern verlassen werden, zum mindesten aber, dass Ihre Töchter Sie mit schonender Verschweigung aller wesentlichen und seelenhaften Erlebnisse lohnen – Entfremdung statt Einheit und Liebe eintritt. Töchter nämlich, liebe Freundin, sind selbständige Menschen – heute wenige, morgen mehr. Ich kann Ihnen nicht alles entwickeln was ich meine, wenn ich persönliche Sittlichkeit sage, oder kritische Sittlichkeit, oder autonome Sittlichkeit. Ich bin ganz sicher, dass Sie mich verstehen; ich wende mich an die fänomenologisch gebildete Frau mit der Frage, ob das Geschlecht ein Tabu bildet, oder ob es in die Welt der Werte und des Ethischen mit eingeht, für die bürgerliche Moral (ohne Verachtung gesagt) ist sie das Tabu; und der Sinn meiner »Novellen um Claudia« ist das Erwachen der Autonomen Sittlichkeit der Frau. In diesem Sinne ist das Drama Claudia die Vollendung jenes anderen Buches – nur dass ich heute dieses Manuskript als etwas noch nicht fertiges im Sinne halte. Ich höre für heute damit auf; ich will Ihren Brief ganz beantworten – zumal ich glaube, dass die Erörterung dieses Temas in unserem Briefwechsel nicht mehr abreissen wird bis wir zur klaren Feststellung unserer und Ihrer Haltung kommen: immer unter der unveränderten Achtung und Freundschaft für einander.

28. Montag, Ein trüber Tag, weiss Gott, Liebe; wäre er heller, so käme ich wohl besser darüber hinweg, dass ich nun schon eine Woche ohne Post von der bin, ohne die mein Leben ein Rad ohne Speichen ist. Nein, keine Arbeit vermag mich zu erfüllen. Die empfindlichen Quellen meiner Produktion sind fast gelähmt; ich habe eine kleine Novelle geschrieben, aber ich brauchte 12 Tage dazu, und die große Aufgabe meine neue Tragödie »Der Abtrünnige« zu beenden, liegt auf mir fast unbehebbar, und doch ist sie im Kopfe reif und bereit gewesen, und hätte ich Geld gehabt in Solln zu bleiben, so wäre sie längst beendet, denn es fehlt nur noch der dritte Akt der ersten Niederschrift ... Nein, Helene Weyl, nichts ist in der Lage, mich aus der kalten Ruhe zu reissen die diese Entfernung mir auferlegt; denn in Bices Elternhaus hat sich nichts verändert – große Zeiten erweisen im Gemeinen nur die Gemeinheit als konstitutiv – nur Bices Haltung hat sich verändert. Sie macht Konzessionen in Kleidung und Lebensform, und behält eine heitere Überlegenheit über all das, die ich von ihrer starken Seele nicht anders erwartete – sie ist einer der stärksten Menschen die ich kenne, nach der Horatio-Formel: »Denn du warst als littst du nichts indem du alles littst« (ich kann heute nicht einmal gut zitieren) – ist dabei aber, objektiv, natürlich sehr unglücklich, wie jeder Mensch, dessen Lebensluft adlige Reinheit und geistige Leidenschaft ist, und der in schlechter Gesellschaft zu leben gezwungen ist … Sie lernt Kochen, gründlich, um sowohl ihre Mutter zu besänftigen als auch etwas Positives von dieser Zeit zu haben, und glaubt (wirklich, oder scheinbar?) daran, dass wir in einem halben Jahre heiraten würden – eine genaue Unmöglichkeit … Ich bin wie der russische Soldat: unerschütterlich in der Defensive, aber zum Erobern, zum Angriff auf das Leben wenig geschaffen; das allerdings ist, streng gesprochen, auch nicht mein Amt … Ich wollte, ich könnte Ihnen meine neue Tragödie vorlesen. Sie würden sehen, dass ich »Ritualmord« weit unter mir gelassen habe, dass ich vielleicht erst ganz am Beginn meines Könnens stehe, denn ich stehe ja noch immer auch fast am Beginn meines Seins, und mein Können ist so fest gebunden an mein Sein, dass ich erst dann mein volles Mass leisten werde, wenn ich, aller Sorge ledig auf lange hin, mit Bice in bescheidenen und sicheren Glücksumständen werde leben können, in einer eigenen Wohnung – wie schön sollte die werden! nicht weit von Wald und Wasser, mit einem Monatlichen Einkommen von 500 Mark. Sie sehen, die Forderung die ich stelle wird jeder Geistige bescheiden nennen, und nun vergleichen Sie die absolute Unerreichbarkeit dieses Ideals mit meinen Mitteln, um das zugleich ruhige und täuschungslose Gefühl zu kennen, mit dem ich jetzt lebe. Bice schreibt selten, weil sie mir nicht die Wahrheit schreiben will, denn wenn sie schreibt: ich leide, so weiss sie, was sie mir zufügt, und sie will mich natürlich schonen … Ach ihr Frauen; wenn ihr gesteht, nur durch uns zu leben, so leben wir nicht weniger durch euch … Am 4. oder 5. Oktober, höre ich, wird sich entscheiden, ob ich jetzt schon oder erst später eingezogen werde. Wenn ja, was ich wünsche – denn dann bin ich aller Verantwortung für mein Leben in diesen

Tagen ledig – dann ist es gut. Wenn nein, so will ich das alberne und lederne Geschäft der Promotion auf mich nehmen; und das werde ich wohl hier in Kattowitz tun müssen, denn anderwärts zu sein habe ich kein Geld, sodass ich nur zum Mündlichen fortfahren werde. Bice aber hoffe ich zu einer hamburger Freundin bringen zu können, die wir beide persönlich nicht kennen – eine herrliche Bekanntschaft in Briefen (und Bildern) auf Grund meiner Claudianovellen. Denn solange sie bei ihren »Eltern« ist, kann ich nichts arbeiten. Ja, die Zeit ist herrlich; ohne sie und ihren Zwang, ohne das unendliche Elend der ganzen Länder in denen man kämpft und vor dem das eigene zur Flaumfeder verschwebt, würden wir uns in ruheloser Qual verzehren; allerdings musste schon der Weltkrieg kommen, um uns auseinander zu reissen und alle unsere Hoffnung zu vernichten. Denn was nach dem Kriege aus einem Dichter werden soll, der in so eminent jüdischer Richtung dichtet wie ich, das ist garnicht abzusehen. Und da Literat = Landsturm ist, werden Stellen für mich nicht leichter sondern schwerer zu finden sein. Schon jetzt beginnt in Berlin und anderswo der Antisemitismus – die Dummheit ... Vergessen Sie die Baryscenen, liebe Frau, wenn sie Sie quälen, und halten Sie sich an das, was Ihnen gefällt; es wird das wesentliche sein. Aber was die jüdische Mystik angeht, so ist sie ein ganz isoliert gewordenes Werk des Judentums, beeinflusst kaum von Plotin, und in der Kabbala viel früher als Ekkehard. Ihre Erneuerung aber fand sie, ganz fern von einer Ahnung und gar Kenntnis Ekkehards, in Podolien und Wolhynien, in der Bewegung des Chassidismus (18. Jhundert), gespeist von den Strömen des mystischen Judentums, das nie abgerissen hat von den Profeten und Essäern her. Ich bitte Sie dringend, lesen Sie die Buberschen Bücher Die Legende des Baalschem und die Geschichten des Rabbi Nachman, vor allem aber Bubers Einleitungen dazu; Sie werden in ihnen ein Judentum finden von einer Größe und Innigkeit wie es niemand in Europa weiss. Ich würde Ihnen meine Exemplare schicken, aber es werden ja Pakete nicht angenommen. Diese Bücher sind, bei allen Schwächen die ich wohl weiss, ein großer dauernder Besitz; sie erschienen bei Rütten und Loening, sehr schön gedruckt. Auch sollten Sie die mÿstischen Dokumente besitzen, die Buber aus allen Ländern gesammelt hat (Ekstatische Konfessionen, Diederichs) und die besonders Frauenberichte aus deutschen Klöstern enthalten – neben persischem, indischem, französischem Gute. Den Gott meines Dramas habe ich, da ich ein *Drama* schrieb, aktiviert; nur ein bewegender Gott ist dramatisch gestaltbar. Wenn Sie später einmal das Drama als Buch besitzen, so lesen Sie doch einmal alle überirdischen Szenen und nur sie hinter einander. Vielleicht ist die realistische Tönung (Kleinheit) der irdischen Szenen, das Historische, zum Mangel des Werkes geworden; aber es ging nicht anders, es ward mir so diktiert. – Lassen wir das Gespräch für heute, die Post geht noch immer nicht ab; vielleicht musiziere ich Bices Bilde etwas vor, denn es dämmert, und morgen reden wir von Ihrem Kinde. Leben Sie wohl, Liebe.

29. 9.:

Wenn Sie hätten wählen können, wäre das Kind wohl nicht gekommen, nichtwahr. Ich glaube, dass die Willkürlichmachung dieses wichtigsten biologischen Frauenproblems ganz auf dem Wege unserer Naturbeherrschung liegt, und zwar im Sinne einer Respektierung der autonomen Frau. Wie es liegt, kostet das Kind die Frau körperlich 2 Jahre, geistig mindestens eines, abgesehen von den Beschwerden und Gefahren und Leiden der Geburt. Wo Gebären die einzige *Leistung* der Frau ist, mag sie das ruhig auf sich nehmen. Wo das nicht der Fall ist, dh. wo die Frau aus sich selbst einen an sich schon wertvollen Menschen zu gestalten arbeitet und fähig ist, schneidet ein unwillkürlich empfangenes Kind in ihre Entwickelung ein; zumal jede geistige Frau, um dem Kinde gerecht zu werden und ihm gewachsen zu sein, den Zeitpunkt ihrer eigenen Reife dafür abwarten wird. Reif sein für ein Kind heisst, in gewissem Sinne, selbstgenügsam und gesichert in sich ruhen. Ich habe die Erfahrung studierender und arbeitender Frauen, dass die schwerste Sache der Mutterschaft darin liegt, dass das Kind *immer* bei einem bleibt, dass man nie mehr ganz sein eigener Regent ist. Darum will die Claudia des Dramas *noch* kein Kind. Ich sage ferner, dass mir *nur* die Frau und ihr Wunsch massgebend wäre, wann wir ein Kind haben sollten. Ich bin ein leidenschaftlicher Kamerad junger Wesen, und verstehe mich zum Erstaunen auf Kinder, weil ich sie so sehr liebe. Aber da Bice die Geburt und all das vorher zu leisten hat, ohne dass ich ihr unmittelbar dabei helfen könnte, darum ist es ihr *Recht*, dass sie und nicht ich den Zeitpunkt (ekliges Wort!) ihrer Bereitschaft wähle. Da sie wie jede echte Frau alle ihre Instinkte zu Kindern ziehen, kann ich mich darauf verlassen, dass sie sich rechtzeitig entscheiden wird. Vater*stolz* ist mir die verächtlichste und komischste Eigenschaft des Bürgers, der selbst seine natürlichen Funktionen als Leistung empfindet – mangels anderer Leistungen und Werten des Daseins. Wir empfinden hier beide gleich, Liebe; und ich glaube, dass Sie auch all dem was ich weiter oben sagte, zustimmen werden. Ich kann Ihnen in Ihrer persönlichen Lage nur eines geben: Entweder ignorieren Sie den Kleinen, oder behorchen Sie ihn, oder – lieben Sie ihn. Dann müssten Sie die Näherei Ihrer Mutter überlassen, und solange Sie noch können resolut Ihr arbeitsames Leben weiterführen, mit Ihren Büchern und mit Ihren Dichtungen. Und erst, wenn das Kleine selber ungeduldig wird, mit radikalem Abwenden *nur* Mutter sein. Das Theoretische über Wachstum, Nahrung und Pflege des Kindes vor der Geburt werden Sie ja ohnehin einmal ansehen, und mit Peters Hilfe, dem ich eine schnelle Genesung von Herzen wünsche, werden Sie in jenen heiteren und gemächlich reifenden Zustand geraten, der Ihnen dann am besten dient. Sie sind ein Obstbaum geworden, Liebe, und ich denke mit großer Zärtlichkeit an das Judendeutschenkind, das ich einmal bei Ihnen treffen werde; es wird eine treffliche Mischung, davon bin ich jetzt schon überzeugt. Ein Kind ist, da es nun mal kommt, neben allem andern ja vor ihm doch auch Freude. Und ich weiss, dass meine süsse Bice Sie beneiden wird – halt, sie weiss es ja schon, also: Sie beneidet, obwohl sie sicher die gleichen Vorbehalte macht wie ich. Mutter werden: innen in der Seele bleibt es ja doch herrlich, wie jedes große Geheimnis – wie jeder unmittelbare Anschluss an die schaffende Natur, an die Schöpfung der Welt. Bleiben Sie mir gut.

Ihr Zweig

Ich sende den Brief über Berlin, damit Bice Ihnen auch gleich schreibe.

Berlin, d. 7. Oktober 1914.

Meine liebe Helene Weyl, Arnold hat mir Ihren Brief geschickt und er hat mich sehr erschüttert. Es ist das alte Problem unseres Frauengeschickes, das mich lange Zeit in Auflehnung, Empörung und Disharmonie gegen mein Frausein brachte, es schien mir, als hätte die Natur mich gewaltsam eingestampft, in einen Boden, gegen den ich mich mit aller Gewalt sträubte; daß sie mich einpflanzen wollte, statt daß ich fliegen durfte, frei, unbezwungen, heute in die Wolken, morgen zwischen Sternen, dann wieder im Gesträuch, über Wasser, Länder, Winde. Ich sah einmal in Barnstorff bei Rostock eine Hirschfamilie. Der Hirsch kannte sein junges überhaupt nicht, er sprang und lief munter herum, ein freies Geschöpf, ein lebendes Geschöpf. Die Hirschkuh war viel jünger, sie hatte nur kurze Zeit leben dürfen, nun war sie schon gebannt und war ganz Sorge für das andre Geschöpf, die herrliche Welt war ihr, auf einige Zeit, verschlossen. Ich weinte damals vor Zorn und Empörung, ich hielt das für *das* Frauenschicksal. Ich sehe es jetzt aber ganz anders. Die Männer haben den freien, starken Geist, unabgelenkt und herrlich. Wir Frauen, wenn wir echte Frauen sind, können uns nie so frei, so beglückend einstellen, ich habe immer das Gefühl, daß die Natur uns mit Keulenschlägen in das dumpfe, dumme, triebhafte, vitale Reich zurücktreiben will. Aber nun tut sich etwas ganz Großes für uns auf, etwas, was uns größer macht als die Männer, wo sie hinten bleiben und unter uns bleiben, nämlich, daß wir in der Seele des schaffenden Gottes sind. Daß wir dem Ur Reiche nahe und verbunden sind. Nie wird ein Mann mit seinem Geist, mit seiner Vernunft das letzte Wesen der Dinge anrühren können. Wir werden es in unsren Adern spüren. Ich habe oft diesen Sommer mit Arnold davon gesprochen, wenn wir durch den Wald gingen, daß es uns verschlossen ist, das Wachsen eines Baumes bestimmen zu können, wie die Äste sich dehnen, wie die Stiele der Gräser langsam in die Höhe steigen; und wenn man 5 Samenkörner einpflanzt, welche Kraft nun aus dem einen die eichenhafteste Eiche, ein Feldstiefmütterchen, einen lebendigen Käfer macht. Ich fühlte ein jauchzendes Emporgetragen werden dabei. Nein, bis dahin reicht nicht der Menschenverstand, aber die weibliche Seele kann in ihren höchsten, stärksten und edelsten Fähigkeiten dahin kommen, diese Dinge ahnend zu erfassen. Man kann fast immer aus der Niedrigkeit seines Geschickes, allen Mächten zum Trotz, etwas ganz Großes machen. Und ich finde, daß die höchste Erfüllung des Glückes und des Lebens ist, ganz Mensch und Mann, und ganz Mensch und Frau zu sein. Die jüdische Mystik sagt, die einzige Erklärung, was denn der Sinn des menschlichen Lebens sei, ist: die Schöpfung ist da »zum Lobe Gottes.« Ich kenne keine andre, die mir wahrer erscheint, und die uns eine größere, eine heiligere Aufgabe stellt. Seitdem habe ich mich völlig mit meinem Frausein abgefunden, das mich erst von dem letzten und erhabensten Menschsein auszustoßen schien, immer weniger nahe der rohen und groben Materie, immer näher dem reinen Geiste, der reinen Seele, die doch beide zusammen das göttliche sind, ein Ziel um das es sich schon lohnt, Mensch zu sein und leidender Mensch zu sein, wenn es sein muß. Nur scheint mir der freudige Weg, wenn man das Glück hat, ihn geschenkt zu bekommen, noch menschenwürdiger [zu sein]. Man könnte nur etwas von einem Menschen wissen, wenn man in ihn hineinkriecht. Wir Frauen sind Bäume und es liegt in unseren Möglichkeiten, wenn wir auch noch einen reinen und leichten Verstand haben wie Sie, liebe Freundin, weiser zu werden, als der weiseste Mann. Aber ich gebe Ihnen das eine zu, was mich bei Ihnen so tief erschüttert, wir weiblichen Menschen müssen oft lange genug geflogen sein, lange genug Menschen gewesen sein, ehe wir Mütter werden. Ich werde später Kinder haben, aber erst wenn ich viel genug gelebt habe, ich bin noch ganz hungrig nach Leben und Freiheit und nach mir. Wenn ich meinen Mann ganz liebe so bleibt in meiner Seele immer noch eine sehnsüchtige und suchende Stelle, Kinder zu lieben. Aber ich muß noch einige Jahre haben. Ich kann keine gute Mutter sein, wie ich es von mir verlange, ehe ich nicht reif bin. Ich bin es noch nicht, ich komme mir vor wie ein saurer Apfel; man muß Zeit haben, wir müssen selber langsam fertig werden, ehe wir das Leben weiter geben und anderes werden lassen. Ich glaube, daß Kinder uns oft den Weg zu unsrer Vollkommenheit geben. Es ist schrecklich für Sie, daß Ihr Kind zu früh kommt und ich kann es *so* sehr gut fühlen, es ist ganz schrecklich. Aber sehen Sie, da es unabänderlich ist, ist es wohl so für Sie bestimmt, und Sie sollen etwas daraus machen. Haben Sie denn alles getan um dies Schwere zu vermeiden? Es läßt sich doch fast mit genauer Sicherheit fernhalten, wenn man mit einer freien Natürlichkeit und Sachlichkeit sein Schicksal selbst in die Hand nimmt, es kann ja doch so sehr verhängnisvoll für uns werden. Liebe Helene Weyl, ich liebe Sie sehr und ich wünsche Ihnen ein gutes Leben. – Von mir ist zu sagen, daß mich durch den Krieg der groß und herrlich und schrecklich zugleich ist, das Einzige getroffen hat, das ich im Leben fürchte, nicht mal vor dem leibhaftigen Teufel hätte ich ein banges Herz und mit allem wären wir zwei fertig geworden: ich bin wieder zu Hause. Ich hätte Ihnen längst geschrieben, bin aber so gelähmt und lebe so mit Mühe, daß ich zu jeder Aktion tagelang vorher Kraft sammeln muß, sogar an Arnold zu schreiben kostet mich Kampf. Ich möchte am liebsten in einer Art Starrkrampf die Zeit vorüber ziehen lassen und mein Leben hier fühlt sich auch fast so an. Wenn ich einen Nachmittag bei Freunden bin, zu denen Arnold mich fast gewaltsam brachte, liege ich am nächsten Vormittag im Bett, vor Erschöpfung, durch den plötzlichen Klimawechsel, durch alles. Dies letzte dürfen Sie ihm ja nicht schreiben, liebe Helene Weyl, ist es mit seiner Kraft aus; und das muß ganz durchaus vermieden werden. – Der arme Professor Peter ist krank? Schon lange? und leidet er? Er soll sich mal schnell aufrappeln und bald schön gesund werden, grüßen Sie ihn *sehr* von mir. – Sie können jetzt schöne Kleider tragen, die einzige Zeit, wo man einmal so recht aus Herzenslust keine Rücksicht auf Schönheit = Schlankheit zu nehmen braucht und den leidigen Körper beiseite lassen kann, zu Gunsten der Seele. Sie wollten einmal ein solches Kleid haben, es ist für gewöhn-

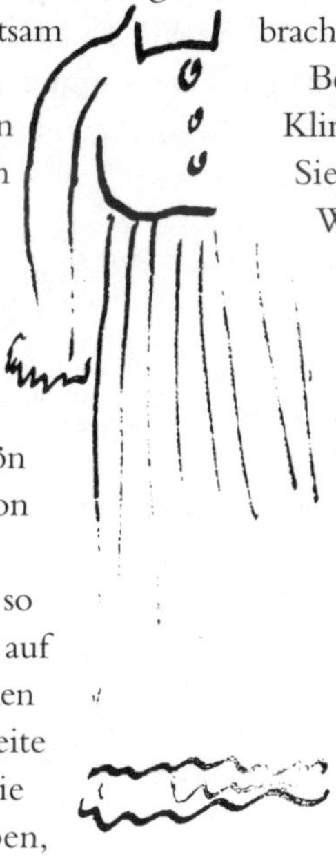

lich unvorteilhaft, weil es zu viele Falten hat und nicht schlank macht, aber nun sind Sie ja frei und brauchen keinerlei Rücksicht zu nehmen. – Schreiben Sie mir doch bald, wenn Sie können, denn ich freue mich über jeden Windzug reiner Luft, der zu mir hereinkommt. Ich bin trotz allem munter, sogar fröhlich und das Herz fühlt sich noch immer golden an, denn mein Mann ist nicht in Gefahr und die Zukunft ist nicht abgeschnitten, so ist das Leben, im Ganzen genommen, gut, glücklich und seiend, ich habe so viel Kraft, daß ich Vertrauen habe und bisweilen laut lache, vor Wärme und Glück. Denn die Seele des Lebens ist nicht tot, sondern behütet und lachend. Das Unwesentliche quält, aber es ist und bleibt dazu verflucht, das Unwesentliche zu sein, und so muß es durch sich selber eines Tages sterben. – O weh, immerhin hat es so viel augenblickliche Macht, mich von Ihnen zu trennen; ich habe nämlich weder ein eigenes Zimmer noch einen ordentlichen Tisch zum Schreiben, die andern kommen jetzt aus dem Geschäft nach Hause, so muß ich ins Schlafzimmer auswandern, wo meine Schwester eben aufsteht, sie hat wegen einer kleinen Unpäßlichkeit etwas länger gelegen. Aber mit Schreiben ist es aus, in mir schließt sich etwas, wie eine feste Schale um den Kern, den sie behüten muß.

Leben Sie recht wohl, liebe Freundin, und es soll Ihnen *sehr* gut gehen. Ich grüße Sie und Professor Peter von ganzem Herzen!

Sehr Ihre Beatrice Zweig.

Wenn Sie mir schreiben wollen, bitte an die Adresse:
Berlin O 27, postlagernd *M. B. Z. 1914*.

Liebes Schneewittchen, ich glaube, daß es das Gesündeste und Vernünftigste für Sie ist, wenn Sie sich die Erlaubnis gäben, überhaupt nicht an das Kind zu denken und es innerlich zu ignorieren. Ich habe das Gefühhl, als sei dies für beide Menschen das beste.

26 Arnold Zweig an Helene Weyl

25. I. 1915 Schöneberg-Berl. Salzburgerstr 17 III

Liebe Freundin, liebe Helene Weyl,
es ist einige Morgen her, da erwachte ich aus einem Traume, der mich in irgendwelcher liebevollen Beziehung zu Ihnen ins Wache entlassen hatte: von einem Marktplatze weg, der von alten schönen Giebelhäusern in braun und mattem Grün reizend umgeben war, bemalt mit Girlanden, geziert von geschwungenen Loggien und belichtet von ehrwürdigem Lichte; in dieser heimlichen Umgebung hatten Sie, Bice und ich irgend etwas Beglükkendes gemein (ich glaube wir drei waren Eheleute), und das durchdringend freundliche und zärtlich behütende Gefühl jenes Traumausganges hat mich seither nicht verlassen. Ich stand auf mit dem Entschlusse Ihnen zu schreiben, und tue es heute zwar erkältet aber sonst an Leib und Seele froh. Denn von dem Honorar jenes Büchleins, das ich Ihnen vor Wochen sandte, habe ich mir eine schöne, gediegen und modern möblierte Wohnung gemietet, 2 Zimmer, Küche (ganz eingerichtet) und Bad, und hause nun, teils allein teils mit meiner süssen und sehr geliebten Frau, arbeitend und kochend, in einer Ruhe und eleganten Behaglichkeit wie nie. Sie merken sicher, es geht mir gut; und sogleich richte ich mich auf, breite mich aus und plustere mich wie ein Spatz nach Regen in der Sonne. Liebe Weyl, Bice und ich haben beschlossen, dieses Jahr auf alle Fälle zu heiraten. Ich schreibe jetzt an einem neuen Buche »Die Pflicht«, das Langen gleichfalls bar bezahlt, obwohl Die Bestie konfisziert und erst im Frieden verkäuflich ist; mein Ruf breitet sich aus, und kurz, ich vertraue mir, sofern ich gesund bleibe, so weit, dass ich Bice heiraten werde, unter allen Umständen und ganz gleich wie die Folgen sein mögen. Der Krieg macht auch den Unbewaffneten Rücksichtslos (vor Emfase hab ich das Adjektiv groß geschrieben; Freud hätte zu deuten.).

Dies von mir. Von Ihrem letzten Brief sage ich nur, dass ich mich auf eines freue: wenn wir beide mal tot sind – ein mÿstisches, unendlich fernes Faktum – dann wird er mal gedruckt werden, und die Leute werden Augen machen – oh Gott, werden die Augen machen! Wir sind überall ganz einig; nur liebe ich die scharfen und ahnenden Verstände der beiden Schlegels, die *neben* Herder, Schiller und Lessing zu den größten erkennend-praktischen Geistern der Deutschen gehören, und lasse die Luzinde gerne passieren als ein Dokument des Übermutes und der Ausschweifung – zweier männlicher Tugenden notabene. Ja, Karoline; und dann bohren Sie sich mal in den großen J. P. F. Richter hinein. – Ich begreife völlig was Sie zu Hegel zieht; ich aber vertage dies Bedürfnis bis auf fernere Zeiten und werde bis dahin ganz im Klaren mit mir selber sein; denn in mir bewegt sichs gährend, als wäre ich achtzehn, und wenn ich, unerschossen oder unerfroren, dazukomme, den »Abtrünnigen« zu beenden, dann sollen Sie einen neuen Freund sehen, der auch A. Z. heisst, aber immerhin anders aussieht als der, den Sie kennen lernten. Ich kann nur lernen indem ich gestalte; ja, ich verstehe Sie tief im Blute, wieso der tragenden Frau neue Erkenntnisse über *sich* zu wachsen während das Kind wächst. Ich werde nach dem Kriege und nach Beendigung der »Pflicht« und des »Abtrünnigen« genau wissen, wie ich zu Staat und Gott stehe; ethisch fühle ich mich längst auf einem dunklen aber rechten Wege fortschreiten; nur aesthetisch bleibe ich in allen mir wesentlichen Fragen ganz unbelehrt, unerhellt, unklug, in jener »reinen Dumpfheit« des Schaffens, die mich von den meisten mir bekannten jungen Dichtern scheidet. Ich bemühe mich um Erkenntnis der Kunst – aber was ich ernte ist doch recht perifer, und ich bin ganz darauf angewiesen es recht zu machen, ohne mehr zu wissen von dem was ich mache als Biene, Nestweber oder singender Vogel. Ganz zuletzt wird mir auch eine Kenntnis der Haltung zuwachsen, die ich zu den letzten Dingen einzunehmen haben werde. Hier, aber erst hier scheide ich mich von Scheler. Scheler hat ein Buch über den »Genius des Krieges« geschrieben, von dem ich große Stellen kenne. Es ist endlich die Wiedergeburt und Rehabilitierung des von den saudumm daherredenden Professoren und Poeten beschmutzten Deutschen Geistes. Es erscheint in dem Verlag der Weissen Bücher. Ich bin viel mit ihm zusammen, aber ich merke indem ich ihm zuhöre: er ist an mir gemessen der helle, klare, griechische, europäische, katholische und aktive Geist, ich an ihm gesehen verliere mich im dunkeln, unbeweglich-versunkenen, orientalisch-mÿstischen, eins in allem fühlenden Schauen; die jüdische Mÿstik der Chassidim, der Chinese Lao-tse und Tschuangtse sein Apostel, die Gestalt des lebend lehrenden Juden Jesus rühren mich manchmal an und es weht wie Winde von jenen zu mir herüber, erschauernd und ahnend aber noch ganz fern nehme ich diese Boten auf. Dass ich dadurch nicht dümmer zu werden beabsichtige, sollen Sie mir vorläufig glauben. Ganz unter uns, damit es die Keren des Todes nicht hören: ich habe mich auf ein langes Leben eingerichtet und glaube, dass Filosofie im ernstesten Sinne Sache des Mannes ist, eines ebenso kritischen wie bejahenden Wesens, während man sich als Jüngling doch nur heftig hin und her wendet, wie eine Windfahne oder wie ein Vogelkopf, bald ganz Ja, bald ganz Nein ist und sein soll, ein charmantes aber unfilosofisches Wesen par excellence.

Wie gerne höre ich Ihren Hÿmnus auf Ihre Mutter! Freilich haben Sie recht, wenn man die ideale, dh. sein sollende Welt schildert, ich aber, wenn ich auf die seiende und vorhandene Welt schelte. Denn wenn die Mütter besser wären, könnte uns die Schule unsere gutgeborenen Kinder nicht zerteppern. (Alle Mutterprobleme sind mir jetzt so nah: eine liebe Freundin von Bice und mir ist im achten Monat schwanger und ein ganz entzückendes Wesen, mit deren Mann ich mich gut verstehe: Jude, Jurist; beide hochzeitreisten nach Palästina, er kam über Land via Konstantinopel zurück, sie zu Schiffe.) Ich glaube, sobald wir verheiratet und Bice ein bisschen ausgeruht und mobil ist, schafft sie sich auch ein Baby an. Überhaupt merke ich, dass mir die Feder ausrutscht sooft ich ihren Namen schreibe, weil ich sofort eine verliebte Hymne auf ihre Tapferkeit und Bravheit und alle ihre sonstigen Herrlichkeitseigenschaften anzustimmen in Versuchung bin. Mitte Februar werde ich wohl eingezogen; und da ich noch einmal untersucht werde, besteht wegen Hals und Augen die Möglichkeit der Dienstuntauglichkeit. Aber sie, die doch seelisch ganz auf mich angewiesen ist, erklärte ganz entschieden: »Ich will dass du dienst, es passt nicht zu dir, in dieser Zeit nebenan und zu hause zu sitzen.« Und sie hat ganz recht.

Schreiben Sie ihr an meine Adresse, wo sie den Brief weitaus ungestörter empfangen kann, setzen Sie aber nur meinen Namen, nicht den ihren aufs Kuvert, denn die Post ist oft borniert.

Schreiben Sie uns bald, wie es Ihnen geht, Ihnen, dem Peter und dem Epsilon: einer der reizendsten Einfälle die es gibt und einer dazu, der in früheren Zeitaltern nicht möglich war. Haben Sie etwa zwischen diesem Brief und Ihrem, vorliegenden, vom 6. XII. 1914 an uns geschrieben, dann ist der Brief verloren gegangen. Hoffentlich kommt dieser hier gut an, trifft Sie wohlauf in Gesellschaft Ihrer Frau Mutter, die ich um dieser Tochter willen herzlich verehre, und bei erquicklichem Wachstum des noch Ungeborenen, das schon jetzt an mir einen vernarrten Onkel, an Bice eine dito Tante zu haben sich rühmen kann. Wir grüßen Sie alle herzlich:

Ihr Zweig

Jetzt gehe ich in die Küche Essen kochen; das Menü heisst: Würfelbouillon, Würstchen mit gemischtem Gemüse, Käse und Obst. Ich habe von Bice schon viel gelernt. Ich kann auch Makkaroni, Biefsteeks, Leber und dergleichen, auch Puddings. Stolz, wie?

27 Arnold und Beatrice Zweig an Helene Weyl

Berlin-Schöneberg, Bozenerstr 10 ^{III} Gths
3. [–19.] April 1915

Liebe Freundin und Weylin,
Ihre Karte sagt mir, dass Sie glücklich sind, und dass die Nachwirkung der Mühen und Schmerzen, unter denen dem Fluche und der Schlange gemäss das Menschengeschlecht auf Erden erscheint, sich langsam in ein Erinnern und ein gegenwärtiges frohes Staunen über die Frucht jener Tage umsetzt. Sie wissen, wie froh ich darüber bin. Wir dachten an Ihrem Geburtstage so herzlich an Sie und sprachen soviel von Ihnen, dass Ihnen die Ohren (hoffentlich unter den schönen schwarzen Schnecken) wohl geklungen hätten, wäre die telepathische Verbindung Berlin – Zürich nicht zerrissen von den Schallwellen der Geschütze, die im

Elsass losgehen. Ja, Sie hätten diesen Brief zu diesem Tage bestimmt erhalten, wenn ich nicht im Packen, Umziehen und Wohnungsuchen befangen gewesen wäre; eine melancholische Beschäftigung, da es sich immer nur (noch) um Wohnung für mich allein handelt. So mussten wir uns mit Gedanken und Worten begnügen, von denen Sie erst jetzt einen Abglanz bekommen. Es ist erst ein Jahr her, dass wir bei Ihnen landeten! Ein langes und tiefsinniges Jahr, voll von inneren Erlebnissen und betäubendem Ereignis. Merkwürdige Begegnung damals! Ich glaube ziemlich gut zu wissen, wie fremdartig und erschreckend, ja abstossend ich damals in Ihr stilles und zartes Leben getreten bin: ich, radikal, ungeduldig vor Missgeschick, jahrelang mit mir allein gewesen, verletzend durch jederlei Härte und Unpoliertheit, und absprechend erscheinend, weil man von dem was einen trennt viel häufiger spricht als von dem was einen verbindet, weil das ja die selbstverständliche Voraussetzung ist, dass man gemeinsam das Große liebt. Sie aber, Liebe, sah ich damals der Mathematik in die Hände geraten, Sie, die für Kunst und Philosophie so viel stärker gestempelt erschienen als für diese Wissenschaft, deren Weltbild keine Lebenswelt ist; sah Sie zudem in eine Bürgerlichkeit entgleiten die Ihnen nicht gemäss war, und zürnte darum Ihrem Manne. (Sie haben in der Zwischenzeit sich so verändert, dass Sie einige Ihrer markantesten und erschreckensten Äusserungen, als ich sie Ihnen brieflich einmal vorhielt, nicht wiedererkannten, aber unser Gedächtnis war treu.) Es schien mir damals, als wäre Ihnen das reibungslose und allzuschnelle Gleiten von jener ganz als Anfang zu sehenden Studentenzeit in die bürgerliche Ehe mit Ihrem Manne die große Gefahr Ihres Lebens; als hätten Sie anfangs Ihre prachtvollen Eltern und jetzt Ihr liebenswerter Mann von der Berührung mit der wahren Härte und dem großen ernsten Gesichte des Lebens getrennt, sodass Sie, begabt, großherzig und ganz dazu gemacht, ein eigenes Ja zum Leben zu sprechen, nicht das wohlpräparierte, erfahrungslose und darum oberflächliche und ungerechte der bürgerlichen Welt, allzuschnell und unerprobt an eine Stelle und in ein Glück kämen, das Sie eines Tages bereuen müssten, wenn es nicht indess alles Ursprüngliche und Wertvolle in Ihnen in Zufriedenheit erstickt hätte. Als Sie Mutter werden sollten, sah ich Ihr Geschick drohend nahe; Ihr Brief der Ratlosigkeit und der Abwehr schien mir ein Zeichen Ihrer guten Instinkte. Jetzt, Liebe, stehn Sie wieder am Anfang und können sozusagen von neuem beginnen – ein Glück das wenigen zu teil wird.

8. 4. 15 Aber ich sehe, dass ich vor einigen Tagen begonnen habe, mitten in das Problem unserer Beziehung hineinzuschneiden, ohne vorher Ihre Einwilligung eingeholt zu haben. Es ist nämlich das Merkwürdige, dass mir Ihre Beziehung zu uns zusammenfällt mit Ihrer Beziehung zu sich selbst; und in dieser letzten Frage sehe ich das Problem Ihrer nächsten Jahre gestellt – ein Problem, bei dem man Ihnen helfen, das Ihnen aber niemand abnehmen kann. Als selbstverständlichen Vordersatz stelle ich dabei diesen auf: jeder begabte Mensch hat die ihm immanente Pflicht, die Welt wesentlich zu schauen, also erstmalig, fänomenologisch; nicht »kritisch« sondern eben: wesentlich; aber ebensowenig autoritativ und schlagworthaft wie »kritisch«. Die bürgerliche Erziehung ist der Versuch, dem naïven Verstande, dem frischen Herzen und den fragenden Sinnen des Kindes eine Schablone von Umwelt aufzudrängen, die Schablone der »gesicherten Wahrheiten«, der »erprobten Regeln« und der »guten alten Sitten« (und Werturteilen) des alternden erwerbenden Bürgers. Und nun, liebe Frau Helene, da ich immer und immer wieder ins Sachliche entgleite, diese Frage: wollen Sie von mir einen langen Brief haben, der nur von Ihnen handelt? eine unerschrockene Aufstellung einiger Ihrer Probleme, soweit deren Lösung mich angeht? Dann schreiben Sie mir schnell Ihr Ja; denn es ist dazu jetzt an der Zeit. Sie haben ein Kind: da müssen Sie sehen, möglichst schnell in großen Linien mit sich selbst aufzuräumen. Und wenn Sie mich nach der Legitimation fragen die ich haben könnte, so weiss ich nur eine: nächst Bice sind Sie mir der liebste Mensch.

Also, Liebe, beantworten Sie mir die Frage bald, denn ich werde wohl schnell eingezogen werden. Ich bin felddiensttauglicher Fahrer der Feldartillerie, und man braucht uns. Langsam schwindet auch uns die Freude am Kriege. Er dauert zu lange ohne sichtliches Ergebnis, und die sittlichen Folgen scheinen mir langsam zu schwinden; vor allem entmutigt mich der Antisemitismus im

Heere, auch im Felde, davon ich zahlreiche Proben höre; jetzt geht diese Saat der Dummheit in ihren schönsten Folgen erst recht auf; ich plane ein Buch über »Deutschenhass und Antisemitismus« (den andern Völkern wirkt der Deutsche jetzt so wie dem Deutschen der Jude ...), aber ich habe keine Heiterkeit dazu. Ich arbeite jetzt wenig und schlecht; meine große Tragödie vom Abtrünnigen aber wird von der Unterbrechung Vorteil haben. Leben Sie recht wohl, denken Sie an uns ebensooft wie wir an Sie. Schelers, mit denen wir jetzt sehr befreundet sind, sind vor ein paar Tagen auch abgereist, Bubers Frau ist krank, so haben wir Gesellschaft nur an einander. Schelers Buch über den Krieg (Verlag d. weissen Blätter) ist das größte und würdigste Dokument des Krieges. Wir grüßen Sie drei aufs allerschönste und sind Ihre Zweigs mit herzlichen Gefühlen.

Meine sehr liebe Helene Weyl,
ich hätte viel früher geschrieben und es tut mir leid, daß der Brief meinetwegen so lange liegen blieb, wenn es irgend angegangen wäre. Aber ich bin nicht sehr glücklich und wenn ich auch wie nur je an Ihnen teilnehme, so bin ich doch vor Gelähmtheit stumm, ich kann nichts sagen. Mein Vater, der sonst meist auf Geschäftsreisen ist, lebt jetzt seit Wochen zu Haus und gestaltet das Leben ein wenig bedrückend und schwierig; ich muß um mit Arnold beisammen zu sein, täglich fast 2 Stunden fahren, zu alledem dieser Krieg und schließlich erwarten wir stündlich Arnolds Einberufung und dann ist mir eine dunkle Klappe im Kopf, ich weiß noch nicht recht, wie es dann wird. Sie verstehen also, daß ich weder sehr beredt noch sehr aufgeschlossen erscheine.

Aber es wird mir warm und gut zu Mute, wenn ich mir Ihr Leben vorstelle, wie es jetzt ist. Ich denke es mir fruchtbar und erfüllt und liebend. Hoffentlich war die Geburt nicht schwierig und hat nicht allzulange gedauert? Ich habe hier in Berlin eine Freundin in Ihrer Lage, aber es scheint, daß das erste Kind uns meistens viele Schmerzen kostet. Schreiben Sie mir doch darüber und ob Sie sich wieder völlig wohl fühlen, ich denke fast täglich an Sie und nehme sehr herzlichen Anteil an Ihnen.

[Arnold Zweig:]
Liebe Frau Helene, bis zum heutigen Tage hat Gratchen-Bice, um den Brief zu vollenden, seine Absendung verhindert. Jetzt ist sie nicht da, also schicke ich ihn endlich ab, mit einem Schamgefühl darüber dass es erst jetzt geschieht. Mag sie Ihnen selbst schreiben. Herzlich, am *19.* April (!) Ihr

Zweig

28 Arnold und Beatrice Zweig an Helene Weyl

Alt-Drewitz, am 31. Mai 1915

Liebe, liebe Helene Weyl,
ein Brief von Ihnen erquickt mich um so mehr, je länger er ist, denn Satz für Satz stehn Sie drin, ganz und rund und eine Bereicherung des Lebens, wie auch immer sich Verschiedenheit offenbare. Damit lassen Sie mich, nach einer einzigen Bemerkung, jene unzeitgemässe Erörterung vertagen die ich als Zivilmensch begann und die Ihnen, getrennt von Ihrem Manne und Liebsten – ich meine dies Wort in seinem wahren, nicht im banalen Sinne – unfruchtbar sein muss. Diese Bemerkung: ich bin kein Schulmeister, nicht Ihrer noch jemandes. Aber wohl dürfen Sie mich als Hefe im Teig sehen oder als Wind, der das Ruhige in Frage stellt; das bin ich unwillkürlich, von Grund auf und gern. Ich will an denen rütteln die mir begegnen – »will« gesagt nicht im Sinne einer Absicht, sondern im Sinne des Kunstwerkes das aufgenommen, der Farbe die gesehen werden *will.* Stehn sie hernach noch fest, um so besser für sie; um so besser also auch für Sie. Es ist aber gut, dass der Wind in der Welt ist, um der Bäume willen die sich an ihm erproben; und es ist ein großes stolzes Glück, Wind zu sein. Glauben Sie nun noch an Ressentiment in mir? Tun Sies nicht, Liebe, denn Sie sollen mich nicht schief sehn, sondern wissen, dass ich grade gewachsen bin und stürmisch aber nirgendwo dumpfe Ecken der Seele habe, in denen es gären könnte und denen jene hässlichen Gefühle bekannt sind, deren eins das Ressentiment ist. Ich glaube, dass Ressentiment nur im Unfruchtbaren und Erstickten sich bilden kann; ich aber bin ein

freimütiger und heftiger Gegner und sehe klar auch in mich hinein, weil die Voraussetzung für jeden guten Kampf der Kampf ist, in dem man sich erforscht.

Ich schreibe dies nach dem Dienste, bei sinkendem Abend und in einer gefestigten Heiterkeit die mir unendlich lange fern war, fast sechs Jahre, und die Sie in mir jetzt nicht vermuten werden. Ich bin unbedingt zufrieden mit dem Geschick, das mich in diesen Krieg stellte als Europa mir widerlich wurde, als ich im Begriffe war, an meiner Unplazierbarkeit innerhalb dieses krämerischen Lebens den Kontakt mit der Gegenwart zu verlieren – diesen unbedingt nötigen Kontakt für den Schaffenden – und mich in sehr Vergangenem und sehr Zukünftigem problematisch zu verlieren. Ich wäre aber sogleich tief verstimmt, wenn ich wüsste, dass dieses halb friedliche Schipperleben eine dauernde Bestimmung wäre. Ich weiss aber, dass es nur vorläufig ist; ich bin felddienstfähig, zur Artillerie bestimmt, werde, vielleicht bald, zur Infanterie umgeschrieben und bejahe auch dies. Denn ich bin nicht gemacht, neben dem Schicksal zu leben, ich habe stets *im* Schicksal gelebt und so ist mein Gesetz. Und ebenso wie ich dauerhaft bin im Halten von Zuneigung und Feindschaft, so dauert auch das Grundgefühl in mir noch heute an, das mich im vergangnen August zu den Fahnen zog. Ich lebe unendlich gerne, und wie reich mir die Zukunft aufgeht, wissen Sie, weil Sie Bice kennen und weil Sie Abigaïl und Nabal nur als Versprechen gelten lassen sollen: denn erst jetzt, am »Abtrünnigen« und an jenem Tragödienplane vom »Mann des Friedens« (dessen Stoff Sie in einer Novelle im Maiheft des Neuen Merkur finden) geht mir Sinn und innere Gestalt meines Dichtertums wahrhaftig auf; »Ritualmord« ist eine Stufe dazu, nicht mehr. Ich kann in diesem Kriege sehr sinnlos fallen; aber ich sehe mit Ruhe auch diese Möglichkeit des irrationalen Lebens an. Ich kann das, weil Bices fester Entschluss, dann auch zu sterben, mich über ihr Geschick beruhigt. Es ist nicht schlimm, gut zu sterben; nur gräßlich zu leben, davor soll sie, und will sie, bewahrt sein. Sie kennen mich zu gut um zu wissen, dass ich ihren Entschluss frei habe entstehen sehen und in tiefer Ehrfurcht habe geschehen lassen. Sie, Liebe, haben freilich ein Kind geboren und sind zum Leben verpflichtet; wir sind frei. Dies ist meine Grundstimmung, und nun verstehn Sie wohl, dass mir die widerliche, teils platte teils gemeine Masse der »Kameraden« nichts anhaben kann; ich gehe freundlich mit ihnen um, lasse sie gelten und lebe auf einer anderen Erde, im Schatten der Ideen, mit Platon zu reden. Das Materielle des Krieges und der Völker lässt mich abseits, ich gehe als Jude in diesen Krieg, ich bejahe Deutschland, ohne einen Augenblick die Flecken zu vergessen, die dem deutschen Charakter, wie jedem Volkscharakter in dieser Zeit, anhaften. Aber dieser Krieg ist ein Geschick und eine Naturerscheinung, sinnvoll-sinnlos, schrecklich und erhaben, er macht die Gegenwart wieder edel und lebenswert. Ohne große Beziehung zu leben war vor jenen letzten Julitagen der Fluch der Zeit; jeden Augenblick in der großen Beziehung erfüllter Gegenwart zu sein erscheint mir als Glück. Auch glaube ich fest, und glaube zu fühlen, dass mir ein langes Leben bestimmt ist. Das Pathos, aus dem meine beiden Gedichte entstanden sind, ich spreche natürlich von den beiden Dramen die allein gelten von dem was ich machte, darf ich jetzt auch *leben*, und nicht nur schwingt es, wie bisher, in der Beziehung zwischen der Geliebten und mir, sondern auch in der Welt ausser uns beiden: ich wäre ein Fälscher und ein angemaßter Verfasser jener Werke, wenn ich nicht spontan bejahte, dass ich in diesen Krieg gehen darf; noch jetzt, im elften Monat und in Kenntnis seiner Furchtbarkeit.

– Ich mußte mich unterbrechen, und schon der Grund ist charakteristisch: ich schreibe beim Lichte einer Kerze, denn es gibt hier kein anderes Licht mehr da Petroleum in Drewitz mangelt, und diese Kerze ging aus, ich mußte eine neue kaufen, aber die Stimmung ist hin, aus der ich schrieb. Ich beklage Ihren Mann und Sie sehr tief; er ist so ganz gemacht, im Stillen sein klares Schaffen zu leisten, diese mathematische Produktion die ich unverstehend bestaune, und die ihn, nach seinem Gesetze, ebensosehr von der Gegenwart abzieht wie die meine mich ihr verbindet. Ich hoffe herzlich, dass er, wenn nicht freikommt, so doch wenigstens ohne Waffe geschrieben wird; vielleicht kann sich dann die schweizer Regierung dafür verwenden, dass er beurlaubt wird dorthin, wo er so unendlich mehr leistet als im Dienste der Armierung. Ihnen aber, Liebste, wünsche ich ein starkes und ruhiges Herz, damit Sie die Zeit ohne Schaden überdauern; denn ihr Frauen, die ihr indirekt zu leben gezwungen werdet, habt es ja seelisch so sehr viel schwerer als wir, denen Aktivität das Dasein erleichtert. Ihr Kind tröstet Sie vielleicht, aber doch nur halb; wenn aber Ihr Mann für den Garnisondienst bestimmt wird, dann können Sie vielleicht, viele tun das, in jenen Ort übersiedeln. Geben Sie mir doch gleich Nachricht über die Entscheidung. Und schreiben Sie meiner Süssen und Geliebten nach Schlachtensee-Berlin, Eitelfritzstr. 4; sie hat ihren eigenen Briefkasten. Wie gerne schickte ich sie Ihnen, falls ich ins Feld komme! aber sie will sicher nicht fort. Ich nehme so herzlich teil an Ihnen und wünsche Ihnen so sehr gute Tage!

Ihr Zweig

Schlachtensee, d. 5. Juni 15

Meine liebe Helene Weyl,
ich möchte, daß Sie diesen Brief möglichst bald haben, drum schicke ich Ihnen für heute, Ihnen, Peter und Fritz Joachim, meine herzlichsten Grüße. Sobald ich Muße und gute Zeit habe, hören Sie mehr von mir.

Ihre Beatrice Zweig.

29 Arnold Zweig an Helene Weyl

Jabokowac, 24. XII. 15

Liebste Freundin,
dies soll keine Antwort sein auf Ihren herrlichen langen Brief; wenn man von früh 6 bis abend 5 auf der Landstraße steht und mit der Schippe gefrorenen Boden losschlagen soll, sich zum Schreiben nur verstohlen in ein Serbenhaus ans Feuer verdrücken kann weil man des Abends im Quartier (kleine Stube, 12 Mann) kein taugliches Licht hat – Liebe, dann kann man solche Briefe nicht beantworten. Auch vergröbert sich der Wortschatz, die Gedanken werden langsam, man hat nur eine Freude noch, Briefe oder Süssigkeiten oder Zuspeise zum trocknen Brot zu erhalten – die Feldpost ist tatsächlich der lebenerhaltende Strang – und zu warten, bis man kein Sträfling mehr ist, einmal wieder baden

kann und seine Liebste wiedersehn. Ja, wenn ich mein Leben hier nicht zutiefst als Gegenstand erlebte, als Material für Erkenntnisse, Erregungen und Kunstwerke, ich hätte längst an meinem Gemüte Schaden genommen. Wir sind hier nämlich, wie überall, fast völlig überflüssig; russische Gefangene vermöchten uns mehr als nur zu ersetzen. Vergeudet und als Sträfling lebt mein eines Ich hier, dem mein anderes Ich geduldig, zäh, unbeugsam, fast heiter, getröstet von herrlicher Landschaft, Chokolade und Tabak, überquellend von Plänen und fertigen Entwürfen zuschaut. Ich habe meine besten Sachen (über Claudia sind wir einer Meinung: populär, bürgerlich) im Geiste weit hinter, unter mir gelassen. Jene Novelle vom »Mann des Friedens« ist ja nichts als die schwache Skizze zu einer Tragödie größten Stils (alles Kleinliche aus Helbret entfernt), der Magische Mensch im Kampfe mit dem Krieg. Über den magischen Menschen, der durch seinen Willen allein auf das Geschehen der Welt zu wirken versucht und stets tragisch ist, kann ich heute natürlich nur schweigen.

Schweigen, das ist meine natürliche Geste jetzt, Briefe beglückt lesen und einsilbig beantworten. Das Ergehen Ihres Mannes, Ihr Kind, Ihre Freude an Meer und Erkenntnis – ich bejahe *auch* Husserl, aber ich halte auch zu Scheler (und Utitz? wie Recht Sie haben!) – alles was Sie von der Seele und dem Körper sagen, vom Krieg und vom Wesen: ich kann, auf meine Weise, zu allem Ja sagen. Nur diese meine Weise vermag ich Ihnen jetzt nicht zu entwickeln. Wolle Gott, dass das neue Jahr wenigstens, dies 1916, zu dem ich Ihnen von Herzen glückliche Tage wünsche, uns den Frieden bringt. Der Krieg ist ja etwas so ganz andres geworden als er früher war … Über Bice sage ich nur, dass die Zeit vorbei ist, wo ich jeden ihrer Briefe mit Grauen empfing, weil nur Schlimmes darin stehn konnte. Damals, Weylin, in Frankreich, habe ich gelernt, was es heisst, am Leben zu bleiben. Sie ist wieder fast gesund, und wenn ich heimkomme oder Urlaub kriege – irgendmal – heiraten wir. Ihre Eltern sind endlich bezwungen und haben in alles gewilligt. Und somit: leben Sie herzlich wohl und seien Sie glücklich.

Ihr Arnold Zweig.

Grüßen Sie Ihren Mann, meinen Vorgesetzten.

30 Arnold Zweig an Helene Weyl

Vranje, 4. [–8.] März 1916

Meine liebe und schöne Weylin,
die Atmosfäre Ihres Briefes, die geistig-weibliche Freiheit und Bewegtheit entzückten mich bis zur ungewohntesten Heiterkeit der Seele, die Namen wie Husserl, Eucken, Dehmel höchstens im Selbstgespräch, kaum in Zeitungen zu vernehmen gewohnt war. Liebe Freundin – wohin gerät man, wenn man unter lauter, oft tüchtigen, stets aber doch unzulänglichen Proletariern lebt, und zum Vorgesetzten einen boshaften Menschen hat, dem es Freude macht, die Untergebenen zu reizen, zu demütigen, zu bestrafen und der so dumm ist, dass er jedermann für dümmer hält als sich selbst? Es kostet einen unendlichen Aufwand von Nerven, die Selbstbeherrschung nicht aufs gefährlichste zu verlieren. Dazu ein ganz von Arbeit und Dienst erfüllter Tag – nein, die Umstände meines Lebens lassen sich nicht gut an. Zum Glück ist heute ein südlicher Frühlingshimmel blaugrün und herrlich ausgespannt, und die von der Kompanie gelieferte Zigarre, die Trösterin, wenigstens rauchbar. Auch habe ich Urlaub beantragt, und zwar, masslos frech, 10 Wochen, um zu promovieren und zu heiraten; Golther und Utitz, der Professor geworden ist, schreiben sehr ermutigend; fehlt nur – die Bewilligung des Gesuches, die wohl noch lange ausbleiben dürfte. Kommt sie, wenn auch nur auf 6 Wochen, so will ich selig sein. Wenn nicht, so weiss ich, dass ich sehr bald in Arrest spazieren werde. Meine Nerven kennen ihre Grenzen.

Und nun ein paar Antworten auf Ihre Inhalte. H. St. Chamberlain kenne ich nicht; derlei liegt unterhalb des Niveaus, auf dem ich zu leben geruhe. Eine so großartig geistige Nation wie die jüdische kann man nicht verunglimpfen – man sei wer man wolle. Wer die Deutschen aus anthropologischen Merkmalen zu einer Halbtierart herunterschwätzt, wie ein paar französ. Zoologen, wird, wenigstens von Deutschen, kaum angehört. Daher werden Sie es dem Juden nicht verargen, wenn er an H. St. Chamb. und dergleichen geistigen Eng-Ländern achselzuckend vorbeigeht. (Dass ich die Juden, wie viele jüd. Bürger jetzt beschaffen sind, aufs heftigste ablehne, wissen Sie. Aber das Judenvolk und das Judentum sind unantastbar wie Hellenen und Griechheit.)

Gegen Dehmel nimmt mich die Absichtlichkeit und Lehrhaftigkeit seines Vortrages überall da ein, wo ihm nicht, wie in seinen Jugendbüchern, unantastbare Gedichte gelingen, »Michel Michael« habe ich nicht gelesen; aber ob ich es lieben könnte, weiss ich nicht. Ich stelle selber wandelnde Symbole in meine Dichtungen; aber Dehmel Symbolismen muss ich ablehnen, aus Gründen, die ich in Zeiten der Musse entwickeln könnte und werde. Ich schreibe nämlich im Dienst, fast verstohlen, stehend, als Tisch die stehende Schippe. Denn wenn ich am Abend, wo das Licht mangelt u. ich müde bin, dennoch zum Schreiben komme, so arbeite ich an der Neuauflage von Claudia, jenem Schmöker, den wir beide nicht mehr lieben, der mir sehr fremd und gleichgültig geworden ist und dessen stilistische Minderwertigkeit (an vielen Stellen) mich erschreckt. Ich sublimiere den Stil, mehr kann ich für das Buch nicht tun. Sein Grundfehler ist, dass es, anstatt eine schnelle Vollständigkeit zu bringen, breitgetretene Zustände gibt. Nie mehr! Obgleich mich noch so manches daran zufriedenstellt. Aber wütend war ich, als ich in der Anthologie, von der Sie reden und die man mir sandte, statt irgend einer Szene des Nabal die Keusche Nacht fand. Man soll endlich aufhören, diese Tragödie zu verschweigen. Zumal herrliche Gedichte nicht nur von Werfel, sondern auch von dem unglücklichen Trackl darin stehen; auch von andern noch. Und wie finden Sie die Novelle »Yousouf«, von Edschmidt? – Mein »Ritualmord« ist erschienen und wird Ihnen von Bice gesandt werden; nehmen Sie ihn freundlich auf. Wie deutlich sah ich über Ihren Brief weg Ihr Heim! Glücklicher Peter – ich wollte mit Geduld diesen furchtbaren Zustand des Krieges und der innerpolitischen Knebelung, des Drills und der Beraubtheit von aller Musik ertragen, könnte auch ich Soldat sein und meine Frau bei mir haben! Ach, mich überwältigte die bittere Sehnsucht, und auch jetzt, im Schreiben, auf der fremden Straße, vor den fremden schönen Bergen und unter der reinen Sonne, entrückt mich Bices Bild jeder Mitteilsamkeit … Liebe Helene

Weyl, seien Sie glücklich, und herzlich gegrüßt von Ihrem gefangenen

Zweig.

beendet am 8. März

Ich habe viele Gedanken über schöne Dinge und ganz große, ganz deutliche dichterische Pläne; davon nächstens.

31 Arnold Zweig an Helene Weyl

Moirey, 18. Juli 1916

Meine liebste Freundin Weyl,
womit fang ich an? Es gibt so viele Anfänge in der Welt, dass ich eigentlich wie Buridans logischer Esel überhaupt auf den Brief verzichten müsste, wenn nicht das Leben eben eine entzückend unlogische Einrichtung wäre. Und so will ich bei Ihrem profetischen Gemüte beginnen und Ihnen lange und entzückt die Hände schütteln (zu einer Umarmung darf ichs bei Ihnen ja, auch brieflich, nur in Klammern kommen lassen) dafür dass Sie in Zürich die Wehen davon spürten dass meine 6 Tage Urlaub in Frankreich und unsre Ehe in Berlin geboren wurden. Es kam ja nicht so wie wir wollten, nämlich Ankunft, Standesamt, Abreise in ein Asyl, ich kam vielmehr am 5. an (mein Schwiegervater sah mich hier zum zweiten Mal innerhalb der 6 Jahre unsrer Beziehungen) und zwar um 10, wir fuhren um 12 zum Standesamt, und dann stoppte das Uhrwerk, indem nämlich meine herbeigeeilten Eltern und die schwiegerelterliche Beredsamkeit sich vereint vor uns auftürmten: die kirchliche Trauung sollte nicht am Nachmittag, sondern am nächsten Vormittag an uns verübt werden. Ha! Nun, ich liess keinen Zweifel daran, daß mir die Synagoge nicht weniger Farcinentum sei als die ecclesia; aber um meinen alten Eltern die ich sehr liebe einen Gefallen zu tun, und aus der politique heraus die hier zur politesse wurde, liess ich meinem Schwiegervater und meinem Schwager Hans, der aus Gent auf Urlaub da war (Lazarett-Inspektor, Eisernes Kreuz, Kasinovorstand – noch etwas gefällig?) die Freude, jenem einer

wohlarrangierten Trauung coram publico, diesem den Reiz eines ausgezeichneten Essens, und so triumfierte denn die Familie und die Sittsamkeit – wir blieben in eitel Einigkeit. Und ich habs nicht bereut. Wenn ich auch den Geist des Judentums, diesen menschheitsbewegenden Geist, anderswo finde als vor dem Rabbiner und in der Synagoge – während Bice die religiöse Trauung gewünscht hatte, um unsern Bund vor dem lebendigen Judentum weihen zu lassen – so war mir doch der Rabbi, ein feiner, taktvoller Mensch, und nationaler Jude wie ich, durchaus nicht lästig, was er sagte, konnte die tiefe Erregung des Sieges nach sovielen Kämpfen nur verinnerlichen und sänftigen; ein Bachsches Prälud gab mir die Atmosfäre der Kunst in der wir beide heimisch sind, der hohe edle Raum der Kuppel wölbte sich über uns mir zur Lust, die Trauformel: »Sie soll dir geheiligt sein« drückte so sehr aus was ich für Bice empfinde, und, vor allem, meine Frau sah in ihrem selbstentworfnen weissen Seidenkleid dermassen entzückend und fremdartig, will sagen adlig, unbürgerlich aus, dass ich es mir je und je vorwerfen müsste, sie nicht so gesehen zu haben. Und dann kam der ausführliche Triumph über die ganze, einst so feindselige Verwandtschaft ... hat Bice Lust, so mag sie Ihnen davon berichten. Wir hatten uns zwar über die Myrthenkrone meiner, mir schon so viele Jahre verheirateten Liebsten verstohlen und herzlich mockiert, aber sie stand ihr zum Entzücken, und das war ja wohl ihr Zweck. Nach dem Essen, das vom Kriege ganz unangekränkelt erschien, entfernten wir uns nach Nicolassee, die Uniform, deren Plumpheit meinen nach elegantem Schwiegersohn dürstenden Schwiegerpapa entsetzt hatte, ich hatte ihm sogar den Tort getan, in meiner neuen Feldmütze, dem schildlosen »Krätzchen«, der »Blutblase«, zur Trauung zu fahren, weil uns das Tragen von Schirmmützen verboten ist (natürlich nicht auf Urlaub), die Uniform also flog in den Schrank, für 4 Tage war ich wieder Zivil, mager, ganz braun, sehr frisch und sehr glücklich, und leidlich angezogener Mensch. Meine Frau behauptete, in mich verliebt zu sein, wird aber wohl geschwindelt haben. Die Abfahrt freilich, die dann kam; die wollen wir überschlagen, wie [...] ja das Peinliche, um nicht Unerträgliche zu sagen, nur dadurch erlebbar wird, dass Mans eben

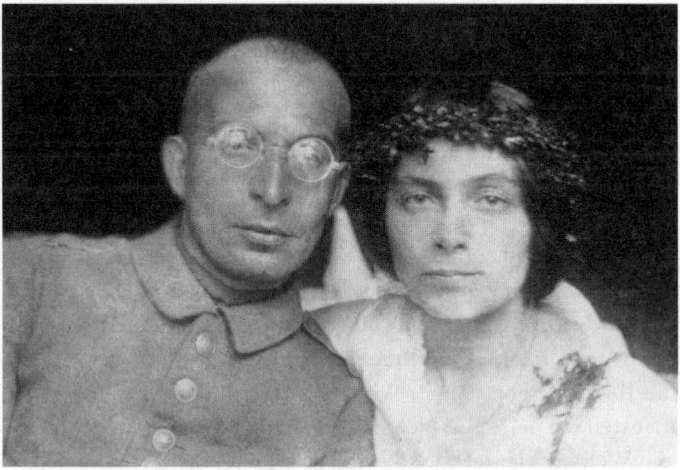

Arnold und Beatrice Zweig, Hochzeitsfoto 5. Juli 1916

erträgt. Jetzt bin ich genau eine Woche wieder hier, und mir ist, als sei ich vor 3 Monaten bei Bice gewesen. Wenn die erotischen Beziehungen zwischen uns so gewesen wären, wie unsre Familie sich das denkt, so hätte man ein derartiges Unternehmen weder erlauben (von ihrer Seite aus) noch versuchen (von der unsren[)] dürfen.

Und nun: dass wir Ihrer gedachten, hat Ihnen wohl die kurze Karte gesagt die wir Ihnen schrieben. Ich habe natürlich Ihren ersten Brief auch schon erhalten, wusste nur nicht, ob ich als Soldat an Sie schreiben dürfe; direkt nicht, über Bice ists wohl gestattet, zumal ja von dem grotesken Krieg bei mir die Rede nicht ist; ist man doch froh, dass es noch Beziehungen gibt, mit denen er nichts zu tun hat. Liebste Helene, oder noch besser, Lady Helena, wie reich sind Ihre Briefe! Hätte ich Zeit, so ginge ich auf alles ein, denn die paar Tage und das was mit ihnen erreicht ist, haben mich wunderbar erneut; aber ich habe nur gar wenig Zeit, und so kann ich nur summarisch antworten; mir zum Leide.

Am Abend:

eben erhalte ich Schokolade von Ihnen, Liebste, und noch einen Brief – und nun sitze ich im Embarras und entschliesse mich prompt: all das Schöne und Frohe in Ihren Briefen wird als mitgefreut gemeldet, Achim und Peter, Einstein und Brentano – nie war Utitz prächtiger als wenn er von diesem genialen Greise großartige und rührende Einzelheiten menschlicher Art berichtete – Claudia 3. Auflage (die 4. u. 5. wird schon vorbereitet) und Ritualmord – – aber im Einzelnen antworte ich Ihnen nicht, es geht nicht, es ist zuviel. Ich müsste viele Tage an einem solchen Briefe schreiben, und das kann ich nicht, aus seelischen Gründen. Was ich hier nicht anpacken und sogleich beenden kann, das wird nie fertig. Darum nur eines noch: meine Härte gegen mich und andere, diese übertreibende Schroffheit des Urteils, die Ihnen beiden damals Weh bereitete? Liebste Helene Weyl, hier steh ich, ich kann nicht anders: ich sehe überall in der geistigen Welt die kleisternde klebrige verwischende Macht des Kompromisses, der Höflichkeit, der feigen verkleinernden Komplimente, und ich ersticke dabei, ich muss um mich schlagen, muss leidenschaftlich anbeten und leidenschaftlich absetzen können, schon aus Grauen vor der unendlichen geistigen Feigheit (»Klugheit«) der europäischen Welt. Nur nichts Schillerndes, Halbes, Zweideutiges; ein ganzes Ja oder ein ganzes Nein, anders vermag ich nicht zu leben. Und dass ich in einem wichtigsten Bezirk meines Lebens, um Bices Gesundheit willen, habe lügen und mich verkriechen müssen, das werden wir erst noch in vielen Glücksjahren verwinden lernen müssen. Ich will breitbeinig in der Welt stehn und »Reinheit« brüllen, oder ich will stumm wie Kot in einer Ecke liegen. Härte? Wehtun? Aber wer mich liebt, sieht wie ichs meine, nicht wie ich wirke; und hart war ich mein Lebtag nur gegen mich, und gegen Andre nur im sachlichen Dienste des Geistes. Ich bin sanfter von Formen und viel klüger von Worten geworden, aber wenn Scheler wirklich aus Klugheit mit der Kirche, dem offiziellen stupiden Katholizismus zu brechen unterlässt, so ist mir der Kern seiner Person futsch und sein Werk entwertet. So etwas gibt es nicht. Nehmen Sie es nicht etwa für eine Folge der Kriegslust bei mir; aber ich verspreche, bei der ersten Gelegenheit einen schneidenden Protest gegen alle Unentschiedenheit der Geister heute drucken zu lassen. Natürlich erst im Frieden. Was Europa nicht mehr hat ist die goldne Rück-

Während des Hochzeitsurlaubs von Arnold Zweig 1916

sichtslosigkeit und die goldene Ritterlichkeit des Geistes; dafür keift es und lobhudelt. Schluss damit – Gebrüll: Reinheit! Reinheit! Tiefer Atemzug. Und Gelächter von Helene Weyl und Arnold Zweig.

Über das Grauen zu arbeiten wäre ungemein fruchtbar, nur lesen Sie die falschen Bücher, wenn ich so sagen darf. Sie nehmen nämlich solche, bei denen das Grauen ein literarisches Requisit oder gar eine literarische Absicht [ist]. Daran aber werden Sie sich irregehend finden, denn das so schon geformte Grauen ist eigentlich gar keines, sondern eine lustvolle Imitation des echten. Um das echte zu studieren bleibt Ihnen das Erlebnis des wahrhaft grauenvollen Waldes oder sonst erlebte Fänomene. Grauen beim Lesen von Büchern, empfinden Sie nur bei Büchern wie dem Berichte der Untersuchungskommission über die Großen Pogrome von 1907 (ich glaube 1907) oder über sonst vorgegangene grauenhafte Dinge, die sich ja auch auf diesen Krieg beziehen können. (Und wenn Sie ein Buch wollen, einen Roman, lesen Sie H. G. Wells: The Island of Dr. Moreau.) Und vor allem werden Sie darauf achten müssen, die Fänomenologie der Depressionsgefühle im Allgemeinen, ja der Gefühle im allgemeinen, ein wenig zu berücksichtigen. Aber das könnte am Ende eine sehr tiefe gute Arbeit geben. Nur: hüten Sie sich vor dem künstlerisch gestalteten Grauen. Wäre ich nicht so masslos verdummt, so dass mir nahezu alle Vocabeln für feine Scheidungen und überhaupt für das Denken, damit aber auch das Denken selbst, einfach fehlen, ich bliebe beim Thema. Aber ich kanns nicht. Ich will Ihnen noch sagen, dass ich trotz aller Kläglichkeit des Lebens im Großen produziere, ja dass ich den Ritualmord weit hinter mir zu lassen gedenke in meinen Tragödien »Der Abtrünnige«, von der 2 Akte im ersten Kriegsmonat entstanden, »Der Herr des Friedens«, deren schwach notiertes Schema Sie als Novelle kennen, und »Der General« ein Soldatenstück, dessen Plan langsam entsteht. Ich glaube, man darf keine Druckwerke nach der Schweiz senden, oder sonst hat der Verlag es verbummelt: schon aus Serbien hatte ich angeordnet, Ihnen den Ritualmd zu senden. Er ist erst in Vranje ganz fertig geworden, ich habe die Klubszene gestrichen und die Duellszene durch etwas ganz Anderes, weit besseres ersetzt. Hoffentlich gibts bald eine zweite Auflage, die das Neue enthält, und die ich Ihnen selber senden kann. Was für gute, liebe, kluge Worte sagen Sie mir über dies Ihnen doch gewiss fremde und wilde, unheimliche Stück! Sie sehen dort, wo wenige hinsehen können, genaue und mir tief erfreuliche Dinge. Ich liebe Sie als Geist und wie Sie wissen als Frau, als ganzen Kerl und lieben Menschen, Weylin, mit diesem herzlichen Geständnis lassen Sie mich Abschied nehmen. Sobald wir können kommen wir nach der Schweiz, wenn nicht tatsächliche Hemmungen eintreten; so werden wir uns nach dem Frieden wiedersehn, falls ich ihn erlebe. Ob noch dies Jahr? Beten Sie zu Ihrem Gotte um Frieden, liebe Freundin; zu dem meinen kann man nicht beten, und freilich hat er mit Krieg nichts zu tun. Ich küsse Ihre Hände und grüße Ihren Peter. Ihr unveränderlicher

Arnold Zw.

[Beatrice Zweig:]
Liebe Helene Weyl,
ich schicke diesen Brief vorsichtshalber gleich ab, denn bis ich Ruhe zum Schreiben bekomme, dauerts zu lange.

Herzlich Ihre
Beatrice Zweig

32 Beatrice und Arnold Zweig an Helene Weyl

Schlachtensee, d. 31. 8. [–18. 10.] 16.

Meine liebe Helene Weyl,
Sie wollen wissen, wie es mir ergangen ist? Ja, das wird schwer sein Ihnen zu erklären, weil Sie von dieser Art Leben keine Kenntnis haben. Ich möchte sagen, ich lebe, die Münchener Zeit ausgenommen als wir bei Ihnen waren (im Ganzen war ich ein Jahr und 3½ Monat von Hause fort,) fast genau wie früher, nur hat sich die krasse Feindseligkeit gelegt. Im Laufe dieses Krieges fand ich mit Erstaunen und Schmerz, daß [sich] hier eigentlich in ungeheurer Vergrößerung und auf eine Masse von Millionen Men-

schen übertragen, dasselbe abspielt, was ich seit meinem 18. Jahre täglich als einzelnes Mädchen zu erleben hatte. Soso, denke ich, das scheint der heutige Europäer zu sein, wenn es gilt, seine Macht und sein Geld zu wahren. Es giebt Religion und Ethik, in Büchern und in einzelnen unbegreiflichen Menschen aller Stände, aber in der greifbaren Sfäre der Geltung und Wirklichkeit sehen Sie ja, liebe Helene Weyl, was gilt. Man bekommt blasse Augen, wenn man darauf hinsieht, aber bis zur Rumänischen Kriegserklärung sah ich schon über ein Jahr nicht mehr hin und befand mich im äußersten Umkreis fröhlich, keck und kräftig, aber im Herzen lahm, müde und schlafend.

14. Oktober. (Inzwischen bin ich umgezogen, in eine erträgliche nette möblierte Wohnung und fühle mich hier einigermaßen geschützt. Wenn doch dieses möblierte Dasein einmal aufhören könnte! Zwischen fremden Dingen zu leben, die ein mir so abgewandtes Dasein, einen so entgegengesetzten Geist durch stummes herausforderndes Dastehen mir ständig entgegenhalten, die man aushalten muß, wie eine unerträgliche Gesellschaft, in die man nicht hineingehört und mit der man sich besser nie befaßt. Doch bin ich im Ganzen froh und dankbar, wenigstens in dieser stummen Gesellschaft leben zu können, statt wie die längste Zeit in jener redenden und handelnden vom selben Geist; es ist schon ein riesenhafter Fortschritt. Dieser Krieg hat unter anderen wichtigen Dingen auch unsern guten lebensplan zerstört, 1915 bis etwa 17, 18 zu reisen, hauptsächlich im Süden zu leben, Italien lange lange zu durchschweifen und seinen Glanz, seine Bläue, seine fruchtbare Wärme zu trinken. Palästina zu sehen. Diese Jahre verrinnen nun nutzlos und wenn sie nur ungelebt vorbeiziehen, so ist das schon ein ungeheures Geschenk des Schicksals. Nach dem Krieg wird man wohl in kein fremdes Land können und ist auch wohl zu müde zum Wandern. Vielleicht später, wenn man sich erholt hat, aber sinnvoller ist's natürlich immer, die rasche, feurige, sieghafte Zeit, da einem alle goldnen Früchte von selbst zufallen, die jungen Jahre, zum Wandern zu nehmen. Ach, diesen grauen Norden zu verlassen, wo es ¾ Jahre finster und regnerisch ist, dafür viel Licht, viel viel Licht, Wärme, buntheit, große Kunst, große Inhalte in der herrlichsten, der voll-

kommensten Form dafür zu haben, wie dort unten die Gebäude, die Landschaften sind, ja, unter dieser Gesellschaft toter Dinge zu leben, das ist eine Wirklichkeit, so ungestüm, göttlich, brausend, daß es eine Freude ist, daß Gott einen geschaffen hat und erlöst hat, nur unfühlender Staub zu sein, daß man Augen, Ohren und Nase hat. Für uns beide bedeutet solche Umgebung auch noch weit mehr als das bloße feurige und hohe Leben, es bedeutet vor allen Dingen Produktivität und Schaffen, Dauer und hoffentlich bleibende Werke. Was meinten Sie eigentlich in Ihrem Brief mit dem schwarzen Vorhang? Wir sind ein altes, langjähriges Ehepaar, länger verheiratet als Sie beide. Es wäre mir höchst peinlich, wenn Sie das nicht gewußt hätten, denn in diesem Falle wäre es doch eine unverschämte Taktlosigkeit von uns gewesen, Ihnen damals in Zürich zuzumuten, daß Sie uns beide bei sich beherbergen möchten. Ich bin eigentlich niemals recht klug daraus geworden, was Sie sich eigentlich über uns dachten, vielleicht schreiben Sie es mir oder Arnold einmal. Ich hatte fest den Eindruck, als glaubten Sie, daß für uns Geschautes und Gelebtes geschiedene Dinge sind. Das wäre freilich traurig für uns. Inzwischen ist auch Ihr Aufsatz über Moden angelangt. Es ist äußerst erfreulich, daß auch mal eine Frau von einem Geistigen Standort etwas über diese Dinge sagt, meist tun dies nur die Männer. Aber in einem täuschen Sie sich, liebe Helene Weyl, die Deutschen hatten nie die Absicht, auch jetzt nicht, eine europäische, oder eine internationale Weltmode zu schaffen. Sie fühlen recht gut, daß sie zwar innerlich, gründlich und begabt sind, aber keinerlei Sinn für die Grazie das Frauenanzuges haben, oder doch keinen produktiven. Die Deutschen wollen eine nationale Tracht haben, und nicht mehr von den Vorschriften ihrer Feinde leben. Das wird, sobald wieder eine Weile Friede ist, doch nicht gehen, denn ohne Hände kann man nicht malen, auch bei dem leidenschaftlichsten Willen nicht. Und wenn man Dinge, die so sehr auf eingeborenem und anerschaffenem Instinkt beruhen, wie das Wissen, wie man Form und Inhalt seiner Person am besten zeigen und am diskretesten verhüllen kann, mit Anatomie und Wissenschaft anfängt, wird man immer schlecht angezogen gehen. Das ist deutsch, dies unsinnlich Wissenschaftliche auf das lebendigst Schöne und ewig bewegliche, wechselnde, nämlich den menschlichen Körper anzuwenden. Man sieht hin und tut. Das haben die Romanen nun weit vor den Deutschen voraus, diese Kultur des Auges, die bei ihnen schon vollendete Natur geworden ist. Hier und nirgends anders liegt derjenige Punkt, den das Ausland mit Barbarismus bezeichnet.* Ich kenne die andern Völker zu wenig, aber wie ich Menschen von verschiedener Individualität kenne, so glaube ich, daß auch bei den großen individuellen Gruppen der Völker, sich wieder andere Barbarismen finden. In einem Staatenzusammenhang wie dieses Europa, das sich selbst sanktioniert einen Krieg dieser himmelschreienden Art zu führen, ist einer hinlänglich des andern würdig, und ein Unwert hebt sich an dem des Partners auf. Die einen sehen besser, die andern haben eine exaktere Wissenschaft und zuguterletzt schlagen sich alle tot, um Macht und Geld. – Ich kann sehr gut fühlen, wie sehr Ihr Kind Sie bereichert und Ihre Person mehr macht. Ich kann mir die gakenden Professorenfrauen leider sehr vorstellen, die unzufrieden sind, daß Sie eine so gute, das heißt vernünftige und respektvolle behutsame Mutter sind. Das Unegoistische an dieser Haltung ist der durchschnittlichen Mutter fremd, auch mag es für eine mittelmäßige Frau wirklich schwer sein aber doch fühlt sie, daß es richtig ist, sie sieht es an dem Resultat, an der aufrichtigen Liebe und an der schwärmerischen Anhänglichkeit des Kindes an solche gute Mutter. Das ärgert sie, denn oft ist bei egoïstischen Eltern die ganze Haltung der Kinder erzwungen und darum auf dem Grunde unwahr und das traurige Geschick, das Kind zu verlieren, wenn sie es nicht mit eisernen Fesseln an sich schmieden, ereilt sie gerade wegen dieser Gefangenschaft. Daher glaube ich gern, daß man mit Ihnen unzufrieden ist. Viel Angst liegt darin, und die Überzeugung, Ihr Kind *muß* Sie mehr lieben, als deren Kinder diese Mütter lieben können. Ein kleiner wilder Junge, der von seinem Vater gezwungen wurde, artig den ganzen Nachmittag nebenher zu spazieren, der

* [Randbemerkung von Arnold Zweig:]
Hier erlaube ich mir nun gründlich anderer Ansicht zu sein als meine Liebste.

nicht nach Bedürfnis tollen und laufen durfte, entgegnete ihm ganz böse auf seinen zärtlichen Kuß und seine Frage: »Ich liebe dich nicht, denn du giebst mir meine Freiheit nicht.« So komisch pathetisch, der kleine Knirps. Im Übrigen, da ich selbst noch keine Kinder habe, verstehe ich nicht viel davon, nur einiges, was ich sehe und noch von früher weiß. –

Ich spiele Geige, singe, lese, schreibe, gehe spazieren und zeichne wieder etwas, aber im Ganzen fehlt die rechte Konzentration und da Arnold nicht bei mir ist, ist der Kern des lebens fort und man dreht sich um eine gedachte Achse, ein quälender und aufreibender Zustand, umsomehr, wenn man nicht kräftig ist und durch seine Lebensumstände noch von diesen wenigen, Kräfte hergeben muß.

Ihnen, liebe Helene Weyl, geht's hoffentlich gut? Ihnen Dreien? Sie sind beieinander, haben hoffentlich richtig zu essen und fühlen den schaudernden Druck der Zeit und die traurige Atmosphäre des vielen Sterbens ringsumher sicher nicht so stark wie wir hier. Sie haben Ihre Arbeit und kommen sicher schön vorwärts. Ein lichtstrahl, auf Ihr Leben zu blicken, sich daran zu freuen, zu lächeln und zu danken, daß der zürnende Gott einem wenigstens dies freundliche Bild Ihres Lebens und Geschickes gönnt. Ich stärke mich ordentlich im Betrachten Ihres vergangenen und gegenwärtigen lebens und glaube an die erhaltenden und gütigen, an die aufbauenden Kräfte der Natur und derjenigen im menschlichen Getriebe. Möchte Ihnen alles so freundlich, hell, geborgen, erhalten bleiben.

18. Oktober. Plötzlich ist Arnold auf Urlaub gekommen, nun ist es mit Schreiben aus und das lebendige Leben fängt wieder an. Ich sende Ihnen herzliche Grüße und bitte Sie, auch Ihrem Mann welche davon abzugeben und einen ganz kleinen Gruß dem kleinen Buben.

Ihre Beatrice Zweig.

Liebste Weyl – zu sagen hab ich eigentlich sehr viel auf Ihren letzten Brief; zu schreiben nichts. Ich schwieg im Felde aus krassem Missvergnügen mit meiner Lage – ich kann draussen aus Körperschwäche nichts mehr leisten, bin völlig überflüssig, fühle mich im Lande selbst aber als Politiker und Schriftsteller höchst nötig – ich schweige auf diesem 8½tägigen Ferienaufenthalt bei meiner Frau und im eigenen Heim aus Glück. Mag sein, dass ich hernach beredter werde. »Ritualmord« wird in Frankfurt nächsten Herbst gespielt, diesen Winter in Berlin (Sezession) gelesen werden; das stärkt. Könnten Sie nicht mal einen Geist des Zürcher Theaters auf das Stück hetzen? Ein neues Buch mit alten Geschichten ist eben bei Langen-München erschienen; ich höre leider, dass das Versenden von Druckwerken zu Ihnen nach Neutralien auf Schwierigkeiten stösst; wenns irgend geht, lass ichs Ihnen senden. Und nun, Weylin, schöne, küss ich Ihre Hand und gehe zu meiner Frau. Herzlich Ihr Arnold Zw.

33 Beatrice Zweig an Helene Weyl

Schlachtensee, d. 16. [–27.] 4. 17.

Liebe Helene Weyl,
endlich hören Sie wieder einmal von uns, nicht aus Schreibfaulheit nach so langer Pause, sondern weil die schriftliche Äußerung mir eine große Qual ist, die ich sehr schwer überwinde und nun denken Sie, daß ich Arnold täglich schreibe, denn wir müssen jeden Tag Nachricht von einander haben – so verschlingt dieser in jeder Beziehung elende Kriegsgeist auch alle meine Schreibenergie.

Es freut mich so herzlich, daß Ihr Kind ganz nach Ihren Wünschen ausgefallen ist, ich schick ihm deshalb eine Kleinigkeit. Ein Kind ist ein großes Risiko und man kann es nicht aussuchen wie einen Mann oder eine Frau. Seit Bekannte von mir, zwei empfindliche und feine Menschen, eine Art Riesen Kraftbengel erhalten haben, mit rauher Stimme und rauhem Temperament, fürchte ich mich direkt vor der Zukunft. Dieses Kind von zwei Jahren hat dem Hause einen platten und beinahe groben Charakter gegeben. Es ist fast nicht zu glauben, daß so ein hilfloses, ganz und gar unterlegenes Geschöpf einen beleidigen kann, indem es mich anknurrt, wie ein kleiner Hund, das mich drohend anfunkelt, wenn ich ihm etwas schenken will und noch eine Minute vorenthalte, erst, wenn man das Schöne hinhält, kommt es mißtrauisch heran, reißt es einem rasch aus der Hand und verzieht sich in eine Ecke. Ein scheues Kind, das voller Anmut ist, könnte mir gefallen. Es wäre etwa wie ein Tier von edler und empfindlicher Rasse. Ich besaß einmal solch einen jungen Hund. Aber kleinen Kobolden verzeihe ich niemals. Natürlich sollen Kinder ungezogen, wild, gesund, laut sein, aber von einer natürlichen Unadeligkeit, nie seelenlose kleine Kosaken, das dürfen sie nicht sein. Ich bereite mich schon innerlich schaudernd, darauf vor und sammle Kraft, wenn mir so ein kleiner Wechselbalg zufallen sollte, später. –

Sie irren sehr, daß ich Sie tadeln wollte, weil Sie ganz deutsch geworden und ganz in der Rasse Ihres Mannes aufgegangen sind. Eines der stärksten Gesetze unter uns Juden ist ja, daß wir von den Völkern, unter denen wir leben, aufgesogen werden. Und immer sind es die besten, denen es so geht. Abgründe giebt es da freilich für Sie. Vielleicht aber sind die in jedem Menschen, einmal ergeben sie sich aus der Individualität, einmal, wie bei Ihnen, von dem andern Stamm. Aber das wäre eben immer eine Gefahr, wenn man dieses Herkommen von 2 verschiedenen Gegenden der Erde und der Seele eine Gefahr nennen will; wenn sich Menschen von verschiedenen Völkern heiraten. Sicher ist es kein so ganzes, festes, erdenhaft schönes Leben, das man, so abgerissen von seinem Boden, lebt, als wenn man wie ein Baum in seiner heimischen Erde steht. Ich beneide alle, die eins sind, mit ihrem Lande. Uns geht es ja ganz genau so: wir sind Juden und sind auch Deutsche. Wir wollen nach dem Krieg den Versuch machen, ob man sich ganz für Palästina entscheiden, ob man dort leben kann. Ich glaube eher nein, als ja, denn es ist ein junges Land, ohne Kultur. Ich kann mich in dieses Lebensgefühl, von dem Sie schreiben, vollkommen hineindenken. Wäre mir damals ein deutscher Mann von großem Wert begegnet, wer weiß, ob ich ihm hätte ausweichen können oder dürfen. Und wenn nicht, ich wäre sehr möglicherweise auch zu 9/10 von seiner Rasse aufgesogen worden und hätte das auch so gewollt, ganz klar gewollt. Aber so ist es freilich besser und mir lieber, weil vollkommener angelegt. Schon aus dem Grunde, weil ich einen Teil meiner denkenden und fühlenden Person nachträglich auslöschen müßte. Ich hatte schon mit 15 Jahren eine ganz klare, bejahende und begeisterte Freude für meinen Stamm, und nahm auch gleich eine deutliche Stellung, als Zionistin, zu meiner Überzeugung. Allerdings – wir wurden mit hebräischem Unterricht erzogen und erlebten dort das einzige an Geist, aus unsrer ganzen Jugend. Unsre Schule war gleichzeitig oberflächlich backfischhaft und eine preußische Kadettenanstalt. Privat galt jede Lektüre als unnütze Faulenzerei, Gespräche kannte ich vor Arnold kaum, zu ihm kam ich zufällig, weil er als Verwandter ins Haus kam. So waren mir die hebräischen Stunden, in denen wir vom Geiste, vom jüdischen Geiste uns volltrinken konnten, die reinste und die höchste Freude. Diese Entwickelung war also sehr natürlich; ebenso wie die Ihre, die Sie ganz deutsch erzogen sind.

Ich habe sicher nicht getiftelt, als ich vom Unterschiede des germanischen und romanischen Geistes sprach. Genau, wie mir gleich jeder individuelle Unterschied ganz deutlich vor Augen scheint, wie die verschiedenen Physiognomien, so auch dasjenige der Völker. Jedes Volk hat sein Gesicht. Man sieht einfach hin und kann sich natürlich auch täuschen. Aber Sie untersuchen und scheiden vielmehr als ich es tue. Oft will ich gar nicht alles wissen, weil ich das Gefühl habe, daß in vielen Dingen der nachtwandlerische Instinkt viel sichrer, ja fast das höhere ist, als der scharf sezierende Verstand, der seine eignen Grenzen leicht überspannt. – Eine höchst ungelehrte Ansicht, die sicher nur vom Künstler aus positiv sein kann. Es ist ja nur zu wahr, daß man zum Schaffen nicht zu klug sein darf, und ich hatte jahrelange Arbeit – der Weg, der von Claudia zum Ritualmord und hoffentlich noch besseren Werken führen wird – um Arnold zu zeigen, wie man sich wieder rückwärts dumm macht, daß aus einem menschlich begabten und zarten Artisten, der sehr klug ist, ein schaffender Künstler werden kann, denn er repräsentiert und schafft höhere Werte in sich und andern. In unsrer Debatte also geb ich Ihnen recht, was das »gut sehen und tief denken« anlangt. An sich ist auch Geist und Verstand mehr als Instinkt. Mit realisieren meinte ich den Buber'schen Begriff des Realisierens (Sie sollten Buber lesen), den Mut, Dinge, deren unbedingten Wert man erkennt, in gelebtes Leben umzusetzen und wenn sie die ganze geheiligte, bestehende Ordnung umstürzen, wo diese weniger wertvoll ist. Sie waren doch – früher wenigstens – fast prinzipiell gegen umstürzen. Ich spreche natürlich nur von wesentlichen Dingen. Daß uns Hauswirte betrügen, meinte ich nicht mit realisieren, das sind untergeordnete, praktische Dinge, in denen es uns allen wohl schlecht ergeht; es ist eine besondere Kunst des Lebens, eine besondere, sogar feine und subtile Technik, auch mit diesen häßlichen und harten Sachen fertig zu werden, das zu lernen, damit man seine reine Lebensluft und seine Kräfte bewahren kann. Wir hier im Krieg, wir sind die reinen Raubtierbändiger geworden, wir müssen diese Technik täglich üben, ich könnte Ihnen Bände schreiben, von lauter kleinen, plattest praktischen Sachen, wenn man die nicht besiegen lernt, so kommt man nicht zum malen, nicht zum geigen, zum singen, zum lesen, zum spazieren gehen und lebt in einer grauen Luft harter materieller Nötigkeiten. Ach, und wie ungemäß ist es, das zu lernen, wie zum abekeln mir oft verächtlich. Aber nachher, wenn man die richtige Stellung und Gebärde, innerlich, dafür gefunden hat, macht auch das Freude, als Kraftprobe an das Leben, als Bewältigung des rohen Stoffes, als Form. So läuft wieder alles zusammen im letzten Ziel des Künstlers: Form. Die rohe Masse, das Zufällige, die Vermischung, das Chaos, zu reinem Umriß, zu reiner Form zu bilden. Ich sehe Goethe an, meinen geliebtesten Geist, Menschen, Künstler, und ich finde, je besser man sieht, desto bedeutungsvoller wird auch das verächtliche, und je höher man steigt, in desto notwendigerer Beziehung auf das Ganze sieht man die niedrigen Dinge, genau wie bei einer Bergwanderung, man immer höher steigend, den Zusammenhang, die Nötigkeit des Unbedeutenden und die Harmonien der großen und kleinen Dinge, die zusammen die Vollendung und Vollkommenheit der Landschaft ausmachen, einsieht. Der Krieg ist mir ein allzu gewaltsamer Erzieher, er stößt einen mit einer großen Faust vorwärts und das tut weh.

27. 4. Sie sagen, ob Sie nun in Berlin oder in Neapel leben, über-

all nehmen Sie Ihr Schneckenhaus mit sich und überall können Sie an Ihren Wissenschaften lenken und arbeiten. Wenn ich einmal alles vom Künstler in mir zuhalte, kann ich mir's deutlich machen, diese reine Geistigkeit, die schon fast etwas unirdisches, unberührt Neutrales hat, jedenfalls etwas sehr schönes und immaterielles. Als ich es zuerst las, war ich so erstaunt, wie schon lange nicht, seit meiner Kinderzeit. Ich hatte ganz naïv gemeint, daß alle Menschen im Norden sich verkümmert, halb erstickt und um Licht und Wärme ewig betrogen fühlen und fand es schon einen unverdienten, beängstigenden Vorzug, daß wir ein Jahr in Süddeutschland leben konnten, und daß wir frei sind, später hinzugehen, wo es uns beliebt. Aber es ist mir angenehm und leicht, zu wissen, daß gar nicht so viele Menschen leiden (wenigstens in dieser Beziehung) wie ich dachte. Trotzdem wissen Sie, daß speziell die Deutschen eine ewige Sehnsucht nach dem Süden, nach Italien haben. Himmel! Wenn ich denke, wie uns Italien aufgeschlossen hat! Als ob man eine Pflanze plötzlich in gute Sonne und laue Luft stellt.

Ich hätte eigentlich auf vieles in Ihrem Briefe noch zu antworten, fürchte aber, das dauert dann solange, bis dieser Brief einmal in Ihre Hände kommt, daß Sie wirklich die Geduld verlieren. Vielleicht raffe ich mich auf mal einen zweiten Brief hinterher zu schreiben, doch kann ich es mir kaum ausdenken. Ich freue mich, wenn Sie bald einmal sagen, wie es Ihnen geht, Ihrem Mann und dem Kinde. Arnold ganz besonders möchte gern einen Brief von Ihnen haben – es geht ihm schon seit lange schlecht, ich erhalte meist nur wenige müde Zeilen, richtige Briefe schon längst nicht mehr. Er ist jetzt 2 Jahre, fast ohne Pause, Soldat. Ich denke, daß Sie weniger ungern sich schreibend äußern als ich, und das ist auch viel besser. Viele herzliche Grüße von

Ihrer Beatrice Zweig.

34 Beatrice Zweig an Helene Weyl

Schlachtensee, d. 27. 7. 17.

Meine liebe Helene Weyl,

Ihr schöner froher Brief hat mich recht glücklich gemacht, er kam, wie ein blauer Tag, mit lindem kühlem Wind. Ihr Söhnchen macht mir große Freude, wohlgeratene Kinder sind ebensoviel wert wie ein begonnenes Kunstwerk, von dem der Künstler fühlt: das wird etwas. Sie müssen doch sehr beruhigt sein, daß sie so ein gutes Menschenmaterial an Ihrem Kind haben. In meinem Bekanntenkreise ist es mehrere Male vorgekommen, daß begabte und menschlich anständige Eltern sehr entgegengesetzte Kinder hatten. Das ist meine größte Angst und Unsicherheit vor der Zukunft. Einen unsympathischen kleinen Menschen in meinem Hause zu haben, der aber blutsmäßig zu uns gehört, so daß man ihn nicht wegschicken kann, könnte mir meine ganze Lebensluft unglücklich und wertlos machen. Vorläufig gehen alle meine Wünsche, nun schon seit vier Jahren, dahin, in einer freien, natürlichen schönen Landschaft eine eigne, mir angemessene Heimstätte zu haben. Heimatlosigkeit, glauben Sie mir, ist schlimm. Aber wenigstens besteht doch die Aussicht, daß diese Lücke einmal ausgefüllt werde. Arnold ist – wie darf ich Ihnen nicht schreiben – nach Ober-Ost gekommen (oder habe ich es schon einmal erzählt?) wo es ihm ganz leidlich geht. Er braucht wenigstens keine grobe körperliche Arbeit zu verrichten und ist – vorläufig wenigstens, nicht mehr in der Feuerzone. Aber er ist von den zwei Jahren des Krieges sehr angegriffen, wird vorläufig kaum etwas schaffen können, obwohl er herrliche Pläne und vielleicht auch die Kraft hat, die Form dem Inhalt gemäß zu gestalten. Ich hörte dies Semester hier bei Cassierer neuere Philosophie von der Renaissance bis Kant. Eine gute Lern-Vorlesung, die für mich sehr wichtig war. Ich hoffe sehr, daß er nächstes Semester bei Kant fortfahren wird. Den stärksten, den tiefsten Eindruck hatte ich unter allen andren Philosophen von Spinoza, der ein herrlicher Geist gewesen sein muß. Er hat mich in vielem erschüttert, während ich bei Descartes bei Leibniz nur aufs höchste gespannt und interessiert mitdachte. – Meine musikalische Beschäftigung auf der Geige geht gut weiter, wir haben, als Hochzeitsgeschenk, ein schönes Instrument bekommen, da singt alles ganz anders. Eine der delikatesten Freuden des Einsseins ist aber das Duo spielen auf 2 Geigen, oh, wie ich mich schon auf das nächste Spielen freue, was hoffentlich Mitte August möglich sein wird. Schrieb ich Ihnen schon, daß ich meine Malstudien wieder aufgenommen habe? Ich arbeite jetzt im Sommer an der Landschaft und bin dabei ganz braun geworden und hab mich auch erholt, denn so viele Stunden hinter einander bin ich sonst nicht im Freien gewesen. Ich habe eine Lehrerin, eine ältere derbe Ostpreußin, mit der ich in der Auffassung nicht sehr übereinstimme, doch ist es schwer, jetzt einen tüchtigen Lehrer zu finden, der aus Berlin hier heraus kommt, ohnehin steht ja alles im Feld.

Das Goethe Buch von Gundolf kenne ich, finde es auch sehr schön, vor allem unkonstruiert und unkünstlich gesehen. Man muß wohl sehr viel sein, um einen Geist und ein Leben wie das Goethesche, so zu verstehen, wie es Gundolf tut. Doch hörte ich außer von Ihnen noch von mehreren Seiten, daß Simmels Buch noch besser sei. Ja, meine Überzeugung ist auch, wer einmal richtig in Goethes Atmosphäre gekommen ist, wünscht sich nie wieder heraus und findet dort auch alles, einfach alles, wie sie es genau beschrieben haben. Ich muß doch von einem drolligen und lieben Hausgenossen berichten, den wir während des Krieges bei uns aufgenommen haben. Das ist ein alter, unendlich komischer und treuer Dackl. Er vertritt die Stelle eines Kindes, natürlich auf viel niederer Stufe, begleitet mich auf allen meinen Malgängen und wird oft von Kindern zu einem unfreiwilligen Bad im Schlachtensee gezwungen. Denn der alte Herr, seine Schnauze ist bereits weiß, leidet an Rheuma, und schwimmt freiwillig nicht mehr. Aber die Berliner Göhren machen keine Umstände und werfen ihn hinein. Er kennt meinen Stadthut und meinen Arbeitshut genau, ja sogar den Zeichenblock, und kommt gleich von seinem Lager angesprungen, so wie er diese Sachen sieht.

Ärger giebts auch genug. Alle Menschen sind demoralisiert, durch den langen Ausnahmezustand des Krieges. Die Wirtsleute, die Dienstboten bestehlen einen an Kohlen und Lebensmitteln, an Wäsche und Gegenständen, alles mit der empörten Marke größter Reinheit, sodaß aus Ekel und Wehrlosigkeit gegen diese Dinge wieder alte Nervenschmerzen aufgetaucht sind, die machen müde und sollen nicht sein. Wenn erst Arnold wieder da wäre! Ach, dann sind alle Fehler der Welt auf einmal fast verschwunden und man hat seinen natürlichen und rechtmäßigen Beschützer wieder. Aber das hat wohl noch gute Wege. Ihre Geschichten würde ich wohl gerne kennen lernen, wenn Sie sie mir schicken wollten?

Sie kennen doch sicher ein aufschlußreiches, biologisches Buch, das Sie mir empfehlen könnten? Ich habe ebenfalls mit Bergson begonnen und habe sehr viel von dieser Lektüre. Aber ohne biologische Kenntnisse geht es nicht, zudem habe ich eine alte Liebe für diesen Gegenstand. Ich habe jetzt Zeit für mich, früher war ich ständig unterwegs zu Arnold oder zu Hause, wo all diese Beschäftigungen streng verfemt waren, so muß ich den Krieg nutzen, und aus einer unfruchtbaren Zeit des Kummers, Wartens und kostbar verrinnender Tage der Jugend eine fruchtbare Zeit des lernens machen. Dann hat sie etwas gutes gehabt und war nicht verloren. Schade daß ich von Mathematik nichts verstehe, sie ist meine unglückliche liebe und sicher wie Sie sagen, eine stolze und weise Wissenschaft. Sie freuen sich sicher Ihres Anteils an dem Buch Ihres Mannes sehr, ich tue es auch. Es geht mir sogar so, und vielleicht ist das nicht richtig, daß ich viel mehr Freude an der Mitarbeit von Arnolds Schriften habe, als an meiner eignen. Ich glaube dann, ich entziehe ihm einen Teil meiner selbst. Nicht jetzt, wo er fern ist, aber wenn wir beieinander sind wird es sicherlich so sein. So ging's mir wenigstens in München.

Senden Sie doch per Post ein paar gute Geister, die zu der Heiterkeit des inneren, auch die Heiterkeit des äußeren Lebens sprechen lassen, ich denke, in der Schweiz müssen sie sich jetzt aufhalten, weil sonst nirgendwo mehr Platz für solche Herrschaften ist.

Ich sende Ihnen dreien meine herzlichsten Grüße und bin in herzlicher Zuneigung

Ihre Beatrice Zw.

35 Arnold Zweig an Helene Weyl

Schlachtensee, 12. Okt. 1917
[–Kowno, 21. November 1917]

Meine liebe Freundin,
seit gestern bin ich, für 18 Tage, wieder hier, um in menschlicher Umgebung und menschlicher Musse für den Winter Kraft zu sammeln; und dass ich als erste Beschäftigung, während meine Frau ruht, ja schläft, einen Brief an Sie schreibe, kann Ihnen, falls es eines Beweises bedarf, zeigen, dass Sie noch immer und unverrückbar unter meinen Freunden den ersten und dem Herzen nächsten Platz einnehmen. Alles Ätzende und Bittere fällt von meiner so gewaltsam politisierten und verunstalteten Seele, wenn ich Sie ansehe, geistig und körperlich fruchtbar, Student, Geliebte, Freundin und Mutter; gerade gewachsen und unablenkbar ins Geistige hineinorientiert, und dabei dem Natürlichen jenen wundervoll-schmerzlichen und beseligenden Tribut nicht verweigernd, den Ihr Frauentum Ihnen auferlegt. Manchmal, wenn ich, angewidert vom Zusammenbruche der römischen Staatsidee und durch ihn in meinen Ideen von Menschengemeinschaft bestätigt, mich reineren, idyllischeren und beseelteren Formen menschlichen Zusammenlebens träumend und formend hingebe, sehe ich in Ihnen jene holde und tüchtige Mitte weiblichen Seins gestaltet, auf die ich die Frauen hinlenken möchte, damit sie nicht zukünftige Volksschüler, Studenten oder Soldaten, sondern einfach Menschen gebären lernen. Meinen Glückwunsch also, Ihnen, Liebe, weil Sie sind, und Ihrem Manne, weil er Sie hat. Zwei Kinder, Weylin! Und 1914 waren Sie fast noch ein junges Mädchen! Uns hat der Krieg, elende und widerwärtige Folge gleichgearteter Ursachen, die alte Qual vieler Schlachtenjahre auf eine neue Form gebracht und verlängert. Noch immer nicht eheführend leben zu können! nämlich dauernd beieinander! Dafür hasse ich dies Europa mit meinem verachtendsten Hasse, und ich werde ihm eines Tages diesen Hass in einem Buche ins Gesicht speien, das mich, nicht entschädigen kann für gestohlenes Glück, für Jugend und Freiheit, für Schöpfung und das Leben mit meiner angebeteten Frau, aber mich rächen wird, auf

hundert Jahre hin, das weiss ich gewiss. Denn ich werde immer bekannter, Claudia hat schon die 18. Auflage, und ich werde durch meine Dramen erst noch berühmt werden (eine mir an sich ekelhafte lebensform: berühmt durch wen? durch die Presse dieser Zeit! das Theater dieser Zeit! Und bei wem? bei Zeitgenossen!) und dann werde ich diesen Roman »Der Bart« schreiben, und Sie werden erst dann sehen, was ich habe erleben müssen, in dieser »großen Zeit«: immer das mir Konträre, das Kleine.

[Kowno] 21. November.

Weylin, Liebe, der Brief blieb liegen. Ich mochte nicht schreiben während ich bei meiner Frau war; ich konnte die Gedanken nicht von ihr zu jemandem anderen, der mir so wert ist wie Sie, lenken, während sie schlief; sie gehörten ja doch ihr. Achtzehn Tage! Seit zweieinhalb Jahren, Weylin, die erste größere Spanne. Größere – sagt man jetzt auf achtzehn Tage. Wissen Sie, dass Bice mir jetzt geistig überlegen ist? Dass mich die Gespräche mir ihr anstrengen? Ahnen Sie, wie fürchterlich verwahrlost und herabgekommen mein Geist ist? Vom Lesen eines philosophischen Buches kann vorderhand keine Rede sein. Höher als Schelers Abhandlungen kann ich nicht mehr. Und ich habe einen solchen Abscheu vor »schweren« Büchern dieser Art! Ich sitze jetzt abends in einem Zimmer ohne Gardinen, das ich mir mit Bildern, Dekken, einer Vase und einem grünseidenen Lampenschirm wohnlich gemacht habe: welch ein Fortschritt gegen die beiden letzten Jahre, gegen das Quartier noch in Bialystok … Lassen wir das. Gehen wir zu Ihnen über.

Sie sprechen so schön von Ihrer Mütterlichkeit zu meiner kleinen Zarten, dass Sie sie recht ermutigt haben, wenn auch nicht verführt. Sie wissen, wir haben beide unsere strengen Gedanken zu diesem Thema. Meine Frau ist von dem langen Kampfe um unsere Vereinigung allzusehr erschöpft, um schon jetzt Ihrem Beispiel zu folgen; und im Kriege, unter den heutigen Umständen, ein Kind zu tragen, zu gebären und gar zu nähren, das wäre Mord. Ja, wenn der Krieg nicht gekommen wäre, hätte ich bald mein Söhnchen oder Töchterchen auf dem Arme. So aber ist daran nicht zu denken. Man stösst die armen Geschöpfe immer noch zu früh in diese hassenswerte europäische Luft. (Sie sehen, mit mir ist nicht viel anzufangen; ich falle immer auf die gleiche Seite.) Menschen erziehen ... Weyl, Weyl, wir haben Bankerott gemacht und müssen von neuem anfangen. Keine Zeit war pädagogisch so auf der Höhe wie diese – die jetzt nicht mehr aus noch ein weiss.

Sie lesen Dostojewski; ich erlebe seine Periferie hier, wo noch gar kein echtes Russland ist. Aber die Revolution, so sehr sie anti-dostojewskisch ist mit ihren westlichen Antrieben und Formeln: in den Programmen der Bolschewiki ist dieser Christ und Freund der russischen Seele ebenso aktiv geworden wie der alte große Lew Tolstoï. Die Russen machen jetzt den großen und dezisiven Schritt aus dem Staate heraus in das Unbekannte der neuen menschlichen Gemeinschaft. Glauben Sie ja nicht, dass da Phrasen stehen, wenn sie Aufrufe drucken lassen. Diese Bewegung ist in ihren Antrieben fast religiös – so sehr zehrt sie von dem Entsetzen über die Greuel, die von der Degradation des einfachen russischen Menschen zur Kriegsmaschine verursacht worden sind. Und welch ein Künstler ist das, der diese urwaldhaften Romane geschrieben hat. Niemand kann das je wieder machen. Unsere europäische Kunstlinie geht über den Wilhelm Meister und die Novellen Kellers und Stifters – kennen Sie Nachsommer, den Roman (Amelangscher Verlag)? lesen Sie ihn ja! – in die strenge, reiche, gegliederte und beherrschte Form, weil wir den europäischen Menschen und uns selbst vergewaltigen und verzerren müssten, wenn wir ihm die Offenheit und Naivetät des Seelen-Selbstverratens gäben, die dem Russen natürlich und eigen ist; aber im Grunde ist das Formerlebnis doch blass vor der ungeheuren ethischen Wucht eines Zwiegesprächs bei diesem düsteren und leidenden Giganten. Sein deutsches Gegenstück ist etwa Jean Paul, dessen »Flegeljahre« Sie einmal lesen werden; und es dürfte nicht der letzte Roman dieses barocksten, reichsten, dichterisch größten unter den deutschen Prosaisten sein, den Sie lesen.

Ich freue mich, dass der Name Schickeles in Ihrem Briefe steht. Ziehen Sie doch diesen wertvollen Menschen und Dichter in Ihr Haus. Er ist ein echter Sohn des germanischen Elsass,

Arnold Zweig in Ober-Ost August/September 1917

dieses reichen deutschen Bodens, dem die deutsche Kultur einige ihrer großartigsten Leistungen verdankt, z. B. das herrlichste Bauwerk und das größte Gemälde: Grünewalds Isenheimer Altar. Und wenn Sie ihn sehen sollten, grüßen Sie ihn von mir. Ich werde ihm bald selbst schreiben und ihm sagen, dass ich, seit wir uns sprachen (Februar 15), in den meisten menschlich-politischen Dingen von Grund auf umgedreht worden bin, und jetzt ganz auf seiner Seite und in seinem Lager stehe.

Und so, liebste Helene Weyl, nehme ich Ihre Hand und sage Ihnen Lebwohl. Ich denke, Sie nach dem Kriege wiederzusehen, soweit man sich jetzt etwas für jene Zeit vornehmen kann. Nach dem Kriege … Ob die Söhne Noahs in der Arche auch miteinander redeten, was sie »nach der großen Flut« tun würden? Vermutlich; es ist so menschlich. Die Zeit vergeht – dies ist ein Trost. Und zugleich nimmt sie uns die besten Jahre. Ich bin schon 30. Dreissig, Weylin. Ich habe wenig Glück in jenen Jahren gehabt, die man die schönsten des Menschen nennt. Immerhin, ich will nicht undankbar sein: ich habe meine Frau.

Grüßen Sie Ihren Mann und die Kinder. (Die Kin*der*! Wissen Sie noch, wie ich Ihnen in Göttingen George vorlas? War das nicht vorgestern?) Ich liebe *Ihre* Kinder, sie werden an mir einen begeisterten Onkel haben. Gute Tage, Liebe, auf dem Zürichberg!

Ihr au fond unveränderlicher A. Z.

36 Beatrice Zweig an Helene Weyl

Schlachtensee, d. 26. 12. 17. [–5. 1. 1918]

Meine liebe Helene Weyl,
dies Mal haben wir aber eine rechte deutsche Weihnacht. Unser Dörfchen ist tief eingeschneit, alle Farben leuchten auf der weißen Decke, und heute früh fällt der Schnee leise, sacht und unaufhörlich herab. Wenn man mehr Kohlen hätte und es wäre Frieden in der Welt, müßte man ganz still und glücklich sein. Ich hätte

vorige Weihnacht nicht gedacht, daß ich noch ein Jahr und länger auf Arnold würde warten müssen, diese vielen verlornen Jugendjahre! Und ich gehöre zu den Glücklichen, die noch auf jemand warten können. Hätte ich nicht viel zu tun, so würde ich wirklich sehr übel und zerbrochen aus dieser Zeit hervorgehen. Ich habe aber meine Zeichen- und Malstudien wieder aufgenommen, nachdem ich mich drei Wochen in Bayern erholt habe – ach, wie das nötig war – und dann kam Arnold auf 18 Tage. Sie glauben nicht, wie viel 18 Tage sind, obwohl man täglich zittert, daß schon wieder einer davon fort ist. Wenn man jahrelang auf Urlaub angewiesen ist, so fühlt man sich wie ein Schüler, der mal ausnahmsweise frei kriegt. Ich glaube, Sie können sich das nicht vorstellen. Ich könnte es nicht, wenn ich diese Sklaverei nicht selbst erlebte, die alle Menschen der kriegführenden Länder erleben. Ihren lieben Brief, der mich sehr anregte und aufregte, hat Arnold mitgenommen, und vergißt immer, ihn wiederzuschikken, ich warte nun nicht länger, und antworte Ihnen aus dem Kopf. Sie sind eine stolze Männermama und haben schon zwei Söhne. Bewunderung und auch etwas Schauder ergreift mich, wenn ich das denke. Ich finde es eine stolze Leistung, Sie sind noch so jung und sind so begabt, Sie können denken wie ein Mann und wissen ebenso viel, Sie führen mit Bewußtsein ein streng geistiges Leben und streben immer höher, dabei haben Sie noch zwei lebendige Menschen geschaffen und erziehen sie sicher gut. Michael ist vielleicht dazu noch zu klein. Wie drollig, daß er gerade Michael heißt, so heißt nämlich seit Jahren schon mein Angst-Sohn, wenn ich fürchtete, er könnte ungebeten erscheinen wollen. Ich will noch kein Kind, ich muß es aus inneren und äußeren Gründen streng vermeiden – vielleicht in zwei, drei Jahren soll unser Michael erst zu uns kommen. Früher muß das ja furchtbar gewesen sein, das eine Frau, die ein ganz geistiger Mensch war, jedes Jahr, also eigentlich immer, von der Natur so sanft und unausweichlich zu einem pflanzen- und tierhaften Wesen vergewaltigt werden konnte, so daß ihre geistige Natur dabei gemordet wurde. Nur mit Trauer, Empörung und Entsetzen darf ich daran denken. Gut, daß ich in diesen dunklen Zeiten noch nicht existierte, und daß wir heute uns mit unserm Leben einrichten können, die Physis nach dem Geiste und seinen Forderungen. – Sie fragen, liebste Helene Weyl, ob mir meine eigne Arbeit nicht nötig und dringend wichtig ist? Bis jetzt war sie es nicht. Die Formung des Lebens und seine Kultivierung, das war es, was mich gänzlich in Anspruch nahm, zu lernen, zu sehen, zu hören, zu verarbeiten, zu erleben. Das geht jetzt alles nicht, und als ich vom Warten auf aufbauende Zeiten, die immer und immer noch nicht kamen, schon ganz krank und blöde geworden war, drang Arnold in jedem Briefe in mich, daß ich wieder malen und zeichnen solle, bis ich es tat. Es bekommt mir herrlich und ist mir momentan die wichtigste Beschäftigung. Möglich, daß es dabei bleibt; zu fürchten ist nur noch, daß ich rein zeitlich nicht genug für Arnolds Arbeiten, Pläne, Spaziergänge und Gespräche frei haben werde. Das muß man dann ausprobieren. Kommen Sie denn richtig zum studieren, mit den beiden kleinen Kindern? Höchstens doch zum lesen. Aber Sie können schon viel und hatten viel Zeit für sich, da geht das. Ich habe erst seit vier Jahren Zeit, davon ging eins noch zu Hause im Krieg verloren, also drei Jahre hatte ich für mich – o, ich habe noch so viel nachzuholen.

5. I. 18.

Inzwischen hat Arnold Ihren Brief geschickt und als eine Mahnung, mich an meinen wackligen Toiletten-Schreibtisch, den ich improvisiert habe, zu setzen, kam Ihr Manuskript. Diese Geschichte hat sehr viel Schönes. Alle Naturbeschreibungen sind in ihrer Ungeziertheit und plastischen Stimmung sehr mitreißend und gut. Überhaupt sehen sie gut. Bloß die Gespräche sind eigentlich Gedanken, die sind noch nicht gekonnt, doch das ist Übung. Was nun Ihr Problem anlangt, so ist es Ihnen nicht gelungen. Ein Mädchen, das so abgewandt geistig lebt, kann nicht in wenigen Tagen umfühlen. Nerven brauchen lange, vorsichtig behutsame Zeit. Entweder muß es ihr im Anfang nicht Ernst sein, mit ihrer Unkörperlichen Geistigkeit (doch dies ist an der gezeichneten Gestalt unwahrscheinlich) dann mag ihre Natur, nur künstlich zugedeckt, in kurzer Zeit durchbrechen, oder aber, und hier scheint mir das künstliche, nicht gesehene, bloß gedachte an der Novelle zu liegen, das Mädchen muß noch viel mehr erschrecken, wenn ihr Verlobter so jäh das Fenster schließt etc. Bei ihrer Empfindlichkeit (und dazu braucht es sogar schon ein derberes, ungeistiges Mädchen zu sein) würde sie alles, was aus Ernüchterung mit Auskleiden, ungewohnter Nähe eines fremden Körpers resultiert, schon völlig kalt machen und jeden Rausch ausschließen. Alle Einzelheiten sind sehr gut gesehen, an dieser Stelle aber konstruieren Sie einen ideal Fall der an jener Stelle der Unendlichkeit liegt, wo sich die Parallelen schneiden. Dann: Wozu ist die, sehr schöne, gutgeschriebene Episode des Vaters und der Tochter im Anfang, wenn sie dann nicht fortgeführt wird, und wo liegt ihr Bezug auf die Erzählung? Sie ist überflüssig, oder sie haben etwas damit gewollt, was im Kopf geblieben und nicht aufs Papier gekommen ist, wie das einem so häufig passiert. Besonders schön geben sie immer das Meer, die Heide, die Bootfahrten, das alte Haus und die blaue Veranda. Sehen Sie, bei einem solchen Problem, wo nur größte Ehrlichkeit die Ehre und das künstlerische Niveau den Gestaltenden ausmacht, darf man nicht konstruieren, das tun nun schon, so viel man auch litteratur liest, seit undenklichen Zeiten die Schreibenden und es heißt, die Jugend verführen und irre an sich selbst machen, die nach solchen Vorbildern schaut und sich verzweifelt für anormal und verkrüppelt hält, in dem Glauben, bei allen andern Menschen lägen die beziehungen zwischen Geist und leib ganz einfach. Man spart dieser Jugend und nicht nur der Jugend durch künstlerische Unbestechlichkeit und ein ganz freies unkonventionelles sehen des Lebens und seiner Probleme, deren gute Überwindung es doch erst wertvoll, herrlich und lebenswert machen, viel Qual, Zweifel an sich selbst, Verwirrung, gegenseitige heimliche Verachtung, oder auch Verachtung des eignen Ich.

Diese Novelle können sie nur anfassen: entweder sie schildern einen Typus, der heimlich und verdeckt und in seiner eigentlichen Natur schon immer sinnlich war, (aber das wollten sie doch gerade nicht geben) oder aber sie zeigen das Problem solcher Menschen, wie es besteht. Ich glaube, daß Sie das wohl können, wenn Sie sich mal daran setzen. Sie haben sich mal als völlig amusisch bezeichnet. Sie sehen, daß das nicht stimmt. So, nun nehme ich Ihren lieben Brief mal erst zur Hand. Glauben Sie mir, wie gut ich dies Gefühl nachfühle, das Sie da beschreiben, das Gefühl jener großen inneren Ruhe, während Sie Ihre Kinder erwarteten und wie die Natur uns auf jene große Wiese zu Kuh und Kälblein führt. Aber jenes empörte Trotzgefühl, von dem Sie erzählen, ja, das habe ich noch viel stärker, ich will nicht schon jetzt in jenes dumpfe, warme Reich der Natur, sie soll nicht mich bei der Hand nehmen, sondern ich nehme sie bei der Hand, und führe sie sanft aber nachdrücklich zur Türe hinaus. Es *ist* Anmaßung von uns, an der menschlichen Kultur teilhaben zu wollen, die Natur hält uns ganz fest an die Erde geklammert, und daher fliegen auch die männlichen Seelen viel öfter und weit höher, als unsre armen. Glauben Sie, daß ich mir oft, wenn mich die Empörung mal ganz besonders packt, ganz radikal wünsche, ich möchte lieber ein Mann sein, an meiner Staffelei oder am Schreibtisch sitzen, aller sonstigen Pflichten ledig. Andre hätten sich um das schmerzhaft materielle, wie Küche, Wirte, Dienstboten, Lebensmittel von Natur wegen zu kümmern und ich dürfte frei im Äther schweben und mich ganz derjenigen Aufgabe und Verpflichtung hingeben, die ich als den höchsten Wert empfinde, und immer noch dabei ganz zu sein. Wir Frauen, wir sind erst ganz wenn wir auch Mütter und Frauen sind. Das teilt uns und es strengt an und kann vielleicht oft mißmutig machen. Sie fragen, wie ich dies alles einmal erleben werde? Ja, wenn es mir weiterhin gelingt, die vergewaltigende Natur unter Gesetze zu zwingen, wie man ja auch das Feuer in Herd und Ofen einsperrt, werde ich es wohl in großer hingegebener Freude erleben, sonst aber würde ich wüten, wie Sie. Die schlimmste Zeit der Auflehnung ist eigentlich schon hinter mir. Und manchmal denke ich schon, daß es schön wäre, ein Kind zu haben. Ja, wenn man es gleich hätte. Aber da ist die Entstellung, die ich fürchte, weil man doch auf die Straße geht und einen Freunde und Halbbekannte sehen, das peinigt mich, solche Intimität nicht verbergen zu können. Dann graut mir vor den Schmerzen. Und schließlich graut mir vor Lärm und Geschrei aufwachsender Kinder und daß man dann noch viel mehr praktische Dinge im Kopf haben muß, als ich sie jetzt habe und die mich stören. Aber ich höre gern und mit größtem Interesse von Ihren pädagogischen Sorgen und Erfolgen, weil ich finde, daß Sie alles ganz vorzüglich können und weil ich überhaupt Freude und Interesse dafür habe[.] – Ihre Liebe zu dem norddeutschen Meer kannte ich lange Jahre. Wir waren jeden Sommer an der See und ich liebte das Element, die ganze Atmosphäre so sehr, daß ich heimlich doch an Seelenwanderung glaubte, und es für möglich hielt, daß ich in einem früheren Leben ein Wassergeschöpf war, weil mir dies Einssein und dieses bejahen alles dessen, was da um mich war, sonst nicht erklärlich war. Erst als mir das Klima nicht mehr bekam, als ich den Süden kennen lernte, sah ich, daß ich dorthin weit mehr gehöre; aber oh, ich weiß wohl, wie es dort oben ist, ich weiß es wohl.

Ihre launigen und leichtfertigen Geschichten sind sicher sehr lesenswert, wenn Sie mögen, so geben Sie sie mir doch. Ich würde Ihnen diese Novelle vom Meer gleich zurücksenden, aber, ich denke, daß Sie sie Arnold auch zeigen wollen; er kommt Ende des Monats und so denke ich, ich darf sie bis dahin behalten, nicht? Ich habe früher eine Geschichte versucht, eine Kindergeschichte, aber sie liegt angefangen, und, solange ich täglich einen Brief schreibe, ist mir die Tätigkeit des Schreibens verleidet. Ich habe dann noch eine andre Arbeit liegen, aber vorläufig ist es mir eine Qual, daran zu schreiben, ich warte auf gute friedliche Zeiten, ich kann jetzt nicht. Ich zeichne fast jeden Tag, wenn ich kein Kolleg habe, Porträt, und wenn das Semester schließt, dies Jahr wegen Kohlenmangel schon im Februar, so will ich noch 2 Mal die Woche zur Stadt fahren, Akt zeichnen. Musik werden Sie kaum noch verstehen lernen, das muß von Jugend auf gepflegt werden und ist lediglich Erziehung. Ich glaube, wenn man als Kind viel hört, so kann jeder einer Beethoven Symphonie mit seligster Erhobenheit folgen, aber Bilder kann man immer sehen lernen, und ich glaube, daß Sie es, mit einem guten Führer, in einem knappen Jahr weg hätten. Ja, ich teile Ihren Glauben, daß die Frau prinzipiell nichts ganz Beträchtliches in der Wissenschaft leisten kann, Ausnahmen wird es natürlich geben, weil die Wissenschaft mit dem Intellekt betrieben wird und aus ihm entstanden ist. In der Kunst geht es noch eher, weil ihre Basis Empfindung, Gefühl letzten Grundes und Intuition ist, die ist aber auch bei bedeutender Wissenschaft die Führerin, ich denke an Kepler, an Galilei. Aber selbst in der produzierenden Kunst haben es Frauen nie zu Größe gebracht, nur zu sehr guten Dingen. In der reproduzierenden Kunst giebt es aber eine ganz große Zahl von Frauen, die Großes leisten. Sie wundern sich, daß ich gar keinen Wert auf eigne Leistung lege? Ich muß gestehen, daß ich darin ganz weiblich und altmodisch bin, und von Jugend auf in meiner Seele immer nur den stärksten Trieb fand, mit einem schaffenden Menschen mitzutun, ihn zu weisen, ihm zu helfen, anzuregen, aber es war mir sogar qualvoll, als Arnold bat, ich sollte malen. Meine Lehrer loben mich dabei sehr und machen mir den größten Mut. Aber denken Sie, wie seltsam, daß ich nun gerade mit Arnold zusammenfand, ihm überhaupt begegnete! Vielleicht sind doch Gesetze über uns. Jetzt, solange er weg ist, ist mir meine Arbeit alles. Aber wie es wird, wenn wir zusammen sind weiß ich nicht. Seine Arbeit ist eben auch meine individuelle Arbeit.

Was Sie über Kants Stil schreiben ist bisher ganz meine Meinung gewesen. Aber, nachdem ich mich längere Zeit mit ihm (der Krit. d. reinen Vernunft) befaßt habe, bin ich von dieser Meinung abgekommen. Ich glaube eben, daß es noch großartiger wäre, wenn Kant einen schlichten, klaren Stil geschrieben hätte. Größere Reinheit der Form ist immer ein plus. Ich glaube, daß es in derselben Knappheit doch eine ebenso adäquate reinere Form geben müßte. – Ich hätte gern die Brüder Karamasoff gelesen, die ich noch nicht kenne, aber der gesamte Dostojewski ist in Deutschland vergriffen und wir werden mit ihm wohl bis nach dem russischen Frieden warten müssen. Ich habe vor 6 Jahren mal mit dem Idioten begonnen, es aber nicht ertragen. Ich will mich nun einmal wieder damit befassen. Wissen Sie auch, daß ich oft eine ganz unbezwingliche Sucht verspüre, Sie zu sehen, zu sprechen, überhaupt längere Zeit mit Ihnen zusammen zu sein. Wenn dieser verzweiflungsvolle Krieg einmal zu Ende sein wird, dann denke ich, werden wir uns bald einmal sehen. Sie besuchen sicher Ihre Eltern, und wir werden auch reisen, wenn es irgend geht. Also haben wir doch ganz gute Chancen, daß Sie herkommen, oder wir in Ihre Nähe.

Leben Sie recht wohl, meine liebe Helene Weyl, es war lieb von Ihnen, daß Sie mir Ihr Manuskript sandten, noch ehe ich Ihnen geantwortet habe. Grüßen Sie mir Ihren lieben Mann sehr herzlich und Ihren kleinen Würmern darf man wohl einen ganz kleinen Kuß auf die Locken geben, aber vielleicht hat Michael noch eine Baby-Glatze.

In großer Herzlichkeit
Ihre
Beatrice Zweig

Haben Sie noch Ihre schönen großen schwarzglänzenden Haarschnecken? Ich habe Ihr Bild immer so in Erinnerung.

37 Arnold Zweig an Helene Weyl

Schlachtensee, Gründonnerstag
[28. März.] 1918

Meine liebe Helene Weyl,
manches in der Welt ist gut eingerichtet, sagt mein alter Kollege Tomi Mann, und so bin ich denn gerade in Dienstangelegenheiten in Berlin, als Ihr schöner Brief ankommt. Schön – dh. in den Teilen, die mir meine ebenso entzückende wie strenge Frau vorlas; selber zu lesen war ich nicht im Stande, dank energischen Verbotes ihrerseits, sodass ich schmunzelnd immer mal wieder feststellte, wie ihr jungen Frauen zum Schaden und Spott der Ehehälften geheime Bünde und rätselhafte Botschaften vor uns verbergt. Nun liegt es mir ungemein fern, dergleichen Wünsche nicht zu respektieren, obwohl man mir ja meine Männlichkeit oft genug abgestritten und mich in eine junge Frau verwandelt hat*, sodass ich also auch an dieser Frauenwelt teil haben dürfte. Aber die Meine hat darüber ihre eigenen Ansichten, und ich muckse nicht.

* [Randbemerkung von Beatrice Zweig:]
Man hält den Namen Arnold Zw. für ein weibliches Pseudonym.

Lassen Sie mich schnell drei Worte über mich sagen, damit Sie, wenn Sie mir nach Kowno geschrieben haben und darin geistige Dinge erörtert haben, über meine Antwort nicht zu sehr staunen. Ich leide unter dem Kriege wie Sindbad unter dem Meerdämon, der ihm die Schenkel um den Hals geschlagen auf den Schultern sass und nicht einmal im Schlafe von ihm wich. Wie das Erdbeben in Lissabon das ganze 18. Jahrhundert erschütterte, wird auch der Krieg alle materialistischen und pseudogeistigen Willensrichtungen der Menschheit befruchten und alles wahrhafte Bauen, Zeugen, Schaffen, Erkennen auf Jahrzehnte hinaus verschlechtern und verschütten, ablenken und fälschen, bedrükken und hassvoll verzerren. Ah, Helene! ich war bislang der Meinung und ich lebte von ihr, dass dieser Krieg nötig sei, um *den Krieg* ad absurdum zu führen, unmöglich zu machen. Ich glaube es nicht mehr. Ich bin der Überzeugung 1) dass schon vor dem Kriege alle Tendenzen das internationalen Lebens stetig wachsend auf Ausschaltung der blutigen Gewalt hinwirkten, 2) dass der Krieg einen Hass gezeitigt hat, der nur in einem Jahrhundert besiegbar sein wird, 3) dass der Friedenschluss, der diesen Krieg beendet, nicht jene neue Lage schaffen wird, die das neue Europa ermöglicht und 4) dass ethische, rechtliche, aesthetische und religiöse Kultur, und dass alle Zivilisation – Reise-, Wohnungs-, Kleidungs-, Nahrungs-, Reinigungsmittel – auf den Stand von 1850 ohne die sichere Kulturtradition jener Biedermeierzeit zurückgeworfen ist. Den Stand der Rechtssicherheit und der Jugenderziehung entnehmen Sie den Zeitungen, nicht wahr. Und das, liebe Helene, ist die Bilanz des großen Krieges, man kann sie jetzt schon ziehen, obwohl der Krieg erst in einem, vielleicht in zwei Jahren beendet sein wird (wolle Gott, früher!). Und nun begreifen Sie, dass ich, obwohl ich in Kowno Zeit genug hatte und habe, keine Zeile geschrieben habe die mehr wäre als Tagesarbeit. Auch ist mein wissenschaftlich-philosophisches Denken schlaff wie eine ungestimmte Saite, und erst jetzt fange ich an, bei dem geliebten, unvergesslichen, kraft eigenen Willens gefallenen Reinach wieder denken zu lernen, nachdem ichs vor sieben Jahren schon einmal bei ihm gelernt habe. Ich zweifle nicht daran, dass ich, falls ich lebe, wieder einmal arbeiten und philosophieren werde; dass nichts dauerndes in diesem Zustande sein darf, weiss ich aus der Beobachtung meines Inneren. Und daher nehme ich die Niederlage mit Ruhe hin, die mir der Krieg zugefügt hat, nachdem ich mich 3½ Jahr tapfer gegen ihn geschlagen habe.

Ich weiss nicht, ob ich Ihnen wünschen soll, bald nach Breslau überzusiedeln; Sie werden Ihr Deutschland nicht wiedererkennen (wir hatten 6 Dienstmädchen, alle 6 haben gestohlen) und die Atmosfäre des Hasses Aller gegen Alle, die schmerzlich auf mir liegt sobald ich aussteige, oder selbst wenn ich nur die Zeitung öffne, wird Sie bitter peinigen. Aber sonst bin ich unheimlich froh, Sie und Ihren Mann in greifbarer Nähe zu wissen. Schade, dass es gerade Breslau ist. Ich liebe die Stadt nicht, in der ich ein Jahr meiner Jugend lebte, und schon gar nicht liebe ich ihre flaue Landschaft. Aber quand-même: wohnen Sie nur erst da; bevor wir nach Palästina gehen, sehen wir uns noch ausgiebig. Vielleicht legen wir uns, wenn Frieden ist, noch einmal schläfrig-selig nebeneinander in den Feriensand Ihrer Ostseeinsel.

Das ist kein Brief, Helene; es ist ein Lebenszeichen, ein Ton von sagen wir 80 Schwingungen pro Sekunde. Eigentlich bin ich heute glücklich, drei Tage glücklich, und erst übermorgen gehe ich wieder in die Verbannung. Dabei bin ich diesmal noch gut daran, denn läge ich noch vor Verdun, ich sähe anders aus. Leben Sie wohl, Sie mit Ihren beiden Prinzen, denen Sie so schöne hebräische Namen ausgesucht haben: יָוַחִים und מִיכֵל – ich glaube, ich werde meine zukünftigen Söhne doch wohl Dietleib und Percy nennen müssen … Sind Sie böse über diesen Scherz? ich denke, nein.

Wie stets Ihr wenn auch niedrigbrennender

A.

Dies 1822 gegossene Blatt stammt aus alten russischen Akten.

38 Beatrice und Arnold Zweig an Helene Weyl

Schlachtensee, d. 31. 7. [–5. 9.] 18

Liebe liebe Helene Weyl, sehen Sie, wie ich gebummelt habe, Ihnen zu antworten, obwohl ich mich am liebsten gleich auf einen Briefbogen gestürzt hätte, aber von Mitte März bis jetzt hatte ich dauernd Logierbesuch, den ich aus verwandtschaftlichen Rücksichten dahaben mußte, und der mich etwas aus meiner Lebensluft riß, sodaß ich den Rest, der mir davon blieb, für meine Arbeit rettete. Nun ist aber alles endlich überstanden, und ich komme gleich, mit Ihnen zu schwatzen. Es macht mir eine ganz ungeheure Freude, wenn Sie mir von Ihren Kindern recht viel erzählen, Sie müssen das immer tun. Wann sind Sie denn in Deutschland, wenn Sie glauben, daß wir uns jetzt in vielen Dingen besser verständigen würden als damals, wäre es sicher sehr fruchtbar, sich von allen Dingen, die es zwischen Erde und Himmel, und in Himmel und Hölle giebt, zu erzählen. Ich rate Ihnen, den Krieg jedenfalls im neutralen Ausland zu verbringen, denn hier ist es entsetzlich schwer und teuer. Wenn Sie deutsche Zeitungen lesen, so werden Sie über Ernährung, Heizung und Bekleidung informiert sein. – Mir geht es nie so wie Ihnen, daß ich mich gern in einen Strudel von vielen Menschen stürzte, schon als Kind waren mir alle Geburtstagsfeiern, mit Lärm, Schlagsahne und einer gewissen Gefühlsroheit, die schon den Kleinen stark anhaftet, etwas Greuliches und heute noch ist mir das schlimm. Ich habe gern einen fremden Menschen öfter in meiner Gesellschaft, noch bis 2, 3, geht es, aber wenn ein vierter dazu kommt, so entsteht schon keine rechte seelische Wechselwirkung, man ist genötigt, ein gewisses allgemeines Niveau festzuhalten, welches ermüdet, weil es unwesentlich ist und keinen Sinn hat. Von jeher hatte ich nur eine unbändige Sucht, mich in das ganze wilde, gefährliche gute und heiße Leben hineinzustürzen, ich wollte alles alles von ihm haben, leben, bloß nicht im Käfig sitzen, das ist das herrlichste. Ich habe auch so viel gehabt, fast alles was ich von einer Jugend wollte, habe ich gehabt, und das ist herrlich. Den Rausch des Abenteuerlichen, das Zarte, das Gute, das Niederträchtige habe ich erlebt, erst hatte ich alles im Überfluß und mein Vater war wohlhabend, nachher war ich wieder mal ganz arm, riß von zu Hause aus und lebte mit meiner Schwester in einer Dachkammer, jeder hatte 60 Mark im Monat. Nun ist Krieg, und abgesehen von diesem allgemeinen Verhängnis, an dem jeder Europäer trägt, geht es mir wieder sehr gut.

Und so ist mir mein Leben im allgemeinen schon recht. Ich hätte jetzt große Lust, Kinder zu haben, dazu haben sowohl die Zeit als auch Ihre Briefe beigetragen, glaube ich, aber ich kann sie mir leider nicht nehmen, weil unsre Zukunft, bis zu einer erfolgreichen Theateraufführung total ungesichert ist, und man immer nur von einem Jahr zum andern weiß, ob man zu leben die Mittel haben wird. Der zweite wichtige Grund ist der Krieg mit seinen recht gefährlichen Ernährungsschwierigkeiten, daß wir gar keine Heimstätte haben und Möbel noch lange unbezahlbar teuer bleiben werden. Das ist alles häßlich. Sie müssen es keine Minute bewundern, daß ich mich den Gesetzen der Natur bisher entzogen habe. Sehen Sie liebe Helene Weyl, in der Idee des Menschen liegt ganz evident, daß der Geist das herrschende Prinzip sei; daß die Materie starr ist, und geformt werden soll. Widersetzen wir uns nicht fortwährend, mit der ganzen Entwicklung des Menschengeschlechtes der Natur? Bauen wir keine Staudämme, fangen wir nicht die Elektrizität auf dünnen Drähten, töten wir nicht die Krankheitserreger mit Giften, setzen die asketischen Mönche nicht die Natur einfach ab und außer ihnen noch so viele ähnliche Menschen, und schließlich, töten wir nicht die freieste, die adligste Natur, den Geist, in so vielen Individuen, die aus Not hart arbeiten müssen und setzen wir nicht so und so viel begabte Frauen aus ihrer schönen geistigen Natur in eine untergeordnete materielle, vitale Natursfäre, indem wir sie zwingen zu gebären, und in einer Luft von Kinderaufzucht zu ersticken? Solche Fälle giebt es viel, bei frommen Juden konnte ich es feststellen, bei andern wird es oft so sein, doch kenne ich solche Menschen nicht aus meiner Nähe. Die grobe Natur zu überwinden, ist eine der ganz selbstverständlichen, ganz ruhig einfachen, ganz großen Aufgaben des Menschen. Der Geist herrsche, richte ein, bestimme, baue auf, seiner Natur sollen wir immer und unbedingt folgen. Wenn ich keine Kinder habe, weil ich sie aus prinzipiellen Gründen nicht will, so habe ich mich gegen die tierische Natur gewehrt, und habe der geistigen gedient. Nur wer *jede* Natur flieht, ist auch von ihr verstoßen und immer arm, ein leeres, ein totes Wesen im großen immer werdenden immer blühenden und treibenden und gebärenden Kosmos. Ich habe das Erotische an sich nie als nur finstre Macht empfunden; ich wußte wohl, daß sie es auch ist, und hatte oft, als mich junge Leute zudringlich verehrten, Erbrechen und grauenhafte Angstzustände, ich wußte, dies ist *die* dunkle Macht, die uns in das Chaos, in den Wirbel hinabreißt, die das helle, das göttliche, geistige Wesen Mensch mit Wonne erniedrigt, schändet, zerstört. Ich wollte mit aller Leidenschaft das andre Ende fassen, eben jenes beseelte, göttliche, heiße Leichte, welches einen Teil des Lobsingens der Schöpfung ausmacht. Alle meine weiblichen Instinkte gelten nur diesem Weg, diesem Ziel. Ich fand und finde noch heute, daß alles Aufbauende, alle echte Kunst, und alle schrankenlose Liebe, zwischen Freunden, Eltern und Kind, Mann und Frau, irgend ein Dienst, ein Werk am Geschehen der Welt ist. Ich habe das erotische immer so empfunden, und darum sind mir Kinder eine Sache für sich, eine neue Welt. Aber hierin gebe ich Ihnen ganz Recht, daß in keiner Sfäre, wie in der erotischen Gott und Teufel so nahe Nachbarschaft haben. An sich braucht man es wohl weder zu fürchten noch zu lieben. Es kommt darauf an, welches Medium es einem darstellt und welches Symbol. – Es ist künstlerisch ein sehr wichtiges und gutes Moment, daß Sie das Leben am Meer als Hintergrund geben wollen und damit eine Atmosphäre von Freiheit und Schönheit und natürlichem Leben am Strand und Badetrikot gleich haben, aber sie haben dieses wichtige Moment nicht sorgfältig genug an entscheidende Stellen gesetzt, oft zu stark und allgemein betont, dann wieder, wo eine feine Nuance intensiv und erleuchtend zu wirken hätte, diese vergessen. Ich möchte furchtbar gern einmal eine Novelle mit ihnen durcharbeiten, das sollte mir großen Spaß machen. Ich habe meine Schreibdinge gelassen, wo sie sind und bin lange nicht an sie herangegangen, habe auch nicht das Gefühl, daß ich es bald tun werde. Denn wirklich ist das Malen eine so solide, so schwierige

Kunst, daß es Jahre dauert, bis man erst einmal die Fundamente beherrscht, woraufhin man dann ja erst wirklich freie Arme zum Schaffen hat. Zudem ist es hier draußen so schön, daß man immer verführt wird mit dem Wind, in dessen Rhytmus leise zu schreiten, in das Rauschen der lauen Wipfel zu schauen und mit den Wolken dahin zu ziehen, oder als ein kleiner Baum still und glücklich dazustehen und die Krone sanft zu wiegen. Ich kann so oft etwas Andres sein, wenn ich lange darauf hinsehe, daß ich gar kein Gefühl meiner Selbst mehr habe, ach, das ist so angenehm, so vertauscht, so enthoben zu sein; ich denke mir, daß sie dies gut kennen werden.

5. 9. Sehen Sie, liebe Helene Weyl, inzwischen ist Arnold gekommen und zwischendurch noch recht wichtige Dinge, so blieb der Brief wieder liegen, aber nun sitzen wir beide und schreiben an Sie und möchten Sie sehr bitten, uns bald zu sagen, wann Sie eventuell hier sein könnten, denn am 25. muß Arnold wieder in Kowno sein, vielleicht ließe es sich einrichten, daß wir uns sehen? Wir haben beide große Sehnsucht nach Ihnen. Was Sie über Scheler schreiben, ist leider ganz richtig, ich hoffe immer auf das Kind, das Gute und Helle in ihm, was ihn einmal retten kann. Der Katholizismus ist aber etwas so starkes, daß, wer ihm einmal mit der Seele verfallen ist, sich sehr selten von ihm wieder frei machen kann. – Das gelbe Seidenkleid ist schon ein Lampenschirm, und fast kein Fetzen mehr davon da, möglich aber, daß wir diesen Winter die Premiere haben, die mir beinahe ganz gleichgültig ist, solange dieser Untergang Europas immer weiter rast. Die Luft ist zum Ersticken. Zum Glück wohne ich ganz still im Freien, wenn auch zwischen besseren Hotelmöbeln, und so kann ichs oft vergessen, umso mehr, als ich keine Zeitung mehr halte, außer unsrem Zehlendorfer Weltblatt, in welchem die Abgabe gewisser Lebensmittel angezeigt wird. Sie haben Kummer? Ach, wissen Sie liebste gute Weylin, der Schmerz, den wir selbst leiden, quält immer, wenn auch fremde Schmerzen noch tausendmal grausamer sind. Was ist Ihnen? Bei Ihnen soll immer alles schön und glatt gehen, die bösen Geister müssen doch Stätten haben, von denen die guten Engel sie bannen. Zu diesen gehört Ihr Haus. – Jetzt haben wir es gut, denn Arnold und ich können

einmal so normal lange beieinander sein, wie seit drei Jahren nicht. Ich hatte schon vergessen, wie voll, wichtig und wesentlich das Leben sein kann. Das Alleinsein wird nachher um so unerträglicher sein. Aber man darf nur, wie eine Eintagsfliege, an den Augenblick denken und nicht an den ruhigen Bau und die leidenschaftliche Formung eines ganzen Lebens. Ich denke, daß Sie und ich uns jedenfalls bestimmt bald sehen werden. Ich grüße Sie beide und Ihre Bengels ganz ganz sehr und doll und freue mich auf Sie.

Ihre Beatrice Zweig

5./IX.

Meine liebe Helene Weyl, manchmal, wenn ich nach hause komme, weht ein Brief von Ihnen herein, der an meine Frau gerichtet ist. Dann freue ich mich, dass unsere Freundschaft auf sie übergegangen ist, aber ich freue mich doch nicht, dass Sie mich nun so ganz ignorieren. Undenkliche Zeiten haben Sie mir nicht wieder geschrieben! Und ich vermute fast, Sie haben den letzten meiner Briefe, vor einem Halbjahr, auch vom Urlaub, geschrieben, nicht erhalten.

Hände reichen – wer das könnte! Und auch sehen können wir uns nicht, es wäre denn, dass Sie vor dem 25. September herkommen könnten. Ach, Weyl, wenn das wäre! Kommen Sie her. Ein Hauch von Jugend, unserer Jugend, wird um Sie sein. Zwar haben Sie vortreffliche Arbeit geleistet, Seele und Körper sind gewiss nicht mehr auch nur im Umriss die vom Jahre 1914. Zwei Kinder und eine wissenschaftliche Durchbildung von 4 Jahren – wieviel Schicksal liegt in diesen Daten.

Auch mich, wären die Umstände so, dass wir uns begegneten, fänden Sie verwandelt. Müde, sehr zerstreut, sehr politisiert, noch tiefer auf Einsamkeit angewiesen als früher, mit einer profunden Gleichgültigkeit gegen den Ruhm und geistig so verwildert, dass ich mich ehrlicherweise zu den Dummen rechnen muss. Seit 4 Jahren habe ich nur einen Philosophen gelesen, Platon; und als ich über Reinach einen Gedächtnisartikel schreiben wollte, musste ich beschämt davon ablassen, weil meine Gedanken dem Gegenstande allzu inadäquat waren. Aber glauben Sie nur, ich werde eines Tages Reinach feiern.

Meine dichterischen Kräfte liegen, wie ich immer fand, in einer tieferen Sfäre versenkt als die intellektuelle ist, und daher scheinen sie nicht gelitten zu haben, ja, trotz der Zeit ihrer Natur folgend, noch gereift zu sein. Ich habe eine Komödie geschrieben, die ihren Stoff, erfunden, der römischen Antike entnimmt; Pompejus steht im Mittelpunkte und eine Griechin, die meiner Frau gefällt. Möglich, dass Sie sie bald lesen, möglich, dass man sie bald spielt.

Liebe Helene, ich erwarte eine Karte, die mir schnell sagt, wann Sie herkommen. Leben Sie wohl und grüßen Sie Mann und Kinder. Alles Gute über Sie!

Ihr Arnold Zweig

39 Beatrice Zweig an Helene Weyl

Schlachtensee, d. 15. X. 18

Meine liebe Helene Weyl,
ich bitte Sie, mir diesen Brief, der nur einige praktische Anfragen enthält, sogleich zu beantworten. Giebt es in der Schweiz noch zu kaufen: einen Gaskocher, Kochtöpfe, Geschirr? Was etwa kostet ein guter Besen? Ich darf über die Gründe meiner Anfragen, oder möchte vielmehr im Augenblick nichts sagen, aber in etwa 4 Wochen hören Sie von mir. – Stimmt es, daß Ihr Mann nach Breslau gehen wird? Es soll in den Zeitungen davon die Rede gewesen sein. Nehmen Sie, ich bitte in Ihrem Interesse sehr darum, nicht an; in einem der kriegführenden Länder zu leben, auch wenn der Friede kommen sollte, ist ungeheuer strapaziös, und noch dazu mit kleinen Kindern, die kräftige Nahrung brauchen. Sie sind in Zürich glänzend aufgehoben. Wir erwarteten Sie um den 23. September herum, werden Sie in absehbarer Zeit durch Berlin kommen?

Ich grüße Sie herzlich und in aller Eile, es wäre so schön, wenn man sich in absehbarer Zeit sähe!

Ihre
Beatrice Zweig

40 Arnold Zweig an Helene Weyl

Schlachtensee, Victoria 53
d. 2. I. 1919

Meine liebe Weylin nebst Kindern,
ich möchte Ihnen hiermit etwas post Festum Glück zum Neuen Jahre gewunschen haben. Hoffentlich erweist es sich seiner letzten Vorgänger würdig – aber keine Bange, das tut es schon. Sie sitzen in einem nahrhaften Lande; wir aber, nachdem wir etwa 4 Jahre den starken Mann gespielt und Feinde plus Bundesgenossen ertragen haben – oder ausgehalten haben, das ist identisch – erleben es jetzt, dass dicht vor unseren Toren das schwarze polnische sus domesticus wühlt und grunzt, ohne dass wir etwas dagegen tun dürfen. Jetzt wenigstens. Da die Pariser Konferenz, oder es müsste ein Wunder geschehen, die philosophische Haltung Wilsons, eines Mannes, den ich vorläufig noch ohne Ironie betrachten kann, zur ohnmächtigen Demonstration machen wird, sehe ich sehr klar in zwanzig Jahren die letzte Teilung Polens kommen, die dann von allen Mächten als eine Blinddarmoperation am schon recht zerschnipselten Leibe der Jungfrau Europa begrüsst werden wird. Da aber ein netter Krieg dieser Teilung vorhergehen dürfte – immer vorausgesetzt, dass nicht ein Wunder geschieht – werden nicht mehr sehr viele Polen in den zu okkupierenden Teilen des jetzigen Reiches leben, und das wird zwar zu sehr vielen humanen Leitartikeln Stoff geben, aber doch sehr gut sein. Sie sehen, die Erfahrungen der Politik machen weise. Zwar war ich nie Ententist (noch weniger einer der bespeienswerten Alldeutschen), aber ich glaubte doch, dass dort drüben soviel politische Erziehung sei, um die Rehumanisierung Deutschlands, den Durchbruch des deutschen durch den alldeutschen Geist, mittels kluger Schonung zu unterstützen. Das Gegenteil ist der Fall, und ich bürge dafür, dass das prachtvolle deutsche Volk, das sich jetzt leidenschaftlich des Bolschewismus zu erwehren sucht – wenn in Berlin-Centrum Kämpfe stattfanden, die ich beklage, die aber ziemlich geringfügig sind, merkte man in keinem anderen Stadtteil auch nur das mindeste davon – durch die Friedensbedingungen der Entente zur Bundesgenos-

senschaft mit Russland gezwungen werden wird, und dann werden wirklich, wie Radek es vorgestern hier sagte, die Siege des Bolschewismus über das Ausbeutertum am Rhein erfochten werden.

Liebe Weylin, das ist ein kurioser Neujahrsgruss … Leben Sie inzwischen wohl und schreiben Sie uns bald. Herzlich

Ihr Arnold Zweig

Ich habe Mai – August in Kowno eine antikische Komödie geschrieben, »die Lucilla«; und eben jetzt erschien eine alte Arbeit »Bennarône«, Rolandverlag, München.

Wie finden Sie aber die Entwickelung der jüdischen Nationalpolitik? In wenigen Jahren können Sie uns in Palästina besuchen kommen.

41 Beatrice Zweig an Helene Weyl

Schlachtensee, d. 12. I. 18 [1919]

Meine liebe Freundin Helene Weylin,
fast wären wir Anfang Dezember nach Luzern übergesiedelt, aber da endete plötzlich die Katastrophe und eine neue begann, wir könnten nun im Frühjahr wieder hin, aber wir wissen noch nicht, ob wir doch in Deutschland bleiben. Ich hatte mich innerlich schon vollständig darauf eingerichtet, und hielt mich innerlich nur noch still, an der Hoffnung, endlich aus den völlig moralisch korumpierten Kriegsverhältnissen heraus zu kommen, in ein Land wo Anständigkeit und gewisse Übereinkünfte des gegenseitigen Vertrauens noch herrschen. Jetzt, wo alles neu aufzubauen gilt, geht man hier nicht leicht fort, obwohl alle Lebensumstände abscheulich und widerstrebend sind. Ich wäre so gern einmal mit Ihnen zusammen. Ihre beiden stolzen Kinder werden indeß erwachsen und große verständige Herren. – Die Philosophie bleibt nun liegen und die Nationalökonomie rückt vor, Völkerrecht und Wirtschaftslehre möchte ich mir bekannt machen. Seit Arnold da ist, lebe ich wieder und Geige und Staffelei

sind etwas beiseite geschoben. Diesen Winter soll unsre Premiere sein, aber die Herren vom Theater sind so unzuverlässig, daß es leicht möglich ist, sie verbummeln es, mein Glauben ist jedenfalls nicht auf den stärksten Füßen. Im April gehen wir für alle Fälle aus Berlin fort, besuchen Sie bis dahin Ihre Eltern, so daß man Sie sieht? Es wäre so schön. Vielleicht besinnen wir uns doch noch und gehen nach der Schweiz, aber jetzt ist es völlig ungewiß. Wir sitzen heimatlos auf unsern Koffern und wissen nicht wohin, nächsten Winter hoffen wir aber einen festen Platz gefunden zu haben auf dem wir Ermüdeten Krieger uns zu ruhiger Arbeit niederlassen können. Ich grüße Sie von ganzem Herzen, Sie und Ihre drei Männer, lassen Sie bald von sich hören, wir denken immer an Sie und Sie sind uns sehr gegenwärtig. Ihre Beatrice Zweig.

42 Beatrice und Arnold Zweig an Helene Weyl

Schlachtensee, d. 18. April 19.

Meine liebe Helene Weyl,
es wäre so hübsch wenn man sich im Laufe dieses Sommers oder im Herbst irgend wo sehen könnte. Wir wären gern auf kurze Zeit nach der Schweiz gefahren, aber bei dem Stand des deutschen Geldes ist das ganz unmöglich und so hoffe ich, daß Sie vielleicht einmal her kommen, Sie werden doch Ihre Eltern einmal besuchen, oder haben vielleicht sonst hier zu tun? Zum Winter hoffen wir armen Umhergetriebenen, endlich eine Stätte gefunden zu haben, wo wir ruhen und arbeiten können, vielleicht kommen Sie dann zu uns? Sie glauben nicht, wie ich mich sehne und freue, endlich ein Stückchen Raum zu bekommen, der mir gehört, auf einige Jahre. Den Sommer über wollen wir uns in den Bergen umhertreiben. – Als Ihr Brief so lange ausblieb, mußte ich ein bißchen lachen, es fühlte sich so bange an, vor uns radikalen Leuten, aber lassen Sie uns erst beieinander sein und wir werden uns sicher als Freunde die sich gut sind, verständigen. Aber vorher müssen Sie mir versprechen, Landauers »Aufruf

zum Sozialismus« zu lesen. Dann wird es leicht sein. Ich habe eine Sehnsucht wie nach einem verschlossnen Paradiese, wenn Sie von der Schönheit und Erhabenheit Ihrer Lebensatmosphäre reden. So dachte ich mir mein Leben, und so haben wir's geführt, das eine Jahr der Freiheit vor dem Kriege. Wir dürfen uns dieses Schweben nicht gestatten, hier brennt heiß das heilige Leben und heischt mit großem Antlitz, daß wir Menschen es zu guter Form bilden und das ist ein heißes und sehr irdisches Ringen. Denn nur mit der Art unsres Lebens und dem unsrer Mitmenschen dienen wir ja dem Prinzip des Ethischen oder der Liebe oder Gott, wie Sie's nennen wollen.

Mit Ihren Rangen möchte ich gern toben, spielen und mich auf der Erde herumwälzen, aber das wird ja wohl nicht zu machen sein und ich muß das bis zu meiner eignen Brut, wenn sie mal da sein sollte, aufschieben. Ich freue mich wie toll, diesen Sommer recht in Farben zu baden, bloß daß ich keinen Lehrer habe, der mich korrigiert, ist ein schlimmes Manko. Wir sitzen mitten unter unserm Trödel und packen die letzten Koffer und dann fahren wir ins Blaue. »Laue Luft kommt blau geflossen, Frühling, Frühling soll es sein«, Sie wissen ja. Ich grüße Sie und Ihren Mann Peter von ganzem Herzen und bin sehr die Ihre

Beatrice Z.

Bln.-Schlachtensee, Victoriastr 53, 19. 4. 19

Liebe Helene Weyl, ich wusste, Sie fürchten sich. Es sind nicht die Berge, die sich durch den Krieg getürmt haben – es ist das eruptive und ausbrechende Wesen, das Sie schon einmal erschreckte. Waren wir, Bice und ich, nicht schon Revolutionäre der Kultur als wir im Jahre 14 zu Ihnen kamen? Hatten wir nicht unser Leben, ohne es bewusst zu wissen, als einen Protest gegen das aufgerichtet, was jetzt unrettbar hinkracht; das bürgerliche, nach unten bewusst blinde, apolitische »Kulturwesen«? – unrettbar, weil es wüst ist vor starrender Ungerechtigkeit? Ach, liebe schöne Frau, die mir so herzlich Freund ist und immer bleibt: ich sehe Sie wandeln auf der dünnen Decke einer Täuschung, die Sie eines Tages verlassen wird … Politisch sein ist heute unumgänglich, und die ewigen und reinen Gefilde der Relativitätstheorie werden Sie nicht retten.

Allerdings habe ich schlecht predigen, denn ich lege die Politik für etwelche Zeit hin, um zu schaffen. Die vielen Jahre, die mich von jeder Produktion trennten, haben meinen Hunger unzähmbar gemacht. Ich gehe mit Bice in irgendeine Einsamkeit. Die Koffer sind gepackt, die Wohnung gehört einem Anderen, der Haushalt ist aufgelöst: am 22. reisen wir, und wir wissen noch heute nicht, wohin. Das ist entzückend ... Und im Winter bauen wir uns, wenns dann noch Möbel gibt, eine Wohnung auf – wenns dann noch Wohnungen gibt. Nach der Schweiz kann ich nicht kommen, denn unser Geld wäre dann ja nur einen Pfifferling wert. Und ich lehne für die nächste Zeit jede geldbringende Tätigkeit ab. Ich habe voluminöse Werke, wilde Werke, große ausgeformte schicksalhaltende Werke im Schädel, Weylin! Ihnen, meiner Freundin, sage ich solche Worte, die sonst niemand von mir hört (ausser Bice), denn dies werden Sie verstehen. Mich ziehts in die Nähe von Freiburg, ich weiss knapp warum. Husserl ... aber ich will nicht denken! Ich will dichten! Romane und Tragödien sollen erstehen. Alles, was ich bis jetzt gemacht habe, ist eine Vorhalle gewesen.

Ob Sie auch meine neuen Werke lieben werden? Die Luzilla, die ich im Sommer 18 in Kowno schrieb, diese bitter-helle Komödie – schon sie wird Ihnen schwer werden, vielleicht ...

Ich kenne Einstein persönlich. Er wollte zu einem Vortrage kommen den ich hielt: »der Jude und die Revolution«. Aber er konnte nicht, und ich, der ihn seinetwegen wiederholen wollte, war durch den Saalmangel gehindert. Er ist ein prachtvoll kindlicher Mann, Einstein. Wenn ich mir ihn so betrachte, lache ich vergnügt über die Psychologen des Jüdischen.

Wenn wir eine Adresse haben, schreibe ich Ihnen wieder. Wir müssen uns bald einmal sehen. Basel liegt nahe bei Freiburg, sagt man. Und Sie müssten einmal sehen, was das furchtbar gerechte Schicksal, was die Ananke, die am 2. August 1914 herausgefordert wurde, von dem großen, reichen, starken, lebendigen Deutschland übriggelassen hat.

Wenn Sie auch Bücher lesen, die nicht Ihrer Wissenschaft

dienen, sondern der Zeit, so lesen Sie Gustav Landauers Aufruf zum Sozialismus. Das Buch ist über 10 Jahre alt und kostete einst 50 Pfennige. Und Hermann Stehrs Heiligenhof. – – – – –

Von mir kamen zwei Bücher inzwischen: Bennarône (1909) und Die Bestie (1915). Alt. Ich werde nie wieder so etwas schreiben. Auch nie wieder eine Claudia machen, nach der sich die Mädchen und die jungen Paare formen.

Aber Sie müssen uns trotzdem immer lieb behalten. Grüßen Sie Ihren Mann und die Babys. Herzlich wie nur je

Ihr Arnold Zweig.

43 Arnold Zweig an Helene Weyl

Lustnau-Tübingen,
Alberstr. 74, d. 9. Juni 1919

Liebe treue Weylin,
nun sind wir, nach mannigfacher Irrfahrt, hier gelandet, anderswo als wir wollten, vor allem nicht so hoch im Bergland als wir sollten – aber man hat es jetzt ja nicht zum Aussuchen … Hab ich mich doch noch einmal immatrikulieren lassen, um zu vermeiden, dass uns nach 3–4 Wochen der Aufenthalt gekündigt werde. Aber genug davon, genug auch von der Politik noch ehe ich damit begonnen habe. Ich wollte als zoon apolitikon diesen Sommer mich in einen Roman einspinnen und eine Tragödie hinterhersenden; nun ist mirs nicht gelungen, die Zeit auszuschalten, denn um zu wissen, ob uns französische Besetzung, ja allenfalls Deportation nach Nordfrankreich blühe, musste und muss ich Zeitungen lesen – das Ekelhafte an sich – und damit war der Invasion der Zeit eine Bresche geschlagen. Der Roman liegt bei anderen Plänen bis zur besseren Zeit, und ich habe mich der Tragödie zugewendet. Eines ist wahr: diese Zeit hat die Tragödie im größten Sinne wieder möglich gemacht. Das Christentum ist erwiesen als was es seit dem Mittelalter war: ein ohnmächtiger Vorwand; das Leben hat seine gewaltigen Züge wieder enthüllt, indem es eine erhabene Sinnlosigkeit als zu sich gehörig be-

kannte und den Namen Ananke wieder annahm; der Glaube an einen ihm *stets* innewohnenden Sinn, der die Tragödie ausschloss, ist gefallen, und zugleich hat sich die mächtige Gerechtigkeit im Aufstieg und Verfall der riesenhaften Individuen, die wir Völker nennen, durch den deutschen Zusammenbruch neu geoffenbart; Das Leben lebt aus sich selbst, es wütet gegen sich selbst, es zeugt sich selbst, und jedes Einzelwesen möge nur stets auf der Hut sein vor ihm: da, liebe Helene Weyl, haben Sie einen Abriss des Bildes, wenn man so sagen darf, unter dem sich die Gegenwart wieder als eine fruchtbare und furchtbare Göttin ausweist, die alle Tore nach vorn und nach oben öffnet. Und wenn das Einzelwesen, der kleine Mensch, aus der Tragödie ausscheidet: als Ersatz dafür kriegt es den Roman zugewiesen, den echten großen Roman voller Perspektive und Abenteuer! Was ist, im Romansinne, an Schicksal wieder möglich geworden! Ein armer Kritiker namens Eisner revolutioniert Bayern, beherrscht es Monate lang, spricht zur aufhorchenden Erde und wird erschossen; ein reiner Weiser, der sein Leben ganz auf die Erneuerung der menschlichen Lebensart gestellt hat, der Jahrzehnte ein majestätisch großer und unbeachteter, nur den Besten bekannter Schriftsteller ist, wird zum Volksaufklärer dieses neuen Bayern bestimmt, erlebt als größtes Glück seines Lebens die seit Jahrzehnten ersehnte Revolution und vorher als größtes Leid den Tod der geliebten Frau, der ihn von der Erde frei macht – und sieht diese Revolution untergehn und geht, tapfer wie Sokrates, mit ihr unter. Dies ist Gustav Landauer, der zu den verhaftenden Soldaten diese gelassenen Worte sprach: »Jetzt geht es ans Sterben, jetzt muss man den Kopf hoch halten.« Und Leviné, der mit dem Hoch auf die Revolution die Kugeln der Soldaten dieser sozialistischen Republik empfängt; und Ernst Toller, ein junger Napoleon an Tatkraft, Umsicht und Mut, ein Stück Poet daneben, der München verteidigt, bei Dachau siegt, vorher eine Energie sondergleichen entfaltete, dabei ganz genau das Vergebliche dieses Versuchs sehend, und der wohl im Gefängnis ermordet werden wird – liebe Weyl, ich weiss nicht, ob Sie Sinn für diese Tapferkeit haben, die eine geistige und jüdische Tapferkeit ist und der die einstigen Generale und leitenden Subjekte des Militarismus nur ihre elende, schäbige, schmutzige Feigheit entgegenhalten können, mit der sie, die Millionen Menschen in Tod und Grauen gejagt haben, am 9. und 10. November schlotternd sich verkrochen ... Genug, genug. Wir leben wieder, wie schon behauptet, und die großen Geschicke sind wieder möglich geworden, im Leben wie in der Kunst. Alles Bürokratische ist vernichtend; aber das Fliessende ist noch heute wie zu Heraklits Zeiten der Grund alles Gewordenen.

Und nun, liebe Weyl, sind Sie daran. Schreiben Sie uns, ob Sie ins arme Deutschland einen Abstecher machen wollen oder ob es möglich wäre, auf 3 bis 4 Wochen nach der Schweiz zu kommen. Das täten wir nämlich gerne. Aber der Fremdenkommissar wird wohl was dagegen haben. Ich aber könnte dann ein paar Vorlesungen aus neuen Werken öffentlich halten oder einen Vortrag über die Zeit und die Dichtung, und das würde dem Valutaelend für uns beide wohl entgegenarbeiten. Also: nehmen Sie diesen Vorschlag immerhin ernst und grüßen Sie Ihren Mann. Ich bin Ihr alter Freund

Arnold Zweig.

Lesen Sie Landauers »Aufruf zum Sozialismus« (1907 etwa zuerst erschienen, jetzt bei Cassirer.)

[Beatrice Zweig:]
Schöne herzliche Grüße!

[Arnold Zweig zu einem Tintenfleck neben dem Grußwort seiner Frau:]
Das ist *nicht* die Unterschrift meiner Frau!

44 Beatrice und Arnold Zweig an Helene Weyl

Lustnau, d. 3. 8. 19

Liebe schöne Frau Weyla,
nun sind Sie schon über eine Woche fort, aber in der vierten Dimension fliegen Sie doch ganz hartnäckig und lieb um uns her-

Helene Weyl

um. Wir haben in Stuttgart natürlich um eine halbe Stunde verschlafen und uns toll geärgert. Arnold hoffte zwar, Sie möchten sich ebenfalls versäumt haben, aber ich wußte schon, Sie seien zu tüchtig – und richtig! so waren Sie auch schon davongeflogen. Sie haben sich so glücklich verändert und sind innerlich und äußerlich so aufgeblüht, daß das ganz erquicklich und glücklich zuzuschauen ist. Ich möchte aber meine Liebeserklärungen nicht aus dem Herzen in den Mund lassen, denn Verehrer werden oft schlecht behandelt und meine verflossnen möchten sich, geisternd, vielleicht an meiner Niederlage rächen.

Schreiben Sie doch, wie Sie sich Ihre Rückreise denken, ob es nicht doch möglich würde, sich in München zu treffen und wie viel Zeit Sie sich nehmen können. – Meine schönen grauen Strümpfe habe ich schon an, ach, ich fühle mich schon viel weniger heruntergekommen, da ich meine Gliedmaßen bekleiden, nicht bedecken und wärmen schlechthin, kann. Hoffentlich werden die weißen Blätter unsre Schulden bald tilgen, damit Sie nicht etwa einen Ihrer Zöpfe abschneiden und versetzen müssen. – Wir sind beide fleißig, gestern ist mir ein hübsches Bild gelungen.

Wie finden Sie Ihr Kinderland vor? Es muß Ihnen doch in vielem in einer sehr veränderten Perspektive erscheinen. Ich habe mich kürzlich wieder an die Aufzeichnungen aus meiner Kindheit gemacht, aber es wird mir jedes Mal, wenn einige Wochen oder Monate dazwischen liegen, freier dabei zu Mute und die Dinge beherrschbarer.

Leben Sie schön wohl, Sie liebe schöne Frau und versäumen Sie nicht, Ihre Bahn auf dem Rückweg über unsern Himmelsteil zu nehmen, wo unsre bescheidnen Lichter glänzen.

Ihre Beatrice Z.

Lustnau, 4. August 1919

Liebe Weylin, schöne Frau Helene,
ich denke Ihrer Gegenwart mit unverminderter Sehnsucht. Was diese fünf Jahre aus Ihnen geformt haben, das wissen Sie wohl. Sie sind einer jener Wohlgeratenen, an denen das Leben selbst Gefallen hat, und die es aus seiner Leichtheit und geruhigen Fülle Honig des Werdens saugen lässt, ganz wie es uns Honig gab aus Not, Kampf, Trotz und Leid. Wir passen gut zu einander. Und wenn ich der unendlichen Sympathie nachsinne, die Bice und mich zu Ihnen zieht, zu einem Menschen, der doch erst relativ spät, zögernd und von der Peripherie des Lebens her zu uns getreten ist, und dem wir uns heute verschwistert und verfreundet fühlen wie kaum einem Anderen, so sehe ich ihren Sinn in dieser tiefen Ergänzung der Lebensläufe zum echten Bild des Lebens. Wirf edle Art in Glück oder wirf sie in Unglück: immer bleibt das edle Blut sich selbst getreu und noch im Untergang wie im großen Glücke kann es nicht ab von dem Wege, der ihm eingeboren ist. Für Unsereinen gibt es keine sinnlosen Zufälle, vielmehr wird an uns alles zum Sinn. Bei Ihnen die Überfülle des Guten, die Sie nicht zu verflachen vermochte, bei uns die Fülle des Hässlichen und des Leidens, die uns keinen Augenblick dunkel, düster, hässlich zu machen im Stande war. Aber als tröstendes und frohes Zeichen steht Ihr Sein und Leben auf unserem Sternkreis: es geht auch anders, geht auch leicht, hell, harmonisch, friedlich. Und wir brauchen Ihr Sternbild; denn, Helen, Sie wissen nicht, was uns diese fünf Jahre gekostet haben. Vielleicht erzählen wir Ihnen einmal davon. Eins jedenfalls können

Sie wissen: aller Ruhm und Erfolg lässt mich mit Notwendigkeit gleichgültig bleiben. Was soll er uns jetzt noch viel Aufhebens entlocken. Gut, dass er endlich kommt. Einige Jahre früher aber hätte er uns – erlöst. Nun, davon später noch einmal.

Ich glaube, Helen (dies Wort, englisch ausgesprochen, möchte ich Ihnen gern als Namen geben), Sie sollten jetzt zwei Seiten Ihres Wesens pflegen, die vorläufig noch rudimentär sind. Erstens sollten Sie sich über Juden und jüdisches Wesen unterrichten. Sie sind ja da noch so weit von allem Ahnen weg, dass Ihnen das Bild des Juden so erscheint wie der Antisemit will dass man den Juden sehe. Das ist genau so widersinnig als wolle man das deutsche Wesen aus dem »Untertan« erkennen oder Herrn Deschanel als Kronzeugen für Deutschtum schlechthin ansehen. Zwar ist der üble Jude ein übler Typus. Aber über dem üblen Deutschen steht er bergehoch. Und wenn es mir auch erlaubt ist, den üblen Juden viel intensiver zu hassen oder zu verachten als den üblen Deutschen, so doch nur, weil ich den hohen Juden viel inniger liebe und sehe als den hohen Deutschen. Vielleicht stimmt das nicht einmal, vielleicht sind mir die Großen der Zeiten nicht mehr in bluthafter Differenzierung gegeben. Niemandem aber, der nicht unseres Blutes ist, soll erlaubt sein, den üblen Juden zu verachten und seine eigene Entartung zu leugnen oder zu maskieren. Sie aber haben einen ungeheuren Weg vor sich. Denn Sie müssen nicht nur anfangen, alles zu vergessen, was Sie über Juden denken, sondern Sie müssen auch vergessen, was Sie über Christentum bisher gedacht haben. Christentum ist eine Seite des reinen Judentums. Alles Produktive darin ist unser Wesen, auch Paulus. Und Christentum bezieht sich nicht auf ein abergläubisches Seelen-Jenseits, sondern auf diese Erde. Damit haben Sie die zweite Seite Ihres Wesens, die noch in den Kinderschuhen geht: alles was Sie über Menschen-Zusammenleben gedacht oder gelesen haben, ist künstlich abgeleitet worden. Wüssten Sie, was für Suggestionen hier zu beseitigen sind, ehe man die Probleme sieht …

Wir müssen uns wiedersehen, bald, und solange es geht. Um Ihretwillen, um Unseretwillen. Denn mit Ihnen zusammen zu sein, ist uns eine einzige große Freude. Dann danke ich Ihnen auch für die schönen Socken, die Sie in unseren Schrank praktiziert haben, Sie liebe teure Schwester! Und so grüß ich Sie und wünsche Ihnen gute helle Tage. Ihr

Arnold Zweig.

45 Arnold und Beatrice Zweig an Helene Weyl

Für Helen
(vor dem Ulmer Münster)

Die du wie aus Säulen der Zeit,
Aus des düsteren Lustrums, des alterndem,
steinernen Walde
Zu uns fandest,
Schöne Schwester, scheu, mit dem Seeblick blaulich
Unter zagender Braue, du Junge, gedankenvoll:
Horch, wir lieben dich. Es wogt uns das Herz
Deiner denkend, entzückt; und heute, getrennt
– die Geliebte am Ziel dem entgegen michs reisst,
Du von Bergen umzirkt, am See,
Aber vorm Münster ich, vorm andern, allein,
Aufgerissen wie Vogel trunken der Blick
Himmelan, der kreisende, um das Ungeheure
aus Stein,
Grau in sachtem Glanze – da trittst
Du zu mir und sie, und wir atmen zu drein
Vor entsteigenden Pfeilern, vor Bildern und
Vor gemauertem Sinnbild, dem zarten Gebirg
Ganz verbundner Geschlechter aus Glaube und Tat,
Wo das Ewige, heute nur glimmend in
Einzelner Seele Armut,
Auf zu Sternen endlich umgrenzt besteht.

---

4. Sept. 19 Der dich lieb hat:

Arnold

5. Sept. 19
München, Baseler Hof,
Prannerstr. 11

Liebe schöne Freundin,
ich will Dich rasch noch grüßen, ehe Arnold seinen Brief abschießt, denn er soll nicht bis Abends liegen bleiben, wo ich Ruhe und Zeit zum Schreiben hätte, dies soll nur eine Abart von Grußkarte sein. Arnold fuhr noch nach Lustnau, ich nach München, gestern Abend kam er zu mir; ich habe schon brav gesucht, mit ganz leidlichen Aussichten. Was machen die Bäbse und der Peter in den Bergen und die alte und die neue Lisbeth?

Alles Schöne und Gute!

Bice

[Arnold Zweig:]
Sweet Helen!

Yours A.

Wenn dir das Gedicht schwer zugänglich ist, lies es laut, nach jeder Zeile eine Pause.

46 Helene Weyl an Arnold und Beatrice Zweig

2. IX. 19.
[Poststempel: 2. X. 19. Zürich/Neumünster;
6. 10. 19. München; Postkarte]

Liebe Ihr, ich war sehr glücklich mit Eurem Brief und hatte lange Antwort und viel Kritik der Lucilla im Kopf, die Peter und ich eingehendst lasen. Aber ehe alles recht reif war (Lucilla schwemmte mich in den Mommsen, in den ich mich verhackte) bekam ich eine dumme Infektion an der Hand, konnte nicht schreiben (es geht auch heute noch miserabel genug) und wegen Fieber nicht denken, nur träumen. Geduldet Euch noch ein wenig, und wenn Ihr Zeit habt, schreibt schon, was Ihr in München gefunden habt und wie das Leben dort ist. War »mein hübscher Freund«

Dieterle? Ich war fast eifersüchtig, dass Ihr ihn saht, obgleich ich sicher bin, dass Ihr ihn nicht mögt und Du, Bice, Dich nicht in ihn verliebst. Er war übrigens Arbeiter und kommt ganz von unten. Das Schreiben ist eine Qual; ich muss mich noch gedulden und Euch heute nur lieb grüssen. Eure

Helen.

47 Beatrice und Arnold Zweig an Helene Weyl

Lustnau, d. 8. X. 19.

Liebe liebe Schöne,
ich war ganz betroffen, daß Du krank bist und sogar Fieber hast, da hast Du wohl eine kleine Blutvergiftung gehabt? Aber jetzt ist es besser und es kann jedenfalls nichts Schlimmes daraus entstehen? Wir werden es ja sehen, sobald Du Dich kurz oder lang meldest.

Wenn Du Kritisches über Luzilla zu sagen hast, so wäre es uns sehr wertvoll, ehe sie gedruckt wird, und ich denke, Ende dieses Monats wird es wohl soweit sein. Übrigens ist Kurt Wolff jetzt auch in München, in einer der vornehmsten und schönsten Gegenden der Stadt, in einem großen alten Haus mit Garten – ja und die, aus deren Gedanken, Gefühlen und Erleben dies mit stammt, fahren heimatlos umher und können nicht arbeiten; wir haben noch immer keine Wohnung. Zum Glück fand sich ein Provisorium in Starnberg, eine möblierte 4 Zimmerwohnung, sodaß man fürs erste wenigstens geborgen ist. Gesehen haben wir sie noch nicht, Bekannte haben sie uns besorgt. Außerdem droht uns eine greuliche Vernunftehe, ich glaube Du weißt es schon, eine sehr schöne Dauerstellung, eine »Versorgung« aber eben an Berlin gebunden, die schlimmste Schieber- und Betrügerstadt Deutschlands. Arnold wird nächste Woche hinfahren und zusehen, ob das Sinn für uns hat. Mir graut vor diesem Leben, das sich nach außen automatisch abschließt, statt sich weit aufzutun wie in den süddeutschen Bergen, die man beim Aufwachen grüßt, und die schöne klar-anmutige Landschaft, wenn man seinen Garten besorgt oder aus dem Hause tritt und wo noch ein herzliches freundliches (grobes) Volk lebt. In Berlin lebt man unfruchtbar, es ist eine Riesenmaschine, keine Stadt.

Vielleicht ist es also für etwas gut, daß wir noch nirgends ansässig sind, wir können uns noch frei entschließen.

Wie es in München ist? Sicher ist es immer noch eine der schönsten deutschen Städte, hat aber viel von seiner derben Unschuld und ungeschickten Vornehmheit verloren. Es ist angeschiebert, etwas berlinisiert, man zieht sich auf der Straße sehr mondän an, früher war alles etwas tolpatschig, geschmackvoll, diskret, und es giebt Kriegsgewinnler wie überall.

München ist auch teuer gegen Freiburg: 1 Pfund Pflaumen, die in Freiburg 60 – 70 Pfennige kosteten, bezahlt man in München mit 1,60, Birnen, Äpfel 1,80. Aber Berlin ist eben noch toller. Die guten Bayern sind durch die Frühjahrsversuche der Revolution so aufgescheucht wie eine Fischherde die man umgerührt hat und das steht ihnen nicht, ihre alte schlampige Behaglichkeit paßte ihnen. – Die billigen Häuser sind fürs erste fast alle wegverkauft, 40000 M. muß man ausgeben, wenn man in einem Vorort wohnen will und Abends nach 8 noch Bahnanschluß haben. Für 25000 M. giebt's genug, aber um ¾8 geht der letzte Zug von München ab. Das wäre für Euch glaube ich, nicht das richtige, wo ihr kleine Hündchen habt. Jüngst wurde uns sogar für 17000 M. ein 4 Zimmerhäuschen angeboten mit Garten, der Ort hat aber ebenfalls schlechte Bahnanschlüsse, obwohl er nur 20 Minuten Fahrt von der Stadt entfernt liegt und ihn eine Hausmüll-Verwertungsfabrik verstänkert, daher wahrscheinlich der erstaunliche Preis. 8 – 10 Zimmerwohnungen für 3–4000 Mark in der schönsten Gegend, am Rande der Stadt an der Isar sind zu haben.

Was machen die Bäbse und hat sich Dein Petermann schön erholt im Gebirge? Wir sind ganz müde, vom hoffnungslosen Herumlaufen, ich denke aber, wir können in Starnberg einiges nachholen. Wir sind noch etwa eine Woche hier, dann gehts nach Frankfurt zu den Proben und dann rutschen wir wieder runter, Adresse wissen wir selbst noch nicht, auch nicht das Premierendatum.

Daß Du den Isenheimer Altar nicht gesehen hast, ist ein ungeheuerlicher Verlust, Ihr müßt alles daransetzen, ihn in Kolmar zu sehen, was von der Schweiz aus bestimmt möglich ist. Daß man überirdische Dinge, ja die reine Verklärung *malen* könne, hat niemand denken können. Dabei hat dieser Grünewald sich vor dem Aller Irdischsten, der Zerbrechlichkeit und dem qualvollen Leidenmüssen des Körpers nicht gebangt und nicht gedrückt, was muß er durchgemacht haben, als er die Kreuzigung und die Grablegung malte, was hat dieser Mensch für Dinge erkannt! Dieses erstaunliche deutsche Volk, nicht nur Bach, diesen Göttersohn, auch Grünewald, ihren Nachbarn, haben sie aus ihrem Blut emporgeschickt. Welche Spannungen in diesem Volk von diesen Kräften bis zum gewissenlosen militärischen Mörder!, fast wie bei uns von Judas zu Christus. Über den Altar schreibe ich nichts weiter, es sind da Dinge, die nicht beredet werden können. Setzt alles daran, ihn zu sehen. Ein größeres Bild kann nie mehr entstehen.

Sei mir sehr gegrüßt, Liebe.

Schöne Grüße an Deinen Mann Peter, der um Dich zu beneiden ist.

In Dieterle habe ich mich wirklich nicht verliebt, aber wir haben ihn gern, weil Du ihn magst. Seine Herkunft hat er ganz überwunden, er ist wohltuend manierlich und wohlerzogen und seine Art zu sein ist demnach eine große menschliche Leistung. Sein anmutiger Anstand war mir ganz besonders aufgefallen. Aber nachdem ich mich einmal leidenschaftlich in einen ganz adligen, wunderschönen russisch jüdischen Musiker verliebt hatte, kann Eros, der Böse, mich so leicht nicht mehr anschießen. (Höchstens in Dich bin ich noch verliebt aber das steht auf einem andern Blatt!)

Lustnau, 15. 10. 1919

Liebe schöne Helen, mitten aus dem Chaos des Packens schreib ich dir diesen Brief, Dir, an der mir die Grund-Einstellung meines jetzigen Lebens zum Problem wird. Denn du bist mit der Reinheit und Holdheit der Ahnungslosen durchs Leben gegangen, gehst noch so durch deine friedevollen, freien und reichen Tage, und wenn ich immer wieder versucht werde, dir die ungeheure Dringlichkeit der Tatsache, dass die Welt dank menschlichen Nichtwollens und Übelwollens voll unendlichem Elend ist, ganz nahe zu bringen, ists mirs doch oft, als handelte ich falsch, als zwänge ich Athene, deine hellstirnige Göttin, die entsetzlichsten Winkel des Tartarus zu durchschreiten, ganz langsam und sehend, den Winkel nämlich, wo der Fuss des Olymp auf einer breiten Schicht von halbzerquetschten Menschen ruht, die stöhnen, heulen und knirschen und denen ein roter Bach entströmt, der aus ihren langsam bewegten Leibern gekeltert ist: die Quelle des Lethe. Nein, davon soll nicht immer die Rede sein. Und ich habe es vorläufig mit Bice und mir allein abzumachen, dass mein früheres Leben, diese tapfere, unbedingte und freie Existenz, die nur das Problem der Kunst sah und das der Philosophie, die ganz ausgefüllt und bedürfnislos in der Kunstsfäre verlief, mir heute als Mitquell des Krieges mit Gewissheit vor Augen steht. Mit voller Helligkeit sehe ich alle Faktoren die mich zu dieser Einstellung führten, ich sehe die ganze Logizität meiner damaligen Haltung, und ich verurteile sie so radikal, wie ich nie im Leben etwas verurteilt habe.

Wenn du diesen Bogen gegen das Licht hältst, der aus einem alten schmutzigen Aktenbündel geschnitten wurde, siehst du die Zahl 1809. So alt ist dies Papier. Nun wohl: glaubst du, dass von allem was ich geschrieben habe, nach weiteren 120 Jahren, noch irgend etwas am Leben sein wird? Ich nicht. Und dazu die Absonderung, dazu die soziale Blindheit, dazu der Kampf um das Gefühl des besonderen Seins? Als Sohn des Sattlers Zweig hätte ich Augen haben dürfen für das Elend der Menschen: es sass in unseren Stuben! Aber ich ging selig in Shaksperes und Bachs Gestaltenwelt ein und war ein träumender, fühlender, ins Geistig-Schöne verzückter Aristokrat – ein Esel, der sich verleiten liess, zu träumen und ein sauberes, heiteres und armes Leben zu wählen – fern von jeder Wirklichkeit, jeder Aufgabe, jedem wahren Wissen: fern von der großen Liebe zu den Glücklosen, fern von dem Hass und Zorn gegen die Schändung des Menschen. Kinder lieben: und nicht wild werden vor einer Gegenwart, welche aus entzückenden Gassenkindern gemeine und rohe Arbeitstiere züchtet. Ich hasse, sagst du klagend? Ich habe zeit meiner Jugend mit fauler Begütigung und feigem Nicht-sehen das

Hassen versäumt! Im Grunde hätte ich nach zweijähriger Armierequal verdient, zum Artilleristen ausgebildet zu werden und nach einem weiteren Jahr verzehnfachter Qual, am Ende eines fünftägigen Trommelfeuers, in hoffnungsloser Stellung, von einem fürchterlichen Volltreffer zerfetzt zu werden. Dass das nicht geschah, verdanke ich der Aufgabe, Bices Leben zu erhalten, das kurz nach dem meinen unbedingt geendet hätte; so sehe ich es an. Und da nun dies Leben Arnold Zweigs weitergeht, wird es dazu gelebt werden, nachzuholen was bisher versäumt ward. Ich werde anfangen – neu anfangen – und mein Schaffen, dies bisschen Talent und Geist in den Dienst meiner Erkenntnis stellen. Aber ich werde zugleich die Lehre dieses Blattes sehr beherzigen; denn wenn es mir nicht gelingt, Gedichte von hundertjährigem Bestand zu gestalten, so habe ich umsonst gelebt – nein, aber umsonst geschrieben. Ich werde ja sehr »berühmt« werden, dieser Monat schon wird mich »berühmt« machen: Premieren in Wien (19.) und Frankfurt (28.): aber du kennst mich, ich lüge nicht, dieser Ruhm gilt jenem armen Esel, der ich war, und wenn die Produkte dieses grauen armen Kerls dazu dienen, Bices Leben leichter zu gestalten, so haben sie alles getan was sie können. Ruhm in dieser Zeit! Ruhm mit solcher Literatur! Liebe Helen: kluge Tochter der sophia, sage mir ja alles was du über die Luzilla weisst, denn sie ist der erste Schritt auf dem neuen Wege, noch halb alt. Ich werde weiter die Probleme, die Schreie der Zeit dichten, aber ich muss sie jetzt endlich in ihrem ganzen Gehalt pressen, und erzwingen, das sie die Form der härtesten und größten Kontur erreichen. Das Tragische und das Komische, das Dramatische und das Epische muss ich in der Strenge, die ich vor mir ahne, zu erreichen streben. Hilft mir das Gesetz meines Lebens, alt zu werden, so soll es mir nicht zu schwer sein, immer wieder das Geschaffene zu verneinen und am Ideal der wahren und großen Leistung zu messen. Ich bin nur ein Talent – kein Genie, wie mir Bab, der Gute, fast öffentlich einreden will – und ich weiss, dass ich meine gültigen Sachen zwischen 40 und 60 zu schreiben hoffe. Vielleicht »veralte« ich schnell, denn ich gedenke keineswegs, die Formen und Formlosigkeiten dieser Zeit mitzumachen, ich werde vielmehr weiter dem Geheimnis der vollkommenen

Form nachtasten; vielleicht auch folgt mir die Zeit, wenn die dilettantische Genialität der Expressionismen sie ermüdet. Dem sei wie ihm wolle: ich sehe, dass ich anders muss als sie.

Schön waren die Tage unserer Nähe, Helena! Du ahnst ja, wie teuer, wie unsäglich lieb du uns bist. Aus dem Kernholz unseres Stammes ahnungslos Entsprossene du: eines Tages wirst du dich zu ihm bekennen müssen; und dann siehst du vielleicht, dass zwischen dem Kernholz der verschiedenen Menschenstämme eine große Liebe möglich ja naturgemäss ist. Wer vom metaphysischen Deutschen genug in sich hat, muss den metaphysischen Juden lieben: ich sehe es immer wieder an der tiefen Wirkung Bubers und Landauers auf die beste freideutsche Jugend. Und umgekehrt: der dem wesenhaften Judentum Nahe ist allein im Stande, den metaphysischen Deutschen zu sehen, das heisst zu lieben. So hat Landauer, der ihn erstmals wieder erneute, den Meister Eckehard geliebt, so Buber den Grünewald-Altar gesehen (Ereignisse und Begegnungen, Insel 1914), so ich den Heiligenhof von Stehr. Ich will dir diesen Aufsatz schicken. Aber vom Deutschen nur das Metaphysische zu sehn und es am Empirischen des Juden zu messen wäre genau so töricht wie das Verklären des metaphysischen Juden auf Kosten des empirischen Deutschen. – – Lebwohl, Liebste. Es ist so arm und töricht, dass man sich Briefe schreiben muss anstatt sich anzusprechen und anzusehn. Ich grüße deinen Mann und erinnere mich Deiner und fühle die Wärme und Helligkeit freundschaftlichen Lebens. Dein Arnold.

Unsere neue Adresse schreiben wir dir. Wenn du nur schnell gesundest! Schonung, Liebes, Vorsicht!

48 Arnold und Beatrice Zweig an Helene Weyl

Starnberg, Hintere Mühlbergstr 212 $\frac{1}{3}$, 4. Nov. 19

Liebes Weylmädchen, schöne Helen,
ich brings nicht übers Herz, dir nur eine Karte mit unserer neuen Adresse zu senden. Sobald ich an dich denke, illuminiert mein

Herz, und das Schreiben, elendes Surrogat der Gemeinsamkeit, geht mit mir durch. Weisst du, seltsames Wunderkind, dass diese Freundschaft zu dreien die schönste Gabe unseres gegenwärtigen Lebens ist? Und dass, obwohl wir doch in vielem sehr konträr meinen, der verbindende Impuls zwischen uns ein Bündnis gibt, das unlösbar geworden ist? Du hättest in Frankfurt bei uns sein sollen! Es war ein prachtvolles Erlebnis, als Ganzes. Alles Einzelne etwas fragwürdig: Stück, Aufführung, Publikum, Stadt; als Ganzes aber doch ein Fest. Großer Erfolg, Helen, viele Hervorrufe, erschütterte Menschen, begeisterte Menge. Meine holde Frau war zum Küssen süss anzusehn, und um ihretwillen schon allein genoss ich diesen Abend ganz. Das entzückendste aber war: sie ärgerte sich mächtig über die kühlen ja kalten Kritiken der Frkftr. Blätter, und erst die Wiener Rezensionen, die so sehr viel wärmer lauteten, ohne zu übersehen was an dem Stück brüchig ist, trösteten sie wieder. Eben klappt das Elektrische ab – Kerzen her und weitergeschrieben. Dabei schien uns beiden in der Generalprobe das Stück zum größten Teil unmöglich: barbarisch, formlos, ein Vor-Kunst-Stadium, ganz unzureichend … Ach, wir machen uns nichts vor; aber es ist doch, als Ganzes, mit allen seinen Fehlern, ein Dokument menschlicher Leidenschaft und jüdischen Schicksals, und das sollen sie mir stehnlassen. – Helen, Liebste, nun bist du dran. Schön, wenn dein Brief am 10. November hier ankäme in dieser frostumflüsterten Waldwohnung! Denn das ist dann ein Geburtstagsgeschenk, wie ichs mir wünsche; und diesen Geburtstag feiern wir, den ersten seit 5 Jahren, beieinander, selig über den Bruch der alten Zeit, über diese so oft vermaledeite Revolution, die den Völkern Europas und den Deutschen extra die Tür der Zukunft aufgerissen hat! Eisgang im Herbst, Helen! Die Deutschen werden diesen Tag noch segnen lernen wie wir Soldaten ihn gesegnet haben. Ich küsse deine geliebte Hand. Dein Freund Arnold.

Bice ist in die Stadt gefahren (der Bahnverkehr nach München bleibt trotz der Stillegung) sonst schriebe sie wohl an. Und grüße deinen Peter, und wenn er am 9. November sehr traurig ist, sag ihm, und umarme ihn dabei: dass nur große Völker hart gezüchtigt werden, dass nur edle Erze arg geglüht werden, und dass immer, wenn solche Züchtigung erfolgt, ein berufenes Wesen von seiner Bahn gewichen ist und hart anstossen muss um zurechtzufinden. Den Deutschen ist eine menschheitformende Aufgabe zugesprochen; sie haben in ihrer alten Musik und Dichtung den Bürgen dafür, dass ihre Arbeit an der Gestaltung der menschlichen Seele mit den Mitteln der Aisthesis ihr Beruf ist, und nicht Macht! Macht hat vor der Ewigkeit keinen Bestand, wissen wir alten Völker; wo ist die Macht der Pharaonen und Cäsaren; aber die Reinigung der Seele des Menschen hat Bestand, und so gut vergessen die Staufer sind, so ewig lebt Eckehard und Bach. Die Dinge der Kunst unter der Optik der Seelenformung sehen, das tut not; die schillernde Konzeption der Dichtkunst war tief, sie war platonisch, sie war und ist – wahr. Und so verfallen und schwach heute der deutsche Geist scheint: wenn George und Stehr noch wirken werden, wird Ludendorff eine Episode gewesen sein – eine Irrung des Deutschen. Alle großen Völker, das beweisen wiederum wir Juden, sind jederzeit jung und im Safte. Selah!

Starnberg, d. 5. XI. 19.

Meine liebe schöne Freundin,
ich habe eine hübsche Kuchenform mit sehr drollig ernsthaften Bilderchen, die deinen kleinen Fröschen sehr gefallen werden. Ich will aber erst hier in Ordnung sein, ehe ich Packete packe, ich schick' es dir also nächste Woche. Wir sind hier in einem sehr angenehmen Provisorium untergebracht und fühlen uns wohl, wir haben wenigstens genug Raum, etwas was sehr wichtig ist.

Ich habe jetzt ein Prachtbuch gelesen, welches mir das entscheidende Buch zu sein scheint: »Realität und Gesetzlichkeit im Geschlechtsleben« v. Marie Luise Enkendorff (Frau Simmel) erschienen bei Duncker u. Humblot, Leipzig. Du mußt es unbedingt bald lesen; dort finden wir alles was zu wissen notwendig ist. Du wirst nach seiner Lektüre nicht mehr zu glauben wagen, daß eine Tochter im Haus erzogen werden könne, ein Sohn aber vom Staat, weil es auf ihn, den Kulturschöpfer und -bauer ankomme, wir aber doch nur Menschen für Menschen seien. Es hat mich tief getroffen und erschüttert, bei der Enkendorf zu hören [»]bisher haben die Frauen davon gelebt, daß sie das *Recht* für sich in Anspruch nahmen metaphysisch Wesen zweiter Ordnung zu sein«, »daß es der Frau nicht verstattet sein kann, sich vor ihrem Verantwortungsgefühl für den Menschen zweiter Ordnung zu halten. Das Gesetz des Menschen kommt aus einer metaphysischen Welt. Es scheint, die Frau (als Geschlecht, seit den Urzeiten) hat gemeint, das ihrige könne aus der empirischen stammen.« »Die Frauen als ganzes Geschlecht haben prinzi[pi]ell und als Lebensanschauende versagt vor einer Leistung, welche die Männer als ganzes Geschlecht prinzipiell in die Hand genommen haben – wie nun auch immer in der Tatsächlichkeit der empirisch Einzelne zu ihr stehen mag« u. s. w. ich wählte die Stellen mitten aus dem Buch, das ganz systematisch von vorn anfängt bei Natur und Kultur. Siehst Du, ich konnte es Dir im Sommer nicht so umfänglich und klar sagen, als wir über Knaben – Mädchen – Erziehung sprachen, aber der alte schmerzvolle Jammer zerriß mir förmlich das Herz, wir hatten ja auch wenig Zeit und so viel Wichtiges zu bereden, aber alles was ich hätte sagen können und wollen steht in diesem erschütternden Buch, wenn Du es nicht bald bekommen kannst, schick ich Dir mein Exemplar; es ist das wichtigste, was ich seit dem Sommer gelesen und erfahren habe. Ich fühle mich ganz erlöst, es bestätigt mir all mein Gefühl, auch gegen Arnold, der es früher nicht begriff. Grüße Peter und die Kinder schön, ich möcht sie zu gern einmal sehen.

Sei mir sehr gegrüßt.

Deine Bice.

49 Arnold und Beatrice Zweig an Helene Weyl

Starnberg, 10. Dez. 1919
[– Berlin, 26. Januar 1920]

Süsse Helen,
du bist in Wahrheit unsere Schwester, und darum klage ich dich der Vernachlässigung unseres Bündnisses an, wenn du es nicht möglich machst, dass wir uns einmal ohne äussere noch so schöne

Münster-ablenkung auf eine Zeit gehören können, die im Vergleich zur Länge des Lebens so winzig ist dass du eigentlich besinnungslos Ja sagen müsstest: komm zu uns. Wir wohnen jetzt behaglich und entzückend – behaglich im Inneren, entzückend im Äusseren des Hauses; das Leben hier ist so billig dass es als Ausgabe für dich nicht mitzählt, nur die Reise wäre als solche spürbar. Dafür lebtest du so im Schnee vergraben, so von Raben und Tannen, Berg und See umzirkt, dass es einer Erholungsreise ähnlicher wäre als einem Besuch. Und Erholung brauchst du so sehr; vor allem aber ist dir Aussprache notwendig, ruhige, langatmige, ganz zutrauliche Aussprache. Dein Leben, so schön es geführt sein mag, hat als solches keine durchdachte und geistig gebreitete Basis. Du bist in die wichtigsten Lebenslagen hineingeraten, nie hineingeschritten – und wir, die wirs von Ferne mit ansahen und 1914 schon in Zürich wussten, durften dir damals garnichts sagen ohne dich auf schreckhafte Art zu verletzen. Jetzt, Helen, kleine holde Schwester, ist die Zeit da. Dein Haushalt geht gut, er geht ohne dich; nimm dir 10 Tage, nimm dir 14 und komm. Du, dein Leben, dein eigenes, welches Träger und Entfaltung deiner Seele ist, hat es noch nie so nötig gehabt, einmal mit Liebe und Geistigkeit erhellt zu werden; noch nie so danach geschrieen sich einmal gespiegelt zu sehn anders als Träger von Beziehungen: zu Mann, zum Haus, zur Wissenschaft. Der Mensch aber ist die erste Pflicht des Menschen. Hast du die Enkendorff gelesen, so weisst du, dass ihr nicht zum Opfer gebracht werden könnt ohne eigenes Einwilligen; nicht in Opfermut sondern in Bequemlichkeit, in metaphysischer Selbstaufgabe um des leichteren Lebens willen. Nicht Mann und Kind sind euer Schicksal, eure Willigkeit, Spielzeug zu sein ist es. Je mehr aber ein Mensch ist, um so mehr schenkt er dem Manne dem er sich ergibt. Und darum, Helen, wage es zu kommen. Wir müssen deinen Brief besprechen, nicht aber kann ich ihn beantworten. Oder: müssten wir ihn beantworten, würden die diskretesten, dh. die wichtigsten Elemente deines Zwistes mit dir selbst eine entweder zu harte Helle oder ein unwirksames Dämmern annehmen müssen. Komm her, Helen. Ich sage dir ganz ehrlich: wäre das Leben in der Schweiz für uns erschwinglich, wir wären jetzt bei dir. Menschen die man so liebt wie wir dich lieben sind ja wohl mehr wert als eine Reise München – Zürich. Aber wir können nicht dem bösen Walten der Fee Valuta in die Hände fallen, die aus einer Mark 10 Pfennig zu machen weiss. Deiner Reise aber wäre sie günstig, diese drollige Fee. Also: komm.

Ich müsste hier eigentlich enden. Aber, Liebling, mein Herz reisst mich sehr hin mit dir selbst durch dies abstrakte Medium zu reden, weil du so einsam bist. Und weil du so viel verzerrte Optik mitbringst. Du siehst zwar die verzehrende Qual deines schöpferischen Mannes, der sich, sagst du, für die Menschen kreuzigt. Ich liebe diesen Ausdruck nicht, angewendet auf das was schliesslich jeder Schaffende tut. Aber ich versichere dir – doch lass mich dir eine Erfahrung vermitteln. Als ich in Berlin war wurden mit einem Dampfhammer Pfähle in die Spree gerammt – Untergrundbahn, deren Effekt schliesslich, wie der jeder Arbeit, auch aufs Wohl der Menschheit abzielt. Neben dem Pfahl, auf welchen alle zehn Sekunden die fabelhafte Wucht des Rammblocks niederkrachte, stand, nein hing über dem Wasser ein junger Arbeiter, der mit eiserner Stange die Richtung des Pfahles, ohne Unterbrechung andrückend, regelte. Und dicht neben seinem Ohr folgte Krach auf Krach des Hammers, seinen Arm und seinen Körper jedesmal furchtbar rüttelnd. Dieser Mann war ein ungelernter, ein Leichtarbeiter, der 8 Stunden lang diese entsetzliche Marter als normale Arbeit empfand. Kleine Helen: dieser Mann und so Millionen Millionen auf der Erde erleiden diese Kreuzigung: ohne ein Heim wie Peter, ohne eine Frau wie dich, ohne Ehre, ohne das Gefühl das Wissen von der Welt zu erweitern, ohne Schüler, ohne das Wissen um den eigenen Rang. Davon ahnt ihr garnichts, das seht ihr nicht; ihr fühlt euch von den primitiven Ansprüchen dieser Menschen beengt, belästigt, entsetzt; ihr verlangt von ihnen Respekt für euer Sein und habt keinerlei Nerv für das, was diesen Menschen an Untermenschlichkeit zugemutet, um des Gebäudes einer nicht-existenten Kultur willen zugemutet wird. Ich schwärme nicht für Lenin, Sinowjeff, Litwinoff und Radek: aber das bürgerliche 19. Jahrhundert hat diese Männer erzwungen, wie das nationale 19. Jahrhundert Berchtold, Ludendorff und Foch. Hasst entweder die Spitzen und die Pyramide, oder erkennt beide an.

Und solange man dem Körper dieser Zeit nicht aufs Gerippe gesehn hat, muss man immer wieder ratlos entsetzt von den scheusslichen Überschneidungen sein die sie jedem gelegentlich hinhält. Deine blonde Cousine, Liebling, und ihr Verlobter der ja wohl nicht leicht zum Revolver gegriffen hat, ist für mich darum keine tragische Erscheinung. Nur arm, unendlich bedauer[ns]-wert sind diese jungen Leute. Wären sie natürlicher erzogen, nicht in die Idiotismen der Bourgeoisie eingepfercht mit ihren kindlichen Seelen, sie lebten gewiss noch dies einmalige und herrlich harte Leben. Aber irgend ein Phantom der Gesellschaft hat sie vor eine Wand gestellt, die real sicher nicht da stand, nur phantomisch. Waren sie Juden deiner Art? In München hat sich vor ein paar Tagen ein junger Jude erschossen, weil ihn – zweimal verwundet und dekoriert – die Gesellschaft »Frohe Garde« mit allen anderen Juden ausschloss. Sich erschossen dieweil im Nebenraum die »Frohe Garde« Radaumusik genoss. Ihm half nicht einmal dass er Reichswehrsoldat war. Seine Ehre sei hin, er könne nicht mit der Waffe in der Hand Genugtuung fordern – Genugtuung … Ehre gekränkt … von wem? von neudeutschen Kaufleuten und »Studenten« – armer verkehrter Bursch, anständiger Narr … Dies sind Selbstmorde die sich jetzt an Juden ereignen. An Deutschen werden sie sich erst ereignen wenn Deutsche mit anderen Nationen zusammentreffen werden. In einer Zeitschrift las ich jüngst den Ausspruch eines Amerikaners, glaub ich, der in Deutschland erstaunt den Antisemitismus kennen lernte: in den Augen der Nationen stehe der heutige Deutsche da wie der Jude in den deutschen. Gib acht, Helen, auch da werden die Pistolen knallen, und zwar wieder in den Händen der zarteren unter den zweitbesten Exemplaren, und diesmal wird das Phantom zwar auch keine reale Existenz haben, aber wenigstens eine reale Ursache: sie heisst »Krieg« und steht detailliert in den Auslieferungslisten der Entente. Denn, Schwester, das Gewissen der Menschheit bedient sich seltsamer Formen um zur reineren und verfeinerten Wachheit zu kommen. Als die deutschen Bürger im 15. Jahrhundert anfingen die Raubritter zu hängen und den Wegelagerern Prozesse zu machen um sie hernach zu rädern und zu schinden, in Käfigen den Vögeln darzubieten und sonstwie qualvoll umzubringen, da bediente sich das Rechtsgewissen der Deutschen ihrer wilden Rachsucht. Jetzt ist es die Rachsucht der Belgier und Franzosen, die diese Reinigung der Sittlichkeit bewirken wird. Und ganz sicher fühlten sich die gefangenen Ritter ebenso zu unrecht vor ein nichtkompetentes Gericht gestellt – sofern sie nicht ein Stück lebendigen Christentums in sich trugen das vor dem Ende noch einmal durchbrach.

27. Dez.

Und nun ist Weihnachten vorbei und noch ist der Brief nicht fertig und fort ... Liebe, ich habe bis zum 24. an der Fertigstellung der Lucilla gearbeitet und wie ein Angeschmiedeter auf der Galeerenbank gearbeitet, immer wieder unterbrochen durch den Anspruch der Gegenwart. Aber jetzt ist sie von mir fort; ich bin müde wie eine junge Mutter, ohne die gute traumhafte Ruhe die euch nach eurer mühseligen Entlastung stärken mag. Ich aber fühle fort und fort neue Gestalten in mir wachsen, neue Geburten stehn mir bevor, und von Aussen reizt mich die Welt auf, das verworrene Wirbeln der gegenwärtigen Leistungen kritisch zu reinigen und klärende Gesetze und Urteile aufzurichten die niemand heute aussprechen kann oder will. Zu schweigen von einem Stoß von Briefen die beantwortet sein wollen. Zu diesen gehört der deine nicht; er liegt stets auf einem Platz für sich, und er ist der erste den ich mir wieder vorhole. Ich habe ja bisher keine Antwort gegeben auf das was du sagtest; ich habe fast das Gefühl des Tagebuchs wenn ich dir schreibe. Und so könnte ich mich verlieren und dir von meiner spärlichen Lektüre erzählen, von Gundolfs Goethe, vom Spengler und den fabelhaften Religionspsychologien der Psychoanalytiker, die man unbedingt gut kennen muss und die ich im Laufe der Jahre ganz sicher genau kennen lernen werde. Aber ich lasse es; ich unterdrücke auch alles was sich auf die Weihnachtsfreude beziehen könnte, die du mit Mann und Kindern gerade verebben fühlen wirst und auch von den Channukahlichtern erzähle ich dir nicht, die du gewiss nicht kennst, die aber Kern und Keim deines Weihnachtsbaumes sind, wie ja die Menorah, der neunarmige Leuchter, seit der Zeit des Titus unverändert die Gestalt des stilisierten Baumes zeigt:

und die heuer zeitlich mit dem Weihnachtsbaume fast zusammenfallen oder fielen. Aber das alles mag ich heute nicht annehmen wenns sich auch von mir zu dir drängt. Ich möchte dich nur bitten: wenn du nicht zu uns kommst, und du tust es jetzt gewiss nicht mehr – schreibe uns von deinen Anfällen und dem schwarzen Sumpf, ja tue es, Helena, kleine Schwester. Mir ahnt vieles, aber ich will warten bis du dich entschliessest, und glaube mir, wir können dir helfen, wie Menschen es können. Gott aber hilft nur durch Menschen. Und ich mag von erblicher Belastung nichts hören. Dein Leben ist belastet, und du sollst nicht schweigen. Denn das Schweigen der Menschen und ihre Scham voreinander hat der böse Dämon aufgerichtet, damit die Geplagten es sich nicht leichter machen sollen.

Auch wir brauchen Heim und leichtgemachtes schönes Leben, aber da wir es jetzt einfach nicht haben *können*, weil wir die Folgen des Krieges tragen müssen und lieber freie Arme als wohllebende Sklaven sein wollen, müssen wirs eben gefasst entbehren. Arme Dita – sie leidet darunter sehr. Sie hat nicht einmal ein Klavier dessen sie so nötig bedarf. Nun, sie wird dir ja davon erzählen. Aber das Joch der Existenz drückt selbst jetzt noch sehr auf mich … Genug.

Deine Worte über das hingestreckte Opfer welches ihr Frauen seid erschüttern mich immer wieder. Nicht, weil es unwidersprechlich richtig wäre. Sondern, weil du es so sehr als Realität erleidest. Du musst siegen, aber nicht als mater familias. Nein, Helen, du bist in den Kampf gestellt, weil du den *andern* Sieg erringen musst; deine Aufgabe ist es, die höhere Lebensform für die Vereinigung der dissonanten Richtungen zu finden. Davon mündlich, spätestens im Frühling. Wenn ich im Januar nicht durch den Semael im Deutschen Theater nach Berlin gezogen werde, fahre ich vielleicht nach Bern zum Kongress der Intellektuellen. Davon hörst du aber noch, wenn etwas daraus wird. Ich glaube aber, Berlin spielt gerade um diese Zeit, oder es probt.

Deine Lucillenbemerkungen trafen bei III 8 einen entscheidenden Punkt. Metellus war überhaupt zu boshaft betrachtet worden, und seine Flachheit wirkte auf alles andere zurück. Ich kann in diesem Stücke keine Karrikatur stehn lassen, es muss alles menschlich hergehn. Indem ich Metells Charakter aus den Andeutungen des Stückes entwickelte, gab ich ihm – durch Steigerung seiner Härte, durch allgemeinere Fundierung seines Pflichtgefühls, durch schärfere Profilierung seiner Albernheiten und durch kleine niedere Züge eine runde, menschliche und erfreuliche Gestalt. Es gibt auch in den Stücken der Dichter keine ausgemachten Esel, sondern, alles Menschliche ist zugleich liebenswürdig und hassenswert. So ist auch der Pompejus, wie du ihn siehst, nicht ganz der meine gewesen und geworden. Ich habe auch ihn bedeutender gemacht und zugleich komischer. Denn ich war ja nie etwa mit ihm identisch, seine mehreren harten, zweideutigen, ja niedrigen Züge (gegen den Straßenfeger, gegen Felix und Lucilla) und vor allem sein Diplomatentum gegen Metell und in dem improvisierten, von Metell übernommenen Kriegsgeschrei entfernten ihn mit Bedacht von meinen positiven Wertungen. Er ist ein aussterbender Typ, Metell mit geistigeren Mitteln, ohne Achtung vorm Menschen. Jetzt habe ich ihm eine bedeutendere Menschlichkeit gegeben und ihn gerade dadurch schärfer gegen die Welt unter und über ihm abgehoben. Über ihm sehe ich die beiden wahrhaft freien Menschen des Stückes: Charis und den Straßenfeger. – Wenn du das Stück in der Zeitschrift »Die Gäste« – so heisst sie, nicht Die Brücke, und erscheint im Schatzgräber-Verlag, Breslau oder Berlin – lesen wirst und es mit der Fassung vergleichst die du kennst, wirst du staunen. Umstellungen, gestrichene Szenen, neue Szenen, gefeilte und gebesserte Reden überall. Jetzt bin ich zufrieden und beginne das Stück zu vergessen. Hoffentlich seh ichs bald auf der Bühne. Und wenn Zürich es spielt, komme ich hin. Schwer zu sprechen wird es sein, das ist wahr, aber ein erfreulicher Abend wärs gewiss.

Und dann, Helen, gehe ich an den bedeutenden Gehalt: ich werde den Kampf und Krampf des idealen deutschen Gewissens mit dem Kriegsdeutschland, mit dem Kriege darstellen. Ich werde die Genien des großen deutschen Volkes beschwören. Ich will den ewigen Deutschen gestalten, ich, der Jude. Das soll ein Dank und ein Stachel sein, den ich den Deutschen ins Fleisch steche. Glaube mir, sie werden dagegen lecken. Sie sind in ihrer augenblicklichen Verfassung ausser Stande, ihr eigenes Gesicht zu sehn.

Seltsame Rasse, die eine herrliche Zahl von Genies erzeugt hat und nicht einen bruchlosen Menschen. Nicht einmal Hölderlin, nicht einmal Goethe war ganz ohne Bruch. Doch, Hölderlin wohl. Und Bach auch. Aber beide sind keine deutschen Repräsentanten. Der eine floh voll leidenschaftlicher Reinheit aus der deutschen Welt, der andere ist als Mensch unbekannt. Und Goethe verschloß sich. Und Luther verriet die Bauern an die Herren und schuf eine neue Konfession statt dass ihm die Reformation des Lebens gelang. Und Bismarck hatte keinen Begriff von der neuen Zeit die schon begonnen hatte und band sich an Österreich, wandte überhaupt sein Gesicht rückwärts. Und Herder verstand Goethen nicht mehr. Und Kant war eine Privatperson wenn er nicht philosophierte. Und Nietzsche hielt sich für einen Polen, fluchte dem Deutschtum und exaltierte sich in seinen Untergang. Beethoven ist fast der einzige Deutsche, der bis zum Ende ganz und leidenschaftlich schaffend lebte, groß als Mensch wie als Künstler, aber er ist Musiker und spricht zum Geiste nur symbolisch, also nicht lebenformend. Ich muss also von Anfang anfangen, und ich werde es versuchen. Vorher schreibe ich noch ein kleines Purimstück für die Liebhaberbühne über den Estherstoff. (Über Herder u. Nietzsche – Kapitel für sich. Vgl. Menschliches Allzumenschl. 2. Teil.) Wir wollen es vielleicht selbst aufführen und grenzenlos lustig dabei sein. Bice hat ein entzückendes Talent Theater zu spielen. Ich will ihr aber auch eine Rolle schreiben in der sich jedermann und jederweib gleichmässig in sie verlieben soll – wie ich. Und nun: gute Nacht, schöne liebste Helen! Ich will ein Foto von dir haben.

Dein Arnold.

26. Jan. 1920, Berlin

Weylchen, liebste Schöne,

wir haben gestern einen großen Erfolg eingeheimst, bei schwacher Aufführung. Am Vormittag geschlossene Vorstellung, Erfolg sympathisch. Abends, öffentlich, ging ich schon garnicht mehr hin, sandte Marie u. meinen Bruder

Erfolg enorm.

Das Publikum schrie nach mir. (»Beseht die Kenner in der Nähe, halb sind sie kalt halb sind sie roh.«)

Ich lag aber vergnügt im Bette.
Leb wohl, Schöne.
Die Kritik wechselt vom Lob bis zum letzten Grad der Schärfe.
Schreib uns bald. Komm im Frühling zu uns.

Dein A.

Starnberg, d. 31. 12. 19.
[–Berlin, 22. 1. 1920]

Liebe liebe Freundin,
wir waren herzensfroh, daß Du, als keine Nachricht von Dir kam, gesund warst, und nur äußere unangenehme Widerstände Dich in Anspruch nahmen. Es ist schon schrecklich, daß wir gute Kräfte, Konzentration und produktives Wollen vorbeilassen müssen. Weil die Wäsche gereinigt, das Haus und die Kinder besorgt werden wollen und ich hatte lange Jahre eine Heidenangst davor. Ich sah nicht ein, warum ein Teil der Menschen die erschütterndsten und erhabensten Jugenderlebnisse, die geistigen und die menschlichen, wie eine glühend weiße leichte Flamme durch sich glühen lassen durfte, die andere aber stets an die Erde gebunden, verunreinigt von dem Kleinen, das sich in die Gedanken, in das ganze Lebensgefühl eindrängen mußte, die Einheit des immateriellen Glühens und Leuchtens immer wieder aufhebend durch körperliche Widerstände und ihre unvollkommene Schwere.

Ich dachte mir den Ausweg so, daß das Schönste und Herrlichste der Jugend, die Liebe zu einem Menschen, mit kochen, Dienstmädchen und Wäsche eigentlich gar nichts zu tun habe, daß man nur zusammen zu leben brauche, wie zwei Studenten, ohne Haus, ohne Kinder. Wozu mit einer Vereinigung, legitim oder nicht, warten, bis die Frau müde und unfrisch, der Mann schon verbraucht ist, bis er eine »Existenz« hat? Das ist so dumm. Ich dachte: heiraten kann mann jung, so oder so, Kinder haben lieber später, wenn man genug geschwebt hat und sich nun auch auf der Erde ausbreiten will. Wir hätten uns das Dach erst leisten können, wenn unsre beste Jugend vorbei war, sollte man deswegen sein Leben versäumen, einer schuftend, der andre zu Hause wartend, beide von Sehnsucht zermürbt und müde, bis man ein Haus, eine Familie bezahlen könnte oder so traurig als ewig ver-

Arnold Zweig 1920

lobtes Studen[ten]paar sich nebeneinander unrein verzehren? Einfach heiraten und so einfach und frei weiterleben wie bisher oder auch nicht heiraten und leben, wie man von innen her muß, das ist doch viel jugendlicher und freier als gleich solche Centnerlast aufgepackt kriegen. Aber Du, Helen, warst doch lange ganz frei, durftest lernen und studieren und Zeit für Dich haben, Du hattest es noch herrlich gegen andre Mädchen. Du sagst, »steige nicht zu uns Müttern herab«, nein, ich tue es nicht, solange es mir ein herab ist, sobald es mir aber die Fülle und die Vereinigung von irdischem und himmlischem bedeutet, werde ich unbedingt in den Reihen von Euch Müttern treten. Die Aufgaben eines Menschenlebens verändern sich ja fortschreitend und es macht mir Freude, wenn man sich jedes mal in die Fülle stürzt. Ist man ganz frei, so sind oft die Strümpfe ungestopft und die Kleider in Unordnung, breitet man sich auf der Erde aus, so gedeihen die Dinge breit und schön und auch wichtig und das andre wird räumlich kleiner, ob aber auch weniger intensiv, das fragt sich. Das Problem besteht später für den Mann ebenso wie für uns Frauen. Meistens müssen sie, um zu essen, sich zu wärmen und zu kleiden, Arbeiten tun, mit denen sie innerlich gar nichts oder wenig zu tun haben und das geopfert werden, von dem Du schriebst, besteht auch für den Mann. Dein Peter ist in der besonders glücklichen Lage, daß ihn sein bloßes Forschen, Denken, Lehren auch am Leben erhält, aber bei den meisten geistigen Männern ist es nicht so, ich sehe, was alles in Zeitungsfron, im Film, an Zeitschriften, in der Musikpädagogik etc. schleppt und keucht, wirklich, wie Sklaven, und man wendet sich ab, die Hände vors Gesicht geschlagen. Gut habens alle die Arbeiter, Kaufleute, Hausfrauen, die das tun müssen, was ihnen ohnehin Inhalt und Wichtigkeit ihres Lebens ist: die Hände geschickt rühren, denn sie stürben sonst vor Langerweile, kochen, handeln und auch nur dann machts Spaß, wenn sie nicht zu viel arbeiten müssen. Aber alle andern sind solche Opfer der Kultur, alle, Männer wie Frauen.

22. I. 20. Berlin.

Sieh mal, was ich für eine elende Kreatur bin, so lange liegt der Brief nun. Ich habe in den letzten Wochen außerordentlich intensiv gearbeitet, gezeichnet und etwas gemalt, und war dann meistens ganz müde, so daß ich kaum noch dazu kam, zu lesen und sogar das spannendste Buch, das ich seit langem fand, beiseite legen mußte: »Der Untergang des Abendlandes« von Oswald Spengler. Wenn Du es liest, so schreibe uns doch, was Du über seine mathematischen Theorien denkst, von denen wir nichts verstehen, über Kant schreibt er baren Unfug, aber es sind fabelhafte Perspektiven und ganz toll Gesehenes darin, so daß man herzklopfend davorsitzt und nicht essen noch trinken mag. Seit 6 Tagen sind wir in Berlin, Sonntag sind die beiden Premieren, Vormittags im »jungen Deutschland« dieser geschlossnen Gesellschaft, die lebende junge Autoren spielt und abends öffentlich, im Deutschen Theater. Die Proben waren bisher sehr anstrengend, gestern sieben Stunden, es wird schludrig gearbeitet, ich würde das vor meiner Staffelei nicht wagen und wenn ich eine beliebige Skizze mache. Schauspieler in einem solchen Ensemble sein zu müssen ist für einen echten Künstler, der aus positiven, nicht aus negativen Gründen Schauspieler ist, sicher eine Strafe und eine Verdammnis.

Ich denke so viel an Dich. Du bist jetzt deprimiert, Liebe und quälst Dich unnütz. Du verbohrst Dich sicher in Dinge, die gar nicht da sind, wir alle tun das ja, und wenn wir uns nicht gegenseitig mit Güte, Gewalt oder List herausholten, so blieben wir wohl immer in solch schädlicher Verstrickung. Vielleicht ist auch schon alles gut, wenn wir uns im Frühjahr sehen. Denn wenn Ihr in Deutschland seid, so sehen wir uns doch gewiß. Aber schreibe uns doch, was Dir ist, wir können Dir ganz sicher helfen, denn wir haben ja selbst so viel hinter, neben und vor uns und wir haben Dich so schrecklich lieb weil Du so gütig klug vornehm süß und schön und noch vieles mehr bist. Du wunderst Dich zu Unrecht, daß ich ein hartes Leben ertragen habe und zum Teil seine Härten noch stark schmerzen. Aber wüßtest Du, wie vielen es so und ärger geht. Du hättest es ja genau so gemacht, wie ich, in meiner Lage; alle leben so, die die Werte des Geistigen und des so sein sollens als das Ziel und damit als höchste Erfüllung des Glücks fühlen und die ohne Sinn überhaupt nicht existieren können. In Rußland giebt es Frauen vor deren Leben man sich tot schämt, hier kenne ich solche nicht, aber viele, vor allem junge Männer, die immer so tun wie sie müssen. Du bist ebenso, vielleicht weißt Du es nicht einmal, denn man kennt sich selbst oft nicht, ehe man sich nicht ausprobiert hat, aber ich weiß das von Dir ganz sicher. Wenn Du auf sanften Wegen zum Sinn und allem Guten gelangt bist, so ist das doch herrlich und so liebenswert! Es muß doch nicht alles unter Schmerzen und Opfern geschehen. Alles Göttliche ist leicht, Du weißt, und so ein leicht-schönes Leben mutet uns armen Menschen als von einem göttlichen angeweht, an; es ist mir etwas ganz herrliches, dem zuzuschauen. Es ist so schön, daß Du es gut hattest, jetzt fängst Du bloß Grillen, und vielleicht ist es schon wieder vorbei.

Mich freuts, daß der Michael (dieser Name wurde 1913 bereits meinem Angstsohn zugedacht) jetzt so tapfer und frisch ist, ich glaube, man soll, selbst lange Perioden, bei Kindern nicht als zu endgültig ansehen; zu gern möchte ich die beiden jungen Hundchen mal sehen.

Wir habens in Starnberg sehr gut. Eine hübsche möblierte vier Zimmerwohnung mit Küche und Garten, ganz frei, gehen essen und werden von einer braven Frau bereinigt und beheizt. Ich brauche mich um nichts zu kümmern, was herrlich aber etwas hungrig ist, und so wird wohl nichts übrig bleiben, als wieder selbst zu wirtschaften, wovor mir ziemlich graut, denn ein Provisorium bleibt unser äußeres Leben ja doch. Die Soldaten nennen so etwas »behelfsmäßig«, und dafür meine kostbare Zeit und meine paar schäbigen Kräfte zu geben lohnt kaum, es wär eben bloß ums verfluchte Sattwerden. In Starnberg sind oft warme Frühlingstage, mit Ausflügen auf dem windigen grünen See, mit dunkelblauen und violetten beschneiten Bergen und einer tieffarbigen funkelnden Hochebene, in der Gesellschaft begabter junger ausgelassner Leute, wir habens jetzt wirklich sehr gut und sind meist übermütig und arbeitsam gestimmt.

Leb wohl, Liebe, und grüß alle schön. Schreibe bald wie's Dir geht, wir sind Mitte Februar wieder in Starnberg.

Ich geb Dir einen kleinen Kuß.

Bice.

50 Arnold und Beatrice Zweig an Helene Weyl

Starnberg, 3. Juni 20

Meine schöne Herrin,

es dürfte unmöglich sein, dass ich gegen dich anders als in unveränderlicher Ergebenheit mich neige – so etwa hätte ein trovatore den Brief zu beantworten unternommen, den du, Liebe, an uns schicktest. Ich aber, kiebig wie ein Berliner und überdies eingedenk der Tatsache, dass unsere Briefe geöffnet werden bevor sie uns erreichen, ein Zustand würdig der deutschen Freiheit von anno 20, habe nur zu sagen, dass ich dich nie missverstehn und stets erraten, nie angreifen und stets respektieren werde; ach, Helen, die Tage hier waren zu kurz, sie waren vor allem zu verregnet. Es sagen sich Dinge unterm holden Taumel der Jungbuchen viel fröhlicher und natürlicher als in der geistig zuspitzenden Atmosfäre von Zimmern. Aber schön wars, schön, du! – Alles was du von Bice sagst, ist so tief richtig wie nur ein Liebender es errät und sieht. Wie ich dein Liebhaber bin und der ihre, so du ihrer; und sie: deine Freundin-Liebste wie meine. Ja, eines Tages werde ich den ungemeinen Versuch machen, diese Frau, die das edelste Leben ist das heute denkbar scheint, und gleich in der schwebend-ruhigsten Verkörperung, euch nicht zwar wie du sagst, wohl aber den anderen ringenden und edelgeborenen Frauen als Trost hinzustellen. Du nämlich kommst als Gegenpol in dieses Buch, weil du ein Wesen ebenso wertiger Art mit anderen Tendenzen bist, eine Schwester die es nicht weiss – ja, Helen, so ist es. Du hast nur nicht das gute in sich ruhende Zutraun zu deinem Sein, das Zutrauen, es müssten sich alle Wege, geht man sie nur weit genug, schliesslich wieder dem Haupt- und Liebesweg zugesellen, weil man bleibt was man ist und alles wagen darf was man zu wagen den Mut hat. – – Aber du willst weniger von uns als von ihr und dem Bäbschen hören, das jetzt, in meinen sehr zielsichern Wunsch einstimmend, nun doch ein Mädchen werden soll? Dieser kluge witterungsreiche Mensch hat sich vorderhand geweigert geboren zu werden und wir ahnen dass ers noch eine Weile so mit uns treiben wird. Heute sollte er als letzten Termin seinen Auftritt feiern; was es nun noch zögert kommt auf Rechnung seines klugen freien Willens der Hochschätzung zu gute, die ich als Vater vor meinem Epsilon haben muss, aber auch dem Groll, den ich als Liebhaber meiner Frau gegen dies entstellende Bäuchlein und alle Beschwerde aufbringen muss die es unserer holden zarten Freundin zufügt. Augenblicklich schläft sie im Garten, es ist frisch unter den Bäumen ein Wind aufgestanden, der tut ihr gut. Wenn alles reif ist, das Früchtchen ihr in' Schoss rollt, lass ich die Nachricht durch den Draht laufen.

Vom »Abtrünnigen« nur ganz wenig. Er ist vor 6 Jahren in eben dem Zustand niedergeschrieben worden den du gelesen hast; der Stoff stammt aus Bubers Baalschem-Buch, das du hättest längst lesen sollen. Natürlich muss ich ganz von neuem anfangen wenn ich mich an dies herrliche Thema wieder werde setzen können. Ich verrate nichts über die Entwickelung, sie ist sehr bedeutend und ganz mein Eigentum. Das Stück heisst nicht umsonst Der Abtrünnige – du vermutetest, es müsse der Rückkehrende heissen – oh nein. – Geht nicht nach Göttingen, liebste Freundin, du wirst sehr leiden. Ich sage dirs vorher, ich sehe es mit Augen. Bis in eure Ehe wird der deutsche akademische Antisemitismus greifen; du wirst allgemein »auffallen« und zwar in dem verruchten Sinn den das Wort beim Militär hat. Berlin gibt dir wenigstens Spielraum und deinem Manne doch auch alles was er braucht; ihr habt Menschen zur Auswahl und bekommt sie nicht wie in Göttingen diktiert. Das 卐 regiert die Universität heute, und es wird deinem Manne, so arisch er sei, bei guter Gelegenheit den aparten Geschmack hinreichend vorrücken den er bewies als er dich nahm statt einer wie es sich gehört hätte zwar reizlosen aber arischen Professorentochter mit Buckel und Ordinariat; erkundigt euch, wie es v. Gierke und seiner Tochter ging, den beiden deutschnationalen M. d. N.! Und ferner, Helen, wird Berlin jetzt schon wieder die billigste deutsche Stadt, wie selbst die Nahrungsmittelinserate des Juden Wertheim beweisen – und, überhaupt gefragt: was nennt ihr glänzende Bedingungen? Du wirst mit einem Büdget von 5000 Mark monatlich zu rechnen haben, da Ihr fünf bis sechs Personen seid – das Kindermädchen, Helen, ist unerlässlich, du musst zur Arbeit kommen, und das ist nach unserer Analogie geschätzt, also, wenn Theater und Konzerte, Bücher und Reisen dazukommen, viel zu niedrig. Schreib uns bitte über eure Kalkulation, bitte du Liebe tus um euret- und deinetwillen.

Dass ihr jetzt ohne Zeugen glücklich sein könnt entzückt uns überaus; ich wünschte, nein wir wünschten nur, wir könnten dich in deinem Treiben sehn und uns an diesem hinreissenden Knaben Lelio wieder bezaubern. Aber kommt Zeit kommt Rat. Vor allem gib einmal eure Marschroute für die kommenden Monate preis; wollt ihr nach Bayern kommen, so gibts wie ich euch auf der Einsteinkarte schrieb hier 960–1040 Meter hohe Sommerfrischen in denen du wirtschaften könntest und doch von uns nicht weitwärst; denn Bice ist ja erst ans Bett und dann ans Haus gebunden wenn ihr wieder in Deutschland seid. Und ich kann mir mein an sich ja hohes und pochendes Glück nur vollendet denken, wenn der andere Pol unserer Ellipse sich wieder in nähernder Richtung bewegt. Du hast in unser schwebend beruhigtes Leben das Letzte wieder hineingebracht, Hoffnung und Sehnsucht, das Element ewiger Jugend und erregender, beschwingender Unvollendheit. Wir wünschen, du fühltest was das ist. Hast du deinen Freund in Berlin gesehn? Man hat ihm einen schlechten Dienst getan – neben Moissi und Krauss kann er nur unvollendet und halbgar wirken, aber er hat was vor sich. Und damit Lebewohl für heute. Der eigentliche Brief bleibt ungeschrieben, dieser ist nur ein Händedruck deines Freundes

A.

Mit den Platten mache ich noch einen Versuch, gehts dann nicht, send ich sie dir. Hat dir des Tellers wegen das Geschäft Franz Steigerwalds Neffe noch nicht geschrieben?

Liebe süße Freundin,
ich bin sehr glücklich, daß Du jetzt so schöne Zeiten hast und warum blickst Du mit Ängstlichkeit in die Zukunft? Am Ende muß Dir doch jeder Zustand glücklich ausgehen wie bisher, das ist Dein Gesetz, zu ihm darfst Du Vertrauen haben. Ich habe lange über Göttingen und Berlin nachgedacht und finde Euch schließlich in Berlin doch weit besser aufgehoben, es ist ein Übel,

aber das kleinere, und in einem hübschen Vorort lebst Du ruhig und angenehm. Ich fürchte in Göttingen, daß die Frauen aber auch die Männer, die nur neutra haben, reizlos, pflichttreu und von einer anständig öden Enge, sich an Deiner Existenz notwendig reiben müssen, um des lieben Friedens willen wirst Du Dich verhäßlichen müssen und sie werden bis in Deine Ehe eingreifen. Die besten Jugendjahre, die Du gerade jetzt vor Dir hast, stehlen sie Dir, wir müssen geizig sein mit unsrer Zeit, Du stehst jetzt so prachtvoll in vollster Blüte nach *allen* Seiten, daß man Dir nicht die Krone demolieren soll. Nein! Berlin ist aufreibend, geräuschvoll, anstrengend, aber es ist Raum zur Entfaltung für Euch beide und die Gefahr ist überall da und überall kann man mit ihr fertig werden. Schließlich sind ja doch Gefahr und Überwindung weniger in den Verhältnissen einer Stadt, als in denen unsrer Struktur, Du kannst durch sie nur gewinnen, wenn sie Dich auch leiden machen. Nachher bist Du aber noch mal so groß, geh lieber nach Berlin. Ich habe große Sehnsucht nach Dir und wünschte Dich bald wieder zu hören und zu sehen.

Deine Bice

51 Arnold Zweig an Helene Weyl

Starnberg, 26. [Juli 1920], Montag.

Liebste Helen,
leider keiner deiner Wünsche erfüllt. Am besten, vertage alles auf gelegentliches Wiedersehn. Noch immer todmüde.

Entbindung begann Nacht von Dienstag zu Mittwoch kurz nach zwölf, endete Sonntag früh sieben. Dazwischen höchste Leistung von Helle, Wille, Mut und Kraft der Schmerzbeherrschung die je vorstellbar. Kind, Knabe, nebenbei hübsch, halb Dita, halb meine Mutter, Riesenkopf, Querstand im Beckenausgang. Abnorme Beckenausgangsenge bei äußerlich normalen Massen. Drehung des Kopfes nötig, dabei fast unmöglich, Zange einzuführen bezw. zu schliessen. Abnorme Enge *aller* Geburtswege. Dazu Wehenschwäche (überwunden durch Hypophysin), mangelhaft innervierbare Bauchpresse (von Kindheit an). Erst als

Kopf schon Symphyse passiert u. in Scheide eingetreten, Zange nochmals möglich (gegen Perforation Ditas Widerstand, wollte lieber noch 24 Stunden arbeiten als nach all der Qual eine Leiche produzieren. Dennoch Herztöne verlangsamt u. Abgang von Kindspech – Zeichen dass unter übermässigem Druck u. Kohlensäure überlastetem Blute stand.)

Dazu durch 9 Schnitte Ausgang erweitert, und so geholt. Furchtbare Überraschung: fast selbsterdrosselt durch Nabelschnur um Hals. Bei alledem geistige Mitarbeit Ditas entscheidend nötig, Narkose verboten. Somit bis zur Ohnmachtsanwandlung nach dem Nähen bei voller geistiger Überlegenheit. Sie leitete die Entbindung, sie, ihr Wille, siegte über die Natur u. den Schmerz. Sie zuckte bei keiner der Operationen. Da ich sie nur 4 Stunden verliess seitdem der Ernst Falles feststand, weiss ichs. Nach Nähen sehr glücklich. Ganz kess. Dabei Waschschüssel voll Blut verloren. Einfach heroisch. Arzt hin vor Begeisterung. Hebamme durfte zweimal schlapp machen; Arzt fiel Sonntag nach allem Gartentreppe hinab vor Nervenmüdigkeit. Nur Dita ganz mobil u. ohne Urlaub bei Sache.

Sonntag still verlaufen, Montag auch. Viel Nahrung, leichtlaufend. Trinkt Milch, Milch mit Käffchen, Wein (Bordeaux), bisschen Bouillonei.

Wer diese Frau nach diesen 100 Stunden nicht gesehn, weiss nichts von euch. Mindestens nichts von dieser.

Leb wohl. Später mal mehr. Puls etwas abnorm schnell (88, 95, 105 u. wieder fallend) sollte eher langsamer sein. Temperatur gut: 37,3.

Nächster Tage Entscheidung ob Sepsis. Wenn ja – Gnade der Dämon. Auch Trombose (Blutgerinnsel) nicht ausgeschlossen. Vorläufig alles glänzend. Dita sehr glücklich, Bäbschen sehr nett, vergeistigt musikalisches Äffchen. Heisst Michael (sprich mikháel) Haran Wolfgang Zweig.

Wir wünschen gute Tage. Bald mehr.

Eure Wahl Zürich gutgeheissen. Fahrwohl. Habe nicht telegraphiert, weil Draht nichtssagendes sagt.

52 Arnold Zweig an Helene Weyl

[nach dem 26. Juli 1920]

Liebste Helen,
ich weiss, dass wir, dh. ich dir noch den Glückwunsch zum Zürich-Entschluss schulde. Nimm ihn so. Es war für dich das beste, wenngleich es für uns trist ist. Schlimmer, traurig. Denn die Valuta ist eine furchtbare Schranke. Seis drum.

Ferner sagt Dita, ich hätte das meiste falsch verstanden von dem was sie mir aufgetragen hat; sie wollte mir das richtige diktieren. Aber bis es dahin kommt, sende ich diesen Brief mal lieber erst ab, um der Ruhe willen. Eine Berichtigung kann immer noch erfolgen.

Falsch verstanden – oh ja. Ich bin jetzt bis zum Weinen erschöpft, am meisten weil Dita mich unausgesetzt braucht und ich nichts dringlicher nötig habe als Einsamkeit, Stille, inneres Ausschalten, pausieren, Ruhe.

Und dann: Arbeit.

Und an beides nicht zu denken.

Manchmal wünsche ich mir den naiven Egoismus eurer Männer.

53 Arnold Zweig an Helene Weyl

Starnberg 14. August 1920

Süsse Helen,
nun liegt Dita wirklich im großen Gartenstuhl, die Zöpfe über die Augen; aber da sie von der pflegenden Schwester auf bairische Art zusammengeflochten sind, sehn sie nicht mehr so üppig aus, weniger märchen- als mädchenhaft. Und so ists im Ganzen. Drei Wochen liegen zwischen damals und heute, und die Erholung war eigentlich rapide; aber Schwäche liegt noch in unserer Süssen und ein Gang ums Haus, durch den ganzen Garten, ist ein Pensum. Ihre Lippen werden schon wieder röter und ihre Bakken auch, wenn auch das Gelblich des Bettes und Zimmers ihr Banner im Ganzen noch ist. Eine Heiterkeit und zärtliche Hold-

heit ist ihr von je eigen gewesen, eine neue Nüance will ich nicht zu beschreiben versuchen. Wenn das Kleine an ihrer Brust einschläft dieweil ihm die gesegnete Milch zum Näschen herausläuft ohne dass es schon satt sein sollte (es säuft bis 130 gr auf ein Mal) regaliert sie das winzige Wesen mit Ausdrücken wie Pennbruder, worauf es mit sacralen Griffen hochgehoben, aufgerichtet und der gläubigen Gemeinde der Möbel, Spiegel und Bilder dargestellt wird, damit es aufstoße. Dies getan, legt es sich wieder mit suchendem Mäulchen an die Quelle und säuft sich vollends toll und voll. Es wog bei seinem Erscheinen sechs Pfund weniger 50 Gramm und demgemäss ist es sanft, träumerisch und liebt die Musik; es ist noch Pantheist schellingscher Richtung, liebt die Dämmerung, die Schleier und seine Träume deren es nur zwei Arten hat: gute von schweigsamer Farbigkeit, und böse, in denen es abwehrend und nach Art des Huhns gluckt. Seit ihm nach mancherlei Unbequemlichkeit ein Schmerz in der unteren Zone der Selbstwahrnehmung plötzlich und neu zugefügt wurde und noch Tage danach gelegentlich auf ihn zu stiess, haben sie sich vermehrt; auch ergriff ihn Misstrauen ins Wesen der umgebenden Unbestimmtheit und die Quelle ward ihm schnell schal sodass Schlaf ihn dort, wo Behütung irgendwie mit Geruch und Wärme in ihn floss, schnell und ungesättigt übermannte; dann trat allzuleicht ein Erwachen zur Unzeit zu ihm und zwang ihn zu schreien, wobei er bemerkte dass die Beine – falsch, die unterste vage Zone der Selbstwahrnehmung durch Behinderung der Bewegung feindlich zu ihm stand und Tränen des Ärgers ihn zwangen, seine Kehle nach Kräften anzuspannen. Aber diese Zeit ist jetzt vorbei, gelegentlich berührt ihn jene durch damaligen Schmerzüberfall feindlich gewordene Zone noch ärgerlich, aber im Ganzen ist in Schlaf, Wachen, Quarren und regelmäßig quellender Behaglichkeit das Leben ihm zum Ursprünglich-Wohligen zurückgekehrt. Die Wage verriet, dass er pro Woche etwa 350 gr zunahm, eher mehr, und wenn er gähnt, hat er etwas siche[r] [?] Menschenhaftes an sich. Im Ganzen gedenkt er noch einige Zeit den unbestimmten Charakter der Umwelt beizubehalten und alsdann Kantianer mit geübten kategorialen Wahrnehmungen zu werden, zugleich mit einer gewissen Dosis empiristischer Sensualistik, indem er den vorderhand noch in Futteralen ruhenden Sinnen größeren Radius zugestehn will. Rangordnung seiner Sinne bis jetzt: Selbstwahrnehmung des Hungers, Stimme, Ohr; Gesicht und Tastsinn hat er noch nicht geruht zu legitimieren.

Was nun seine Mutter anlangt, schöne Helen, so ist das Vergessen leider ihre schwache Seite. Das wache Leben gelingt ihr nicht übel und gelang ihr bald; das Leben in Träumen aber gestaltete sich ihr bis vor kurzem zu sehr qualvoller und schwächender Erinnerungsbeharrlichkeit; in allerlei Masken schleicht sich der Alb ein und verstört ihre Seele, die solchen Mächten gegenüber nicht sehr widerstehend gegenübertritt. Aber von Halb- zu Halbwoche wird auch hier ihr Ausgleich freier und die Qualgeister weichen ins Unbemerkbare zurück.

Als sie, noch zerschnitten, beim Auftauchen des Kindes sein männliches Geschlecht sah, dies lässt sie dir sagen, dachte sie sofort erlöst und froh, dass nun die ganze Blutarbeit sich wohl gelohnt habe. Dann konstatierte sie, indem sie deiner gedachte, mit Lächeln diese unterirdisch lebendige Minderschätzung des eigenen Geschlechts, und nahm sich vor, dir baldigst sagen zu lassen, auf welcher vorurteilsvollen Inkonsequenz sie sich ertappt habe. Heute, sagt sie weiter, wäre ihr ein Mädchen wieder lieber weil sie im Stande wäre, es durch Erziehung und Zärtlichkeit über die Vorurteile hinwegzubringen die das eigene Geschlecht geringer achten als das männliche; wenn sie das Wesen an ihrer Brust Gretchen anreden könnte wäre sie sehr glücklich, all das, was von ganz früh an ihr selbst gesündigt wurde, von ihr fernhalten zu können. Michael aber, der sehr Süsse ist ihr ein wenig trauervoll, da sie ihm, der bedroht und gehängt zur Welt kam, das Schicksal Gustav Landauers vorgebildet ahnt, wenn er in Deutschland sollte aufwachsen müssen. (Dass wieder einer unserer Bekannten, ein ganz reiner, selbstloser und übermenschlich adliger Jude und Arbeiterführer, der Sozialist der U.S.P. in Breslau, Bernhard Schottländer, nach monatelangem Verschollensein im Zustand des zerfetzten Kadavers, Zeuge deutscher Art und deutschen Heldengeistes gegen Wehrlose, von der Oder ans Land geschwemmt worden ist, verschweige ich ihr noch lange. Er war Sohn und

Erbe der reichen und kulturvollen Verleger Schottländer, und hatte diese privilegierte Schicht verlassen um den deutschen Arbeitern zu helfen, ein junger Jude von ausgezeichneter Kultur, hohem Intellekt und einer Kraft das Gewollte zum Gelebten zu machen die den Deutschen ewig unverständlich sein wird, wenn sie sich nicht auf Karriere und Geld richtet sondern auf die Versittlichung des alltäglichen Lebens. Ich weiss nur eines ganz gewiss: wenn Bice nicht wäre, hätte ich längst einen ähnlichen Weg eingeschlagen, obwohl ich mir sage, dass es in den untermenschlichen deutschen Verhältnissen fast aussichtslos ist, hier helfen zu können. Aber in mir wütet ein Trotz, diesen Bestien in Uniform zu zeigen, dass sie vergeblich morden und foltern. Und als alles ganz auf der Kippe stand, als meine von drei Nachtwachen gezerrten Imaginationen nur noch das Schlimmste sahen, war es dieser Entschluss, der mich vom Revolver absehn hiess; bis Palästina uns offen stünde und mich brauchen könnte, wollte ich den Deutschen wieder einen Juden zeigen, der ihnen die Zähne wiese. Die Schreiberei – mein Gott, ich hätte nicht einmal gewählt oder geschwankt … Aber genug davon; sie lebt, Michael lebt, und mein Weg ist an der Kurve vorübergegangen.)

Dita sagt weiter: das Kind an ihrer Brust sei ihr noch immer ein selbständig gewordenes Organ von ihr. Erst wenn es lächeln und tasten wird, scheint ihr, wird sie es als selbständiges Wesen betrachten. Da es meine Stirn hat (es sah meiner Mutter grauenhaft ähnlich als es auftrat, und sie hat sie auch), meinen Hinterkopf, Ditas Augen in blau verändert und ihr Haar, vor allem ihre Hände und Handhaltungen, gab es sich von anfang an als unser Verwandter und unsere Kreuzung; aber seine Selbständigkeit respektiert sie doch ebenso wie du es von dir beschreibst. Ich freue mich sehr, dass deine Kinder dich end[lich] einmal ganz rein erfreuen und dass du, wohl weil dir die Mühen endlich einmal abgenommen sind und bei der Verwandtschaft das Natürlich-Vitale wohl ohnehin mehr als das Geistige zur Geltung kommt, sie so siehst wie sie, als deine Kinder, unbedingt sein müssen. Natürlich sind sie geboren um eines Tages davonzustieben, ihre Existenz trägt in sich unsere Freude und unsern Lohn. Um Erziehung machen wir uns keine Gedanken – gar keine. Ich vertraue so fest auf Ditas Atmosfäre dass ich dem Balg gratulieren wollte wenns nicht zu was Anständigem aufwächst, und obwohl ich es nicht gern schreibe, vertraut Dita ebenso auf die meine. (Nur fürchtet sie, ich werde das Biest nicht stramm genug halten; verwöhnen, meint sie. Na, ich werde mir Zügel anlegen.)

Arbeit? Ich komme nicht einmal zum Briefschreiben, du hast es gemerkt. Ich habe so lange auf die Gelegenheit gewartet dir ganz frei von aller Zensur der elenden Postschnüffelei meine Sehnsucht zu schreiben; und nun wirds doch nichts. Manchmal wütet sie in meiner heftigen Art durch mich und macht mich wild: du in Deutschland und so unerreichbar. Arbeit? Ich habe Abigaïl-Nabel III. Akt noch einmal durchgeackert, unter letzter Anspannung; ich bin nämlich noch immer halb und matt. Jetzt seh ich mir Luzilla an. Leb wohl, du schönes und seltenes Geschöpf! Ich bin dir auf vieles Antwort schuldig, ich denke täglich an dich und liebe dich. Arnold

Eben rief Dita aus ihrem Schlaf mich, um ihr gegen viele Mäuse und Zwerge beizustehn. Das ist sehr schlimm, obwohl es schnell vorbeigeht …

54 Arnold und Beatrice Zweig an Helene Weyl

Trägt September uns Rosen, der herbstliche, plötzlich ins
Zimmer
Liebesgerötet und süss atmend im grünenden Strauß,
Rote, von Dir, der Entfernten, um die wie verspätete
Bienen
Ängstlich im sinkenden Tag Wünsch und Gedanken sich
ziehn?
Schöne Freundin, es fiel unendlich wirbelnd der Regen
Taglang und nachtlang ums Haus das deine Schritte
durchmass.
Ganz wie in jenen, den wilden und voll Gespräches, den
Tagen

Da deine Knabengestalt drängend das Herz mir erhob
Und dein Umriss, noch jetzt das bräunliche Zimmer durchgeisternd
Mir voll Schwermut und Glück, leibliche Fülle besass,
Schwarzhaar! Rosen von dir, vor einem Monat entsendet
Heut in verspäteten Tag treten sie göttlich herein:
Denn wie die Lieb und die Treu uns rot von den Stielen umduften,
Wie noch das fallende Blatt süss uns wie Küsse beglückt,
Drängt aus bestürmtem Gewölk zum ersten Mal wieder die Sonne
Sanft ihr umblautes Gesicht – siehe, der Sommer harrt aus,
Bleibt und reicht noch den Glanz dem nahenden Herbst in die Hände
Wie uns die Hände dein Strauss gebend und nehmend vereint,
Ja wie die Sehnsucht uns küsst, Erfüllung uns, köstliche, anreift,
Und, wie mit Rosen, du selbst süss einst im Überfall
kommst.

A.

---

8. September,
als mit Brief vom 4. August dein Rosenstrauß
ankam.

Süsse Geliebte,
dies schrieb ich vorgestern als deine Rosen kamen. Heute dein Brief herrlich und furchtbar: Amsterdam werdet ihr annehmen.

Ich weiss es.

Eine Schranke ohne Gnade fällt zwischen uns: größte Entfernung und das elende Geld.

Leb Glücklich! Dein Arnold.

10. Sept. 20

Ich kann heute nicht mehr sagen. Ausser allem anderen bin ich an meinen Essai im Juden gekettet. Bald mehr.

Du liebes, schönes Mädchen,

den ersten Brief, den ich seit fast 7 Wochen wieder schreibe, bekommst Du, es ist einer der größten Glücksfälle in meinem Leben, das es Dich gibt. Eben kam Dein Brief, und ich fühle, noch von früher her, wo wir jedes Jahr an der See waren, wie Dir zu Mute war, auf Sylt, nur so gut und frei durfte ich nicht leben, wie Du es nun kannst. Ich glaube sicher, daß Ihr nach Holland gehen werdet. Gut für Euch, traurig, sehr schmerzlich für Eure Freunde und Liebhaber. Deine schönen Rosen kamen vorgestern mit Deinem Brief an. Nun ist noch ein schöner Sommertag in unserm braunen Zimmer. – Der Michael schmunzelt schon ganz vergnüglich, und ich bin nun beruhigt und getröstet, daß er auch Freude an dem Leben hat, das er durch uns bekam; er sah aus wie ein Gehenkter, als der Arzt ihn in die Höhe hob, den Strang zwei Mal um den Hals, der wie gebrochen nach vorn fiel, und ganz blutig, so abwehrend, gleich mußte ich an Landauer denken; gerade als lehne er es ab, geboren und Mensch geworden zu sein. Aber jetzt liegt er mit ganz klaren ruhigen dunkelblauen Augen in seinem Wagen, ist recht wehrhaft, oft vergnügt; ich hätte es mir so nett nicht gedacht, ein Kind zu haben, sogar noch am Abend. Ich habe seine Geburt schon ziemlich verwunden und seit einigen Tagen sind auch die Qual- und Angstträume verschwunden, die mich noch plagten, als die Tage schon ausgelassen und glücklich waren. – Ja, was für eine Kreatur ist man nun, wie atavistisch in seinen unteren Etagen, daß man erleichtert und beruhigt war, als man einen kleinen Buben erblickte? Es ist doch empörend – Männer die als Söhne bei ihren Eltern sind, sind meist etwas unbehaglich und Schwiegereltern strengen jeden so an wie Dich, auch ganz einfach fühlende Frauen. Meine Schwägerin und ich sind nach solchen Besuchen immer ganz kaputt, mit Kopf- und Nervenschmerzen, und sehr ermattet, trotzdem unsre Schwiegereltern sehr herzliche, rührende und gute Menschen sind, die alles an uns bejahen. Ich hätte noch viel zu schreiben, muß aber noch an meine Mutter und an den guten Struck ein paar Zeilen kritzeln und – Wäsche legen, die seit Ende Juli im Korbe tatenlos schläft, und da muß ich mit den Kräften ökonomisch umgehen, denn bald kommt auch wieder der kleine Saufbruder und frißt mich, was übrigens eine große Freude ist. Leb weiter so schön und gut wie immer, wann mag man Euch alle einmal sehen? Ich hätte rechte Sehnsucht danach.

Viele Liebe schick ich Dir und einen kleinen Kuß.

Deine Dita.

Wie die Hakenkreuzritter sich gegen einen großen Menschen wie Einstein benahmen, ist ganz toll, ich hätte es eigentlich für unmöglich gehalten. Er hätte recht, auch nach Holland zu gehen.

Der gute Struck schickte uns auch eine Einstein-Radierung, mit Unterschrift von ihnen beiden, wir freuen uns unbändig.

55 Arnold Zweig an Helene Weyl

[Starnberg, vermutlich November 1920]

Der holden Helen, der fernen
Freundin, dem anderen Brenn-
punkt meiner Lebens-ellipse,
Dir allein
in großer Sehnsucht
dies Blatt,
von Struck und Einstein signiert,
heut als Gruß in großer Freude.

Deine Dita Dein Arnold

56 Arnold und Beatrice Zweig an Helene Weyl

Fischen, Allgäu, 4. Dez. 20, Gasthf. z. Löwen

Liebste Helen,
obwohl die Tatsache, dass von allen Institutionen die schamloseste noch immer besteht, die Briefzensur nämlich, sodass also der Brief kein Ersatz mehr ist für das persönliche und unbelauschte Gespräch, sondern Gespräch nur mehr ist wie jene Unterhaltungen meiner Freundin Anni mit ihrem Manne, der in Kumamoto japanischer Gefangener von Tsingtau her, früher aber Dozent in Tokio war, und den Anni jede Woche eine Stunde unter Assistenz eines japanischen Dolmetschen sprechen durfte, allein anscheinend, immer aber des Dolmetschen hinter der Papierwand des Sprechhauses gewiss und so in unerträglicher Zwieteilung zwischen Hemmung und Hingerissenheit aufgerieben bis sie Japan mit Amerika vertauschte – obwohl also Brief nicht mehr Brief ist und der Belauscher, je nach Gemütsart von seinem Amt deprimiert, entzückt oder in offizieller Wurstigkeit, hinter seiner Papierwand sitzen muss, kann ich doch nicht anders als dir mal wieder von ganzem Herzen, und aus sehr gefülltem, deinen letzten Brief erwidern. Denn ich habe hier endlich Zwangsmusse genug zu ellenlanger Schreiberei, und wenn ich dir auch nur ein Zehntel von all dem schreibe was wir so an einem Tage auf dich bezogen sprechen und denken, wird der Brief ein Büchlein an Dicke und ein Sammelsurium an Inhalt.

Zunächst: wie wir hierher kommen? Bice braucht Milch. Die Entbindung mit soviel Blutverlust und das Stillen durch 13 Wochen machte sie bei blühendem Aussehn so elend dass unser Arzt kategorisch einen Erholungs- und Ruheaufenthalt verlangte: Milch trinken und in Sonne und Luft ruhen, ohne Kind und ohne mich. Der Entschluss war schnell gefasst und das Wetter überall herrlich. Das war vor 4 Wochen etwa. Am Donnerstag wollte Dita fahren; da stellte sich ein Symptom der höchsten Beunruhigung ein: es schien fast, als solle sich nächsten Juli das Erlebnis des vergangenen wiederholen. Obwohl ärztliche Untersuchungen das Gegenteil behaupteten und jenes Symptom als Folge des Übergangs vom Stillen zum Nichtmehrstillen darstellte, blieb in dem sehr beeindruckbaren selischen Zustande Ditas die schärfste Unruhe zurück, die sich mir selbstverständlich mitteilte. Ich will auf das Nähere der vergangenen Wochen nicht eingehn; kurz, erst nachdem sich durch das unzweideutige Symptom, das dir bekannt ist, die völlige Grundlosigkeit unserer Befürchtung herausgestellt haben wird, werden wir wieder ganz ruhig sein. Inzwischen hat sich aber doch eine größere Beruhigung bei uns eingestellt, sodass Dita nun also doch hierhergefahren ist, wo sie zwar, weil das gute Wetter vorbei ist, weniger Sonne und Liegen im Freien, aber doch hinreichend Milch geniessen kann. Am Montag verlasse ich sie und hole sie am 14. wieder ab. Selbst wenn man in Betracht zieht dass Dita vorläufig, dh. in den nächsten Jahren, kein weiteres Kindchen haben darf, weil das fast mit Sicherheit unübersehbare Folgen für sie und das Kleine haben würde, und dass jeder Arzt ihr also helfen würde solange als sich nicht herausgestellt hat auf welchen Faktoren die fast katastrophalen Folgen der Geburt unseres entzückenden Michali beruhten – auch eine Röntgenaufnahme ergibt leider das Resultat nicht, wie wir hofften – bleibt doch die Operation, die nötig wäre, für Dita eine solche Schwächung, dass wir alle nur hoffen müssen, der Arzt oder die Ärztin, die kategorisch jede Empfängnis leugnen (und es müsste mit Teufels Wunder zugegangen sein wenn sie unrecht haben sollten) hätten Recht. Aber die ärztliche Wissenschaft ist ja im Allgemeinen so sehr Farce und menschliche Gebrechlichkeit, dass man sich wundern dürfte wenn sie diesmal Recht haben sollten. Was mich anlangt, so glaube ich ihnen in diesem Falle zwar, und Dita tut es endlich auch. Dennoch aber konnte ich bisher nichts tun was meine ganze innere Anwesenheit verlangte, also weder an dich schreiben noch einen deiner Aufträge erledigen. Ich habe aber heute schon an Bozenhardt nach Tübingen geschrieben, und die Holzstöcke sollen jetzt endlich eingemahnt werden, und in einer Woche hast du bestimmt Nachricht von beidem.

Bevor ich jetzt von anderem schreibe will ich dir mit einem herzlichen Blick und Handkuss für die Tatsache danken dass du dich meines Geburtstags erinnert hast und deine Freundin, die ich jetzt bestimmt zu treffen hoffe, zu einer Lindt- und Schuhchensendung an uns veranlasstest. Michali hat die letzteren schon angehabt, und in dankbarem Gedenken an die entzückendste aller Geberinnen wurden die Neapolitains von uns großen Naschkatzen vertilgt.

Und nun: zu dir. Ernsthaft, Liebe: sieh zu dass du uns im Vorfrühling besuchen kannst. Wir kämen glatt zu dir, wäre die Valutaschranke nicht unübersteiglich; und bevor nicht ein schweizer Theater ein Stück von mir spielt, wird dazu keine Aussicht sein. Wir denken aber so intensiv an dich, wünschen deine Anwesenheit mit so wacher Gewalt und zehren so sehr vom vorigen Male, dass wir uns in der Hoffnung wiegen, du werdest uns bald ein schönes und sicher versprechendes Wort darüber schreiben. Es war uns fast Erlösung als es hiess, ihr bliebet in Zürich. Dass Amsterdam für dich nichts ist, schien mir klar, aber die Nähe der See, Englands und Frankreichs schien mir immerhin verlockend genug, wenn die Mynheers ein hohes Gehalt mit in die Wagschale legten. Und das können sie ja besser noch als eure Eidgenossen. Aber wie weit weg wärst du dann von uns gewesen! Hat sich das Leben nicht so verhärtet, dass Menschen fast das Einzige sind, Freunde, was von ihm und dieser Zeit nicht zerstört werden kann? Es gibt fast kein gutes Theater mehr, 9/10 aller Konzerte taugen nichts mehr, die Bücher die man liest haben zu wenig Substanz um zu fesseln und zu trösten in einer Luft voll allgemeiner Feindschaft und eines Darbens das die Seelen zernagt. Dabei lastet das Politische, obwohl ich seit 1. Juli keine Zeitung mehr ins Haus lasse außer einigen guten informierenden Zeitschriften (vor allem der hervorragenden »Auslandspost«), auf allen Stunden. Was in der Ukraine und in Polen, der Krim und in Galizien an den Juden geschieht macht mir schlaflose Stunden; und da es in Palästina wie überall an den nötigsten Rohstoffen für Häuser und öffentliche Arbeiten mangelt, an Betriebsölen und an Transportmitteln, wird die unmittelbare Katastrophe der Ostjudenheit auch dann nicht aufgehoben sein wenn sich die Bolschewiken Polens bemächtigen sollten (was ich kommen sehe). Denn was man nicht weiss ist, dass auch, aus Gründen der Gegnerschaft gegen jede nationale Differenzierung, die Sowjets Gegner der jüdischen Selbstbehauptung sind, unsere hebräischen und jüdischen Zeitungen und Vereine verbieten und, um alle Kräfte in ihren sowjetistischen Strom zu lenken, alle Arbeiten verhindern die die Auflösung der ostjüdischen Kulturkreise bekämpfen. Auch gilt ihnen der Zionismus als »bourgeoise« Bewegung, und da sie den Orient bolschewisieren wollen (und werden, wenn die englische demokratische Idee sich nicht als die stärkere beweisen sollte) werden wir sie überall zu Gegnern haben. Was mich aber anlangt, so sehe ich nur in einer echten, dh. auch wirtschaftlich gefassten Demokratie (nicht im liberalen Manchestertum) die Möglichkeit, Völker auf eine höhere seelische Stufe zu bringen. Diktatur von unten ist prinzipiell nichts besseres und erziehlicheres als Diktatur von oben, welche auf eine ansehnliche Vergangenheit und die kompromittierendsten Resultate in ihr hinweisen kann. Mit echter Demokratie hat man es noch nirgends, auch in der Schweiz nicht, versucht … Welch langsames Tier die Menschheit ist! Wie sie jede, aber auch jede Gelegenheit benutzt, große befreiende Ideen in ihr Widerspiel umzubiegen! Die katholische Kirche ist das älteste dieser Verzerrungsphänomene, U.S.Amerika und Sowjetrussland sind die neuesten. Es kommt aber *alles* auf Erziehung heraus. Die Schule ist der Ort, wo ein wirklich humaner Geist vorbereitet werden muss, damit ins allgemeine Leben soviel als möglich beispielgebende Menschen entlassen werden können. Und nur das Beispiel wirkt erziehend, erneuernd, erschütternd und fruchtbar. All das sind uralte Ideen, aber da sie bisher nicht zu praktischer Realität gediehen sind weil die bestiale Ungeduld des Menschen jeden neuen Keim zertrampelt, bleibt alles beim Alten. Gibt es etwas im verzweifelten Sinne Komischeres, als die Tatsache dass die beiden im Krieg zutiefst entlarvten Mächte des Hochkapitalismus und des Kirchenchristentums ganz unzweideutig aus ihm wie aus der Revolution gestärkt hervorgegangen sind, während der Sozialismus sich entweder diktatorisch selbstaufhebt oder sich ideell zersplittert? Und doch, Helen, liegt hier, in der Verwirklichung richtig erfasster sozialer Ideen das, was unsere Zeit einmal, vor dem Auge des späteren Historikers, rechtfertigen und den ersten drei Jahrhunderten der christlichen Zeitrechnung angliedern wird.

In Nauheim hätte ich sein mögen nur um dich dort zu geniessen. Du musst fabelhaft gewesen sein, funkelnd und charmant in deiner seltenen Rundheit, weiblich mitten im extremsten Abstrakt-geist und ganz daheim in jeder deiner Funktionen. Du bist ein unwahrscheinlicher Glücksfall von Frau, und dass du zwei Kinder hast die dir niemand glaubt macht die Sache noch entzückender. Helen Helen, lass diesen Winter die Romane weg die das Leben um dich gruppiert und treibe lieber den unseren weiter, der ja ein Leben, oder drei Leben, lang dauern wird; denn ich kann mir manches an Bewegungen von Menschen denken, Näherung und Entfernung, und viel hab ich derart ja schon erlebt; aber dass uns drei etwas auseinanderbringt könnte ich mir nicht denken. Ich stelle mir »Nauheim« gerne vor wie ein erwachsenes Göttingen im Park von sagen wir Nymphenburg, und das Landschaftliche gehört ganz dazu: Bäume unter denen der Rasen rot von Blättern liegt und ein kleiner Teich, rund um den der Weg der endlosen Gespräche geht. Ich möchte, gäbe es einen Kongress über Dinge des Kunstdenkens, gerne mal einen mitmachen. Aber es gibt heute niemanden der über Kunst gültig denken kann. Seit Konrad Fiedler sind überhaupt keine Vorstösse ins Unerkannte mehr erfolgt – Beweis mehr für die Sekundärität aller dieser Probleme heutzutage. Nur die Künstler denken, auf ihre Art, dh. praktisch. Vor allem Sternheim, dessen Komödien und Schauspiele Hohe Schule für dramatische Probleme sind, und, weil mit gallischer Klarheit gebaut, leichter begreifbar als Shakespeares Wunderwerke, die ja das Kompendium des Dramatischen enthalten.

So bin ich denn bei der Luzilla, die noch immer ruhen muss. Ihr wohnt ein Kardinalfehler inne: die beiden Träger der Fabel und Handlung, Felix und Luzilla, sind völlig uninteressant. Die Handlung ist so gleichgültig soweit sie sich auf diese beiden bezieht, dass beide profillos erscheinen und nichts an Spannung sich einstellt, geschweige an Humor. Und doch muss das sein wenn das Stück Wert haben soll; vorderhand ruht sein Wert in Nebenpersonen, die allerdings wie Hauptpersonen aussehn: Charis, Pompejus, Metellus, der Straßenfeger, Gaja, Lopas, Garax – alle sind klar, fesselnd und voll Reiz da, nur Felix und Luzilla gehn niemand was an. Und bis ich den Punkt nicht gefunden habe von dem aus ich eine spannende, eindeutige und charakterisierende Handlung für diese beiden gefunden habe, muss das Stück liegen. Ihm fehlts an Handwerk und Handgelenk, und ich werde es bekommen, denn es lässt sich erlernen. Ist mein Sinn für dramatische Formgebung noch unentwickelt so werd ich nicht aufhören mich um seine Entfaltung zu bemühn, das glaube nur. Genau so gehts mir ja mit dem Roman den ich schreiben will, dessen Handlung aber, als epische Handlung, feststehn muss bevor ich anfange. Dann soll es ein Buch werden, das unter anderm diese brave Claudia im Geiste der Problemstellung fortführt, dh. Probleme des Zusammenlebens der Geschlechter stellt und löst, vor allem aber die furchtbare Veränderung der Lage des geistigen Deutschen und zuletzt des deutschen Volkes in Gestalten darstellt. Und es kann furchtbare Partieen enthalten, dies Buch, ohne doch das große Ja zum Leben, das wir drei stets sprechen dürfen, zu verschweigen.

Heut sind wir bei mildem Schnee (er hielt sich entfernt auf den Berghängen) und ruhig weissem Himmel 1½ Stunden spazieren gegangen, aber das war der Dita schon zuviel, und jetzt liegt sie oben im Zimmer beim Öfchen im Liegestuhl und ruht. Bäume, Krähen, kleine Meisen, viel tapfere junge Blätter im alten Gras und sogar ein gelbliches Blümchen gaben uns schöne stille Grüße an dich mit; die schwarz und weissen Berge rechts, links und vor uns, tief gekerbt von Tälern und vom Himmel kaum mehr gelöst fassten unsere stille und frohe Liebe in einen Rahmen der nicht zu groß schien. Dita wird mich sehr entbehren und ich werde mich schwer entfernen; aber da es nicht anders sein kann, wird sich diese kleine Trennung vollziehn wie die großen früher. Mein Essay wird endlich fertig werden und vielleicht noch Besseres. Aber ich möchte endlich einen Modus finden um zu arbeiten ohne mich von Dita zu trennen. Nun, auch dies Problem wird sich geben. Leb wohl, Dita schreibt weiter wenn sie kommt. Ich bin ganz dein Bruder und Liebhaber

Arnold.

Lies Landauers Shakespearebuch (bei Rütten u. Loening) und wenn du nach Romanen suchst, Anatole Frances »Aufruhr der Engel«: die zarteste ironische Kunst die Europa heute kann.

7. XII. 20

Liebste schöne Helen,
die Ärztin hat mich mitten in der kalten Jahreszeit ins Allgäu verstoßen, ohne Freund und Ablegerchen. Milch trinken, futtern, warm eingepackt an der Luft liegen und viel Schlafen soll ich. Hätt ich ein richtiges Zimmer, genug Heizung und keine winzige Funze am höchsten Punkt der Decke angeklebt, wär das Alleinsein hier draußen sehr schön. Wenn man vor den Bergen sitzt, dann wird innen alles ganz still und entspannt sich, als schwebe die Ruhe langsam herab wie große Fittiche. Ich habe 3 Wachskerzen angezündet, die Mittelste fällt immer um, Spuren umseitig an Arnolds Bogen. Heut hab ich wieder zum 1. Mal aquarelliert, aber Ehrlich wäre wohl noch nicht zufrieden. Öfter mache ich für Arnold morgens im Bett, ehe mein Trampel mit dem Kakao reinbumst, Aufzeichnungen zu dem in 2 –3 Jahren zu schreibenden Roman »Das Irrenhaus« das interessiert mich brennend. Zu Hause bin ich viel mehr abgelenkt als hier, wo jeder Tag von Geist und Körper als doppelt so lang gefühlt wird, weil man so viel hinein tun kann. Lesen, Aufzeichnungen sammeln, schlafen, neue Wege traben, so vieles sehen, die Leute hier ausfragen, zeichnen, Briefe schreiben, oft Milch trinken, schlafen, nähen. Du siehst, daß die Langweile mich nicht quält, von der meine Großmutter immer sehr gemessnen Tons kopfnickend sagte, daß sie von innen heraus käme.

Du fragst, ob mir das Kind sehr zentral sei. Das weiß ich nicht, nur habe ich eine glühend heiße Liebe zu ihm, ich hätte mir nie denken können daß man ein unvernünftiges Wesen, das nicht sprechen kann, so lieben könne. Er hat ganz klare vernünftige Augen, strahlt und rudert mit den Ärmchen, wenn man an den Wagen tritt, und quietscht und jauchzt in langen hellen Tönen, wenn er allein liegt, was meist der Fall ist. Ich mag ihn nicht durch vieles Spielen und begeistertes Auf ihn stürzen, nervös machen und verziehen. Die Bürger schimpfen auf einen wild wuchernden Liebestrieb aufs andre Geschlecht bezogen, aber dieselbe wuchernde Disziplinlosigkeit, wenn sie sich als Muttertrieb auf das wehrlose Junge stürzt, nur an sich denkt und das Kind als Objekt behandelt, gilt als gepriesene »Mutterliebe« und große Tugend. Daß man sich hier oft zusammen nehmen muß, um so ein helles, vertrauensvoll rührendes kleines Wesen nicht immerfort aufzunehmen, herumzuschleppen, zu hetzen und mit ihm zu spielen, wird in der Erziehung des jungen zur Ehe bestimmten Mädchens nicht erwähnt. Für mich ist die größte Beruhigung, daß ich jetzt selbst all die Verbrechen, die an meiner Schwester und mir geschahen aus Unglück, Trägheit des Herzens und einer mißverstandnen spießigen »Peinheit« wieder gut machen, daß ich die beleidigten guten Mächte in der Welt wieder versöhnen kann; wenn es mir gelingt, dies Kind (und vielleicht noch eins) gut durch zu bringen. Hoffentlich behält die Ärztin recht und es kommt nicht gleich, sondern erst in 3 Jahren. Ich möchte noch vieles schreiben, aber die Kerzen strengen die Augen so an, das macht müde.

Auf Deinen zarten leichten Mund geb ich Dir einen ganz zarten leichten Kuß.

Bice.

Wann kommst Du wieder her? wir denken immer an Dich und lieben Dich.

Schick doch mal Bilder von Euch allen. Dann kriegst Du auch ein Bild von uns' Michael.

Du mußt, als Mutter 2er Söhne die wichtigsten Schriften von Freud u. Adler lesen. Und eine Analyse lesen.

57 Arnold Zweig an Helene Weyl

Starnberg, 14. [–15.] Feber 21

Liebste Helen,

ja, schweigen haben wir alle gut gelernt, besonders brieflich. Und da dein Experimental-experiment so bedauernswert wie selbstverständlich ausschlug, willst du Unbestand es einmal wieder mit der Poesie versuchen? Da musst du dir aber einen Poeten zum Lehrer nehmen! Denn die Dichtkunst ist nicht zugänglicher als die Physik, die Sprache als Dichtwerkzeug etwas radikal anderes als die Verständigungssprache, und die Form der Komödie hat ihre Tücken und Tricks – Frenssennaturen sagen Geheimnisse – wie eine hochentwickelte logarythmische Funktion. Wer das nicht weiss, ist ein Dilettant; wers nicht glaubt und trotzdem schreibt, wird ewig unbefriedigt bleiben. Denke dir was ich alles zugelernt habe! Ich verwerfe die jetzige Form der Lucilla gänzlich als langweilig, undramatisch, ungekonnt; ich mache das ganze Stück noch einmal – und viel besser. Ja, dabei solltest du wohl sein um was zu lernen. Ich sage dir: es gibt in Deutschland überhaupt bloß zwei Dramatiker: Büchner und Kleist; und Ansätze zum Drama beim jungen Goethe und bei Schiller. Alles andere ist ganz undramatisch – dichterisch, künstlerisch, menschlich von höchstem Rang, aber Drama? Nicht die Bohne. Goethe ab Iphigenie, der ganze Hebbel, der Komiker Ibsen – alles völlig undramatisch. Und das heisst genau soviel als seien sie Harfenspieler ihrer Absicht nach, zupften aber, leider blind, auf einer Bassgeige. Sie musizieren genial gelegentlich – aber Harfe spielen sie nicht, und was dank ihnen für eine Harfe ausgegeben wird, ist eine Bassgeige – unleugbar. Shakespeare hat die Harfe. Wer aber glaubt, er brauche nur eine Novelle in Dialoge zu setzen um ein Drama zu machen (typisch für Hauptmann!) der schneidet sich, au Backe. Drama heute ist Wedekind, Sternheim. Ich rede von der inneren dramatischen Gesetzlichkeit … Ich habe mir den Spass gemacht, mal ein Stück von Platen, den Rampsinit, nach dramatischen Gesetzen zu bearbeiten: ich habe enorm gelernt.

Du musst nicht denken dass ich bramarbasiere; es ist wirklich unfasslich, wie falsch alles ist was ich vor ½ Jahr vom Drama (praktisch nichts, theoretisch aber) intus hatte. Schriftlich *kann* man davon nichts mitteilen. Sonst könntest du darauf rechnen dass ich dir bei der Komödie par distance hälfe, und mit herzlichem Bedauern weiss ich dich seit einiger Zeit an einer Arbeit basteln bei der du, was du sonst nie bist: unzureichend eingestellt, ungenügend in den Grundlagen.

Überhaupt merkwürdig dieses: du, glänzender wissenschaftlicher Kopf, siehst noch immer nicht das Reich der Leidenschaften und -- 15. Febr.: soweit kam ich gestern, da brachte mir Ditali eine Schale voll Thee, stellte sie freundlich auf den Schreibtisch und, groß ist die Kraft der Überraschung, goß sie quer über alles was darauf lag. Triefende Seeenplatte; und dieser Brief ward gedoucht. O Helen, wir lachten! Da ich aber nicht noch einmal anfangen möchte, musst du diesen Unfall mit in deinen Briefkasten legen. Zwar beleidigt er deine zartästhetischen Fingerspitzen, aber doch nur in Liebe. Heute also weiter, da alles wieder trokken: Reich der Leidenschaften und Gefühle als das was es, unabhängig von bürgerlichem Prozess, ist: eine Sfäre voller Tatsachen, die ganze Natur noch einmal, mit Gesetzen, Wirbelstürmen, Dämon, Tod, Gefahr, Jauchzen, Wagnis, Verfolgung und Seligkeit. Du denkst es sei von rechtswegen ein starres System à la Pastorenhus, und dir fehlten die »moralischen Hemmungen« – du bist aber nur sehr begabt auch für Moralistik, und die Ethizität des Pastorenhus ist ein bedauernswertes Ausschnittchen, das sich für den Kosmos hält.

Ich bin auch auf Religionsgeschichte aus, neuerdings. Fast nur Engländer haben da gearbeitet, und mit welchen Resultaten! Ich kontrolliere die Entstehung des Christentums aus der Gnosis; ich lebe mit Katholiken und lerne diese spirituellste Negerreligion gut kennen; der Protestantismus hat eines davor voraus (die persönliche Beziehung zum Absoluten) – da aber sein Absolutes auch ein Fetisch mit den Zügen des preussischen Staates ist, verliert er auf der andern Seite dem Katholism gegenüber ungeheuer; er fällt religiös aus dem Minimum. Ach, Helen, kleine süsse Schwester, schade daß du in den Abgründen der Mathematik und Physik schweizerisch festgehalten bist – du solltest dich noch wundern! Mehr als über die Götter lernt man über den

Menschen weinen, lachen und erkennen, ihn segnen und höhnen – und der Mensch ist doch der uns beiden, dem Künstler und der Frau, adäquateste Gegenstand.

Wir haben getanzt – nicht viel, nur dreimal, dann inhibierten, um so zu tun als ob, die bavarischen Ludendörffer die Tanzerei. Dita gefiel sich noch nicht recht, sie ist sich noch nicht schlank genug; und ich hatte stets, noch heute, kranken Hals. Aber es war doch reizend. Wieviel entzückende Mädel, Wienerinnen besonders; und alle beis Theater. Leider ging die Bergner nie mit; sie ist reizend. Und die Sybille Binder. Leider kann ich die neuen Tänze nicht richtig tanzen, hab aber vor, wenn wir nächsten Winter noch Tanzerei und nicht Krieg oder Revoluz haben, es gut zu lernen. Du müsstest mirs beibringen; aber du ziehst vor, toll zu skiern. Dein Dellenbach gefällt mir; im Krieg haben wir ähnliches gemacht, aber da krähte kein Deibel nach. Süsse Helen, Du bist zu weit weg, in jedem Sinne! Dein Arnold.

Die kleine Dita ist nach der Stadt gefahren, im tollen Schneesturm, und ich muss daheim sein, Halses wegen. Das Michali kriegt vorläufig kein Geschwister; es ist sehr süss und war darmkrank.

58 Arnold Zweig an Helene Weyl

[Starnberg] 6. III. 21

Liebste schönste Helen,
dein Bild war die zweitgrößte Freude die du uns bereiten konntest; es ist gut und schön und sprechend ähnlich und macht uns deinen Dauer-verlust täglich frisch fühlbar. Das Leben ist eine so gebrechliche und fragwürdige Angelegenheit, und so dicht steht der Tod je und je hinter jedem, dass man, gesetzt es geht nur, doch jedes Jahr wenigstens wenige Tage für einander haben sollte. Da wir nicht kommen können, komm du. Denke nach wie es geht. Ich verspreche dir, du sollst etwas lernen. Du wirst Drama, Form u. Shakespeare mit neuen Augen sehn. Wir bleiben dies Jahr aller Wahrscheinlichkeit nach hier.

Und bitte, schreib mir alles was du über die kleine Bergner weisst; möglichst kleine Fakta und deine Meinungen von ihnen. Unser Buzi ist arg süss. Unheimlich süss. Schick uns auch mal Bildchens von deinen beiden Burschen.

[Beatrice Zweig:]
Liebe Schöne, Dein Bild war aber eine Freude. Es ist ähnlich und zeigt vieles von Dir. Es ist uns sehr lieb. Ich schreibe bald mehr. Hab vielen Dank, sehr sehr gegrüßt und grüße vielmals.

Deine Dita.

59 Beatrice und Arnold Zweig an Helene Weyl

Starnberg, d. 21. [März], Frühlingsanfang, 21.

Schöne und liebste Helen,
heut laß ich aber ausdrücklich Näherei, Schreiberei und Staffelei, damit ich mich endlich zu Dir setze. Wieder wundre ich mich doll und bin froh darüber, daß wir uns »Du« anreden. Du bist die einzige Frau, von der ich gern diesen anfangs schmerzhaften Einbruch in die ganz nahe Sfäre erlitt und gar noch wieder »Du« sagte.

Das Abenteuer mit Deinem Physiker Freund ist doch nur in der Ordnung, bei einer so außergewöhnlichen Frau wie Du bist, es kommt immer so; irgendetwas in uns wäre aufs schwerste beleidigt, wenn man uns nicht huldigend sein ganzes heißes Herz hinwürfe, und nachher sind wir entsetzt, daß ein Mensch es ist, mit dessen Elementen die unsren so leidenschaftlich gerne spielen. Ich war erst siebzehn Jahre, als mir etwas derartiges zustieß, bis dahin hatte ich verantwortungslos und mit allen Mitteln, noch auf der Grenze des seelisch Anständigen, mir alle jungen Männer »gezogen«, wie wir diesen Sport nannten. Man badete sich in seiner Macht, es war berauschend, man braucht das. Je wertvoller aber die jungen Männer wurden, um so weniger gab ich mir das Recht zu mit ihnen zu spielen, was es doch tat, ohne mich zu fragen, und es endete dann mit Entsetzen meinerseits. Der Eros ist eine finstere Schicksalsmacht, dachte ich mir oft, er läßt uns fürchterlich leiden, und nie hält er die Mitte zwischen heller, göttlich berauschter Flamme und finsterem Schrecken. Die Männer wenigstens wollens nicht, ich möchte sehr oft mit begabten, noblen und gutrassigen zärtlich tändeln, aber glaubst Du, die Bestien wollen keinen kleinen Finger. Ich könnte mir gut denken, wenn ich einen Tag oder 4 Tage toll in jemand verschossen bin, daß man einmal wild ineinander stürzen möchte, dann mag ich wieder eine zärtliche Freundschaft haben. Aber was tun die dummen Plumpsäcke? Sie glauben, solche enge Begegnung sei für alle Tage und wollen eine Kette daraus schmieden, und dann wirds grauenhaft. Vielleicht werden spätere Geschlechter einander besser verstehen in diesen Zwischengefühlen. Das Rokoko, das die feinsten Sitten zwischen Menschen ausgebildet haben soll, verstand und lebte sie sicher, damals regierten die Frauen.

Ich lese jetzt sehr wenig, außer einigen psychoanalytischen Schriften, Totem und Tabu von Freud; einen Menschen gebären und sich dann nicht um das kümmern, worum schließlich alles Menschliche geht, nämlich die Seele mit all ihren Geheimnissen und ihrem geradezu verehrungswürdigen Bewegungswesen, man schauert vor Ehrfurcht.

Der Michael ist ein süßer Bursche, immer gutgelaunt, immer hell und heiter. Gerade wenn er hungrig oder müde ist schreit er. Daß er hellblond und blauäugig ist, und Arnold ähnlich sieht, habe ich gewiß schon geschrieben. Er schwatzt sehr vernünftig unterschieden seine Sprache und macht einen sehr klaren und verständigen Eindruck, er ist ein Zärtling, der gerne »ei« streichelt und sich selbst herzen läßt.

Daß Du im Herbst kommen willst, ist eine sehr frohe Hoffnung, aber natürlich muß man stets mit IHREM Neide rechnen. Wenn uns die Politik verschont, der Kindsteufel wird Dich in Form eines Gummi Pessars aus bestem Material (namens Ramses, Fabrikmarke) hoffentlich verschonen. Solltest Du diesem Schutzengel noch nicht begegnet sein, so lasse ihn Dir unverzüglich von Deiner Ärztin oder Hebamme angeflogen kommen, und laß Dir beibringen, wie man ihn selbst einsetzt, herausnimmt, sich mit Sicherheit reinigt, so wirst Du alle 4 Wochen nur einmal an den Kindsteufel gemahnt, und, wie es der engelhaften Natur des Ramses zukommt, so macht er sich nie durch Aufdringlichkeit mausig, sondern beschützt Dich, wie es unsicht- und unfühlbaren Geistern gemäß ist, von denen man ja auch nur die segnenden Wirkungen merkt. Ich jedenfalls und viele andre haben sich jahrelang mit diesem guten Geist erfolgreich verbündet.

Wir schwelgen jetzt in allen Künsten der vielinstrumentalen Musik, Dramatik, Prosa und der heiligen Maler, Zeichen und ferner [?] Radiererkunst. Wir lernen beide sehr viel, ich habe, durch Deinen Mut ermuntert, etwas aufzuschreiben versucht, was teilweise gelungen ist. Sonst muß ich den Klavierspieler und Kapellmeister, den zweiten Geiger und Sänger machen, was überhaupt mit zur erhabensten, göttlichsten und süßesten Lust gehört. (Worin Arnold sicher einer Meinung mit mir ist.)

Wenn ich in diesem stink klerikalen Nest nur ein Modell bekäme, könnte ich aufs schönste arbeiten, so muß man sich immer irgendwie behelfen.

Deine Wanderungen in den Bergen müssen herrlich sein; ich hoffe, daß ich meine Kräfte jetzt so wiederhabe, um mit Arnold bald loszutraben. – Die kleine Bergner Hexe habe ich ähnlich gesehen wie Du, man kennt sie halt zu wenig, aber sie kann hinreißen und hingerissen zu werden ist doch der Jubel der meisten Menschen. Vom Fasching haben wir Dir wohl geschrieben, daß er bunt, bumßig, heiter und dumm war, daß er uns erfrischte und produktiv machte. Aber ein richtiges Fest, wie wir sie in Berlin mit einigen Freunden hatten, möchte ich wohl mal mit Dir durchtanzen, feiern, tollen, lachen und ernsthaft sein.

Grüße Mann und Mäuse. Ich habe Dich lieb und Du bist mir nahe.

Deine Dita.

Helen, sweet, I believe You know how I'am a lover of Yours, and now imagine either our delice at the charming message of Your coming to Munich, or my private disease on your misunderstanding my feelings about your writing a comedy. Je suis tres loin de m'en moquer, soit parcequ'il me semble stupide de décourager les expériments d'un esprit si libre, fort et charmant que le tien, soit aussi dans un train d'égoisme mâle et amouraché qui se plait à gagner élève si belle et de tels talents gracieuses. Hier stock ich schon; denn ob der masculine plural von gracieux auch gracieuses heisst weiss ich nicht, und meine Grammatik ist verschüttet. Helen, Helen, komm ja her! Du brauchst weder eine Revolution noch einen Krieg zu fürchten – mit Italien wird beides glimpflich verfahren – und deine Dritte Gefahr, das Kind, wird dir Dita ableiten helfen. Ich bin so froh dich wieder näher zu wissen, nur einen Zeitpunkt schon zu haben an dem du bei uns kometarisch, unendlich Licht mit Deinem Licht verbindend, auftauchst. Und da wir ganz astronomisch gelaunt sind: bitte, was sind deine Sonnenfinsternisse? Ich bin leider nicht so versiert in deinem dictionnaire.

Meine Fremdsprachigkeit muss dich nicht wundern, liebes Herz. Ich lese jetzt eifrig die Wochenausgabe des Manchester Guardian, bei weitem die menschlich-klügste Zeitung die ich kenne; ich wünschte es gäbe in diesem vor Mittelmässigkeit zu Grunde gehenden Lande nur *einen* Staatsmann wie es dort anscheinend der diplomatische und journalistische Durchschnitt ist. Doch nichts davon mehr. Und französisch schreibe ich manchmal, um es nicht zu verlernen, ein paar Zeilen.

Bleiben wir bei dem Punkte des Schreiben-lernens. Ich rate dir: klappe Voltaire zu, und lies mit gutem Wörterbuch: Stendhal, Le Rouge et le Noir (deutsch: Säbel und Rosenkranz zu übersetzen). Oder, noch besser, lies mal im 1. Buch Mose die Geschichte von Joseph. Kontrolliere mal das was ausgesprochen wird und das, was mitgegeben ist. Ferner schreib mir, ob ich Dir schon von Abigaïl und Nabal die Neuformung gegeben habe; wenn ja, vergleiche mal beide Fassungen genau und überlege mal, warum ich das Gestrichene gestrichen haben mag (2/3 des Stückes weg). Und dann bedenke mal, ob du als Wissenschaftler nicht auch mit den modernsten und besten Methoden arbeiten würdest: ob nicht demnach in der Kunst die neuesten Fähigkeiten der Verkürzung und Verdichtung, Vergeistigung und Entstofflichung des Erzählerstiles von dir studiert (nicht: imitiert) werden muss. Kunst ist für den Künstler nichts worauf man ausruht. Lies einmal Sternheims Napoleon oder meine Klopfers (die schlechter sind weil sich die Menschen darin nicht immer neu facettiert darstellen). – Ein kleiner Irrtum: was du über die kleine Elfenhexe schreibst, habe ich keineswegs als erstes in Deinem Briefe gesucht – sondern nur Dich. Ausschliesslich Dich. Dita hat die Kleine ziemlich genau so beurteilt wie Du, obwohl wir sie nur selten sahn und nie allein. Und dass sie nicht liebt, wusste ich auch; ich dachte nur, sie liebe Frauen. Lebwohl, Sweet; alles andere bald. Auf Dellenbach bin ich tief eifersüchtig. Ist er nicht Ibsenist? Dein A.

60 Arnold Zweig an Helene Weyl

Starnberg, Sonntag, 24. April [1921]

Schöne Liebe, ich hätte längst schreiben mögen, aber ich schreibe mein neues Trauerspiel und bedenke es ununterbrochen. Es ging nicht an, zwischendurch dir einen flüchtigen Brief hinzupfeffern. Dita aber war außer mit dem Michalobuzi mit einer aufregenden und ungewöhnlich begabten Psychoanalyse beschäftigt, die sie in einem dreißig Seiten starken Brief niederlegte. Auch sie konnte nicht an dich schreiben, um so intensiver aber an dich denken. Ein Wort deiner Aufzeichnungen gab einen schneidenden Blitz auf eine Stelle in dir, vor der wir fassungslos stehn: Ekel. Davon nur mündlich; das Briefgeheimnis existiert nicht mehr. Ich fühle mich allzu sehr en cochon behandelt, ich kann kein intimes Wort mehr äußern. Komm her. Wenn du klug, energisch, und auf Kunst- und Leben-lernen aus bist: räume das Feld deines Hauses auf 14 Tage den Damen Weyl, die zu bekochen und zu becouren du zu schade bist. Rechne lieber nicht mit drei verlornen Monaten, dazu ist das Leben zu kurz. Merke, Liebling: es gibt Augenblicke, wesentlich transitorisch, in denen man was Unwiderbringliches lernen kann; so einer ist jetzt; ich erprobe eine neue Art zu arbeiten, ich schreibe ein im Kopfe fertiges Trauerspiel auf mir neue Art, indem ich alles Produktive zurückhalte, jeden Schritt, jede Biegung der dramatischen Gesetzlichkeit erst erfinde, dann analysiere, dann Theoretisch einordne, endlich am Ganzen kontrolliere. Alles unter Shaksperes Augen. Ich habe, praktisch und erkennend, *dramatische Entdeckungen* die in deutscher Sprache ganz sicher noch nie jemand gehabt hat. Ich ziehe fortwährend das ganze deutsche und altenglische Drama heran um meine Erkenntnisse zu kontrollieren; dabei wird das Stück ganz mein Eigentum sein. Jetzt, mitten zwischen Erfinden und Erkennen, jetzt, Helen, im Entstehn von etwas Geformtem aus Ungeformtem, jetzt ist der einzige Moment wo ich dir zeigen kann was heute nur ich (außer einem Sternheim der längst nicht mehr da ist) weiß und kann. Du kennst solche Dinge bestimmt aus der Wissenschaft; das Gewordene, das du im Herbst sehn kannst, wird dir nie den Eindruck von Notwendigkeit, von Erhellen auf gradweise klareren Stufen, geben wie dies Drama in statu nascendi. Man kann Gesetze der Form nur erkennen lernen indem man sie handhaben sieht, und im Herbst werde ich wenns die Keren wollen am Roman sein. Komm jetzt, im Mai, genauer: anfang Mai. Denn sowie die analytische Epoche vorbei ist, und ich mich in die synthetische stürze, sobald die dunkle und erregende Muse des Dichtens die klare und weise des Könnens abgelöst hat, ist es aus. Nochmals gesagt: Gunst des Augenblicks, benutze sie. Ich würde dich nicht, im Gefühl der Vergeblichkeit, so dringend locken, wäre ich nicht der Meinung, dass du die sehr begabte Schülerin bist, die lernen *kann*. Ich weiss heute nicht zwei Menschen außer dir von denen ich das sagen darf. Denn 1) du bist sprachlich sehr begabt, 2) du bist, einziger Fall unter Poeten, Phänomenologe, dh. du weisst dass es objektive anschaubare Gesetze im Geistigen gibt und 3) wenn man dir eine Zunge gibt, öffnet man ein Ventil aus dem Sagenswertes strömen wird, das nicht nur dir helfen kann. Begreife dass man heutigen Dichtern nicht zur Schau bringen kann dass *das Drama* existiert wie *die Kugel* existiert; dass die Griechen und Shakspere und Calderon die drei identischen Erscheinungen des Dramas sind; dass in Deutschland nur drei oder vier Dramen gleichen Ranges *zufällig* entstanden sind: Egmont, Homburg, Danton-Wozzek, Erdgeist – weil Deutsche mit fanatischer Sicherheit das falsche Formideal, das französische des Racine, falsch konzipiert nachgeahmt haben. Du wirst begreifen dass Drama und Novelle so inkomparabel sind wie Kugel und Tangente; du wirst *sehen* können, was ich dir zeigen, mit Beispiel und Gegenbeispiel belegen werde. Stell dir vor dass die schönsten szenischen Gedichte der Deutschen, Iphigenie, Carlos, Tasso, Mariamne, Gÿges, Napoleon, Weber, Henschel keine Dramen sind sondern *epische* Werke! Dass – aber genug. Man darf nur alles sagen oder garnichts. Unglaublich aber dass Gesetze, die Shaksperes unbekannte Zeitgenossen-Dichter, welche die »zweifelhaften« Shaksperedramen geschrieben haben – die sicher nicht von ihm sind –: Edward III., Yorkshire Tragedy, Locrine, Thomas Cromwell, London Prodigal, zu schweigen von einem Kerl wie Marlowe (Edward II!) diese Gesetze fabelhaft beherrschten – und daß diese Kenntnis verloren ging wie das Geheimnis des Geigenbaus, der Freskenmalerei und des japanischen Holzschnitts.

Über deine beiden Arbeiten heute nur, dass sie wunderschönes Sprechenkönnen beweisen; du bist begabt. Dass die Szenen abgesehn vom Dramatischen überall auch im Ausdruck fehlgehn, weil dir das zu Sagende weit wichtiger als die Gestalten war und du die Gestalten in eine zu liebevolle Schönheit zu setzen suchtest als sie vertragen, das entscheidet ja nichts, nicht wahr. Überschwang, der das Gedicht fast komisch macht, beweist nur um so stärker deine Begabung. Veröffentlichen darfst du das nicht, du würdest dich später zu sehr schämen. Aber ich liebe dich nur um so mehr für diese rührende Jugend. Nur darf man zwar Briefe wie diesen auf rosa Japan schreiben, aber Szenen nicht. Denn dies ist wie stets ein Liebesbrief. Und um das Sachliche nicht wieder zu vergessen seis gleich hergesetzt: Wegen der Pfeife schreibe ich mit gleicher Post an Drechslermeister Bozenhardt, Tübingen, und werde dir seine Antwort senden; die Holzplatten habe ich schon im Hause. Der Drucker hat mir genaue Anweisung gegeben wie man sie selbst drucken muss, wenn man keine Handpresse hat; von so ungeeignetem Holz kann man nur selber mit der Hand und dem Falzbein Abzüge machen ohne sie zu zerbrechen, nicht mit der Presse; diese verlangt eigens angefertigte faserlose Holzstöcke die sich nicht krümmen und die man fertig kauft.

Leb wohl, Liebste. Ich hätte dir auf deinen Brief noch wieviel zu sagen. Die Arbeiten Peters und euer spanisches Glück möchte ich gern, beides, mitmachen. Ich wäre schon mit Engadin zufrieden oder Italien. Aber es geht uns im Engen ganz herrlich, wir lieben uns und haben unser Buzi. Gib uns doch ja Yvonnes Adresse. Das Buzibildchen ist typisch; so lacht der Süsse den ganzen Tag – strahlend, der Langhaarige Hase. Nochmals: alles Gute. Die schlafende Dita küsst dich zärtlich; sie verpflichtet sich, dir den Ekel aus dem zentralsten Leben fortzuoperieren, wenn du Mut dazu hast.

Dein Arnold.

[Beatrice Zweig:]
Gruß u. Kuß

Dita

[Arnold Zweig, auf beiliegendem Foto:]
Michael Haran W. Zweig, 8 Monate alt, grüßt dich, Helen.

Holzschnitte zu drucken:

1) Nimm festes geleimtes Papier (gutes Schreibpapier, gutes Druckpapier, Bütten) lege es in Wasser bis es ganz durchfeuchtet ist, trockne es zwischen Zeitungen oder Löschblättern.
2) Reibe den Holzstock gut mit nicht zu flüssiger Aquarellfarbe (Chinatusche) ein, die du auf einen Pinsel oder Stoffbausch aufträgst. Achte darauf dass in die Vertiefungen *keine* Farbe läuft.
3) Lege das feuchte, nicht nasse Papier auf den nicht nassen, feuchten Holzstock, ohne es zu verrücken wenn es erst liegt.
4) Reibe mit einem Falzbein oder dergl. rundem hartem Gegenstand lückenlos über die Rückseite des Papiers, ohne es zu verrücken. (Festhalten.)
5) Reibe das Papier nicht durch, aber drücke gut auf, sodass du die Zeichnung durch das Blatt treten und auch auf der Rückseite erscheinen siehst. Achte beim Abnehmen drauf dass du das Blatt nicht noch verwischst.
6) Du kannst auch Ölfarbe nehmen, sie druckt schwärzer aber

mechanischer. Aquarell gibt dem Blatt persönliche technische Reize; nur muss der Stock gut eingeschwärzt sein.

7) Vor jedem neuen Abzug neu einschwärzen.

Man kann mit allen Farben drucken, blau, rot, braun, wie man will. Vorher aber gut abwaschen.

61 Arnold Zweig an Helene Weyl

[Starnberg] 31. V. 21

Schöne Helen,

meinen letzten Brief hast du doch gewiss gekriegt? Es war der mit der Gebrauchsanweisung für Holzstöcke die sich verbogen haben. Inzwischen hab ich mich weiter für deinen Schwager verintressiert (wies einst hiess): Holzstöcke sind fast einen Zoll stark, wenn er sich welche von seinem ribnitzer Tischler machen lassen will. Und verleumdet hab ich mich bei dir auch: ich nahm an, weil dieser schwäbische Bozenhardt nicht antwortete, ich hätte jene ersten Karten abzusenden vergessen, von denen die eine in den Herbst, die andre in den Winter 1920 fiel. Jetzt aber ist am Tag, dass er nicht antwortet, prinzipiell nicht; auf meine letzte hat er auch nicht gemuckst, und ein Bekannter dem ich 1919 eine solche Pfeife verschafft hatte, kriegt auf seine Briefe nach Ersatzteilen auch keine Antwort. Ah, wie blank glänzt mein neuvergoldeter Schild!

Deine Freunde Yvonne und Schaper haben wir mehrfach gesehn; aber du weisst ja schon alles. Ich bin überzeugt, dass wir sie enttäuscht haben. Das muß so sein und ist gut so. Wäre ich noch das was meine Claudia von mir vermuten lässt, ich müsste mich in Grund und Boden verachten. Keine Halbheiten! Man kann nach Comfort und individueller Seele streben, dann muß man politisch, menschlich, religiös verdorren und darauf noch stolz sein – so dumm werden in aller Klugheit wie der Unpolitische Betrachter. Oder man hat das Glück gehabt den Krieg zu überdauern, hat die Natur des Menschen und der Völker von oben bis unten gesehn, kennt die unendliche Fülle der Anlagen *zum Guten* in ihnen die brach liegen dieweil die zum Bösen hypertrophieren, und sieht seine Aufgabe in einer Einwirkung auf jene: dann muss man das Opfer all der Überbetonungen auf das Exquisite, Geschmackvolle und Sanfte bringen, und erst einmal in sich und um sich die augiastische Musterung halten. In dieser Zeit bin ich jetzt. Mein »lasterhafter« Hang zur Gerechtigkeit, zum Sehen der Totalität der Welt und des Menschen, der alle meine Bücher durchdringt und immer weiter durchdringen wird, weil ich nicht anders kann, muss es sich gefallen lassen, in ein tout comprendre sans tout pardonner gedämpft zu werden, zum mindesten im Leben. Bin ich jemals ein parfümierter Seelenhering gewesen? Als Mensch nie, als Schriftsteller bisweilen, ohne es zu wollen. Nun, meine nächsten Bücher sollen dem widerstreben.

Jüngst lernte ich einen jungen Mathemathiker kennen der mir eine Schrift deines Mannes zeigte und von ihm in einem Tone sprach der mich um Deinetwillen sehr freute. Ich verstand nur die ersten Sätze, die vom Urteil und Sachverhalt gingen, aber es war wie eine heimwehmachende Erinnerung an Reinach, Göttingen, Phänomenologie. Aber ich hüte mich diesem Hange jetzt Folge zu leisten. Ich bin Künstler und muss über Künstlerprobleme denken lernen, die Formprobleme vor allem sind. Dass du nicht kommen würdest war klar, es steht schon in jenem letzten Briefe drin. Fraglich ist mir nur, ob du kommen wirst wenn ich die Lucilla umschreibe. Jüngst habe ich der kleinen Bergnerin den zweiten Akt vorgelesen und dabei Bombensehnsucht nach der Beendigung des Stückes bekommen, auch sofort die Neugruppierung des ersten und zweiten Aktes notiert, die mir Ausgezeichnetes verspricht. Dita und ich sind einig in der Meinung dass die neue Luzilla die alte um eine volle Dimension übertreffen wird. Geht alles wie es soll, werd ich August und September an ihre Vollendung wenden. Aber es kommt ja stets anders. Herbst, Winter und Frühjahr will ich an die erste Niederschrift eines neuen Romans wenden, der »Der Übergang« heissen soll. Im Grunde möchte ich jetzt ein Jahr Festung in Franzensfeste, Südtirol, zudiktiert bekommen, mit dem Rechte der Selbstverköstigung und zwei Stunden Spaziergang täglich. Dann könnte ich was hinter mich bringen. Jetzt hab ich einem Kellerzimmer das Amt meiner Festungsklause zugedacht; aber man müsste ganz isoliert unglücklich und sehnsüchtig sein, um viel zu schreiben; und nicht eine so entzückende Bice neben sich und ein Michali vor sich haben, letzteres nur tags, ersteres auch Nachts. Sie ist fast so schlank wie früher und wird noch schlanker werden, und aufgeblüht ist sie – du müsstest das sehn. Sie ist nur mit einem Worte zu nennen: hinreissend.

Hab ich schon gesagt dass Schapers uns recht wohl gefallen, soweit man von so kurzem Beisammen aus urteilen darf? Ach, und noch dies: gibts in Zürich Antiquariate? Wo man billig die einstigen grünen 1 Francs-bücher der Nouvelle Collection Michel Lévy (Calmann-Levy Editeurs Paris) kriegt, oder neu zu erschwinglichem Preise? Schreib mir doch, ob man auf eine oder andre Weise, und zu welchem Preise, Stendhal-Bände kriegen kann. Auf einem Zettelchen das beiliegt stehen diejenigen Schriften, die ich habe und diejenigen die mir fehlen.

Wir denken oft mit stets gleicher Sehnsucht an unsere einzige Helen.

Dein Arnold.

[Beatrice Zweig:]
Du liebste schöne Freundin Du. Du bist doch die einzige Frau, die es giebt, und nach meiner Schwester, die aber ganz anders ist als Du. Ich habe immer Sehnsucht nach Deinem Wesen. Arnold hat mich mit diesem Briefe überfallen, ich bin sehr müde und lege mich gleich hin. Drum schreibe ich heute nur einen Gruß.

Deine Bice.

[Arnold Zweig:]
Von Stendhal, den ich schliesslich doch für Frankreichs tiefsten, kühnsten und umfassendsten Dichter halte, in der Menschenseele weitaus am zartesten und rücksichtslosesten forschend, in der Darstellungskraft von einer spöttischen und hinterhältigen Trockenheit, im Gefühl so ergußfähig, schwärmereibereit und intensiv wie irgendein Engländer oder Deutscher, dabei aber stets eine urteilsfähige und – neugierige Kühle im beobachtenden Intellekt – von Stendhal möchte ich alles lesen was er geschrieben

hat. Ich besitze und kenne französisch: De l'Amour, Le Rouge et le Noir, La Chartreuse de Parme, Promenades dans Rome, deutsch die Novellen bei Reclam und das im Inselverlag zusammengestellte »Leben eines Sonderlings« – blöder Titel, herrlicher Inhalt, für dich zum genauen Anblick dieses herrlichen Heutigen das gewiss Beste.

Ich fahnde jetzt auf:

xx	Racine et Shakspere / Histoire de la Peinture en Italie
xx	Armance
x	Rome, Naples, Florence
	L'Abbesse de Castro
x	Mémoires d'un touriste
xx	Correspondance inédite (2 bde)
xx	Lettre intimes
	Nouvelles
	Nouvelles inédites
x	Romans et Nouvelles
	Mélanges d'Art et de Litterature
x	Vie de Napoléon
	Vie de Rossini
x	Vies de Haydn, de Mozart et de Métastase

Besonders viel liegt mir an den angekreuzten, aber ich nehme alle, wenn ich sie bezahlen kann.

62 Arnold Zweig an Helene Weyl

[Starnberg, vermutlich Frühjahr / Sommer 1921]

Liebes Mädchen, ich muss dir noch an konkreten Fällen zeigen was Schreiben bedeutet. Du bildest einen gutgebauten Satz, setzest ein paar aparte oder dir sehr dringlich im Gefühl sitzende Wortzusammenstellungen hin und denkst, wenn nur das Subjekt der Gegenstand ist von dem du schreiben willst, es sei getan wenn Prädikat und Objekt mit dem Subjekt in sinnvoller Beziehung stehen. Ich gebe ein Beispiel: »Die B. liess Ehrenstein apportieren wie einen Pudel wenn sie Publikum hatte.« Damit hast du etwas *Allgemeines* über die beiden ausgesagt; wenn ich aber das Bild prüfe das sich ergibt, sehe ich einen Pudel der ein Schnupftuch bringt [(]fremde Assoziation aus H. Manns »Unrat« [)] oder einen weissen Pudel der schön macht, und dahinter, um den Pudelkopf, die Umrisse eines leidenden Knabengesichts. Damit aber ist von dem was du mitteilen wolltest nur die Stimmung gegeben, die sich genau so zwischen Tausenden von Menschenpaaren vorfindet, das Allgemeine, das mit der B. u. dem E nur in der äußersten Sfäre zu tun hat; alles aber was diese Beiden und ihre Beziehung einmalig macht, Atmosfäre, petit faits, Gebärden, Vorgänge, Worte, Beleuchtungen die aus Augen brechen – all das wird zwar von dir in dir vorgefunden wenn du den Sachkomplex [schilderst] wie du ihn erlebtest und noch in dir findest, aber zugedeckt mit jener clichierten Phrase die allgegenwärtig ist und dem Autor ganz verboten.

Ein zweiter Allgemeinsatz bezieht sich auf die zu zärtlichen, zu gerührten Vocabeln die du gelegentlich verwendest; zb. »wir waren tanzend glücklich.« Hier liegt über dem »tanzend« der Fluch des zu eilig Hingesetzten, Übertragenen, Vagen. Ich möchte dir beinahe eine Aufgabe stellen; zb. »Beschreibung meiner Beziehung zu Dellenbach« oder etwas ganz einfaches: »Beschreibung wie ich mich in Zuoz nackt kämme.« Aber: es müsste *alles* darin gegeben werden, dein ganzes Lebens-, Körper-, Seinsgefühl, alles Gesehene, Gefühlte, Gelebte, das Beben der Haut, das Spiel der Kniescheibe und das Glücksgefühl über deine Schönheit und Nacktheit ebenso wie das was vor dem Fenster vorgeht und die Beziehungen zwischen beidem; all das aber so radikal offenherzig, so ohne bürgerliche Clichés im Gefühl wie im Sprachgebrauch, dass ich wirklich diese besondere Frau in dieser Laune *sehe*. Und dann noch wäre nötig dass ich dich Satz für Satz fragen könnte: wie ist dies gemeint, wie jenes? Was soll dies Adjektiv aussprechen – oder verheimlichen? etc. Schliesslich, wenn alles gesagt und festgestellt ist, wirst du sehn dass es 1) möglich ist eine solche Beschreibung zu bedeutendstem Gleichnis von Mensch und Welt, oder Frau und Natur auszuweiten und 2) diese Beschreibung nachher auf das Wesentlichste zurückzustreichen, so aber, dass du einsehn wirst, um zu erkennen was wesentlich gewesen sei der Umweg über das Breite nötig gewesen. Meister sein heisst den Umweg nicht mehr nötig zu haben.

Nun leb wohl, du schöne Elevin! Was heisst denn, du habest dir D. zur Aufgabe gesetzt?

Und komme ja, und mit Zeit. Denn dann sollst du *lernen*, und dir gegenüber will ich nicht geizen. Aber merke (wie J. P. Hebel sagt, dessen Prosastückchen *beste* Erzählungskunst sind): über das was sagbar und das was unsagbar ist entscheidet lediglich Takt, Geschmack und Sittlichkeit des *Künstlers*, nicht des Bürgers.

Dein A.

63 Arnold Zweig an Helene Weyl

Stbg, 15. Aug. 21

Liebste Helen,
ich hatte, nein, wir hatten dir eine Karte in die Klinik gesandt, aber geistvollerweise nur »Zürich, Klinik« adressiert; den Rest wollte ich noch hinschreiben, vergass es, schmiss die Karte in Kasten und erinnerte alles erst am andern Morgen.

Dita hatte vorausgesagt, du werdest jetzt nicht kommen; so dass also deine Absage seltsamerweise keine reine Trauer sondern mehr Befriedigung ihres profetischen Gemütes erweckte. Dies bei ihr; meine Stellung zum Falle Helen ist ja etwas anders, wird aber doch überdeckt von der endlich-akuten Frage die hier folgt.

Eben bekomme ich eine Einladung, in Zürich, 2. Oktob.hälfte, Vortrag oder Vorlesung zu halten. Die Vereinigg. die das veranstaltet ist arm; daher mir der Geschäftsführer, von Solln her mit uns gut bekannt, nur geringe Spesen u. vorläufig nicht einmal Honorar in Aussicht stellt. Gleichwohl möchte ich zusagen um mit dem Zürcher Theater Fühlung zu nehmen. Da jener mir nur ein Sofa in seiner Wohnung zur Verfügung anbietet, ich aber leider mehrere Tage daselbst nicht wohnen könnte weil ich dann bestimmt keinen Augenblick isoliert wäre, frage ich dich das folgende.

1. Seid ihr in dieser Zeit in Zürich?

2.) Wenn nein, kann ich dann bei dir wohnen?

3.) wenn ja, kann ich dann bei dir wohnen?

Dieser 3. Punkt hätte zur Voraussetzung dass zwischen deinem Mann und mir ein erträglicher Zustand hergestellt wird. Ich finde den jetzigen nicht sehr würdig, auch wenn sich unsre Beziehungen nur zu Dreien abspielen; ich bin aber empfindlich genug um bei Beharrung im jetzigen Verhältnis, auch wenn ihr in Z. seid falls ich dorthin komme, und obwohl ich nach deinen Kindern eine närrische Sehnsucht habe, in deine Wohnung nicht zu treten. (Im Falle 2 ist das etwas modifiziert.) Sollten nicht sieben Jahre sowohl in ihm wie in mir Veränderungen genug vorgebracht haben um, bei erwachsenen Menschen, denen gewisse geistige Interessen gemein, ein wenigstens erträgliches Sprechverhältnis zu ermöglichen? Was mich anlangt, habe ich gegen deinen Peter nichts im Herzen; von mir also hast du Abstoßungsphänomene nicht zu gewärtigen.

Leb herzlich wohl und erhole dich recht. Eure Durchreise durch München, ohne uns zu sehn, hätte diesen Komplex auf alle Fälle aktiv gemacht, aber mündlicher Behandlung aufgespart. Nun wird er akut, und ich möchte dein Wort dazu sobald als möglich.

Wir grüßen Dich herzlich:

Dein Arnold.

[Beatrice Zweig:]

Liebste Helen, gleich dachte ich mir's: so ein Fieber schwächt sehr, Du mußt Dich danach erholen, und es paßt mir sogar sehr gut in meinen Kram. Glaubst Du, unsre Männer würden sich vertragen? Ich wäre sehr erleichtert. Gönne Dir recht Ruhe und habe schöne Tage. Mit vieler Liebe

Dita.

Schönste Grüße an den Peter.

64 Arnold Zweig an Helene Weyl

Starnberg, 24. August 1921

Süsse Helen, schönste Liebste und Freundin,
der Gedanke, dir weh getan, dich leiden gemacht zu haben ist mir ganz unerträglich – zumal ich davon keine Ahnung hatte, ohne jeden Zorn gegen dich, nur auf Klarheit dringend schrieb, Dita diesen wie jeden anderen Sach-Brief lesen liess bevor ich ihn sandte, und sie mir kein Wort darüber als Warnung oder Tadel sagte. Ich hätte aber wissen müssen, das Reconvaleszenten anders lesen als Gesunde, dass fremdes Geistiges auf sie mit ganz anderer Wucht eindringt als der Gesunde abschätzen kann: verzeih und hab mich weiter oder wieder lieb! Denn du weisst ja dass du meine Ferne Geliebte bist, deren Bild mir, unendlich unerreichbar und ganz gegenwärtig, Sehnsucht und Jugend gibt; die mich wie sonst niemand ausser Dita ganz ohne jeden Rück- und Hinterhalt besitzt und ohne die mein Leben den unendlich fernen Punkt verlöre der ihm die Balance gegen das erreichte Glück gibt. Darum nochmals: zürne mir, aber liebe mich, denn wenn ich vielleicht ein wenig böse war, doch nur aus Liebe.

Arnold Zweig und Sohn Michael in Starnberg 1921

Ich habe gar keine Angst wegen der Begegnung mit Peter. Es wird sich zeigen, dass so intensive Anziehung wie sie zwischen mir, Dir und Dita waltet, unmöglich den Vierten auslassen kann. Und ich will ebensowenig wie Du denken, dass unser Verhältnis anders als durch den Tod gelöst werden könnte.

Inzwischen hat das Schicksal, das die Figuren schiebt, sich nicht nehmen lassen, meine Mutter, die wir seit vorigem Sommer vergeblich zu uns baten, zu uns zu bringen, jetzt, da wir sie nicht mehr erwarteten. Unser Zusammensein wird also nur gleichnisweise vor sich gehn können. Aber treffen müssen wir uns, daran ist nichts zu deuteln. Vermutlich wird sie um den 15. Sept. wieder abreisen, dann müsst ihr herkommen, nach dem Kongress also, denn dann sind wir allein; bleibt sie aber länger, kommt dennoch, und könnt ihr nicht, kommt Dita auf Tage nach Reichenhall wenn du willst. Ich bleibe dann hier und rechne auf Zürich. Dass ihr keine Wohnung mehr habt, wusste ich ja nicht; und deine Kinder nicht sehn zu sollen, ist mir so hart, dass ich es wie eine schwere tiefe Enttäuschung empfinde. Denn in Kindern kann man die Mutter schrankenlos lieben.

Ich hatte mit der Umarbeitung der Luzilla auf dich warten wollen; nun also geht das nicht. Ich hätte vor dir eine echte Form erstehn lassen können, und ohne mich zu rühmen, was mir nicht liegt: es gibt nur noch zwei heute Lebende die vielleicht ebensoviel vom Drama als Form wissen wie ich jetzt, dank Shakespeare und des Dr. Kamnitzer. Lese ich aber Strindbergs Dramaturgie, so weiss ich mehr als er; er aber *konnte* mehr als ich jetzt kann. Freilich bin ich nicht so begabt wie er, aber ich habe doch auch kompensierende Kräfte und bringe es vielleicht doch noch zu etwas Rechtem. Mein neues Stück ist ja noch sehr im Groben, aber es steht doch schon, und kommt ihr her, les ichs euch vor – euch, falls Peter ein Interesse daran nimmt.

Sei nicht verdutzt über diesen schmutzigen Bogen. Ich wollte nur das Innere beschreiben und um dich freundlich zu stimmen wählte ich diesen, denn er ist um 1805 gegossen und in der Struktur nach meinen Begriffen köstlich. Aber ich ende auch schon. Leb wohl, erhole dich recht, lass Petern nicht zu sehr quälen und hab mich lieb, deinen Freund Arnold.

65 Arnold und Beatrice Zweig an Helene Weyl

[Starnberg] Sonntag, 18. Sept. [1921] nachmittg.

Liebe Helen,
es ist also tatsächlich wahr: viermal bist du in München und mehrere Wochen bei München gewesen und bist abgereist ohne uns gesehn zu haben.

Als Wolfgang Schaper uns gestern nacht – denn wir gingen noch gegen 10 zu ihnen, weil wir glaubten, sie seien bis zum letzten Zuge bei euch geblieben, und waren am vormittag auch schon bei ihnen gewesen um zu hören was sie von euch wüßten – als er also gestern nacht sagte, du führest früh 7^{22} ab, dachten Dita u. ich gleichzeitig: unmöglich. Sie hat sich von Schapers verabschiedet und kommt Sonntag zu uns, zu uns allein. Wir erwarteten dich mit der halben vagen Hoffnung von Leuten die eigentlich besser wissen dass ihre Hoffnung lächerlich ist. Dita wollte heute früh 6^{30} hineinfahren um dich noch zu sehn, wenigstens zu sehn. Aber wir fanden den Zug mit dem du fahren solltest (Sch. sagte 7^{22}, der Fahrplan zeigte nur 7^{00} u. 7^{50}) nicht, und so redete ich Dita dringend ab, denn ihr körperl. Zustd. war durch die Strapazen des Aufenthalts meiner Mutter, des Kindes das uns morgens ½6 – ½7 weckt und des allgemeinen Kraftverlusts durch einige andre Umstände gerade heute (menses) den Aufregungen einer Suche nach dir nicht gewachsen.

Ich schreibe ein wenig durcheinander; schadt nichts. Ich schreibe wie mir zu mute ist; u. Dita formulierte: »ein solcher Fall ist in meinem Leben noch nicht vorgekommen, weder von einem Liebhaber noch von einer Frau.« Sie meinte: jemand der sie sehe und zu sehn, zu lieben vorgebe, habe ihr noch nie solch einen Stoß in die Herzgegend versetzt. Halbfremde, solche die sie nicht kennen oder sehn können, von denen hat sie solches ja schon erlebt – Eltern, Geschwister. Aber von Liebenden, von solchen die sie selbst so ganz und rückhaltlos als Gleiche liebt – es gibt nur 3, du bist die Dritte – von solchen noch nie ist sie so bei seite liegen gelassen worden.

Ich muss dir erklären was du nicht weisst: dass ich vergeblich 3 Stunden am Freitg. früh auf der Post wartete um dich in Rchnhll anzutelefonieren; dass wir Kellers beiliegende Karte für dich mitgeben wollten u. Kellers verfehlten; das wir im Hot. Union angeklingelt hatten aber (Samstg früh) dort wusste der Portier nichts von euch; dass wir trotzdem in die Stadt fahren wollten aber in folge des Telefonats verfehlten wir den 9^h Zug und verzichteten auf den 11^h Zug weil wir dich doch nicht gefunden hätten.

Schapers hatten uns die Verabredung mit Dir nicht mitgeteilt. Nur vag gesagt, sie würden versuchen euch aufzutreiben. Ich verstehe diesen Egoismus – aber er macht sie mir nicht liebenswerter.

Aber zuerst u. zuletzt: du wusstest, dass wir dank meiner 70jährg. Mutter unbeweglich waren. Wusstest stets wo wir seien indess wir nicht wussten wo du. Konntest deinen Mann verlassen um mit Kellers den Watzmann zweitägig zu besteigen. Deine Sache war es durch ein Telegramm zu sagen wo ihr wäret, durch einen spontanen Akt der Liebe das Genebel widriger umstände zu durchschlagen, heraus zu kommen, Dita und das Buzi zu sehen, die beide doch nur durch einen Zentimeter am Tode vorüberschlurften, voriges Jahr. Dita, von der du wissen konntest dass du ihr Herz mit einem rohen Stoß trafest, wenn du sie glatt mit Karten abspeistest. Nächstes Jahr – schöner Trost. Du hast gehandelt wie es deiner unwürdig war, wie es vor allem Ditas (und meiner) unwürdig ist. Du bist der erste Mensch um den ich Dita weinen sah ohne dass ich ihn seither bis zum Lebensende gehasst hätte. Die rührende Bergner, die uns doch so nahe wie du nicht steht, ist auf der Durchreise über Stbg. gekommen, berliner Freunde von uns verbringen von den 3 armen Urlaubswochen die sie haben 3 Tage in Stbg weil Dita nicht jetzt ins Gebirge kann – und du hast nicht einmal einen Tag für sie, für uns gehabt.

Zu dir ist uns ein halbes Verhältnis nicht möglich.

Ich denke, du richtest deine Rückreise doch lieber so ein, dass du München berührst u. uns besuchst. Dh. Dita, denn ich gehe Ende Sept. in die Berge, arbeiten.

Ich höre dass R. deinem Manne sehr schlecht getan hat. Ich habe in Mchn. einen sehr guten jungen Spezialisten für Hals, Nase u Ohr – sollte der dem Peter etwas nützen? Mich hat er vor einer blöden Operation bewahrt u. intelligent behandelt.

Ich rechne, dass du uns kurz und schnell antwort geben wirst. Wir lieben dich sehr.

Dein Arnold.

Liebste Helen,
Arnold redet zu viel von mir, das ist mir peinlich. Unerträglich, Dich nicht gesehen zu haben. Meine Schwiegermutter fing vor Gekränktheit an zu weinen, als wir von einer 2tägigen Fahrt nach Reichenhall sprachen, sie sei eine Last, wir wollten sie allein lassen, sie bedaure zu uns gekommen zu sein, nie wieder besuchte sie uns, wenn nicht das Kind wäre … etc. Ich brauche doch Dir, der Verfechterin des Familienrechts nichts weiter zu schreiben. Man konnte die gute alte Frau, die alles was sie konnte und soweit sie's verstand für ihre Kinder tat und tut, nicht so bitter kränken. Du verstehst, daß wir, Bitternis und Trauer im Herzen, auch die 2 Tage aufgeben mußten, die doch wenigstens einen armseligen Rest unsrer Wiedersehens- Wiederliebensfreude hätten einschließen sollen. Hat Deine Hemmung vor uns, bewußt oder vergraben, Dich vor energischen Entschließungen zurückgehalten? Ich möchte wissen, was ist. Es ist doch undenkbar, daß man 3 Wochen oder länger benachbart wohnt und sich nicht sieht, undenkbar und unmöglich. Solange ich lebe, ist mir dergleichen nicht passiert, nicht einmal von Männern, nur, als ein kleiner Freund sich davon stahl, worauf ich ihn hochmütigst verabschiedete und ihm befahl, mich nicht mehr zu grüßen. Nächstes Jahr wollen wir fort im Sommer, dieses Jahr wurden wir überrannt von gleichgültigen und verabscheuenswürdigen Menschen. Wir kamen beide nicht zum Leben, zur Arbeit und sind körperlich etwas verbraucht. Ich kann mir nicht denken, daß lediglich äußere Widrigkeiten Dich davon abhielten, bei einer Deiner 4 Passagen Münchens und in der Reichenhaller Nachbarschaft, 2 Tage herüberzukommen, daß wir uns wenigstens leiblich sahen, und unsre Stimmen hörten. Ich bin wie erschlagen, und glaube nun endlich, daß Du wirklich vorbei gereist bist, ohne uns zu sehen. Hattest Du was gegen uns auf dem Herzen, ließe es sich doch nur mündlich klären. Vielleicht kannst Du bald übersehen, ob sich Euer Rückweg nicht über München legen läßt. Dieser Zustand des ungewissen Wartens ist ein Schwert in meinem Herzen. Ist

irgend etwas Ernsthaftes zwischen uns, eine Unwahrheit oder innere Kräfte und Zustände, die sich nicht vereinigen lassen, so wollen wir das lieber bald in Ordnung bringen mit ja oder nein. Wir halten ja auch unsre Kleidung und Wohnung rein, die uns schließlich weniger angehen als unsre Liebe und unsre Seele. Mir ist gräßlich und gänzlich zerrissen und verwundet zu Mute.

Antworte bitte bald und sei es kurz, wenn Du keine Zeit hast.

Deine Dita Z.

Sollte Peters Asthma nicht doch stark nervös sein? Eine kleine körperliche Schwäche legt vielleicht den Grund, das Hauptübel aber wäre vielleicht doch nur durch eine gute Psycho-Analyse heilbar.

66 Beatrice und Arnold Zweig an Helene Weyl

Starnberg, d. 1. X. 21.

Liebe Helen,

hast Du unsern Brief bekommen, an Prof. Schaksel, Jena, Universität für Frau Helene Weyl? Zorn und Empörung sind schon etwas verraucht und dumpf geworden. Ich war körperlich ganz zerschlagen. Ob wir uns nächstes Jahr sehen werden, scheint mir doch sehr wenig sicher. Ich mache den Vorschlag, daß wir uns in der Nähe von Meersburg, in Ober Uhldingen, Hotel Mainaublick, treffen, wenn Du nicht über München fahren kannst, durchaus und durchum nicht. Arnold fährt nächsten Dienstag (d. 4. X.) dorthin, um in aller Abgeschiedenheit, die Luzilla umzuarbeiten, fährt Anfang November nach der Schweiz, ich mit leerer Kasse, muß leider in Starnberg bleiben. Ich würde auf 8 – 10 Tage nach Uhldingen gehen, weil ich ziemlich ermüdet und von Nervenschmerzen untauglich zu jeglicher Leistung, mich noch für den Winter in warmem Klima erholen möchte. Diese 10 Tage könnte ich so legen, daß wir Euch auf Eurer Rückreise nach Zürich sprechen. Bitte, wenn Du nichts Ernsthaftes gegen uns auf der Seele hast, was Dich von uns entfernt, schreibe mir sobald Du etwas Genaues wissen kannst, ob und wann dieses

Wiedersehen möglich ist. Wenn nicht, möcht ichs auch bald wissen, dann fahre ich sehr bald nach, solange es noch warm ist. – – Mit liebenden und bösen Grüßen Deine

Dita.

Liebste Helen, schöne böse Frau,
du hast voriges Jahr so oft gesagt: »Kinder, ich bin ein Aas, ihr wisst es bloß nicht.«

Sollten wirs jetzt wohl, und so stumm erfahren? Oder habe ich dir mit meinem wahrhaftig nicht scharf intendierten Briefe so weh getan dass du zurückschlagen mußtest, schlagen gleichgültig obs mich allein traf oder Dita mit? Schreib uns alles, Liebste. Denn in einer Zeit grenzenloser bürgerlicher Unsauberkeit wollen wir doch die schöne Erbitterung der Sauberkeit der Seele wahren, und wenn alles laviert und mit Taktik manscht, wollen wir stramm zur Offenheit halten, nicht? Grobheit ist höflicher als Schweigen, sagt »ihr Bruder Fritz« irgendwo im ecce homo – und er verstand sich drauf. Ich liebe dich und denke, du kommst hierher oder an den Bodensee.

Dein Arnold.

Hat deine Schwester ihres Mannes Holzstöcke wieder? Wir sandten sie mit einem Gedichte eingeschrieben.

67 Arnold Zweig an Helene Weyl

[Ober-Uhldingen, nach dem 4. Oktober 1921]

Liebste Helen, ich wünsche mit Dita von Herzen, dass sich die folgenschweren Entschlüsse in gutem Sinne lösen, und dass »gut« hier gut für Dich wie für uns bedeute. Jedenfalls sind wir beide weit davon, dir, falls du in inneren Schwierigkeiten lebst, noch andere zu den Deinen hinzufügen zu wollen. Wir möchten Dir gerne von der Kraft und dem Glück geben, das wir Dir wünschen, und wenn die Verbindung zwischen uns sich wiederherstellt, wozu du uns stets bereit findest, wollen wir dir manchen Vorschlag machen der vielleicht, wer weiss, dazu beitragen kann.

Bice ist in Murnau (Villa Ludwigshöhe) für 10 Tage, um sich von den Strapazen u. der Enttäuschung zu erholen. Du bedeutest ihr mehr als alle andern Erwachsnen bis auf zwei, vielleicht bis auf einen, und da sie sich nicht teilen kann, vielmehr überall ganz gegenwärtig sein muss nach ihrem Gesetz, hat ihr Körper die Enttäuschung des Herzens mitzutragen. Ich bin hier bis zum 20., dann entweder in Murnau oder am Bodensee, vor dem 1. Nov. aber in Zürch. Meine Adresse erfährst du, indem du mir die deine an Weldler, Gessnerallee 52 schreibst. Ich bleibe nicht lange in der Schweiz, aus baren Gründen.

Sonst sind wir beide sehr glücklich. Mich befällt langsam wieder etwas von alter Kraft und Freude. Mein neues Stück solltest du gelegentlich hören. Die Luzilla wird jetzt fertig.

Hast du Reinachs Gesammelte Schriften?

Grüß deinen Mann und lebe wie du es verdienst, glücklich.

Dein Arnold.

Kellers haben uns sehr gefallen, vor allem übers Kreuz. Thilda K. ist dir sogar körperlich ähnlich und er hat Dita sehr gut getan.

Unser Buzi ist mal süss!

68 Arnold Zweig an Helene Weyl

Zürich, 31. Okt. 21

Helen, liebe Helen:
eben höre ich, dass du heute Abend ankommst. Meine Hoffnung dich noch zu sehn war gleich Null. Denke dir was diese Nachricht auf mein Herz für Wirkung machte. Dein Mann war in der Stadt als ich anläutete.

Wenn du mich, uns noch lieb hast, läute mich morgen früh an, Liebe. Ich wohne Alpenquai 20 bei Herrn Charles Meyer, Selnau 2885, und bin vormittag ausser 10–11 bestimmt in der Nähe des Tel.-App. in einem Sessel zu finden, um endlich deine Stimme zu hören und dich zu sehn. Grüße den Peter!

Dein Arnold.

69 Arnold Zweig an Helene Weyl

Zug Basel – Konstanz, 12. XI. 21

Süsse Frau, süsse Helen,
zum zweiten Male fahre ich jetzt nach Konstanz, aber heute wird man mich nicht, wie das vorige Mal, blüffen, wo ich hinkam und der Veranstalter keinen Saal bekommen hatte u. nicht auf die Idee kam es mir zu drahten, wenn auch nach Zürich – heute fahre ich von K. gleich übern See und heim. Heim zu der Frau die mir Heimat und Zentralsonne ist, in der das Adlige und Arglose der menschlichen Seele innige Bindung eingegangen ist mit der Liebe zum Leben und der Anbetung, der bis zur Nachfolge gehenden Anbetung des Göttlichen im Menschen und jedem großen Phänomen. Da ich in Ditas Umarmung stehn werde ehe du diesen Brief kriegst, bin ich reich, nicht wahr; aber so vielfältig ist mein Wesen geteilt und mündet aus der zentralen Ichheit in so viele Personen, dass ich auch einer bin der nicht ausdenken kann wie blind die Welt ihm wäre enthielte sie einmal dich nicht.

Es ist ein Nebelmorgen an dem ich das schreibe, ein zuversichtliches aber ganz unbestechendes Wetter, in dem man die Dinge scharf und ruhig in all ihrer Kontur sieht. Ich sage dir das also nicht in dem herrlichen beflügelten Wehen das mich in Zürich trug, wo ich dein Wort am Morgen im Telefon, deine Gestalt am Nachmittag mit Augen und Händen aufnehmen, wahrnehmen, für wahr nehmen durfte. Gib dich keiner Täuschung hin, Helen! Du bist mir der unendlich ferne Punkt nur, weil du mich nicht so lieben kannst wie ich dich. All meine Haltung kommt daher. Alle Beherrschung daher. Ich wäre pervers oder impotent oder feig, wenn ich nicht so empfände, und würde, verschwiege ich dirs, unter das Niveau sinken das mir zugewiesen ist. Ich will dass du groß und glücklich lebst, nach einem Stil der im Wesentlichen von *deiner Natur* bestimmt wird. Du hast alles Zeug dazu, vielleicht ausser dem vollen Mute. Aber du hast deinen Liebsten schon zu vielem erzogen – und wir müssen von euch erzogen werden, kleine mütterliche Schlafspielkameraden – und ich sehe da eigentlich für dich keine Gefahr. (Auch nicht für ihn.) Da ich aber dich liebe und nicht mich, also nicht fähig bin dich als Mittel zu brauchen mir eine Lebenserhöhung zuzuführen, da ich vielmehr von Einbruch in dein Leben eine niedrige Meinung habe und jeden der dich quält hasse, bleibt mir nur die glückliche Mitte des Gefühls übrig, in dem ich bleiben kann dadurch dass du mich lieb hast, gut und warm und herzlich offen zu mir bist und mir, verdurste ich nach dir, deinen Mund zum Trinken gibst. Andrer Richtung nach war mir das Zusammensein mit Peter sehr aufschlussreich. Es besteht von ihm zu mir eine Abstoßung; ich reize ihn zum Widerspruch und ich glaube fast, er würde, hätte ich das Gegenteil behauptet von dem was ich verfocht, *meinen* Standpunkt eingenommen haben. Das Apodiktische – so empfindet ers – meiner Kunsturteile ist ihm fatal. Und es ist von ihm nicht zu verlangen dass er mein Anderssein und Anderswerten gelten lasse, gelassen und freundlich: denn er kann die Einsicht nicht haben dass ich als Künstler verloren wäre, sähe ich weniger überzeugt und apodiktisch in die geistige Welt. Was ich weitherzig und geltenlassend sehn darf u. sehe, sind *seelische* Bezirke; intellektuelle Probleme muß ich meinem Temperament nach, aus Instinkt, typisieren oder ich bin kein Künstler, des Aufgabe die Form ist. Ja, wenn ich auf mein Denken reflektiere, erkenne ich den Typus Künstler mit einer beglückenden Sicherheit. Warum lässt er mich nicht gerne so gelten? Warum freut er sich nicht der Typenfülle? Weil er als Gelehrter und wahrer Philosoph – denn hierhin tendiert er – das Denken so eifersüchtig bewachen muss wie ich die Kunstformen. Er und ich sind gegen Dilettanten unduldsam, jeder auf seinem Gebiete; nur ist mein Denken nur an dem wissenschaftlichen gemessen dillettantisch, während Schleich oder Rathenau wirkliche Dilettanten sind die die Maßstäbe fälschen. Und am Ende: was sollte uns die Meinung ja die Überzeugung trennen, wo wir beide in der Richtung auf Dich verbunden sein könnten! Aber er will, ich glaube es jetzt, nicht, das ist schade, Helen.

Schreib mir ehrlich ob ich hierin irre. Überhaupt, schreib uns bald, und lass mich dazu noch ein Wort sagen. Wir brauchen, Helen, als Fundament unseres Lebens, Vertrauen ineinander. Nicht dass du dich, wo oder wann du nicht willst, dekuvrieren sollst, ist damit verlangt. Nur bitten wir: schreibe uns nur Wahres. Ver-

Hermann und Helene Weyl

schweige was du willst, oder schreibe, hier seien unmitteilbare Reserven – aber schreib uns nicht du seiest krank gewesen wenn es nicht wahr ist. Denn unser Gefühl für dich sieht dich in den Stadien die du schreibst, u. es hat was Hässliches, dass wir dich mit sehnsüchtig trüben Gefühlen uns in einer Klinik grippekrank liegend vorstellen während du ganz anderes lebst. Also, Liebling, nicht mehr schwindeln, nicht Ditas Atmosfäre mit Lächerlichkeit beladen. Denn so beschwindelt zu werden hat, wenn man glaubt und vertraut, sein Lächerliches. Leb nun wohl, du unendlich geliebtes Frauenwesen, ja du Stück Weltzauber, leb wohl! Ich muss mich jetzt auf Dita und die Arbeit einstellen und wie gerne tue ichs. Aber die Weite in meiner Brust heisst Helen. Ich liebe und ersehne dich. Gute Tage für dich, süsse Helen, gute Tage! Ich denke mir deinen schmalen Mund auf meinem.

Dein Bruder A.

Dass ich ohne Kuss und Umarmung von dir musste hat mich für zwei Tage lahm gemacht, ich habe in Bern schlecht gesprochen.

70 Beatrice und Arnold Zweig an Helene Weyl

Starnberg, d. 21. 12. 21.

Liebste schöne Hella,
als Du solange nicht schriebst, merkte ich erst wieder, wie lieb ich Dich habe, ich muß mein Gefühl dann immer streng abdrehen, um nicht ganz verdunkelt und gepreßt herumzu laufen. Ich habe eine sehr dunkelrote Sehnsucht, einige Zeit mit Dir zu sein, wenn Du in unsre Nähe kämst, so hätten wir sicher leichte, reine, warme Stunden und Tage. Überleg Dir's nicht lange und schreibe bald: ich komme. –

Bitte schick uns *gleich* die Ziehungsliste der Theaterlotterie, wir sind gespannt wie im Kino – aber wir sind nicht solche, die etwas gewinnen, trotzdem juckt es mich, daß es vielleicht doch möglich sein könnte. – Es imponiert mir sehr doll, daß Du Newton im lateinischen Text verstehen kannst, und so zu dem sinnlichen Umgang so herrlicher alter Folianten kommst, sie anfaßt, in der Hand und auf den Knieen hältst. Was mich anlangt, so zeichne ich momentan gar nicht, aus Mangel an Energie übrigens, musiziere viel schöne Kammermusik und spiele Duo mit Arnold, und lese die italienische Reise, wobei ich mich wieder in meine alte Jugendneigung Wolfgang Goethe so heiß verliebe, daß ich die Entbehrung seiner physischen Gegenwart kaum noch ertrage, und wenn die Tür aufgeht, deutlich das Wunder seiner Wiederbelebung, extra für seine Freundin, und sei es nur auf Stunden – deutlich erwarte. Ja, ich schaue mir sogar seine Maske an, einen Abguß nach dem Leben, sehr deutlich, man sieht sogar die blatternarbige Haut und kleine Warzen und hoffe, sie lächelt wenn wir musizieren und dichte ihr allerhand Ausdrucksveränderungen an, ich denke, sie freut sich oft über uns. Jedenfalls ist meine Sehnsucht nach dem Süden wieder gewaltig erwacht, und wir denken uns Hoffnungen aus, wann man die Michelangelos und die alten Tempel- und Baureste in Rom und die Bläue am Meer bei Neapel sehen wird. Vielleicht in zwei Jahren?

– Wie bekommt Dir übrigens – innerlich und äußerlich – das Leben ohne »den natürlichen Beruf des Weibes als Hausfrau«? Ich denke daß es für unsereinen von Zeit zu Zeit eine dringende Forderung der Hygiene ist. Über die Psycho-Analyse lache mir nicht zu sehr, wer am meisten lacht, ist gewöhnlich ihr interessantestes Objekt, das ist typisch. Schreibe bald, liebes schönes Mädchen, daß Du kommst, die Yvonne Schwab hat ihre ganze Filla leer, ihre Haushexe spinnt zur Zeit im Sanatorium.

Mit vieler Liebe Deine Dita.

Schöne Grüße an Herrn Dr. Peter, was Du über die Beziehung der beiden Männer sagst, leuchtet so sehr ein.

[Arnold Zweig:]
Liebste Freundin, ich will dir noch dies Jahr einen Brief nach Ribnitz schreiben, wenn du dann schon die Schweiz verlassen haben solltest. Oder gehst du mit nach Arosa? Antworte augenblicklich, Liebe, bitte.

Ich habe dir viel zu sagen. Dein Arnold. – Übrigens: streich das »Freundin«, es ist falsch. Der Rest gilt.

Ich schreibe eine neue Komödie, bin im 2. Akt. Wenn sie fertig ist, – Luzilla.

Grüße deinen Peter. Ich sehe weniger schwarz als Du.

71 Arnold Zweig an Helene Weyl

[Starnberg] 30. [–31.] XII. 21

Süsse Frau, du sollst noch einige Nachrichten von mir mit aufs Schiff nehmen (das Ihr bei besserer Sachkenntnis so leicht vermeiden könntet – es geht glaub ich ein direkter Wagen Basel – Barcelona, und Ihr hättet als Deutsche von Distinction in französischen Zügen nichts als interessante Aufklärung zu erwarten – dagegen Nordsee – Kanal – Biskaya im Januar: das wäre mir, als deinem Manne, dir zuzumuten unmöglich, in Parenthese. Ich denke sehr intolerant in diesem Punkte und verweile dabei nicht länger.) – aufs Schiff nehmen. Wo du bist weiss ich nicht, Schapers sagen, in Arosa, Dellenbach sei mit – gut für dich – was auch immer draus werde.

Ich habe, da mich deine Gegenwart, deine geliebten klaren Augen und dein Mund mit neuer Jugend füllten, ich habe eine große Arbeitsperiode begonnen, ein Arbeitszimmer außerhalb des Hauses bezogen und sofort eine neue fünfaktige Komödie geschrieben, den neuen Typ einer Komödie erfassend, die so hart und zart und so bittersüß wie das Leben ist, welthaltig und weltnachbildend und ganz bestrebt, die dramatische Form neu zu schaffen oder zu erreichen. Dem Gefühl nach mit dem ich sie schrieb, nämlich gegen Schluss zum Reissen gespannt, fast außer Stande, das Schicksal sich vollziehn zu lassen das ich selbst über meine Kreaturen heraufbeschwor – diesem Gefühl nach ist sie mir gelungen. Ich habe sie aber nach halbfestem Plan in einem Zuge geschrieben, sie überhaupt noch nicht gelesen – und werde sie morgen, Sylvesterabend, mit Dita u. Kamnitzer und den beiden

Schapers selbst erst, vorlesend, ganz zur Kenntnis nehmen. Ende November kam mir der Plan, auf einem übermütigen Weg mit Dita in München, ein Einfall wie viele mir kommen; ich versuchte zwei Szenen, mußte dann aus Haushaltsgründen abbrechen, und begann am 21. d. M. neu um gestern zu enden. Ob gut oder schlecht – es strömt wieder. Gestalten, Reden u. Schicksale stossen auf mich nieder, und ich rechne mit energisch-weiser Arbeit auf lange hin. Jetzt wird das Trauerspiel Bjuschew neu vorgenommen und durchgearbeitet, dann die Luzilla ganz neu geschrieben, und dann ein kurzer Roman aus dem Kern von »Claudias Ehebruch« neu entwickelt. Dies ist mein Pensum bis zum Juli. Dann will ich den Antisemitismus-essay beenden, ein großes Buch Aufsätze zur Klärung kultureller Einzelheiten zusammenstellen, aus altem Material ein neues Geschichtenbuch sammeln und meine Gedichte irgendwie druckreif machen und publizieren, unter dem Titel »Hymenäen«. Der Roman wird »Claudias Treue«, der Antism.-essay »Kaliban«, die Aufsätze »Einzelheiten« heissen – dir muss ich das alles schriftlich sagen und pränumerando.

Irre dich ja nicht über mein Gefühl zu dir. Es ist sehr einfach, sehr total und mit den bekanntesten drei Worten gesagt. Es wird in seiner Leblosigkeit nur gehalten durch die Kilometer und Grenzen zwischen uns und durch unsere Armut – relative Armut zu großen Bedürfnissen. Seh ich dich einmal im Jahre vier Tage, so kann sich nichts deutlich machen klären und erklären. Das ist alles. Die Tage in Zürich gehören zu den glücklichsten meines doch gut geleiteten Lebens.

Es gibt polygame Ehen. Das ist ein Fakt, ein neuer meinthalb, weil ja unser Ehebegriff, neu ist – er datiert seit den Romantikern. Seine einfachste Formel: ein Mensch braucht zu lebenslänglicher Bindung gleichmäßig mehrere andere Menschen des anderen Geschlechts und von gleich hohem seelischen Niveau in völliger Vereinigung, ohne dass die anderen Bindungen der Partner dabei im mindesten stören, gestört oder beeinträchtigt werden. Der Bürger, dh. der Mensch der lebendige Gebilde nur konventionell sehen kann, mit seiner Angst vor der eigenen inneren Anarchie, wird das *nie* zugeben. Aber der Fakt ist da. Brächte mir Bice ein Kind von einem Andern, und das junge Wesen wäre nur halb so wohlgeraten wie unser Michali, ich nähme das Würmchen seelenruhig auf meine Kappe. Auch das Kinderproblem existiert nur in der Vorstellung: praktisch entscheidet die Liebe zur Mutter und die Art des kleinen Wesens. Nun bin ich freilich ein Kindernarr und mit unserm Jungen eng befreundet. Wenn ich begänne, von ihm zu berichten, ich hörte nicht auf – und das muß ich, auf der Stelle, und arbeiten. Leb wohl.

31. So endet in Regen und melancholischem Lichte das Jahr, in dem ich mich wieder auf meine dichterische Lebensform besann. Die Formung des Daseins nach dem Antrieb einer großen hartgütigen Gerechtigkeit, im Engsten wie im Weitesten, dieses mir zentralste Gefühl, zugleich das Urjüdische Erlebnis, will ich, aber in vollendeten Werken, nicht in vergänglicher Tendenzhaftigkeit, weiterhin darstellen. Wir können nicht mehr, mit Goethe, eine Ungerechtigkeit lieber sehn als eine Unordnung, obwohl er »Unordnung« in einem grandiosen Sinn fasste. Und mein Leben, unser beider häusliches Leben, werden wir weiter nach den Gesetzen dessen formen was recht ist, und nicht was bequem ist. Wärest du nicht die Sonne an der Periferie meines Lebens, unseres Lebens, sondern zentraler behaust, so müßte auch Dein beflügelndes Dasein sich unserm Rytmus irgendwie verschwistern. Ich wollte dich mit einer hellen und wilden Liebe einhüllen und verwöhnen, und dabei Forderungen an dich stellen denen Menschen genügen müssen die wie wir an der vordringenden Spitze des Lebens ins Ungeformte stehn.

Sei glücklich, und denke unser. Ein gutes Jahr öffne dir die Morgenröte von Arosa, ein Liebender erbittet sich das von den Sternen.

Dein Arnold.

Auf den Inhalt deines Briefes geh ich das nächste Mal ein.

72 Arnold und Beatrice Zweig an Helene Weyl

Starnberg, 10. Febr. [–4. Mai] 22

Süsse Helen, heute sind wir, so paradox gehts zu hienieden, auf dem fest gefrorenen See Schlittschuh gelaufen. Vorzustellen: das Eis ganz durchsichtig, jede Sandwelle auf dem Grunde, krasse Astgerippe, leichenstarrer Tang zu sehen wie nie im Sommer; und in dieser wassergrünen Zauberei, auf diesem geänderten Aggregatzustand laufen wir mit Stahl an den Füssen sehr entschwert und behende, indess die Risse in der Tragdecke uns zeigen, wie dünn, wenige Zentimeter, dies physikalische Wunder ist, das uns ermöglicht, dort zu stehn wo wir schwammen und das andere Ufer, Berg oder Leoni, als schnellen Spaziergang zu besuchen. Ich bin außer mir vor Wundern und Lachen über das neue Erlebnis und fahre mit Dita herum um wieder in Übung zu kommen. Heute nacht, bei starkem Monde, den du auch siehst und dem du dein Haar entgegenhältst, wollen wir nochmal aufs Eis, morgen nach Leoni.

Ich schreibe dies um zu beschreiben dass die Erde rund ist. Eine fantastische Kälte – 15 – 22°C – ist mit polarer Luft über uns ergangen. Du atmest Flieder, ich – das Haar der Bergner. Die »kleine Hexe« wie Dita sie nannte, ist sehr an uns angeschlossen. Sie hält deinen Platz in meinem Gefühl. Damit ich deine Entferntheit weniger spüre. Hättest du in Zürich meine Leidenschaft noch tiefer gestillt und im Stillen gestärkt, ich wäre noch vergnügter aus deinen Armen ins Leben zurückgegangen, und hätte vielleicht gleich zur Luzilla mich getraut. Die Lisl (so heisst die Kleine Hexe für ihre Freunde) ist nicht von unserer Art sondern von der polar fremden. Aber sie hat etwas Großartiges in ihrer Art zu leben und ihr Menschliches, so gemischt es sei, ist bei aller Unbesonnenheit gut. Ich liebe sie auf eine Art, die bei mir unvorhergesehn ist, indem ich sie gelassen auf ihre Art sein lasse und mich von ihr entzückt fühle. Nichts von dem Schicksalhaften ist darin das zwischen uns die Atmosfäre letzter Gültigkeiten spannt – zwischen dir und mir. Das Spielerische hat sein gemessnes Teil daran. Du und ich, das ist von mir aus eine sehr ernsthafte Lebenssache, an der ich, wäre mein Leben nicht so glückselig zentriert und gegründet, wohl scheitern könnte oder mich in Leidenschaft aufreiben und zerstören, wenn ich nicht hoffte, eines überwältigenden Tages doch noch – nicht weiter. Unendlich sprengende Sehnsucht wäre dann unsäglich strömende Erfüllung. Es würde mich zum großen Gestalter befreien, ich weiss das ganz genau. Von meiner liebestollen, stets zurückgestoßenen Jugend her ist in mir eine harte Kruste um meine Kraft mich in der Äußerung ganz auszugeben. Ich kann vorerst, das ist Ditas erlösende Wirkung, nur Welt aus mir gebären, unmittelbar reden lassen. Ich selbst kann nur ganz selten unmittelbar selber reden. Mich selbst fortreißen und ans Wort anschliessen. Dieser Rest meiner Jugend wird mein Schicksal machen. Beseitigt ihn die Erfüllung meines Verlangens, wird die ablehnende Haltung geliebter Frauen in Erhörung, Geschenk und Glück verkehrt, so ist, noch einmal, ich weiss es, die letzte Mauer durchstoßen die meine vielfältig zerteilten Gaben zur Äußerung in Vereinzelung verurteilt. Dann werde ich als Ganzes in jedes einzelne meiner Werke eingehn. Als Ganzes Ich und ganze Welt in jedem einzelnen Werke paradigmatisch mich aufrichten. Während von meinem ganzen Ich bis jetzt nur der eine Ahnung hat, der *alles* was ich schreibe, Novellen, Drama, Essay, Gedicht zusammensieht und mein Leben, Gespräch, Zuhören, im Grase liegen, mit Michali tollen, mit Dita lieben daneben hält. Ich kann mich nicht konzentrieren, nennt man das fälschlich. Ich kann nur partiell sein, nur eine meiner Ebenen an ein Werk anschmiegen. Aber ich wäre mit einem Schlage anders, erlöst, genial, wenn meine Spaltung fiele.

Mein neues Stück, unter deiner Gestalt, unter dir als Antrieb, durch Ditas Sein und der Bergnerin Element gereift, ist das beste was ich bis jetzt machte.

4. Mai. 4. Mai!

Was liegt zwischen den beiden Daten alles? Drieschkolleg; der Fasching; (Schapers Operation;) Thilda Keller; die Bergner und ihre Abreise; die plötzlich sich von fremden Möbeln entleerende Wohnung u. Herbeizerrung, Aufstellung, Einrichtung der eigenen, Einkäufe von hundert imprévus – aber auch erst Herbeischaffung von Geldmassen für sie; dazu der wahnsinnige Sprung aller

Lebensnotwendigkeiten, der jeden Kauf zu einer Attacke auf das erbleichende Herz macht. Dita übernahm die Starnberger, ich die Münchener Angelegenheiten; Geld wurde beschafft; Teppiche, Matratzen, Spiegel, Lampen, Handtuchhalter, Möbelstoffe wurden gekauft – was nicht noch alles – – dann ging Fanny, Schwester werdend, unser neues Mädchen gab Michi aus Liebe 7 Feigen zu essen, schmutzig wie sie vom Kaufmann kommen; Darmkattarrh des Lieblings die Folge; Rückerstattung des bisher benutzten Geschirrs an die Enhuber, wobei wir für ca. 1 000 Mark Neuanschaffungen haben für altes, zerbrochenes Zeug – und Geld ist für mich, der seine Rente aus seinem Kopfe zieht, eine geistige, moralische, gemüthafte Angelegenheit die tief ins Innre der Person einschneidet … Davon später ein Exempel.

Dazwischen ein kurzer Frühling gefolgt vom April, der Mitte März einsetzte, und zu alledem, zu dieser Plage, Drangsal, Qual und Plackerei, drei Intellektualitäten: erstens: mein neues Stück an einem der beiden entscheidenden Nerven lahm; dabei schon ganz gesetzt; nervenfressende Kritik, dann nervenfressender Plan des Umbaus, erlösende Neu-inspirationen und keine Zeit ihnen zu folgen. Zweitens: mein Aufsatz über Sternheim, der mich anwidert, den ich seit zwei Jahren verschiebe, muß endlich gemacht werden weil er mir den Weg ins Freie barriert; drittens: ich muß die Fortsetzung zur Claudia schreiben, Roman als Neugestaltung dessen was in Cl. Ehebruch dialogisch gefaßt war – ach, und ich hab kein Arbeitszimmer um am Tage darin arbeiten zu können.

Das »Tagebuch« hat eine Filmentwurf-Konkurrenz ausgeschrieben, 200 000 Mk Preis; ich habe einen Abenteuerroman für den Film entworfen mit Geist-hintergrund, mußte ihn in all dem Trubel liegen lassen bis zum vorletzten Tage der Einreichfrist; dann forciert gearbeitet. Ach, Helen, das Leben ist außerhalb Spaniens so schwer …

Und vom Inneren Leben? Was ist heute, da Schnupfen, Regen, Sorgen ihr albern-zähes Regime haben, dazu zu sagen? Welches Gefühl birgt sich da nicht unter kluger Asche? Marie war da, sie bewies, daß ihre alte große Künstlerschaft wieder da sei; ihr holdes zärtlich-kindliches Frauentum machte sie charmant wie immer. Leider war sie von schleichenden Grippen ganz gelähmt; das Funkelnde fehlte diesmal, das sonst in seinem Eigenrhythmus jeden andern übermannt.

Ich sollte dir heute nicht schreiben; ich bin heute dämlich, vom niedersten Stande der Geister; und doch muß das Pausieren zwischen uns enden. Du mußt hierherkommen; du wirst diesen Frühsommer nicht entlaufen, Helen; ich werde grenzenlos böse wenn du nicht kommst.

Ich suchte *dich* in Thilda K. Sie kam überraschend mit Freundinnen; die letzten Faschingtage wurden durch sie bestimmt. Sie sah dir im Profil so ähnlich, war so kindlich-damenhaft wie du. Schliesslich aber siegte, glaub ich, in ihr doch der Wunsch nach dem Eleganten. Wir stammen nicht wie du und ich, aus einer gleichen Schicht. Aber sie war sehr süß anzusehn und im Arm zu haben.

Die kleine Hexe, die Bergner; auch fort, glaube ich jetzt so gut zu kennen wie das nur möglich. Wir haben uns sehr gern. Da ich ihr das zeigte, zugleich mit der ganzen Ruhe des geistig Überlegenen der ihren Zauber entzückt geniesst ohne sich von ihm in einen Hampelmann verwandeln zu lassen, blieben wir die besten Freunde. Sie ist jetzt in Berlin – manchmal beneide ich die Berliner und sehe, führt mein Weg in München mich mal nachts daran vorbei, mit einer gewissen Sehnsucht zu ihren nun dunklen Fenstern hoch. Sie wohnte am Siegestor, der Akademie gegenüber; schönste Aussicht auf die Leopoldstraße.

Nachmittags: Welche Lähmheit des Geistes, des Herzens und also des Stils und des Ausdrucks! Ist das ein Brief an die nach Dita geliebteste Frau die es heute für mich gibt? Süsse Helen, schreib bald, du kämest her, und noch besser, komm schnell. Dann wirst du sehn, dass du inzwischen von uns noch mehr als früher geliebt wirst, sehen, dass ich wieder etwas verständiger und freier (als aus diesem Briefe hervorgeht) im Schädel bin, und die große neue Komödie in statu naszendi vorfinden, vielleicht schon fertig. Das Alpha und Omega der Liebe heisst: Das Bild der Geliebten ist stets gegenwärtig. Ich füge hinzu: in Ermangelung ihrer Person. Bring sie uns. Wir, Michi und die neue Wohnung warten auf Dich. Am meisten dein Arnold.

Liebste schöne Hella,
endlich hat sich der Trubel bei uns ein wenig gelegt, und ich habe ruhige Zeit, meine beiden Männer schlafen. Der große ist plötzlich wieder wach gewesen, nachdem er zwischen 10 und 12 munter war, jetzt ist's halb zwei Uhr mittags, ich sitze eingekeilt zwischen den 2 Schlafzimmern und kann nicht heraus, wie aus einem Zauberpentagramm. Michael war 14 Tage krank, uns wurden die Möbel aus der Wohnung genommen, die Handwerker kamen, man mußte Geld beschaffen, unsre Möbel aus Cassel wurden geschickt, mein tüchtiges treues Mädchen ging fort – wird Krankenschwester im 3. Franziskanerorden – und ein verspieltes faules ist da, das ich mit vieler Mühe schon erzogen, (ein andres ist vorläufig nicht zu kriegen), kurz vorher gab meine Schwester 2 Konzerte hier, und so ging es Tag und Nacht in ungewohnter körperlicher Arbeit fort. Deinen Brief und 2 Karten (glaub ich) sind gekommen, ich war ganz außer mir von der lichten fremden neuen Welt, die Du gesehen hast und alles was Du tust erweckt nur immer den einen selben Wunsch: Dich möglichst bald für längere Zeit zu sehen, Du Liebe, Begabte Du! Wie schön, wie neu Du geworden sein mußt! Du schriebst im Winter, Du wollest Dich nicht mit uns treffen, weil Du wichtige persönliche Entscheidungen zu treffen hättest. Ist es nun so für Dich gekommen, daß Du zufrieden bist? Ich bin übrigens in einer ähnlichen Lage, die mich unruhig und unkonzentriert macht und sich das nächste halbe Jahr oder länger kaum klären wird. Ich leide so viele Sehnsucht nach Musik, aber der arme Schaper, der unser Klavier und unser Kapellmeister zum Trio spielen und singen ist, liegt noch immer krank, hat gräßlich aushalten müssen, das einem das Herz schmerzt, die Yvonne wird es Dir sicherlich geschrieben haben. – Ich soll Dir von Michael schreiben? Ja, er ist sehr vernünftig und ganz hell von Gemütsart. Wenn er sehr schreit, er wolle in den Garten, oder zu essen, und man erklärt ihm ganz ruhig und eindringlich: erst muß Mama essen, nachher kriegt Michali oder Mama muß sich erst die Zöpfe (die »Hazi«, alles was wie Blumen riecht, was leicht ist, und fliegt) flechten nachher gehen wir adda adda, so ist er still und lacht freundlich und vertrauensvoll, aber er wird auch nie betrogen und angeschwindelt

von uns. Morgens, wenn er leider schon um 6 erwacht, seufzt er einmal und dann singt er sofort alle seine Lieder; am liebsten die Garibaldi hymne »ri scopron le tombe« von ihm mit emphatischer Betonung »sssoopp« geheißen. Er beschäftigt, beglückt und strengt mich von morgens bis abends an, aber ich will doch schauen, für den Nachmittag eine zuverlässige Aufsicht für ihn zu nehmen, wie ich sie bis Neujahr hatte; als die Preise so toll stiegen, schickte ich das Mädchen fort, das bei uns 3 Mahlzeiten bekam, aber seither vermodern Radiernadel und Zinkplatten, ich explodiere vor Geladenheit mit ungeformter Welt, mit zu erlösender Gestalt – und dann keine Musik, sodaß ich jetzt einen neuen Weg probieren will, was, wie man sich auch drehe, eine ganz primitive, brutale Geldfrage ist. Auf gut Deutsch: eine zuverlässige Aufsicht fürs Kind suchen, die bei geringen Lohnansprüchen mit Thee und Marmeladebrot zufrieden wäre und sehen, einen guten Lehrer zu bekommen, der erschwinglich ist. Was mich in diesen Wochen bei Helligkeit und Glück erhält, das ist die Lektüre von Deinem Landsmann Gottfried Keller, der das leuchtendste und stillste Entzücken selbst ist. Von allen deutschen Prosadichtern der diskreteste und feinste, lebendiger als Goethe mit einer Universalität der Umwelt, die erstaunlich und selig machend ist. Ob er von einem modernen Gelehrten erzählt und einer modernen klugen Frau, im Sinngedicht, ob von den Minnesingern in den Züricher Novellen oder von der Bodmer, Breitinger, Wieland, Klopstock-Zeit, immer ist es lebendigste Dichtung, so wahr es ist, so unnaturalistisch gestaltet ist es doch und die Mittel von einer Diskretion, die begeistert, ja erschüttert (wenn man von dem modernen Bombast Kopfdröhnen bekommt, nur noch was knallt, was faustdick, was geschmacklos und roh ist, wird verstanden, Nerven sind nicht erforderlich, nur Schiffstaue und Drahtseile). Ja, die Abende sind das stille sitzen am Meeresufer und die Augen, die nichts mehr sehen, langsam in den noch hellen Horizont versinken lassen. Lebhaft mußte ich immer an Dich denken, wie Du Dich seinerzeit in die Nietzschebriefe rettetest, als alles bei Euch krank war und Du auch versankst vor lauter Hausarbeit. Vermerken will ich noch, daß es bei uns jetzt sehr schön ist, mit angenehm ruhigen Wänden und Geräten, aber viel zu eng, weder hat Michael ein Kinderzimmer, noch habe ich ein Atelier, aber es ist wenigstens halbwegs Ordnung und wir haben ein zuhause, vor dem die jetzt so besonders harte und feindselige Umwelt wegsinkt; während man vorher durch jeden Blick auf die fremden barbarischen Drucke, geschmacklosen Tapeten, unzweckmäßigen Möbel und ewige Unordnung einer aufgedrängten und Talmihäuslichkeit erst recht auf alle Nöte der Zeit gestoßen wurde, davon dies möblier-Wohnen auch nur wieder ein Symbol war. Wir haben übrigens nichts zu dieser Besserung tun können, sondern der Sohn des Hauses heiratet und braucht die Möbel. Gut für ihn, daß er welche hat, und wie erlösend für uns, daß wir ihrer ledig sind. Nun, Liebe Liebe, schreibe mal erst, wann Du kommst, ob Du Deine Kinder bei Dir hast, ob Du gut einquartiert bist. Wenn es nicht anders sein kann, schreib kurz und sogar unkonzentriert, wie ich, nur, daß man einander Nachricht giebt. Vielleicht lerne ich noch was Rechtes, daß mir eine schöne Radierung von Dir gelingt.

Sei sehr zärtlich und liebevoll geküßt

von

Deiner Dita,

und Deinen 3 Männern schönste Grüße. Einstein in Paris scheint etwas sehr erfreuliches gewesen zu sein? Er ist gerade beim Rahmenmacher und wird nächstens mit uns hausen.

73 Arnold Zweig an Helene Weyl

[Starnberg] 8. V. 1922

Liebste Helen, ich muß dir irgend einen Gruß schicken – ich bin jetzt ganz in mich gekrümmt und muß mich mit diesem kleinen Prosastück vom Juni 20 begnügen das mir jetzt zu Händen kam und das ich abdrucken lassen will, ein bisschen verändert. Und insofern es dir zum Herzen spricht oder als Prosa deinen Kunstsinn interessiert, will ichs dir gern schenken. Dein

Liebender Arnold.

Drei Blumensträuße / Arnold Zweig

Braunfüssig und nackt tollt über triefende Wiesen der Regengott, Knabe dem schwarze Mähne auf der Schulter klebt und der Büsche und Waldrand mit grauen Weidenzweigen peitscht; der die stahlblauen Libellen und die roten mit schmalgestellten Flügeln, Buchzeichen in einem Liebesbuch, unter die großen Blätter des Holunders treibt, bläuliche Meisen und die silberschmiedenden Finken einschüchtert, den Kuckuck zum Schweigen bringt, und dem nur der Star trotzt, der ihm kecke Strophen ins Ohr flötet. Garten und Waldweg sind uns versperrt und wir der Wohnung überantwortet: so löst die Frau neben mir ihr Haar und flicht es zu den schweren Zöpfen, die ich liebe weil sie ihr das Alter auch äußerlich wiedergeben das sie im Herzen und Wesen unvergänglich trägt: holde Jungmädchenschaft.

Von unserm quadratgeteilten Fenster sehn wir ihn schräg hinsausen, den Gott, vom Altan der bald nach Weinblüte zart und gärend süss duften wird – fruchtbare Tropfen spritzen aus seiner Mähne und wir grüßen seine Herrschaft in unseren Zimmern, die vom großen Draussen nur lässig geschieden und durch Weinranken mit ihm verbunden sind.

In diesen Kuben, deren Gleichgewicht von Senkrechten sehnsüchtigen Strebens und den Wagerechten der Geduld und des Beendens den menschlichen Geist ausdrückt, deren kantige Raumhaftigkeit, von Wandfarben sinnfällig gepackt, auf dem Rötlichen und blaugeränderten Lichtbraun des Teppichs fußt wie die nackte ernste Tatsache unserer unwiderruflichen Existenz auf den Irrtümern, Hoffnungen und leichtsinnigen Wallungen der täglichen Täuschung, [...] und in welche gerundete warmbraune Formen alter Möbel das stille Gleichnis menschlicher Formfreude bringen – in diesen Würfeln, die überall von den sachlichen und vergoldeten Rücken edler Bücher Unendliche des Denkens und des Gedichts hineingespielt werden, in diesen Zimmern entfalten sich die Blumensträuße, die wir gestern von dem abendlichen Gang zwischen Wiesen heimbrachten mit aller Fülle Willkür und glanzhaften Farbigkeit des natürlichen, endlosen und immergrünen, immerbunten Lebens. Es sind die Wiesen der Gebirgsnähe, schon von schnellen Bächen geädert und begrenzt schon von schwarzgrüne[n] Pyramiden altersverhangene[r] Tannen, von deren wolkennahen Spitzen, hoch oben, wie das Hellgrün junger Triebe, die Lieder der gelbgeschnäbelten Amsel durchdringend und lieblich erschallen, und unter die am Abend das Reh tritt, ohne Furcht; es sind überschwängliche Wiesen, strotzend von Grün und dem roten Klee, überebnet von den goldweißen Myriaden [...] der beglückenden Kamille und den rötlichblauen Helmen des Salbei, durchzittert vom Glockenspiel der flieder- und veilchenfarbenen Glockenblumen, verwirkt mit rosenroten Wicken, eingefasst von breitem Huflattich und überatmet von der entzückenden Luftwelt zahl- und namenloser Gräser, aus deren Elfenwildnis die Grille hell singt wie unter den Platanen, die Sokrates sahn und die ahnungsvoll süsse Jugend des Phaidros.

Wir ordnen die Blumen unserer Sträuße nach den Absichten und Neigungen, die ihren Gestalten eingeboren sind, und geben ihnen in Gefässen von entsprechender Bildung einen Rahmen wie einem Bilde; so aber erst bieten sie sich wie gesteigert und auf die Essenz ihres Seins zusammengedrängt schüchtern und glücklich den Zimmern dar: in der Gefasstheit der würfelig verdunkelten Luft sind sie Zauber, ausstrahlender Wirbel und die vollkommene Eroberungskraft des schönen machtverachtenden Lebens.

Da wir mit der süßen ursprünglichen und wahllosen Buntheit der Aue auf dem riesengroßen Grün ihres Rasenplans nicht wetteifern können, geben wir jedem Strauße eine Grundfarbe und eine Blume die sie trägt – in begrenzter Fülle, nicht im plündernden Übermass raffender Unbeherrschtheit und nicht so mager dass dem Gebilde aus Blumen und Zimmerluft die Einheit fehlt. Hier sind rötliche Wicken, deren Blume aus traubenhaft gedrängten und noch nicht hängenden Blüten sich füllt, vom leichten Rosa holderregter Wangen ins reife Rot des Mundes spielend. Wir steigern dieses sanfte Blühen durch wenig gelbgrünes Löwenmaul und drei große Kamillen, die mit üppig goldenen Mitten, von weissen Strahlen umrundet, das unbefriedigte Gelb jener heraldischen Gestalten ins Satte mildern; und wir unterstreichen es endgültig mit graugrün blühenden Grasähren, deren lockere Geschlossenheit von drei Stielen jenes Zittergrases betont wird, dem gelblich grüne Herzen auf rötlichen haardünnen Stielen das Unbegreifliche und Durchsichtige mittäglich schwirrender Luft geben. In einer niederen und als Strahl und Stern geschliffenen Säule aus rotem Kristallglas bebt und ruht dieser rötlichgelbe Strauss wie die ewig erneute Freundschaft verbundener Treue.

Der zweite Strauss ist ganz violett und beherrscht von der lokkeren Anmut der Glockenblume, ruhend im Gleichgewicht von Rot und Blau, im schwebend hellen Ausgleich der als Schönheit geoffenbarten Grenze. Hier, an ihm, bindet das Zittergras zahlreich und gibt ihm eine Aura von hellen Tropfen; unten, gegen den wagerechten Rand der Vase aber füllen wir das Grün der vielen Stengel mit einer violetten und rötlichblauen Wölbung von Skabiosen, und wir machen ihn undurchsichtiger, indem wir auf längerem Stengel ein einziges sehr grosses, wildgrünes Blatt einer Wasserpflanze hinter ihn ordnen und so, dass er ihn überragt wie die lange und breite Spitze einer afrikanischen Lanze. Jetzt, in seiner edel von schmalerem Fuss aufsteigenden Vase aus weissem Empire-Porzellan, die sich trompetenförmig ausweitet bis in den matten Goldkranz ihres edlen Randes, golden von zwei helmtragenden Minervenköpfen in der Kurve des Ausbreitens unterbrochen, brennt der Strauss wie eine Flamme seltener Gase in der stets sich wandelnde[n] Einheit von Violett, wie der Geist des Menschen, der unaufhörlich schwankend und ganz beständig in die Natur einströmt aus der er nicht stammt.

Der dritte Strauß aber, in einer weissen und goldenen Vase gleich dieser, ist ganz weiss und golden. Nichts als die schrägen und wagerechten Sonnen der Margueriten sind sein Wesen, weiss und gelb, Strahl und Mitte, Aura und Wölbung. Und die unaussprechlich kunstvollen grünweissen Dolden des wilden Schierlings helfen nur all dies in sich ruhende reine Weiss der Blüten aufzulockern und in seiner Beständigkeit zu bewahren. Sie neigen es dem Blicke hin, all dies Weiss und Gold, den einfachen schönen Strauß, die knabenhafte und immer wieder frische Liebe zu einer Frau, die die Reinheit und Wiedergeburt des Mannes ist, sein unverlierbarer Anteil.

Und so, während der Weidenzweig des jungen zeugenden Gottes die Wege überschattet, malt aus den Blumen der Wiesen aus dem Schönen, selig in sich selbst, die Hand des Menschen sich Zeichen hin, mit denen sein Leben eingeschrieben ist.

74 Arnold Zweig an Helene Weyl

Starnberg, 10. od. 11. V. [vermutlich 1922]

Hör mal, liebstes Mädchen Helen:
ich kriege vielleicht kein Arbeitszimmer hier; dann muß ich, um meinen neuen Roman zu schreiben, weggehn – irgendwohin.

Stutschewsky hat mir für den Sommer, da er nicht in Zürch ist, seine Wohnung angeboten.

Man könnte arbeiten und dich sehn; wenn du nicht hierher kommst. Freilich ist die Valuta bös, aber unübersteiglich wäre sie gewiss nicht.

Schreib mir ob ihr im Sommer in Zürch seid und zu welcher Zeit.

Wenn es ginge: das wäre schön! Wilde Idee, was? aber keine unmögliche …

Dein Arnold.

75 Helene Weyl an Arnold und Beatrice Zweig

Zürich, Bolleystr. 52 8. VI. 22 [Postkarte]

Hier habt Ihr meine Vorläufer (bezw. Nachfahren). Ich selbst bin Freitag Abend in Starnberg und sage Euch noch am Abend oder nächsten Morgen alles mit eigenem Mund.

Von Herzen

Eure Helen.

Fritz Joachim und Michael, die Söhne von Helene Weyl
(zu Nr. 75)

76 Arnold Zweig an Helene Weyl

Starnberg, 30. Sept. 22

Liebe schöne Heleen,
mehr als diese Überschrift hab ich dir eigentlich nicht zu schreiben, alles andere fürchte ich mich zu sagen. Du bist in deinem Leben noch nie geliebt worden, du hast immer dich ins Leere ausgeblutet, sonst könntest du nicht meinen, ich sei dir fern und bitter. In unverrückbarer, unerkaltbarer, unhemmbarer Zustimmungsfreude über dein Vorhandensein steh ich dir zugewendet, und alles, was du kannst, ist, eine Mauer zwischen uns machen so daß du von meiner Existenz nichts mehr spürst. Thats all. Ich hab dir manchen Brief geschrieben seit du fort bist, solche die nie abgesandt zu werden zu ihrer Bestimmung hatten von Anfang an. Nur: zu dir hin leben, das werde ich stets. Ob du was davon spüren willst, hängt ganz von dir ab.

Du bist eine der edelsten und rührendsten Frauen die wir kennen, und ich weiß bestimmt, ich kenne die Auslese der Frauen unserer Generation; bist klug, geistig, sinnlich, empfindlich; du liebst; du hast zwei prachtvolle Kinder; dein Geist umfasst zwischen spanischer Dichtung und höchster Mathemathik vieles menschlich Wissbare mit adäquaten Methoden; du liebst die Erkenntnis und weißt von ihr; hast vom Kriege so gut wie nichts gespürt, nichts vom Nachkrieg; du hast nie Not gelitten und bist nie gedemütigt worden; du hast von der drolligen Erdkugel schönste Teile als dauernden Aufenthalt oder Reiseland gehabt; dein Mann ist berühmt, jung zu Erfolg gekommen, doch garnicht reiner Fachmensch – und mit diesen Umständen, Gaben und Fähigkeiten verbindest du unleugbar das Lebensgefühl eines Bankerotts. Ich weiß von hier aus, wie unvorstellbar das für die Dita ist; ich sehe, glaub ich, und verstehe. Ich sage deshalb keins von all den Worten, die ich dir sagen müßte. Nur stelle ich fest, dass diese Tatsache doch wohl seltsam ist und dir Nachdenken geben sollte.

In meinem Leben gibt es überhaupt keinen schwermütigeren Raum als den in dem wir beide zu einander stehn. Du, abgewendet und fluchtbereit, zwischen Haß und Freundschaft. Ich, in unveränderlicher Liebe – aber ohnmächtig.

Ich will dir das Zentrum meiner menschlichen und erotischen Stellung aufdecken. Ich habe *gesehen,* dass alles Übel des Lebens von der Gewalt herkommt. Sie verdirbt den der sie ausübt wie den der sie erduldet oder ihr widerstrebt. Man kann sich ihr nur entziehn. Und ich habe mich im Liebeskampfe der männlichen Gewalt begeben. Ich unterjoche nicht, ich befreie die Frau. Ich ziehe nicht heran, ich stelle ihr frei, herzukommen oder nicht. Es kommen nur diejenigen Frauen zu mir, die die Gewalt als Schändung empfinden.

Du empfindest sie auch als Schändung – aber zugleich als übergeordnetes Wesen. Darum lässest du dich zur äußersten Anspannung der körperlichen Kräfte um eines Mannes willen zwingen, aber nie wirst du das bisschen Energie und geistige Strenge aufbringen das zur Revision deiner Stellung *zu dir selber* nötig ist. Dazu brauchtest du wahrscheinlich Dita oder mich. Aber du bist verschlossen und verhehlst dich, und soll dirs wohl sein gehst du zu Schaper und der Yvonne, daselbst auf der »Wiese« zu liegen. Was soll uns das tun?

Dich resigniert mit einem Blicke grenzenloser Zärtlichkeit umfassen – und an die Arbeit gehn. So tu ich jetzt.

Ich bin ganz dein Arnold.

Achims Satz formuliert die Weltanschauung des Künstlers vor der Produktion.

Du weisst nicht, was Seinswerte sind – basta.

77 Arnold Zweig an Helene Weyl

Starnberg, 19. Okt. 22

Liebste, ich habe heut Disziplin genug geübt indem ich deinen Brief von früh bis nach Tisch ungeöffnet ließ und erst Laubheu schaffte; ich kann dich aber nicht eine Stunde ohne Antwort lassen und bin doch gehalten im Zentrum meiner kleinen Welt zu bleiben bis sie fertig ist. Dita kommt Samstag früh; bis dahin *muß* ich nur noch Mechanisches (Tippen) übrig lassen; ich stehle mir eine Stunde die ich mit Dir beim Tee verbringe. Ich negiere dich? Ich liebe deine zentrale Person. Ich sehe sie wie ein Reh aus dem Dickicht treten, scheu, unsäglich hold, ganz sanft und zart, ich sehe sie unaussprechlich deutlich. Und *du* negierst sie. Du tust ihr fortwährend weh, stellst sie in falsche Rahmen, vor falsche Perspektiven, gibst ihr falsche Aufgaben u. brichst zusammen wenn du sie nicht lösen kannst. Davon kann ich heute nicht schreiben, das Analytische muß ich von mir fernhalten um zu gestalten, rätselhaft genug dass ein so analytisch gestellter Bursch wie ich zugleich die herrliche Dumpfheit in sich hat um zu gestalten, und beides so wohl miteinander zu harmonisieren versteht. Laubheu, du, das kennst du nicht. Du kennst *einen* Strang davon, einen Abriß fast nur. Jetzt erst wirds. Unter den unsäglichsten Hemmnissen. Diese Arbeit des Organisierens, des Gestaltens; dazu Verfolgungen aus antisemitischer Quelle; dazu die Finanzgrundlage der nächsten Monate schaffen; die Wirtschaft hier in Gang halten – man muß dem Mädchen *alles* sagen, noch heut fehlt beim Tischdecken was Wesentliches stets – und ehe die Preise uns ganz erdrosseln für den Winter voraussorgen: Tee, Kakao, Kaffee, Reis, Mehl, Gries, Torf, Holz einkaufen, Rechtsanwalt wegen Miete, laufende Verlegerbriefe – Zeitungsartikel für schweizer jüdische Wochenschriften abfassen, sie tippen; Besuche kommen trotz meiner Einsiedelei; alles Seelische zu Dita und dem Kinde hin; und dabei diese Konzentration auf ein einziges Werk, das einen Himmel und eine Hölle und eine ganze Erdfläche hat mit Lebensgesetzen und Atmosfäre. Dies zur Entschuldigung, bin ich wirr und nicht sehr gründlich heute.

Aus meiner Person heraustreten – wundert dich das? Wie könnte ich in andre Personen eintreten blieb ich in mir gefangen. Seh ich als Gestalter auf mich, sitz ich in weiter Entfernung unter mir, mit aller Begrenzung und aller inneren Weite mir anschaulich gegenüber. Nur so ist der Dichter möglich. Und nur so kann ich gelassen-innig, mit jenem ernsten Humor auf das seltsame Faktum Mensch blicken, das Komödien und Tragödien erlebt und in solche hineinstellbar ist. Zärtlich-fremd und mit dem hohen

Maßstab für menschenmögliches Tun auf die Bahnen blicken, die wir alle wirr und befangen um einander beschreiben. Ich hielte das Leben für sehr einfach, wären wir nicht so sonderbar mit Hemmungen gepflastert; soll ich nicht wenigstens von mir aus den Anfang machen, ein wenig sachlicher und herzlicher leben als so viele wertvolle und liebenswerte Wesen die sich und andre plagen? Ich hätte dir, von mir aus, sofort geschrieben, Dita auch. Meine Briefe ließ ich liegen; Dita bat ich, es nicht zu tun. Du warst mir undurchsichtig geworden; es schien mir möglich, du nähmest unser völlig unverändertes Dirzugewandtsein für Würdelosigkeit und Nachlauferei; ich wollte aber Überwindung, nicht Verstärkung der Befremdung. Drum kam ich mit Dita (die sich auf solche Politik mit geliebten Menschen noch schwerer als ich einlässt) überein, du solltest den Anfang mit Schreiben machen. Und du schriebst ja erst vor sehr kurzer Zeit.

Gewalt, sehr seltsam. Ich wünschte, du hättest meine Fingerspitzen um diese inneren Dinge abzutasten. Sollte es nicht sein, dass du nur der Verantwortung enthoben sein möchtest? Ich habe nicht den Eindruck, du ertrügest Erniedrigung; Gewalt erniedrigt den Täter und den Leidenden. Aber als Frau hast du ein Recht darauf dass sich dein Partner schützend vor die Verantwortung stellt, weil wir wehrhafter sind. Sieh doch mal darauf hin. Ein Recht darauf auch, nicht erniedrigt zu werden sondern gehalten und geliebt. Die inneren und die äußeren Geberden der Liebe gleichen sich. Eine Frau gibt sich; aber wehe dem Manne der sie dann als seinen Gegenstand empfindet, er zerstört sie damit, und indem er das Geliebte entwürdigt und entwertet, tötet er seine eigne Liebesfähigkeit. Sie wird ihm weniger wert, weil er immer weniger wert wird.

Vor allem keine Verzweiflung, Schwester. Wir werden uns immer besser hören, mein guter Wille dazu ist ohne Grenzen, wenn der deine nicht ablässt, kommen wir sicher zu einander. Ich will dir unendlich gerne helfen. Aber du sagst mir ja deine Leiden nicht deutlich genug. Sässen wir einander gegenüber, wie leicht wäre es, oder wieviel leichter. Du bist dein Lebtag in deinem Innersten allein gewesen, du hast für andere gelebt, denke jetzt an Dich. Ich sage nicht: und an mich – aber ich meine es. Denn ich will, daß du ganz schön und gestillt in deiner reichen wundervollen Person stehst; vielleicht finden wir uns dann plötzlich sehr beieinander. Denn, Helen, das ist wohl auch ein Grund weswegen geliebte Menschen mich überhaupt nicht und ungeliebte nur sehr schwer *kränken* können: ich stehe, in meiner mir sehr deutlichen Beschränktheit, doch so unbedingt sicher in der Erfüllung meines Lebenskreises, dass die Verletzlichkeit des Selbstgefühls, Voraussetzung jedes Leicht-Gekränktseins, sehr gemindert, fast geschwunden ist. Wer mich recht sieht, gibt mich nicht auf, wer mich nicht mag, darf ruhig weggehn, ich bin zentral gebunden und gestillt, und wer mir nicht Dita oder den Glauben an mein Amt hienieden nimmt, der wird mich schwerlich wanken sehn. Grade darum kann ich so voll und unbedingt und in tiefster Zärtlichkeit lieben, weil ich nicht durch einen Echek aus dem Gleise falle.

Süsse Helen, alles was du schreibst war schön und geliebt, was du hier lebtest fremd und verzerrt; sollten wir nicht unter solchen Umständen einmal als Lebende, wie als Schreibende, zusammenkommen können?

Mit einem schweigsam-innigen Deiner denken

Dein Arnold.

Hast du große Hemmungen, mal in der feuilleton Redaktion der Neuen Zürch. Ztg. anzuläuten und zu fragen, ob sie meinen (sehr schönen) Aufsatz »Die Heerschau der Gegenstände« schon gelesen haben, ob sie ihn nehmen oder nicht, und wenn sie ihn nicht nehmen, ihn dir schicken lassen und lesen und behalten bis ich vielleicht was anderes in einer schweizer Währung damit anfangen kann?

[Beatrice Zweig:]
Liebste, gerade bin ich von der Reise zurück, leider 2 Tage zu früh, sonst wäre Laubheu fertig gewesen. Sobald ich eingerichtet bin und Ruhe habe, schreib ich Dir.

Deine Dita.

78 Beatrice Zweig an Helene Weyl

Starnberg, d. 27. I. [–10. 2.] 23.

Liebe liebste Helen, lieber teurer Freund,
ich muß Dir endlich schreiben, und das unfruchtbare Gefühl abschütteln, als sei die Verantwortung, Dir zu schreiben, eine so heilige Angelegenheit, daß ich auf eine Epoche von Ruhe und Sammlung zu warten hätte – und darüber kommt Du zu keiner Nachricht. Drum schreibe ich nun, auf Teufel komm raus, denn der äußere Wirrwar des deutschen Valuta-Elends, nach dem Du fragst, Liebe, wird diese Ruhe u. Sammlung noch lange unmöglich machen; es verwirrt uns fast alle auch innerlich, und das sind die wirklich schlimmen Folgen, obwohl ich nicht so frech bin zu behaupten, daß es nicht für ein 70 Millionen Volk bereits wirklich schlimm ist, auch nur äußerlich gesprochen, wo der Verbrauch eines Stückes Scheuerseife wie ein Berg auf der Hausfrau lastet (ich glaube 300 M. kostets) Bei uns ist es seit einem Monat so – und mir kommt er wie das 4fache vor – daß wir oft nicht satt werden, weil wir kein Fleisch und keine Butter kaufen können, aber da das Kind von Margarine und Marmelade immer Durchfall bekommt, *muß* ein ordentliches Fett im Hause gehalten werden. Jetzt, nachdem der ewig schleichende Hunger uns ganz matt gemacht hat, essen wir Pferdefleisch, was nach Überwindung des anerzognen Ekels ein erlösender Ausweg ist, denn nun werden wir wieder satt. Kohlen haben wir schon lange nicht, sondern heizen mit Torf, der sehr billig war, aber dafür nur halb so viel Wärme giebt und viel schmutzt und staubt. Er braucht als Ergänzung stets Holz, welches unerschwinglich. Dies wäre nun das ganz animalische. Aber der zweite arge Punkt: die Kleider. Frühere Generationen halfen sich in Zeiten der Armut mit der Teilung, vor fremden Menschen »das gute Kleid« zu tragen, und eben viel zu Hause zu sein, hier eben Schuhe und Kleider zu sparen. Ich kenne noch solche Tradition, wo die Frauen in Filzschuhen und Schlafrock gehen. Nun, in guten Ehen, wo wir immer die Geliebte unsrer Männer sind und umgekehrt, ist das unmöglich. Auch können die Kinder nicht so häßliche Bilder

von ihrer Mutter sehen. Es ist also eine Mausefalle, wo man nicht sieht, wie heraus zu kommen. Wäre ich ein frommer Christ, so würde ich auf das Diesseits pfeifen und nur nach der himmlischen Seligkeit trachten. Leider aber finde ich, daß dieses irdische Leben wohl seinen guten Grund und Sinn haben wird, und jedenfalls mit seinem Jetzt und Hier so sehr da ist und nur einmal für jeden von uns da ist, daß man Friede, Seligkeit, Glück, nur darin findet, den Himmel samt dem lieben Gott (den Buber'schen) schon hier zu tun und zu erleiden. Ich für meine Person habe mir im Krieg geschworen: wenn Arnold lebendig zurückkommt, so ist alles andre gleichgültig. Sind wir arm: bon. Ists kein Unglück, und nicht wesentlich, ob man die dinglichen Dinge besitzt, oder nicht, wiewohl zu haben, woran der körperliche Mensch hängt, seine große Bedeutung hat und auch glücklich macht. Ich hatte eigentlich keine erhebliche Qual, als nach der Rathenau-Ermordung, die langsame Erstickung stets fühlbarer wurde und hätte alles laufen lassen. Russland ist gewiß nicht das Richtige, aber daß aus all der inneren und äußeren Not gar nichts Neues herauskommt, ist ebenso gespenstisch. – Nun, Arnold ist ein Mann, und will sein häusliches Behagen. Er will es, trotz Raummangel, üblem und unzureichendem Personal und ohne Geld. Ich verstehe ihn so furchtbar gut und leide oft ganz unsagbar darunter, daß ichs ihm nicht so schaffen kann, wie ers braucht. Man ist fast wie ein Gefangner. Skigelände neben dem Haus – aber »Brettln« unbezahlbar. An eine Reise nicht zu denken. Dabei ist das nichts Äußerliches, aber das brauch ich Dir, nach Spanien, ja nicht zu sagen, ich weiß nur, daß nach Italien die Seele und das ganze Leben wie in klarstes Leuchten aufschwebte und noch nach 10 Jahren spür ichs, und wenn ich zurücksehe, so merke ich, daß da eine Wegbiegung war, und eine, den geahnten und ersehnten Sphären nähere. – Sobald ich zeichnen darf, ist aber der meiste Druck weg und ich fühle nur noch: das beseligteste Wesen ist doch der Schöpfer, und sei er auch noch so ein winziger Schüler, wie ich. Vorläufig besitze ich noch etwas Material, aber wenn das mal alle ist, weiß ich nicht, was wird. An Ölmalen ist vorläufig nicht zu denken. Ich habe auch ein schlechtes Dienstmädchen, dessen Gewissenlosigkeit mich zu jedem kleinen Dreck im und am Hause festhält, sodaß eine Konzentration, wie es jene Götter mit dem strengen Antlitz von uns fordern, (und fordern müssen) nicht möglich ist. Aber da diese gutmütig anspruchslose Magd gern unsre momentane Kärglichkeit mit uns teilt und mit allem zufrieden ist, muß ichs wohl auch sein und viel viel viel Geduld haben. Arnold wird mir recht matt und nervös, er entschloß sich, am 18. Dezember einigen Einladungen verschiedener zionistischer Ortsgruppen zu folgen, und etwas zu verreisen. Mitte Januar feierte seine Mutter ihren 70. Geburtstag in Kattowitz, am 29. soll er in Hamburg sprechen, und so hätte eine Unterbrechung, und Rückkehr nach Süddeutschland keinen Sinn gehabt, ich entbehre ihn also schon so lange; er wird erst Mitte Februar wiederkommen, (hoffentlich doch!) aber ich glaube, daß er in Berlin, wo er die Zwischenzeiten in der Stadtwohnung meiner Eltern und in der Pflege einer Tante zubrachte, viel wertvolle Verbindungen erneuert hat. Meine Eltern übrigens – das ist ein so dickes Kapitel, ich wills so knapp wie möglich zu sagen suchen: Mit dem Krieg brach die alte, ehrliche Kaufmannsmoral kaputt, mein Vater, ein strenger Staatsgläubiger und redlichster Geschäftsmann, konnte sich mit dem Schieberwesen und den tausend Vorschriften nicht mehr zurechtdenken, er zerbrach mit seiner Welt, – auch an seinem eignen Charakter, [(]doch das führt schriftlich zu weit ab –) und lebt nun als sein eignes Gespenst fort, körperlich rüstig, geistig senil, eine umheimliche Strindbergfigur, vor der sich die Enkel erschrekken; spricht nur wenig Sätze, tobt oft, oder liegt drohend und still mit geschlossnen Augen in seinem Stuhl, wo er seit 35 Jahren sein Nachmittagsschläfchen hält. Dieser Stuhl aber steht in einem Hotelzimmer in Schlachtensee. In der Stadt lebte mein Vater wohl gar nicht mehr. Meine Mutter betreut ihn, als eine lebendig Begrabene (sie hats auch wieder zu einem Teil selbst so getan). Dies Zimmer nun in seiner wohlbezahlten Hotelungemütlichkeit, mit Hausfrauendeckchen, Spirituskocher und Überkleidern an der Wand, mit vielen Reisekoffern und einem Kleiderschrank und einem Vertikow für 2 Menschen – man muß das eingeatmet haben. Dies ganze Leben, diese Ehe und alles alles ist eine dritte, reale Gestalt geworden, ablesbar aus diesem Raum und dem Alter dieser Menschen. Ich war vom 7. September bis Mitte Oktober mit dem Kind da, und bekam das Nachbarzimmer eingeräumt. Meine Eltern kannten das Enkelchen noch gar nicht. Mein Vater reagierte teils mit Apathie, teils mit Gestörtsein darauf, jedenfalls weiß niemand, ob er auch Freude überhaupt noch verspüren kann. Meine Mutter aber hat sich nach den ersten Tagen der Gewöhnung sehr mit ihm angefreundet und ist sehr glücklich über den Kleinen. Plötzlich war ich eine große Nummer, mit einem »berühmten« Mann und einer guten Ehe, der ersten, die die Arme je in ihrer Umgebung gesehen hat. Mein Bruder ist unglücklich und hats wirklich bei sich nicht schön, meine Schwester unverheiratet und in ihrer Karriere, aus Valutagründen, fast lahmgelegt. Die große Nummer bin ich also nur zufällig, weil der Hintergrund so dusterlich ist, für ein Mutterherz. So ist auch Arnold gut aufgenommen worden, und mit Respekt oder auch Schüchternheit angesehen. Ich bekomme ab und zu einen Hut oder ein Kleid, das Kind aber beinahe alle Leib- und Bettwäsche und sonstige Sachen, sodaß Arnold, der arme, sich nicht auch noch dafür seinen Kopf zerschaben muß, der doch für unirdischere Dinge erdacht worden ist. Ich fürchte nur, er kommt mir noch ermüdeter zurück, als er fortfuhr, dabei hat er den Kopf voller Pläne. – Übrigens Berlin – ich schrieb Dir so lange nicht, weil da eine Bombe platzte, die seit 2 Jahren auf meinem Herzen lastete, Arnold hat wieder ergreifend und fabelhaft gestanden und mir, als ich wieder in Starnberg war und noch ein Schlußsatz kam, aufs mütterlichste geholfen. Aber die Symphonie, glaub ich, ist noch nicht zu Ende. Sie hat mich viel Zeit, Kraft und Aufmerksamkeit gekostet und gleicherweise geschadet wie genutzt.

Da meine Kasse nun immer leer ist, kann ich auch nicht nach München fahren, wo schon Eisenbahn und Elektrische allein einen halben Tausender fressen, und dusle wirklich ganz eingeschneit hier draußen. Ich habe ein schönes Gedichtmanuskript von Arnold zusammengestellt und mit der Maschine abgeschrieben und damit die ersten Wochen umgebracht (Sekretärin auch unbezahlbar), es war aber arg, daß ich das mußte, denn ich spürte es so in mir explodieren, daß ich wohl gute Zeichnungen zustande gebracht hätte. Das Abschreiben machte mir Freude, als

Beschäftigung mit dem Entfernten, und die Durchsicht und Sichtung der zum Teil unbekannten oder lange nicht gelesnen Verse waren interessant und lebendig, aber die verdrückte Produktionskraft kribbelt, beunruhigt, treibt umher und will ihren Teil haben. Ich bin mit der Abschrift bald fertig und will mich doch zwingen, den unterbrochnen Werdensprozeß wieder zu heilen. Es wirkte dieses Abreißen diesmal so unheilvoll wie eine körperliche Abtreibung, ganz quälend. Arnold hat übrigens genau dasselbe an sich erlebt: Konzentration – Abreißung, neue Sammlung – Abreißung; nicht zum Mitansehen wars. Wir Künstler sind schon rechte Luxusgeschöpfe und in einer Zeit des nackten Volkselends eigentlich nur als Idee berechtigt. Aber was soll man mit uns, und wir vor uns, wo es um Hunger und Kälte geht? Unser aller Gewissen ist nicht ganz frei und doch sind wir lebendige Zeugen, daß Trog und Stall nicht den Menschen ausmachen. Wenn ich Terpentin rieche wirds mir erst heimatlich. Ich geige viel und meist den Johann Sebastian, und Michali ist gleicherweise meine Liebe, mein Trost wie der Fluch der Ablenkung und Dekonzentration. Umgang habe ich keinen. Kamnitzers leben ein angstvolles Strindberg Drama, immer muß ich mich eine halbe Woche nach ihnen erholen, obwohl er einer der klügsten Menschen ist und bei Schapers finde ich noch mehr Elend vor, als bei uns. Die Yvonne kenne ich nur als überarbeitete Hausfrau, ihre andern Gestalten hab ich noch nie zu sehen bekommen. Und nach München ist mir der Zugang meist gesperrt. Aber ich hoffte doch, daß es nicht allzu lange so fortgeht, schon wenn Arnold da ist, leb ich wieder. Ohne Liebe ist es mal nichts und wenn man leere Arme hat, so ist es ärger als verbrennen und verdursten. –

Ich habe jetzt die ganzen Prosaschriften von Euerm Gottfried Keller gelesen – welche Verklärung alles Irdischen. Je weiser er ist, um so heitrer die Form (»Kleider machen Leute«.) Ich war in einem hellen Entzücken und ganz glückselig, solange ich in dieser Welt leben durfte, in der Welt eines echten Dichters. Außer allem andern hat er mich sogar gelehrt, mich gegen meine böse, zänkische und grobe Wirtin zu verteidigen. Arnold hat mir schon geschrieben, daß er eine herrliche komplette Keller-Ausgabe eingetauscht hat gegen einen Cyklus Radierungen, der uns nichts angeht. Ich bin froh, auch noch die Gedichte und die Biographie kennen zu lernen. – Heut schick ich Dir dies neue Buch von Buber, das mich wieder zu mir selbst zurückgeführt und mich ganz glücklich gemacht hat. Bitte sende es mir nach der Lektüre gleich wieder, denn ich muß es sofort zum dritten Mal lesen. –

Die Vorrede zum großen Maggid hat mir sehr viel gegeben. Deinen Lieblingsheiligen Tschuang-Tse möcht ich gern kennen lernen, in welchem Buch ist er aufgeschrieben? Bücher können wir durch Verleger und im Tausch noch erreichen. – Übrigens was Du vom Halten einer großen Tageszeitung schreibst – ja – wir halten mit unsern Portiersleuten (sehr lieben Menschen) zusammen das Starnberger Amtsblättchen, und sonst den Manchester Guardian Weekly, der ist erschwinglicher als die »Münchner Neuesten«.

Was Du von Dir schreibst, bleibt mir undurchdringlich und ich kann mir nicht denken, wie Du innerlich lebst, um so abgelöst zu sein und gar von »Idee und Liebe«, sie seien Dir noch nichts Sinn-Erfülltes geworden. Vielleicht stellst Du Übermenschliche Anforderungen an Dich, denn diese beiden scheinen mir *der* Sinn, – und ohne sie das Leben als ein langweiliger Tod, dem man zusehen muß und hat noch nicht mal seine anständige Ruhe, wie jeder ordentliche Leichnam. Wenn es sich sagen läßt, so erzähl doch, was Du wohl meinen könntest, offenbar kommt wieder eine Belastung und Selbstbeschimpfung heraus, die mit keiner Silbe stimmt. – Nun sei lieb und vergilt Böses mit Gutem, indem Du mir bald von *Dir* schreibst. Denn bis wir uns sehen, ists zu lange und Du schreibst leichter als ich.

Ich lese jetzt viel mehr als sonst, aber ich habe es schon satt, sogar die Dichterwelt wird mir fad, wenn ich als Ergänzung nicht das Leben habe, das ganze saftige, irdische, kraftvolle. Auf die Dauer macht mir die dünne Luft der Bücher Kopfschmerzen und ich muß 10 Stunden schlafen, in Berlin ließen mich das Kind und das andre durchschnittlich 5 – 6 Stunden Ruhe finden, 6 Wochen lang, und doch platzte ich vor Leben und war nicht müde. Ach, war das schön! schön! – Das Buber-buch find ich am Anfang etwas schwülstig – nicht ganz klar. Aber desto klarer und einfacher den letzten Teil, wo er der Zeit sagt, was zu sagen ist.

4. II. Ich höre, Liebe, daß es eines umständlichen Verfahrens bedarf, um ein Buch ins Ausland zu senden, ich laß es also sein, es kommt Dir schon noch mal zu Händen. – Jetzt schick ich den Brief aber fort. Gestern war ich in München, ich bekam gerade etwas Geld – und mit sympathischen und anfeuernden Menschen zusammen, heute bin ich darauf voller Musik und habe schön Mozart und Mahler gesungen. Morgen fange ich mit zeichnen an. Leb mir ganz wohl, Du liebe schönste Frau, und sei mir geküßt.

Dita.

Sonnabend, d. 10. II.

Liebe,
ich mach den schon zugeklebten Brief noch einmal wieder auf, ich denke immerfort mit einem Weh im Herzen, daß Du Dich stets mit denselben Dingen quälst: Du leistest nichts! Wahrscheinlich hausfraust Du zu viel und hast zu wenig Spielraum für Deine große Begabung. Mir gehts jedenfalls so, wenn ich 2 Monate nichts getan und gefaulenzt habe, d. h. nur im Haus gearbeitet und nichts gezeichnet, daß ich mit schlechtestem Gewissen und qualvoll ausgeödet herumlaufe. Das Gleiche hat mir meine Ärztin, die 5 Kinder! besitzt, von sich gesagt, und das ist ein Wunder von einer tüchtigen Hausfrau. Es ist wohl mit uns Allen das Nämliche oder das Ähnliche. Du arbeitest in einem undankbaren Fach. Ein Arzt schickt einen geheilten Menschen gesund nach Hause, seine Leistung steht konkret vor ihm. Der geringste Schüler hält einmal ein anspruchsloses aber fertiges Blatt von sich in den Händen. Vielleicht fehlt Dir so eine Leistungsbestätigung? Als Wissenschaftler hat man es ja 1000 mal schwerer, das kannst Du mir glauben. Und rechnest Du Dein Leben für Nichts? Nochmals: Deine Dita

Arnolds Vater starb vor wenigen Tagen, er wird sehr kaputt nach Hause kommen, er denkt, am 15.

Ich hab gezeichnet, da ist aller Kummer verflogen!

79 Arnold Zweig an Helene Weyl

[Starnberg] Anfang April oder Ende März [1923].

Liebste Heleen, ich komme zu dir nach endloser Zeit wie aus dem Erebos, ganz verwandelt. Nicht bloß dass ich seit Oktober ohne Pause dem Kampf ums Wochengeld, Monatsgeld völlig ausgeliefert war – und ein wie niedriges, das würdest du nicht glauben. Ich nahm zu dem Ende Vortragsreisen an nach Mittel- u. Norddeutschland. Hauptsächlich um zum 70. Geburtstag meiner Mutter, Mitte Januar, mich nach Kattowitz einzuschmuggeln. (Das poln. Visum kostet 32 frz. Franken; wenn man seine Eltern besuchen will, und es nicht hat, so schmuggelt man sich über die Grenze.) Ich hatte im November beim Anblick des neuesten Bildes meines treuen alten Vaters einen heftigen dreitägigen Schrekken gekriegt, er sah so verändert aus; daher stand dieser Entschluss zur Reise fest. Zehn Tage war ich unten, fand alles wohl, Vater ganz anders als auf dem Bilde aussehend, sehr wohl, wie früher. Zehn Tage danach war er tot. Ich bekam die Nachricht seines Herzschlags in Hamburg, nach einer Rede im überfüllten Auditor. max. der Universität, und kam noch recht zur Beerdigung. Seither sieht das Leben ganz anders aus. Ohne Deckung nach hinten, gegen den Tod. Der breite Rücken des Sattlermeisters Zweig fing im Gefühl die Stöße des Schicksals ab – plötzlich fällt er in die gelbe Lehmgrube, 67 Jahre alt. Es ist noch nicht zwei Monate her. Mutter u. Schwester unten allein; mein Bruder noch ungewiss ob er den Sprung ins Ungewisse da unten machen soll. Man wird, auch als Jude, nicht gern Pole. Seit ein paar Tagen bin ich wieder hier, inzwischen war ich mehrmals in Berlin, mit Hans (meinem Bruder) zu konferieren, Verleger zu sprechen, Geld zu machen. Das Schlimmste ist: meine Arbeitskraft ist erkrankt. Meine Gedanken laufen ihren eigenen Weg, sie gehn nicht mehr gern in die Arbeit hinein. Seit dem Kriege hab ich diese neurotische Produktionshemmung, ich kann nichts mehr würdig fertigmachen. Ich habe mich mit Energie gegen dieses Übel gewandt, das jetzt ja fast lebensgefährlich ist und sehr gesteigert – aber übers Knie läßt sich da nichts brechen. Dita, die tapferste der Frauen, genügsam wie eine Märtyrerin und stets sanft und heiter, hat jetzt an mir eine Art Reisenden zum Manne. Am 18. fahr ich wieder weg, diesmal Tschechei, wenn nichts dazwischen kommt.

Wenigstens ist der Frühling bezaubernd und gedeiht das Jungchen. Ein bisschen ordinäre Worte gebraucht er, wir haben für ihn keine nurse, er ist stets im Garten mit dem Hausmeistersohn zusammen, aber was soll man da tun.

Meine Arbeit besteht jetzt in Essays für Klassikerausgaben: Kleist ist fertig, Büchner u. Lessing sind übernommen. Auch gebe ich alte Bücher auf Neu heraus. Illustrierte Novellen aus dem Geschichtenbuch, ferner »Klopfers, Benarône, Episode = Krähe = Quartettsatz« als »Söhne«. Ich möchte auch Essaybücher edieren, aber man findet dazu schwer Verleger.

Das Leben ist eine philosophische Angelegenheit wenn man gut arbeiten und gut verdauen kann. Hat man zu sorgen daß Futter da sei und geht einem das Innere weg wie durch eine Fistel, so ist es weniger beschaulich als vielmehr eine tierische Affäre.

In 6 Monaten sah ich Schaper 3 mal, 1 mal die Yvonne. Gerade war Thilda Keller dort. Ich gehe selten weg. Was sollen mir Menschen, die ich nicht vom Zentrum her, leidenschaftlich, zum Leben brauche, wie Dich. Du solltest dich mal sehn lassen. Noch lieber – doch nein.

Gib bald Nachricht von Dir, ich brauche was Helles und Vorkriegsmäßiges. Die Menschen sind eine armselige Rasse, ihr in der Schweiz bietet noch ein relativ passabel aufgemachtes Bild, und du bist immer liebenswert deinem

Freunde Arnold.

[Beatrice Zweig:]
Liebste Helen, ich habe so große Sehnsucht, Dich bald in der Nähe zu haben, Du kommst vielleicht bald nach Deutschland? Der Mann Deiner schönen blonden Tanz-Amoureuse könnte unserem armen Dramendichter ein Arbeitszimmer in einem seiner Schlösser zur Verfügung stellen! Sie wäre meines ewigen Dankes gewiß. Kommst Du bald? Deine Dita.

80 Arnold Zweig an Helene Weyl

[Starnberg] 16. April 1923

Teuerstes Mädchen Helen,
nun hab ich mir endlich deine beiden letzten Briefe vorgelesen und will noch, aus vernageltem Gemüte, das zu dir sagen was mir aussprechlich ist.

Mein Mscrpt. hab ich zurück und das ist erledigt. Es wird vielleicht demnächst im »Tagebuch« erscheinen; dort siehst dus vielleicht. Weder Laubheu noch Luzilla sind im Druck. Ich bin ganz außer Stande, jetzt dergleichen vorzunehmen. Ich möchte die Luzilla gern gut machen, und alles um Felix ist unlebendig. Wird mir das Glück zu teil, mit Dir ein bisschen leben zu können, dann mag die Lebensfreude, die zum Dichten solcher Stücke gehört, sich wieder einstellen und das schöne Stück fertig werden.

Dass ich Dita habe ist das einzige was mich im Leben, diesem Leben, ernsthaft zurückhält – sie und das Jungchen, natürlich, dessen Liebenswürdigkeit und geistige Helle neben mancher Schwierigkeit doch überaus entzückend ist. Bisher hab ich nur leben können weil mir seit Januar ein Freund, mein früherer Buchhändler, ein Stipendium von 150000 Mk ausgesetzt hat; was wir sonst zum Minimum brauchen, verdiene ich. Dita wirtschaftet mit Pferdefleisch und ohne Butter, wir essen viel See- und Räucherfisch und kaufen das Meiste in München wo es billiger ist; aber da wir erstens einen großen Vorrat herrlichen Tees und hinreichend Kaffee haben, und oft Chokolade kaufen, da wir weiterhin leicht und oft unbürgerlich zu leben gewohnt waren, sodaß uns want of comfort nicht in Verzweiflung stürzen kann, und da wir vor allem in unseren Zimmern mit unseren Bildern u. Büchern und nun gar miteinander sehr glücklich sind, lassen wir uns den wirtschaftlichen Notstand und den schweinischen Antisemitismus nicht sehr anfechten. Oft ists ja gerade unvergnüglich, wenn ich zb. morgen nach Leipzig und dann nach Prag etc. fahre und Dita nur 40000 Mk. hinterlassen kann, aber dann komm ich hoffentlich mit etlichem Gelde heim und kann meinen Stiefel weiterarbeiten.

Du wirst nie begreifen, Helen, wie einmalig und wertvoll

deine Existenz ist, solange du nicht einsiehst, dass Schönsein, und gar plus Gutsein, und gar plus Geistigsein, ungefähr den höchsten Wert ausmacht den das Leben überhaupt bietet. Du bist schöpferisch wenn du vor einem Liebenden durchs Zimmer gehst, denn du machst ihn schöpferisch. *Sein* ist mehr wert als *Leistung,* das wertverkörpernde Sein einer Frau steht über jeder Leistung; Leistung des Mannes entsteht, um mit euch überhaupt konkurrieren zu können. Aber da du keinen deiner würdigen Liebenden hast, nämlich keinen Künstler, wirst du das vorderhand noch nicht zugeben.

Ja, wenn wir miteinander eine Zeit leben könnten, jeder mit etwas beschäftigt oder beide mit einerlei Sache beschäftigt. Natürlich träfen wir uns da leichter. Deine Freundin möchte ich wohl mal sehen, und sicher gefiele sie mir. Denn ich liebe *schöne* Frauen, nicht einen Typ allein.

Ich habe nie geglaubt dass die Zeit unsereins im Mitteilenwollen abdrosseln könnte, und doch, sie tuts. Was ist noch zu sagen wenn alle Gedanken um das Existenzminimum kreisen und jeder Einfall darauf geprüft wird ob er einen Aufsatz ergeben kann.

Wär ich nur erst gesund, dann sollte es an Dramen, Romanen und Essays von mir nicht fehlen. Aber bis dahin muß Dita sich noch quälen. Lebwohl, schreib bald deinem so ganz ungelenk gewordenen Freunde

Arnold.

81 Arnold Zweig an Helene Weyl

[Poststempel: Starnberg, 30. Mai 1923; Postkarte]

Liebste Helen, hast du meinen Brief, vor etlichen Wochen geschrieben? Heute eine Bitte. Bei keinem meiner zürcher Aufenthalte wußte ich, daß Georg Büchner auf dem Zürichberge (Germaniahügel, Gemarkung Oberstraß) begraben liegt – der einzige Sozialist und Republikaner unter den großen deutschen Dichtern. Bitte schick mir eine gute Ansichtskarte des Grabes, damit ich sie, gerahmt, neben Shaksperes Bild und einen Kleistbrief an die Wand beim Schreibtisch hängen kann. Uns gehts sehr heiter und eingezogen wie stets; einen jungen Dichter und seine Frau abgerechnet, die jetzt hier draußen wohnen (Brecht nämlich) und mit denen wir uns ausgezeichnet verstehn, sehn wir niemanden, abgerechnet Kleist und Büchner. Kann man in besserer Gesellschaft schmauchen? Herzlich

wie stets dein Arnold.

82 Arnold Zweig an Helene Weyl

Starnberg, 27. 6. 23 [Postkarte]

Liebste, es wäre barer Undank wenn ich dir nicht sofort schriebe daß uns Schapers gestern deine lieben Grüße gebracht haben, und wir freuen uns ihrer doppelt: vor allem, weil sie von Dir kamen, und dann an ihnen. Nun höre ich, du seiest im Winter in Süditalien. Bitte gib mir an, wann ich dich noch oder schon wieder in Zürich treffe, wenn ich Vorträge dahin annehme. Ich habe eine so mächtige Sehnsucht nach deiner persönlichen Gegenwart daß ich es nicht verantworten könnte, auf die vage Möglichkeit nur, dich zu sehn, nach Z. zu kommen. Dass Schapers dir von uns nichts erzählen konnten, wirst du inzwischen wohl verstanden haben. Sie finden den Weg zu uns nicht, in jedem, auch dem apostolischen pedes-Sinne, und seit sie bei anderen Starnbergern häufig sind, werden wir der einseitigen Besuche müde. Unser Bedürfnis nach Einsamkeit ist ohnehin so stark, daß es für Dita zu den härtesten Müssen und Nüssen gehört, andere Menschen als mich, dich und Jam bei sich aufzusuchen; und wenn nun gar noch diese einseitige Besuchsart eintritt, haben wir, die doch in bürgerlichen Begriffen recht Unbehausten, die Arme frei für Alleinsein. Aber wenn deine Kinder hierherkommen und wir dann hier sind, werden wir oft dort sein oder sie zu uns holen, denn ich liebe deine Kinder. Inzwischen alles Herzliche von Dita, Michali und Arnold.

83 Arnold Zweig an Helene Weyl

[Starnberg] 21. Juli 23

Liebste Helen,
dein letzter Brief klang gut und frei. Nun bist du im Lande, nicht mehr getrennt von mir durch die enorme Valuta. Zugleich hat ein vorübergezogenes Drohwetter, wir fürchteten (und liebten schon) ein zweites Kind, mir gewiesen, dass die vitalistische und passive Art, mit der ich bisher uns treiben liess, unbedingt ihr Ende haben muß. Ich muß mich zur Ökonomie der Kräfte und zu jener Art von vergewaltigender Energie zusammenraffen, die ich immer, und heut erst recht, als primitiven Zustand empfunden habe, quelque chose impur et indigne et de poète et de philosophe. Mais, chérie, soyons des troglodytes dans ce monde antédiluviale – und kurz, wir müssen uns begegnen. Wir uns beide, ohne Dita oder sonstwen. Wir müssen sehn wie es sich zwischen uns ordnet. Du wirst mich sehr anders finden als früher. Ich verdanke unsern vorletzten (schweizer) Tagen Zauber und Rausch für »Laubheu«, ohne dich wäre dies Stück nicht entstanden; hilf mir jetzt es beenden. Du sagst in deinen Briefen immer wieder, die Zeit ohne Drama verlange mich; hilf mir, aus meiner Verschalung herauszubrechen. Von unserer letzten Begegnung weiß ich nur einen Nachtgang im Regen und einen zaubervollen Kuss, alles andere vergaß ich.

Treffen wir uns irgendwo in Mitteldeutschland, halben Weges, auf einem leidlichen Fleck Erde. Ich rechne auf einige Tage, drei, vier – man wird so bescheiden. Schreibe mir aber sofort, ob du willst wie ich und wann du loskommst. Wir werden einen sachlichen Gegenstand haben: die Luzilla. Ich bin wie je dein

Arnold.

84 Arnold Zweig an Helene Weyl

[Starnberg] 1923, 5. August

Liebste Helen, ich fürchte, mein Brief hat dich in Krisen geworfen und recht unglücklich gemacht. Das sollte er nicht, und darum nehme ich, wenn seine Erfüllung dir schwer fällt und auch das »Nein« dich quält, meinen Vorschlag zurück: lass uns also uns nicht begegnen. Du wirst aber eines wissen sollen: bisher hast du um Liebe gekämpft und selber geworben; nie bist du geliebt worden auf Grund deines puren Seins, von einem Manne der für Dich und deine wundervolle Existenz so aufgeschlossen war wie ich. Und du wählst nun, nie kennen zu lernen wie es ist wenn man so geliebt wird. Wir altern beide, langsam gottlob, aber bald treten wir doch aus der Jugend hinüber in eine Zone in der Arbeit allein und Ehe und Kinder dominieren – nicht mehr das berauschende Zärtliche des Werbens und des Geworbenwerdens. Und es ist schade – so schade! dass wir die Grenze überschreiten ehe wir *einmal* nebeneinander im Grase lagen und in unsern beiden Augen sich der gleiche Himmel der gleichen Stunde spiegelte. Wir schwerlebendes Geschlecht, geistbeladen und so gehemmt durch unvernünftige und blutlose Nervenschemen …

Auf Wiedersehn, Helen, irgendwann und irgendwo. Du bist nicht frei genug zu ganz offener Kameradschaft, und ich nicht mehr jung genug zu so unendlicher Entfernung. Da man viel zu geben hat, Frauen deines Ranges, will man auch irgendeinmal etwas empfangen. Vielleicht gelingt es meiner Berliner Ärztin, meine Arbeitsneurose diesen Winter aufzulösen. Dann werde ich wieder sprudeln und blühn, und mag sein, dass ich dann mit ganz neuen Worten zu dir werde sprechen können. Meine alten sind vorläufig zu ende. Deiner stets gedenkend halte ich dich im Herzen verschlossen.

Dein Arnold.

85 Arnold Zweig an Helene Weyl

[Starnberg] 17. Aug. Freitag [1923]

Süsse geliebte Frau,
Dein Brief hat mich beinahe weinen machen. Es zittert noch alles in mir. Wenn ich nicht so gewöhnt wäre, zu tun was ich nicht will, zu tun was ich muß, wenn ich nicht so gebunden in Disziplin wäre, ich hätte mich auf die Bahn gesetzt, hin zu dir.

Ich will nicht mehr von Dir, als du mir geben willst und kannst – das aber ganz. Ich will mit dir und bei dir sein und dich als meinen Freund und meine Geliebte in einer Atmosfäre mit allem was ich bin aufgehn sehn – eine Hingabe die mehr als die letzte körperliche Vereinigung zeugt, geistige Gebilde und aetherisch fliegendes Glück.

Wie lange bleibst du in Kampen? Am Ende bekäme man dort Wohnung. Du hast ja so recht. Drei vier Tage, was wäre das, in Hotels, elend.

An der See, ja. Ach, wir hätten uns in Rostock treffen sollen, damals, als ich dort studierte.

Süsse Helen, ich danke Dir. Gib mir gleich Nachricht über deine Dispositionen. Ich könnte sofort nach Norden kommen. Ich möchte es, ich wills.

Können wir in Kampen noch beisammen sein? Telegrafiere mir. In diesem Dasein, Helen. Mit Telegrammen, mit Menschenherzen und richtigen Armen.

Dein
Arnold.

Gehts jetzt nicht, dann in Zürich, im Herbste. Wir müssen.

86 Beatrice Zweig an Helene Weyl

Schlachtensee, d. 17. 8. 23.

Meine liebste und gute Helen,
ich habe mich so sehr über Deinen Brief gefreut, und nicht zuletzt, weil ich Dich so gut aus der Meereslandschaft herausge-

wachsen sah. Das machte mein Herz ganz warm und glücklich. Ich hatte auch so ein Vorgefühl davon, und darum möchte ich mich am liebsten da oben zwischen den blauen Elementen mit Dir treffen. Könntest Du wohl in Erfahrung bringen, wie viel Geld man, einschließlich der Fahrt dritter Klasse, dazu brauchen würde? Vielleicht 3 Tage? Ich fürchte, das wird auch schon mehrere Millionen ausmachen. Ich würde Ende August kommen. Mir schwirrt hier in Berlin der Kopf vor vielen Menschen, die alle nicht spielerisch aufgenommen sein wollen, denn die äußere Not ist eine innere bei allen geworden, auch bei den Verdienenden, die von einer Krise in die andre geweht werden und sich wehren, wie tapfre Insekten. Wenn Du bald schriebest, könnte ich meine Geldvorräte richtig einteilen. Den Michali lasse ich hier. Im Bauernhaus und wo sonst es sei, wohne ich ebenfalls. Dein Elternhaus kennen zu lernen, machte mir große Freude. Ich würde von Berlin direkt nach Ahrenshoop fahren. Oder machst Du einen praktischeren Vorschlag? Die Reise zu meinen malerischen Freunden zerschlägt sich, die Götter sollen meine Anklage hören, leider. Aus den dümmsten Gründen der Welt, aus Geldgründen.

Meine Radierplatten darf ich ohne Herzdrücken also gar nicht ansehen. Bloß so herumdilettieren, statt Handarbeit, ist zum brechen oder kotzen, mog i net.

Also – nimm einen ganz dicken großen Gruß von Deiner Dita.

Einen Gruß von Michael. (mit geführter Hand.)

87 Arnold Zweig an Helene Weyl

[Starnberg, nach dem 17. 8. 1923]

Liebes Herz, ich weiß mir nicht zu raten. Gib mir doch ein Telegramm, ob es in Kampen Wohnungen gibt, oder vielmehr eine Schlafstelle. Ich könnte am Montag von hier losfahren, unser Mädchen kriegt Urlaub, und ich hätte in Berlin zu tun. Ich müßte aber losfahren solange die Bahn noch erschwinglich ist. Vielleicht warte ich auch garnicht und du kriegst aus Schlachtensee plötzlich Nachricht von mir. Alles was ich liebe ist nördlich, Du.

Dein A.

88 Arnold Zweig an Helene Weyl

Starnberg, 18. Samstag [August 1923, Postkarte]

Liebe du, ich habe mir alles wohl überlegt und gefunden, daß ich doch jetzt arbeiten sollte, und dass wir uns wenn möglich im September sehn sollten. Ich weiß nicht, wie lange Dita oben bleibt, aber ich weiß, daß sie einen Aufenthalt mit Dir noch nötiger hat als ich, und so stehe ich zurück. Setz dich mit ihr ins Einverständnis und tut was euch gut dünkt; ihr handelt immer richtig, wenn ihr im Einvernehmen seid. Der Gedanke, Euch beide zusammen zu sehn ist mir soviel wert, und dein Brief öffnet mir so wichtige und befeuernde Ausblicke ins Künftige, Ausblicke die ich schon vermauert glaubte, daß schon er allein mich trösten und in meiner Arbeit vorwärtsbringen wird. Leb wohl, liebster Kamerad, und sei gegrüßt!

Dein A.

Am liebsten wäre auch ich am Meere mit Dir.

89 Beatrice Zweig an Helene Weyl

Heringsdorf, d. 11. 9. 23.
[–Schlachtensee, 16. 9. 1923]

Meine liebste (Leni, laß mich bitte sagen), eigentlich hätte ich schon längst im schönen dummen, mörderischen Bayern sitzen müssen, aber Du ahnst nicht, wohin mich mein gütiger Schicksalsgenius schon wieder gestubst hat. Ich bin an der See, in Heringsdorf.

Mit einem »geschiedenen Schwager«, einer von den Blonden, Tätigen, die ich so gern mag. Aus alter Familien- und Freundschaftsanhänglichkeit bin ich hierher mit verladen worden und schwelge hier in aller Sittsamkeit und Freude. Eben regnet es ein bißchen, ich bitte also die Verwischtheit auf Pluviussen seine Rechnung zu setzen; aber es waren schon 3 strahlende warme Tage, mit Bad, Faullenzerei im weißen Sand, Zeichnerei und andächtigem Gang unter dem ungeheuerlichen Nachthimmel. Sollten wir nicht doch nur eine Zelle an diesem unfaßbaren großen Organismus sein!

Wie wars in Ratze- und Mauseburg? Und auf Sylt? Ich finde, wenn man in ganz andersartigen fremden Ländern gereist ist, mit geöffneter Seele, so sieht man die gewohnte, heimatliche Landschaft erst mit offnen fünf Sinnen, Sylt wäre Dir vor Spanien sicher nicht ein so deutliches, starkes Erlebnis geworden, wie es nun ist. Ein so herrliches dunkelblaues Auge wie es die See hinter Wustrow auftat, hat die See hier aber noch nicht gezeigt. Gerade habe ich den streikenden Füllhalter ein bißchen vor eine Welle gelegt, und Du kriegst nun doch ein bißchen Meerwasser von mir direkt übermittelt, was ich eigentlich nun schon als einen salzigen Kuß ausdeuten muß, leider mit Tinte vermengt, aber es macht nichts, denn die reinen Gestaltungen kommen auf diesem Planeten doch selten vor. –

Der goldne Topf hat den reinsten Jubel und das allergrößte Verständnis geerntet, sodaß ich ganz glücklich darüber bin.

Von meinem Freunde Arnold Zweig höre ich wenig, es scheint, daß selbiger tief in der Arbeit sitzt und sein Junges schmeißt. Er wird bald etwas Einbringliches beginnen müssen, ich weiß auch schon was, bin aber zu abergläubisch, darüber zu schwatzen, ehe es fest ist, und das dürfte Ende Oktober werden. – Denke mal das Pech-Ungeschick, mein Bruder war mir nach Ahrenshoop nachgefahren, er hatte meine gesammelten Adressen gar nicht abgewartet, – um mich dort zu treffen, er wollte nicht gern allein sein.

Ich wußte es nicht, und er hatte nicht meine Ribnitzer Adresse! Wir sind offenbar an einander vorbei gefahren! Na, es war mir diesmal bestimmt, das Meer zu sehen, ich bin ganz glückselig hier. Nächste Woche werde ich aber doch nach Hause fahren, und wenn Du nicht schreibunlustig bist, so pfeffere Dein Geehrtes vom X. 9. cr. [?] nach Starnberg.

Schlachtensee, d. 16. 9. 23.

Liebe, die Welle hat so viel Sand in meinen Füll geschwemmt, daß es nicht weiter ging. Nun ist er aber auseinander geschraubt, gespült und geputzt und tut's wieder. Übermorgen fahre ich nun endgültig fort. Von der See kann man sich eigentlich nie trennen, das Herz zerreißt immer, ob man nun ein Vierteljahr oder 5 Tage da war. Ich bin schön braun gebrannt, und freue mich, wie es mir steht. Ich habe mich so hübsch aufgepulvert, unterwegs, zudem ist Aussicht auf Besserung unsres äußeren Lebens, daß mir ganz doll ausgelassen und tanzerlich zu Mute ist; (Er klexte doch wieder.) es juckt mich, dem Arnold tüchtig seinen gescheiten Kopf zu verdrehen, so daß er ganz verliebt und dumm wird, sogar saudumm. Er ist noch nicht ganz fertig, hofft aber, wenn er erst meine kostbarlichen Reize um sich hat, bald zum Schluß zu kommen, was ich hiermit ebenfalls tue, schönstens dankend Knix und Kompliment für liebevolle Beherbergung verbeuge, des ferneren Gruß und Kuß abschieße auf Dein schönes liebes Gesicht und meinen Dank und Diener an Deine Eltern und Geschwister bitte, präsentieren zu wollen.

Hochachtungsvoll ergebenst Ihre geehrte Dita Zweig.

90 Arnold Zweig an Helene Weyl

Schlachtensee,
Mariannenstr. 3_{III}
7. Juni 24

Liebes Herz Helen,

was denkst du nur von mir! Ich bin dein Liebhaber und unveränderlicher Freund, auch wenn ich schweige.

Ich schweige noch ein bisschen. Ich kann mich jetzt nicht äußern. Aber das hat mit dir ja nichts, nichts zu tun. Heute kam dein Brief zu mir.

Ich rate uns beiden: komm schnell her. Komm, falls du nach Ribnitz fährst, hierher. Damit wir uns sprechen.

Es ging uns diesen Winter elend. Man hat uns aus Starnberg vertrieben, uns mit amtlichen und privaten Tricks die Wohnung weggenommen. Die Verleger, Gauner in der Inflation, wurden vollends Diebe an uns als das Geschäft aufhörte. Um zu leben, trat ich in die Redaktion der Jüd. Rundschau ein, wo ich noch bin. Seither sehe ich Frau u. Kind früh, bevor ich ins Büro gehe, und nachts, wenn ich todmüde heimkomme. Auch halte ich Vorträge wo man mich hinschickt; ich war in 30 Städten etwa. Meine Gesundheit, psychisch, zwang mich endlich, zum Nervenarzt. Seither geht es bergauf. Das schlimmste: Dita u. Michali den Winter über in der penetranten Raupachstraße. Drei Zimmer mit Möbeln von fünfen; eine kleine Küche mit 5 Menschen zu teilen. Lange Zeit kein Mädchen. Und Dita wird bald noch ein Kind mehr zu betreuen haben. Unsere Möbel stehen auf dem Speicher seit gestern abend.

Also: kein Licht. Aber es geht doch vorwärts. Und ich habe Hoffnung auf gute Arbeit später.

Komm her. Wir lieben dich. Sprich dich endlich einmal bei und mit mir aus.

Immer dein getreuester
Arnold.

[Beatrice Zweig:]
Liebe, es giebt doch einen großen Trost: daß wir uns gegenseitig haben. Wenn Arnold Abends und Sonnabends nach Hause kommt, und ich kann mich darauf freuen, und danken, daß er dem geplanten Pogrom beim Hitler-Putsch entronnen ist, so ist doch das beste gerettet. Wenn Du durch Berlin nach Ribnitz führest, das wäre prachtvoll. Deine Dita

91 Helene Weyl an Beatrice Zweig

[Zürich] am 16. Juli 24.

Süsse Dita, nach dem schwermütigen Abschied, den ich monatelang an vielen Abenden von Dir genommen hatte, ist es trotz allem, auch trotz Deiner Lage, ein bischen erheiternd, dass ich wieder komme. Ich tue es so gern, so liebend, Du helles Wesen, und suche nach weiter keinem Vorwand dafür, als dass am Ende die Kontinuität des Lebens stärker ist als alle logisch konstruierten Ab- und Durchschnitte. Immerhin komme ich zunächst zu Dir, mir Arnold auf mündlich versparend, denn ich reise bestimmt im September nach Ribnitz an den Lehnstuhl meiner Mutter (in dem Du sie kennst) und will Euch bestimmt und mindestens auf einen vollen Tag sehen. Hast Du Dein Kind dann schon, Dita? Ich erschrack über die Nachricht; in dieser unsichern Welt sehe ich Dich ungern etwas so Weitausschauendes anfangen. Aber ich weiss, Du bekommst kein Kind, das Du nicht willst – so wirst Du Deine Gründe haben. Soll es ein Mädchen werden oder nur ein Gespiel für den kleinen alleinigen Michael? Ich wünsche Dir, Euch, mir auch, sehr eine Tochter von Dir. Aber lass es Dir gut gehen, Liebes Liebes! ich hoffe, Dein Körper hat nun seine Erfahrungen gemacht und tut dies zweite Mal alles rascher und leichter ab. Ist Dir diese beschwerte Zeit wieder so gut vergangen wie damals? Weisst Du, ich komme mir wie eine Matrone vor, eine alte ausgebrannte Frau: eben habe ich teilgenommen, wie eine sehr zarte geistige und innige Frau in meinem Alter, also mit aller denkbaren Intensität, ihren ersten Sohn bekommen hat, nun bin ich mit Dir und Deiner Bürde beschäftigt – und meine eigenen Söhne sind schon ganz selbständige eigenwillige erstaunlich männliche Geschöpfe. Vida mía, ich möchte Dir so gern Deine Haare streicheln! Lebst Du nun friedlich und in Deiner Atmosphäre und seid Ihr dem Sommer nahe wie Ihr in Starnberg wart? Der Winter muss grausam für Euch gewesen sein. Arnolds Brief klang noch trostlos; aber unterdess ist Euer jetziges Dasein, das damals gerade anfing, in gute Ordnung gekommen, die Jahreszeit ist vorgerückt und die Verhältnisse in

Deutschland sind besser geworden – da für uns die Bücherhonorare wieder in Betracht kommen, wird es auch bei Euch so sein – ich mag Euch nicht mehr so verdunkelt denken, es ist auch zu viel Sommer dafür. Nur das eine blieb wohl und ist fast das Entscheidende, dass Arnold an den Beruf gespannt ist. Wir erlebten in diesem Semester ein schwaches Analogon dazu, sodass ich leise mitreden kann. Das Dekanat, der Kollegbetrieb und die vielen Gedanken, die ein viel Befragter an die Fernsten zu wenden hat, machten, dass sich Hermann manchmal einen ganzen Tag nicht um mich kümmern konnte. Bei Euch muss das viel ärger sein, weil es so unerbittlich, so automatisch und die Trennung endgültiger ist. Und ich finde, ein Tag ohne jede Berührung, geistige und körperliche, und dann eine gemeinsame Nacht, ist einfach gottlos; und ist sie nicht gemeinsam, ist es noch schlimmer; man schifft rasch auseinander und findet sich plötzlich weinend allein auf einem dunklen Wasser. Bei uns kam noch dazu, dass ich auch sehr beansprucht war und wir unser Haus nicht allein hatten: vierzehn Tage waren wir nach der Reise allein in Zürich, dann hatten wir mit Unterbrechungen von 2 und 3 Tagen bis vorgestern Besuch, Hermanns Schwester, seine Eltern, zuletzt meine Schwester mit ihrem Mann. Schwiegereltern lange im Haus zu haben, ist eine harte Probe. Wir sind wunderliche Wesen, dass wir mit Sitte oder Gesittung die elementarsten und wohlbegründetsten Abneigungen überkleistern. Meinen Geliebten und Liebenden will ich fertig, so wie er ist, als Einzelnen; die ihn machten und aufpäppelten, von denen er am Ende nur eine Neuausgabe sein soll, mag ich am besten garnicht sehen, besonders nicht die Mutter. Es war mir auch ein Stachel, Züge, die ich gut kannte, weil ich gut unter ihnen zu leiden habe, die ich aber bejahe, weil ich sie als gesetzmässig verbunden mit andern sehr geliebten sehe, nun greisenhaft verzerrt an den Eltern vorzufinden. Nimm dies übrigens als Klage nicht besonders ernst. Unser Sommer war heiter, weil uns ein neuer Strom von körperlichem Wohlgefallen trug, der plötzlich da ist wie eine Gnade. Ich erlebe mit Entzükken, einen wie geringen Teil der Seele das bewusst Gestaltbare ausmacht.

Von unserer Reise erzähle ich wohl mündlich, sie schwang um

zwei Pole: Griechenland und die normannisch-sarazenische Kultur. Mir ist vieles aufgegangen, ich habe ein paar Mal vor Glück geweint, wir empfingen auch neue Impulse, aber so epochemachend wie die spanische war sie für mich nicht. Die erste Reise ist wie die erste Liebe; man muss sich sehr bedanken, wenn diese zwei grossen Lebensdinge restlos glücken. Zum Zeichen dafür bin ich schon wieder bei den Spaniern und übersetze munter weiter. Die Cervantes-Novelle druckt nächstens Korrodi in der Zürcher Zeitung. Er trug mir auf, Arnold, bei Dir anzufragen, ob Dir Deine Novelle richtig honoriert sei, (sie erschien wohl, wie wir fort waren? ich sah sie garnicht) und Dir zu sagen, dass er für weitere Beiträge von Dir Platz schaffen werde. Aber liegt Dir noch an unserm Käseblättchen? Noch eine Frage, Arnold, kannst Du mir gelegentlich einmal zum Druck in einer Tages- oder Monatszeitung verhelfen? Ich habe allerlei Spanisches, was ich gern anbrächte, Altes und Neues; Genaues kann ich Dir sagen, wenn Du prinzipiell bejahst. Wolf Pschygode bot mir seine Hilfe an, lieber würde ich von Deiner, am liebsten von Euch beiden Gebrauch machen. – Ich nehme kein neues Blatt mehr; es ist mir doch ein wenig wunderlich und als spräche ich in hohlen Raum; ich muss erst wieder mehr von Euch wissen. Gebt mir bald Eure Hände.

Helen.

92 Beatrice Zweig an Helene Weyl

Schlachtensee, d. 8. 9. 24.
Mariannen Str. 3[3]

Liebste,
wir erwarten Dich mit weit geöffneten Armen und Herzen. Komm nur recht bald. Meine Zeit kommt etwa am 8. Oktober, drum ist es besser, wir sehen uns auf der Hinreise. Wir hätten sofort geschrieben, doch liegt eine schwere Lahmheit, Dunkelheit und Blindheit auf uns: vor 14 Tagen starb meine Mutter, mit der ich seit Weihnachten etwa, nur mit kurzer Unterbrechung, im selben Hause oder in der Nachbarschaft wohnte. Sie war gut und

mütterlich zu mir, wir waren völlig versöhnt, über das Enkelkind und ihre Gefangenschaft bei der schweren Pflege und Einsamkeit, die Alter, Schrullen und Gehirnverkalkungen bei meinem Vater ihr auflegten. Sie starb mir aus diesen guten natürlichen und primitiv-weiblichen Verbindungen lebendig, jugendlich und unverbraucht, unter den Fingern weg; ihr war ein bißchen schlecht, nach 3 Nächten und 2 Tagen flog sie weg, und da lag eine unbekannte, verklärte, groß und still aussehende Hülle, mit lächelnd geöffneten Lippen vor unerfahrbarer Ruhe. Alles, was sie hätte sein können, hätten Neurose und verkehrt gestelltes Leben sie nicht verzerrt und unterdrückt ward ein einziges Mal erschütternd sichtbar. Alles war furchtbar, gerade in dieser Zeit, der letzten und empfindlichsten für das ungeborne Kleine: ich bin aber ziemlich ruhig und gefaßt. Es hat nun schon den Tod gesehen, und in einer ungeahnten Gestalt.

– Das Praktische zu sagen: wir hausen momentan in einer möblierten Wohnung, der 3. Etage eines Hotelhauses, das völlig leer steht. Du kannst Dir ein Zimmer aussuchen, wie es Dir gefällt, und bist von Frühstück bis Abendessen unser Gast, wenn es Dir so gefällt.

Schreib, wann wir Dich erwarten können, wir haben dann gleich Zeit uns jeden Tag auf Dich vorzufreuen. Schade, daß Du mich so oft in Kugelformat antriffst.

Sei innig geküßt

von Deiner
Dita.

Arnold macht heute Dienst, mit einiger Unterbrechung bis Nachts, sonst schriebe er selbst, aber er und ich, wir gelten für das Gleiche, Du weißt es ja.

93 Helene Weyl an Beatrice Zweig

Zürich, am 25. Okt. 25 [1924]

Liebste Dita, ich bin durch Berlin durchgeflogen, weil mich auf einmal die Sehnsucht nach Hause überfiel, und fand nicht einmal Zeit, in den märkischen Hof zu telefonieren. Allerdings fürchtete ich auch, weil von des E Ankunft noch garnichts verlautete, ich möchte Euch ungelegen kommen; jetzt bin ich ein bischen unruhig; wartest Du noch immer? das wäre eine harte Geduldsprobe; oder hattest Du es wieder schwer und musst Dich erst langsam rappeln? Wenn Ihr irgend könnt, schreibt mir doch bitte ein Wort, nur ein Wort auf einer Karte. Meine Gedanken laufen so oft rückwärts zu Euch, auf den Balkon, wo man über viele Baumwipfel und über viel Leben sehen konnte. Ich ging mit solchem guten Gefühl von Dir, süsse Frau; ich dachte, weil Du so hold aussahst, müsste Dir dies Mal alles sehr leicht von der Hand gehen. Aber hoffentlich war es ja auch so. Wenn ich an Dich denke und gespannt bin wie Takelwerk im Sturm, ob Es männlich oder weiblich ist, finde ich es immer lustig, dass diese Fragerei längst entschieden ist, und nur ich nichts weiss: die räumlich-zeitliche Entfernung, die begrifflich so schwer zu fassen ist, macht sich in praxi doch sehr leicht und handgreiflich bemerkbar. – Wie hat sich bei Euch die wichtige Frage des Daches unter den Füssen endlich gelöst? Du tatest mir so innig leid, Dita; es ist eine Stilwidrigkeit, dass Ihr immer noch vagabundiert. Männern, ich meine auch als Erscheinung schadet das weniger; aber zu uns gehört der Rahmen: eine aparte Frau ist nirgends erfreulicher als in ihrem Haus, wo Aschenschalen und Lampen die letzten Mündungen ihrer Nerven sind. Ich wäre ganz erlöst, wenn aus den 9000 M und der Heerstrasse ein Herd für Euch und Euer Jungvolk würde. Mir ging gerade in Ribnitz wieder ein glückliches Licht auf über die Reserven, die für das arme verflogene Herz des Einzelnen Haus und Hof darstellen. Es tut gut zu fühlen, wohin man gehört; es tut gut zu fühlen, dass an dem Ort, von dem man ausging, alles in Ordnung und unangreifbar ist.

– Yvonne traf ich trüb: ihr Kindchen ist ihr davongeflogen. – Das Beste war das Nachhausekommen. Mir ist schon, seit ich bei Euch war, als wäre ich noch einmal zwanzig. Zum Zeichen dessen gehe ich wieder ins Kolleg zum Peter und verstehe tatsächlich wieder etwas von Mathematik. Wenn jetzt nicht etwas Grausliches dazwischenfährt – man kann ja nie wissen – sollte ich wohl einmal zu einer Freude am täglichen Tag gelangen können. – Aber erst gib Du mir die eine grosse Freude, geliebte Frau, dass ich Tante einer »gesunden« Nichte geworden bin. Grüsse mir Deinen grossen dunklen Mann; wird er bald das Helle aus seiner Dunkelheit entlassen?

Ich streichle Dir Deine märchenhaften Haare.

Deine Helen.

Bitte Dita, schreib mir noch Jams bürgerliche Koordinaten: Namen, Strasse, Hausnummer.

94 Beatrice Zweig an Helene Weyl

Schlachtensee, d. 15. [–16.] 12. 24.

Liebe liebste Helen,

ich rühre mich so spät, weil es mir bisher nicht gut ging. Eine wohlmeinende Pflegerin hatte mir im Wochenbett reichliche Dosen Pantopoon verabfolgt, ohne Wissen des Arztes, und das Morphium, das im Moment wie ein wunderbarer Engel von allen Ängsten erlöst, hat oft böse Folgen. Aber nun fühle ich mich wieder frisch, wenigstens die meiste Zeit, bis auf ein paar Rückfälle. Du hast meinen Kindern – stolz und lieb und herzwärmend zu schreiben, so schöne Dinge geschickt. Michali hat voller Disziplin über 8 Tage mit seinen Schokoladenbärchen gespielt und sie dabei langsam aufgefressen, die schönen Schuhchen schlafen natürlich noch in ihrem Seidenpapier und warten auf das Dikkerchen, das prächtig gedeiht. Ich werde ihm nur zwei Mal am Tage zum Fraße vorgeworfen, das übrige ist vom Pantopoon fortgenommen worden, er bekommt eine nahrhafte Buttermehl- und Milchmischung und wird heiter und rund dabei. Ich hätte ihn eigentlich aus Gründen einer nervenärztlichen, etwas radikaleren Behandlung absetzen sollen – nach 8 Wochen – es ist aber so süß, wenn er sich mit aufgesperrtem Mäulchen auf meine Brust stürzt, mit seinen kleinen winzigen Händchen darauf herum patscht und mit Begeisterung schluckt, keuchend und mit kleinen Vogellauten, so viel er in der Gier nur auf einmal erwischen kann, das ich ihn noch nicht hergeben mag. Dann schläft das Faultier gewöhnlich sanft und selig ein und will die Welt nicht mehr erblicken. Im Mutterleibe wars gemütlicher, dies Stadium möchte er gern noch etwas festhalten. Ich freue mich der neu geschenkten Beweglichkeit und Bewegungsfrei[hei]t, und bin mit dem Kompromiß sehr zufrieden, nicht so ausschließlich durch fortwährendes Stillen an das Kleine gefesselt zu sein und es doch noch nicht von mir zu lassen. Heute packe ich endlich aus einem der Koffer meine Zeichensachen aus. Ich dürste sehr nach meiner geliebten Arbeit. Aber bisher war ich zu unkonzentriert. Meine Schwester hat alle ihre Möbel in die Stadtwohnung meiner Eltern mitgenommen und dort alles ausgeräumt, so hat sie's gemütlich und ich bin die Verantwortung los, die ich doch nicht übernehmen kann, wenn Michael mit Marmeladenfingern einen Frontangriff auf die Polituren macht, oder die Mädchen schnell mal eine heiße Kanne auf den fremden, polierten Platten absetzen. Es hätte nur Ärger für beide Teile gegeben. Die Wohnung ist nun von etwas proletarischer Kahlheit und alles nur so zufällig hineingestellt, was die Pensionswirtin dieses »Waldidylls« entbehren konnte, aber wir haben keine fremde Frau in der Wohnung und das ist ein großer Vorteil. – Arnold hat kürzlich bei einem Autorenabend aus »Laubheu und keine Bleibe« vorgelesen, und einen schönen Erfolg gehabt, hat viel öffentlich zu reden und gefällt mir überhaupt jeden Tag besser, je freier er sich innerlich endlich von alten Bindungen machen kann. – Deine neue Übersetzung habe ich noch gar nicht gelesen, aber jetzt, wo der Kopf wieder klarer wird, hoff ich, wieder zu allem zu kommen; es ist so schön an Dir, das alles was Du tust keine persönliche ästhetische Verzierung Deiner Person bleibt, gleich geht alles frisch ins Leben ein, Du wendest Dich an eine Zeitung, wirst gedruckt, verdienst etwas. Das gefällt mir so gut.

– Ich suche nach Deinem Brief, um ihn im Einzelnen zu beantworten, ich weiß nur nicht wo Arnold seine Kleinodien verbirgt, und mag nicht noch länger kramen, damit der Brief für einmal beendet wird und abgeschickt werden kann, denn meine liebevollen Gedanken helfen Dir nichts oder doch nicht viel.

Grüß Deine großen stolzen Söhne und den großen mathematischen Mann und laß Dich aus ganzem Herzen küssen von Deiner

Dita.

Wie gehts in Ribnitz?

Dienst. d. 16.

Ich warte doch nicht mehr auf Arnolds Anschrift, damit der Brief noch heute fortkommt. Auf Wiedersehen also, Du Liebe.

95 Helene Weyl an Arnold Zweig

[Zürich, Mai/Juni 1925]

Liebster Arnold,
Du musst Deinen Diener vor Korrodi machen; er scheint es wirklich gut mit Dir zu meinen: Kurz nachdem Ihr hier wart, hatte ich mit ihm zu tun, grüsste ihn unbeauftragt von Dir und liess ihn auf den Gedanken kommen, dass es interessant wäre, wenn Du im literarischen Klub aus Deinen unsterblichen Werken vorläsest; wir hatten alles abgeredet; wenn Du gemocht hättest, wäre die Sache in 24 Stunden arrangiert gewesen, und sogar Dita und ich hätten in den sonst weiberfeindlichen Klub mitkommen dürfen. Es war schade, dass Ihr nachher um uns herum fuhrt. Aber orakeltest Du nicht von baldigen Reisen nach Freiburg oder Konstanz? Vielleicht liesse sich dann etwas machen; mir wäre es eine grosse Freude, Deinen Namen mit Respekt hier nennen zu hören. – Sei bedankt, Lieber, für die Novellen und für »meine Novelle«, die ich mir ans Herz genommen habe. Aber ich muss Dir gestehen, ich bin nicht so begeistert von Dir wie

E. K. Ich erwarte immer das Grosse von Dir, und dies sind gut geformte geschmackvolle Sachen, die mancher machen kann in der Sprache Goethes und Kellers, in der man sich »mit anständiger Bequemlichkeit« ausdrückt. Ich meine sogar, das Geschichtenbuch, das ich in meiner Einsamkeit jetzt noch einmal vornahm, hat mehr spezifisches Gewicht in den Spandows, mehr Glut in der Tangente, Raffinement in der Näherin und Delikatesse im Cinq-Mars; vor allem ist mir daraus der Gehilfe teuer. – Ich liebte Dich wieder sehr, nachdem ich gestern Abend den Band aus der Hand legte. Ich wünschte, Lieber, ich könnte Dich einmal so lieben, wenn Du gegenwärtig bist – Du hättest mehr davon.

– Wenn Du mir schreibst, schreibe viel von Italien. Du kannst Dir nicht ausdenken, wie glücklich ich darüber bin, dass Euch das nun geworden ist; ich kann mich beinah zu unserer eigenen Reisefreiheit jetzt reiner freuen, denn Euch war sie nötiger, und vielleicht versteht Ihr sie noch besser zu nützen – obgleich ich das dahin gestellt lasse, denn mein Freund Weyl ist ausser in vielem andern auch im Reisen ein grosses Talent. – Aber wie weit seid Ihr gekommen? bis Florenz und bis ans Meer? Das Nachhausekommen war sicher schön; man sammelt doch halbbewusst immer auch für die zu Hause; seit ich Goethes Fasanentraum kenne, tue ich es sogar mit gutem Gewissen. Hatte Michael schon Freude an den Bildern, die Ihr sicher heimbrachtet? Bei uns gefällt mir das so gut, dass die Kinder sofort ein persönliches Interesse an Städten, Historie und Dichtwerken nehmen, die mir sehr lange lederner Lernstoff geblieben sind. Achim sitzt eben, der schöne grosse Bursche, mit langen Beinen und gesenkten Wimpern neben mir auf dem Balkon und liest Herders Cid; er lässt sich auch gern aus dem alten spanischen »Cantar del mio Cid« vorlesen, der allerdings Herder nicht als Muster vorlag. – Was machen Eure Zwei? dem Herrn Adam bläst der liebe Gott allmählich auch schon den lebendigen Geistesodem in die Nase; was wird er für ein Kerlchen? Und Deine sanfte Dita – malt sie, hat sie gemalt da unten, was denkt sie?

Ich bin allein und war es vor drei Wochen auch schon auf 10 Tage. Hermann war samt vielen grossen Bonzen zu einer

Weierstrass-Woche nach Münster geladen. Jetzt ist er in Leipzig und Dresden; Ihr werdet schon gelesen haben, dass unterdessen der Blitz eingeschlagen hat bei uns. Du lässt Deine Frau öfters allein; für mich ist dies ein so ungewohnter Zustand, dass ich ganz behutsam mit mir umgehe und immer das Gefühl habe, ich müsste etwas Besonderes anstellen, wie »Paulinchen war allein zu Haus«. Zum Glück bin ich vielzu beschäftigt, um Dummheiten anzuzetteln: ich bin dabei, einen spanischen Roman zu übersetzen, vorläufig ganz au risque, denn ich habe noch nicht einmal Verbindung mit dem Autor, einem Argentinier bekommen können. Er war in Paris, ist aber offenbar wieder zu den Indianern abgereist, nach Buenos-Aires, sodass die Korrespondenz mit ihm entweder sehr zeitraubend oder sehr teuer ist. Aber mir ist es egal; wird die Geschichte nicht gedruckt, so habe ich doch die Freude einer interessanten Arbeit gehabt. Ich finde überhaupt diesen Zustand unbeschreiblich wohltuend: ein Geliebter, nach dem man sich sehnt, eine Arbeit, der man gewachsen ist, ein See mit silbrigen blauen getürmten Bergen zum Baden und eine Sonne, um braun zu werden wie Bronze. Jede Veränderung erscheint mir momentan so abstrus, dass ich über die Leipziger Angelegenheit nur lächeln kann. Kommt jetzt freilich der Peter heim und drängt ein Entschluss, werde ich mich leider auch aus meiner Gottseligkeit (beatitud auf Spanisch. Ich stelle mir immer über einem Bäuchlein gefaltete Hände dabei vor) herausbegeben müssen. Die Kinder übrigens haben den Ruf strikte abgelehnt; mir gibt es sehr zu denken, mit welcher Dezidiertheit sie sich als Schweizer fühlen. Michael ist gelegentlich nicht zu bewegen, mit mir Hochdeutsch zu reden; und abends bei der grossen Wäsche habe ich unter meinem Schwamm und Frottiertuch meist ein Mäulchen, das die Schweizer Nationalhymnen orgelt. Sie verlangen Abstimmung; aber es ist ihnen bedeutet, wir seien keine Republik sondern eine Patriarchie. – Jetzt da der grosse Freund weg ist, der sonst allen Platz auf meinem Sofa und in meinem Herzen einnimmt, haben die Kleinen es besonders gut. Aber nun sind sie schon mit ihren Dingen beschäftigt und garnicht mehr immer für mich zu haben. Dreimal in der Woche bebaut Achim seinen Schülergarten, aus dem er strahlenden Gesichts holzige Radiesli und Salat heim bringt, zweimal schwimmt er, auch von der Schule aus, einmal spielt er Ball, und den ganzen Sonntag sind meine Herren Söhne mit unserer braven Sophie und einer ganzen Schar ihrer Verwandten und Freundinnen an einem Waldsee, wo sie von morgens bis abends im Trikot herumspazieren und die Körperteile in die Sonne hängen, an die sie in Lenzerheide nicht herankonnte. Bei dem ausgezeichnet fundierten kleinbürgerlichen Milieu hier in der Schweiz gefällt es mir sehr gut, dass die Buben sich auch da und auch beim Schuster und Schreiner und Spengler heimisch machen. Ich finde nichts blutarmer als einen »Professorensohn«.

Gestern war ein Palästinenser bei mir, Arthur Jaller, der Hermann auf der Durchreise kennen lernen wollte, und mit mir vorlieb nehmen musste. Ich habe ihm Deinen Namen genannt, da er länger in Berlin bleibt; vielleicht sucht er Euch auf, sicher schien es mir nicht, da er offenbar sehr einsam lebt. Ich hatte einen starken Eindruck von ihm. Vielleicht ist er ein wunderlicher Heiliger und vom Gesichtswinkel der unerbittlichen Wissenschaft sogar ein Stück Narr; aber jedenfalls ist er ein Mensch, der aus eigenen Impulsen gelebt und gerungen hat und zu seinem eigenen Gleichgewicht gekommen ist. Er sprach herrlich von Palästina.

Was für Leute umgeben Euch eigentlich jetzt? Es fällt mir oft auf, dass ich so wenig davon weiss, keinen einzigen Namen überhaupt; ich scheue mich darum immer, von den Leuten zu reden, an denen ich hier teilnehme, obgleich mir das recht wichtig scheint. Seht Ihr Marie Zweig? Sie steht mir oft vor Augen; aber ich habe ihr auf ihren prachtvollen Brief nicht geantwortet, weil ich momentan etwas Angst vor neuen Verhältnissen zu Menschen habe; und sie ist, scheint mir, sehr dezidiert, wo sie Zuneigung fühlt. Du musst sie von mir grüssen.

Lebt schön wohl, Ihr beide mit Euren zwei Söhnen! Werde ich Euch im Sommer in Deutschland noch irgendwo treffen? Was spinnt Ihr für Ferienpläne? Ich komme etwa vom 15. Juli an auf drei Wochen herauf; zwei davon bin ich in Ribnitz und gebe die Kinder solange nach Ahrenshoop hinüber; Mutti soll sie sehen, aber nicht lange um sich haben. – Wir haben für den Spätherbst, noch einmal zu Dritt, ehe wir uns vielleicht for ever trennen, eine prachtvolle Sache vor: wir wollen von Bologna nach Florenz über den Appenin wandern, 14 Tage in Florenz sein und über Genua zurückkommen. Am Ende könnt Ihr uns Hotels empfehlen? – –

Es wäre schön, wenn wir uns sehen könnten. Die Stunden hier waren mir beinah zu reibungslos. – Gib Deiner süssen Frau einen Kuss von mir auf ihre bräunlichen Wänglein und nimm Du, Lieber, meine beiden Hände.

Deine Helen.

Ich schicke Dir meine Übersetzung einer spanischen Novelle mit; vielleicht interessiert sie Dich stilistisch. Übrigens wird mir die Übersetzerei schon etwas sauer; mich sticht mal wieder der Hafer: ich möchte etwas eigenes probieren und habe das Gefühl, dass ich einiges zugelernt und, dieu merci, sehr viel vergessen habe.

96 Beatrice Zweig an Helene Weyl

Schlachtensee, d. 10. 8. 25.

Helen, meine liebe, heute habe ich aber so deutlich geträumt, Du seist da, daß ich mich dem Traum gar nicht entwinden konnte, endlich als es mir gelungen war, mich zu befreien, standest Du mir mit klaren Meeraugen und spanischem Rabenhaar so deutlich vor der Seele, daß ich meine grenzenlose Schreib-Inaktivität, die mich schon seit Wochen nicht frei giebt, überwinden konnte und nun sitze ich also endlich vor Arnolds Schreibtisch und frage Dich, wann Du in Deutschland sein wirst? Wolltest Du nicht im August nach Ribnitz? Und wie steht es mit dem Lehrstuhl (das klingt fast wie Tron) in Deutschland? Dann könnten wir uns ja öfter sehen! Deine Übersetzung und 2 Briefe sind alle angekommen und wurden mit Andacht gelesen, aber was hilft sie Dir, wenn wir Dir nicht schreiben, es ist schlimm mit uns. Die Novelle hält sich auch bei öfterem Lesen, auf ihrem kunstvollen, warmen und feinen Niveau, das hat mich extra gefreut, weil es eine Frauenarbeit ist, bei einem Mann ist es selbstverständlich. Oft muß ich an Deine Kinder denken, wie ungebeugt und frei sie mit ihren netten Manieren sind, und wie jammerschade, wenn ihnen hier im neurotischen, unglücklichen, infantilen Nachkriegsdeutschland ihr schweizerisches Erbgut davonflöge. Es ist doch sehr schön und eine stolze Leistung, Kinder großgezogen zu haben, wenn sie so auf ihre festen Waden gestemmt, dastehen, und unwillkürlich bewunderte »es« Dich in Deiner Rolle des Menschen, der diese zwei aus dem Nichts hervorgebracht und in diese dinghafte Welt gestellt hatte – zu all dem andern, was auch ohne die beiden Kinder da ist. Wie meine sind, fragst Du? Michael ist von sehr klarem, hellem, logischem Verstand und großer Eingeordnetheit in alles Leben: Tiere, Pflanzen, Regen, Blitz, Wasser. »Mutti, was *ist* Welt?« »Mutti, wo war ich bevor ich in Dir gewachsen bin?« Und so fort. Dabei ein kühler blonder, der sich nicht streicheln und küssen läßt, dafür gelegentlich leidenschaftlich beißt. Heute läuft er den ganzen heißen lieben Augusttag mit Badehose und auf Wegen wo man Scherben vermuten kann noch mit Sandalen herum oder fährt seinen Holländer. Er ist von Natur eigensinnig und trotzig, aber schon sehr dressiert, jetzt 5 Jahre. Der Kleine, Adam, hat schwarze zarte Locken und glänzende Blaubeeraugen, einen breiten Brustkasten, knutschlig und rund am ganzen Leibe, weint nur im Hunger- Schlaf- oder Naßfalle, beschäftigt sich freundlich allein, ist zärtlich und läßt sich wiederlieben und scheint musikalisch zu sein. Hört er spielen und singen, so sieht sein Gesichtchen so angespannt und durchleuchtet aus, als sei ein Tröpfchen ewigen Weltwesens in dem kleinen Ableger. Es sieht ganz erschütternd aus. Beide Tierchen krabbeln nackt im Garten auf der Decke herum, in der heißen Sommerluft. Ach diese süße heiße Luft, ich wünschte, ich hätte einen Ort, wo ich auch in diesem geliebten Element, so ohne Kleiderbeschwernisse baden könnte! – Wir musizieren viel, haben den angenehmsten Umgang mit anonymen Menschen, Namen kann ich Dir gar nicht nennen, im Winter sahen wir alle möglichen Theatermitglieder, Maler, Schriftsteller, aber sie gingen alle an uns vorbei und das Schönste, wie gesagt, waren die namenlosen, Du fragtest im letzten Brief danach. Ich habe oft einen Drang zum malen und zeichnen, daß ich zu explodieren meine, aber wenn ich den Kleinen dauernd vom Töpfchen an und aufnehmen und bewachen muß, so ist das anfangen und wieder abreißen eine ausgesuchte Quälerei, drum lasse ich's stehen, bis ich wenigstens für den Vormittag jemand nehmen kann. Auch beunruhigen mich viele Zweifel, ob ich überhaupt begabt genug bin, um mich Schöpfungsgelüsten hingeben zu dürfen und nicht einfach einen auslöschenden Strich machen soll. Auf alle Fälle will ichs probieren, und sobald ich sehe, daß es nicht lohnt, wird mir der Verzicht leicht werden, weil er dann keine Fahnenflucht, sondern recht ist. Jetzt erwarte ich Arnold aus Berlin, er wird Dir noch von sich schreiben; wir wollen dann auf den Wannsee, rudern, nur mit kurzer Hose und Jacke bewaffnet. Das tut herrlich und giebt ein Stückchen Freiheitsgefühl. Schreib bald ein Kärtchen, wann Du kommst zu

Deiner Dita.

Herzliche Grüße von Michael 
(Er konnte sich nicht entbrechen, auch sein Bild sollte dabei sein.)

[Arnold Zweig:]
Liebste Heleen, ich kann dir heute nur einen Gruß schreiben, damit der Brief auch ja wegkomme. Aber er ist so herzlich und unhemmbar wie stets. Komm doch zu uns. Ich habe viele neue große Sachen vorzuweisen! Wie stets dein sehnsüchtiger Freund

Arnold.

97 Helene Weyl an Arnold Zweig

Zürich, am 3. November 25.

Arnold, lieber Freund, wo hast Du ihn aufgetrieben, diesen vierten Teil des hageren und ingeniosen Ritters Don Alonso Quijanos des Guten? Nun habe ich den Text vollständig; und da ich ihn gern in manchen kleinen Arbeitspausen benütze, werde ich ganz gewiss noch öfter als so schon einen freundlich liebenden und dankenden Gedankenblick auf Dich werfen. Erzähle mir aber doch noch, woher er stammt; hat Eure Schwester Marie ihn noch aufgestöbert? oder welcher Zufall hat ihn Dir in die Hand gespielt? Ich jedenfalls bin ganz vergnügt, ihn zu besitzen, und Dir recht herzlich dankbar, Lieber, dass Du meine kleinen Desiderata in Deinem grossen Kopf behalten hast. – Ich weiss jetzt sehr wenig von Euch. Ditas letzter schöner fraulicher Brief ist sehr lange und Dein letzter Brief so lange her, dass ich ihn schon in meinen Briefe bewahrenden Schreibtischverliessen suchen gehen müsste. Aber ich denke oft an Dich, mit Begeisterung Dank und überströmendem Herzen, wenn ich, wie zuletzt Deinen Kleist, etwas in die Hände bekomme, was Deinem Kopf entsprang, und mit Sehnsucht und Drängen und heissem Blut, wenn ich gelegentlich des alten M. M. (Meyerfeldt) Stossseufzer über die Verelendung der modernen deutschen Bühne in der Züri Zeitung zu Gesicht bekomme. Er sagt: »ceterum censeo, Germans to the front.« Wann kommst Du einmal aus Deiner Höhle heraus, Arnold? Ist dieser Sommer Dir so fruchtbar gewesen wie Du hofftest? und wie geht es jetzt weiter? musst Du wieder sub jugum, oder hat sich eine Möglichkeit ergeben, die das nötige Edelmetall ins Haus bringt und Dir Deine Freiheit lässt? Wie steht es auch mit Euren Wohnungsplänen? Ich meine doch, es ist nicht gut, wenn Leute unseres Alters ihren Kindern und sich noch kein Haus mit Hof und Garten leisten können. Burkhardt hat gesagt, mit vierzig Jahren müßte man dort sein, wo man zu sterben gedenke, zitierte mir Wölflin neulich, als ich ihn fragte, warum er nach Zürich gekommen sei. Ich meine, mit vierzig Jahren muss man da sein, wo man zu leben und zu wirken gedenkt. Es ist überhaupt nicht ganz leicht, aus der Jugend und ihrer potentiellen Unendlichkeit in das »Mannes-alter« (vir) mit seiner tätigen Beschränkung zu gelangen; aber es ist noch viel schwerer, wenn man nicht einmal durch die Aussendinge den Beistand der geschmackvollen und gelassenen Behaglichkeit dabei erwarten darf. Du denkst Dir gewiss schon, dass wir momentan gerade Anlass hatten, diese Überlegungen ausführlich anzustellen; sie sind noch zu keinem Abschluss gekommen, weil wir noch immer nicht wissen, welche Lebensform wir eigentlich wollen; aber die Wage neigt sich (jetzt auch bei mir) nach der Seite des ehrenvollen Eingeordnetseins, des Geldes, des Ansehens ... Wenn es uns hier nur nicht so glücklich ginge! es erscheint mir fast wie ein Frevel und eine Herausforderung des Schicksals, dies gute Dasein mutwillig aufzuheben. Seit ich fluchtartig aus Deutschland nach Zürich zurückgejagt bin, habe ich gewiss meinen halben Tag damit verbracht, die Augen aufzumachen und mich zu freuen. Dabei kommt natürlich nichts an Leistung heraus, aber es ist sicher der Zustand, den der liebe Gott für seinen Menschen gewollt hat. – Nun kommen die zwei drei Nebelmonate, in denen man klug tut, die Sinne nach innen zu richten und etwas zu denken. Mir geht es auch in der Beziehung jetzt unverdient gut. Hermann hat ein Buch über Philosophie und Methodologie der Mathematik und Physik unter der Feder, das Anfang des nächsten Jahres fertig sein soll, und liest, um sich die Arbeit zu erleichtern, gleichzeitig im Kolleg darüber. Da kann ich nun wirklich teilnehmen, die Arbeit in allen Einzelheiten verfolgen und ihm auch etwas Bibliotheksarbeit abnehmen. Aber mir geht es wunderlich, gerade jetzt, wo ich mit der Philologie etwas ernster machen will, ein altspanisches Kolleg höre und mein Neuspanisch historisch und linguistisch unterbaue, kommt mir meine alte Liebe zur Mathematik glühend zurück. Mathematik u. Physik bekommen eben doch die Probleme aus erster Hand; die Gesetze des Kosmos zu erkennen, ist das wahrhaft Brennende. Mathematik u. Physik sind die reinsten Realisierungen dessen, was wir uns unter einer Wissenschaft vorstellen können. Ich lese mit Hermann Plato, Galilei, Leibniz, Archytas, Helmholtz ... und mir klopft das Herz in dieser Gesellschaft. Aber es hilft mir nichts: zu meinem Privatgebrauch will ich nun doch bei der Sprache und der Literatur bleiben; ich habe gesehen, dass ich zur Mathematik zu dumm bin, und solche Erfahrungen braucht man sich nicht mehr als einmal zu leisten.

Seid gegrüsst, Arnold, Du und Deine Familie, recht tausendmal gegrüsst. Und verdichtet Euer Denken an mich auch einmal zu einem Brief. Allen lieben Dank Dir von

Helen.

98 Arnold und Beatrice Zweig an Helene Weyl

Berlin-Schlachtensee
Waldemarstr. 68
12. III. 26

Liebste Helen,
ja, wir schweigen wie doll. Aber es begann damals, als du durch Berlin fuhrst und uns keine Nachricht und kein Rendezvous geben konntest. Damals sagten wir uns: das geht nicht. Und Ditas Brief, der aus lauter Angst, dir weh zu tun, geradezu unverständlich, als Abstraktion, wirken kann, meint genau dasselbe. Wir haben keinen Platz mehr für Halbheiten als Beziehungen, Liebe. Wir haben dich so lieb wie nur je. Aber warum dich mit einer Beziehung plagen, die dich beständig in die Flucht schlägt? Warum papierne Beziehungen machen? Man hat sich lieb, dann will man sich sehen. Oder man hat sich lieb und hat Angst vor dem Sehen – aber das gehört dann in die Novelle. Und wir wollen keine Novellen mit Dir, sondern richtiges Leben haben.

Wir waren zu Dir immer ganz ehrlich, laß uns so verbleiben.

Deine Novellen habe ich, natürlich vergeblich, bei den zwei oder drei wagemutigen Berliner Verlagen gehabt. Sie liegen *alle* fest, entweder haben sie kein Geld, oder sie sind mit Mscrpt. überstopft. Mein Rat wäre, es mit der Deutschen Verlagsanstalt Stuttgart zu versuchen. Beruf dich ruhig auf mich. Ich bin auf das Ergebnis recht neugierig.

Ich habe im Sommer gut gearbeitet. Auf »Frühe Fährten« und »Lessing Kleist Büchner« folgte im Winter »Regenbogen«, ein

Buch neuer Erzählungen, von denen »Pont und Anna«, 250 Seiten stark, eine für Leser in zehn Jahren sicher packende Gestaltung ist. Vorher erschien als Privatdruck »Die Umkehr des Abtrünnigen«, Trauerspiel in 5 Akten, sehr schön von der Ernst Ludwig-Presse gedruckt, und ein großer Essay über Geist u. Land als formende Mächte – »Das Neue Kanaan« – zu 15 Lithos von Struck, (Verlag Horodisch u. Marx), ein leider der Bilder wegen kostspieliges Buch, das Allgemeinheit verdiente. All das hielt mich, fünf Bücher in einem Jahre, beständig in Spannung. Ich hätte mir gerne auch noch »Caliban« abgelistet, das Buch über Antisemitismus – aber ich brach auf unscheinbare Art zusammen; dh. ich bröckelte von Woche zu Woche ab. Wir hatten nämlich unsre eignen Möbel in unsre Wohnung genommen, das machte mir grenzenlose Mühe; u. dann wurde ich kränklich und schrieb nur noch kleine Stückchen fürs Berliner Tageblatt u. ähnliches. Ich lege dir was bei. Wenn du Regenbogen willst, schreib mir eine Zeile, ich hab kein Exemplar mehr draußen. Leb wohl, du Schöne. Wir geben dich nicht etwa auf. Aber wir wollen nichts Widerwilliges ins Leben bringen, weder in Deins noch in unsres.

Immer herzlich dein Arnold.

13. III. 26. Schlachtensee

Liebe,

trotz aller Mühe war es uns bisher nicht möglich Deinen Tirso anzubringen. Habe ich Dir neun Monate lang nicht geschrieben? Ich meine doch im Herbst, als Du durch Berlin fuhrst und uns nicht sahst. Ich konnte nichts mehr sagen. Du schriebst damals, die Sehnsucht hätte Dich so gejagt, daß Du keine Minute verlieren wolltest. Wir lieben Dich sehr, mehr als alle unsre Blutsverwandten und hätten Dir gern auf dem Bahnhof einen guten Tag und Ade-Kuß gegeben. Du wolltest nicht – wir sind zum Teil daran schuld, mir scheint, daß wir Deine Lebensgrundlagen jedesmal anrühren und Dir weh tun, und Du fliehst etwas vor uns. Ich kann das sehr gut verstehen, hätte es früher vielleicht ebenso gemacht, aber jetzt gäbe es doch für mich die Möglichkeit, vor allen Dingen zu einem Menschen, den ich solange liebe, mir freundlichen Dispens solcher Erörterungen auszubitten, da sie die Zutraulichkeit zu vernichten scheinen. Entweder Liebe oder nicht Liebe – hätte es zwischen uns nicht eine Form gegeben, uns zu sagen, daß solche Berührungen seelischer Wehstellen der Freundschaft schaden? Sei nicht böse, daß ich nicht schrieb, aber es war mir einfach nicht möglich, da ich auch das schmerzende Gefühl nicht los wurde, es läge Dir ja so schrecklich viel nicht daran. Aber Du solltest, falls sie nötig sein sollte, doch mal eine Staroperation an uns vornehmen, – wenn es Dir angebracht erscheint, dann mit Lokalnarkose; auf einer ganz ehrlichen Ebene werden wir uns gewißlich wiederfinden, und das doch unzerreißbare Band wird auf der gereinigten Basis nur noch natürlicher und lebendiger wachsen. Eine Liane hält sicher mehr aus als ein Strick.

Wie geht es dem Hermann und den Jungen? Den meinen dreien gut. Die Bengelchen machen viel Mut und Freude, halten mich aber leider aufs oft unerträgliche vom systematischen arbeiten ab. Meine Staffelei schimmelt vorläufig. Schreibe doch nächstens, was Du denkst von

Deiner Dita.

99 Beatrice Zweig an Helene Weyl

Schlachtensee, d. 30. 4. 26.

Liebe,
Du schweigst beängstigend, Du glaubst doch nicht etwa, daß wir von Dir nichts mehr wissen wollen?

Enttäuschung und Wehgetan sind ja schon verheilt, und ich, seit etwa 3 Wochen und wohl noch bis Ende Mai, Strohwittwe. Ich wünschte sehr sehnlich, irgend etwas, von Dir zu hören. Arnold hatte Grippe mit Stirnhöhlenentzündung, er konnte sich nicht recht erholen und war arbeitsunlustig. So folgte er der Einladung eines Bekannten, arbeitet und inhaliert in Wiesbaden. Wenn Du unser hübsches bescheidnes Streifchen Garten sehen könntest, mit den bunten Blumen und dem Kinderbuddelplatz, dem hellen runden Tisch, an dem ich schreibe und unsre Faulenzerstühle, würdest Du Dich unsres Frühlings mitfreuen. Ich zeichne und male wieder viel mehr, und wenn mich nicht alles täuscht, so hat eine Wiener Kunst- und Familienzeitschrift eine Radierung, Arnolds Kopf, von mir gebracht. Adam steht eben neben mir und malträtiert meinen Aquarellkasten, nachdem er einigen Tausendschönchen und Aurikeln die Köpfe abgerissen hat. Er sagt begeistert »das! das!« Er ist breit und rund, gemütlich, braune Locken, musikalisch, klug. Michael schlank, blond, leider nervös, sehr logisch und phantasievoll. Ich kann die beiden Löwchen jetzt ganz gut bändigen. Sie habens hier draußen Sommers und Winters sehr gut. Eben brummt ein Flieger, von Michi und seinen beiden Maikäfern mit glühendem Interesse bestaunt. Alles Technische ist den Kindern unsrer Zeit, find ich, besonders nahe. Im Winter habe ich etwas populäre Naturwissenschaft gelesen, ein Buch über die Entwicklung des Menschen, wo viele andere verwandte Gebiete gestreift wurden und hatte große Erregung, Spannung, Begeisterung davon, jetzt hab ich viel zu nähen, da halt ich mich mehr an Romane.

Leb mir schön wohl, Liebe, und schreibe bald, dann erzähl ich Dir auch, daß ich im Strom der Zeit schwimmend, meine nach Adamlis Geburt geschwächten Haare habe schneiden lassen, es sieht ebenso gut aus wie die lange Haartracht.

Grüß mir die Deinen schönen und nimm ein Küßchen von

Deiner Dita.

100 Helene Weyl an Arnold und Beatrice Zweig

Zürich am 30. Mai 1926.

Liebste Dita und lieber Arnold, genau so gut könnte ich schreiben: liebste Freunde und vom Wetter anfangen zu reden, nachdem Ihr mich in drei wundervollen Briefen doch eigentlich vor die Tür gesetzt habt und mit den Daten, die mich betreffen, eine Konfusion angerichtet habt, als hättet Ihr nicht neun sondern neunzig Monate nicht mehr an mich gedacht: im vorigen Herbst war ich nämlich überhaupt nicht in Berlin sondern fuhr recte via mit den Kindern über Hamburg nach Ribnitz hin und zurück; und Eure Verstimmung damals vor zwei Jahren habe ich für mich auf Eure Übererregung durch die Schrecken nach Adams Geburt geschoben; denn von mir aus gesehen, lagen die Sachen so, dass ich extra zweimal nach Berlin fuhr, um meine Pflicht gegen die Verwandten d. h. gegen meine Mutter zu erfüllen und für Euch das Herz frei zu haben. Mir ist übrigens hinterher noch die Beschämung bis in die Schläfen gestiegen, dass ich Euch frank und frei mit meinem Manuskript belästigt habe, während Ihr mich, ohne dass ich etwas davon ahnte, dezidiert in Klammer gesetzt hattet. – Natürlich stimmte es, dass ich beständig »auf der Flucht« vor Euch bin, d. h. vor Dir, Arnold. Unser Zusammensein war darum die letzten drei vier Mal auch von lamentabler Unfruchtbarkeit. Ich muss gestehen, ich war darüber hinterher jedes Mal ganz konsterniert und gab, selbstverständlich, Dir alle Schuld. Ich fuhr Dir jedes Mal so glücklich entgegen, ich war ganz Freude und Beweglichkeit und dachte, wir würden von den schönsten Sachen reden; und sobald ich Dir unter die Augen kam, war ich vergiftet, verdreht, albern, gestelzt, so kindisch wie ich mit 18 Jahren nicht gewesen bin. Zu merkwürdig; ich verzichte, mir einen Vers darauf zu machen, d. h. ich habe mir selbstverständlich einen darauf gemacht, aber der ist zu wenig schmeichelhaft für Dich, als dass ich ihn, selbst wenn Du mich dreimal zur Ehrlichkeit auffordertest, zum Besten geben möchte. Und Du hast Dir selbstverständlich auch einen gemacht, von dem ich apriori behaupte, dass er falsch ist. Wir werden uns darüber nicht einigen; und wenn ich mein herzlichstes Herz befrage, lächelt es nur zu diesen Schiffbrüchen und ist von einem Mal zum andern der ruhigen Überzeugung, dass es »dies Mal« ganz sicher besser gehen wird. Ich habe das Gefühl, dass wir in einer tieferen Schicht zusammen gehören und kaum von einander loskommen werden, so viel Kummer ich Euch und Ihr mir auch schon gemacht habt.

Ich habe mit Ehrfurcht den Inhalt Deines verflossenen Arbeitsjahres angeschaut, Arnold; und mir zunächst Deinen Regenbogen bestellt. Wir sind hier so an der Peripherie, dass ich von all Deinen Publikationen kein Sterbenswort gelesen hatte. Sobald ich den Regenbogen habe, schreibe ich Dir; vielleicht könnte ich eine Besprechung für die Züri Ztg. machen, in der er bestimmt noch nicht angezeigt war – ich traue mir nur kein literarisches Urteil zu. An die Stuttgarter Verlagsanstalt, an die Du mich empfahlst, habe ich mich nicht gewandt; für den Tirso brauchte ich eine Zeitschrift, keinen Verleger; Korrodi hat ihn gleich in der Zürcher Zeitung gedruckt. Mir geht es mit Übersetzungen überhaupt bergauf; bald verdiene ich mir damit nicht mein Brot aber meine Bücher und Reisen. Wir waren nach Ostern zwei Wochen jenseits der Alpen, ich stolz wie ein Pfau aus eigenstem Portemonnaie. Hermann erholte sich zunächst auf einer Stein- Salz- und Kakteeninsel vor der istrischen Küste, wo er aber in Anbetracht der Abwesenheit alles Blumenhaften das Leben und die seidenen Pyjamas ziemlich überflüssig fand; eines Nachts echappierte er auf einem der von ihm so beliebten Frachtdampfer nach Ancona, und wir trafen uns halbwegs zwischen Mailand und der Adria in Bologna. Wir sahen Ravenna Ferrara Padua Venedig und Verona, aber ich kann nicht alles erzählen, was uns beglückte. In Venedig trafen wir ganz unvermutet einen unserer spanischen Freunde, den Mann, der mir vielleicht von allen lebenden, die ich kenne, den stärksten Eindruck gemacht hat. – Wir sind eigentlich beständig unterwegs. Im Herbst, d. h. Ende August für etwa 2 Monate, geht Hermann nach Amerika; er war zunächst für einen internationalen Philosophenkongress eingeladen, sodass es hier hiess: Weyl reist auf 20 Minuten nach Boston, aber seitdem es ruchbar wurde, dass er to that country käme, ist er nun noch von verschiedenen Universitäten angefordert, sodass ich, da ich der Transportkosten wegen nicht mitgehen kann, einer längeren Trennung ziemlich trübsinnig entgegensehe; ich werde mich so lange einklammern müssen. Wie hast Du Deine Strohwitwenschaft überstanden, Dita? ist es nicht greulich, wie abhängig man mit allen Lebensimpulsen von solchen männlichen Wesen ist? Ich bin ganz froh für Euch, dass Ihr nun in eigenen Möbeln haust und in einem so entzückenden bunten Frühlingsblumengarten. Ihr habt es wohl gut da draussen am See und dem Wald Euch gegenüber; für die Kinder ist es ein Fundament, auf dem sie einmal ihr ganzes Leben bauen werden, dass sie mit

Buddelsand und Brummfliegen aufwachsen. Gibt es nicht einmal ein nettes Bild Deiner beiden sanften Löwchen, Dita; ich möchte meinen jüngsten Wahlneffen gern auch von Angesicht kennen. Meine beiden Jungs machen mir auch viel Spass. Sind Deine, besonders der Michael, schon so weit, dass sie sich für Deine malende Tätigkeit interessieren? das gefällt mir momentan an unsern Ablegern so gut, dass sie eigentlich noch »klein« und zutraulich und zu einem gehörig sind und doch teilnahmsvoll verständig und von unbegrenztem Interesse für alles, was man an sie heranbringt. Bei uns steht im Augenblick im Mittelpunkt des Familienlebens die Musik, die endlich eroberte. Die Buben haben angefangen Klavierstunden zu nehmen und ertragen die Fingerübungen gefasst, Michael allerdings mit Hilfe wütender Monologe. Unser »Klavier« ist in seinem Bauch aber eine Pianola, sodass Hermann die schönste Musik darauf machen kann. Deiner Schwester darf man von solcher Barbarei wahrscheinlich nicht sprechen; aber qua mechanische Musik ist dies immer noch die beste. Ich finde mich übrigens unmusikalischer, als ich hoffte; ich bin offenbar doch ganz kristallin ohne Lösungsbedürfnisse; der Genuss, den das Wort mir gibt, ist ganz unvergleichlich viel grösser. Wenn ich nervös bin, habe ich bei Musik direkt das Gefühl: es ist Gestammel und Gelall; wann wird es artikuliertes Wort werden! – Ich bin wieder abgetrieben, Dita: ich wollte Dir recht schön zum Erfolg Deiner Radierung gratulieren. Hast Du sie nun in ihrer objektiven, von Dir gelösten Form in Händen? Du bist gewiss froh und fühlst Dich gewissermassen bestätigt. Mir wenigstens würde es so gehen. Findest Du auch, dass wir Hausfrauen und Turteltauben in dieser Zeit der Smokings, Knieröcke und Knabenköpfe eine Unmöglichkeit werden und zur Stärkung unseres Selbstbewusstseins eine allgemein anerkannte Tätigkeit ausüben müssen? Seit kurzer Zeit spüre ich den Generationswechsel um mich herum, obgleich ich die modernen girls nur im Hotel und auf der Strasse zu sehen bekomme. Ich tue mir eigentlich etwas leid: was »zu unserer Zeit« reizvoll, weil selten war, lange Beine, schmale Hüften, eine vorsichtige Dosis Verstand und Selbständigkeit, ist jetzt so allgemein und übersteigert, dass es Warenhausgut geworden ist. Du hast sogar schon Deine Haare geopfert; ich halte meine vorläufig noch, aber die Modistinnen behandeln mich en canaille, und alle Hüte machen mir Migräne. Wie fühlst Du Dich ohne die Last? war es nicht, als wenn ein Lebendiges stürbe, als sie abgeschnitten wurden? Ich glaube, ich habe meine noch zu lieb, um ihnen das anzutun. Freilich, wenn erst das Baden wieder losgeht ... Ach es ist so gut zu denken, dass nun der ganze Sommer kommen wird. – Habt Ihr irgendwelche Reisepläne, wenn Arnold aus Wiesbaden zurück ist, die Euch vielleicht in meine Nähe bringen werden? wart Ihr früher nicht oft am Bodensee?

Nicht wahr, Ihr schreibt mir auch wieder? und seid es zufrieden, dass wir auf dieser Basis weitermachen, wenn auch an der Oberfläche so gut wie nichts stimmt; ich für meinen Teil weiss nicht, wie es in Ordnung zu bringen wäre, und glaube auch kaum, das es in Eurer Macht liegt, mich aus Eurem Leben zu eliminieren. Recht bescheiden klingt das!

Lasst Euch recht von Herzen grüssen und lebt recht heiter in dieser heiteren Jahrzeit. Ich bin nun einmal

Eure
Helen

101 Beatrice und Arnold Zweig an Helene Weyl

Schlachtensee, d. 21. 9. 26.

Meine liebste Helen, endlich finde ich Deinen schmerzlich in Schreibtischen gesuchten und in einer Bücherkiste mit Deinen früheren, Jams und Arnolds Briefen zuletzt vermuteten Brief wieder, natürlich als rechter Eulenspiegel ganz in nächster Nähe, im Fach meiner Schreibmappe! Nett, was? Sei nicht böse über die lange Schreibenthaltsamkeit; ich habe eine fast pathologische Unlust; außer zum zeichnen, Tinte und Feder in die Hand zu nehmen und auch eine gewisse Furchtsamkeit, weil ich innerlich diesen kalten und verregneten Sommer wie mit einem Quirl durcheinander gerührt war. Aber nun ist es besser und ich krieche wieder aus meiner Höhle. Kommst Du vielleicht in unsre

Nähe, wenn Dein Freund Hermann to that country fährt, ihn ein Stückchen zu begleiten? Wir sind so ziemlich festgewachsen an unserm Ort, seitdem unser Verleger seinen Kontrakt brach, der uns sorgenfrei bis Mitte Juli hätte erhalten sollen. Ab 15. Februar schickte er kein Geld mehr, und Arnold brachte es künstlich fertig, selbiges dumme Zahlungsmittel immer wieder zusammen zu scharren; es ging uns nicht schlecht, aber die 3 monatige Italienreise und der Schweizer Aufenthalt der Kinder in Unter-Egeri flogen in die Wolken. Immerhin waren wir jetzt 5 Tage in Heringsdorf, wo wir in Homerischer Bläue und einer nur durch Hexameter wieder zu gebenden hymnischen Ebene der Seele sangen. Leicht, fast reibungslos und schwebend glitt man durch diese Tage, die ohne Schwere, uns als eine lange Zeit gegeben waren. Nun ist uns recht wohl zu Mute, Arnold sitzt vor einem Roman, über den ich nicht plaudern möchte; er arbeitet jetzt sehr schön leicht, er diktiert ins Stenogramm, und seine Sekretärin schreibt es zu Hause ab. Vorläufig geht dies System, welches seine Augen sehr gut schont. Getröstet bin ich ob Deiner Meinungen über die modernen Girls. Wir sind rasch überlebt worden, doch aber bin ich froh, daß wir ihnen die Pionier- und Durchbruchsarbeit gemacht haben. Ohne unsern Protest, ruhig wie der Deine, rebellierend wie der unsre, wären sie nicht da, mit ihrer Selbstständigkeit und hellen Freiheit. Immerhin hat unsre Sehnsucht, unser Leben und unser Ideal wieder Idealbildend gewirkt und diesem in die Wirklichkeit verholfen zu haben ist eine gute Sache. Natürlich fühl ich mich auch von ihnen etwas an die Wand gequetscht, Hausfrau und Mutter riecht heute muffig, niemand möchte gern dafür stehen, es steht nicht sehr hoch im Ansehen. Ich traure oft um meine schönen Zöpfe, aber da mein Freund Arnold glücklich ist, nun hinten kraulen zu können und behauptet, ich hätte für diese zwei tausendfach gewonnen, gebe ich mich immer wieder zufrieden, in der Überzeugung, es sei Blödsinn, schöne Haare abzuschneiden. Der Rhytmus unsrer Zeit ist aber so knapp, daß ich eine gewisse Beglückung und ein Äquivalent darin finde, nicht sehnsuchtsvoll hinterher zu humpeln. Ich male wieder ein wenig, und dann bin ich ein sattes Raubtier, wenigstens nicht durch Hunger in Unrast.

Ich freue mich sehr über Euer Klavier. Aber Dein Sträuben gegen die Musik ist ulkig, und Dein Nichtsehen bei einem meist so klar sehenden Geschöpf wie Du bist, befremdend. (»Meist« bezieht sich auf das absichtliche wegblicken vom Orkus der Seele, verzeih!) Weißt Du nicht, daß die Sehnsucht der modernen Zeit im Expressionismus gesagt und gemalt wird: wir wollen über das Wort und den Gegenstand hinaus, so wie die Musik. Abstrakt wollten sie malen, weg von der Materie. Aber leider ist die bildende Kunst wesensmäßig an den Gegenstand, seine Form gebunden, verläßt man ihn, so entsteht kein Bild, sondern das Ornament. Ich meine, wenn man so völlig abstrahiert, wie Kandinsky, nur Rhytmus und Farbe. Oder auch ein Teppichmuster, nur kein Bild. Du empfindest Musik als Gestammel, nee, im Lied ist das Wort störend, zu doll, zu dick, die reine Melodie ist die Erlöstheit, die Erlöstheit von dem Verlötetsein an die Materie und ein Göttergeschenk an uns Halbtiere, dem Leibe, der Wärme und Kälte verhaftete, die eigentlich gar nicht auf unsern Planeten paßt. Viele Musikliebende stört es zum Beispiel, gleich mir, daß die IX. Symphonie mit einem Chor schließt, es quält, es ist an eine Schlacke geheftete höhere Dimension. Für mich ist das größte Wunder daß uns einmalig sinnlich und warm etwas Unmaterielles, wirklich aus einer ätherischeren Welt, zugefallen ist, ganz gegen unser Gesetz, eine Ausnahme, ein fremder Stoff. Alle Musikliebenden finden sie eben nicht unterhalb des Wortes, und seiner Erlösung bedürftig, sondern [...] seine Überwindung, für mich die Überwindung aller Künste und ein höchster Punkt der Menschheit. Ich zweifle übrigens nicht, daß sie mächtig genug sein kann, Dich im Lauf der Jahre zu besiegen, wenn Deine Kinder Dir viel, vor allem wenn sie reifer sind, begabt vorspielen.

Wir haben uns ein Grammophon angeschafft. Für 18. Mk. Singt oftmals wie ein Engel, Symphonie und Kammermusik, Chor und Orgel. Unsre Kinder haben es schon als unentbehrlichen Bestandteil in ihr kleines Leben aufgenommen. Michali der bittet, ob er sich »sein Beethovchen« aufziehen dürfe, und Adamchen der in Babysprache »Bietu« und »Bamms« (Beethoven u. Brahms) bestellt. Natürlich giebts auch viele Kinderlieder, das begehrteste heißt: »Bäuerlein Bäuerlein tick-tick-tack«. Und das

Grammophon demzufolge »das Ballili« (v. Adam getauft. – [)] Michi äußert manchmal, so gestern, als sie lange mit zwei dicken grünen Kohlraupen gespielt hatten: »weißt Du Mutti, ich fange die Schmetterlinge lieber als Raupen.« Seine Versuche auf unsrer Heide, die voller Erika und auch endlich in heißer Sonne steht, sie in der geflügelten Verwandlung zu fangen, mißglücken nämlich meistens. Er rudert aber sehr gut, der Knirps und schreit erwachsene Gymnasiasten an, wenn sie unvorsichtig mit Käfern und Getier umgehen: [»]Schäm Dich, Du bist ein Tierenquäler, es will auch leben.« Seine eignen kleinen Gefangnen setzt er nach einiger Zeit wieder aus: »Mutti, ich habe ihm seine Freiheit gegeben.« Leider ist er nicht ganz gesund, und soll ein halbes Jahr an die Nordsee, was wegen Finanzierung noch undurchsichtig ist. Wir prozessieren noch mit dem Kontraktbrecher und hoffen, doch bald zu unserm Geld zu kommen. Wir bedauern sehr, nicht früher ein »Ballili« angeschafft zu haben, aber wie Du richtig vermutest, wurde es von Jam streng als Barbarei verpönt, »sowas macht *man* nicht.« Aber jetzt ist sie bekehrt. Wie so manches Gute, kam es von den Kindern, die so ein kleines »Kiddyphone« geschenkt bekamen, das wir dann in ein Erwachsenes ersetzten. Jam giebt viel Stunden, die ihr die Hälfte ihres Unterhaltes einbringen, lebt bei meinem Vater, von dem sie Wohnung und Essen hat und fühlt sich in ihrer Freiheit wohl. Ihr »Verflossner« schreibt ganz begabte Geschichten, ist persönlich nett, und ökonomisch hochstaplerisch, und recht gut mit der Jam befreundet, die sich aber doch wirtschaftlich vor dem Ruin durch die Trennung gerettet hat. Würde vielleicht Dein alter Herr Sanitätsrat nicht eine Instanz sein, die Rat weiß, wie auch ein Schriftstellerkind ein gesunder Mann werden kann? Es muß doch irgend welche sozialen Einrichtungen dieser Art geben.

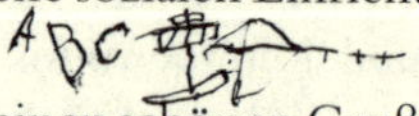

A. B. C. Flugzeug u. Drachen bedeuten einen schönen Gruß von Michael.

Ich stimme Dir übrigens zu, daß bei uns in den wesentlichen Schichten alles schön übereinstimmt, obenauf aber die Verschiedenheiten, die da sind, das Leben bunt, kämpferisch, interessant und eben verschieden machen. Auch das macht Spaß. Glaubst Du im Ernst oder im August daß wir Dich aus unsrem Leben eliminieren wollten? Es würde wahrhaftig nicht gehen, soviel ist richtig und ich freue mich, daß Dir wohl auch nicht ohne weiteres diese Operation glücken würde. Lassen wirs also beim alten bewenden. Eigentlich möchte ich Dir noch Bände schreiben, und darum ist die Korrespondenz mit Dir immer so aufregend und aufreibend, weil ich eigentlich immer mitten drin aufhören muß, und oft aus Unlust des doch nie fertig werdens dann gar nicht erst anfange. Vielleicht hast Du bald doch wieder Nachricht von uns, aber nur ganz kurz. Hab keine Angst, es ist kein Baby.

Sei mir sehr geküßt.

Deine Dita.

Liebste Helen, was du dir denkst das is nich, sagen unsre neuen Landsleute hier. Aber nun lass mich mal erst ne Zigarette anzünden. Es gibt nämlich komische Sachen zu berichten, und du bist auf dieser Kugelschale hier der einzige Mensch, gegen den ich nach dieser Richtung schriftlich die Lippen lüfte. Böse waren wir dass du durchfuhrst und uns nicht sahst. Aber das war ein Sommerregen, mehr nicht. Innerlich lebte ich mit Dir in einer Sfäre, die kleine Kräche ebenso aushielt wie jahrelanges Schweigen, ohne eine Spur der Entfremdung: »der Andre lebt mit.«

Noch in Italien begann ich wieder zu schreiben. Auf der Rückfahrt hatte ich schon die ersten 20 Seiten von »Pont und Anna« mit. In Berlin-Schlachtensee mußte ich mir sofort die Wut über einen von Dita verlorenen 100 Mk-Schein abreagieren – »Einen Hut kaufen«. Ich hatte Vertrag mit I M Spaeth über Bücher: »Regenbogen« wurde geschrieben und immer gleich bogenweise gedruckt. Inzwischen begann die Serie der »Kränken«. Eine Kränk' ist keine Krankheit aber was ähnliches. Mir platzte ein Aederchen in der Netzhaut. (Ich beschreibe es in einer kleinen Novelle die im Berl. Tgbltt erscheint u. die ich dir schikken werde.) Ein Auge schaltete für Schreiben u. Lesen aus; das rechte wurde überlastet. Ich schrieb wie wild weiter, Pont u. Anna, u. las Korrektur. Erschöpfte mich sehr. Am 10. November Schluß, am 11. der übliche Nachtrag, anfang Dezember erschien das Buch. Ich nach Geburt müde, hatte versprochen, Buch Caliban,

Versuch über Antisemitism, Ende Januar zu liefern. Ging trotzdem daran, verreiste dazu. Neuralgieen der linken Gesichtsseite. Arbeit fast unmöglich. Rückkehr: Grippe. Kopf durch Stirnhöhleneiterung attakiert. Anfang März fieberfrei: da bricht I. M. Spaeth den Vertrag, der unsre einzige pekuniäre Sicherung war. Keine Zahlung ab Mitte Februar. Ich dennoch nur durch Badereise zu kurieren. Also Finanzkunststücke. Ich gehe nach Wiesbaden: bade, inhaliere, schlafe viel. Fange an, »Spiegel des Großen Kaisers«, früher geschriebene Novelle, durchzuarbeiten u. neu zu dichten. Es geht allmählich. Reise nach Köln zu Freunden, nach Nürnberg, München, Prag, Kar[l]sbad in Vorträgen. Anfang Juni zurück mit etwas Geld. Da: Wunder: Kurt Wolff beginnt, neue Claudiaauflage zu drucken u. zu zahlen. Wir haben einen Fonds u. etwas Verborgtes, das läpperweise zurückgezahlt wird. Ich nehme mir – Dita nimmt mir – ein Arbeitszimmer ausser dem Hause u. eine Sekretärin. Ich schreibe nicht mehr, diktiere ins Stenogramm. Es geht herrlich. Das Buch »Caliban« wird fertig – ca 300 – 350 Druckseiten; ebenso der Gedichtband »Hin zu Dir«. (Beide mussten, um den Prozess mit Spaeth zu sichern, beendet werden, so schnell es ging.) Mein Auge wird geschont, ich nehme alte Mscrpte vor: beendige Trauerspiel »Umkehr des Irrenden«, ein Spassspiel »Purimspiel«, eine Masse Novellen. Beginne den grossen Roman »Der Bjuschew«, bin jetzt im Anfang davon, das erste Buch beendet. Dazwischen Feuilletons für Zeitungen u. zwei große Aufsätze. Korrekturen eines kleinen Reclambändchens u. des »Spiegels«, der dieser Tage erscheint, bei Kiepenheuer. Schöne große geistige Novelle, dünkt mich.

Well, das war die Arbeitsseite. Prozess mit Spaeth, Kalamität mit meinem Schwager, Bruder Ditas, der Bankrott knapp umschifft, war zweite Seite. Aerger mit Verlegern selbstverständlich. Große Sachen muß ich arbeiten, aber auch kleines Geld besorgen.

Die Analyse war die dritte Seite. Ich bin ziemlich weit wenn auch nicht fertig. Aber ich sprudle wieder vor Arbeitsfähigkeit, wenn auch nicht vor Arbeits*lust.* Lust kommt noch. Verlor mich tief in meine Vergangenheiten, Defekte, Leiden. Sah die Tatsache A. Z. diverse Male unter verschiedensten Aspekten. Lernte viel u. litt viel und wurde gesünder, normaler, nicht mehr wie instinktblindes, haßgeladnes, geistesgestörtes Tier. Ja, das war die dritte Seite, sie war die anstrengendste. Und die vierte war das Leben mit Dita u. den Kindern – das war die hübsche.

Seit Juni keinen solchen Brief mehr geschrieben. Hab dich lieb und setz das so hin für dich. Bist ein adliges Mädel, Helen. Bissel verschubst vor dir selber. Na, später mal siehst dus selber. Also: alles in Ordnung? Andermal komm und sieh uns. Oder wir dich wieder. Möchte gern nächsten Frühling südlich reisen.

Lebwohl, grüß *ihn*.

Dein A.

Weiss was für deine Novellen. Schick sie mal an Kiepenheuer, Potsdam.

102 Helene Weyl an Arnold und Beatrice Zweig

Nervi, Hotel Savoia. am 26. XII. 26.

Liebe gute Freunde, ich will beim Ende anfangen, da Deine letzte Karte, Dita, mir auf dem Gewissen liegt: sie kam mitten im letzten Häufungspunkt der Vorbereitungen zu einer viermonatigen Abwesenheit von Zürich und Trennung von den Kindern. Bei Celerina weiss ich eine Kinderpension, aber ich weiss nicht, ob ich sie Dir bedingungslos empfehlen soll. Es ist das Haus der Frau Dr. v. Romedi, einer geborenen Gräfin Salis, in Madulein, etwa 25 Minuten Bahnfahrt von Celerina. Frau v. R. hat zuerst zur Gesellschaft ihrer Neffen, zweier Salis aus Marschlins, die sie erzogen hat, und dann aus lieber Gewohnheit bis zu 10 Kindern bei sich aufgenommen; unsere waren bei ihr 2 Monate, als wir in Sizilien waren. Es ist eins der schönen alten Engadiner Geschlechterhäuser, sehr kultiviert und gepflegt, alles modern und praktisch eingerichtet, Kindergärtnerin und Lehrerin im Hause, Kinder aus den besten Schweizer Familien. Aber es kam mir bei aller Disziplin und Ordnung etwas kühl vor; meine beiden jungen weltkundigen Herren sind gut zurecht gekommen, aber ich glaube, Dein Micheli ist von weicherer Seele und sollte mehr spontane Freundlichkeit um sich haben. Schreib immerhin mal; Preis war damals 250 fr. monatlich. – Mein Michael ist jetzt bis Ende April in Teufen (Appenzell) Kinderheim Sanitas, Besitzerin Fräulein Dora Wachter; Preis 180 fr monatlich ausser Bädern u. Wäsche. Das könnte ich Dir rückhaltlos anraten, wenn es Dir nicht zu niedrig und zu abgelegen ist (½ Stunde Bergbahn von St. Gallen); freilich muss ich sagen, ich würde ein nervöses Kind nicht auf 1800 m schicken sondern lieber auf die 900 von Teufen. Es ist dort im ganzen einfacher als in Madulein, aber alles praktisch, blitzsauber und traulich. Die Tante Dora ist eine mittelalterlich mütterliche Person, von der die Wärme nur so ausstrahlt. So weit man das überhaupt kann, würde ich garantieren, dass ein Kind da seelisch nicht zu Schaden kommt. Achim war im vorigen Frühling, als wir in Venetien und der Emilia reisten, 14 Tage da und kam sehr geglätteten Gemütes und frisch zurück; heute hatte ich gerade von den beiden Kaspern die ersten Briefe, die auch wieder sehr zufrieden klangen. – Dann habe ich noch eine dritte Adresse: Kinderheim von Fräulein Horber in Fidaz (Graubünden). Ich kenne es nicht aus eigener Anschauung, aber eine Freundin von mir hatte ihren Buben da, an dem sie, da sie geschieden ist, wie an ihrem einzigen Lebenstrost hängt, und gibt ihn jetzt wieder hin. Von Frl. Horber habe ich ausserdem Gutes durch Dällenbach gehört, der schon oben bei ihr war; sie ist Schwester eines Freundes von ihm, aus einer in Zürich sehr angesehenen Familie. Fidaz (ich denke, es ist ca 1500 m) wird von Reichenau (an einer Seitenstrecke der Albula-Bahn) mit Postauto erreicht. Dahin könnten Eure Freunde den Buben glaube ich ohne Mühe bringen, wenn man ihnen von Fidaz her bis Reichenau entgegenfährt. Teufen ist für sie wohl ein Reisetag mehr. Zu dumm, dass ich gerade jetzt nicht in Zürich bin. Wie lieb wäre es gewesen, ich hätte die beiden Michaels einander zuführen können. Von St. Gallen könnten die Teufener das Kind aber auch abholen lassen. Fidaz wird im Preis wie Teufen sein. – Nun aber noch etwas Prinzipielles, Dita; wird sich das grosse pekuniäre Opfer wirklich lohnen, das Ihr bringen wollt? Wenn es sich nicht direkt darum handelt, eine Drüsensache oder Schlimmeres auszuheilen, würde ich ein erholungsbedürftiges sensibles Kind nicht aus den Händen geben. Ich habe doch Erfahrungen. Meine sind von ihren zahlreichen Pensionsaufenthalten vielleicht momentan frisch angestrichen und ruhiger (durch das ungeistigere Milieu) heimgekommen, aber einen durchschlagenden Erfolg habe ich nicht bemerkt. Bei nächster Gelegenheit hatten sie ihre Katarrhe wie vorher. Ein Gebirgs- oder Meeraufenthalt wirkt keine Wunder; es ist besser, Ihr macht Euch das vorher klar. Andrerseits ist es eben doch ein gewisses Risiko, solch wachsweiches Material wie eine Kinderseele in eine nicht restlos zu übersehende fremde Umgebung zu stecken. Mir ist es sauer geworden, die beiden Klabautermänner aus der Hand zu geben; mit ihrer turbulenten Existenz sind sie eine nie versiegende Quelle heiterer Sensationen. Wir freuen uns sehr und immer mehr zu ihnen: der Michael ist nicht so schön wie Achim aber hell und lebensgewachsen, und beide sind offen für alles Geistige, was man ihnen zuträgt. Nun bin ich auch für mein eigenes Gefühl keine schlechte Mutter mehr, was zur Folge hat, dass ich finde, die andern können es nicht so gut und die armen Kinder sind ausgesetzt. Aber es ging nicht gut anders; nach den zwei Monaten, die Hermann allein in Amerika herumzog, wollte ich ihn nicht gleich wieder so lange verlassen. So lange die Reiserei fortgeht – und sie scheint sich noch zu intensivieren: Weyl ist nach Kalkutta und Buenos Aires eingeladen, man muss sehen, wie es sich arrangiert – muss ich mich halt zwischen Mann und Kindern teilen. Aus Amerika ist der Mann prachtvoll erfrischt, diesseitig, lebenszu- und schreibtischabgeneigt und um 10 Jahre verjüngt zurückgekommen. Er ist natürlich sehr gefeiert, hat die Dollars nicht zu sparen brauchen und also nur die Façade von drüben zu sehen gekriegt, sodass ihm das junge unternehmungslustige und geistig ziemlich unbeschwerte Volk ausnehmend gefallen hat. Am Ende hat die eine seiner beiden Seelen auch eine intime Verwandtschaft mit den Leuten aus der Mayflower gefühlt. – Mir sind die zwei Monate Selbständigkeit so ausgezeichnet bekommen, dass ich es eigentlich für das Ideal einer Ehe halte, wenn man in zwei Wohnungen leben könnte. Es ist überhaupt das einzige, was ich mir in meinem Leben anders wünsche: dass ich vor der Ehe zu einer wirtschaftlichen Selbständigkeit gelangt wäre. Deine Jam beneide ich, Dita. Jetzt, da die Geschäfte der »Hausfrau und Mutter« (die aber, finde ich, absolut nicht muffig riechen und gerade in dieser Zeit der brennenden Wohn- und Dienstbotenprobleme ganz gut einen produktiven Verstand gebrauchen könnten) doch eine Hälfte des Tages beanspruchen, ist es nicht mehr möglich, zu der spezialisierten und durch Examina abgestempelten Ausbildung die Zeit zu finden, die man nötig hat, will man im wirtschaftlichen Leben eine Stelle ausfüllen. Ich hatte heimlich gehofft, mit meinem neuen Steckenpferd, auf dem ich relativ rasch vorangeritten bin, dies Ziel zu erreichen, aber die Erfahrungen des letzten halben Semesters haben mich entmutigt. Ich würde mir meine persönliche Freiheit mit besserem Gewissen nehmen, wenn ich auf eigenen Füssen stünde; es wäre alles schön reinlich geordnet. Mein blonder Liebhaber lacht mich natürlich aus bei solchen Gelüsten; er hat aber auch ein ausgesprochen altmodisches Lebensideal. Übrigens Dita, das muss ich Deine Weisheit doch fragen: glaubst Du im Ernst an die modernen girls mit ihrer männlichen Tüchtigkeit? Manchmal, à sacrilège, will es mir scheinen, dies wäre nichts als eine neue Form der Koketterie; und die Männer liessen sie gewähren, heimlich lächelnd: weil sie mit ihren schlanken Beinen und klugen Mündern und kurzen Haaren und kräftigen Händen eben gar so entzückend sind. Meine Haare, wenn auch oft beschimpft, existieren übrigens immer noch. – O Dita, wie habe ich mich zu der Nachricht gefreut, dass Ihr im eigenen Nest sitzt! Tausend tausend liebe Glückwünsche! aber das Gute braucht man Euch nicht mehr zu wünschen, Ihr habt es und geniesst es. Ich habe direkt geschwelgt in dem Gedanken, dass Ihr Eure Bilder und Bücher und Möbel endlich auspacken und in guten Räumen zu Eurem bequemsten Gebrauch aufstellen könnt. Ich kann mir so vorstellen, wie wundervoll die Zeit des Einrichtens und wieviel wundervoller noch jetzt die Zeit des ersten Benutzens aller nigelnagelneuer Dinge und Einrichtungen für Euch sein muss. Was haben die Kinder zu dem Wandel gesagt, die doch sicher ein blitzweisses sonniges Spielzimmer ganz für sich allein zu beliebigem Radaumachen dabei profitiert haben? Es war mir an Eurer Existenz immer ein Dorn im Auge, dass Ihr voll ausgewachsenen, mit Kindern gesegneten Leute noch nirgends festgewachsen wart. Wie schön, dass dies Hauptproblem sich für Euch nun so gut gelöst hat! Ich möchte Euch wohl sehen, Dita und Arnold Zweig als Hausbesitzer im eigenen Garten, die eigenen Blumen aufbindend – vielleicht lässt es sich einrichten, und wäre es nur auf Stunden, wenn ich von Göttingen, wo Hermann für den Rest des Winters eine Gastprofessur bekleidet, nach Hause reise. – Es geht mir wie Dir, Dita: ich werde ganz unruhig beim Schreiben, da schon so viel Papier verbraucht und noch so wenig gesagt ist. – Unsere Existenz hatte in den letzten Monaten ihren Schwerpunkt ziemlich peripher. Hermanns Name zieht viele Leute in unsere Nähe: Amerikaner Inder Japaner Europäer verschiedener Nationalität kommen und beanspruchen alle ein menschliches Interesse, da ich besonders es nicht fertig bringe, Menschenschicksale, die sich mit meinem kreuzten, ganz wieder aus den Augen zu verlieren. So kommt es, dass ich um spanische Freunde bangen muss, denen Primo de Rivera ihr Lebenswerk zerstört, und die vergnügte Anzeige von dem Erscheinen eines kleinen Japanischen Mathematiker-Ablegers in Hokaido bekomme. Ich lebe gern so; es war mir schon als Kind manchmal ein Ärgernis, dass es gleichzeitig mit mir, abgesehen von alten vergangenen Generationen, so viele Menschen auf der Welt gäbe, die ich niemals kennen lernen würde. Aber es ist eine gewisse Gefahr dabei: man verlernt, aus sich selbst zu leben und die inneren Reservoire könnten verfallen. Ich klammere mich darum mit einer gewissen Innbrunst an die Arbeit, die ich mir ausgesucht habe – nicht ohne dass mich übrigens von Zeit zu Zeit Sehnsucht nach der Mathematik überkommt. (Was Du von der Musik sagst, trifft mutatis mutandis auf die Math. auch zu: sie ist die Freiheit von allem Stofflichen, Realen, Erdenschweren, der unbeschwerte Flug des Geistes im leeren Raum; Musik und Mathematik sind wohl auch verwandt. Ein Zürcher Bekannter von uns sagte paradox: die Inanspruchnahme des menschlichen Affektlebens sei ein Makel, den die Musik noch an sich dulden müsse, um dem rohen Publikum zu gefallen, wie die Mathematik zu Keplers Zeit noch den gröberen

Instinkten schmeicheln musste; wäre die Musik erst so gesichert in ihrer Existenz wie heute die Mathematik, könnte sie auch reine Form sein, Bach'sche Fuge.) Ich habe jetzt Provenzalisch gelernt und mir damit wieder das Tor zu einer grossen und für die abendländische Kultur des 12. Jahrhunderts sehr bedeutungsvollen Literatur aufgetan. Im nächsten Semester werde ich Alt-portugiesisch treiben. Ausserdem gibt jede neue Sprache einen deutlicheren Einblick in das Leben dieses gewaltigen Organismus, der sich romanische Sprachen nennt. Mir gefällt das alles ausnehmend, es gefällt mir auch, wieder einer Arbeitsgemeinschaft (in den Seminarien) anzugehören und das, was ich für mich denke, von andern und für andere zu wiederholen und wiederholt zu hören; denn mir wird jeder Gedanke deutlicher und lebendiger, wenn er mitgeteilt wird. Aber manchmal bin ich ganz unglücklich, dass ich nicht so viel arbeiten kann, wie ich sollte, um die Angelegenheit auf das Niveau zu bringen, das mir vorschwebt und mir an sich erreichbar wäre. – Wir sind bis zum 5. hier und gehen dann über München nach Göttingen (Briefe erreichen uns über die Universität). Hier ist es beglückend; schon der Szenenwechsel ist immer wieder spannend: am Gotthard Schneegestöber und Skier, hier Rosen Nelken Kalla in den Gärten, die Apfelsinenbäume golden behängt, der Himmel offen und das Meer grenzenlos blau und abends im flirrenden Getöse der Sterne die legendenhaften Häupter der Palmen. Es ist zwar noch kühl, aber alle Bäume sind grün, und ein elegantes Hotel sorgt für Behaglichkeit. Wir leben, glaube ich, so wie Ihr in Heringsdorf: wie auf der Hochzeitsreise. – Schreibst Du einmal Dita, was mit dem Michael geworden ist? Wenn Du in den Pensionen anfragst, berufe Dich nur auf mich. Den beiden Buben lieben Dank für ihre Schreib- und Malkünste! und Dir und Deinem grossen Mann sehr viel Liebes von

Eurer alten Helen.

103 Arnold und Beatrice Zweig an Helene Weyl

[Berlin, um das Jahresende 1926]

Liebste Heleen,
ich denke dich jetzt in Göttingen – und da muß ich dir gleich schreiben. In Nervi kenne ich dich nicht so recht; ich möchte immer mal mit Dir reisen, und dich so kennen lernen wie du ohne die abziehende Häuslichkeit bist. Aber in Göttingen kenn ich dich. Ich schreibe, wenn es nach mir geht, mal den Göttinger Roman, das Loblied auf unser geistig helles, politisch stinkdummes Jugendsein von 1912, das schon 1914 so furchtbar zahlen mußte. In diesem Buch werden fast nur Tote vorkommen oder zerstörte, überlebende Frauen. Ich werde es auch so schreiben, ja, das ist ein guter zentraler Einfall: die Sache aus der Perspektive der Verlustliste, der Hinterbliebnen, der hinterlassnen Fragmente, der heutigen Studikerschaft zu schreiben.

Ich war wahnsinnig fleißig und bins noch. Ich habe diesen Sommer u. Herbst u. Winter durch jeden Tag gearbeitet. Im Frühling fing es an, mit dem »Spiegel des Großen Kaisers«. Wenn du ihn durch Zufall doch schon hast, verschenk ihn, ich sende dir ein Exemplar für Dich. Hast du »Regenbogen« eigentlich gelesen?

Jetzt kommt »Umkehr«, »Caliban« u. »Der Bjuschew« – Trauerspiel, Essay (350 S.) u. Roman (ca. 500 S.) Dann kommt »Laubheu«, »Wahrsagung«, »Luzilla« – drei Stücke. Dann Gedichte. Ein Novellenband liegt auch schon da, aber er ist mir noch nicht publikativ. Und zur Erholung übersetze ich in der Stadtbahn Kiplings Barrackroom-Ballads, die bei der Übersetzerbande für unübersetzbar gelten. Eine davon in Heft 51 der »Weltbühne«.

Ich lebe ohne Extrafreude. Nicht mal mit guten Zigarren. Aber das Haus ist da, Dita hats, ich habe mein Leben versichert, u. der Bub kommt nach Celerina, Mitte Januar, am 13., gehe ich nach Brünn, um dort zu reden, im Anschluß daran nach Kattowitz zu meiner Mutter u. Schwester, danach vielleicht auf 6 Tage ins Riesengebirge mit Dita.

Dich zu sehn wäre herrlich. Aber ich hefte mich nicht mehr an diesen Gedanken. Ich sah Schapers bei der Trauerfeier für den armen Wolf Przy. Eine Orgie von sinnlosem Weihrauch für einen braven, impotenten, aus Neurose exklusiven Jungen. 10 000 bessre hat der Krieg gefressen. Aber sag Schapers nicht, daß ich so denke – bitte! Ich bedaure ihn tief, aber ich sehe, was war. Sybille B. sah bezaubernd aus. – Dein Mann = Freund und Amerika – sehr interessant. Möchte ihn wohl erzählen hören. Und nun: leb wohl! Ich denke, ich könnte jetzt deine 3 spanischen Novellen plazieren. Ich hab aber nur den Abencerajen. Alles Gute im Neuen Jahr, asymptotische Liebste!

Dein Arnold

Siedlung Eichkamp, d. 2. 1. 27.
Strasse G. 7. Nr. 59.

Liebe liebste Helen. Hab tausend Dank für Deinen lieben schnellen Brief, hoffentlich erreicht Dich dieser hier noch am mare azuro. Vor 1½ Jahren waren wir Eure Nachbarn in Portofino. – Den Michali müssen wir leider auf alle Fälle fortschicken, der Kinderarzt besteht darauf. Er ist ein Drüsenkind und hat auf Tuberkulinprobe mit positiv reagiert. Wir waren zunächst zu Tode erschrocken. Doch ergab die Röntgenplatte ein beruhigendes Resultat: ein abgelaufner Prozeß, im Stadium der Verkalkung, Lunge in tadelloser Ordnung. Wenn also Onkel Doktor mit der Höhe von St. Gallen einverstanden ist, würde ich Teufen wählen; der Preis ist verhältnismäßig niedrig und alles was Du schreibst, ist mir sympathisch und scheint geeignet. Trotzdem ist es wirklich noch ein großes Geldopfer, weil Arnold ja ohne feste Stellung und ohne abgegrenztes oder sicheres Monatseinkommen lebt. Du kannst glauben, daß es aufreibend ist, obwohl am Ende des Monats dann doch ziemlich viel verbraucht worden ist. Man weiß eigentlich nie, wie es sich dennoch zusammen geläppert hat und uns geht es gut, für einen freien Schriftsteller. Aber man kann sich nie so richtig sein Geld einteilen. Unser Häuschen mußt Du Dir besehen, es ist sehr freundlich, sauber und farbig, harmonisch und beruhigend, mit schönen alten Möbeln. Wir leben alle auf. Ich erlöst mit einem eignen Schlaf- und Arbeitszimmer, habe sofort meine Staffelei in ihre Rechte eingesetzt und male wieder, der Vormittag mit Tageslicht gehört mir. Das Herz hat mir gelacht bei der Beschreibung Deines Eheideals, das mit der Zeit ganz genau das meine geworden ist. Ich wünsche sogar, das der Staat mir für meine Mutterarbeit und Leistung ein Existenzminimum aussetzt, oder den Kindern, damit meine Arbeit mich auf gleiche wirtschaftlich-unabhängige Ebene mit allen andern Leistenden stelle und mir das Gefühl absoluter Erwachsenheit unter Erwachsenen gebe, das sich nun einmal in der ewig kindlichen Anhängigkeit nicht einstellt. Im Gegenteil: ich muß sparen und knapsen, wie und wo ich kann, um meinem geistigen Arbeiter die Last die ich ihm – trotz der Lust – mit mir und meinen Kindern auferlege, möglichst [zu] verringern. Meine Arbeit bringt nichts ein, sie verursacht immer neue Ausgaben und ich drücke auf ein Wesen, das viel mehr fliegen könnte. Ich nehme daher mein malen auch ganz ernst, will noch richtig auf eine Kunstschule gehen und zusehen, wie ich es außer meiner Kunstleidenschaft auch praktisch anwenden kann. Ich habe jetzt Stenographie angefangen zu lernen, vor dem Umzug und will es nun fertig machen, damit ich auch zeitweise Sekretärin ersetzen kann. Die modernen Mädchen hier tun wirklich alle was und die meisten Künstlerfrauen helfen mit verdienen, damit die Männer nicht alles allein schleppen müssen, nachdem die Vermögen von den Räuberstaaten alle gestohlen worden sind, auch aus dem Gefühl, sich nicht auch noch Geld für jedes Paar Hausschuhe ausbitten zu müssen. Ich liebe ebenfalls Arbeitsgemeinschaften so sehr und freue mich schon aus diesem Grunde auf die Kunstschule. Die Atmosphäre unsrer Münchener Semester bei Geiger gehört mit zu meinen liebsten und glücklichsten Lebensstunden, auch später noch bei Cassierer in Berlin. Doch war diese Zeit sehr durch Krieg und Grippen-Seuche gestört.

Ja, Eure Mathematik. Ich kann mir sehnsüchtig-unerreichbar vorstellen, daß sie die letzte, irdisch mögliche Verklärung ist und Ihr seid glückliche Hüter dieser Gottesgabe. Heute früh ließ ich unser Ballili sprich Grammophon, ein Schubert-Trio spielen und hatte wieder den Eindruck: das kommt aus einer andern, einer reinern und wunderbaren Welt, wo es Materie in unserm

Sinn nicht mehr giebt. – Während ich schreibe, sehe ich Dich in der blauen Palmenlandschaft herumspazieren und ich finde, sie steht Dir ausgezeichnet, ich denke Dich furchtbar gern da. Schade, daß Du nicht mit in Amerika warst, dies Land möcht ich gern kennen lernen, dort findet wirklich, rein äußerlich, das Jahr 1927 statt; wir verwalten mehr die zeitlosen Güter. – Von den Kindern schreib ich heute nichts, es führt zu weit und ich hoffe bestimmt, Dich bald zu sehen und Dir einen Kuß zu geben. Grüß Deinen blonden langen von mir.

Deine Dita, glücklich und erlöst.

104 Helene Weyl an Beatrice Zweig

Göttingen. Grüner Weg 3/5.
[Poststempel: 23. 1. 27; Postkarte]

Liebste Dita, dies ist unsere hiesige Adresse, und da wir sonst alle Post richtig bekommen haben, begreife ich nicht, warum man mir gerade Deinen Brief vorenthalten hat, der mir lieb gewesen wäre. Bitte schicke ihn noch einmal los! – Du darfst den Michael jetzt nicht in die Schweiz geben, Dita. Die Grippeepidemie muss da beängstigende Formen angenommen haben. Ich bin auch in Sorge um meinen Jüngsten, den sie wie es scheint heftiger ergriffen hat als Achim; der schrieb schon wieder munter vom Schlitteln. Aber das ganze Kinderheim ist oder war krank, sodass ich mir telegraphisch Nachrichten erpressen muss. – Wenn ich irgend kann, komme ich im Lauf des Februar Dich ansehen und Dein Haus. Grüsse Deinen Reisenden und Du nimm viel Liebe von Deiner

Helen.

105 Beatrice Zweig an Helene Weyl

Eichkamp, d. 16. [–23.] X. 27.

Liebe Schöne, heute habe ich einmal einen stillen Abend für mich, an dem ich schreiben kann. Hab schönen Dank für den spanischen Onkel mit seinem: »der Roman stirbt«! Ich hoffe, dir noch diesen Monat, anstatt einer theoretischen Auseinandersetzung, Arnolds neuen Roman schicken zu können, ich glaube nicht, dass die Gattung tod ist, im Gegenteil, explodiert sie vor neuem Stoff. Kein Wunder, in einer Zeit, die voll neuer Zeugungen ist und so viele Seltsamkeiten, erfüllte Menschheitssehnsüchte und neue Gemeinschaftsbildungen hervorbringt, wie unsre. Ich denke an den alten Traum des Fliegens, und jetzt kommt gar ein junger Russe, Theremin, und spielt die schönsten Cantilenen auf der Luft oder den Ätherwellen, was weiss ich, es ist Zauberei. – Eichkamp hat uns auf eine ganz neue innere Ebene gestellt, wir fassen es immer noch nicht ganz. Hier ist aus Versehen eine wirkliche Siedelung entstanden, mit gleichgesinnten und -gestimmten Menschen, mit Zwiebeln-giessen in unsern Gärtchen und ernsthaft durchgeführten Schulreformungsbestrebungen. Ihr in der Schweiz könnt lachen, aber wir, im alten Soldatenstaat, wo jeder sein Selbstgefühl nicht vom eignen ruhigen Wert, sondern vom Höhersein als der andre ernährt, da ist es mit der Schule schlimm. Wir sind dabei, eine Gemeinschaftsschule zu gründen, mit Werk- und Gartenarbeit, neben der Kopfarbeit, mit Selbstverwaltung aber unter guter Disziplin. Es macht viel Arbeit aber auch viel Freude. Arnolds neuer Roman, (»Der Streit um den Sergeanten Grischa«, unter dem Titel »Alle gegen Einen« in der Frankfurter Zeitung erschienen) hat uns von morgens bis Abends in Atem gehalten; dazu ein kleines Buch »Von Brahm bis Chaplin, Juden auf der deutschen Bühne«, von einem Verleger Arnold abgeluchst, haben uns ganz gefressen, ich habe immer noch gezeichnet und gemalt, und Gäste gehabt und für alle und alles gesorgt, aber nun wird's langsam licht. Wir haben sogar noch eine späte Blüte von Reiseplan, weil wir uns etwas ausgepumpt fühlen. Im Frühjahr ist aus der Schweizer Reise leider nichts geworden, das Kinderheim schloss wegen allgemeiner Grippe und Michi wurde uns bis Frankfurt entgegen gebracht, wo sein Vater ihn in Empfang nahm. Er hat sich prachtvoll entwickelt, seine feinen Hände und sein zierlich gebrechlicher Körper, der eine Freude der Musen war, ist ein fester stabiler Jungenkörper geworden, und die Hände ordentlich schwere Schlaackshände, wie es sich für einen gesunden kleinen Räuberhauptmann gehört. Ich wünschte nur, wir könnten ihn noch einmal unter Höhensonne halten, dann wäre er durch und würde prächtig aufblühen. Er geht seit Ostern zur Schule, das bekommt ihm ausgezeichnet. Ich bin baff, dass aus dem Baby, dem blonden Kleinkind, ein lesendes und schreibendes Geschöpf so langsam sich streckt, so dass er bald in die erwachsene Ebene rückt. Es ist mir ganz umheimlich aus seinem kleinen Kindermund zu hören, langsam buchstabiert, den toten Unsinn und die starren Ungenialitäten von Reklameworten: Ooo – d – o – l, oder Pe – tro – leûm (sprich »Petroläum«) Ich bin nur an das Stadium der sprachschöpferischen Kindheit gewöhnt, etwa: »böstätig«, »unlicht« etc. das war so schön. Ich denke ja, jeder Übergang ist unlustvoll, aber danach wirds auf einer neuen Ebene wieder schön, oder könnte wenigstens werden. Wenigstens hast Du immer versichert, es gäbe viel Freude, wenn sie erst mitdenken. Das Grammophon und das Radio sind sehr wichtige Elemente in der Kinder- und Erwachsenenstube geworden, oft wird die Arbeit erst begonnen, nachdem wir einen Teil des e-Moll Konzerts, Mendelssohn, oder einen Quartettsatz Beethoven gehört haben, es ist ein seliges Glück, das uns die Technik da beschert hat. Ich habe Pläne, im Winter sehr tüchtig und systematisch zu zeichnen und zu malen, – Junge habe ich geworfen und mich im ersten Stadium ausgetobt, aber es reisst einen weiter, und ich bin wild und durstig nach mehr mehr Fortgerissensein und in einer tollen allgemeinen Schöpfungs- und Liebeslust. Einmal in dem letzteren Drang, auf ein männliches Subjekt übertragen, beinahe böse hereingefallen, er war so wunderschön, auch begabt, aber zum Glück noch gewarnt von einer reingefallnen Kollegin, die er noch neben mir laufen liess und wahrscheinlich war sie nicht die einzige. Das kam wie Blitz und Donnerschlag und ich dachte, das Leben muss von mir weichen, wenn es hinter dem Schleier so aussieht. Eine grosse traurige Öde wuchs endlich und langsam wieder zu.

Sage, wie siehst Du jetzt aus? Hast Du noch langes Haar? Ich ganz kurze Röcke, bis in die Kniekehlen und es fühlt sich an, das Leben, wie der Anbeginn einer neuen Jugend. Gestern sass ein Mädchen in der Stadtbahn uns gegenüber, das Dir recht ähnlich sah, wie Du früher warst, ähnlich sogar in der grossen schlanken Figur und in dem unvermeidlichen dunkelblauen Kostüm.

Mein Häuschen wächst mir immer mehr ans Herz, ich liebe es sehr, und den Garten, vorige Woche haben wir grün angestrichen, es war eine Orgie in Ölfarbe: Wäschepfähle, Schaukel, Gartengeräte-Verschlag. Auch Grasmähen ist eine sehr beliebte Beschäftigung, Unkraut jäten ja weniger. Aber Rosen schneiden, die ohnehin bald abblühen und selbst geschneiderte Tomaten zum Frühstück essen, sind ungeahnte Freuden. Eine Buddelecke für die Kinder gibt's natürlich auch, alles im kleinsten Ausmass, aber es ist! Und ich, ich habe ein eignes Zimmer, das ist mir bestimmt um den Ärger eines Königreichs nicht feil. Arnold kann unten nach Herzenslust die ganze Etage vollrauchen, mit einer Zigarre, die ihm Frau Feuchtwanger gestern aus Havana mitgebracht hat, eine! (Sie ist eine schöne lustige Frau), und ich brauch es nicht aufzuriechen, oft wird mir übel davon, und kann sogar in mein Bett gehen wie und wann es mir passt. Einfach fabelhaft!

Leb wohl, liebe schöne Leni, immer sehe ich Deine hellen Augen unter dem schwarzen Haar und Dein weisses Gesicht. Übersetzt Du viel? Es scheint ja so. Einen kleinen Kuss darf ich Dir doch geben?

Dita.

23. 10. Nun schick ich den Brief ohne die Bücher ab, es dauert zu lange. – – Ha, eben kommen sie!

Beatrice Zweig mit den Söhnen Michael und Adam

106 Beatrice Zweig an Helene Weyl

Eichkamp, d. 27. 11. 27

Meine liebe, kleine »Leni« (das ist so ein hübscher Name)!
Eben hat mein Sohn seine Schreibekünste an der Maschine betätigt, er kann nämlich schon das lateinische Alphabet, so dass ich, dergestalt angeregt, mich eines so alten Instruments wie die Hand, nicht bedienen mag. Dein Brief war so warm und gut, dass er mich richtig glücklich machte. Vielleicht besteht die Möglichkeit uns zu sehen, wir beabsichtigen, Ende Januar ins Hochgebirge, vielleicht in die Gegend von Chur, zu gehen und dann weiter nach Süden, wir dachten an Südfrankreich. Die beiden Kleinen gehen – so ist vorläufig unser Plan – in ein gut empfohlenes Kinderheim in Churwalden. Du hast mir voriges Jahr allerdings so dringlich von Kinderheimen abgeraten, dass wir uns eben über den Kinderunterbringungspunkt im Unklaren sind, um so mehr, als der vertraute Arzt und der berühmte Professor mich einfach wegen solcher Einwände, ob es dem Kleinen nicht psychisch schaden wird, er ist eben 3 Jahre alt geworden, aus-

lachen. Sie können es für die Kinder nur gut finden, wenn sie sich in 12hundert Meter Höhe erholen können. Sie sind sehr blass, sonst gesund, aber ein Klimawechsel ist bestimmt ausgezeichnet für die Rackers. Weisst Du eine Familie oder eine andre Möglichkeit die Jungchen anders unterzubringen, wo man keine seelische Strapaze zu fürchten hat? Ich könnte sie dieses Jahr nicht mehr wegschicken, nur jetzt mitnehmen und in gute Obhut geben. Adam hat ein sehr nettes Kindermädchen, das er zärtlich liebt, ich dachte, ihm dieses mitzugeben, damit er nicht unter Heimweh leidet, aber das wäre auch alles, was ich zur Behebung dieser Schwierigkeiten zu tun wüsste, um uns allen gerecht zu werden. Ich bitte Dich inständigst, wenn Du einen besseren Weg siehst, ihn mir unverzüglich mitzuteilen, damit ich mich sogleich in die Aktion stürzen kann. Ich habe mir ausgerechnet, dass es ebenso teuer ist, die Kinder hier zu lassen, wie, sie ins Gebirge zu schicken und da möchte ichs doch nicht versäumen, ihnen etwas so Wichtiges zu geben. Arnold ist verreist, bei seiner Mutter, meine liebe Jamschwester ist mein Logierbesuch, wir kriegen eben zwei Geiger zum Trio-spielen zum Kaffee; daher küsst Dich für heute sehr hochachtungsvollst Deine liebe Dita.

adam, mit geführter Hand grüsst schön.
Brief von Michi, selbsttätig.

[Michael Zweig:]
MICHAEL
MICHAEL ZWEIK
tante HILENE WEIL ich grüse dich ser. papa is jez in Kattowiz, dort geFELT ES IM SER GUT GROSMUTI freut SICH SER – DORT GEFELT ES IM gut DI SCHDAT
HERZLICHE GRÜSE AN DICH.

[Marie Zweig:]
Liebe Frau Weyl!
Meine Anwesenheit benutze ich gern, um Ihnen recht herzliche Grüsse zu senden.

Ihre
Jam Zweig

107 Arnold Zweig an Helene Weyl

Berlin-Grunewald, den 27. 12. 27
Strasse G 7 Nr. 59.

Liebste Helen,
Unter den vielen erfreulichen Briefen der letzten Zeit war der Deine mir der angenehmste, denn ich begrüsse, wie Du weisst, alles, was imstande ist, unser durch räumliche Trennung so sehr gefährdetes menschliches Band zu verengern und zu stärken. Man kann leider nur sehr schwer miteinander in Verbindung bleiben, wenn man sich nur alle zwei, drei Jahre sieht, und dann auch nur für zwei Tage. Das Gegenwärtige des Lebens hat nicht nur seine Reize, sondern auch die Gefahr, dass es sich immer ausschliesslicher an die Stelle der Bindungen drängt, die man von innen her als die liebsten empfindet. Ich möchte nicht jetzt vor Jahresschluss an eine Erörterung dessen gehen, was uns auseinanderdrängte; ich gehe lieber zu dem uns Gemeinsamen hin und freue mich zunächst der Aufnahme, die mein »Grischa« bei Deinem Mann gefunden hat. Mein Roman, ein gutes Zeichen, wirkt ungeheuer stark auf die Männer, die es jetzt gibt, und zwar auf alle drei Generationen, die in Betracht kommen: auf die reife Vorkriegsgeneration, auf die intelligente Nachkriegsgeneration und auf die Kameraden unserer eigenen Generation, soweit sie noch am Leben sind, meine Altersgenossen, für die recht eigentlich ich diesen Zyklus hinstelle. Aber ich glaube, dass ich diesen Zyklus auch für kommende Generationen hinstelle; ich bin vollständig überzeugt davon, dass mein Roman ein typisches Werk seiner Gattung ist, und zwar im guten Sinn, und dass es Deinem Herrn Ortega gar nichts geschadet hätte, wenn er mit seinen Gedanken über den Roman noch gewartet hätte, bis er sich als Exempel auch einiger neuerer deutscher Vertreter dieser grossen Form hätte bedienen können: z. b. Lion Feuchtwangers beider historischen Romane und meines Grischa. Das Pech des Herrn Ortega scheint zu sein, dass er an einer abgestandenen Beispielswelt Sachen demonstriert, die nur irrig werden, wenn man die gestrige Phase einer Kunstform mit ihrer inneren Lebendigkeit verwechselt.

Arnold Zweig um 1927

Ich habe nämlich auch zum Theoretischen des Romans eine Menge zu sagen. Dass ich die Sache an einem ganz anderen Punkte anpacke und zu ganz anderen Resultaten komme, würde, so meine ich, gegen Deinen Ortega ja noch nichts besagen; man kann an eine runde Sache von vielen Seiten herantreten. Du selbst hast, wenn ich nicht irre, meinen »Grischa« noch nicht gelesen. Wenn Du ihn einmal so systematisch zu Dir lässt wie Du es mit einem Roman Tolstois tun würdest, wirst Du erkennen, wie sehr das westliche und das östliche Element in mir sich in diesem Kunstwerk die Wege halten und wie rund infolgedessen sowohl das Menschliche, die Gestalt, als auch das Formale, die Form des Romans, gelungen ist. Die Kritik in der »Neuen Züricher Zeitung«, die leider Korrodi nicht selber geschrieben hat, muss dennoch von jemandem herrühren, auf den das Buch seinen Eindruck nicht verfehlt hat. Ich hätte auf Korrodi selber grossen Wert gelegt, weil man mich in Deutschland eine Zeitlang etwas irrtümlich beiseite geschoben hatte und nun erst langsam wieder lernen muss, sich mit meinen Erzeugnissen als mit ernsthaften europäischen Angelegenheiten zu beschäftigen; Korrodi, so hoffte ich, würde durch einen ausführlichen, auch politisch das Problem dieses Romans aufdeckenden Aufsatz meinem »Grischa« in Süddeutschland Unterstützung geben. Er dringt ulkigerweise langsam und systematisch nach Süden vor, und während er in England und Amerika bereits Verleger und Vornotizen in den grossen Zeitungen gefunden hat, ist weder aus Wien noch aus München bereits eine Kritik eingetroffen.

Du siehst, meine liebe Frau, dass dieser Brief etwas sehr Spezialistisches und Literarisches angenommen hat; ich will es nicht tadeln. Ich spreche zu Neujahr den Wunsch aus: es möchte zwischen uns wieder zu einer wahren und herzlichen Intimität kommen, besonders so, dass wir uns des öfteren sehen. Nun werde ich ja wenig Freizügigkeit haben, weil ich im Frühling und Sommer mit der Gestaltung meines Romans »Erziehung vor Verdun« beschäftigt sein werde; und da meine Romane nicht mehr geschrieben, sondern, wie alle grosse Epik, erzählt, nämlich diktiert werden, ist mir der Aufenthaltsort für diese Tätigkeit beinah vorgeschrieben; aber, liebste Helen, ich fahre im Januar oder Anfang Februar nach Süden, d. h. in die Berge. Vorläufig war vorgesehn, in einer Tiroler oder sonst österreichischen Ecke den Anfang zu machen und nachher, wenn das Geld langt, den Schluss in der Schweiz zu nehmen. Es wäre sehr lieb von Dir, wenn Du uns angäbest, wo Du Ende Januar bis Ende Februar stecken wirst. Wir können natürlich mit Deinen Wintersportkünsten nicht im mindesten in Vergleich treten; ich möchte aber dennoch zur Religion der Skiläufer übergehn, wenigstens insoweit als ich einfache Touren auf ebenem Gelände oder ohne viel Waghalsigkeit zu lernen die Absicht habe. Und wenn wir es so einrichten können, dass wir ein paar Tage irgendwo miteinander wären, wäre es wohl viel mehr wert als tausend und ein Brief. Wir haben natürlich längst aufgegeben, auch die Kinder in Bewegung zu setzen. Adamli hat inzwischen einen leichten Scharlach erwischt, sodass er vorläufig überhaupt nicht von der Stelle bewegt werden wird, und Michali ist dadurch gezwungen gewesen, die Schule schon von Anfang Dezember zu schwenzen, worauf wir ihm nicht noch eine künstliche Ferienverlängerung verschaffen wollen. Die Kinder bleiben also hier, wahrscheinlich unter der Obhut der treuen Jam, und sollen unsere Pläne nicht komplizieren. Allein darüber soll Dir Dita später mehr berichten; heute kommt es mir nur darauf an, Dir und Deinem Mann ein gutes Jahr zu wünschen, zu hoffen, dass Ihr alle in guter Verfassung seid, für den Ortega herzlich zu danken, den ich bei guter Gelegenheit ausführlich lesen werde und Dir schon heute zu verraten, dass ich in einem der nächsten Jahre ein Buch zu schreiben gedenke, das Du ins Spanische übersetzen kannst, wenn Du willst, nämlich eine Biographie des Cervantes, der mich als Mensch immer mehr interessiert.

Und nun ein gutes Jahr und auf baldiges Wiedersehn!

Immer, liebe Helen,
dein und deines Mannes
Freund Arnold.

108 Arnold und Beatrice Zweig an Helene Weyl

Grunewald, Str. G 7, 59
25/1. 28

Liebste, ich wußte garnicht daß du so schroff auf Maschine reagierst. *Alles* Schriftliche geht bei mir jetzt vom Mund über die Tippse. Nur wenn ich keine habe, stelle ich selber Schrift hin. Es war keinerlei Kühle oder sonstwas in meinem Brief, dafür die Eile, soviel als möglich in den Tag zu stopfen!

Wir wollen am 4. Nachts abfahren und zwar zu Dir nach Zürich, wenn du uns aufnehmen kannst, um dir einen Tag oder auch zwei volle zu stehlen. Dann wollen wir langsam gen Arosa oder Zuoz oder Lugano pilgern, je nach dem, und dort 14–21 Tage in der Sonne liegen. Danach wollen wir unsere Moneten und dann dementsprechend fremde Länder besehn. So ist das bisher gelagert. Nun sprich du per Postkarte. Immer Dein

Arnold.

Meine Liebste, Schöne, dies bedeutet natürlich nicht, daß wir Dir als Schlafgäste in die Bude fallen wollen, nur am Tage werden wir uns mausig machen. Adamchen hatte Scharlach, daher kommen wir so spät fort und unsre Pläne sind ganz verändert.

Inzwischen grüßt und küßt Dita.

Schöne Grüße an die 3 Herren.

109 Arnold Zweig an Helene Weyl

Wieder Eichkamp, 20. 3. 28

Liebste Helen,
der erste Brief im neuen Arbeitsabschnitt geht an dich – so knüpfe ich ihn an den schönen, allzu zwischenaktlichen der schweizer Wochen. Wir trafen Mutter nicht mehr lebend – meinen Bruder Hans, aus dem Haag geholt, dagegen auf dem polnischen Konsu-

lat, und bekamen von ihm vermittelt gleich diese Gewißheit des am Freitag mittag ½12 schon eingetretenen Endes. Dita fuhr mit hinab, nach diesem sonderbaren polnisch gewordenen Erdfleck, und am Montag nachmittag legten wir die alte Frau in ihrem kahlen Sarg in die Erde, in eine gelbe reine Sanderde. Die Tage waren anstrengender als ich dort fühlte. Jetzt ist etwas Ödes in mir die einzige Spur der Trauer. Diese alte taktvoll sterbende Frau hatte ihr hartes Leben ausgelebt bis ganz zu Ende. Viel Freude an meinem Aufstieg war wohl das Beste, was sie, nebst sorgenlosem Lebensabend, besessen hatte. Sie fand sich auf dem Leben meiner Schwester lastend – mit Recht – und fühlte sich sehr zuhause auf dem Friedhof, auf dem schmalen Erdfleck den man neben meines guten Vaters Grab für sie schon vor fünf Jahren freigelassen. Dort hatte sie Blumen, Bäume, Vogelruf und die große Ruhe. Sie ist schnell und kampflos weggeschwunden, die einzigen Schmerzen waren die Einstiche der Kampherspritze.

Hier ist ziemlich viel Trubel, Neueinrichtung, überall Übergänge und Trümmerstellen aufzuräumen – mein Schwiegervater muß untergebracht, neue Mädchen herangeholt, die Angelegenheit in Kattowitz muß geordnet werden; die Jam scheint nicht gesund, Dita nicht erholt zu sein. Meine Post ist ein Berg inzwischen geworden … Leb wohl und großem Peter Grüße. Die Jungen sind schöne Produkte, die du zu streng ansiehst. Du selbst bist eine Perle gut gefaßt – schön, mal bei dir gesessen zu haben. Auf Wiedersehn im Sommer.

Herzlich wie immer dein Arnold.

Anbei 70 Franken. Was wir dir weniger schulden, gibst du uns mal persönlich oder hebst es auf, bis wir uns bequemer Geld schicken können.

[Marie Zweig:]
Herzliche Grüsse

Jam Zweig.

[Beatrice Zweig:]
Liebe, das war doll und hier ists ebenso, wir fahren eben nach

Berlin, ein andermal mehr, hab vielen Dank für alles schöne, ich hab Dich lieb um Deine Existenz. Grüss die prächtigen Jungen und den grossen Peter. Dita.

110 Helene Weyl an Arnold Zweig

Zürich – Charfreitag [6. April] 1928.

Du mein lieber guter Freund Arnold, Du hättest längst ein Wort von mir haben sollen, ein inniges, zum Dank für Euren Besuch, der mir mehr bedeutet hat, als Ihr ahnen könnt – eine Art Lebensrettung – zum Dank für Deinen Brief, und vor allem weil ich in stiller und zärtlicher Trauer an Dich gedacht habe, weil es ein schmerzliches Geschäft sein muss, die alte Mutter in die Erde zu betten. Ihr habt mir so sehr leid getan, ihr hättet beide, Dita besonders, noch Ruhe und Sonne nötig gehabt und kamt statt dessen in lauter Trubel und grauen Schatten des Todes. Habt Ihr nun mit all den »Trümmerhaufen« aufgeräumt, geht die tägliche Maschine im Haus wieder geräuschlos ihren Gang? ich wünsche es Dir sehr, denn Du branntest schon hier auf Deine Arbeit, und der produktive Augenblick sollte genützt werden. Ich habe Euch beide sehr genossen, Dich in Deiner überwältigenden geistigen Fülle, Dita in ihrer instinktsicheren Weiblichkeit, und trage Euch im Herzen wie einen Schatz. – Bei uns waren seitdem alle Teufel los, und darum bin ich nicht zum Schreiben gekommen. Wir hatten alle vier, eins nach dem andern, eine ziemlich böse Grippe; Hermann, der letzte schleicht noch heute trübselig herum und jammert besonders, dass das Buch über Quanten und Gruppen, in dem er ganz lebte und das mit einem Schwung in die Welt gesetzt werden konnte, sich nun so erbärmlich hinschleppt. Gerade in dieser Zeit war Einstein in Zürich, und auch krank, nicht unbedenklich: an einer Herzerweiterung, sodass er in einem und Hermann im andern Bett lag, dazwischen halb Zürich, und ich als postillon d'amour hin und her wandelte. Er ist weiss geworden, der grosse Löwe, aber wir verstanden uns gleich

Helene Weyl

wieder gut. – Mein Sohn Achim treibt sich im Augenblick in Deutschland herum; er hat die lange Reise tapfer bestanden; ich bin froh für ihn; alles was man einmal gekonnt hat, gibt einem doch einen neuen Freiheitsgrad. – Wie habt Ihr Eure Kinderstube vorgefunden, den grossen Michael und den kleinen süssen Adam? Wie geht es der Jam? sie ist doch nicht krank geworden? please, give her my love. – Ich betreue gerade einen neuen Buch-Embryo, d. h. wieder ein Adoptivkind, eine lustige spanische Geschichte aus dem vorigen Jahrhundert, die im Mai in der neuen Reihe der Inselbücherei erscheinen soll. Wenn das Kind geboren ist, sollst Du es haben; vielleicht machst Du, wenn Du gerade mal sonntags vergnügt bist, ein Libretto für Strauss daraus. Seit Du hier warst, erscheinst Du mir wie ein Baum in vollster Reife, der sich nur ein bischen zu schütteln braucht, damit die schönsten Früchte den Planeten überkollern. Ob wir uns im Sommer wiedersehen? ich fürchte, ich werde die nächsten Monate nicht viel anderes tun können als ein Tau nach dem andern kappen, das mich an den alten Kontinent bindet. Unsere Schiffsplätze sind schon bezahlt – das hat etwas beängstigend Endgültiges. Gib Dita einen Kuss und Du nimm meine beiden Hände. Sehr

Deine
Helen.

Ich lege Dir 10 M ein, die der Peter zum Glück aus Deutschland mit heimbrachte; nun sind wir, denke ich, »quitt«.

111 Arnold Zweig an Helene Weyl

Berlin-Grunewald
Strasse G 7, Nr. 59
Siedlung Eichkamp, den 18. Juli 1928.

Liebste Helen,

Ich bitte um Entschuldigung, dass Du von uns noch nichts gehört hast. Es lag in den Umständen begründet, die jetzt besonders störend sind. Vor ungefähr fünf Wochen klappte Dita so vollständig zusammen, dass sie nicht einmal einen noch so kurzen Autotransport ohne Schwindel und Unwohlsein aushalten konnte. Es stellte sich heraus nach einer Konsultation von vier verschiedenen Medizinern, dass ihre Nerven dem Zusammenprall der Ereignisse im März und April nicht gewachsen waren, weil wir die letzten drei Jahre für sie nur falsch plazierte Erholungen aufgesucht hatten. Weder die Nordsee im vorigen noch das Engadin in diesem Jahre waren geeignet, ihr Kräfte zuzuführen, und schon die Italienreise des Jahres 25 hatte an ihr gezehrt anstatt sie zu kräftigen. Ihre Niederlage äusserte sich in einer völligen Spannungserschöpfung des Herznervensystems. Nicht die allergeringste körperliche Leistung einschliesslich des Anhörens von menschlichen Stimmen war ihr mehr möglich. Wir brachten sie in ein Sanatorium bei Zehlendorf, wo sie innerhalb der ersten drei Wochen ganz gute Erholung fand; jetzt ist sie hier und wird mit galvanischen schwachen Strömen aufgeladen wie ein erschöpfter Akkumulator, der sie ja ist. Dies hilft zum Glück wie eine wahre Wunderkur, schon kann sie wieder im Haus etwas tun und langsam aus ihrer völlig passiven in eine wieder aktive Haltung zurückkehren. Dass gleichzeitig eine Dienstmädchenkrise der andern folgt, erleichtert meine Arbeit nicht, an der ich unter den schwierigen Umständen zäh festzuhalten entschlossen bin, und da meine Schwägerin Marie sich auch hat operieren lassen müssen, und meine Schwester, ebenfalls nach dem Tod unserer Mutter schwer mitgenommen, besuchte uns auch in diesen Tagen, ohne dass sie uns viel helfen konnte. Daher also hast Du von uns nichts gehört. Ich bin gleichwohl entschlossen, Dich zu sehen, und zwar in Ribnitz. Klar bin ich mir noch nicht über den Zeitpunkt unseres Zusammentreffens, das zu einem grossen Teil von meiner Arbeit abhängt, aber ich lebe unter ziemlicher Inanspruchnahme des Kalenders, und so hoffe ich, ein Wochenende, Sonnabend und Sonntag, mit Dir zu verbringen, wahrscheinlich das nächste.

Bis dahin nimm unsere herzlichen Grüsse, besonders von Dita, und erhole Dich gut vor Deiner langen Entfremdung von diesem angenehmen Erdteil. Du musst übrigens bevor Du nach Amerika gehst, von einem Buch Kenntnis nehmen, das ich eben lese, und das um seines Blicks und Tatsachenmaterials beherzigenswert genug ist. Es ist von einem Mann namens Walter Böhmer, erschien im Viktoria-Verlag, Leipzig – Wien, und heisst »Mit Gott für Trust und Dividende[«].

Damit bin ich, Dich bestens grüssend,

Dein immer gleicher Freund
Arnold

[Beatrice Zweig:]
und Dita noch viel mehr, liegt gerade unter der Weide.

112 Beatrice Zweig an Helene Weyl

Eichkamp, d. 21. VII. 28

Meine liebste Schöne,
hab Dank für Deine Karte. Ich bin sehr traurig, dass wir so nahe beieinander sind und uns nicht sehen werden. Der rückwärtige Überfall wäre doch bezaubernd gewesen. Und nachher in 2 anderen Weltteilen, das ist weit weit weg, für Euch jedenfalls ein Glück und eine neue Kenntnis der Welt und eine wichtigste; technisch, und vielleicht auch lebenstechnisch schreibt nur Amerika das Jahr 1928, und Russland. Wir andern leben weit zurück und manchmal sogar noch im Mittelalter. Meine Kräfte kommen allmählich wieder. Jeden zweiten Tag bin ich unter einem ganz zarten elektrischen Strom, 1–2/1000 Milli-Volt, 5–10 Minuten, das tut wahre Wunder, denn wenigstens fängt die Umwelt nicht mehr an zu schwanken und droht plötzlich im Dunkel zu versinken, mit einem Gebirge auf dem Herzen. Leider bin ich dabei in Mädchennöten, und kann mich meinem Liegestuhl unter der Weide viel zu wenig widmen, ein Mädchen musste zu Hause Kranke pflegen, die zweite war »fein« und lief davon. Überhaupt habe ich die Berlinerinnen dick, und würde lieber eine brave von ausserhalb haben. Wenn Du im perlmutnen Städtchen Ribnitz etwas hörtest, zum 1. August, wäre ich Dir im Augenblick noch ganz besonders dankbar. Sie muss selbständig kochen können und jede Arbeit machen. Staubsauger, Mop,

Waschfrau, warmes Wasser vorhanden. Die Dame hätte 3 Zimmer, Veranda, Treppenflur, Mädchenzimmer zu reinigen und erhält 50–60 Mk. Gehalt, Kasse frei, muss beim Waschen helfen und ist unter anständigen Leuten. Ich bitte sogar unbescheidnerweise um ein Telegramm, ob Du als fremde Gästin überhaupt in der Lage bist, Dich mit derartigen Dingen zu befassen, ich muss mich ja nach besten Kräften dahinter machen, wenn Du nichts erfahren kannst. Wie gehts Deinen Eltern, Geschwistern und deren inzwischen grossen Kindern? Das kohlschwarze Mädelchen hat mich besonders interessiert, von ihr musst Du mir mal ausführlich schreiben, ob sie schon irgend eine Neigung oder Begabung zeigt, sich einen bestimmten Beruf wünscht und was für ein Weiblein sich da herausschält. (Nie werde ich einen passenden Füllhalter fin[den] soviel ich auch ihn und dies Blatt von links nach rechts und wieder zurück wende). Was macht der ehrfurcht erweckende Herr und Naturforscher und die zwei Ableger? Murrt Achim noch wegen der Kinderabladung? Wenn Du Schreibemusse hast, so musst Du mir alles erzählen. Auch Eure Hauspläne. Ich grüsse Dich sehr in alter Liebe; das Wasser ist wirklich immer zu tief, als das man zueinander kommen könnte.

Deine Dita

113 Beatrice Zweig an Helene Weyl

Eichkamp, den 6. 8. 28.

Meine liebe gute schöne Leila,
(das heisst etwa die nächtige, also schwarzer Himmel, mit hellen Sternen, sogar mit einer Welt von Sternen), jetzt wirst Du wirklich untergehen, auf die andere Seite unsrer Kugel, ich habe die letzten Tage Deine lossreisse-Stimmung so stark gefühlt, dass mir beklommen ums Herz wurde. Schön ist es, dass Du als junge Frau noch in die Welt hinaus kommst, ich hoffe doch, dass uns ebenfalls die Ferne nahe rückt, Oktober erscheint der Grischa in England und Amerika, gut übersetzt, wir lesen jetzt gerade die Korrekturen. In der letzten Woche waren Hund und Hausstütze krank, sodass ich viel zu pflegen hatte, was meine Herznerven

übel anmerkten, aber nun muss nur noch Bobby 6 Mal am Tage eingerieben werden, wovon ich aber nur 3 Mal übernehme, also es geht wieder. Und ein Mädchen aus der Provinz habe ich auch, nun kann ich bald ausruhen, hab Dank, Liebe, und auch Deine Mutter und Schwester, dass Ihr Euch für mich bemüht habt. – Ich hoffe, gegen den 20. August ins tschechische Gebirge, nach Spindlermühle oder Umgebung zu gelangen, wo ich zunächst mein Leben in der Hängematte einzuwecken gedenke, und später hoff ich es, endlich allein im Brautgemach, wieder vor der Staffelei und möglichst südlich, wahrscheinlich in der alten Liebe Italien, fortzusetzen, Arnold kommt Anfang September nach, wenn kein Hausteufel oder sonst ein böser Zébu zaubert. Er arbeitet schon am »Bertin«, korrigiert Pont und Anna um, arbeitet wieder an Laubheu, das erscheinen soll, und hat noch Schutzverbandsarbeiten die Fülle. Er küsst Dir tausendmal, das heisst mit tausendfacher Intensität die Hand. Heute Abend ist er draussen bei Kiepenheuer, aber ich will auf ihn mit der Fortsendung des Briefes nicht warten, sonst kriegst Du ihn erst in Indien oder auf den Molukken. Wo sind denn deine Jungens so lange eingestellt, frage ich Dich roh?

Grüsse den ehrfurchtsvollen Peter mit Hofknix von mir und sei Du mir mit alter Innigkeit gegrüsst. Ein Küsschen wird wohl gestattet sein – und somit reise mit Gott. (Ihr werdet ihn wohl ins mathematische übersetzen, aber es ist derselbe, der Alte.[)]

114 Beatrice und Arnold Zweig an Helene Weyl

Eichkamp, d. 20. 2. 29.

Meine liebe liebe liebste Helen,
also jetzt wird Dein englisch gesprochener Vorname geradezu selbstverständlich. Wir denken und sprechen jeden Tag von Dir, Deinen lieben Brief und die Karte mit dem Grischabericht haben wir auch treu und redlich von Schiff, Eisenbahn und Post erhalten. Eigentlich glaube ich immer noch nicht recht, dass so etwas wirklich gehen kann. Ein winziges Stückchen Papier, von einem

fremden Erdteil, über eine Welt von Wasser, geht von einem winzigen Pünktchen aus und kommt, puntualissimamente, an einem bestimmten Pünktchen wieder an. Genau so wie Du Deinen Zustand schilderst, hatte ich mir so etwas vorgestellt: das Gefühl, in einem Ocean fremder Sprache verloren zu schwimmen und das wundern, ob man je wieder »nach Hause« zurückkommen wird. Alles was Du über Amerika schreibst, hat uns brennend interessiert. In den letzten Jahren waren mehrere unsrer Bekannten in U.S.A. Jeder sieht es etwas anders an, im ganzen ergiebt sich doch ein ziemlich deutliches Bild, auch gerade was Du sagst: das Jugendliche des Landes, seine Zusammengesetztheit aus allen bunten Nationen, und das halbverdaute des amerikanischen Volkes, das sich daraus ergibt. Das unstarre der Lebenswege und das Fehlen der Lebensangst. Das letzte ist ja gar nicht hoch genug einzuschätzen. – Bei uns gabs allerhand Häusliches und Künstlerisches. Die Kinder hatten 3 Wochen Grippe, sind jetzt in Schmiedeberg im Riesengebirge im Kinderheim, bis sie glücklich heraus waren gabs wenig Konzentration. Dann kam die grosse Kälte, in der fast jedes Haus in Kohlennöten war, wir zwei Tage ohne, aber man hat uns geborgt, die netten Nachbarn halfen, aber scheusslich bei 27° Kälte. Dann platzten die Röhren. Eben murkst unten im Keller der Installateur, heute hatten wir weder Heizung noch Wasser. Aber da nur 15° Kälte Abends herrschen, und man sich akklimatisiert hat, findet mans halbwegs mollig, um so mehr, als ein treues kleines elektrisches Öfchen ganz brav Wärme liefert. Ich habe ein bisschen zu zeichnen begonnen, etwas an einer Studie gearbeitet, eine Art kleiner Novelle, die ich mal vor Jahren begonnen hatte, aber Kräfteüberschuss ist noch nicht recht da, kommt aber sicher wieder, und dann hoff ich doch wieder schön in die Arbeit herein zu kommen. Ob wohl unsre 17 Rosenbäumchen inclusive Buschrosen die Kälte überleben werden, bin ich neugierig. Es täte sehr weh, wenn die schönen lieben Geschöpfe mir eingegangen wären. – Arnold und ich leben hier ganz junggesellig, still und aufeinander eingespielt, sehr entzückend in unserm Haus, nur mit einem jungen stillen Dienstmädchen bewaffnet. Wir sind entzückt, einmal bei uns selbst verreist zu sein, Ferien zu haben nicht in einem Hotel, sondern zu Hause, es ist herrlich und so jung, wir beschliessen, die Kinder jedes Jahr einmal wegzugeben, für uns, aber sehr wichtig für sie. Sie sollen nicht ohne Unterbrechung etwa 18–21 Jahre wie wir, in der Familienatmosphäre aufwachsen, in einem so bildsamen Alter. Ich war immer entzückt, wie erfrischt, selbstständig und tüchtig Michael aus dem Kinderheim zurückkam. Er schreibt zweimal wöchentlich die rührendsten unorthographischen Karten, während Adam lange Briefe diktiert, die er herunter schwatzen soll, wie ein kleiner Wasserfall. Arnold sitzt über »Erziehung vor Verdun« und vergräbt sich zu diesem Zweck in langwierige Quellenschriften und Landkarten. Ich bin nun doch mit meinem Los, in Deutschland und nicht in Amerika zu sein, froh; ich glaube, im Ganzen haben wir ein schöneres, ein geistigeres und durchgestal[te]teres Leben, als sie. Der Möglichkeit nach sogar sehr viele Frauen. Leb recht wohl und schreibe bald wieder.

In alter und neuer Liebe, mit Gruss und Kuss Arm um die Schulter

Deine Dita.

Meine Schwester lebt sehr schön als Musiker und halb Bohème. Schreibt Dir auch.

Eichkamp, den 24. Febr. 1929
Str. G 7, Nr. 59

Liebste Helen,

unsre Bestimmung scheint zu sein, daß wir stets auf große Raumferne gute warme Seelennähe verströmen müssen. Ich hier, du in Princeton, das ist schon beinah System des Schicksals. Nebenan sitzt Dita, liest ein Stück aus dem Bertin, erste Niederschrift, und macht mir allein durch den Tonfall einiger vorgelesener Sätze klar, wie schlecht das bis jetzt ist. Ich habe also zwei ganz verschiedene Arten zu arbeiten; immer wechselt ein improvisiert gelungnes Werk mit einem nur langsam auf seine Höhe und Tiefe gebrachten ab. Es macht nichts. Ich habe Zeit und kann mir jetzt auch Zeit lassen, und sogar einen besonders dünn schreibenden Parker für die Korrekturen am Mscrpt anschaffen, mit dem ich diesen Brief kritzele. Weißt du, Lena oder Leni möchte ich dich jetzt viel lieber nennen als Helen – so eine liebe warme Zärtlichkeit hab ich für dich dort hinten, jenseits des Wasserbergs und der neuen Küste. Natürlich kommst du mal wieder zurück! Ich würde, wenn ich dir deinen Zustand klarmachen soll, dich einfach zur Jüdin aus Toledo erinnern die nach Paris kommt, etwa 1300, und dort die kribbelnden vielen Franzosen des Nordens sieht und die germanischen Waldmenschen an der Grenze. Auch sie wäre nie darauf gekommen, daß aus denen da eine große Kultur neu wachsen könnte. So ist es mit Amerika. Nicht die Einzelbestandteile machen das Land schöpferisch, die neue Mischrasse, die dort entsteht, wie die Franzosen aus Galliern, Römern, Germanen, Basken, Normannen, Bretonen, Provençalen, Iren und Engländern, Spaniern und Juden geworden sind – von den Unterarten der »Germanen« überhaupt nicht zu reden und der Hunnen zu geschweigen. Ich glaube, du betest noch immer das Germanische an, anstatt dich einfach auf das Hermannische zu beschränken oder das Lebendige anzusehn wie es ist, ganz ohne Schachteln und Schulfächer. Von den Negern kommt noch eine viel größere und reichere Welt als von den Hermanen, um mal Russisch zu schreiben – G = H. Nein, liebste Frau und Freundchen, ich freue mich für dich auf eine Reise zu den Leuten, die noch hinter einem viel größeren Glasberg und Meerberg wohnen, nämlich zu den gelben Leuten, wo du doch ganz ohne deine geliebten Blonden auskommen mußt, um zu sehn, daß das Keimplasma in den Menschen egalweg schöpferisch ist und garnicht nach den Blondins und Germanski fragt. Ich inzwischen sitze über Karten und Schlachtberichten der Deutschen und Franzosen und fühle mich erbarmungsvoll und gelächternah in beiden, ich liebe sie und bemitleide sie, ich fühle sie von innen und doch auch unter mir, ich bin Europäer und Jude und ganz ein Mann, der die Aufgabe übernommen hat, ein paar Momente des Menschlichen Lebens durchsichtig zu machen – so durchsichtig daß jedermann gezwungen ist, die Struktur des Lebens zu fühlen, mit seinen Seelenfühlhörnern. Und dich, Entzückende, liebe ich immer noch und streichle dich und geb dir einen Kuß zur Guten Nacht.

Dein Arnold.

115 Helene Weyl an Arnold Zweig

Ribnitz, am 19. 9. 29.

Lieber Arnold, Du warst in Zürich ohne mich! wie garnicht hübsch von Dir. Aber sei bedankt für Deinen guten Gruss aus meiner schönen Adoptivheimat. –

Nun melde ich mich zurück in the old country, nicht viel klüger aber bedenklich grauer geworden und im Augenblick lauter Übermut vor Wiedersehensfreude. Hermann sitzt im Schoß seiner Familie; Michael, der uns in Cuxhaven aus dem Dampfer geholt hat, und ich lassen uns hier verwöhnen. Es ist ein richtiges Weihnachts- und Geburtstagsgeschenk, wenn man ein Jahr in der Welt herumzigeunert hat und heimkehrend einen prachtvollen Jungen vorfindet, der einen gegen alles Verdienst Mutter nennt. Meinen Ältesten, der ebenso gross geworden sein soll wie ich, bekomme ich dabei erst in 3 Wochen zu sehen und entführe ihn wahrscheinlich gleich ein bischen über den Gotthard.

Mein Rückweg nach Zürich geht wirklich über Berlin und von den zwei mir gegönnten Tagen möchte ich brennend gern einen Abend zwischen Dir und Dita sitzen. Seid Ihr am 2. Oktober frei? dann trete ich, nicht gar zu spät, damit der Sandmann auch bei Adam noch nicht erschienen ist, vielleicht gegen 6½ Uhr? bei Euch an. Bitte schreibt mir eine Zeile hierher, ob Ihr es einrichten könnt. Hoffentlich geht es: ich bin wie immer zwischen lauter unverrückbare Daten eingeklemmt und habe mit viel List ein Programm gemacht.

Streichle Dita recht lind von mir über die reichen Haare, den Buben lauter Freundliches und Dir, Lieber, meine uralte Freundschaft.

Deine Helen.

116 Beatrice Zweig an Helene Weyl

Reinerz, d. 19. 9. 29.

Mein liebes liebes liebstes Mädchen,
nun wirst Du ja bald wieder zu Hause sein, oder bist es schon, man spürt schon eine Annäherung, so eine magnetische Nähe. Wirklich warst Du einen ganzen Erdteil lang weg, und gut, dass es nicht zwei geworden sind, wie anfangs geplant, es wäre doch zu viel, eine Überfütterung geworden. Weisst Du was? Ruf uns doch an, Ferngespräch mit Voranmeldung, es ist so tröstlich und man ist gleich beisammen mit der Stimme. Uhland 8922. Arnold und ich haben das allwöchentlich getan, mindestens einmal, so habe ich meine sechs Wochen Kur plus Nachkur ganz gut in der Trennung ausgehalten. Das Herz war müde, sonst gesund, musste gebadet, betrunken, ausgeruht, durch langsames Steigen am Ende trainiert werden. Ich bin am 25. wieder in Eichkamp. Und Du, Liebe, Helen, Helly? Wann kommst Du nach Berlin? Du wirst natürlich wieder aufgefressen. Bitte drück Dich nicht wieder vor der Einreise, denn wir haben nun mal den Sparren und wollen Dich durchaus umarmen; und natürlich erzählen hören. In »Babbitt« hab ich hineingesehen, aber mir wurde so schlechte, von der ekligen Lebensluft, dass ich bald wieder zuschlug. Ich kenne Lindsay's Bücher, und Spasslektüre. Alle zusammen formen ein bestimmtes Bild, dass ich, wie gern, von Dir korrigiert und ergänzt hätte. Und Deine drei Männer? Nach letzten Nachrichten sind die meinen wohlbehalten und ich liebe sie stürmisch, sechs Wochen nicht gesehen; besonders nach dem Kleinsten, fünf Jahre alt, verzehre ich mich ein bisschen, er kann so süss lieben und ist menschlich wie geistig sehr begabt, von Anfang an auch richtiger erzogen als der arme Michi, an dem als erstem Kind alle Fehler und Verzüge erprobt worden sind. Na ... Eben hör ich unsre Kurkapelle ihre Abendmusik zwischen das Rauschen des Baches und der schönen alten Laubbäume schmettern, es ist Haydns Symphonie mit dem Paukenschlag, Dir zur Begrüssung, so festlich, heil heil, Glück, Freude, Ankunft und Wiedersehen!

Händedruck und Liebe und Freude und einen guten Kuss.

Deine olsche Dita.

Viele Grüsse an den verehrten u. gelehrten Freund Peter und eine respektvolle Empfehlung Deinen Eltern, sowie besten Gruss den Geschwistern!

117 Arnold Zweig an Helene Weyl

Eichkamp, 22. 9. 29

Liebste Helen, dein Brief kam warm und frisch wie eine braune Semmel aus dem Ofen deines Herzens. (I am a poet, am I not?) Daß du grau sein solltest, kann ich mir zwar nicht denken, aber es macht nichts. Wir werden uns also mit grauen Haaren lieben, wie ein Paar aus einem Roman von vor fünfzig Jahren. *Wir* sind jung.

Nur werde ich dich am 2. Okt. nicht sehen, weil ich da gerade die Leute in Mainz beglücken muß. Aber Dita erwartet dich sehnsüchtig, und was mich betrifft, komme ich auch nach Ribnitz, dich zu sehn. Nur bis zum 29. nicht, weil ich mit Alex. Granowski die Aufführung des Grischa-Dramas vorbereite, die zwischen Mitte November u. Dezemberanfang im Deutschen Theater steigen soll. Kommst du zur Première? Ich besuche dich sonst nach ihr in Zürich. Jetzt bin ich freizügig, Helen.

Ich umarme dich zärtlich, schöne Freundin. Dein Arnold.

118 Beatrice und Arnold Zweig an Helene Weyl

Eichkamp, d. 17. 12. 29.

Meine liebe liebe liebe Leni,
erlaube doch, dass ich Dich doch ab und zu mit so einem nahen Kindernamen nenne. Wir sprechen oft von Dir und so, als sei es mit Dir. Es ist, als seist Du gerade in Deine Berliner Wohnung gefahren und in einigen Tagen sprächen wir uns wieder. Ich kann mir so genau vorstellen, wie sich Dein Leben jetzt, nach der

Reise, den ganz andern Eindrücken, anfühlt, ähnlich würde es mir gehen. Ich bin immer sehr glücklich und den neuen Dingen weit offen auf Wanderschaft, aber das Wertvollste ist mir doch, was sich dann zu Hause ankristallisiert und wie es organisch wird.

Ich freue mich so sehr mit Dir über Deine schönen Kinder, den kleinen »Heuschreck« und den grossen Achim, von dem Du allen Ernstes behaupten willst, er sei bereits länger als Du! Och! Die unsrigen machen mir im Augenblick so viel Freude, wärmen mein Herz und sind solche Liebesobjekte. Michael sehr klug, körperlich kräftig, von einer scheuen Zärtlichkeit. Adam überhaupt warm, strahlend, gescheit. Wir geben sie leider Ende der Woche ins Kinderheim nach dem Riesengebirge, wo sie schon bekannt und halb zuhause sind, es wird ihnen gut tun. Arnold tut tausend gute Dinge und legt den Grundriss seiner Romane – es kommt immer mal ein andrer oben auf zu liegen, von einer Seite auf die andre, bis sie hoffentlich bald gut und fest stehen. (Die 4!)

Mir geht es abwechselnd, aber im Ganzen kräftiger; bloss dass, was so normale Leute an Kraft besitzen, ist noch nicht da, aber ich gebe mir die grösste Mühe, tue alles was von mir verlangt wird und wenn die Götter es wollen, so kann es wieder werden. Nach Neujahr wollen wir ins Riesengebirge, etwa 800 meter hoch, danach möcht ich wieder regelmässig zu zeichnen anfangen, auch wieder Trio spielen. Schade, dass man von Radio und Grammophon so überfüttert ist. Der gute Genius des Menschen, die Sehnsucht, das Drängen nach ... hin ... wird durch das Gute zu sehr vermindert, das Gute Schöne, dass zu mühelos und ohne Kampf geschenkt wird. Menschen sind schon eine sonderbare Einrichtung.

Liebe, Liebste, ich bin Dir eben so lebenslänglich verbunden, wie Du mir, selten kommt so etwas vor, es giebt zu wenig mögliche Partner, und somit Kuss und Händedruck und gute Nacht. Und Gruss an Deine Drei Lieben.

Dita.

Ich habe mich immer geschämt zu schreiben, weil es mir noch nicht so richtig gut geht, aber nun warte ich nicht mehr und schäme mich lieber, wiewohl grundlos. Scheler meinte, man möchte sich in einer Höhle verstecken, wenn einem was fehlt, solange, bis man wieder so gesund ist wie alle Leute. Er hatte nicht Unrecht.

Das auf Dich gekommene Päckchen ist eine in Lugano gekaufte Uhr, die Arnold im August zur Regulierung abgegeben hat. Er bittet Dich, es aufzuheben, bis wir wieder zusammen treffen, wenn es Dich nicht belästigt. Schicken ist mit Zollamt sehr umständlich.

[Ende Dezember 1929]

Liebste Helen,
nächstens schreib ich mal wieder Maschine an dich, heute aber altmodisch. Wir sind ja komplette Narren, wir rückständigen Europäer, was? aber Handschrift ist halt doch, außer unleserlich, auch nah und schön. Und so wünsch ich dir (euch) ein fruchtbares Jahr. Ich habe Sehnsucht nach dir und möchte dich gerne sehen. Schreib mir bald dein Pensum der nächsten Wochen. Es könnte sein, ich komme kurz in die hohen Berge, etwa 14 Tage. Aber alles wird von der nächsten Woche, der letzten des Jahres abhängen – eines Jahres, groß an äußerem Aufstieg für uns. Wer ausharret, wird gekrönt, und Dita hat lange lange ausgeharrt. Sie ist dabei die süßeste Mädchenfrau geblieben, die gestern im Penklub zu sehn war.

Frage deinen Freund Rychner, ob er eine große Studie über Oscar Wilde *schnell* unterbringen könnte – 16 Seiten oder mehr, spätestens im Februarheft. Aber er wird wohl nicht können. Herausgeber können nie. Grüß deinen Mann und die Söhne. Wenn meine etwas größer sind, schreib ich ihnen einen Knabenroman. Inzwischen lehre sie K i m lesen. Kennst du ihn?

Ich möchte dich gern umarmen und küssen; denn ich bin mit herzlichen Jahreswünschen und =gedenken

Dein ewiger Liebhaber
Arnold.

119 Arnold Zweig an Helene Weyl

Berlin-Grunewald
Strasse G 7, Nr. 59
31. 12. 1929.

Liebste Helen,
Ich mache mir das Vergnügen, Dir zum neuen Jahr eine kleine Glückwunschgabe zu senden, nämlich mein Stück »Das Spiel um den Sergeanten Grischa«. Es soll Dich an all die Jahre erinnern, in denen nur Du und wenige andere Menschen etwas von der Existenz dieses Stückes wussten, und Dir sagen, dass Dita und ich mit den herzlichsten Wünschen für ein gutes neues Jahr unverändert an Dich denken.

Wie immer
Dein
Arnold Zweig.

[Beatrice Zweig:]
Tausend liebe Wünsche und Grüsse!

Dita

120 Arnold Zweig an Helene Weyl

Berlin-Grunewald
Strasse G 7, Nr. 59
19. 3. 1930.

Liebste Helen,
Eben kam aus Elmshorn, aber mit Deiner Handschrift geschrieben, Dein Ührchen an. Die kleine Dame selbst ist noch in Gräfenberg, Tschecho-Slovakei, um sich gründlich zu erholen, und ich weiss also nicht, ob sie Dir auf Deinen lieben Brief antworten wird. Sie ist nämlich inbezug auf schreiben erblich belastet, wie es scheint, und muss immer einen Mann bei sich haben, der sie trietzt. Im übrigen wird sie wohl, wie sie mir gestern am Telefon sagte, Mittwoch zurück sein, und dann kann ich, wie man in Büros zu sagen pflegt, das Nötige veranlassen. Ich selber war nur 8 Tage fort, auch bei ihr, und habe mich dort für ein paar weitere Wochen zurecht päppeln lassen. Es würde zu weit führen zu

sagen, warum ich diesen Sommer und Herbst, Winter und Frühling nur zu dieser kurzen Erholung Zeit hatte. Ich fühle aber deutlich, dass, wenn die Premiere vorüber ist, schleunigst etwas geschehen muss, um die Arbeit des Frühlings und des Sommers ergiebig zu gestalten. Ich gehe an die rasche Beendigung meiner Trilogie; »Junge Frau von 1914« und »Erziehung vor Verdun« sollen bald hintereinander in Erscheinung treten, »Einsetzung eines Königs« nicht lange ausbleiben. Solche Arbeit kann man natürlich nicht in einem Häuschen wie dem unseren erzwingen, und so habe ich, wie Ihr, nur wahrscheinlich viel konkreter, Baufreuden. Ich baue mir 5 Minuten von unserem Häuschen an den Waldrand ein hölzernes Atelierhaus für konzentrierte Monate, und in ihm ein Gastzimmerchen, das einzuweihen Du eingeladen wirst. Denn von den Menschen, die der Tod uns übrig gelassen hat (den ich übrigens überaus unsentimental ansehe), bist Du uns der nächste, Du magst wollen oder nicht, und uns unter Einschluss der Jam begreifen.

Es wäre sehr schön, wenn Ihr nach Göttingen gingt; ich habe dem Peter immer gewünscht, dass er die für Euch höchst erreichbaren Ehren ernte, und da ist im geistigen Sinne doch Felix Kleins Lehrstuhl die vorletzte Sprosse. (Die letzte ist der Nobelpreis, wie sich versteht.) Du wirst Dich dann auf den brutalen Antisemitismus des heutigen Deutschland gefasst machen können; er wird Dir gegenüber ebenso wenig schweigen wie irgend jemand anderem, und die unabsehbare Dummheit unserer Nachkriegsjugend bewundern können. Freilich, sagt man, sei unter den jetzt jungen Menschen schon wieder einiges besser, und bei jungen Mädchen, die frisch vom Abitur kommen, haben wir Gelegenheit, dies oder jenes wirklich zu konstatieren.

Nun müssen wir beide nur noch lernen, unsere Wagen zu fahren, damit wir mal früh morgens zu unseren Kameraden sagen können: Du, iss mal heute allein, ich fahr mal schnell zur Helen beziehungsweise zur Bice. Denn im Auto wäre zwischen Göttingen und Berlin eine knappe Tagesstrecke, 6–7 Stunden hinreichend, um die Entfernung zu überbrücken, die Raum und Zeit uns setzt. Im übrigen ist mir längst klar, dass Raum und Zeit wirklich metaphysische Gegebenheiten sind und nicht blosse Erfahrungstatsachen. Und wenn Ihr nun nach Göttingen geht, so wirst Du die Rolle der Lu Andreas für das heutige Studentengeschlecht übernehmen und ich die von Rilke. Aber ich verspreche Dir, deftigere Sachen als Rilke zu schreiben und hoffentlich auch etwas länger haltende. (Das darfst Du aber Deinem Freunde Rüchner nicht sagen, denn sicher hält er Rilke für mehr als mich.) Erst wenn ich von Paris aus die Weihen bekommen werde (der französische »Grischa« ist vor ein paar Tagen erschienen), werde ich literarisch vollwertig sein.

Und somit bin ich in vergnüglichem Märzlichte

Dein Dich unveränderlich in der Phantasie tragender

Arnold.

121 Arnold Zweig an Helene Weyl

24. 5. 1930, Soprabolzano, Hotel Holzner.

Liebste Helen,

Ich weiss nicht einmal, ob Du, lebhaft und tatkräftig, wie Du nun einmal bist, nicht die Übersiedlung nach Göttingen vorbereitest und gar schon die Gründungen eines neuen Hauses in der alten treuen Stadt legen lässt. Bist Du aber in Zürich, so will ich Dir kund und zu wissen tun, dass ich mit meiner treuen Sekretärin auf dem Ritten in Oberbozen gelandet bin um unter guten Bedingungen meinen Roman zu beenden. Unter guten Bedingungen verstehen wir: Ruhe, Höhenklima, Sammlung, schönes Wetter. Die ersten drei haben sich überraschend eingestellt, und so fliesst die Arbeit munter fort. Der Regen aber will nicht weichen; unmittelbar vor unserm Fenster in einem sonst überaus empfehlenswerten Hotel beginnt der berühmte Dichternebel zu dichten, und zwar hat er heute sowohl Baum wie Raum und Hauch wie Strauch weggedichtet. Das kann uns nicht sehr imponieren, und wir denken daran, sobald wir uns hier unserer Aufgabe entledigt haben, zu »türmen«, wie man in Berlin sagt. Du weisst vielleicht, dass mein linkes Auge seit einigen Jahren durch einen Aderbruch infolge körperlicher Anstrengung kaputt ist, und zwar zu allem taugt ausser zum Lesen und Schreiben. Ich muss nun leider enthüllen, dass mein rechtes Auge es vor einigen Monaten dem linken nachgetan hat, gleichfalls Äderchenbruch und ebenfalls aus mit Lesen und Schreiben. Auch mit dem normalen Sehen ist vorläufig rechts noch kein Staat zu machen, weil es im ersten Stadium der Heilung ziemlich in der Mitte des Sichtfeldes einen grossen trüben Klecks anbringt. Nun soll es bei Euch in Zürich einen Arzt Dr. Voigt geben, der für diese Dinge Spezialist ist, und obwohl ich mit Prof. Fehr überaus zufrieden bin, werde ich vielleicht – ich sage vielleicht – diesen Mann Voigt aufsuchen. Ausserdem habe ich in Basel zu tun. Also kurz und bündig: wenn Du da bist, wollen wir uns in Zürich sehen. Wann hängt nicht von mir ab, sondern von der Arbeit und dem Wetter; aber ich denke, nicht vor Anfang Juni und nicht nach Mitte dieses Monats. Kannst Du Dich also entschliessen, bald ein paar Zeilen über Eure Aufenthaltspläne an mich zu senden?

Zu Eurer Erhöhung, das weisst Du, wünsche ich Euch herzlich Glück, obgleich ich Euch um Göttingen nicht beneide.

Und somit grüsse ich Euch, besonders Dich, Du entzückende Frau, in grosser Gelassenheit und Heiterkeit

Dein Freund Arnold.

122 Arnold Zweig an Helene Weyl

Berlin-Grunewald
Strasse G 7, Nr. 59
24. Juni 1930.

Liebste Helen,
Dir, Deinem Mann und den Kindern muss ich doch endlich sagen, wie wohl es mir tat, wieder einmal in Eurer Atmosphäre zu sein. Du hast richtig gefühlt, dass ich im Augenblick mit Belastungen spazieren gehe, die aus meiner Arbeit stammen. Die Aufgabe, unvoreingenommen von den Schlagworten der Kriegsideologien, das geistig zu durchdringen, was wir erlebt haben, gleichsam ein Fazit zu ziehen und damit mich zu identifizieren, ist nicht erheiternd. Denn dieses Fazit ist kein erfreuliches für

Arnold Zweig um 1930

unsere menschliche Rasse; und ebenso wie Voltaire sich in seiner Stellungnahme gegen die Kirche ein für allemal vor der Nachwelt festgelegt hat, muss ich mich ein für allemal festlegen, und zwar auch für die Nachwelt, durch eine Stellungnahme zu einer menschlichen Einrichtung, die einem tiefen Affektbedürfnis der Menschheit zu entsprechen scheint. Dass es mir dabei schwer wird, meine Wünsche, wie es sein sollte, und meine Erkenntnis, wie es zu sein scheint, gegeneinander abzuwägen, brauche ich nicht zu sagen. Und da war es sehr schön, in Eurer von allen diesen Dingen unberührten Wissenschaft und Lebensluft unterzutauchen. Es hat mir nur leid getan, an jenem Abend nicht mehr von Euren transgalaktischen Wahrnehmungen aufgeschnappt zu haben.

Und nun nochmals Dank für Eure Gastlichkeit. Das liebste und erfrischendste waren doch die beiden Jungs, Achim in seinem Charme, Michael in seiner ruhigen entzückenden Verhaltenheit.

Dita ist in ihrer Kunstschule. Ich bin sicher, sie schreibt Dir bald.

Inzwischen, mit der Aussicht, meine Augen noch lange nicht brauchen zu dürfen, schüttle ich Euch beiden abschiednehmend die Hände und hoffe, sie Dir bald wieder küssen zu dürfen, sei es, wenn Du hier durchreisest oder wenn Du die Einweihung Deines Hauses in Göttingen begehst.

Wie immer Euer und besonders Dein
Arnold.

123 Arnold und Beatrice Zweig an Helene Weyl

Berlin-Grunewald
Zikadenweg 59
den 1. April 1931.

Liebste Helen,
Wie kam es eigentlich, dass fast ein Jahr vergehen konnte, ohne dass ich Dir schrieb oder Du mir? Nach den schönen züricher Tagen, die Eure Gastfreundschaft mir so angenehm und Deine

Freundschaft mir so wert machte, hätte eigentlich nicht ein langsamerer, sondern ein häufigerer Gedankenaustausch die Folge sein sollen. Aber ich erwartete, so fing es, glaube ich, an, die Angabe Eurer Adresse in Göttingen. Und da sie nicht eintraf, war des Schweigens Anfang gegeben. Ich war die verflossene Zeit hindurch sehr wenig kommunikativ; meine Arbeit verschluckte mich; ich lebte mehr in den Jahren 15, 16 und 17 als 1930. Ich war nur froh, von Zeit zu Zeit in die Gegenwart blickend, Euch darin zu finden. Seit dem 1. Juli lasen wir keine Zeitung mehr, denn wer sollte sie lesen? Und so kam es, dass wir erst vor ein paar Tagen plötzlich erfuhren, Wolfgang Schaper sei gestorben. Es hat uns schärfer getroffen, als Du aus der Tatsache, dass wir uns in Berlin selten sahen, entnehmen kannst. Das Leben ist kurz, der Tod nahe, die Arbeit bleibt unvollständig. Wenn Du Yvonne sprichst oder ihr schreibst, sage ihr bitte unsere aufrichtige Teilnahme, wir wissen nicht, wo wir sie erreichen sollen.

Auch der alte Georg Heinrich Meyer vom Kurt Wolff-Verlag ist nun gestorben, und so reisst Band für Band, das uns an die Starnberger Tage knüpft.

Als die Wahlen vom 14. September das wahre Gesicht der geistigen Kriegsfolgen enthüllten, haben wir viel von Euch gesprochen. Ich bin neugierig, wie Ihr Euch durch diese Zeit winden werdet, Ihr und Eure Jungens, die durch die Übersiedlung nach Göttingen allen bösen Geistern ausgesetzt sind. Lasst bald von Euch hören; man darf sich manchen Luxus leisten, nur nicht den, seine Freunde an einer allzu langen Leine zu halten. Das haben wir getan.

Mit den besten Ostergrüssen für Euch alle, auch von der Dita, die einen eigenen Brief beizulegen verspricht,

Euer Arnold.

Meine Augen bessern sich nur in geologischem Tempo.

Eichkamp, d. 1. 4. 31

Meine liebe liebste Helen,
solange haben wir nichts von einander gehört, wie mag es Euch, hauptsächlich innerlich, in Göttingen ergehen, und wie bekommt

Euch die deutsche Luft? Ihr seid wieder nahe bei Euren Elternhäusern, das muss das Lebensgefühl doch auch verändern, nach solanger räumlicher Trennung.

Vor einigen Tagen hörten wir, dass Wolfgang gestorben sei? Wir haben es zunächst nicht geglaubt, denn das *will* man nicht glauben und uns noch weiter erkundigt, aber auch von andrer Seite wurde uns bestätigt – er sei es wirklich. Wenn Yvonne nicht die Kinder hätte, könnte sie wohl kaum überleben, ich verstehe, dass es nicht gehen würde. Wir haben ihr nicht geschrieben, denn wir sahen uns nie, trotzdem kann man sehr an Menschen hängen und innerlich mit ihnen verbunden sein. Aber diese Tatsache verstört uns sehr, wenigstens mich, die sich sofort als Frau identifiziert.

Was machen denn Deine beiden Jünglinge? Gehen sie in Göttingen aufs Gymnasium? Unser Jüngster kommt jetzt Ostern hier in die Grundschule, schön mitten im Wald in Eichkamp.

Grossen Gruss (mit für Deinen Peter) und Kuss

Deine olle Dita.

124 Helene Weyl an Arnold und Beatrice Zweig

Göttingen
Merkelstr. 3
am 12. IV. 31.

Ihr beiden lieben Lieben, ja, wir haben lange nichts von einander gehört, und wenn man nachrechnen will, war es wohl meine Schuld; ich hätte Euch Antrittsbesuch in Deutschland machen müssen. Aber mir ist garnicht schuldig, sondern recht fromm und frei und innig ums Herz, wenn ich an Euch denke, und das habe ich oft getan, genau wie Ihr es beide in Euren Briefen ausdrückt, glücklich und nahe und vertrauensvoll, dass man für einander da ist auf diesem schnurrigen Planeten, auch wenn man nicht die Hand des andern hält. Meine Gegenwart war zu anspruchsvoll in den vergangenen Monaten; alle fernen Freunde sind darüber zu kurz gekommen. Du kannst es Dir wohl vorstellen, Dita, dass ich – mehr den Kopf allerdings als die Hände voll hatte, ehe die neue Riesenwohnung hier für uns alle behaglich eingerichtet war, die Kinder geborgen in den ihrem Alter entsprechenden Klassen sassen, der Haushalt auf die breitere Basis gestellt war, die die grosse Geselligkeit hier verlangt, und der Verkehr mit den Menschen, die uns anziehen, in die Wege geleitet war. Es kam dazu, dass ich, ziemlich rasch für mein behäbiges Tempo, ein neues Buch Ortegas für die Deutsche Verlags-Anstalt übersetzen musste, das in den nächsten Wochen erscheinen soll. Es war ein schöner, innerlich und äusserlich reich bewegter Winter, besonders schön, da dem Peter das Klima zusagte und er fast immer frisch und zu allem aufgelegt war. Ich habe den Eindruck, dass der Wechsel uns allen gut bekommen ist. Von der schamlosen Dummheit, die jetzt in der Welt ausgebrochen ist, merkt man hier nicht viel. Menschen, die denken wie wir, gibt es so viele, dass man fast vor ihnen seine Einsamkeit verteidigen muss; und sie sind an der Universität die Führenden. Die Kinder exerzieren unter einem überaus liberalen und verständigen Schulmann, einem Mathematiker, der eben von einer Studienreise nach den Staaten heimkam; und die freiere geistige Beweglichkeit, die ja doch den deutschen Kindern im Vergleich zu den schweizern eignet, sagt ihnen sehr zu. Es trifft sich gut, dass gerade bei unseren Bekannten viele Kinder in ihrem Alter sind, sodass die jungen Wilden endlich etwas wie eine kindliche Gesellschaft kennen lernen. Der Wechsel hat sie beide mit einem Ruck vorwärts- und, lustigerweise, die Familie näher zusammengebracht; wir hüten so etwas wie ein gemeinsames Geheimnis, eine gemeinsame Vergangenheit. Augenblicklich sind sie beide sehr okkupiert, Michael mit Flötenstunden, Achim durch Reitunterricht; er hat es rasch gelernt und ist stolz, dass er sein Pferd schon mindestens so hoch springen lassen kann wie ich. Michael hat eine richtige Querflöte, in die er schon ganz wacker hineinbläst. Ich freue mich auf die Zeit, wenn er richtig darauf musizieren kann; es gibt doch so schöne klassische Musik, die man selten zu hören bekommt. Auf dem Klavier ist er auch sehr tüchtig. Eben übt er im Nebenzimmer das op. 111, das allerdings musikalisch noch über ihn hinausliegt. Ich bin ganz glücklich, dass sich dieser

Teil der Lebensfreude, die Musik, nun für mich durch die Kinder auftut. – Der Peter ist seit 4 Wochen in Amerika, bei den Indianern. In 14 Tagen kommt er wieder. Er schrieb begeistert aus New York, der Ketzer, das Empire State Building sei neben dem Tempel von Paestum das erhabenste Bauwerk, das er gesehen habe. Die phantastischen Dimensionen von New York berauschen ihn; vielleicht ist es auch nur das Gefühl der Freiheit und der Grösse der Welt, das einen immer packt, wenn man dem Winkel Europa und seinem Gekeif entronnen ist. Man hat es allmählich doch immer nötiger, seine Maßstäbe einmal wieder zu rektifizieren; freilich, leben kann man doch nirgends als auf diesem alten heiligen Boden hier. – In Göttingen, Arnold, gibt es noch Menschen aus dem alten Kreis: Lipps privatdoziert und ist in den Ferien, und gelegentlich auch im Semester, Schiffsarzt der Hapag. Wir sahen ihn nur flüchtig im Oktober, da er gerade im Begriff war, nach China abzugehen, von wo er by now zurück sein wird. Wir hatten einen starken Eindruck von ihm; ein eigenwillig und unbekümmert nach seinem Gesetz Gewachsener. Als Ordinarius für deutsche Literatur ist Friedrich Neumann hier, der Phänomenologe, auch ein zugleich feiner und starker Mann, der immerzu neue wichtige Entdeckungen über das Leben macht und sie dann feurig propagiert. Von Hedwig Martius hörte ich durch ihren Bruder, den Gynäkologen. Sie hat ein materiell sehr hartes Leben, arbeitet wie eine Magd, und ist innerlich eingesponnen in religiöse Wahnvorstellungen, sodass ihr ungewöhnliches Talent im Augenblick verschüttet scheint. Gerhart Husserl besuchte mich um Weihnachten; ich war tief betroffen, was für ein müder, resignierter, früh gealterter Mann aus dem feurigen begabten Jungen geworden ist. Neben Hermann mit seinen jungen Haaren, Augen und Hüften sah er wie ein alter Mann aus, obgleich er sieben Jahre jünger sein mag. Geiger kanntet Ihr doch von München? er ist hier Ordinarius, und seine Frau, ein gescheites quirliges Wesen, führt ein grosses elegantes Haus für ihn; ob ihm immer wohl dabei ist, bezweifele ich. Er hat unglückliche Augen, aber die können bei Juden ein Rassemerkmal sein. Ich hoffe bestimmt, Ihr kommt und besucht uns, ehe dies Jahr herum ist, und seht dann selbst, mit was für Menschen wir leben und dass es sich fast mit allen lohnt. Wir haben ein bequemes Gastzimmer, gross und ruhig; sein einziger Nachteil ist, dass es stark belegt ist; ich bitte meine verehrten Gäste um vorherige Anmeldung! – Deine Arbeit, Arnold! ist sie gut gediehen? kommt der grosse erste Roman der Trilogie bald heraus? hast Du eine Arbeitsmethode gefunden, die Deine Augen schont, solange die geologische Periode ihrer Rekonvaleszenz dauert? Weisst Du, mit wem wir über Dich gesprochen haben, Arnold, und mit der grössten Bewunderung? Mit Dr. Murphy, dem prachtvollen Iren, dem ich nicht sehr weit traue, der aber ein kräftiger, vielseitiger Mann von den besten Absichten ist, wenn auch nicht sehr tief fundiert und vielleicht nicht sehr nachhaltig. Er besuchte Hermann wegen seiner Zeitschrift und erregte hier bei den Naturwissenschaftlern leises Befremden und bei den Anglisten Begeisterung. Was denkt Ihr von ihm?

Yvonne kommt Anfang der nächsten Woche für einige Zeit mit ihrem Bübchen, meinem Patenkindchen, zu uns. Ich will ihr dann gern sagen, wie Wolfgangs Tod Euch getroffen hat. Es wird sie ja doch ein wenig trösten, dass so viele Menschen Wolfgang betrauern. Ich habe sie nicht gesehen, seit er, im vorigen Juni, gestorben ist, und auch nur kurze Briefe von ihr gehabt. Du hast, glaube ich, richtig gefühlt, Dita, wenn die Kinder, genauer wenn der kleine Wolf nicht wäre, der ein ungewöhnliches Bübchen ist, ein Spätgeborenes und Ersehntes, hätte sie nicht weiterleben können. Es schaudert einem, nicht wahr, wie grausam das Leben sein kann; es ging mir wie Dir: ich habe ihren Verlust auch am besten an meiner eigenen Liebe messen können. Ich sehne mich jetzt recht danach, sie endlich in den Armen halten zu können. Ich glaube, Hermann, der sie immer liebgehabt hat, wird ihr wohltun.

Nun habt Ihr wohl, so gut ich verstehe es zu geben, ein Bild von unserm Leben hier. Natürlich fehlt noch viel – ach ja der eigene Garten, in den man über eine Terrasse von Hermanns Zimmer hinaustritt, wo jetzt schon Leberblümchen Krokus und Märzenbecher blühen und Tulpen Hyazinthen Primel hervorkommen und wo die Buben das Gartenhaus grasgrün mit Ölfarbe bepinselt haben; und der Wald, der drei Schritt von uns beginnt, sodass man an Sommervormittagen im Pyjama wird spazieren gehen können; und noch vieles, das Ihr selbst entdecken werdet, wenn Ihr kommt. – Gebt den Kinderlein einen kleinen Kuss, besonders dem Adam, wenn er nun seine erste Schulwanderung antritt – wie ich Dir vor bin, Dita, mit meinem Unterprimaner und Obertertianer! –, und nehmt alle unveränderte Liebe und Freundschaft

Eurer Helen.

125 Arnold Zweig an Helene Weyl

Berlin-Grunewald
Zikadenweg 59
Den 8. 12. 31.

Liebe Helen,
Wir haben lange nichts mehr voneinander gehört, ich fürchte, durch meine Schuld; auf Ditas Schriftkünste zu verzichten, habe ich inzwischen wirklich gelernt und zähle diese liebenswürdige Nichtschreiberin bei der Erledigung unserer Briefwechsel schon nicht mehr mit. Ich nun bin aus der Abwesenheit aufgetaucht, in die ich verstrickt war; die Jahre 1915/16 haben mich freigegeben, mein Roman ist fertig, er ist erschienen, und ich sende ihn Dir, sobald ich Deine Adresse habe. Dita nämlich hat Deinen Brief und Eure Adresse in Verwahrung, und wenn nicht ein Wunder geschieht, schreibe ich Dir über die Universität.

Wir haben oft an Euch gedacht, von Euch gesprochen. Der Zeitpunkt, Zürich mit Göttingen zu vertauschen, war offenbar der letztmögliche; die Komponente der Unvernunft und Widervernunft in diesem Nachkriegsdeutschland hätte Euch sonst wohl von diesem Wechsel abgehalten, und der emigrierende Geist Euer züricher Haus zum Zentrum gewählt. Nun ist ja wahr, dass man von Eurem Göttingen in den Zeitungen nichts hört; ein gutes Zeichen heutzutage. Aber angenehm kann es für Dich doch wohl kaum sein, in dieser Universitätswelt leben zu müssen, in der schliesslich unsereiner doch nur die vergangenen Sonnenzeiten unserer ersten Jugend vermisst. Ich wäre glücklich, wenn Du mir etwas Anderes berichten könntest, und warte überhaupt sehr auf ein Lebenszeichen von Euch.

Dies nur als Anknüpfung. »Junge Frau von 1914« wird zu Dir kommen und Dir mehr von uns erzählen, als ein Brief vermag. Eigentlich hatte ich geglaubt, Göttingen werde näher an Berlin liegen als Zürich; der Weg nach Ribnitz aber scheint doch einen Bogen um uns zu machen; sonst hättest Du unsere Telefonnummer bestimmt einmal benutzt.

Also, liebe Helen, unsere Grüsse in unveränderlicher Freundschaft und die Hoffnung, schnell ein paar Zeilen von Dir als Empfangsbestätigung zu bekommen. Inzwischen blättere ich in Deiner Lytton Strachey-Übersetzung und rechne auf Deine Vermittlung bei Ortega, wenn wir deutschen Juden nach Spanien zurückzukehren gezwungen sein sollten. Palästina ist nur für unsere Jungs und Mädels gut. Wie immer dein Freund

Arnold.

126 Arnold Zweig an Helene Weyl

Berlin-Grunewald
Zikadenweg 59.
10. Dezember, 32.

Liebste Helen,
Meine Sekretärin, die mich von Zeit zu Zeit mit kuriosen Neuigkeiten erfreut, bringt mir heute das Dezember-Heft der »Neuen Linie« mit einem Aufsatz, den Du, elegant wie immer, übersetzt hast, und der von einem Gesinnungsgenossen und linken Mann stammt, nämlich von Ortega. Es ist mir unklar, ob Du den Charakter der Zeitschrift kennst, der Du diesen Aufsatz eines revolutionären, auf Versittlichung des täglichen Lebens dringenden Schriftstellers gegeben hast. Die Neue Linie ist eine reaktionäre Giftmischerin, die ihre innere Schmutzigkeit mit parfümierten Glacéhandschuhen zudeckt. Sähe sie äusserlich so aus, wie sie innerlich ist – Du liessest sie nicht in ein Haus, in dem Dein Mann arbeitet, Deine Kinder aufwachsen und Du selbst lebst. Ich schicke Dir einen Ausschnitt mit, den mir empörte Leser gesandt

haben, wahrscheinlich aus dem August-Heft, und aus dem Du die Art kennen lernst, auf welche das Bild eines linksstehenden Schriftstellers von diesem Blatte kommentiert und verbreitet wird. Dass dieser Mann zufällig ich bin, hat für Dich und mich doch wohl nur die Bedeutung, die Wahrheit und das Zerrbild miteinander vergleichen zu können. Denn als die Frankfurter Zeitung eine hämische und dumme Kritik des Romans »Erfolg« meines Freundes Feuchtwanger publizierte, verzichtete ich von Stund an auf die Mitarbeit bei ihr und sogar auf den Vorabdruck meines Romans »De Vriendt«, den ich ihr sonst angeboten hätte, und damit auf erheblichere Vorteile, als die Neue Linie Dir wird bieten können.

Ich bin neugierig auf Deine Reaktion.

Dita ist nach Paris abgedampft – zunächst schweren Herzens. Jetzt aber fühlt sie sich bereits sehr vergnügt, und ich weiss, wie gut ihr die späte Arbeits- und Lebensepoche als freier Maler bekommen wird. Ihre augenblickliche Adresse Dir mitzuteilen hat wahrscheinlich keinen Sinn (Hotel du Cayre, Bd. Raspail, Paris 16.), ich tue es trotzdem und will sie nur widerrufen, falls sie sich ändert.

Lebe sehr wohl, liebe Helen, es war entzückend, Dich wiederzusehen und zu finden, dass jahrelange Pausen zwischen uns paar Überlebenden der Sintflut nichts bedeuten. Soll ich Dir schon fröhliche Weihnachten wünschen?

Ich bin ganz und gar

Dein Arnold.

127 Helene Weyl an Arnold Zweig

[Göttingen]
Merkelstrasse 3.
am 27. Dezember 1932.

Liebster Arnold,

Dein Briefchen kam in den Weihnachtswirbel hinein, wurde unter die Oberfläche gezogen und erscheint erst heute wieder im Licht des wieder länger werdenden Tages. Das ist eine dumme Geschichte, dass der arme Ortega in so schlechte Gesellschaft geraten ist! ich wusste von der »Neuen Linie« nicht einmal, dass sie existiert und noch weniger, was für Ziele sie hat, als mir die Deutsche Verlags-Anstalt schrieb, dass dort ein Abdruck aus Ortegas neuem Buch erscheinen würde; das Ganze ging mich so wenig an, dass ich nicht einmal ein Belegexemplar zu sehen bekommen habe und der Wisch mit Deinem – garnicht üblen – Bild das einzige ist, was ich von dieser belanglosen Publikationsmöglichkeit unserer Zeitgenossen in der Hand gehalten habe. Meine Reaktion willst Du wissen? offengestanden, sie ist nicht sehr stark: bis in diese Oase am Fuss des Hainbergs dringen alle Zeitphänomene recht abgedämpft; vielleicht ein leises Befremden, dass Kilpper, den ich für einen achtbaren Mann hielt, meinen grossen Freund in so unlautere Hände verschachert hat. Vor allem aber eine Enttäuschung, als Dein Brief, den ich mit Spannung öffnete, nichts anderes enthielt. – Ich vergelte Dir Gleiches mit Ungleichem und schicke Dir in seiner ganzen Länge und Jugend einen meiner zwei, drei liebsten Lebensschätze: meinen Sohn Michael, der eben nach Berlin abgereist ist und dem ich nahe legte, bei Dir anzuläuten und zu fragen, ob er Dir und Deinen Herren Söhnen – in Ermangelung Ditas – einen guten Tag sagen dürfte. Es wäre mir eine große Freude, wenn Du eine halbe Stunde für ihn Zeit hättest; ich glaube, er wird Dir gefallen.

Was meldet Dita? Ich kann Dir nicht sagen, wie sehr ich ihr wünsche, dass diese Zeit alles in ihr lose und zur Produktion bereit macht. Beinah könnte ich sie beneiden, dass sie eine Zeit lang ohne alle Bindungen ihrer Arbeit nachgehen kann; aber ich weiss niemanden, der es mehr verdient als sie.

Tausend warme Glückwünsche, Arnold, zur Geburt Deines De Vriendt! Von weitem habe ich ihm schon zugenickt als dem Geschöpf meines Freundes; ich werde mich bald näher mit ihm befassen.

Einen kameradschaftlichen Gruss Deinen beiden grossen Jungen, einen lieben Kuss für Deine schöne Frau und Dir die unentwegte Freundschaft

Deiner Helen.

128 Beatrice Zweig an Helene Weyl

Paris, d. 13. 3. 33.

Liebe liebste Helen,
sei nicht ungut mit mir, dass ich so lange nicht schrieb, in mir hat sich soviel frei gemacht und nach oben geschoben, was früher ganz zu unterst begraben lag, dass ich auch gar nicht reden mochte. Lieber erst still alles wachsen lassen und nicht so viel hinfühlen und hinsehen, bis es geboren ist. Wie geht es Euch Allen? Du hast Deine liebe Mutter verloren, das ist doch immer ein grosses schwarzes Loch, wenn man auch noch so erwachsen ist und schon grosse Kinder hat. Aber für sie selbst ist die Ruhe des Nichtseins wohl eine Wohltat, nach der langen Krankheit, wo sie doch etwas ausgeschaltet war. Wie ist es Dir?

Ich habe mich hier schwer durchgebissen, durch alles mögliche, das hierher geführt hat, und mich mit wahrer Liebesleidenschaft in meine Farben, in mein Inneres und das Äussern und Formgeben alles dessen gestürzt. Gestürzt und auch mit viel Disziplin abgewartet und dann zu formen versucht. Aber es ist doch erst ein neuer Anfang.

Von Arnold habe ich bisher beruhigende Nachrichten. Wie es freilich weiter werden soll, wissen wir nicht, ob ein Schriftsteller seiner Art in Deutschland in der nächsten Zukunft leben und mit Sammlung arbeiten kann. Nun, man muss die nächsten drei Monate abwarten. – Wie geht es Dir und Deinen Arbeiten, was macht Peter und die imposant erwachsenen Söhne einer jungen reizenden Mutter? Meine spielen im Garten, wie ich höre und Eichkamp soll bis jetzt im Frühlingsfrieden blühen. Da werde ich ja hoffentlich was zu malen kriegen. Hell und warm und sehr durchsichtig sind bis jetzt alle Bilder, ich schaffe mir eine Porzellan-Palette an, da wird der Frühling als Thema gut passen, wenn die äusseren Dinge einem nicht die Seele tot drücken, was man nicht wissen kann. Die Seinelandschaft jedenfalls entzückt sie, die Leichtigkeit der Sprache, das Fremde, Gelöste hier in Paris, die innere und äussere Unabhängigkeit haben mich gut auf den Weg gebracht, und ich bitte die Götter, ihn mir gnädig frei zu geben.

Leb Du wohl, Helly, und sei in vieler Liebe geküsst.

Deine Dita.

Ich bin spätestens am 25. wieder in Eichkamp.

129 Arnold und Beatrice Zweig an Helene Weyl

Sanary-sur-mer, Hotel Plage,
11. August 33

Liebste Helen,
ich rate, wo dieser Brief dich erreichen werde, ob in Ribnitz, Göttingen oder sonstwo, kann mirs aber nicht vorstellen. Ich denke seit deinem letzten Schreiben oft und herzlich an dich – nicht nur, weil dein Michael uns in Eichkamp vergeblich suchte. Ja, liebe Lena, da hätten wir also den großen Einbruch der Barbaren, den ich so oft vorausgesagt habe, zb. in Caliban, aber auch in vielen Unterredungen (zb. mit Moritz Geiger und seiner Frau bei einem Zusammentreffen in Hannover) und Aufsätzen; noch zum Schluss in einem langen Aufsatz für Manchester Guardian, der jetzt über ein Jahr alt sein muß. Alles ist zerstört, was fest zu stehen schien wie der Dollar, und wir haben unsre Augen auf Palästina gerichtet und gedenken, Mitte September zunächst mal die Jungen hinüberzubringen. Was uns das Ausgerissenwerden aus Eichkamp gekostet hat, werde ich vielleicht mal später begreiflich machen. Dita ist wieder heimlos, ich ohne Arbeitsstätte. Aber ich arbeite, sie auch. Sie macht Bilder, Tuschzeichnungen und Aquarelle, die von Kennern bewundert werden, ich habe Verträge mit Verlegern, die uns das nächste Jahr auf bescheidener Basis sichern. Das ist die Hauptsache. Meine Neugier und optimistische Bejahung dem Leben gegenüber ist ein bisschen gedämpfter; gebrochen ist nichts. Ich habe Berlin am 14. März verlassen, ganz gemütlich um im Riesengebirge eine Arbeit zu feilen, wozu in Berlin keine Ruhe mehr war, und um in Pressburg und Wien öffentlich zu reden, was schon seit Monaten festgelegt war. Nach den Bücherverbrennungen bin ich dann nicht mehr zurückgefahren, was ich eigentlich stets wollte, leichtsinnig und wissbegierig

Arnold und Beatrice Zweig vermutlich in Sanary-sur-Mer 1933

wie ich nun mal bin. Freud war es, der an diesem Entschluss den stärksten Anteil hatte. Er ist ein herrlicher alter Mann.

Soviel von mir – dein Eddingtonbuch, von dem in östreichischen Zeitungen und in der N.Z.Z. Auszüge standen, hat mir viele geweitete Viertelstunden verschafft. Ich lese es mal ganz, später, wenn ich wieder jemanden zum Vorlesen habe, und verschaffs mir dann. Wie es euch geht, wie es in euch zugeht, wie ihr das Spülicht verdaut, das gegen eure Kinder jetzt anbrandet, deiner guten Rasse wegen, das gegen dich gespritzt wird, das wohl auch Hermann nicht verschont – all das ist wichtig zu hören. Schreib bald, Helen; auch, was ihr vor habt. Amerika wäre besser gewesen als Göttingen, kleine Freundin, und dein großer Peter brauchte jetzt nicht Erlasse zu lesen, die unsre gute alte Universität untern Wehrsport stellen. Oh, wir haben was durchlebt, wenn wir alt sein werden! Vorläufig aber sind wir noch prachtvoll jung, die Hierarchie der Werte ist für uns und das Gesetz der menschlichen Evolution: man muß nur gesund genug sein, um den Schlamm wieder eintrocknen zu sehn und eine neue Vegetation auf ihm blühen. Immer dein und

euer A.

Adressiere unbesorgt an die Dita.

Sanary sur mer, d. 14. 8. 33 Hotel de la Plage.

Liebste schöne Helen, in den letzten Tagen muss ich fortwährend an Dich denken, fast zwanghaft, und schon die ganze Zeit, seitdem ich aus Paris zurück war, vom 26. März, bis zum 8. Mai. Ich wollte nach Arnold sehen, der in Wien war, dann erholten wir uns in den Schweizer Bergen, gingen dann hier herunter, an die Küste von Marseille und die ganze Zeit möcht ich wissen, wie Dir zu Mute ist, Deine innere Lage hat sich Dir doch stets zweifelhaft dargestellt, und ich glaube, der spanische Aufenthalt hat Dein Selbstgefühl sehr gestärkt. Meines ist vielleicht noch stolzer geworden. Ich schiffe mich ab Mitte September mit den Kindern ein, die ich vorige Woche her bekommen habe, ich wollte sie so lange es irgend ging, in ihrem Tier- und Blumenparadies lassen, das auch sechs Jahre lang Heimat und ein Paradies für mich war. Aber nun ist der Engel mit dem Schwert gekommen. Ich denke doch, jedes Jahr einmal in Europa zu sein, vor allem in Paris, das eine klassische Stätte für Malerei ist. Das alleinige Studentenleben hat mir wunderbar gut getan, einmal von Arnolds Fittichen weg und in sich selber hineingehört, und lange hintereinander. Jeden Tag eingeteilt, wie »es« wollte und nur dem schöpferischen Drang nach gelebt, das war gesund. Ich habe dort Frans Masereel kennen gelernt, und andre, die mir alle das selbe sagten, es hat mich sehr gestärkt und ermutigt ich fühle mich viel gesünder, lustiger und stärker, seitdem ich nun weiss, wie es bei mir weiter gehen soll. Es ist so schön, einen so weiten Umkreis des Lebens zu umschreiten. Ich sitze hier im Hotelgarten, die See rauscht neben mir und der Wind braust doll, er weht uns alles durcheinander, Adam malt neben mir eine Mondlandschaft aus »Dr Doolittle auf dem Mond« und Michael schreibt auch. Sie sind reizend beide. Schade, dass ich den Deinen nicht gesehen habe, wie gross sind sie denn schon und was habt Ihr für ihre Zukunft für Pläne? Und was macht Professor Peter? Ich möchte gern, dass Michi Förster oder Landwirt wird, er ist ein richtiger Naturbursche. Adam ist vorläufig ein begabter Maler und macht die schönsten Öl- und Aquarellbilder. Aber ob es bleibt, wenn er 20 ist, weiss niemand. Jedenfalls haben sie die

Möglichkeit, in Palästina aufrechte Männer zu werden, mit einer unverkrümmten Seele und selbstverständlicher Einfügung in die Gemeinschaft. Ich hab Dir aus Paris geschrieben nach: Göttingen, Universität. Hat Dich der Brief erreicht? Was macht wohl Dein Vater und Deine Geschwister? Schreib doch noch hierher, denn nach Jerusalem geht der Brief zwischen 5 u. 10 Tagen. Für heute leb wohl und sei innig gegrüsst und geküsst von

Deiner Dita.

Ich hatte zuerst unerträgliches Heimweh, aber im Moment ist es besser.

130 Helene Weyl an Arnold und Beatrice Zweig

220. Mercerstreet.
Princeton, N. J.
am 15. April 1934.

Ihr lieben fernen Freunde, Eure beiden guten Briefe aus Südfrankreich trafen mich in dem Augenblick, als wir uns aus Göttingen loszulösen hatten, weil der Peter es für unvereinbar mit seinem Gewissen hielt, dem deutschen Staat weiter zu dienen. Dadurch kam ich damals im Spätsommer nicht mehr dazu, Euch zu schreiben, und als ich um Weihnachten innerlich und äusserlich wieder ins Gleichgewicht gekommen war, hatte ich Eure Spur verloren, da Ihr unterdessen längst aus Frankreich aufgebrochen sein musstet, und fragte mich wirklich angstvoll, ob ich sie in absehbarer Zeit wiederfinden würde. Jetzt ist mir ein Zufall zu Hilfe gekommen: ich sah Deinen Namen unter den Autoren das Querido-Verlags, Arnold, und will nun probieren, die äussere Verbindung wiederherzustellen; die innere ist bei mir – und ich bin eigentlich gewiss, auch bei Euch – nicht abgebrochen.

Mir war es in diesen Monaten vor allem schmerzlich, dass ich mir kein Bild von Euch in Eurer neuen Umgebung und Eurem neuen Leben machen kann. Ihr müsst mir viel erzählen; wo Ihr wohnt, wie Euer Haus aussieht, ob Ihr Eure eigenen Möbel habt, mit was für Menschen Ihr lebt, welche Sprache Ihr sprecht, wie die Kinder sich eingewöhnt haben, was für eine Zukunft Ihr für sie plant, und vor allem wie Eure Arbeit auf diese Revolution Eures Lebens geantwortet hat. Zwar vermute ich, Arnold, Du kannst nicht so rasch schreiben, wie die Gedanken aus Dir hervorbrechen möchten. Aber wo werden Deine Bücher gedruckt? in Amsterdam? in Zürich? und wie gelangen sie an die Menschen, die sich ja zweifellos auch innerhalb Deutschlands nach ihnen sehnen? Und wie habt Ihr dies Ausgerissenwerden überstanden? wie steht Ihr jetzt zu unserer alten Mutter Deutschland, die wahnsinnig geworden ist? Ich habe hier an zweien unserer nächsten Freunde, Franck und Einstein, die beiden polar entgegengesetzten Stellungen des Juden zu Deutschland vor mir gesehen: Franck musste sein Herz in zwei Stücke reissen, ehe er von Deutschland loskam, Einstein ist nur Jude. Das Schlimme ist, dass er es nicht war und dass er es geworden ist, nicht weil er jüdischen Geist liebt, sondern weil er es nicht ertragen kann, wenn Grausamkeiten geschehen, und sich dann auf jeden Fall auf die Seite des Gequälten schlagen muss. Mir ist es nicht so gegangen. Ihr wisst, dass mein Judentum für mich nie mehr als eine objektive Tatsache war; und ich bin darum, dass man die Juden verfolgt, um keinen Grad mehr Jüdin geworden für mein subjektives Gefühl. Ich habe darum paradoxerweise – aber wer kann gegen sein ehrliches Gefühl? – nicht so sehr darunter gelitten, dass man »mein Volk« quälte, als dass »mein Volk« sich dieser unbegreiflichen Sinnlosigkeit schuldig machte. (Unbegreiflich von meinem Standpunkt; aber genau so begreiflich von dem, auf dem ich Euch vermute, wie von dem des »rassebewussten« Deutschen. Und ich ehre Euren Standpunkt, mehr als meinen; denn es ist natürlich ein Negativum, objektiv zu einer Gemeinschaft zu gehören, zu der man subjektiv nicht gehören kann, weil man nichts von ihr weiss.) Ich habe mein Vaterland verloren, nicht weil es mich hinausgeschmissen hat, sondern weil es sich selbst verloren hat. Auf dieselbe Art, wie Peter es ja auch verloren hat. Aber das Wunderliche bei uns beiden ist, dass er es weniger verloren hat als ich. Er war aus Deutschland herausgewachsen, und als der unruhige, schweifende Wanderer, der er im

Grund seiner Seele ist, hätte er es sowieso nicht mehr fertig gebracht, an einem Ort sesshaft zu sein, den er Heimat nennen sollte; er ist erst hier wieder ins Gleichgewicht gekommen, wo er, wie in Zürich, Gast und Singvogel auf dem Zweig ist. Aber ich werde es wahrscheinlich nicht mehr fertig bringen, mich aus dem Boden zu heben, wo ich gewachsen bin und in dem ich mich während der drei Jahre unserer Rückkehr so glücklich ausgebreitet habe wie nie sonst in meinem Leben.

Auf eine oberflächliche Art gesehen, hat bei uns das äussere Dasein wohl weniger gewechselt als bei Euch. Wir leben hier in derselben Atmosphäre, ja fast mit denselben Menschen wie in Göttingen oder Zürich: Amerika hat sich die Lage geschickt zunutze gemacht und sammelt sich die besten Deutschen von der Strasse auf. Besonders der mathematisch-physikalische Kreis hier ist so stark, dass er wohl kaum seinesgleichen auf dem Planeten hat. Manchmal habe ich das Gefühl, dass wir hier in einer Arche sitzen, um welche die Flut steigt; ob sie sie überdauern wird, bleibt abzuwarten. – Restlos glücklich sind die beiden Buben in ihrer neuen Umgebung; es ist wirklich eine Herzensfreude zu sehen, wie sie sich hier entwickeln – jeder auf seine Art. Um Achim hatte ich Angst; aber wir hatten das Glück, dass wir ihn in ein Quaker-College bringen konnten, an dessen Spitze ein ganz ungewöhnlicher Mann steht; und dieser Geist einfacher, tüchtiger Menschenfreundlichkeit, in dem er offene Kameradschaft und verständnisvolle Förderung seiner geistigen Neigungen findet, hat all seine Verkrampfungen gelöst und ihn auf einmal zu einem heiteren, zärtlichen Jungen gemacht. Ich glaube, es war auch höchste Zeit, dass er aus dem Elternhaus kam. Und zu meiner grossen Freude hat er nun unter den Mädels – das College ist coeducational – auch eine hübsche kluge Freundin gefunden, die die volle Billigung der kritischen Familie besitzt; denn er braucht Frauenfreundschaften und ist immer ganz entzückend mit seinen Freundinnen; ich glaube, er wird einmal ein guter Liebender werden, und bin froh darüber. Michael ist hier auf der Universität, lebt aber auch für sich in einem der Dormitories, so dass wir wenig von ihm sehen. Dadurch hat sich für mich das Leben einschneidend geändert; die Kinder sind auf einmal flügge geworden. Und ich habe nicht das Gefühl, dass ich mit den Schwierigkeiten, die daraus entstehen, schon fertig geworden bin. Arbeit habe ich zwar ohne viel Mühe gefunden – ich habe ein hübsches astronomisches Buch von Jeans übersetzt –, aber es war Arbeit, die eine Flucht und keine innere Notwendigkeit war, und das rächt sich, wenn sie beendet ist: man bleibt mit leerem Schreibtisch und leerem Kopf zurück. –

Wir sind jetzt im Begriff, für den Sommer nach Europa zu fahren, und das ist der eigentliche Anstoss zu meinem Brief, denn wenn es vielleicht eine Möglichkeit gibt, Euch dort wiederzusehen, möchte ich sie nicht verpassen. Wir sind im Mai und Juni in Spanien, und Ihr könnt mich dort jederzeit über die Revista de Occidente, 7 Pi y Margall, Madrid erreichen. Bis Ende Juli werde ich wohl in der Schweiz sein (Adresse: Prof. E. Meyer, 28 Fichtenstr. Zürich), nachher dann in Dtschld., wohin Ihr wohl ebenso wenig kommen werdet wie der Peter. Ich *muss;* denn ich will meinen Vater sehen, von dem ich nicht weiss, ob er im nächsten Jahr noch da sein wird. Noch eine Frage zu den vielen anderen: ist Deine Schwester Marie bei Euch, Dita? – Ich gebe dem Brief einen Segen mit auf den Weg, dass er Euch findet. Von ganzem Herzen

Eure Helen.

131 Arnold Zweig an Helene Weyl

Haifa, Mount Carmel, Beth Moses, Palestine, 13. Juni, 34.

Liebste Helen, hätte ich noch die Fähigkeit, jedem Impuls zu folgen, ich hätte mich nach dem Empfang Deines Briefes hingesetzt und Dir sofort geschrieben – so froh war ich, oder waren wir, von Euch zu hören. Ich wollte mich aber nicht der Maschine sondern der Hand bedienen, und damit kam das Schreiben auf jene lange Bank, von der ich es jetzt in Gestalt dieses doch diktierten Briefes wieder herunternehme. Du mußt wissen, daß wir in der Epoche der Wohnungseinrichtung waren, als Dein Brief ankam; aber was das bedeutet, kannst Du Dir trotz aller Welterfahrung

Beatrice und Arnold Zweig in Haifa um 1936

gewiß nicht vorstellen. Ich sage nur so viel: um überhaupt in den Besitz einer fertigen Wohnung zu kommen, zieht man hier mit unfertigen Möbeln in eine unfertige Wohnung. Während das Treppenhaus gemacht wird, streichen Dir die Maler den Dielenschrank, und ehe der Elektromonteur den Frigidaire angeschlossen hat, steht er wochenlang wie ein irregegangener Geldschrank im Wohnzimmer, alle Passagen sperren. Wir sind jetzt einen Monat in dieser Wohnung, die nach Aussage von anderen zu den schönsten in Palästina gehört, aber keineswegs sind bereits alle Steckkontakte in Ordnung oder alle Möbel fertig, alle Stühle gepolstert, alle Zimmer endgültig gestellt. Und das liegt nicht etwa an unfähigen Arbeitern, sondern einzig an der Überbeschäftigung, deren sie sich erfreuen. Man muß eine Sache schnell machen, weil schon drei andere Arbeitgeber mit Geld winken und neue Häuser auf dem alten Fels wachsen sollen. Das ist der Aufbau Palästinas, und wir sitzen mitten drin und kommen nicht zur Sammlung, zur Konzentration, zur Arbeit.

Zwar ist es Dita in Bezug auf ihre Arbeit im letzten Zeitabschnitt besonders gut gegangen, beginnend etwa im August 32, als schon alles dem Untergang zuneigte. Ich aber spüre zum ersten Mal einen gewissen Lebensüberdruß, der ausschließlich aus der Ort-Losigkeit meiner Arbeit herrührt. Ich habe nun einmal im Kriege Augen bekommen und seither versucht, den Deutschen zu zeigen, wohin sie steuern, weil ich die freiheitlichen und schöpferischen Möglichkeiten des Deutschen liebte und trotz meiner zionistischen Klarheit im deutschen Geist und deutschen Land beheimatet war. Für die Deutschen machte ich den Sergeanten Grischa wie ich für sie Claudia gemacht hatte und Junge Frau und alle meine anderen Gestalten, wenn man überhaupt sagen kann, daß man Kunstwerke für jemanden macht. Und es ist klar, daß man das sagen muß. Das Kunstwerk wird in einen Lebensraum hineingestellt wie jeder andere frei erschaffene Gedanke oder Gebrauchsgegenstand; noch die abstrakteste Wissenschaft hat ja, wie Ihr sicher am besten wißt, eine Funktion innerhalb der menschlichen Erkenntnis, von der sie gewissermaßen hervorgerufen wird – genau so, wie bei dem wirklich bedeutenden Samuel Butler es die ungeborenen Kinder sind, die ihre Eltern zueinander treiben, und die daher selber dafür verantwortlich sind, daß sie geboren wurden. Nun bin ich also um meinen Lebensraum betrogen; die Angelsachsen und die Franzosen wissen ja eigentlich, was im Kriege los war, und ich spüre auch nicht so sehr den Drang, sie zu bessern und zu bekehren, wie ich aus guten Gründen ihn meinen deutschen Schul- und Jugendkameraden gegenüber hatte. Und mit den Juden war ich in den meisten Dingen dieser Sphäre viel zu konform, als daß sie als Publikum mich über den Verlust trösten könnten, den ich erlitten habe. Natürlich ist dieser Verlust auch wirtschaftlich sehr empfindlich; alles, was wir in Deutschland hatten, haben die Nazi geschluckt, und die Auflagen meiner Bücher in deutscher Sprache werden mindestens die nächsten Jahre hindurch recht klein bleiben. Aber so wichtig uns das ist, entscheidend ist das nicht für meine augenblickliche Verfassung; entscheidend ist heute der Mangel an einer tragfähigen Grundlage für die Konzeption und Durchführung der übrigen Romane meiner Tetralogie.

Ich möchte Dir ganz kurz den faktischen Bericht unserer letzten Epoche geben, wie Du uns den Deinen oder besser den Euren gabst: während Herr Hitler durch Schiebung der Deutschnationalen Reichskanzler wurde, waren wir in Paris. Dita blieb bis Mitte März dort, ich fuhr nach Eichkamp über Prag und Wien, Vorträge über den deutschen Antisemitismus haltend und dadurch vor jeder Belästigung geschützt: denn die Nazi-Zeitungen kamen nicht auf die Idee, daß ich danach noch nach Eichkamp zurückkehren würde und nahmen an und schrieben es auch, daß ich in die Tschechoslowakei »heimgekehrt« sei. Mitte März ging ich mit meiner Sekretärin zunächst ins Riesengebirge, um »Schlesische Novelle« zu schreiben. Wir blieben dort sehr vergnügt bis zu dem Zeitpunkt, wo ich, Ende März, neue Vorträge in Bratislava und Wien zu halten hatte. Meine Sekretärin fuhr nach Berlin zurück, mit einer Verabredung: Anfang April in Berlin – so wenig glaubte ich trotz aller meiner Kenntnisse daran, daß Deutschland endgültig aus der Reihe der gesitteten Staaten auszuscheiden vermöchte. Erst in Wien überredete mich Freud, den Plan einer Rückkehr nach Berlin aufzugeben, und wir verdanken ihm also, daß ich nicht inzwischen im Konzentrationslager endete. Dita kam am 31. März auf der Fahrt nach Wien in jenen Zug, der in Dresden angehalten wurde; das geschah damals an allen Grenzen als Einleitung des Boykotts. Sie verbrachte eine Nacht in der SA-Kaserne, wurde aber dank ihrer Klugheit und Sanftheit gut behandelt und erhielt sogar später, nach drei Wochen, ihren Paß zurück. Dann trafen wir uns in Wien, gingen langsam zusammen nach der Schweiz und von dort aus nach Bandol und Sanary in Südfrankreich, wo wir mit Feuchtwangers verabredet waren. Die Kinder hatten wir, oder vielmehr Dita, der Jam übergeben, die nach Eichkamp zog und die Einlagerung unserer Möbel und den Abtransport der Kinder bis zu den großen Ferien durchführen sollte. Sie tat es auch, hatte aber kein Glück dabei, sodaß, nachdem die Kinder glücklich bei uns waren, ihre Maßnahmen zur Rettung unserer Habe nicht ausreichten: sie fühlte sich selbst plötzlich bedroht, hatte auch wohl mehr die Abwickelung ihrer eigenen Existenz im Sinn, und so kam es, daß von unseren Werten, Manuskripten, Büchern und Noten nur gerettet wurde, was der Beschlagnahmung durch die Geheime Staatspolizei zufällig entgangen war. Dies kam in sorgfältige Hände und durch sie hierher, sodaß wir zum Beispiel eine

Anzahl unserer Bilder, Musikinstrumente und Platten wieder besitzen. Meine wichtigsten Manuskripte waren durch meine Sekretärin und Dita paketweise nach Wien geschickt worden, große Posten anderer noch nach der Beschlagnahmung nach und nach über die Grenze spediert worden, solange meine Sekretärin in Berlin war. Nach ihrer Ankunft in Sanary und dem Wiederbeginn der Arbeit ließ sich nichts mehr retten, weil niemand mehr wußte, in welchem der lagernden Koffer sich die uns wertvollsten Dinge befanden: so fehlen uns zum Beispiel eine dünne Mappe mit Ditas Arbeiten aus dem Jahre 32, eine unersetzliche Mappe mit Kindermalereien von Adam und eine Anzahl Manuskripte, von denen keine Abschrift genommen wurde. Daß alles Erreichbare konfisziert wurde, auch der Kaufpreis für eines unserer Häuschen, kannst Du Dir denken; da ich mich aber sofort daran machte, die Summe aus dem Erlittenen zu ziehen, und da ich einen bescheidenen Bruchteil meines Besitzes in der Schweiz gehabt hatte, spürte ich das nicht, sondern arbeitete. Es erschien bei Querido erst der Novellenband »Spielzeug der Zeit« und dann das Buch »Bilanz der deutschen Judenheit 1933[«] das ich Deiner Aufmerksamkeit gern nahebrächte. Ich glaube, daß Du, liebste Helen, und Dein Mann von dieser Lektüre etwas hättet, glaube, daß vor allem dieses Buch soweit als möglich verbreitet, rezensiert, übersetzt werden müßte. Ich weiß nicht, ob Du es nach Deutschland mitnehmen dürftest, denn Du weißt ja, daß ich zu den zwölf Autoren gehöre, die ehrenvollerweise mit ihrem ganzen Werk in Deutschland nicht mehr genannt werden dürfen … Ich schreibe heute an Querido (Dr. Fritz Landshoff, einst Kiepenheuer) und lasse Dir ein Exemplar zur Rezension an die Adresse der Revista schicken, nur mußt Du darum kämpfen, daß Du es auch wirklich kriegst und mußt, wenn möglich, eine Besprechung davon veranlassen. Aber zuerst wollen wir uns freuen, daß wir dem Ausbruch der Barbarei und politischen Leidenschaft entronnen sind, und daß wir, nachdem wir nun Krieg und Neubau überlebt haben, auch noch dazu bestimmt sind, den merkwürdigsten Kriegsfolgen zuzusehen, die ein großes und geistig fähiges Volk je betroffen haben. Ich hätte mir nicht träumen lassen, noch einmal so in allen meinen Gedankengängen bestätigt zu werden, aber es ist ein trauriges Erlebnis. – Was Du uns von Deinen Jungens schreibst, war uns sehr erlösend. Sie sind wirklich zu schade, um beschädigt aus dieser Krise hervorzugehen. Die unseren waren bis jetzt getrennt untergebracht: der eine in einem Kinderdorf, der andere in einem Kinderheim – und beide haben sich beglückend entwickelt, wenn auch keineswegs schon eingewöhnt. Dabei sind sie zusammen mit Dita und Jam schon Ende September vorigen Jahres hier gelandet, während ich noch einige schöne Wochen in Sanary und dann den trüben Rest des Jahres in Paris verbrachte, um das Manuskript von »Bilanz« noch einmal durchzuarbeiten. Dabei ist mir die Stadt sehr lieb und vertraut geworden, obwohl sie ziemlich fremd wirkt, wenn man Berliner Maßstäbe anlegt. Und doch bin ich, seit Ende Dezember hier, und unablässig mit Arbeit beschäftigt, eigentlich erst mit dem steigenden Jahr immer tiefer in die kritische Stimmung geraten, die ich Dir am Anfang dieses Briefes analysierte. – – So, liebe Helen, nun siehst Du uns in einer neuen schönen Wohnung auf dem Carmel-Berge sitzen, angesichts des Meeres und der galiläischen Berge, durchaus aber noch improvisiert, beunruhigt, keineswegs gefaßt. Dabei ist Dita viel besser mit unserer neuen Situation fertig geworden als ich, denn der Maler in ihr harmoniert mit dem Lande seit langem und kommt sosehr auf seine Rechnung, daß alles andere davon mitgetragen wird. Schreiben wird sie Dir heute noch nicht, sie ist gerade Rekonvaleszent nach einer krampfartigen Magengeschichte, die hier üblich ist, und wird wohl erst auf Deinen nächsten Brief die Antwort übernehmen. Und nun grüß Deinen lieben Mann und Ortega, dem ich gern ein Exemplar von »Bilanz« schicken ließe. Spanien und Palästina, Amerika und Palästina liegen näher beieinander für mich, für uns, als Deutschland und Palästina, und wenn wir nur miteinander in engem Kontakt bleiben, werden wir uns bestimmt sehen können und wieder sprechen und die alte freundschaftliche und geistige Basis halten, die uns schon so lange trägt. Vielleicht bringst Du mir den Teil meines Herzen aus Deutschland mit zurück, der vorläufig von dort nicht wegwill. Schreib uns also bald, und laß es Dir so gut gehen, wie wir es Euch wünschen.

Immer Euer Arnold.

Michi und Adam kommen Anfang Juli auf Ferien her und sollen dann bei uns bleiben. Aber davon später.

132 Arnold Zweig an Helene Weyl

Haifa, Mt. Carmel, Beth Dr. Moses
1. Mai 38

Liebste alte Freundin Helen,
zu den sonderbaren und unverständlichen Wirkungen der Hitlerei gehört wohl auch, dass wir nichts mehr von euch hören. Ich habe zweimal an dich geschrieben, einmal via Stuttgart und einmal nach Princeton oder nach Madrid – ich weiß nicht mehr genau. Weder kam Antwort noch hast du von dir aus auf eines der Bücher reagiert, die ich von hier aus in die Welt setzte. Nun, jeder folgt seinem Gesetz, und das meine ist so, daß ich zum 3. mal nach dir den Angelhaken auswerfe. Es ging uns hier recht gut, aber es geht aus vielen Gründen nicht mehr – ich bin ein linker Demokrat und kann diesen Nationalismus, diesen Bürger- und Kolonialkrieg, diese Verelendung einer rührend arbeitsfrohen Bevölkerung von Emigranten und Eingesessenen nicht mehr mitmachen. Auch schaut dieser Verständigungs-Mai im Mittelmeer ganz so aus, als schrieben wir 1912 und ein Juli 14 stehe vor der Tür. Und ich habe genug von unserm Kleinen Krieg. Wir denken an Amerika. Und möchten von euch hören, ob ihr bereit wäret, eure Erfahrungen an uns weiterzugeben. Meine Augen, einmal schon miserabel, haben sich gebessert – ich kann wieder lesen, nur bei natürlichem Licht und nur auf Partikel verteilt, 2 Stunden etwa im Tag – aber es geht wieder. Ich könnte also soviel Englisch erwerben, um soziologische Vorlesungen zu halten, meine leider so bestätigte Caliban-Ideen-Welt. Ohne Zionismus, versteht sich. Es geht nicht mit der Romantik.

Dies ist nur eine Taube aus der Arche des Carmel. Wird sie zurückfinden, nachdem sie dir das Blättchen im Schnabel präsentiert hat? Wirst du dir vorstellen können, daß uns diese 4, 5 Jahre nicht zentral verändert haben, dh. in Bezug auf Menschen? Und wie mag es dir, Hermann W., den Kindern ergangen sein? Nun, wenn wir Glück haben, wissen wirs in 4 Wochen. Wenn nicht … Aber lieber: wenn ja: wieviel brauchen 4 Leute zum bescheidenen Leben? oder ist Princeton nichts für Schriftsteller? Muß es California sein? Helen, ich publiziere in diesem Sommer einen Roman »Versunkene Jahre«, den ich 1909 schrieb und der 1908 spielt. Und Einsetzung eines Königs englisch u. amerikanisch. Lebt wohl, ihr Göttinger und Züricher 7 oder besser 4.

Dita grüßt, herzlich und jung wie nur je. Ist ein bedeutender Maler geworden – Lyriker der Landschaft. Und alles Gute allen!

Euer, dein A. Z.

133 Helene Weyl an Arnold Zweig

270 Mercerstreet
Princeton, N. J. am 17. Mai 1938.

Lieber Arnold,
Dein Brief hat mich nicht wenig in Bewegung gesetzt. Du hast recht: wir sind an der Oberfläche auseinandergetrieben und durch meine Schuld. Aber die Gründe sind ja handgreiflich, auf unserer Höhe des Lebens hat der Horizont, den man überhaupt zu überblicken befähigt ist, ungefähr seine grösste Ausdehnung erreicht, die Forderungen des gegenwärtigen Tages sind dabei sehr anspruchsvoll, und so reicht einfach die Zeit nicht, um alle Bindungen und Verhältnisse in beständiger Aktualität zu halten. Aber Du hast auch darin recht, wir sind dieselben geblieben, und so dauert auch unsere Beziehung unverändert fort. Ich bin überzeugt, wenn wir uns wiedersehen, wird es sein, als seien wir gestern auseinandergegangen. Dass die Möglichkeit dafür auf einmal so nahe gerückt ist, hat mich nun freilich derart überwältigt, dass ich mir Mühe geben muss, um Dir Deine Frage unparteiisch zu beantworten. Da wir gerade mit Thomas Mann, der vorige Woche hier war, Pasadena gegen Princeton abgewogen haben, sind mir alle Pros und Contras noch gegenwärtig. Denn California ist für Dich doch wohl auch identisch mit Pasadena; oder erwägst Du auch San Francisco oder Monterrey-Carmel? die sind nun freilich wieder ganz anders. Monterrey hat eine kleine ame-

Helene Weyl

rikanische Künstlerkolonie, ein bischen wie Worpswede oder Ahrenshoop, mittlere Talente und viel Eigenbrödlerei. San Francisco und Berkeley haben, so viel ich weiss, weder künstlerische noch deutsche Emigrantengruppen. Und Kalifornien hat ein gleichmässiges Klima, norddeutsche Sommertemperaturen das ganze Jahr hindurch, viel Regen im Winter und Nebel im Sommer fast regelmässig von etwa fünf Uhr nachmittags bis zehn Uhr morgens. – In Pasadena – Hollywood würdet Ihr eine Gruppe deutscher Künstler finden und auch interessante europäische Gelehrte. Das Klima scheint dem Princetoner auf den ersten Blick vorzuziehen. Man kann das ganze Jahr draussen leben. Aber ich weiss doch nicht recht. Im Sommer wird es auch sehr heiss. Auf die Dauer entbehrt man doch einen richtigen Winter und einen richtigen Laubwald. Und die Natur ist so aufgeregt. Erdbeben und Fluten, die auf einmal das ganze Leben aus den Fugen werfen, nicht so sehr viel anders schliesslich als ein Krieg. Das Leben im Westen ist erheblich billiger als im Osten, und von allen in Betracht kommenden Orten des Ostens ist Princeton der teuerste. Es besteht nur aus Universität; wir leben dadurch sozusagen in einem Kurort, der vier Monate des Jahres geschlossen ist. Es ist natürlich nicht leicht zu sagen, wieviel »eine bescheidene Familie von vier Köpfen« hier braucht; nach reiflicher Überlegung mit Hermann würde ich sagen: nicht unter $3500.^{\underline{00}}\ \$$ und von $6000.^{\underline{00}}\ \$$ an leidlich behaglich. Ein Haus, wie es für Euch in Betracht käme, kostet allermindestens $130.^{\underline{00}}\ \$$ im Monat, ein Mädchen $12.^{\underline{00}}\ \$$ in der Woche, Heizung in den sechs bis sieben Wintermonaten durchschnittlich $30.^{\underline{00}}\ \$$ monatlich. Lebensmittel sind allerdings billig, und das Wirtschaften ist ausserordentlich bequem, zuverlässige freundliche Lieferanten. Wie Princeton aussieht, habe ich Euch schon früher beschrieben. Es ist eigentlich ein einziger grosser Park mit alten schönen Bäumen und weiten Rasenflächen, auf die in gemessenen Abständen Häuser gestellt sind. Man wacht überall, ich glaube selbst in den Quartieren der relativ grossen und alten Negerkolonie, im Sommer bei Vogelgesang auf. Dabei ist New York sehr bequem erreichbar; in den Hauptverkehrszeiten eher mehr als ein Zug stündlich, und die Entfernung beträgt zeitlich eine Stunde, geldlich einen Dollar. Wenn man etwas anderes kaufen will als Lebensmittel und die Dinge des täglichsten Gebrauchs, muss man allerdings auch beinah in die Stadt fahren. Aber allerhand Unterhaltung gibt es auch hier. Zunächst haben wir drei Kinos; die guten Filme kann man so gut wie alle hier sehen. In dem recht hübschen Theater spielen öfter New Yorker Truppen ihre neuen Stücke, bevor sie damit am Broadway herauskommen. Die Universität arrangiert, ich glaube es sind im ganzen zehn Konzerte von gutem Niveau. Nächstes Jahr kommen sogar Busch – Serkin. Ausserdem haben wir jetzt ausgezeichnete und sehr rührige Leute an der musikalischen Abteilung. Die Universitätsbibliothek lässt einen nie im Stich und hat ausserordentlich liberale Benutzungsregeln: sie ist bis Mitternacht offen, und jedermann bekommt Erlaubnis, in die Magazine zu gehen. An Menschen, mit denen es sich lohnt umzugehen, weil sie weltoffen und gebildet sind, gibt es eher zu viele, und ich glaube, dass Ihr im ganzen mit grosser Freundlichkeit aufgenommen werden würdet. Von gewissen Kreisen muss man mit Feindseligkeit rechnen, aber ich glaube, dass Ihr das höchstens in einem Beiseitestehen von einigen Menschen spüren würdet, die sowieso nicht für Euch in Betracht kämen. Der deutsche Kreis ist so gross, dass er sich beinah selbst genügen könnte: Einstein, Panofskys, Ladenburgs, Herzfeld, Swarzenskys, Weitzmanns ... und eine Reihe jüngerer Leute, deren Namen Dir nichts sagen würden. Dazu ein beständiger Durchzug von europäischen Gelehrten und viele Deutsche an den Universitäten der unmittelbaren Nachbarschaft. Ihr würdet wohl enge Beziehungen zu der New Yorker Judenschaft unterhalten, die ausserordentlich exklusiv ist. Was Du von dieser Seite zu erwarten hast, wirst Du selbst besser wissen, als ich es Dir sagen kann. Ebenso habe ich kein Urteil darüber, wie gross Deine Aussichten sind, zu Vorträgen eingeladen zu werden. Hast Du an die University in Exile gedacht, an der Heymann und Wertheimer lehren? In Princeton selbst, fürchte ich, ist der Boden nicht günstig. Die Germanisten sind ziemlich inferiore Leute und mehr oder minder Nazi, und die Politiker und Nationalökonomen der Universität sehr konservativ und betont amerikanisch. Die entsprechenden Abteilungen unseres Institutes sind sozusagen noch minorenn; es gibt schon Professoren, aber sie haben bis jetzt noch nicht gelesen. Im Ganzen musst Du Dir das Leben hier so vorstellen wie in allen kleinen Universitätsstädten des Planeten; das eigentümlich Amerikanische ist eine grössere Weltoffenheit und eine geringere Sesshaftigkeit. Fast alle Leute, die man trifft, sind arriviert, so dass Neid Eifersucht Intriguen Gemeinheit in hohem Grade unnötig sind; es ist ihnen leicht gemacht, angenehme Umgangsformen zu wahren. Sie sind so gut wie alle ausgibig und oft in Europa gereist, so dass die Neigung, die Sitten des eigenen Landes für Naturgesetze zu halten, weitgehend herabgesetzt ist. Du wirst finden, dass dieselben geistigen moralischen und politischen Probleme sie bewegen wie uns, aber etwas gedämpfter, weil sie weit vom Schuss leben, vorläufig auch noch in bezug auf die Schwierigkeiten ihres eigenen Landes. Wenn ich im Herbst aus Europa zurückkomme, schäme ich mich zuerst immer der geniesserischen Leichtigkeit und Behaglichkeit meines eigenen Lebens. Aber Du hast die tosende Welt in Dir und wirst froh sein, noch eine Stelle auf dem verrückt gewordenen Erdball zu finden, wo Du sie in Ruhe aus Dir herausspinnen kannst. – Ich darf nicht vergessen, den einen Punkt zu erwähnen, der ganz unabhängig von allen Lebensansprüchen ein wirklicher Nachteil Princetons ist, das Klima. Juli und August sind so heiss und feucht, dass man kaum hier bleiben kann. Die Temperaturen steigen auf 35 und 40° Celsius, und dazu ist die Luft so feuchtigkeitsgesättigt, dass man Wasserperlen an der Hand hat, wenn man über eine Tischplatte streicht, und keine Tür mehr schliesst. Wer nicht nach Europa kann, fährt in die nördlichen Staaten: New Hampshire, Vermont, Maine, wo man sehr billig leben kann. Ich bin bis jetzt in diesen beiden Monaten noch nicht hier gewesen. Im vorigen Jahr fuhr ich Ende Juni ab, und fand es so lange, wenn man sich ein bischen mit seiner Lebensweise einrichtet und keine schwere körperliche Arbeit zwischen elf und sechs tut, nicht nur erträglich, sondern eigentlich recht schön. Im übrigen sind unsere Winter nicht viel anders als die nordeuropäischen, im ganzen vielleicht etwas milder und natürlich viel erträglicher dadurch, dass die Tage länger sind. Der Herbst ist wunderbar, indian summer, lang und sanft hingezogen, mit milden stillen Tagen und flammenden Wäldern; erst in der zweiten Novemberhälfte fallen die Blätter und beginnt der Winter. Der Frühling ist wie der Frühling überall, nur kürzer und explosiver als in Nord-Europa. – Wenn Ihr Euch entschliesst zu kommen, wäre es vielleicht rätlich, die Möbel zunächst auf den Speicher zu stellen und ein möbliertes Haus zu mieten, damit Ihr leicht weiterziehen und weiter experimentieren könnt. In Princeton ist ein möbliertes Haus fast leichter zu finden als ein unmöbliertes, da die Häuser alle in Privathänden und nicht fürs Vermieten gebaut sind, aber viele Leute reisen und ihre Häuser derweil von Fremden bewohnen lassen. Ein bischen kommt es mir immer wie Prostitution vor, mit welcher Geschwindigkeit so ein armes Haus hier von einer Hand in die andere kommt. Im allgemeinen richten sich die Menschen hier im Herbst – September, Oktober – für einen Winter ein, so dass es, falls Ihr noch dies Jahr kommt, am besten wäre, ich schaute mich im September, wenn wir zurück sind – wir gehen heuer nicht nach Europa, sondern an die Pazifische Küste – für Euch nach Wohnungsmöglichkeiten um und hätte schon eine engere Wahl für Euch parat. Leider wird sich vor unserer Abreise nichts mehr tun lassen, da wir schon

Mitte Juni aufbrechen. Du erreichst mich am besten weiter unter der Princetoner Adresse; Hermanns Sekretärin sorgt für die Post.

Ja, und wir, Arnold – – Wir sind vor zwei Monaten in ein Haus gezogen, das wir uns selbst gebaut haben, und sind noch ganz pudelnärrisch vor Freude. Im Augenblick ist der Garten dran; wir haben etwa einen Morgen Land. Eben habe ich zum vierten Mal meinen eigenen Rasen gemäht, auf dem das Gras so dick und puschelig wächst wie auf Michaels jungem Kopf. Michael ist – wie bei Euch auch, nicht wahr? – der zweite und hat, nachdem er im vorigen Jahr seinen B. A. in Princeton erworben hat, gerade eine sechsmonatliche Autofahrt durch den Kontinent beendet, auf der er viel Welt und Menschen gesehen und einen Monat lang bei meinem alten Freund Dieterle in Hollywood Assistent gespielt hat. Nächste Woche fährt er nach Stockholm, um seine Freundin zu besuchen, ein bezauberndes Geschöpf, halb Elfe halb gamin, die den vorigen Winter bei uns verbracht hat. Er ist zwanzig Jahre; die Welt steht für ihn an allen Ecken in Blüte. Er schreibt Novellen, ich weiss noch nicht ob mit ebenso viel Talent wie Feuer, und wird im Herbst mit einer fellowship nach Madison, Wisconsin gehen, um weiter Germanistik zu studieren. Das Unterrichten reizt ihn; ich glaube, er könnte einen guten Knabenerzieher abgeben. – Achim – das wäre also Adam's Pendant – ist bereits Assistent an der University of Illinois in Urbana und hat Weihnachten mit seinem Vater zusammen seine erste mathematische Arbeit veröffentlicht. Er begleitet uns nach Seattle, und ich freue mich für Vater und Sohn auf die Feriengemeinschaft und die gemeinsame Mathematik. Eure Söhne sind jünger als unsere; Ihr würdet in Princeton nicht nur eine gute Universität, sondern auch eine gute Schule für sie haben. Bis jetzt haben wir nur gute Erfahrungen mit der verpflanzten Jugend hier gemacht. Sie sind alle glücklich. Selbst mein Neffe, der noch zwei Jahre lang alle Demütigungen ertragen hat, die die Nazigymnasiasten ihren Kameraden zufügten, ist hier ganz prächtig aus seiner Verscheuchtheit aufgeblüht und schon ein ebenso fröhlicher, entspannter Bursche geworden wie die andern hübschen jungen boys, die unter den alten Bäumen und über die weiten Rasenflächen unseres Kampus schlendern. Mit der Sprache kommen die Kinder auch unvergleichlich viel rascher und besser zu Rande als wir. Das Englische ist eine nicht zu unterschätzende Schwierigkeit und Belastung. Wenn man nicht explizit Zeit und Mühe darauf verwendet, kommt man auf keinen grünen Zweig; und man bleibt nur oben, so lange man in seinen Anstrengungen nicht nachlässt. Aber gerade für jemanden, der gewohnt ist, sich mit Freiheit und einiger Sicherheit und Anmut im Element der eignen Sprache zu bewegen, ist es ein abscheuliches handicap und nicht selten eine Demütigung, wenn man sich stolpernd und schwerfällig verständlich machen muss. Andererseits habe ich gefunden, dass die Bekanntschaft mit dem so viel keuscheren Englisch meinem deutschen Sprachgefühl gut bekommen ist. Selbst Englisch zu schreiben brauchtest Du doch vorläufig nicht, Arnold; das besorgen sicher weiter Deine Übersetzer? So würde es sich für Euch zunächst auch nur um das tägliche und gesellschaftliche Englisch handeln. – Wir haben gerade die Besprechung der »Einsetzung eines Königs« in der New York Times gelesen. Du wirst sie indessen selbst auch bekommen haben. Fandst Du sie auch so verständig und verständnisvoll wie wir? Auch bei der Besprechung des dritten Bandes von Thomas Manns Joseph-Trilogie fiel mir auf, wie offen das gute amerikanische Lesepublikum für die grossen deutschen Epiker ist. Ich glaube fast, Du hättest selbst im alten Deutschland nicht mehr Enthusiasmus und Mitgehen finden können als bei den gebildeten Amerikanern.

Mein Brief ist endlos geworden. Ob Du einen Schreck bekommst über diese Antwort auf Deine kurze Erkundigung? Nun bin ich ausserordentlich gespannt, wie Eure Entschlüsse ausfallen werden. Leicht wird es nicht für Euch sein, noch einmal den Wanderstab weiterzusetzen. Ihr habt Euch doch ein Haus gebaut in Haifa, nicht wahr? und was das an Gefühlsbindungen bedeutet, habe ich gerade erfahren.

Sehr viel Liebes für Dita und schöne Grüsse an Deine Söhne von der unbekannten Freundin ihres Vaters. Auf die Buben bin ich besonders gespannt. Und für Dich, Arnold, die alte unwandelbare Freundschaft

Deiner Helen.

134 Arnold Zweig an Helene Weyl

Haifa, Pal., Mt. Carmel, 4. 3. 39

Liebste Helen, es musste Tod und Einsturz der Kultur intervenieren, beinahe, um die Antwort auf deinen lieben, so genauen Brief bis jetzt zu verzögern. Dita wollte ihn damals gleich beantworten. Aber sie ist die ganz unverändert Gleiche geblieben, die du kanntest und kennst. Ihr Haar ist noch so braun wie je, ohne Nachhilfe, und ihre Briefhemmung floriert noch genau so ... sie schreibt nur mir.

Nun, folgendes geschah. Freud, der großartigste der Menschen dieser Epoche, wurde krank, erst in Paris, dann nochmals in London. Ich hatte meinen kleinen Roman »Versunkene Tage« fertig und draußen, ich mußte nach dem Rechten sehn. Unser Bleiben in Palästina war wirtschaftlich und für die Kinder nicht fortsetzbar. Also reiste ein Brief mit nach Sanary (Var), nach Paris, nach London. Dort absorbierte mich Freud, der mit 82 wieder vor einer Operation stand. Dann brach die Septemberkrise los, die C.S.R. wurde den Raubtieren hingeworfen. Mein Glaube an die Einsicht der Politiker des Westens und an ihre Treue zur Demokratie und zum Menschen stürzte ein. Ich konnte nur schweigen, heimverlangen, heimreisen. Ich kam am 24. X. wieder bei Dita an und bei den großen lieben Buben. Am 15. 11. fuhr ich mit meinem kleinen Wagen und meinem Michi, der mich fährt, nach Tel Aviv. Unterwegs warteten wir, um 2 große Gefährte vorüberzulassen. Da rammte uns von hinten ein Panzerwagen, der mit schwachen Bremsen und starkem Rolls Roice hinter uns auftauchte. Unser kleiner Wagen wurde plattgequetscht, der Michi kam mit einer leichten, ich aber mit einer recht schweren Gehirnerschütterung davon. Nach 72 Stunden Bewusstlosigkeit, einem Monat im Spital und 10 Tagen in einem Hotel kehrten wir wieder hierher zurück, und nun bin ich Reconvaleszent, noch ohne gute Nerven und gutes Gleichgewicht, sonst der alte. Davon, Helen, wirst du dich bald überzeugen, falls du diesen Frühling daheimbleibst. Ich habe nämlich vor, am 4. 4. mit Michi ein amerikanisches Schiff zu besteigen, den Excalibur, und 3 Wochen an Bord zu bleiben, am 26. in New York zu landen und dem Penclub-Congress beizuwohnen. Daß diese Reise viele Absichten hat, brauche ich einer so einsichtigen Frau wie Dir nicht zu sagen. Keineswegs reich genug zu einer Freudenreise, noch dazu zu zweit, will ich vielmehr sehen, ob wir und wo wir in den USA bleiben können, einwandern, dem neuen Krieg entgehn. Dass ich Dita und Adam, der jetzt 14 ist, nur schwersten Herzens hier lasse, bis ich das Nötigste weiß, fühlst du selbst. Michi, jetzt bald 19, ist Motorschlosser und -Fahrer, er möchte die Pilotenlaufbahn einschlagen, hat keine höhere Schulausbildung und muß eine besondere Art von Fortbildung finden, für die hier keine Anstalt existiert. Wir haben hier *kein* Haus, Helen; mein Vermögen war in unseren beiden Wohnhäusern in Berlin festgelegt. Es ist ein Wunder, daß wir uns diese 5½ Jahre von meiner Arbeit so erhalten konnten. Nun wird es Zeit, zu wandern. Schweren Herzens, denn wir sind nie Leichtfüsse gewesen, werden wir den Versuch machen, das Ende des Lebens »drüben« zu verbringen und die Chancen der Jungen zu verbessern. Es ist noch zu früh, uns aufs Wiedersehn zu freuen. Aber ich werde es bestimmt tun, Helen. Am 24. sollen wir in Boston ankommen. Schreib mir dorthin ein paar Zeilen. Dita grüßt Euch alle, besonders Dich. Und das tut ebenso dein Arnold.

135 Arnold Zweig an Helene Weyl

American Export Lines
24. 4. 39,
Boston, on Board S. S. Excalibur

Liebste Helen, dein lieber Brief kam heute früh her und machte auch mir Herzklopfen und Zittern. Ja, wir sehn uns bald! Dank für die herzliche Stimme, die ich aus deinen Zeilen höre, für die Einladung und die Grüße, die ich gleich weitergesandt habe. Ich möchte heute nur meinen eignen Wunsch, dich und dein Haus und deinen Mann bald wiederzusehn, bekräftigen; ich weiß ja noch nichts von Entfernungen und Verkehrsdingen in Gods own country. Aber ich komme mit Michi bald, Helen, ich muß nur mal erst angelangt sein. Auch Einstein möchte ich gern sprechen; er wird ja wohl da sein. Und ist nicht auch dein Freund Dieterle in USA? Na, Helen, was werden wir zu erzählen haben! Zeit dazu? an der solls nicht fehlen. Also nochmals: deine Hand! Und habe inzwischen herzlichen Dank von deinem alten, im Herzen invariabeln Freund

Arnold.

136 Arnold Zweig an Helene Weyl

Hotel Irving
26 Gramercy Park
East 20th Street
New York
May 1st, 39

Liebste Helen, auch dein »Doppel« des ersten Briefes kam an und freute und berührte mich fast wie dein erster. Ich gebe dir heute nur meine Adresse, damit du mich jederzeit erreichen kannst. Wahrscheinlich lasse ich erst den Penclub-Congress sich austoben und komme dann nach Princeton, zu Dir, um mich auszuruhn.

Herzlich dein

Arnold.

Arnold Zweig in New York 1939

137 Arnold Zweig an Helene Weyl

Hotel Irving
26 Gramercy Park
East 20th Street
New York
15. 5. 39

Liebste Helen, würde es euch passen, wenn wir am Freitag den 19. zu euch kämen und über das Weekend blieben? Wenn nicht, sag es mir freimütig, Helen, denn ich habe eine Einladung in die Nähe. Aber ich möchte erst zu euch, zu Dir. Sonst käme ich eben mit Michi Anfang der nächsten Woche.

Herzlich in Eile dein

Arnold.

Morgen 8^{15-45} abds. sprechen wir im Radio, einige Pen-Leute.

138 Arnold Zweig an Helene Weyl

Hotel Irving
26 Gramercy Park
East 20th Street
New York
23. 5. 39

Liebste Helen, ich hätte dir gleich geschrieben, wenn der Tod nicht seine Pfoten dazwischengesteckt hätte. Vorgestern mittag hat sich Ernst Toller umgebracht, mit dem ich noch ein paar Tage vorher Radio gelesen hatte. Es traf mich sehr. Ich bin noch sehr verletzlich jetzt, zu Depressionen neigend. Er auch. In solch einer hat er Schluß gemacht.

Ich wollte aber nichts von alledem sagen, liebste Hella. Ich möchte mir fast auch diesen Namen für dich aneignen, da »Helen« hier ja ein richtiger, kein Zärtlichkeitsnamen ist. Ich möchte dir und Hermann für die Insel des Friedens danken, die diese drei Tage darstellten. Zum ersten Male in meinem Leben möchte ich über Unterschiede des Denkens in wichtigen Bezirken hinwegleben. Zum Glück verstehn wir Männer uns politisch viel besser. Aber alles ist einerlei vor der Tatsache, daß es uns alle noch gibt und daß wir das Vergangne in die Zukunft tragen können. Lassts euch gut gehn, Ihr Freunde. Mit herzlichen Gefühlen auch von Michi

Euer Arnold Zwg.

Kannst du Golo Mann veranlassen, mir seine Adresse zu schikken? Ich habe was für »Maß und Wert«.

Das Grischa-Stück ist schon bei den Federal Theatres Ass. Bete zu den weniger bösen Göttern, daß es was wird.

Hermann Weyl
In memoriam Helene Weyl

Eine Skizze, nicht so sehr von Hellas, als von unserem gemeinsamen Leben, niedergeschrieben Ende Juni 1948.

Hella, Friederike Bertha Helene Joseph, wurde 1893 in der kleinen mecklenburgischen Stadt Ribnitz an der Ostsee geboren. Ihr Vater war Arzt, ein sehr tüchtiger vielbeschäftigter Landarzt, seiner Weltanschauung nach ein entschiedener Positivist mit dem ganzen Aufklärungsoptimismus des 19. Jahrhunderts. Diese Gesinnung des Vaters brachte es mit sich, dass die Tochter in ihrer Kindheit ohne jede Beziehung zur Religion heranwuchs. Weder vom jüdischen Bekenntnis, dem ihre Eltern nominell angehörten, noch vom christlichen wusste sie etwas. Die religiösen Bilder und Vorstellungen, die die Meisten von uns sozusagen mit der Muttermilch einsaugen, wuchsen ihr erst später auf dem Wege über die bildende Kunst zu. Sie empfing die Taufe kurz vor unserer Heirat. Der Schritt war im Einklang mit ihren Anschauungen von den bildenden Kräften unserer Zivilisation; aber sie tat ihn doch in erster Linie meiner christlich frommen Mutter zuliebe.

Eine jüngere Schwester wuchs neben ihr heran, die noch jetzt in dem väterlichen Hause lebt als Frau eines Arztes, der später die väterliche Praxis übernahm. Hella war und blieb ihren Eltern, solange diese lebten, aufs tiefste verbunden. Alle Ereignisse ihres Lebens wurden in langen Briefen – sie war eine überaus glänzende Briefschreiberin – der Mutter berichtet. Als Kind fuhr sie oft mit dem Vater auf Praxis, sei es in seiner Kutsche oder im Schlitten über die schmalen schneeverwehten mecklenburgischen Landstrassen. Die Mutter entstammte einer alteingesessenen mecklenburgischen Familie, der Vater war aus Pommern zugewandert. Die Familie Joseph, insbesondere der Vater, erfreuten sich eines grossen Ansehens in der Gemeinde und im Lande, und sie stand mit vielen mecklenburgischen Familien, inklusive solchen des Landadels, in engen, ja intimen Beziehungen. Die Schranken der Rasse und Konfession waren damals in Deutschland keineswegs undurchbrechbar.

Die Anlagen des Kindes bestimmten die Eltern frühzeitig, es zum Hochschulstudium ausbilden zu lassen. In Mecklenburg, dem rückständigsten der deutschen Länder, stand dazu der Weg noch nicht offen. So wurde Hella schon mit 14 Jahren in eine Pension nach Berlin geschickt, wo sie auf einem der dortigen Realgymnasien, als eines von wenigen Mädchen unter lauter Knaben, die Schulbank drückte, bis sie 18jährig mit dem Reifezeugnis zur Universität entlassen wurde. In dieser Berliner Schülerzeit ergriff sie eine grosse Leidenschaft fürs Theater. Die bedeutende Schauspielerin Tilla Durieux hatte offenbar Freude an dem jungen schönen Geschöpf, und viele Stunden verbrachte Hella hinter den Kulissen im Zimmer der Durieux, wenn sie vielleicht hätte schlafen oder hinter den Schulbüchern sitzen sollen. Eine etwas gefährliche Jugendbeziehung, wenn man den Charakter der Durieux bedenkt; aber das junge Ding, ganz auf die Dichtung und ihre Darstellung gerichtet, war offenbar gefeit gegen alle Verführungen des Milieus. Hella blieb immer am Theater aufs intensivste interessiert. Hier in Princeton hat sie viel später an den Aufführungen der Community Players wiederholt mitgewirkt.

Das erste Semester ihres Studiums verbrachte sie auf der heimatlichen Universität Rostock, kaum eine Bahnstunde von Ribnitz entfernt. Sie hatte damals vor, sich der Germanistik oder Geschichte zuzuwenden. Aber in Rostock kam sie in Berührung mit dem Ästhetiker Utitz, der ein Schüler und Anhänger von Husserl war und ihr Kunde brachte von der Phänomenologie. Der erste Artikel von Husserl, den sie las, schlug bei ihr ein wie ein Blitz. Was hier sich auftat, schien ihr *die Wahrheit* über die Welt zu sein. So kam sie nach Göttingen, wo Husserl damals, 1911, lehrte, und wurde Philosophie-Studentin mit Mathematik im Nebenfach. Die Phänomenologie blieb für sie immer die Grundlage ihres philosophischen Denkens. Sie folgte wohl der späteren Entwicklung Husserls zu einem metaphysisch gefärbten Idealismus, und viel verdankte sie auch Max Scheler, der die phänomenologische Grundhaltung mit einer philosophischen Anthropologie, mit ethischen und religiösen Ideen verband. Aber die Richtung auf das Metaphysische blieb ihr doch im ganzen fremd. Als ich sie zuerst traf, stand ich auf einer entschieden stärkeren naturwissenschaftlich-positivistischen Seite als sie; später war das Verhältnis umgekehrt. In Zürich gegen Ende des ersten Weltkrieges lasen wir in einem Freundeskreise einige Hauptschriften von Fichte; etwas später wurde ich von dem Mystiker Meister Ekkehard mächtig ergriffen. Hella nahm daran lebhaften Anteil, sie liebte philosophische Gespräche. Aber in den der Transzendenz zugewandten Gedanken fand sie höchstens Fragen, aber keine Antworten. In späteren Jahren waren wir uns in unserer Grundanschauung einig, dass die Welt des vom Bewusstsein getragenen Daseins nicht in sich geschlossen und verständlich ist. Das Bild des rings von Dunkel umgebenen offenen Raumes, oder eines Hauses ohne Dach, bot sich an. Die Positivisten möchten den offenen Himmel leugnen und ihn durch ein aufgenageltes Dach ausschliessen, die dogmatische Theologie sucht durch den Einbau des Transzendenten einen Abschluss. Beides lehnten wir ab. Auch um die Existentialphilosophie, um Heidegger und Jaspers, haben wir uns später gemeinsam bemüht.

Schon in Hellas erstem Semester in Göttingen trafen wir uns, im Hause eines Göttinger Professors der Jurisprudenz, Lehmann, der Hellas Eltern von Rostock her bekannt war. Mit den Lehmann-Kindern, Karl und Eva, die ungefähr in Hellas Alter waren, wie auch mit dem jungen Gert Husserl, spann sich eine enge Freundschaft an. Auch diese Jugendfreunde sind später, als das Hitler-Schicksal über Deutschland hereinbrach, nach Amerika verschlagen. Eva, eine bedeutende Linguistin, ist vor einigen Jahren in Bryn Mawr verstorben. Ich sehe Hella noch vor mir an jenem ersten Abend, ihre langen schwarzen Zöpfe zu Schnecken aufgewunden. Sie war schön mit ihrem äusserst geschmeidigen Körper, dem hellen Geist, der ihr von der Stirn leuchtete, und ihrer ganz lichten Lebensfreude, die sie bis in die Fingerspitzen erfüllte. Sie behauptete später, dass ich ihr an jenem Abend von einem Scheunenbrand erzählte, dem ich gerade beigewohnt, und dass sie sich dabei sofort in mich verliebt habe. Wir sahen uns oft, insbesondere auch in den Pausen zwischen den Vorlesungen in dem Korridor des alten Göttinger Auditoriums. Ich war Privatdozent. Erich Hecke war um diese Zeit Hilberts Assistent, und wir freundeten uns an. Als Vierte im Bunde stiess bald eine junge angehende Mathematikerin dazu, Helga Unruh, die ich in der Sommerfrische getroffen hatte und die auf mein Zureden im ersten Semester ihres Studiums nach Göttingen kam. Wir vier bildeten bald ein unzertrennliches Kleeblatt. Helga Unruh wurde Helga Hecke. Die beiden Paare heirateten am gleichen Tag, und ich glaube, bis zum letzten Augenblick waren die Göttinger Klatschmäuler im unklaren darüber, wie schliesslich die paarweise Zuordnung ausfallen würde. Aus Hellas Studentenzeit erinnere ich mich besonders lebhaft an eine Studentenfeier auf der alten Ruine Hardenberg, wo bei Fackellicht die Balkonszene aus Romeo und Julia inszeniert wurde. Hella spielte die Julia, und sie trug von daher für mehrere Jahre unter ihren Freunden den Namen Julia.

Zwischen unserer Verlobung und Hochzeit hatte ich das Glück, als Professor an die Technische Hochschule in Zürich berufen zu werden. Eine schönere Stadt hätten wir uns für den Anfang unseres Zusammenlebens gar nicht wünschen können. Aber noch ganz befangen in den Sitten und Gewohnheiten des kaiserlichen Deutschlands, fanden wir uns zunächst in der Schweiz nicht sehr gut zurecht. So eng war die Schweiz im zweiten Jahrzehnt dieses Jahrhunderts lange nicht mehr mit dem Deutschen Reich und der deutschen Kultur verbunden, als es uns in den Dichtungen Gottfried Kellers und Conrad Ferdinand Meyers geschienen hatte. Wir fanden uns viel mehr im Ausland als wir erwartet hatten. Der durchgehende demokratische und der sehr spürbare romanische Einschlag, Züge, die uns später so wert und anziehend wurden, wirkten zunächst befremdend. Es kam hinzu, dass sich damals zuerst bei mir über längere Zeiträume die Asthmaplage einstellte. Dennoch waren wir ein frohes junges Paar. Wir taten Alles gemeinsam, auch das shopping unten in der Stadt, zu Fuss und per Tram. Man behalf sich noch ohne Telefon, ohne refrigerator, ohne Wagen, und befand sich gut dabei. Die Haushaltsorgen waren gering; denn von Hause hatte Hella eine gute Köchin mitbekommen, die uns viele Jahre treu blieb.

Die ersten Weihnachtsferien verbrachten wir im Engadin; es war Hellas erste Begegnung mit dem Hochgebirge; sie fand es überwältigend bis zur Bedrückung. Schon vor unserer Verlobung hatten wir zusammen im Harz ein paar heimliche Ski-Ausflüge gemacht; das kam uns nun zustatten. Die Skifahrten im Engadin und seinen Seitentälern im Winter 13/14 sind mir in leuchtender Erinnerung geblieben. Doch haben wir's in der Kunst des Skifahrens nie sehr weit gebracht. In Zürich fuhr Hella fort, mathematische Vorlesungen zu hören. Während sie schon ihr erstes Kind erwartete, lasen wir miteinander Hilberts Zahlbericht. Weit sind wir freilich nicht mehr damit gekommen. Denn nun begannen die Kindersorgen, und bald traten Ereignisse ein, die Hellas Interessen eine andere Richtung gaben. Im späteren Leben hörte sie wohl gern zu, wenn ich ihr in allgemeinen Zügen von meinen und anderen um uns herum lebendigen mathematischen Ideen erzählte; auf eigentlich mathematische Detaildarlegungen liess sie sich aber nicht mehr ein. Sie sagte manchmal, man würde nicht gern an ein Bauwerk erinnert, das verlassen wurde, nachdem es sich kaum aus den Fundamenten erhoben hätte und nun vom Regen zerwaschen wird und zerfällt.

Es war noch kein Jahr seit unserer Übersiedlung nach Zürich verstrichen, da brach der Krieg aus. Auf der Rückfahrt von Göttingen, wo wir die ersten Tage der Sommerferien verbracht hatten, überraschte uns die Mobilisierung. Wir irrten eine Nacht am Rheine entlang, um eine Überfahrt in die Schweiz zu finden. Als wir in unserer Züricher Wohnung angelangt waren, erklangen, wie jeden Samstag Abend, alle Glocken der Stadt, sich zu einem schwellenden Geläute vereinend. Uns erschien es wie ein Gebet um Frieden. Aber am nächsten Morgen war die russisch-deutsche Kriegserklärung da. Im ersten Kriegsjahr wurde unser Sohn Joachim in Zürich geboren. Zwei Monate später wurde ich als gemeiner Soldat in die deutsche Armee eingezogen. Hella zog bald mit ihrem kleinen Kinde in das Ribnitzer Elternhaus. Aber als ich Monat nach Monat in der Garnison von Saarbrücken verblieb, ohne ins Feld geschickt zu werden, kam sie schliesslich dorthin. Nach einem Jahre wurde ich auf Ansuchen der schweizerischen Regierung von den deutschen Militärbehörden nach Zürich entlassen. Ich kann mich kaum auf eine Stunde konzentrierterer Freude in unserm Leben besinnen denn die war, als wir an einem schönen Frühlingstag im Mai 1916 nach Passierung der Schweizer Grenze auf Zürich zu fuhren und dann den Gang durch die herrliche friedliche Stadt von unserer Wohnung an den See hinunter machten.

Es folgte für uns eine Zeit ausgedehnter Fusswanderungen. Automobile waren noch rar, und das Wandern über die Alpenpässe auf Schusters Rappen war ein großer Genuss. Richtige Bergsteiger sind wir niemals gewesen. Erst viel später, in zwei Sommern während des zweiten Weltkrieges, fand Hella, unter der Führung von Reinhold Bär, Geschmack am eigentlichen Bergsteigen; das war in den Rockies und nicht in den Alpen. Im Herbst 1917 wurde unser zweiter Sohn Michael geboren. Es muss kurze Zeit nachher gewesen sein, dass sie, von ihrer Theaterlust getrieben, als Statistin an einer Zürcher Aufführung von Werfels Adaption von Euripides' Troerinnen teilnahm. Dort traf Hella Yvonne, die ihr und mir zur nächsten Freundin geworden ist. Schon vorher, in einem philosophischen Seminar von Medicus, hatte sie Walter Dällenbach kennen gelernt, der von allen Schweizer Freunden uns bei weitem der Nächste wurde. Andere Bekanntschaften entwickelten sich aus der Berührung mit dem Theater, und für die nächsten zwei Jahre führten wir ein geselliges Leben mit leicht bohèmemässigem Anstrich, unter Literaten, Schauspielern und allerhand durch den Krieg in die Schweiz verschlagenen Intellektuellen. Elizabeth Bergner und William Dieterle in ihrer ersten Jugend waren damals häufige Gäste in unserm Haus. Nach Kriegsende zerstob das in alle Winde, und für uns folgten nun ein paar recht eingeschränkte Jahre.

Dann kamen viele Berufungen, die vor allem den Vorteil hatten, dass sie unserer finanziellen Misere aufhalfen. Im Jahre 22 wurde ich gleichzeitig nach Berlin und nach Göttingen berufen; in Göttingen harrte Felix Kleins Lehrstuhl der Neubesetzung. Ich fand es sehr schwer, den Ruf nach Göttingen auszuschlagen. Und ich erinnere mich noch, dass, als die Entscheidung nicht länger hinauszuschieben war, ich stundenlang mit Hella um einen Häuserblock in Zürich herumlief, das Für und Wider nochmals diskutierend, und schliesslich, ihr zurufend: Ich muss halt doch annehmen, auf die letzte Tram sprang, die zum nächtlichen See und dem dort gelegenen Telegraphenamt hinunterfuhr. Aber unten angekommen, so geht wenigstens die Sage, tat es mir das köstliche und üppige Leben an, das sich da an Sommerabenden am See entfaltet, und der Schrecken vor dem noch vom Krieg zerrütteten und von der Inflation bedrohten Deutschland packte mich so, dass ich statt der Zusage eine Ablehnung telegraphierte. Hella war natürlich bass erstaunt, als ich zurückkehrte. Aber es wurde bald nur zu klar, dass ich richtig entschieden hatte.

Ein neues Tor in die Welt öffnete sich für uns, als wir 1923 für drei Monate nach Spanien gingen, wo ich in Barcelona und Madrid zu Vorlesungen eingeladen war. Auf einem kleinen Dampfer von 1300 Tonnen fuhren wir durch eine wahre Folge von Stürmen in 11 Tagen von Hamburg nach Malaga. Dort umfing uns beide zum ersten Mal mit aller Macht und einer schon fast afrikanischen Glut der Zauber südlicher Landschaft. Wir waren wie trunken. Wir lebten einen Monat lang, bevor meine Vorlesungen begannen, wie die gitanos in Malaga, Granada und Sevilla. In Spanien knüpften sich Beziehungen an, die für Hella von entscheidenden Folgen waren. Sie gewann Spanien so lieb, dass sie nun der Mathematik endgiltig Valet sagte und begann, sich intensiv mit romanischen Sprachen, insbesondere dem Spanischen zu beschäftigen. Bald trat sie mit dem spanischen Philosophen Ortega y Gasset in Verbindung und machte sich, heimgekehrt, daran, mehrere seiner Bücher ins Deutsche zu übertragen. Sie hat Spanien noch mehrere Male auf Monate hin besucht, ein paar Mal allein, nach unserm ersten Jahr am Institute, 1934, mit mir zusammen.

Die philosophische Gedankenwelt Ortegas, aber zugleich sein funkelnder Stil zogen sie an. Es reizte sie dafür die richtig abgetönte deutsche Version zu finden, eine Version, die den Mutwillen und die Eleganz des Originals wiedergab, ja das Spanishfremde davon durchschimmern liess, ohne jedoch irgend gegen den deutschen Sprachgeist zu verstossen. Auch Bücher von Eddington und Jeans hat Hella aus dem Englischen ins Deutsche übersetzt, und in unserer Princetoner Zeit hat sie das Wagnis unternommen, verschiedene Sammlungen von Essays von Ortega, die sie auswählte, ins Englische zu übersetzen, obschon sie ja das Englische nicht so bis in alle feinsten Nuancen beherrschte wie das Deutsche. Bei solcher Arbeit half ihr neben ihrer Sprach-Sensibilität eine eiserne Arbeitsdisziplin.

Nachdem ich allen Versuchungen, Zürich zu verlassen, widerstanden hatte, folgten für uns ein paar besonders glückliche Jahre in der Schweiz. Von dem hoch am Zürichberg schwebenden Balkon unserer Wohnung hatten wir einen herrlichen Blick über den See, gegen das Gebirge. Besonders zauberhaft waren die sommerlichen Abendstunden, wenn ein waberndes Lichtermeer die Seeufer umkränzte. Mit den befreundeten Physiker-Familien der Schrödinger, Paul Scherrer und Edgar Meyer brachten wir sommers viele Stunden in dem neu eröffneten Strandbad zu, wir ruderten oder segelten auf dem See, machten fröhliche Ausflüge zu Fuss in die nähere und weitere Umgebung, oder gingen zu einem Tanztee auf die Terrasse des Grand Hotel Dolder. Damals wurde die Mathematikerin Lulu Hofmann, jetzt Lulu von Bechtolsheim, unsere nahe Freundin. Die Kinder wuchsen fröhlich und gesund heran. Es gibt Mütter, die zu ihren Kindern im zartesten Alter das innigste Verhältnis haben. So war Hella nicht. Die Kinder bedeuteten ihr mehr und mehr, je weiter sie sich zu selbständigen vernünftigen Wesen entwickelten. Den heranwachsenden Knaben und noch den Jünglingen, die sich schon vom Elternhause zu lösen im Begriffe waren, war sie eine Gefährtin, wie sie sich wohl keine freimütigere, liebevollere und teilnehmendere wünschen konnten.

Hella war ein der Welt und den Mitmenschen weit geöffnetes, durchaus positives Geschöpf. Sie hatte eine natürliche Liebenswürdigkeit Menschen gegenüber und sah an ihnen vor allem die guten Seiten. Nur einem Laster, der Dummheit, gegenüber liess sie es manchmal an der nötigen Geduld fehlen. Sie hatte keine Sympathie mit dem Vulgären. Vielleicht war manchmal an ihr ein Zug von intellektueller Hybris; das konnte wie ein helles Flämmchen einmal für einen Augenblick aus ihr herauszüngeln. Oft habe ich an ihr bewundert, wie sie es in der gleichgiltigsten Gesellschaft, auf einer cocktailparty etwa, wo die meisten nur ein paar Gemeinplätze miteinander wechseln, immer wieder fertig brachte, einen Menschen herauszufischen, der sie anzog und den sie dann im Gespräch dazu brachte, ihr von dem zu erzählen, was ihn wirklich im Innersten anging. Sie hatte die seltene Gabe des intelligenten Zuhörens. Ihr hätte es gelegen, ein Haus zu führen, in dem viele Menschen, ihr loser oder fester verbunden, aus- und eingingen. In dieser Hinsicht bin ich mit meiner Menschenscheu ihr immer ein Klotz am Bein gewesen. Mit vielen Freunden und Freundinnen führte sie einen intensiven Briefwechsel: sie war meisterhaft in der Schilderung von Landschaft oder menschlichen Begebenheiten, auch in der Charakterisierung von Menschen. Wenn die Umstände sie zwangen den Lebensplan zu ändern, packte sie die neuen Aufgaben resolut an, und bald war der Verlust, so sehr er sie am Anfang geschmerzt haben mag, ersetzt oder sogar mehr denn wettgemacht durch einen Gewinnst auf anderem Feld.

Von einem lebensvollen Geschöpf, wie sie es war, konnte man nicht erwarten, dass ihr alle Wirrnisse der Leidenschaft erspart blieben. Sie sind uns beiden nicht erspart geblieben. Dem Adel ihres Wesens wurde sie niemals untreu; nur das konnte ihr Lebensfreude sein, was als ein reiner Quell hervorsprudelte. Ich glaube, wir haben immer, auch wenn wir einander weh tun mussten, genau darauf gehorcht, dass das Band, das uns einte, im Tiefsten nicht gestört und verletzt wurde. Ich weiss, wie sie mir einmal, in einer solchen Zeit der Wirrnis, sagte: Wenn du dich von mir abwendetest, dann möchte ich nicht mehr leben.

Ihre Seele war in einem wunderbaren Gleichgewicht. Selfcontrol ist nicht das richtige Wort dafür, denn es war nicht gewollte Beherrschung (obschon ihr auch diese in hohem Grad zur Verfügung stand), sondern natürliche Ruhe, Stärke, Helle und Zuversicht. Wohl Jeder, der sie in der Zeit vor ihrer ersten Operation im Spital besuchte, war beeindruckt von ihrer Serenität, von der geradezu strahlenden Kraft und Gefasstheit, die sie ausströmte; und sie wusste damals sehr wohl, worum es ging.

Die guten Zürcher Jahre, in denen uns nun auch allmählich Freunde aus den alteingesessenen Schweizer Kreisen zufielen, gingen 1928 zu Ende. Damals kamen wir für ein Jahr nach

Princeton an die Universität. Es fiel zusammen mit einer inneren Krise meines Verhältnisses zur Mathematik. Nach Zürich zurückgekehrt, befanden wir uns in einem Zwischenzustand, da ich wusste, dass der Ruf nach Göttingen auf den Lehrstuhl Hilberts bevorstand. Als er erfolgte, fand ich es nicht möglich das Angebot auszuschlagen. Selbst alle meine Schweizer Freunde rieten mir zu. Wenn irgendwelche von ihnen politische Bedenken hatten, so sahen sie höchstens eine kommunistische Gefahr in Deutschland voraus; die Nazis nahm keiner ernst. Aber bevor wir nach Göttingen übersiedelten, erfolgten im September 30 die Wahlen zum deutschen Reichstag, in denen die Zahl der Sitze der Nazipartei plötzlich von einer verschwindenden Ziffer auf 110 emporschnellte. Ich war aufs tiefste beunruhigt, und in Deutschland spürte ich von Anfang an die politischen Spannungen und fühlte mich fremd im eigenen Vaterland. Die 17 Jahre Schweiz hatten an uns ihr Erziehungswerk, auch in politischer Hinsicht, getan. Damals verloren wir auch unser kleines in der Schweiz angesammeltes Vermögen. Ich hatte es einer Stiftung Pro Familia anvertraut, die von einem bekannten Schweizer Philantropen geleitet wurde, der auch die heute noch segensreich winkende Stiftung Pro Juventute ins Leben gerufen hatte. Aber im Falle der Pro Familia gewann seine Schwärmerei über sein nüchternes Urteil die Oberhand, das Unternehmen wurde völlig durch den New Yorker Börsensturz vom Herbst 29 vernichtet. Die nun folgenden drei Jahre in Göttingen, zwischen 30 und 33, sind die zermürbendsten, die Hella und ich in unserem Leben durchgemacht haben.

Der Ruf ans Institute, der schon im März 32 erfolgte, schien mir einerseits den Weg ins Licht zu öffnen; andererseits fanden wir es unsäglich schwer, uns mit dem Gedanken abzufinden, dass wir uns fortan für die Kommunikation mit Menschen nicht mehr, oder nicht mehr in erster Linie, auf die Muttersprache würden stützen können. In den Tagen der Entscheidung starb Hellas Mutter, die Kinder und Hella selber kamen mit einer schweren Grippe nieder, und in der Verwirrung und Verdüsterung dieser Stunden widerrief ich meine schon erfolgte Annahme des Princetoner Rufes. Das war um die Jahreswende 32/33; einen

Monat später wurde Hitler Reichskanzler. Ich erlitt über diesen inneren Kämpfen einen schweren nervösen Zusammenbruch. Ein Semester lang mussten wir dann noch unter den Nazis in Göttingen aushalten. Damals glaubten die Meisten, dass die üblen Auswüchse der Bewegung in wenigen Monaten überwunden sein würden. Ich gehörte nicht zu diesen Optimisten, ich witterte das furchtbare Unheil, das im Anzug war, und strebte nun mit allen Kräften hinaus. Hella war bereit, mir in jeden Entschluss hinein zu folgen; aber ich konnte mir nicht verhehlen, dass ihr Herz viel stärker an Deutschland hing als das meine. Der erneute Ruf ans Institute im Herbst traf mich bereits im Ausland; von Zürich aus legte ich mein Lehramt in Göttingen nieder.

Hella und ich verlebten dann eine lange glückliche Zeit in Princeton. Namentlich die ersten Jahre waren für uns eine Zeit neuer Lebensentfaltung. Viel Freundschaft wurde uns entgegengebracht. Wir hatten das Gefühl, dass wir nach einem Jahr Princeton hier von unserer Umwelt mit geringerem Vorbehalt akzeptiert waren als es uns nach 17 Jahren in der spröden Schweiz zuteil geworden war. Wir waren glücklich, an dem so intensiven mathematischen Leben, das sich am Institute entfaltete, teilzunehmen, und manche wertvolle, dauernde oder vorübergehende, menschliche Beziehung knüpfte sich an. Wir waren glücklich, an einer Stelle zu sein, an der die grösste Bereitschaft bestand, den Opfern des Nazismus unter den europäischen Wissenschaftlern Hilfe zu bringen. Dennoch ist das Los des Immigranten, wenn auch die äusseren Bedingungen noch so günstig sein mögen, seelisch schwerer als vielleicht die meisten unserer amerikanischen Freunde realisieren. Nichts kann die Muttersprache ersetzen, in der sich zuerst die Umwelt für uns artikulierte und die alle unsere Erfahrungen von der frühesten Kindheit an begleitete. An uns konnte dieser Bruch nie mehr ganz heilen. Wir waren glücklich zu sehen, dass er in der nächsten Generation, an unsern Kindern geheilt ist.

Es erübrigt sich an diesem Ort von unsern Princetoner Jahren eingehender zu erzählen. Im Frühjahr 38 zogen wir in unser neues, im wesentlichen nach Hellas Plänen gebautes Haus ein. Es war das erste Mal im Leben, dass wir ein Heim auf eigenem Grund

und Boden hatten. Für Hella bedeutete das viel. Haus und Garten hielt sie immer im besten Stand, hauptsächlich durch ihrer eigenen Hände Müh' und Arbeit; der schöne Rahmen, den sie sich so schuf, erhöhte ihr eigenes Wohlbefinden.

Nach der schweren Operation, der sich Hella Anfang des vorigen Jahres unterziehen musste, war es uns noch vergönnt, einen Sommer in dem alten lieben Zürich und den vertrauten Schweizer Bergen zu verbringen. Wir wussten, dass Hellas Leben bedroht war. Um so intensiver genossen wir diese Wochen, das Wiedersehen mit den alten Freunden und die mannigfachen heiteren Lebensfreuden, zu denen die anmutige Kulturlandschaft des Zürichsees einlädt. Alle Spannungen schienen sich gelöst zu haben, wie auf einem Goldgrund leuchtete uns das Leben. Für Hella war es der Abschied.

Ein Wort drängt sich mir auf die Lippen, wenn immer ich an sie denke: Wohlgeratenheit; sie war wohlgeraten an Leib, Seele und Geist.

Unser Dasein ist gespalten und gespannt zwischen Subject und Object, zwischen Sinn und Sein. Wenn das Licht des Bewusstseins seinen Ursprung in der Transzendenz Gottes hat, so ist ihm selbst doch dieser Ursprung verdeckt. Wir wissen darum auch nicht, wie sich ein individuelles Menschenleben in dem Sein des Ursprungs repräsentiert; und darum mag es eine Blasphemie sein, von einem Menschen zu sagen, dass der Segen Gottes auf ihm geruht habe. Aber das glaube ich von Hella sagen zu dürfen, dass ihr Leben unter den Menschen ein Segen für die Anderen war; mancher, der ihr begegnete, mag von solcher Begegnung ein bischen Licht, Freudigkeit, Zuversicht, Lebens-Bejahung und Bereicherung in seiner Seele mit heimgenommen haben. Mir war sie unendlich viel mehr. Ihre Liebe strahlte über meinem Leben. Ich muss dankbar sein, dass ich sie so lange besass. Ich weiss nicht, was ich bin ohne sie.

Anhang

Anmerkungen

5 *Kattowitz, 13 Friedrichstr* – Seit 1905 Wohnung der Familie Adolf und Bianca Zweig.

Schelerheft – Mitschrift der privaten Vorlesungen Max Schelers während des Göttinger Wintersemesters 1911/12. Nicht erhalten.

Damenausstellung – Der Bund Deutscher Frauenvereine hatte am 24. Februar 1912 in den Ausstellungshallen am Berliner Zoologischen Garten die Ausstellung »Die Frau in Haus und Beruf« eröffnet.

7 *Göttinger Semester* – Arnold Zweig immatrikulierte sich im Wintersemester 1911/12 an der Universität Göttingen für das Fach Philosophie.

9 *Rostock* – Während des Sommersemesters 1912 und des folgenden Wintersemesters war Zweig als »Studierender der Germanistik« an der Universität Rostock eingetragen.

bemakelte Oberrealisten – Die Ende des 19. Jahrhunderts in Preußen eingeführte Oberrealschule, in der Latein erst als dritte Fremdsprache gelehrt wurde, galt im Gegensatz zum neuhumanistischen Gymnasium als zweitrangig.

10 *2 Bücher* – Der Roman »Die Novellen um Claudia« erschien 1912, die Tragödie »Abigail und Nabal« 1913 im Verlag Ernst Rowohlt, Leipzig.

mein erstes – Die »Aufzeichnungen über eine Familie Klopfer« wurden zusammen mit der Erzählung »Das Kind« in der Kleinen Bibliothek Langen, Band 110, im Verlag Albert Langen, München 1911, veröffentlicht.

12 *solchen Prozeß* – Anspielung auf die Schwierigkeiten Max Schelers, dem die Münchener Universitätsbehörde die Berechtigung entzogen hatte, Vorlesungen zu halten, nachdem private Vorgänge (Ehebruch, Scheidung) von der Presse als Skandalfälle behandelt worden waren. Scheler verlor den Prozeß gegen den Redakteur der »Münchner Post« und verließ München 1911. Er ging zunächst nach Göttingen, durfte jedoch weder an der dortigen Universität lesen noch seine privaten Vorlesungen in Hotelzimmern am Schwarzen Brett anschlagen lassen.

eine Ethik schreibt – 1912 veröffentlichte Max Scheler seine Abhandlung »Über Ressentiment und moralisches Werturteil«, die 1915 erweitert unter dem Titel »Das Ressentiment im Aufbau der Moralen« erschien. Schon 1913 publizierte Scheler einen Teil der als sein Hauptwerk geltenden Arbeit »Der Formalismus in der Ethik und die materiale Wertethik«, deren zweiter Teil 1916 erschien.

12 *U.* – Emil Utitz.

utitzische Arbeit – Von Emil Utitz waren bis zum Mai 1912 »Die Funktionsfreuden im aesthetischen Verhalten« und »Was ist Stil?« erschienen.

13 *Gehilfe* – Die Erzählung »Der Gehilfe« erschien in der von Hanns von Gumppenberg 1910 gegründeten Zeitschrift »Licht und Schatten«, München 1911/12, Heft 29.

Intermezzi – Max Klingers grafischer Zyklus entstand 1881.

Frl. Margarete Zweig – Während seiner Berliner Studienzeit 1909–1911 war es zwischen Arnold Zweig und seiner Cousine Margarete Beatrice Zweig zu einer näheren Beziehung gekommen. Ihre Väter, Adolf und Carl, waren Vettern 4. Grades, die Mütter, Bianca und Regina, Cousinen. Zwischen der Kattowitzer und der Berliner Familie gab es zu jener Zeit keinen verwandtschaftlichen Umgang.

Schlachtensee b. Berlin – Sommerwohnung der Familie von Margarete Beatrice Zweig.

Reinach – Adolf Reinach gehörte für Arnold Zweig neben Max Scheler und Edmund Husserl zu den Persönlichkeiten, die ihn in seiner Studienzeit am nachhaltigsten beeindruckten.

»fänom. Gesellschaft« – Die Phänomenologische Gesellschaft umfaßte den Kreis der Göttinger und Münchener Philosophen um das »Jahrbuch für Philosophie und phänomenologische Forschung«, seit 1913 herausgegeben von Edmund Husserl in Verbindung mit Moritz Geiger, Alexander Pfänder, Adolf Reinach und Max Scheler.

14 *meinen Kusinen* – Margarete Beatrice Zweig und ihre Schwester Marie.

16 *Herrn H.* – Rudolf Hartmann.

Bürgern von Calais – Gruppenplastik des französischen Bildhauers Auguste Rodin (1884/95).

Leistung von Frl. Martius – Hedwig Martius hatte im Sommer 1912 ihre Dissertation über »Die erkenntnistheoretischen Grundlagen des Positivismus. Zur Ontologie und Erscheinungslehre der realen Außenwelt« verteidigt.

17 *Kjøbenhavn* – Arnold Zweig hielt sich vom 26.–29. Mai 1912 zusammen mit seinem Freund, dem Kattowitzer Buchhändler Georg Hirsch, in Dänemark auf. Er besuchte auch Helsingör und Schloß Fredenborg. Angesichts der günstigeren Lebensbedingungen erwog er sogar die Möglichkeit, nach Kopenhagen zu übersiedeln, um mit Beatrice zusammenleben zu können (vgl. Brief an B. Zweig vom 30. 5. 1912, AZA).

»Smaragdinsel« – Im Werk Shakespeares in diesem Zusammenhang nicht ermittelbar. Mit dem Begriff »emerald isle« bezeichnen die Engländer allgemein Irland.

Rudnick – Die geplante Dissertation über Paul Jakob Rudnick führte Zweig nicht zu Ende.

17 *welch ein th* – Bezieht sich auf die ursprüngliche Falschschreibung »Mathemathik«, deren zweites »th« Zweig im Brief korrigierte.

20 *dieser Mensch … gestorben* – Vermutlich Regina (Regan) Kant, mit der Arnold Zweig während seiner Berliner Studentenzeit um 1910 befreundet war. Sie starb am 21. Juli 1911. (Vgl. Briefe von Regan Kant, 1910, und von Ruth Zweig, 1911, AZA.)

20 *einen begabten Jüngling* – Paul Jakob Rudnick.

21 *zum Helden meines ersten Romans* – Dieser Plan wurde nicht ausgeführt.

Gespenstergeschichte – Nichts näheres bekannt. – Vgl. Werkverzeichnis S. 464.

Ribnitz –Wohnort der Familie von Helene Joseph (Weyl), unweit von Rostock.

22 *Ausklang des Festes* – Bisher ungedrucktes Gedicht. Zweig sandte es am gleichen Tage (21. 7. 1912) mit dem Titel »Ausklang der Nacht« auch an Beatrice Zweig.

23 *Zehlendorf-West* – Zweig hatte von Oktober 1909 bis zum Frühjahr 1911 in Berlin NW 23, Klopstockstraße 30 gewohnt. Während des Sommersemesters 1911 zog er in die Nähe von Schlachtensee, wo die Familie von Beatrice Zweig den Sommer verbrachte. Die Beziehungen zur Familie Carl Zweig waren allerdings zu dieser Zeit bereits gespannt, da sie gegen eine Verbindung ihrer ältesten Tochter mit Arnold Zweig große Vorbehalte hatte.

24 *der mir teuersten Menschen* – Beatrice und Marie Zweig.

neues Buch – »Die Novellen um Claudia«.

neuer Verleger – Der 1908 von Ernst Rowohlt gegründete Verlag, dem als literarisch sehr einflußreicher Teilhaber Kurt Wolff angehörte, nahm auch Arnold Zweig in den Kreis der von ihm bevorzugten jüngeren deutschsprachigen Autoren auf.

3 fertige Bücher – Gemeint sind »Die Novellen um Claudia«, »Abigail und Nabal« und eine Sammlung von Erzählungen, die erst 1916 als »Geschichtenbuch« beim Verlag Albert Langen herauskam.

Eine Komödie und einen Roman – Bezieht sich vermutlich auf die Fragmente »Besuche« und »Die Verstrickten« (AZA).

25 *einen Menschen geraubt* – Gemeint ist vermutlich der in Göttingen studierende Schulfreund Rudolf Clemens, der auch Zweig dazu bewogen hatte, dort ein Semester Vorlesungen zu hören. Clemens gehörte zu den Herausgebern der Kattowitzer Zweimonatszeitschrift »Die Gäste« von 1909.

Dame –Vermutlich Adolf Reinachs spätere Frau Anne, eine Jüdin, mit der er sich während des 1. Weltkriegs evangelisch trauen ließ.

26 *Schelers Braut* – Nach seiner Scheidung von Amélie von Drewitz-Krebs heiratete Max Scheler 1912 Märit Furtwängler, die Tochter des Archäologen Adolf Furtwängler.

Liebestheorie – Sigmund Freuds »Drei Abhandlungen zur Sexualtheorie« erschienen 1905 in Wien.

26 *Rittergut gegen Göttingen* – Bezieht sich vermutlich auf Heiratspläne von Helene Joseph, womit ein Abbruch ihres Studiums verbunden gewesen wäre.

27 *»Gewissenhafter des Geistes«* – In »Zarathustra« (1891) charakterisiert Friedrich Nietzsche mit diesem Begriff einen Menschen (Typus), der nur dem Geiste lebt und den Dingen auf den Grund geht.

Ihr Freund Peter –Vermutlich Hermann Weyl, der in den späteren Briefen oft Peter genannt wird.

Nächtliche Pappel – Unter dem Titel »Die Pappel« erstes Gedicht des Zyklus »Sinnbilder und Zeichen«. Erstmals gedruckt in »Die Gäste«, Kattowitz 1909, Heft 4.

29 *das jüngst gesandte Gedicht* – »Ausklang des Festes«.

30 *Grossmutter Bülow* – Möglicherweise Anspielung auf Helene Josephs konservativere Lebenseinstellung.

»Fluch vor allem der Geduld« – Goethe, Faust. Der Tragödie erster Teil, Studierzimmer, Vers 1615.

31 *Rousseau … bekennen sich* – Anspielung auf Jean-Jacques Rousseaus autobiographisches Werk »Les confessions« (1781).

»Mon cœur mis à nu« (Rétif de la Bretonne – (franz.) Mein Herz, bloßgelegt; geht auf den Roman des französischen Schriftstellers Nicolas Rétif »Monsieur Nicolas ou le cœur humain dévoilé« (1794–97) zurück.

Dilettanten – Bezieht sich auf Goethes Aufsatz »Über den sogenannten Dilettantismus oder Die praktische Liebhaberei in den Künsten« (1799), in dem er neben dem »Schaden« auch den »Nutzen« des Dilettantismus hervorhebt.

32 *Logischen Untersuchungen* – Edmund Husserls Werk erschien 1900/01.

Die Fackeldistel – Drittes Gedicht des Zyklus »Sinnbilder und Zeichen«.

35 *sechs Sonette (auch aus den Sinnbildern)* – Bezieht sich auf den Gedichtzyklus »Der englische Garten. Ein Erlebnis in sechs Sonetten« in der Zeitschrift »Hyperion«, München 1909/10, Nr. 9/10. Erste Veröffentlichung in »Die Gäste«, Heft 2/1909. Eine Zugehörigkeit zu »Sinnbilder und Zeichen« ist in beiden Veröffentlichungen nicht vermerkt.

Aufsatz über Th. Mann – Gemeint sein könnte Zweigs Rezension »Das Wunderkind« über Thomas Manns gleichnamige Novelle (1904), die erst 1914 im Heft 52 der »Schaubühne« erschien. Aus dem Vorhandensein einer Werkkartei (AZA), die vor 1933 begonnen wurde, ergeben sich außerdem Hinweise auf zwei unveröffentlichte, nicht mehr vorhandene Arbeiten »Thomas Manns Problem« und »Thomas Manns Stellung in der heutigen Literatur«. Der Aufsatz »Mann, Buddenbrooks« vom 24. 4. 1906 wurde erst 1978 in »Arnold Zweig 1887–1968. Werk und Leben in Dokumenten und Bildern« veröffentlicht.

Baum und Stern – Zweites Gedicht des Zyklus »Sinnbilder und Zeichen«.

36 *Ich stehe vor einer Entscheidung* – Anspielung auf das schwierige Verhältnis Arnold Zweigs zu den Eltern von Beatrice.

36 *eine Novelle schreiben* – Gemeint ist die Erzählung »Abreise« in »Licht und Schatten«, München 1912/13, Nr. 21.

37 *einen Bekannten* –Vermutlich Werner Mahrholz, mit dem Zweig während seiner Münchener Studienzeit in der Freien Studentenschaft zusammengearbeitet hatte.

38 *die Poesie kommandieren* – »Gebt ihr euch einmal für Poeten, so kommandiert die Poesie!«; Goethe, Faust. Der Tragödie erster Teil, Vorspiel auf dem Theater, Vers 220f.
Klopfers – »Aufzeichnungen über eine Familie Klopfer«.

39 *Pater Utitius* – Emil Utitz.
zwei Bücher über Heinse – In der »Zeitschrift für Ästhetik und allgemeine Kunstwissenschaft«, Stuttgart 1913, Heft 3 rezensierte Arnold Zweig die Bücher: Arnold Winkler, J. J.W. Heinse, Briefe aus der Düsseldorfer Gemäldegalerie 1776/77 und Walter Brecht, Heinse und der ästhetische Immoralismus.

40 *Weg und Garten* – Zweig teilte dieses Gedicht später in drei Gedichte auf: die ersten vier Strophen behielten den ursprünglichen Gesamttitel, die Strophen fünf bis acht nannte er »Auf meiner heißen Straße« die Strophen neun bis zwölf »Im Heckengarten« (vgl. »Jahresringe. Gedichte und Spiele«, Berlin 1964).

42 *Mademoiselle et chère amie …* – (franz.) Gnädiges Fräulein und liebe Freundin, gewiß, Sie sind nicht gut zu Ihren Freunden, und Sie nehmen grausame Rache an Leuten, die Ihnen so früh wie möglich einen so langen Brief geschrieben haben. Ich stellte mir einen Augenblick lang vor, daß Sie vielleicht krank waren. Und diese Vorstellung hätte mich beim Schreiben beunruhigt, wenn der gesunde Menschenverstand sich nicht über eine solche extreme Situation lustig gemacht hätte. Ich ziehe es also vor zu glauben, daß Sie mir wegen Arbeit, Philosophie, überhaupt der Lebensumstände wegen nicht schreiben konnten, kurz wegen Göttingen. Ich gebe sogar die Befürchtung zu, daß Sie es nicht wollten, falls mein letzter Brief, so unkonzentriert wie er war – auch notwendigerweise sein mußte – Ihnen mißfallen hätte. Nichtsdestoweniger habe ich viel an Sie gedacht und über Sie, über uns nachgedacht, bitte sehr; zweimal war ich soweit, Sie zu fragen, ob Sie meinen Brief erhalten hätten, den ich einen Tag vor Ankunft Ihrer Karte in den Briefkasten gesteckt hatte. Heute trifft es sich, daß Wertheim freundlicherweise zwei neue Bilder von der Dame Joseph ausgestellt hat, der Kopf wie früher, aber fünfmal größer, außerordentlich groß, eine Dame mit Hut und Schal, mit einem etwas chinesischen Gesichtsausdruck (nichts für ungut), aber mit einer Haltung und einer Bekleidung von wohlbekanntem Gepräge, dem Ihren. [/] Darum empfangen Sie dieses Brieflein. Sagen Sie mir doch bitte, ob Sie die Ihren zu Weihnachten besuchen, und teilen Sie mir die Dauer dieses Besuches mit. Ich bleibe in Rostock, aber ich möchte gern ein paar Tage in Kopenhagen verbringen. Begleiten Sie mich? [/] Der Ihre, Sie wissen es ja, der Ihnen respektvoll die

Hand küßt: Arnold Zweig. [/] Gehen Sie, ich flehe Sie auf Knien darum, nicht auf Jagd nach grammatikalischen Fehlern; es wäre zu einfach.

44 *meiner Tragödie* – »Abigail und Nabal«.

45 *berliner Novelle* – »Abreise«.

Rs Frau – Anne Reinach.

46 *Ihrer werten Eltern* – Sanitätsrat Dr. Bruno Joseph und Berta, geborene Salomon.

Taifun – Das Schauspiel »Taifun« von Melchior Lengyel wurde am 28. Dezember 1912 in Rostock aufgeführt.

48 *von Muhr* – Gestalt aus »Abreise«.

Schelers »Sympathiegefühle« – Max Schelers Abhandlung »Zur Phänomenologie der Sympathiegefühle« erschien 1913 in Halle.

München … Ismaningerstr. 91$_I$ – Arnold Zweigs Adresse, nachdem er im Juni 1913 zusammen mit Beatrice Zweig nach München übersiedelt war. Sie hatte, aus gesundheitlichen Gründen und um ihre Ausbildung zu vervollkommnen, von ihren Eltern schließlich die Erlaubnis zum Verlassen Berlins erhalten.

was Ihnen bevorsteht: Ehe – Helene Joseph heiratete im Herbst 1913 den Mathematiker Hermann Weyl, der gerade an die Technische Hochschule in Zürich berufen worden war.

erst die Novellen, dann das Drama – »Die Novellen um Claudia« und »Abigail und Nabal«.

51 *Walter Rohme* – Gestalt aus dem Roman »Die Novellen um Claudia«.

David und Nabal – Gestalten aus »Abigail und Nabal«.

meine beiden Jugendfreunde – Gemeint sind vermutlich Rudolf Clemens und Arnold Ulitz. In der »LiterarischenWelt« vom 13. 3. 1928 schrieb Zweig unter dem Titel »Fleiß: mangelhaft«: »Ich bezog die Universität Breslau Ostern 1907, hoffnungsvoll, froh einer Einsamkeit, die zu Hause nie zu erreichen gewesen wäre, und die ich mit meinem Schul- und Studienfreunde Arnold Ulitz teilte. Da wir Freunde waren, kritisierten wir einander aufs Schärfste auch in unseren literarischen Zielen und Versuchen. Der dritte im Bunde, 1914 gefallen, war Rudolf Clemens, jünger als wir, Nietzsche-Freund gleich uns – wir bildeten ein sehr hochmütiges ›genialisches‹, von geistiger Leidenschaft erfülltes Dreiblatt.«

dem einen Mädchen – Beatrice Zweig.

53 *mathetische* – So in der Handschrift.

Bergsons Evolution créatrice – Henri Bergsons Abbhandlung »L'évolution créatrice« erschien 1907.

55 *dass man … beginnt, mich hinzuzuzählen* – Arnold Zweig war Ende 1912 durch die Aufforderung des Vereins jüdischer Hochschüler »Bar Kochba« in Prag, am Sammelbuch »Vom Judentum« mitzuarbeiten, mit Martin Buber in persönlichen Kontakt gekommen, der sich, vor allem brieflich, bis etwa 1921 kontinuierlich fortsetzte und auch in späteren Jahren immer wieder aufgenommen wurde.

55 *dass er »ein geborner Jude gewest«* – Bezieht sich auf Martin Luthers Schrift von 1523 »Daß Christus ein geborener Jude sei«.
[gibt] – Im Original »kenne« statt »gibt«.
mein Drama gibt Ihnen vielleicht eine Ahnung – Die Thematik für »Abigail und Nabal« entnahm Zweig dem Alten Testament, 1. Buch Samuel (Kapitel 25).
einen großartigen Stoff – Über eine Ausführung dieses Plans, den Zweig auch in Briefen an Martin Buber am 22. 10. und 17. 11. 1913 erwähnte, finden sich im Nachlaß keine weiteren Hinweise. Die als Einfügung und von Zweig in eckige Klammern gesetzte Bibelstelle bezieht sich auf Elijas (Elias) Taten und Schicksale als Vorläufer der großen Schriftgelehrten.
Jahrbuch – »Vom Judentum. Ein Sammelbuch«, herausgegeben vom Verein Jüdischer Hochschüler »Bar Kochba« Prag im Kurt Wolff Verlag, Leipzig 1913; es enthält Arnold Zweigs Beitrag »Die Demokratie und die Seele des Juden«.
»Zurechnung u. Willensfreiheit« – Teil von Adolf Reinachs Beitrag »Die apriorischen Grundlagen des bürgerlichen Rechts« im »Jahrbuch für Philosophie und phänomenologische Forschung«, Halle 1913, herausgegeben von Edmund Husserl.

56 *»Keusche Nacht«* – Fünfte Novelle des Romans »Die Novellen um Claudia«.
einen Roman für sich – Zweig hat diese Absicht vermutlich nicht ausgeführt. Der Plan beschäftigte ihn jedoch noch 1921/22 und erhielt den Titel »Claudias Treue«. Siehe auch die Briefe 71 und 72.

57 *Buchmanuskript* – Am 1. September 1913 schrieb Zweig aus Klausen an seine Mutter: »Ich habe heute mein neues Buch abgeschlossen, indem ich die Novelle Cinéma aus Über Land u. Meer ganz nocheinmal schrieb. [...] Nun habe ich 12 Novellen druckfertig; sie kommen entweder 11 kürzere allein, und eine große ebenfalls für sich, also dass ich zwei Bücher herausbringe, oder alle 12 in einem ganz dicken Bande zusammentue« (AZA). Dieser Plan entspricht der Zusammenstellung des »Geschichtenbuchs«, das 1916 im Albert Langen Verlag erschien.

60 *»Die Gerechten ...«* – Für das Zitat können zwei Quellen angeführt werden: Babylonischer Talmud, Traktat Sanhedrin und, dem Wortlaut noch näher, Maimonides (Rambam), Buch der Könige, Kapitel VIII, Abschnitt XI.

62 *von vierjähriger Krankheit* – In dem Kapitel »Begegnung mit Neurosen« (»Freundschaft mit Freud«, Berlin 1996) schildert Arnold Zweig zwei junge Mädchen als »Freundinnen meiner zukünftigen Frau«, deren psychische Schwierigkeiten aber offensichtlich Beatrice und Marie Zweig selbst betrafen. Siehe auch Brief 38.
(homme de presqu'une million) – (franz.) Ein Mann von fast einer Million. – Carl Zweig besaß ein gutgehendes Engrosgeschäft für Herrenschneiderartikel.

63 *Bice* – Margarete Beatrice Zweig.
meines neuen Buches – »Geschichtenbuch«.
Kongress für Aesthetik – Max Dessoir rief 1908 die Berliner Vereinigung für Ästhetik ins Leben und organisierte 1913 ihren ersten Kongreß in Berlin.
Essai – Vermutlich lag dem Brief ein Sonderdruck von Zweigs Aufsatz »Die Demokratie und die Seele des Juden« bei.

64 *Verlag ...; meiner und der eines befreundeten Lektors* – Mit dem ersteren ist vermutlich der Kurt Wolff Verlag gemeint; das zweite könnte auf Ernst Rowohlt zutreffen, der nach dem Bruch mit Kurt Wolff als Geschäftsführer erst in den S. Fischer Verlag und 1913 in den Hyperion Verlag eintrat.
zwei kleine Novellen – 1913 entstanden »Quartettsatz von Schönberg« und »Die Näherin«.
fünfaktige Tragödie – »Ritualmord in Ungarn« entstand nach einem Bericht über den Prozeß von Tisza Ezlar, der 1883 in Ungarn stattgefunden hatte. Die Tragödie erschien 1914 im Hyperion Verlag und in einer veränderten Ausgabe unter dem Titel »Die Sendung Semaels« 1918 im Kurt Wolff Verlag.

65 *September (?)* – Das Manuskript ist datiert: »1909, IX. 18–26 ⟨XI. 1909, VI. 1910, VIII. 1910⟩« (AZA). Die beiden 1910 hinzugekommenen Teile sind der Abschnitt sechs und eine größere Einfügung in den Abschnitt neun.
Keusche Nacht ... Passion – Fünfte und sechste Novelle des Romans »Die Novellen um Claudia«.
Meinen Aufsatz – Vgl. vierte Anm. zu S. 63.
in den »Weissen Blättern« – »Die Weissen Blätter«, Monatsschrift, seit 1913 in Leipzig von Erik-Ernst Schwabach herausgegeben. Sie wurde 1915 von René Schickele übernommen, der sie ab 1916 in Zürich erscheinen ließ, um sie der Zensur der deutschen Behörden zu entziehen.
neues Drama – »Ritualmord in Ungarn«.

66 *»Claudias Ehebruch«* – Am 9. März 1914 schrieb Zweig an Martin Buber: »Ich habe unterdessen ein neues Drama geschrieben, ein vieraktiges Schauspiel ›Claudias Ehebruch‹, das eigentlich eine Tragödie ist, die vom Leben in den zuversichtlichen Ausgang umgebogen wird. [...] Ich wäre froh, auch darüber Ihr Urteil zu hören; sie ist ein Novum in vielem Betracht; schon darin, dass die beiden Kämpfenden Claudia und Walter die einzigen Personen des Dramas sind; aber auch im Ethischen.« (Zitiert nach einem unveröffentlichten Brief aus dem Martin Buber-Nachlaß, Jerusalem). Das Manuskript des Dramas ging verloren.

68 *die Arbeit ... zwischen Reinach und Scheler* – Weder unter den veröffentlichten noch den nachgelassenen Werken Zweigs finden sich Hinweise auf dieses Vorhaben.
Essaibuch – Max Schelers »Abhandlungen und Aufsätze«, Leipzig 1915.

69 *eine dieser Geschichten* – »Tangente«.

70 *Hedda-Dürieux-Begegnung* – In Otto Brahms Inzenierung von Henrik Ibsens Schauspiel »Hedda Gabler« im Berliner Lessing-Theater spielte Tilla Durieux die Titelrolle.

Solln II, Hofbrunnstr 29_{II} – Arnold und Beatrice Zweig hatten am 9. April 1914 in Solln, einem Dorf in der Nähe von München, ihre erste gemeinsame Wohnung bezogen. Zweig schrieb am 25. 3. 1914 an Marie Zweig: »Wir haben schon in Solln, einem schöneren Zehlendorf, Sommerwohnung gemietet; für euch ein riesengroßes Zimmer, für mich ein kleineres mit Balcon, beide auf einem Flur.« Und Beatrice teilte der Schwester am 3. 4. 1914 mit: »Deine Wut ist sehr wenig hübsch von Dir, Du weißt sehr gut, daß ich fast 5 Jahre getrennt von meinem Mann zu leben gezwungen war, ich bin kein kleines Kind und kein junges Mädchen mehr, ich tue, was ich muß und was selbstverständlich ist, u. was ich will und das will ich nun jetzt. Es geht nicht an, immer nur zu tun, was Fremde wollen, ich lebe nicht mehr unter fremden, sondern unter eigenen Gesetzen.« (AZA).

71 *Tage der Gemeinsamkeit* – Vor ihrer Übersiedlung nach Solln waren die beiden Zweigs noch einige Tage als Gäste des Ehepaars Weyl in Zürich.

72 *»Simson«* – Frank Wedekinds Tragödie »Simson oder Scham und Eifersucht« (1913) wurde unter dem Titel »Simson« am 24. Januar 1914 mit Friedrich Kayssler und Tilla Durieux im Lessing-Theater uraufgeführt.

peinlichen Herausgeber – Bezieht sich auf die Beiträge unter dem Titel »Tagebuch« von Wilhelm Herzog in Heft 1/1914 seiner Münchener Zeitschrift »Das Forum«.

entzückendes von Thomas Mann – Im gleichen Heft des »Forum« war die 1903 entstandene Novelle »Das Wunderkind« von Thomas Mann abgedruckt worden. Arnold Zweig veröffentlichte 1914 in der »Schaubühne«, Heft 52, eine Rezension darüber.

73 *zwei Komödien und eine Tragödie* – Die Komödienpläne könnten sich neben anderem auf das nachgelassene Fragment »Besuche« von 1911 beziehen; bei der Tragödie handelt es sich um »Die Umkehr«, an der Zweig im Juli und August 1914 arbeitete.

»Tagtraum« – Zu diesem Plan finden sich im Nachlaß Zweigs keine Aufzeichnungen oder Hinweise.

74 *liebe Freundin* – Gemeint ist vermutlich die mit den Zweigs befreundete Pianistin Margarete Huber. Sie wurde für Arnold Zweig zum Vorbild für die Figur der Geigerin Paula Weber, verheiratete Bunge, in den Romanen »Junge Frau von 1914« und »Die Zeit ist reif«.

Claudia ist ... an den Verlag Kurt Wolff abgegangen – Über dieses Manuskript schrieb Kurt Wolff am 21. November 1915 an René Schickele: »Von Zweigs ›Claudias Ehebruch‹, das Ihnen nicht zu gefallen scheint, sind wir auch abgekommen.« (Vgl. »Kurt Wolff, Briefwechsel eines Verlegers 1911–1963«, Frankfurt 1966.)

75 *Ihre Novelle* – Gemeint ist vermutlich Helene Weyls ungedruckte Erzählung »Hochzeit«. – Vgl. Werkverzeichnis S. 464.

Jugend – Illustrierte Wochenschrift für Kunst und Leben, seit 1896 im Verlag G. Hirth, München und Leipzig.

76 *Tragödie* – »Ritualmord in Ungarn«.

Claudias Hingabe – Anderer Titel für »Claudias Ehebruch«.

Moritz Scharfs – Figur aus »Ritualmord in Ungarn«.

77 *neuen Arbeit* – »Die Umkehr«.

78 *1 Million 20 000 Kriegsfreiwilliger* – Die amtliche Zahl war 1 200 000.

»Der Abtrünnige« – Anderer Titel für »Die Umkehr«. Geplant war ein zweiteiliges Trauerspiel »Der Weg des Abtrünnigen«, dessen zweiter Teil, »Das Ziel«, ungeschrieben blieb. Der Stoff zu beiden Stücken findet sich als die »Vergessene Geschichte« in Martin Bubers Baalschem-Legende. Vgl. die Vorbemerkung von Arnold Zweig in »Die Umkehr des Abtrünnigen« im Erstdruck der Soncino-Gesellschaft, Berlin 1925.

Die Leiter des Verlags – Nach dem Verkauf des Hyperion Verlages durch den Gründer Hans von Weber wurde er ab 1913 als Hyperion GmbH von Dr. Julius Schröder und Ernst Rowohlt geleitet. »Ritualmord in Ungarn« erschien dort noch 1914.

(Neue Wiener Bühne) – Die Premiere fand erst am 18. 10. 1919 statt, da die Kriegszensur mit Rücksicht auf die österreichisch-ungarischen Verbündeten jegliche Aufführungen verboten hatte.

Verhandlung mit Reinhardt – In dem von Max Reinhardt geleiteten Deutschen Theater in Berlin fand die Premiere unter dem Titel »Die Sendung Semaels« erst am 25. 1. 1920 statt. Siehe auch zweite Anm. zu S. 118 und den Brief 49.

79 *Neue Merkur* – Monatsschrift für geistiges Leben, seit 1914 herausgegeben von Efraim Frisch im Verlag G. Müller, München und Berlin.

»Saint-Pierre und die Schulherren« – Die bereits 1909 entstandene Erzählung erschien erst 1918 unter dem Titel »Bennarône« im Roland-Verlag, München.

Simplicissimus – Von Albert Langen und Thomas Theodor Heine 1885 in München gegründetes satirisches Wochenblatt.

Reminiszenz meiner Reise in Baden – Diese Erzählung erschien als »Turkos im Park von Schwetzingen« im »Simplicissimus«, München 1914, Heft 21. Spätere Abdrucke erhielten den Titel »Ein Opfer«.

80 *Russensieg* – In der Schlacht bei Tannenberg (26.–30. 8. 1914) und der an den Masurischen Seen (6.–15. 9. 1914) wurden die russischen Narew- und Njemen-Armeen von der deutschen 8. Armee geschlagen und zum Rückzug aus Ostpreußen gezwungen.

82 *Elternhäuser* – Hermann Weyls Eltern: Ernst Ludwig Weyl und Anna Magdalene Charlotte, geborene Dieck. Eltern von Helene Weyl siehe erste Anm. zu S. 46.

84 *kleine Novelle* – Gemeint ist vermutlich eine der anekdotenhaften Erzählungen, die bald nach Kriegsbeginn im »Simplicissimus« erschienen. Siehe auch den Erzählungsband »Die Bestie«, Albert Langen Verlag, 1914.

85 *Horatio-Formel* – Shakespeare, Hamlet. 3. Akt, 2. Szene, Hamlet über Horatio.

86 *Baryscenen* – Gemeint sind die Szenen im 2. und 3. Akt von »Ritualmord in Ungarn« zwischen dem Untersuchungsrichter Bary und dem Knaben Moritz Scharf, in denen das Kind durch seelische Folterung dazu gebracht wird, den eigenen Vater fälschlich des Mordes zu bezichtigen.

87 *Gott meines Dramas* – Neben den in der Rahmenhandlung auftretenden biblischen und mystischen Gestalten führte Zweig auch die Stimme Elohims (Gottes) ein.

Ihrem Kinde – Helene Weyl erwartete ihr erstes Kind.

90 *[zu sein]* – Im Original »ist« statt »zu sein«.

93 *jenes Büchleins* – Gemeint ist der 1914 im Verlag Albert Langen erschienene Erzählungsband »Die Bestie«. Dieses Buch wurde ebenso wie das Heft 50/1914 der »Schaubühne«, das die Titelerzählung enthielt, von der Kriegszensur beschlagnahmt.

»Die Pflicht« – Ein Vorhaben unter diesem Titel ist nicht bekannt. Möglicherweise meint Zweig die Erzählung »Der Mann des Friedens« (in »Der Neue Merkur«, 1915/16, Bd. 1). Er hatte zeitweilig auch die Absicht, das Thema in einer Tragödie zu behandeln.

94 *Luzinde* – Der Roman »Lucinde« von Friedrich Schlegel (1799) löste unter den Zeitgenossen wegen seiner erotischen Offenheit einen Sturm der Empörung aus.

Karoline – Karoline Schlegel.

»Genius des Krieges« – Über Max Schelers Buch publizierte Zweig in der »Schaubühne«, 1915, Heft 16 die Rezension »Der Genius des Krieges«.

Professoren und Poeten – Gemeint sind vermutlich die sich um die Zeitschriften »Aktion« und »Das Forum« sammelnden Künstler und Intellektuellen (wie Wilhelm Herzog, Heinrich Mann, Franz Pfempfert, Karl Kraus, Annette Kolb, Johannes R. Becher, Walter Hasenclever, Leonhard Frank, Franz Werfel und Arthur Schnitzler), die sich der allgemeinen Kriegsbegeisterung verweigerten, wie auch jene als »Katheder-Sozialisten« bezeichnete Gruppe von Nationalökonomen, deren Kern Lujo Brentano, die Brüder Alfred und Max Weber, Adolf Wagner und Gustav Schmoller bildeten. Auch die Historiker Hans Delbrück und Adolf von Harnack und der Philosoph Friedrich Wilhelm Foerster gehörten zu den Warnern, die sich allerdings nach Kriegsausbruch nicht durchweg ablehnend verhielten.

99 *»Deutschenhass und Antisemitismus«* – Möglicherweise erste Überlegungen für die Aufsatzreihe »Der heutige deutsche Antisemitismus«, die

1920/21 in »Der Jude« abgedruckt wurde und die teilweise in den Essay »Caliban oder Politik und Leidenschaft« (1927) einfloß.

100 *Gratchen-Bice* – Margarete Beatrice Zweig.

Alt-Drewitz – Am 24. April 1915 war Arnold Zweig als Rekrut ohne Waffe zur Armierungs-Ersatz-Kompanie nach Küstrin eingezogen worden. Ausbildungsorte waren Alt-Drewitz und Tamsel.

101 *»Mann des Friedens«* – Am 16. 5. [1915] schrieb Zweig an Willi Handl: »Zwei Tage vor der Einziehung war die *Tragödie* über diesen Stoff bis zum Szenar des 1. Aktes und bis zu tiefen hellen und frohen Erkenntnissen über das Ganze und sein Verhältnis zum Grundfänomen des Tragischen gediehen. Mit dem Frieden wird auch dies Werk kommen; bis dahin reift es.« (AZA). Von diesem Plan ist nichts erhalten geblieben.

102 *den beiden Dramen* – »Abigail und Nabal« und »Ritualmord in Ungarn«.

Ich beklage Ihren Mann – Hermann Weyl war 1915 eingezogen worden und blieb in Saarbrücken stationiert. Dort konnte sich später auch Helene Weyl mit ihrem Kind aufhalten. Auf Ersuchen der schweizerischen Regierung wurde Hermann Weyl nach einjährigem Garnisondienst entlassen und nahm seine Lehrtätigkeit in Zürich wieder auf.

103 *Fritz Joachim* – 1915 geborener erster Sohn von Helene und Hermann Weyl.

Jabokowac – Jabukovac; Ort unweit des Eisernen Tores zwischen Semendria und Nisch (Niš) im nördlichen Teil des damaligen Serbien. Nach seinem ersten Einsatz im Fort de Bondues bei Lille von August bis Oktober 1915 wurde das Armierungsbataillon 120, dem Zweig angehörte, bis zum Dezember nach Südungarn verlegt und anschließend bis zum Frühjahr 1916 der Etappeninspektion der 11. Armee in Serbien zugeteilt.

104 *Sie ist wieder fast gesund* – Bezieht sich auf Beatrices Zustand nach einer Abtreibung. Zweig hat dieses Erlebnis später in seinem Roman »Junge Frau von 1914« verarbeitet.

105 *Vranje* – Serbische Stadt an der südlichen Morava, nördlich von Üsküb (heute Skoplje). Letzter Einsatzort des Armierungsbataillons 120, bevor es in die Verdungegend verlegt wurde.

106 *Neuauflage von Claudia* – Im Kurt Wolff Verlag erschien 1916 die 3. Auflage in der Reihe »Der neue Roman«, die wesentliche stilistische Verfeinerungen enthielt.

Anthologie – Gemeint ist die Sammlung »Vom jüngsten Tag, ein Almanach neuer Dichtung«, Leipzig 1916.

Keusche Nacht – Siehe erste Anm. zu S. 56.

107 *Moirey* – Im April 1916 wurde Zweigs Einheit in das französische Dorf Moirey verlegt, in unmittelbarer Nähe der Festung Verdun, um die damals die größte und verlustreichste Materialschlacht des 1. Weltkriegs tobte. Erlebnisse und Erkenntnisse aus dieser Zeit verarbeitete Zweig in seinen Romanen »Erziehung vor Verdun« und »Die Feuerpause«.

107 *Schwager Hans* – Hans Carl Zweig, Bruder von Beatrice Zweig.

108 *nationaler Jude* – Zionistisch eingestellter Jude, gemäß Theodor Herzls Formulierung (in »Der Judenstaat«, Wien 1896): »Ich halte die Judenfrage weder für eine soziale noch für eine religiöse, wenn sie sich auch noch so und anders färbt. Sie ist eine nationale Frage. Wir sind ein Volk, ein Volk.«

[...] – Zweig setzte an diese Stelle irrtümlich das Wort »man«.

110 *Scheler ... Katholizismus* – Max Scheler, aus jüdischer Familie stammend, trat anläßlich seiner ersten Eheschließung 1899 zum Katholizismus über. Während des Krieges ließ er sich in die Propagandastrategie im Sinne der deutschen Kriegsführung einspannen und wurde zu einem Sprecher katholischen Geistes innerhalb und außerhalb Deutschlands.

112 *Absicht [ist]* – Im Original »sind« statt »ist«.

Großen Pogrome von 1907 – Im zaristischen Rußland gehörten Pogrome gegen die jüdische Bevölkerung, offizielle oder halboffizielle (getarnt durch organisierten Volkszorn der »Schwarzen Hundert«) zur Politik des Staates. Die schwersten Pogrome im frühen zwanzigsten Jahrhundert ereigneten sich 1903/04 in Kishinew, Homel und Shitomir und 1905 nach der Veröffentlichung des Verfassungsmanifests der Regierung am 17. (30.) Oktober. Diese Maßnahme wurde von Demonstrationen freiheitlich Gesinnter begleitet und rief Gegendemonstrationen hervor, die sich zu blutigen Exzessen gegen die jüdische Bevölkerung ausweiteten. Mit den »Berichten der Untersuchungskommission« könnte Zweig das 1910 in zwei Bänden erschienene Werk »Die Judenpogrome in Rußland«, Köln-Leipzig, gemeint haben.

»Der General« – Für eine Ausführung dieses Plans gibt es keine Hinweise. – Vgl. Werkverzeichnis S. 462.

114 *zur Rumänischen Kriegserklärung* – Am 27. 8. 1916 erklärte Rumänien an Österreich-Ungarn den Krieg. In den folgenden Tagen ergingen die Kriegserklärungen Deutschlands, der Türkei und Bulgariens an Rumänien.

115 *Ihr Aufsatz über Moden* – In Helene Weyls Bibliographie finden sich keine Hinweise. Vgl. Werkverzeichnis S. 464.

118 *»Ritualmord« ... in Frankfurt* – Die Aufführung unter dem Titel »Die Sendung Semaels« im Frankfurter Schauspielhaus fand erst am 28. Oktober 1919 statt. Regie führte Gustav Hartung.

diesen Winter in Berlin – Die Berliner Premiere fand am 25. Januar 1920 statt. Am Vormittag des gleichen Tages erfolgte eine geschlossene Aufführung des Dramas für die Gesellschaft »Das junge Deutschland«. Regie führte Heinz Herald. Zu einer Lesung im Winter 1916/17 kam es nicht. Siehe auch Brief 49.

neues Buch – »Geschichtenbuch«.

123 *Arnold ist ... nach Ober-Ost gekommen* – Mit der Unterstützung einflußreicher Freunde wie Nahum Goldmann und Stefan Großmann wurde Ar-

nold Zweig im Mai 1917 aus der Verdungegend ins Etappengebiet östlich der Weichsel versetzt. Mit der Abkürzung »Ober-Ost« waren die von den deutschen Truppen eroberten westlichen Provinzen Rußlands gemeint, deren einheitliche Verwaltung dem Oberbefehlshaber Ost unterstand. Zweig wurde als Schreiber bei der Presseabteilung eingesetzt; er verfaßte für die zugelassenen Zeitungen Artikel und überprüfte Bücher für die Zensurstellen. Auf diese Weise kam er mit der im neutralen Ausland erschienenen Antikriegsliteratur in Berührung.

124 *Simmels Buch* – »Goethe« von Georg Simmel war 1913 erschienen.

125 *Ihre Geschichten* – Titel sind nicht zu ermitteln.

Buch Ihres Mannes – Seine Begegnung mit Albert Einstein in Zürich hatte Hermann Weyl zur Ausarbeitung mathematisch-physikalischer und philosophischer Aspekte der allgemeinen Relativitätstheorie und zu differentialgeometrischen Arbeiten motiviert, die er 1918 in seinem fundamentalen Werk »Raum, Zeit, Materie. Vorlesungen über allgemeine Relativitätstheorie« vorstellte.

126 *Zwei Kinder* – Helene Weyl hatte 1917 ihren zweiten Sohn Michael geboren.

127 *»Der Bart«* – Diesen Titel erwähnte Zweig in einem Brief an Willi Handl vom 2. 10. 1915: »ich fasse immer konkreter die Probleme und die Gestalten meines Romanes ›Der Bart‹, den ich über das wahre Gesicht dieser Zeit und meiner Gegenwart, nämlich der Schipperei nebst aller ihrer Umkreise zu schreiben vor habe; vor allem hat sich mir eine viel ältere, als unverwendbar weggelegte Idee zu einer Novelle plötzlich dargeboten: und siehe, sie ist der einzige Weg, um das ungeheure Schicksal der Juden in dieser Zeit ganz zu gestalten.« (AZA). Im Material zu »Aufmarsch der Jugend«, von dem Teile in »Junge Frau von 1914« und »Die Zeit ist reif« eingegangen sind, befindet sich auch ein Kapitel »Der Bart«, das in keinen der beiden Romane aufgenommen wurde. Zweig beschreibt darin die Zeit als Armierer in Serbien. Ein Abdruck erfolgte unter dem Titel »Die Heerstraße« in »Neue Deutsche Literatur«, Berlin 1969, Heft 10.

Bialystok – Als Zweig am 19. Mai 1917 nach Ober-Ost abkommandiert wurde, war seine Anlaufstation zunächst Bialystok. Ende September wechselte er nach Kowno über, während er die letzten Kriegswochen, etwa ab Oktober 1918, in Wilna stationiert war.

130 *seit wir uns sprachen (Februar 15)* – Zweig spielt hier auf eine Begegnung mit René Schickele an, die er in den Roman »Die Zeit ist reif«, Kapitel »Der Versucher« aufnahm. Für Schickele erfand er die Figur des Schriftstellers Jean Jacques Täuffer.

132 *Ihr Manuskript* –Vermutlich die Novelle »Hochzeit«.

135 *Ihre launigen … Geschichten* – Titel nicht zu ermitteln.

eine Kindergeschichte – In Beatrice Zweigs Nachlaß nicht vorhanden.

andre Arbeit – Im Nachlaß nicht vorhanden.

136 *(der Krit. d. reinen Vernunft)* – Immanuel Kants »Kritik der reinen Vernunft« erschien 1788.
die Brüder Karamasoff – Fjodor Dostojewskis Roman »Die Brüder Karamasow« (1880) erschien 1884 in deutscher Übersetzung.
mit dem Idioten – Dostojowskis »Der Idiot« (1868) erschien 1889 deutsch.

138 *kraft eigenen Willens gefallenen Reinach* – Über Adolf Reinach schrieb Zweig 1947 in dem bisher unveröffentlichten Aufsatz »Göttinger Ausklang«: »Da er politisch dem besitzenden Bürgertum angehörte und zu seiner jüdischen Abkunft ohne Bindung und Verpflichtung gelebt hatte, schickte es sich für ihn, nach Kriegsausbruch zum Christentum überzutreten. Daraufhin wurde er Offizier, und wie viele Mathematiker, Artillerist und fiel 1916, wie es sich für einen Artillerie-Leutnant schickt, von der Granate des Gegners an der Westfront hingestreckt.« (AZA).

139 *ein Jahr meiner Jugend* – Arnold Zweig studierte während des Sommersemesters 1907 und im darauffolgenden Wintersemester in Breslau.
nach Palästina – In Briefen an Martin Buber befaßte sich Zweig intensiv mit dem Problem der Besiedlung Palästinas. Am 26. 4. 1916 schrieb er: »Wir werden noch etwa 2 Jahre in Deutschland sein und dann ins Morgenland pilgern.« Am 27. 12. 1917 hieß es: »Das Palästinaproblem wird wohl auch uns eine schöne Möglichkeit geben: eine eigene Siedelung vielleicht gar!« (Vgl. Martin Buber. Briefwechsel aus sieben Jahrzehnten, Heidelberg 1979.)
יְנַחִים *und* מִיכַל – Hebräische Schriftform der Namen Michael und Joachim.
1822 gegossene Blatt – Der von Zweig benutzte Büttenbogen im Folioformat stammte aus Aktenmaterialien zaristischer Regierungsstellen, die nach der Besetzung durch die deutschen Truppen aufgefunden worden waren.

142 *Leben am Meer* – Vermutlich die Novelle »Hochzeit«.

143 *Premiere* – »Ritualmord in Ungarn«.

145 *eine Komödie* – Noch in Kowno beendete Zweig 1918 die erste Fassung von »Die Lucilla«, die auf Vorkommnisse im Besatzungsgebiet zurückging. Er verlegte die Handlung in den Frühling des Jahre 55 v. u. Z. nach Valencia.
Gründe meiner Anfragen – Aus einem Brief Zweigs an Martin Buber vom 21.10.1918 ist ersichtlich, daß die Absicht bestand, in der neutralen Schweiz eine jüdische Zeitschrift zu gründen, an der er mitzuarbeiten hoffte. Zu einer Realisierung des Plans ist es durch das Kriegsende nicht mehr gekommen.

146 *Schlachtensee, Victoria 53* – Die Wohnung in der Victoriastraße hatte Beatrice Zweig im Frühjahr 1918 bezogen. Hierher kehrte Zweig nach Kriegsschluß aus Wilna zurück.
sus domesticus – (lat.) Hausschwein. Bezieht sich auf Landansprüche der am 14. November 1918 unter Jósef Piłsudski gebildeten provisorischen polnischen Regierung gegen das Deutsche Reich.

146 *Pariser Konferenz* – Am 18. Januar 1919 begann in Versailles ohne Vertreter des besiegten Deutschen Reiches unter Teilnahme von 70 Delegierten aus 27 Siegerstaaten die Friedenskonferenz zur Festlegung der Friedensbedingungen.

philosophische Haltung Wilsons – Der Präsident der Vereinigten Staaten von Amerika, Thomas Woodrow Wilson, hatte in seiner Botschaft vom 8. 1. 1918 an den amerikanischen Kongreß in 14 Punkten Grundsätze für den allgemeinen Weltfrieden aufgestellt. Der in Versailles geschlossene Friedensvertrag berücksichtigte den Inhalt dieser Botschaft jedoch nicht.

Berlin-Centrum Kämpfe – Als Anhänger der Revolutionstheorie Gustav Landauers stand Zweig der Novemberrevolution zwiespältig gegenüber. Zwar bejahte er ihre Befürworter, vor allem Rosa Luxemburg und Karl Liebknecht, die Anwendung von Gewalt lehnte er jedoch ab. Er forderte vielmehr »Erziehung durch das Beispiel«, er vermißte das »Genie«, ihm fehlte ein »Einziger großgearteter Mensch« an der Spitze. (Zitate aus »Abdankung« in »Die Weltbühne«, 1919, Heft 3.)

147 *wie Radek … sagte* – Karl Radek, der sich illegal in Berlin aufhielt, sprach auf der Gründungsversammlung der KPD (Spartakus-Bund), die am 30. 12. 1918 im Berliner Abgeordnetenhaus stattfand.

Entwickelung der jüdischen Nationalpolitik – Der britische Außenminister Arthur James Balfour hatte am 2. 11. 1917, auf Initiative von Vertretern des Zionismus (N. Sokolow und C. Weizmann), Lord Rothschild in einem Brief die Schaffung einer nationalen Heimat für das jüdische Volk in Palästina unter Beibehaltung der politischen und religiösen Rechte der dort vorhandenen nicht-jüdischen Gemeinschaften zugesichert (Balfour-Declaration). Am 25. 4. 1920 wurde die britische Mandatsregierung für Palästina errichtet.

[1919] – Beatrice Zweig datierte den Brief irrtümlich »18«.

149 *»Laue Luft …«* – Joseph von Eichendorffs Gedicht »Frische Fahrt« im 12. Kapitel seines Romans »Ahnung und Gegenwart« (1815).

150 *»der Jude und die Revolution«* – Am 3. 4. 1919 schrieb Zweig an Martin Buber: »Wir müssen den Leuten erst einhämmern, dass wir revolutionär wirken, indem wir den Juden einen Boden geben und nicht reaktionär-nationalistisch. Ich habe damit gestern begonnen, indem ich einen Vortrag ›Der Jude und die Revolution‹ vor einem Säälchen ›Intellektueller‹ hielt; möglicherweise hat jemand mitstenografiert.« (Vgl. Martin Buber. Briefwechsel aus sieben Jahrzehnten, Heidelberg 1979.)

2. August 1914 – Nachdem am 1. August 1914 die Kriegserklärung des Deutschen Reiches an Rußland und der Befehl zur allgemeinen Mobilmachung in Deutschland erfolgte, galt der 2. August als der erste Mobilmachungstag.

151 *Die Bestie* – Die 1915 beschlagnahmten Exemplare des Novellenbandes konnten 1919 verkauft werden. Siehe auch erste Anm. zu S. 93.

151 *Lustnau-Tübingen* – Nach einem Besuch bei den Eltern in Kattowitz Ende Januar 1919 und Vorträgen in Hindenburg, Beuthen und Breslau kehrten Arnold und Beatrice Zweig am 24. Februar nach Berlin zurück. Anfang Mai verließen sie Berlin endgültig, waren am 4. Mai in Kassel, am 18. in Heidelberg, am 19. in Darmstadt und bis zum 25. Mai in Reutlingen bei ihren Freunden Martin und Sophie Mörike. In Tübingen, wo sich Zweig bereits am 25. Mai immatrikulieren ließ, blieben sie für die nächsten Wochen, nur unterbrochen von kurzen Hotelaufenthalten in München. Am 1. November siedelten sie nach Starnberg über.

Roman –Vermutlich »Der Bart«. Siehe erste Anm. zu S. 127.

der Tragödie zugewendet – Arnold Zweig beschäftigte sich zwischen 1919 und 1921 ausführlich mit der Funktion des Theaters. Es entstanden Aufsätze wie »Das Theater im Volksstaat« und »Theater, Menge, Mensch« (beide 1919), »Theater, Drama, Politik« (1920/21). Außerdem fiel in die Jahre von 1917 bis 1921 auch die Arbeit an dem Trauerspiel »Der Bjuschew« (später »Das Spiel vom Sergeanten Grischa«).

152 *der geliebten Frau* – Hedwig Lachmann-Landauer.

153 *am 9. und 10. November* – Anspielung auf die Vorgänge in Berlin 1918: Revolution, Ausrufung der Deutschen Republik und Bildung der neuen Regierung als »Rat der Volksbeauftragten«.

schon über eine Woche fort – Zweigs hatten sich um den 23. Juli 1919 mit Helene Weyl in Freiburg getroffen.

154 *unsre Schulden bald tilgen* – Erwartetes Honorar für den Abdruck von vier Gedichten aus dem Zyklus »Entrückung und Aufruhr« in »Die Weissen Blätter«, 1919, Heft 10.

156 *»Untertan«* – Roman von Heinrich Mann (1912/14 geschrieben, 1918 erschienen).

158 *in den Mommsen* – Gemeint ist Theodor Mommsens dreibändige »Römische Geschichte«, 1854–56.

159 *eine »Versorgung«* – Im Kapitel »Kriegerheimkehr« des Berichts »Freundschaft mit Freud« (Berlin 1996) schrieb Zweig: »Man bot mir die Redaktion der ›Neuen Rundschau‹ an, der damals führenden Monatshefte – ich lehnte sie ab auf der Flucht aus Berlin.« (AZA).

160 *zu den Proben* – »Die Sendung Semaels«.

163 *wie mir Bab, ... einreden will* – In der »Schaubühne«, 1916, Heft 37, schrieb Julius Bab: »Wer es wagt, solch ein Stück [»Ritualmord in Ungarn«] aus der allernächsten Vergangenheit wie den Ritualmordprozeß von Tisza Ezlar mit fast aktenmäßiger Treue zum Gegenstand einer Dichtung zu machen, der hat entweder keine Ahnung von poetischer Distanzierungskraft – er ist ein besonders trauriger Dilettant oder nahezu ein Genie. Arnold Zweig ist nahezu ein Genie.«

164 *Starnberg, Hintere Mühlbergstr. 212 $\frac{1}{3}$* – Wohnung von Arnold und Beatrice Zweig bei der Witwe Enhuber vom 1. November 1919 bis zur Rückkehr nach Berlin im September 1923.

165 *kalten Kritiken* – Zweig wird hier vor allem an die sehr ausführliche Besprechung von Bernhard Diebold in der »Frankfurter Zeitung« vom 30. 10. 1919 gedacht haben, der das Drama in zwei Stücke zerfallen sah: »Das eine heißt ›Die Sendung Semaels‹ und handelt außerhalb von Zeit und Raum irgendwo in der Unendlichkeit, wo Gott-Elohim mit Satan-Semael über das Schicksal Israels verhandelt und die Erzväter Gericht halten über die Seelen. Das andere Stück aber durchbricht mit der Überzahl seiner Szenen unablässig die Geisterhandlung des Rahmenstücks und heißt ›Ritualmord in Ungarn‹. [...] Der gute Wille sei Zweig zugebilligt, aber sein Werk mißlang – trotz dem mächtigen Beifall des Hauses. Und doch kann ich mir denken, daß ein fein gebildetes Judentum diese Art von Gesinnungs-Ausdruck innerlich ablehnt – und Lessings ›Nathan‹ vorzieht.«

Wiener Rezensionen – In Wien, wo die Aufführung während des Krieges untersagt worden war, weil man antisemitische Ausschreitungen befürchtete, konnte das Stück schließlich in der »Neuen Wiener Bühne« vor einem ausgewählten Kreis vorwiegend jüdischer Zuschauer mit Elisabeth Bergner als Moritz Scharf gespielt werden und wurde zu einem sehr beachteten Erfolg.

am 9. November – Anspielung auf den ersten Jahrestag der Revolution in Deutschland.

166 *Aisthesis* – Abgeleitet von aisthanestai (griech.) Empfindung.

(Frau Simmel) – Marie Luise Enckendorff war der Schriftstellername von Gertrud Simmel, geb. Kinel, die seit 1890 mit Georg Simmel verheiratet war.

170 *Deine blonde Cousine* – Gretel Kohn.

ein junger Jude erschossen – Maximilian Spaeth gehörte zu den Mitbegründern der Vereinigung. Sein Selbstmord löste in Münchens jüdischen Kreisen große Betroffenheit aus. Vgl. »Das jüdische Echo«, München, Nr. 51/1919.

172 *Dita* – Margarete Beatrice Zweig.

Lucillenbemerkungen – Bei ihrem Wiedersehen in Freiburg hatte Zweig Helene Weyl ein Manuskript der ersten Fassung des Stücks geschenkt.

173 *»Die Gäste«* – 1921 erschien unter diesem Titel in Kattowitz kurzzeitig eine Halbmonatsschrift für die Künste, die mit der hektographierten Zeitschrift gleichen Namens von 1909 nichts zu tun hatte. Im Schatzgräber-Verlag ist eine Zeitschrift »Die Gäste« nicht erschienen. Ein Abdruck der »Lucilla« erfolgte nicht.

bald auf der Bühne – »Die Lucilla« wurde bisher nicht aufgeführt.

kleines Purimstück ... Estherstoff – Arnold Zweigs »Persische Historie. Ein Purimspiel« entstand im Dezember 1919. Es blieb ungedruckt. Eine Aufführung fand nicht statt.

Herder u. Nietzsche – Im zweiten Band seiner Abhandlung »Menschliches, Allzumenschliches« (1880–86) setzte sich Nietzsche kritisch mit

Herders Aneignung fremder Literaturen auseinander. (118. Herder; 125. »Giebt es deutsche Classiker«?)

174 *großen Erfolg* – Berliner Aufführung von »Die Sendung Semaels«.
meinen Bruder – Hans Rudolf Zweig.
»Beseht die Kenner ...« – Goethe, Faust. Der Tragödie erster Teil, Vorspiel auf dem Theater, Vers 123f. Zweig ersetzte das Wort »Gönner« durch »Kenner«.

181 *Geht nicht nach Göttingen* – Hermann Weyl hatte eine Berufung an die Universität Göttingen erhalten.
v. Gierke und seiner Tochter – Otto und Anna von Gierke waren Mitglieder der Deutschnationalen Volkspartei. Anna von Gierke, Abgeordnete dieser Partei in der Nationalversammlung, wurde auf Grund antisemitischer Anfeindungen nicht wieder als Kandidatin für die Reichstagswahlen im Juni 1920 aufgestellt. Vgl. »Berliner Tageblatt« vom 18. und 25. 5. 1920.
M. d. N. – Abkürzung für Mitglied der Nationalversammlung, des verfassunggebenden Parlaments der Deutschen Republik, das am 6. Februar 1919 im Weimarer Nationaltheater zusammentrat.

182 *Lelio* – Name verschiedener Figuren in Komödien des italienischen Dramatikers Carlo Goldoni (1707–1793).
Einsteinkarte – Nicht im Briefnachlaß vorhanden.
deinen Freund –Vermutlich Wilhelm Dieterle, der seit 1918 an den Bühnen Max Reinhardts engagiert war.
Platten – Einige Aquarelle und Kohlezeichnungen im Nachlaß belegen, daß sich Zweig gelegentlich auch mit Maltechniken befaßte. Hier handelte es sich um Holzschnitte. Vgl. auch Brief 60.

185 *[nach dem 26. 7. 1920]* – Für den Brief benutzte Zweig die Rückseite und die Innenseite des Umschlags eines an Helene Weyl adressierten, unfrankierten Kuverts.
Zürich-Entschluss –Weyls hatten sich entschlossen, in Zürich zu bleiben.

186 *Schmerz in der unteren Zone* – Anspielung auf den jüdischen Brauch der Beschneidung (hebr. Berit Mila), der am 8. Tage nach der Geburt eines Knaben vollzogen wird.
siche[r] [?] – In der Handschrift »sichen«; evt. auch als »scheu« zu lesen.

189 *Trägt September uns Rosen ...* – Bisher unveröffentlichtes Gedicht.

190 *Amsterdam* – Berufung Hermann Weyls an die dortige Universität.

191 *Essai im Juden* – Gemeint sind die vier Aufsätze, die unter dem Titel »Der heutige deutsche Antisemitismus« in »Der Jude«, Berlin, 1920, Heft 2–11, und 1921, Heft 3, abgedruckt wurden.

192 *Hakenkreuzritter ... Einstein* – Anfang 1920 setzte der erste organisierte Protest gegen den demokratisch gesinnten Albert Einstein ein, der sich öffentlich und zustimmend zu den revolutionären Ereignissen in Deutschland ausgesprochen hatte. Sein wissenschaftlicher Ruhm brachte viele Neider, besonders aus dem konservativen Lager, auf den Plan. Am

25. August 1920 veranstaltete eine »Arbeitsgemeinschaft deutscher Naturforscher zur Erhaltung reiner Wissenschaft« in der Berliner Philharmonie eine Kundgebung gegen die Realivitätstheorie, zu der auch Albert Einstein eingeladen wurde. Die Vorwürfe gegen ihn reichten von »Diebstahl geistigen Eigentums anderer Forscher«, »Wissenschaftlicher Dadaismus« bis zu »Persönlicher Reklamesucht« und kulminierten nach Schluß der Veranstaltung in dem Ausruf eines nationalistischen Studenten zur Loge Einsteins hinüber: »Diesem Saujuden müßte man eigentlich an die Gurgel springen.« Die antisemitische Hetze gipfelte in Morddrohungen in einer Berliner Zeitung und Plakaten mit der Aufschrift »Tötet Einstein!« (vgl. Friedrich Herneck, Albert Einstein, Leipzig 1986).

192 *Struck ... Einstein-Radierung* – Das Blatt befindet sich im Nachlaß Arnold Zweigs. Struck und Zweig verband eine Freundschaft seit ihrer gemeinsamen Zeit in Kowno. 1920 und 1925 erschienen ihre in Zusammenarbeit entstandenen Bücher »Das ostjüdische Antlitz« und »Das Neue Kanaan« mit Texten Zweigs zu Steinzeichnungen von Hermann Struck. Beide Unterschriften dieses Briefes stammen von Arnold Zweig.

[Starnberg, vermutlich November 1920] – Wahrscheinlich Begleitbrief zur Übersendung der Einstein-Radierung von Hermann Struck.

193 *Anni mit ihrem Manne* – Anna geb. Meyer und Siegfried Berliner.

195 *»Auslandspost«* – Erschien von 1919 bis 1925 im Verlag des Neuen Merkur, München. Als ihr Weiterbestehen 1923 bedroht war, setzte sich Zweig mit dem Aufsatz »Die Auslandspost« in »Die Weltbühne«, Heft 14/1923 für sie ein.

Was in der Ukraine ... – Pogrome gegen die jüdische Bevölkerung traten im zaristischen Rußland als Begleiterscheinung von Zeitereignissen wie Kriegsniederlagen, Bürgerkriegen, Revolutionen auf. So wirkten sich die Folgen des ersten Weltkriegs, der Zerfall der österreichisch-ungarischen Monarchie und des russischen Zarenreiches, verheerend auf die jüdischen Volksgruppen der vom Bürgerkrieg betroffenen Gebiete aus. Die jüdische Bevölkerung der Ukraine hatte unter den im Januar 1919 einsetzenden Pogromwellen, die zwei Jahre andauerten, besonders zu leiden. In seinem Aufsatz »Schweigen« in »Freie Zionistische Blätter«, Heidelberg 1921, Heft 1, verurteilte Zweig die Gleichgültigkeit der deutschen Öffentlichkeit gegenüber diesem Massenmord mit äußerster Schärfe.

Sowjets Gegner der jüdischen Selbstbehauptung – Schon im Januar 1918 wurde in Rußland ein jüdisches Kommissariat geschaffen, das die Bildung jüdischer Sektionen bei den örtlichen Sowjets gewährleisten sollte. Das Ziel der offiziellen Politik war jedoch die planmäßige Beseitigung jüdischer Einrichtungen, insbesondere der jüdischen Gemeinden. Die Politik der jüdischen Bevölkerung gegenüber wechselte im Verlauf der nächsten Jahre mehrmals. Der Versuch, durch die Ansiedlung einer größeren

Anzahl jüdischer Kolonisten auf einem geschlossenen Territorium (Autonome Republik Birobidshan) ein Gegengewicht zum Zionismus zu schaffen, scheiterte. Nach der Ausrottungspolitik der deutschen Besatzer im Zweiten Weltkrieg führten die Unterdrückungsmaßnahmen unter der Diktatur Stalins den überlebenden Juden gegenüber in großem Ausmaße zum Verlust ihrer Identität, ihres jüdischen Selbstbewußtseins.

198 *Mein Essay* – »Der heutige deutsche Antisemitismus«.

199 *»Das Irrenhaus«* – Ein Hinweis auf diesen Plan, der vermutlich nicht ausgeführt wurde oder verloren ging, findet sich in einem Brief Arnold Zweigs an Kurt Tucholsky vom 29. 12. 1927: »Ich habe mir mit meinem ›Caliban‹ jede Art von Judenfimmel so glatt von der Leber geschrieben und stehe dem bejammernswerten Völkchen, welches wir neben ebenso Bejammernswerten darstellen, so skeptisch gutgelaunt gegenüber, dass ich, wenn die drei Kriegsromane hinter mir sind, sofort an jene grosse Aufgabe gehen werde, die ich mir seit vielen Jahren schon aufhebe; ich werde in einem Roman ›Das Irrenhaus‹ die Lunte an die jüdische Familie legen und sie mit hörbarer Detonation auseinandersprengen. Denn ebenso faul wie der Staat der Nichtjuden ist die Familie der Juden; sie ist übrigens die genaue Parallele zu ihm.« (Kurt Tucholsky-Nachlaß, DLA Marbach.) – Ein im Nachlaß vorhandener Romanentwurf von 1947, »Das Irrenhaus«, behandelt das Schicksal von Emigranten zwischen 1933 und 1939 (AZA).

201 *Frenssennaturen* – Gustav Frenssen gestaltete vor allem norddeutsch-ländliche Verhältnisse und ihre heimatverbundenen Menschen als Gegenpol zur »Verderbnis der Großstadt«.

Rampsinit – August von Platens Lustspiel »Der Schatz des Rhampsinit« (1824).

202 *Komödie* – In Helene Weyls Bibliographie als ungedruckt verzeichnet. – Vgl. Werkverzeichnis S. 464.

203 *bavarischen Ludendörffer* – Bayrische Anhänger des ehemaligen Generals Erich Ludendorff, der sich sowohl am Kapp-Putsch (1920) als auch am Münchener Hitlerputsch (1923) beteiligte. Ludendorff war ein besonders fanatischer Propagandist des Antisemitismus.

Dellenbach – Walter Dällenbach. Enger Freund von Hermann und Helene Weyl. Hermann Weyl widmete ihm 1931 die erweiterte Fassung seines Werkes »Gruppentheorie und Quantenmechanik«.

206 *ich habe … etwas aufzuschreiben versucht* – Im Nachlaß von Beatrice Zweig finden sich keine Hinweise.

Helen, sweet … – (engl.) Helen, Süße, ich glaube, Du weißt, wie sehr ich Dein Liebhaber bin, und nun stell Dir einerseits unser Entzücken über Deine reizende Nachricht vor, daß Du nach München kämest und andererseits mein persönliches Mißbehagen darüber, daß Du meine Gefühle mißverstehen könntest, weil Du eine Komödie schreibst.

206 *Je suis tres loin …* – (franz.) Ich bin weit davon entfernt, mich darüber lustig zu machen, sei es, weil es mir dumm vorkommt, die Experimente eines so freien, starken und reizenden Geistes wie des Deinigen zu entmutigen, sei es aus einem Anflug von männlichem und liebestollem Egoismus, der sich darin gefällt, eine schöne und anmutig begabte Schülerin zu gewinnen.

207 *mit Italien … glimpflich verfahren* – Anspielung auf die revolutionäre Situation, die sich nach dem ersten Weltkrieg im wirtschaftlichen und politischen Gefüge Italiens herausgebildet hatte und schließlich im November 1922 zur Machtübernahme durch Benito Mussolini führte, der eine faschistische Diktatur errichtete.

unendlich Licht … – Goethe, Epilog zu Schillers Glocke. Zweig änderte »seinem« in »Deinem«.

208 *Elfenhexe* – Elisabeth Bergner.

mein neues Trauerspiel – »Das Spiel vom Sergeanten Grischa« (Arbeitstitel »Der Bjuschew«) basiert auf einem authentischen Bericht, der Zweig bereits 1917 in Ober-Ost zugetragen wurde. In den frühen zwanziger Jahren interessierte sich keine deutsche Bühne für das realistische Kriegsdrama; erst nachdem sein Roman »Der Streit um den Sergeanten Grischa« mit der gleichen Thematik 1927 ein Welterfolg geworden war, kam es auch zu Aufführungen unter dem Titel des Romans.

209 *vier Dramen* – J. W. Goethe, Egmont; H. v. Kleist, Prinz Friedrich von Homburg; G. Büchner, Dantons Tod, Woyzeck; F. Wedekind, Erdgeist.

210 *schönsten szenischen Gedichte* – J. W. Goethe, Iphigenie auf Tauris; F. Schiller, Don Carlos; J. W. Goethe, Torquato Tasso; F. Hebbel, Herodes und Mariamne, Gyges und sein Ring; Ch. D. Grabbe, Napoleon oder Die hundert Tage; G. Hauptmann, Die Weber, Fuhrmann Henschel.

»zweifelhaften« Shaksperedramen – Edward III., A Yorkshire Tragedy, The Tragedy of Locrine, The History of Thomas Lord Cromwell, The London Prodigal gehören zu den von zeitgenössischen Verlegern dem Werk Shakespeares hinzugefügten Stücken.

Edward II. – »The Troublesome Raign and Lamentable Death of Edward the Second, King of England« von Christopher Marlowe entstand 1592/93.

deine beiden Arbeiten – Titel nicht zu ermitteln.

211 *Arbeiten Peters* – Nach dem Abschluß wesentlicher Überarbeitungen der 3. und 4. Auflage von »Raum, Zeit, Materie« (1920 und 1921) bereitete Hermann Weyl die Veröffentlichung seiner Vorlesungen über die »Mathematische Analyse des Raumproblems« vor (1923).

euer spanisches Glück – Im Januar 1922 (nicht 1923, wie Hermann Weyl schrieb; vgl S. 385) reisten Weyls für drei Monate nach Spanien, da Hermann Weyl in Barcelona und Madrid zu Vorlesungen eingeladen worden war.

211 *Yvonnes* – Yvonne Schaper. Enge Freundin von Hermann und Helene Weyl. Sie überlebte das KZ Theresienstadt. Pflegte Helene Weyl während ihrer letzten Lebensmonate in Princeton.

Michael Haran W. Zweig ... – Nachfolgender kurzer Text wurde auf die Rückseite eines beigefügten Babyfotos geschrieben.

212 *deinen Schwager* – Ludwig Thron.

Unpolitische Betrachter – Anspielung auf Thomas Mann und sein 1918 erschienenes Buch »Betrachtungen eines Unpolitischen«.

213 *»Der Übergang«* – Vermutlich neuer Titel für das Vorhaben »Der Bart«.

214 *Kellerzimmer* – In einem Vorwort für eine geplante Neuherausgabe des Essays »Caliban oder Politik und Leidenschaft« erinnerte sich Zweig 1960: »Nicht ohne Rührung denkt man an jenen Teil der eigenen Mannesjahre zurück, da der Plättkeller eines oberbayrischen Landhäuschens dem Verfasser als Arbeitszimmer dienen mußte, in den Jahren der ersten Wohnungslosigkeit, zu Starnberg am Würmsee, 1921.« (AZA).

Von Stendhal, den ich ... – Für diesen Teil des Briefes wurden die Leerseiten der Heiratsanzeige von Arnold und Beatrice Zweig aus dem Jahr 1916 benutzt.

216 *»Die B. liess Ehrenstein ...«* – Anspielung auf die Beziehung zwischen Elisabeth Bergner und Albert Ehrenstein, in Verbindung gebracht mit einer Szene im 5. Kapitel von Heinrich Manns Roman »Professor Unrat«.

217 *D.* – Walter Dällenbach.

Stbg – Starnberg.

Geschäftsführer – Charles Meyer. Vgl. auch Brief 68.

218 *erträglicher Zustand* – Anspielung auf den Besuch bei den Weyls im Frühling 1914. Vgl. die Briefe 22, 23 und 25.

220 *Dr. Kamnitzer* – Mit dem ebenfalls in Starnberg lebenden Juristen und Bühnenautor Ernst Kamnitzer hatte Zweig »in vielen Gesprächen über die Form des Dramas Tage und Abende verbracht«. Ausführlich berichtete er darüber und über ihre mißglückte Zusammenarbeit an der Komödie »Laubheu und keine Bleibe« (später »Berge von Schaum«) in dem Aufsatz »Erinnerung an Ernst Kamnitzer« in »Über Schriftsteller« Berlin, Weimar 1967.

Mein neues Stück – »Laubheu und keine Bleibe«.

221 *Rchnhll* – Reichenhall.

222 *R.* – Reichenhall.

Mchn. – München.

225 *Grobheit ist höflicher ...* – Im fünften Abschnitt des ersten Kapitels von »Ecce homo« (Nachlaß 1888/89), »Warum ich so weise bin«, sagt Nietzsche: »Auch scheint es mir, dass das gröbste Wort, der gröbste Brief noch gutartiger, noch honnetter sind als Schweigen. Solchen, die schweigen, fehlt es fast immer an Feinheit und Höflichkeit des Herzens; Schweigen ist ein Einwand, Hinunterschlucken macht nothwendig einen schlechten Charakter, – es verdirbt selbst den Magen.«

225 *»ihr Bruder Fritz«* – Friedrich Nietzsche.

231 *die italienische Reise* – Goethe, Italienische Reise (1816/17).

232 *fünfaktige Komödie* – »Laubhau und keine Bleibe«.

233 *neues Geschichtenbuch* – »Söhne. Das Zweite Geschichtenbuch« erschien 1923 im Albert Langen Verlag, München.

Hymenäen – Nicht erschienener Titel.

»Kaliban« – Dem Essay »Caliban oder Politik und Leidenschaft. Versuch über die menschlichen Gruppenleidenschaften dargetan am Antisemitismus« liegt die vierteilige Aufsatzfolge »Der heutige deutsche Antisemitismus« zugrunde. Siehe auch Anm. zu S. 191.

»Einzelheiten« – Nicht erschienener Titel.

234 *eine Ungerechtigkeit lieber sehn ...* – Frei nach J. W. Goethes »Belagerung von Mainz«, 25. Juli 1793.

235 *Berg oder Leonie* – Ortschaften am Starnberger See.

237 *mein neues Stück* – »Laubheu und keine Bleibe«.

Aufsatz über Sternheim – »Versuch über Sternheim«, erstmals veröffentlicht in der Anthologie »Juden in der deutschen Literatur«, Berlin 1922.

»Tagebuch« – Literarische Wochenzeitschrift, seit 1920 von Stefan Großmann in Berlin herausgegeben.

Abenteuerroman – Gemeint ist die Filmerzählung »Matauas Zauber«, die 1922 entstand und verloren ging. Zweig rekonstruierte sie 1939. Sie blieb ungedruckt (AZA).

239 *unsre Möbel aus Cassel* – Während ihrer Reise von Berlin nach Tübingen im Frühjahr/Sommer 1919 hatten Arnold und Beatrice Zweig bei Antiquitätenhändlern Möbel gekauft, die sie bei Freunden unterstellten, weil sie in Starnberg zunächst eine möblierte Wohnung bezogen.

240 *»ri scopron le tombe«* – (ital.) Sie entdecken die Gräber wieder; aus »Inno Garibaldi« (1858) von Luigi Mercantini und A. Olivieri.

241 *Einstein in Paris* – Albert Einstein hielt Ende März 1922 am Pariser Collège de France einige Vorlesungen über die Relativitätstheorie.

beim Rahmenmacher – Die Einstein-Radierung von Hermann Struck. Vgl. zweite Anm. zu S. 192.

8. V. 1922 – Der Brief enthält ein neunseitiges Manuskript der Erzählung »Drei Blumensträuße« (später »Elegie über Blumensträuße«). Den kleinformatigen Manuskriptseiten wurden etwas größere Blätter für die zahlreichen Korrekturen angefügt. Auf dem Zusatzblatt für Seite 1 befindet sich auch der kurze Brieftext.

242 *Täuschung, [...]* – Im Original versehentlich nicht gestrichener Text »lungen und Scheingebilden des Daseins fusst«.

243 *Myriaden [...]* – Über das gestrichene Wort »Sönnchen« setzte Zweig »Myriaden« und »Scharen«.

245 *neuen Roman* – Vermutlich »Claudias Treue«.

Zürich, Bolleystr. 52 – Postkarte mit dem Foto von Fritz Joachim und Michael Weyl.

249 *Verfolgungen aus antisemitischer Quelle* – Nach der Niederschlagung der Räterepublik in München im Jahre 1919 kam es immer häufiger zu antisemitischen Ausschreitungen. Auch Arnold und Beatrice Zweig waren in Starnberg bedroht. Am 21. 2. 1923 schrieb Zweig an seine Schwägerin Marie: »Die Arbeiter haben mir sagen lassen, sie stünden für meine Sicherheit ein, es werde mir nichts passieren; das ist ganz tröstlich, obwohl wir bestimmt die Absicht, wegzuziehn, beibehalten.« Und seine Frau fügte hinzu: »Hier müssen wir leider auf alle Fälle weg. Es gab 2 Mal Warnungen an mich, wo ich schon mit dem Kind nach München zu Straussens wollte, aber dann blieb alles ruhig. Wird auch ruhig bleiben, aber in Zeiten der Aufregungen und Putsche, die immer kommen werden, ist Arnold ernstlich gefährdet.« (AZA).

Zeitungsartikel für schweizer jüdische Wochenschriften – Zwischen 1921 und 1923 veröffentlichte Zweig mehrere Aufsätze im »Israelitischen Wochenblatt für die Schweiz«, Zürich.

251 *»Die Heerschau der Gegenstände«* – Anderer Titel von »Der Angriff der Gegenstände«.

254 *Einladungen ... zionistischer Ortsgruppen* – Arnold Zweig sprach am 19. und 21. Januar 1923 in Beuthen und Hindenburg über »Zerfall und Aufbau der Judenheit«.

in Hamburg sprechen – Zweig sprach innerhalb einer Reihe von fünf Vorträgen zur Judenfrage, veranstaltet von der Universität Hamburg.

257 *Buch von Buber* – Gemeint ist vermutlich Martin Bubers 1923 erschienene Gesamtdarstellung seiner prinzipiellen Religionsphilosophie »Ich und Du«.

Vorrede zum großen Maggid – Martin Bubers Schrift »Der große Maggid und seine Nachfolge« war 1922 erschienen.

259 *nach Kattowitz einzuschmuggeln* – Nach der Volksabstimmung vom 20. März 1921 gehörte die oberschlesische Stadt zu Polen.

neurotische Produktionshemmung – Am 6. 2. 1921 äußerte sich Arnold Zweig Hermann Struck gegenüber deutlicher: »Die schweren geistigen Krisen, die ich als Künstler seit nahezu zwei Jahren durchmache die immer hellere Ahnung von Gestaltungs- und Formproblemen die ich bekomme, muß ich mit einer tiefen Unlust zum Schreiben, zum Michäußern überhaupt, bezahlen, bis ich im Neuen die naive Sicherheit wiederkriege die im alten Habitus, dem fast dilettantisch ahnungslosen, mein bestes Teil war.« (Central Zionist Archives, Jerusalem).

260 *eine Art Reisenden* – Etwa um die gleiche Zeit schrieb Zweig an seine Mutter und seine Schwester Ruth (undatiert): »Ich bleibe nur fünf Tage in der Czechoslowakei und gehe nur nach Prag und in diejenigen Orte, die der bairischen Grenze nahe liegen: Pilsen, Marienbad und Teplitz-Schönau. Ich muß nämlich versuchen, soviel Geld als möglich von dieser Reise zu ersparen, damit wir den Sommer über, bis neue Bücher von mir erschienen sind, zu leben haben.« (AZA).

260 *Essays für Klassikerausgaben* – 1923 gab Zweig innerhalb der Rösl-Klassiker, München, »Heinrich von Kleists Sämtliche Werke« und »Georg Büchner. Sämtliche Poetische Werke nebst einer Auswahl seiner Briefe« mit Einleitungen heraus. Im gleichen Jahr erschienen im Hans H. Tillgner Verlag, Berlin, »Gotthold Ephraim Lessings gesammelte Werke«, gleichfalls mit einer Einleitung. 1925 publizierte der J. M. Spaeth Verlag, Berlin, die drei Vorworte unter dem Titel »Lessing. Kleist. Büchner. Drei Versuche«.

Illustrierte Novellen – »Gerufene Schatten« mit Steinzeichnungen von Klaus Richter im Hans H. Tillgner Verlag, Berlin 1923.

»Söhne« – Vgl. erste Anm. zu S. 233.

261 *Mein Mscrpt.* – »Der Angriff der Gegenstände« (vgl. Anm. S. 251).

ein Freund – Gemeint ist der Kattowitzer Buchhändler Georg Hirsch, der Zweigs literarisches Talent früh erkannt hatte und dazu beitrug, dessen Studium zu finanzieren. Er war es auch, der 1909 den Vertrieb der von Zweig und seinen Freunden herausgegebenen Zeitschrift »Die Gäste« besorgte. Nach Auskunft seiner Tochter starb er 1942 im Ghetto Krenau/Chrzanow eines damals »natürlichen Todes«: Herzschlag bei der Morgengymnastik.

263 *Dichter und seine Frau … (Brecht nämlich)* – Bertolt Brecht war von 1922 bis 1927 mit der Sängerin Marianne Zoff verheiratet. Sie wohnten seit Januar 1923 in München, lebten jedoch zeitweilig auch am Starnberger See. Zweig und Brecht hatten sich bereits im Juni/Juli 1922 in München kennengelernt.

Jam – Marie Zweig. Kurzform von Miriam, wie sie sich auch nannte.

264 *quelque chose …* – (franz.) Welch eine für einen Dichter und Philosophen unsaubere und unwürdige Angelegenheit. Aber, Liebling, seien wir Höhlenbewohner in dieser vorsintflutlichen Welt.

269 *Der goldne Topf* – Vielleicht Anspielung auf E. T. A Hoffmanns Märchen.

270 *cr. [?]* – currentis (lat.) laufend; hier im Sinne von: des laufenden Jahres.

Schlachtensee, Mariannenstr. 3_{III} – Nachdem Arnold und Beatrice Zweig Starnberg am 24. September 1923 endgültig verlassen hatten, verbrachten sie den Winter in der Wohnung der Eltern von Beatrice in Berlin-Mitte, Raupachstraße 16. Danach bezogen sie eine möblierte Wohnung in der dritten Etage eines leerstehenden Hotels in Berlin-Schlachtensee. Nach dem Tode von Beatrices Mutter übernahmen sie die Wohnung von Marie Zweig in der Waldemarstraße 68 in Schlachtensee, während die Schwester in die elterliche Wohnung zog.

271 *Redaktion der Jüd. Rundschau* – Zweig begann seine Redakteurstätigkeit bei der »Jüdischen Rundschau« etwa Ende Oktober 1923. Noch im gleichen Jahr erschienen in dem Blatt sechs Aufsätze von ihm, 1924 neunundzwanzig und 1925 vier. Dem Charakter des zentralen Organs der Zionistischen Vereinigung für Deutschland entsprechend, waren

seine Beiträge überwiegend jüdischen Problemen und Ereignissen gewidmet, wozu auch Rezensionen von Theateraufführungen und Büchern gehörten. In seinen Taschenkalender für das Jahr 1925 trug er das im Mai erhaltene letzte Gehalt ein: 457.– Mark (AZA).

271 *Vorträge wo man mich hinschickt* – Den regelmäßig in der »Jüdischen Rundschau« veröffentlichten Aktionslisten zufolge, hielt Zweig im ersten Vierteljahr 1924 Vorträge in Bonn, Düsseldorf, Köln, Elberfeld, Dortmund, Hannover, Königsberg, Berlin, Nürnberg, Fürth, Bamberg, Halberstadt und Beuthen. Themen waren: »Von jüdischer Zukunft«, »Wir Juden und die Freiheit«, »Überwindung des Antisemitismus«, »Zionismus als Weltanschauung«, »Das Kulturproblem der jüdischen Jugend«, »Von äußerer und innerer Freiheit«. Außerdem las Zweig aus eigenen Werken.

Nervenarzt – Zweig hatte sich schon 1923 bei Besuchen in Berlin einer Analysebehandlung unterzogen. Am 13./14. 3. 1923 schrieb er an Marie Zweig: »Ich denke, von dem Wunder das die Analyse an mir gewirkt hat wird die Date [Beatrice Zweig] dir noch schreiben; [...] Die inneren Veränderungen sind etwas langsamer, die äußern ganz zauberhaft. Meine Seelenruhe verträgt Serien zerschlagener Teller, weggefressnen Fleisches u. ähnlicher Katastrophen« (AZA). – Ab 1924 konsultierte Zweig den Berliner Nervenarzt Dr. Walter Kluge.

noch ein Kind – Beatrice Zweig erwartete ihr zweites Kind. Adam Zweig wurde am 14. Oktober 1924 geboren.

272 *Vida mía* – (span.) Mein Leben.

273 *Hermanns Schwester* – Hermine Fischer geb. Weyl.

274 *Cervantes-Novelle* – Miguel de Cervantes Saavedras Novelle »El celoso Estremeño« erschien unter dem Titel »Der eifersüchtige Estremadurer«, von Helene Weyl übersetzt, in der »Neuen Zürcher Zeitung« vom 30. 9. bis zum 9. 10. 1924 als Fortsetzungsabdruck.

Deine Novelle – In der »Neuen Zürcher Zeitung« vom 6. und 7. 9. 1923 war Arnold Zweigs Novelle »Das Sterben des Cinq-Mars« abgedruckt worden.

Pschygode – Wolf Przygode.

276 *[1924]* – Einige Bezüge in diesem Brief (u. a. Beatrices zweite Schwangerschaft) machen deutlich, daß Helene Weyl irrtümlich 1925 datiert hatte. Dieser Irrtum blieb für die Beziehung nicht ohne verwirrende Folgen. Vgl. Brief 100.

märkischen Hof – Vermutlich Name des Hotelhauses, in dem Zweigs wohnten. Vgl. zweite Anm. zu S. 270.

9000 M und der Heerstrasse – Bezieht sich vermutlich auf die Absicht Zweigs, sich an einem Siedlungsprojekt der »Gemeinnützigen Baugesellschaft Heerstraße« zu beteiligen. Auf die vorgesehene Finanzierung gibt es keine konkreten Hinweise. Möglicherweise erhoffte Zweig sich einen Ertrag aus den Verhandlungen mit dem Verlagshaus Ullstein, das für den Roman »Der Streit um den Sergeanten Grischa« (»Der Bjuschew«) optiert hatte, später aber davon zurücktrat. Auch innerhalb der Familie von Beatrice Zweig könnten sich nach der Geschäftsübernahme durch den Bruder Hans Carl Zweig Verpflichtungen zugunsten der beiden Schwestern ergeben haben.

279 *nachdem Ihr hier wart* – Zweigs unternahmen ihre erste Italienreise nach dem Kriege vom 7. April bis zum 9. Mai 1925. Auf der Hinreise hielten sie sich am 7. und 8. April in Zürich auf.

die Novellen und für »meine Novelle« – Gemeint ist der Novellenband »Frühe Fährten« im J. M. Spaeth Verlag, Berlin 1925, und die darin enthaltene »Elegie über Blumensträuße«. Vgl. Brief 73.

280 *E. K.* – Eduard Korrodi.

Spandows – »Die Flucht der van Spandows«.

Goethes Fasanentraum – Schilderung eines glücklichen Traums in der »Italienischen Reise«, Bologna, 19. Oktober 1786.

281 *Weierstrass-Woche* – Veranstaltungsreihe unter dem Namen des bedeutenden Mathematikers Karl Weierstraß (1815–1897).

»Paulinchen war allein zu Haus« – Anfangszeile eines Gedichts aus »Der Struwwelpeter« von Heinrich Hoffmann (1846).

einem Argentinier – Vermutlich einer der Autoren, die seit 1924 von der Berliner Edicion Mœrlins spanisch gedruckt wurden.

Leipziger Angelegenheit – Anspielung auf eine Berufung Hermann Weyls an die Universität Leipzig.

283 *Übersetzung einer spanischen Novelle* – Gemeint ist Helene Weyls Übersetzung von Tirso de Molinas Novelle »Los tres maridos burlados« (»Die drei gefoppten Ehemänner«) aus »Los Cigarrales de Toledo« (»Die Lustgärten von Toledo«). Sie erschien in der »Neuen Zürcher Zeitung« vom 28. 4. bis zum 6. 5. 1926.

284 *Holländer* – Vierrädriges Kindergefährt, durch Ruderbewegungen über ein Hebelsystem anzutreiben, mit den Füßen lenkbar.

285 *Michael* – Unleserliche Kinderschrift.

286 *vierten Teil des … Don Alonso Quijanos* – Miguel de Cervantes Saavedras Roman »Don Quijote« (1605, 1615).

Deinen Kleist – Vgl. zweite Anm. zu S. 260.

sub jugum – (lat.) Unter dem Joch.

287 *(vir)* – (lat.) Mann.

Buch über Philosophie – Hermann Weyls Arbeit »Philosophie der Mathematik und Naturwissenschaft« erschien 1926 in München.

288 *12. III. 26* – Inhalt nimmt Bezug auf den von Helene Weyl irrtümlich falsch datierten Brief 93. Vgl. erste Anm. zu S. 276.

Deine Novellen – Es könnte sich um Helene Weyls Übersetzungen »Die Geschichte von dem Abencerrajen und der schönen Jarifa« von Antonio de Villegas und »Die drei gefoppten Ehemänner« von Tirso de Molina handeln. Zu den von ihr übersetzten spanischen Autoren gehörten neben Miguel de Cervantes Saavedra und Ortega y Gasset u. a. auch Pedro de Alarcon, Azorin, Ramon Menendez Pidal, Benjamin Jarnés und Pio Barojas.

288 *»Regenbogen«* – Erzählungsband, 1925 im J. M. Spaeth Verlag. Enthält neben überarbeiteten älteren Novellen auch die erste Fassung von »Pont und Anna« und die Erzählung »Einen Hut kaufen«.

290 *inhaliert in Wiesbaden* – Zweig war einer Einladung von Dr. Alfred Landsberg, dem ehemaligen Vorsitzenden der Zionistischen Vereinigung für Deutschland, gefolgt. Er hielt sich vom 13. 4. bis zum 7. 5. 1926 in Wiesbaden auf.

291 *Radierung, Arnolds Kopf* – Die 1924 entstandene Radierung wurde in Heft 5 der Zeitschrift »Menorah«, Wien, Frankfurt a. M. 1926, abgedruckt.

Konfusion – Bezieht sich auf den falschdatierten Brief 93.

292 *meinem Manuskript* – Siehe zweite Anm. zu S. 288.

293 *einen unserer spanischen Freunde* – Vermutlich José Ortega y Gasset. Helene Weyls Bewunderung für sein Werk war mitbestimmend für ihre Hinwendung zur spanischen Literatur. Sie war es, die Dr. Gustav Kilpper, den Leiter der Deutschen Verlagsanstalt Stuttgart, auf das kulturphilosophische Werk Ortegas aufmerksam machte und es dem deutschen Lesepublikum in einer Reihe von Übersetzungen nahebrachte. Sie übertrug seine Essays »Die Aufgabe unserer Zeit« (1930), »Der Aufstand der Massen« (1931), »Über die Liebe« (1933) und »Buch des Betrachters« (1934). Außerdem erschienen von ihr Übersetzungen seiner Aufsätze in schweizerischen und deutschen Zeitschriften und Zeitungen.

296 *Verleger seinen Kontrakt brach* – Der Verlag J. M. Spaeth konnte seine vertraglich festgelegten Zahlungen nicht einhalten. Seine Vorschläge für die weitere Zusammenarbeit wurden von Zweig nicht akzeptiert. Nach einer gerichtlichen Auseinandersetzung im Oktober 1926 wurde dem Verlag auferlegt, sich an seine Verpflichtungen zu halten. Bereits im September war es zu vertraglichen Abmachungen mit dem Gustav Kiepenheuer Verlag gekommen, der bis 1933 Zweigs Hauptverleger blieb. Am 22. Juni 1928 übernahm Kiepenheuer auch die bei Spaeth erschienenen Titel.

Roman – Zweig diktierte den Roman »Der Streit um den Sergeanten Grischa« vom 2. September 1926 bis zum 2. Februar 1927.

seine Sekretärin – Claire Rooz war Zweigs erste ständige Sekretärin. Sie arbeitete für ihn vom Juni 1926 bis zu ihrer Eheschließung im Herbst 1930. Er diktierte ihr den Roman ins Stenogramm. Später gewöhnte sich Zweig daran, direkt in die Maschine zu diktieren.

seine Augen – Über Ursachen und Auswirkungen seiner Augenerkrankung schrieb Zweig in einer unveröffentlichten Aufzeichnung von 1936: »1916, beim Bau einer Brücke in Serbien riß zum ersten Mal ein Aederchen in einem meiner Augen; ich war zu kurzsichtig für schwere körperliche Arbeit, aber ich wußte es nicht, 1925, 1930 erfolgten weitere

Zerstörungen dieser Art, und jetzt, 1936, habe ich wieder einmal zu liegen und abzuwarten, daß eine Wunde im Auge heilt. Seit 10 Jahren diktiere ich meine Bücher, seit sechs Jahren kann ich nicht mehr selber lesen, was andere schreiben oder geschrieben haben, nicht einmal meine eigenen Arbeiten.« (AZA). 1936 wurde Zweigs Leiden als Augentuberkulose diagnostiziert und mit einer speziellen Vitamindiät des Arztes Dr. Max Gerson mit einigem Erfolg behandelt. Zeitweilige Besserungen konnten jedoch nicht verhindern, daß seine Sehfähigkeit sich mit zunehmendem Alter mehr und mehr reduzierte.

297 *sondern [...]* – »Sondern« wurde versehentlich zweimal geschrieben.

298 *»Verflossner«* – Marie Zweig war Anfang der zwanziger Jahre kurze Zeit mit dem Schriftsteller Hans Sochaczewer verheiratet gewesen.

299 *»Pont und Anna«* – In seiner Agenda für das Jahr 1925 erwähnte Zweig zum ersten Mal die Arbeit an dieser Erzählung am 1. und 2. Mai (AZA).

»Einen Hut kaufen« – Diese Erzählung entstand vom 21. bis 23. Juni 1925 (Agenda 1925, AZA).

kleinen Novelle – Gemeint ist »Ein Fleck im Auge«, abgedruckt im »Berliner Tageblatt« vom 3. 10. 1926.

Caliban – Der Essay erschien 1927 im Gustav Kiepenheuer Verlag. Vgl. dritte Anm. zu S. 233.

300 *»Spiegel des Großen Kaisers«* – Die bereits 1924 entstandene Erzählung erschien 1926 bei Kiepenheuer.

Reise nach Köln – Nach seiner Abreise aus Wiesbaden am 7. Mai traf sich Zweig in Frankfurt a. M. mit Ellen Herz und dem Verleger L. Sänger; danach besuchte er das befreundete Ehepaar Robert und Hannah Gideon in Köln. Vom 11. bis 13. Mai hielt er sich in Nürnberg auf (Agenda für das Jahr 1926, AZA).

neue Claudiaauflage – 1926 erschien im Kurt Wolff Verlag eine Nachauflage (das 74.–78. Tausend) der 1924 neu durchgesehenen Ausgabe der »Novellen um Claudia«.

ein Arbeitszimmer – Michael Zweig erinnert sich, daß sein Vater im Jahre 1926 ein möbliertes Zimmer in Berlin-Steglitz gemietet hatte, in dem er tagsüber arbeitete.

»Hin zu Dir« – Dieser Gedichtband ist nicht erschienen.

»Umkehr des Irrenden« – Erarbeitung einer neuen Fassung von »Die Umkehr des Abtrünnigen«, die 1927 im Kiepenheuer Verlag unter dem Titel »Die Umkehr« erschien. Vgl. auch zweite Anm. zu S. 78.

»Purimspiel« – »Persische Historie«. Vgl. dritte Anm. zu S. 173.

»Der Bjuschew« – Der Arbeitstitel des Dramas war auch der des Romans »Der Streit um den Sergeanten Grischa«.

eines kleinen Reclambändchens – Der 1923 im Tillgner-Verlag erschienene Novellenband »Gerufene Schatten« wurde 1926 unter dem gleichen Titel mit etwas verändertem Inhalt in Reclams Universal-Bibliothek aufgenommen.

300 *Kalamität mit meinem Schwager* – Hans Carl Zweig führte nach der Erkrankung seines Vaters das Geschäft weiter. Über Verpflichtungen, die sich aus einem von Arnold Zweig an seinen Schwiegervater gegebenen Darlehen ableiteten, war es im Herbst 1926 zu Auseinandersetzungen und zu einem Vergleich gekommen.

301 *deine Novellen* – Siehe zweite Anm. zu S. 288.

303 *Mayflower* – Name des Schiffes, mit dem 1620 die ersten Siedler, aus England vertriebene Puritaner, nach Nordamerika gelangten.

304 *im eigenen Nest* – Mitte November 1926 bezog die Familie ihren Doppelhaus-Teil in der Siedlung Eichkamp, Berlin-Grunewald, Straße G 7, Nr. 59 (später: Zikadenweg).

307 *Göttinger Roman* – Der Plan wurde nicht ausgeführt.

»Wahrsagung« – Eine Szene dieses nicht vollendeten und 1933 verlorengegangenen Trauerspiels wurde in den »Schlesischen Monatsheften«, Breslau 1928, Heft 3 abgedruckt.

Kiplings Barrackroom-Ballads – Außer der in »Die Weltbühne«, 1926, Heft 51 abgedruckten Übertragung von »Shillin' a Day« (»Tag 'ne Mark«) und von »Shiwa and the Grasshopper« (»Shiwa und der Grashüpfer«) im »Berliner Tageblatt« vom 30. 3. 1930, übersetzte Zweig noch andere Balladen von Rudyard Kipling: »Danny Deever« (»Dänny Diewer«), »Route Marchin'« (»Straßen marschieren«) und »To T. A.« (»Tommy«).

308 *Wolf Przy.* – Wolf Przygode.

Sybille B. – Sybille Binder.

den Abencerajen – Helene Weyls Übersetzung von Antonio de Villegas »Historia de Abencerrajen y la hermosa Jarifa«.

311 *»der Roman stirbt«* – Essay von Ortega y Gasset. Erstmals erschienen in »La Deshumanización des Arte e Ideas sobre la Novela« (1925). Helene Weyls Übersetzung erschien unter dem Titel »Gedanken über den Roman« in »Die Aufgabe unserer Zeit«, Stuttgart, Berlin 1930.

»Alle gegen Einen« – Der Vorabdruck in der »Frankfurter Zeitung« erfolgte vom 12. Juni bis 16. Oktober 1927 um einige Kapitel und kleinere Abschnitte gekürzt. »Der Streit um den Sergeanten Grischa« erschien im Oktober 1927 im Gustav Kiepenheuer Verlag, Potsdam.

»... Juden auf der deutschen Bühne« – Die Sammlung von Aufsätzen über jüdische Schauspieler, Regisseure, Dramatiker und Kritiker entstand auf Anregung von Siegfried Jacobsohn und erschien 1927 im Welt-Verlag, Berlin.

313 *Frau Feuchtwanger* – Marta und Lion Feuchtwanger lebten von 1925 bis 1933 in Berlin, ab 1931 in der Nähe Zweigs in Grunewald.

315 *Brief ... selbsttätig* – Zusatz handschriftlich.

Liebe Frau ... Jam Zweig – Zusatz handschriftlich.

316 *Berlin-Grunewald, den 27. 12. 27* – Erster von Zweig diktierter, maschinenschriftlicher Brief mit dem handschriftlichen Zusatz »dein und deines Mannes Freund Arnold.«

316 *Feuchtwangers ... Romane* – »Die häßliche Herzogin« (1923) und »Jud Süß« (1925).

318 *Kritik* – H. A. W., Arnold Zweigs »Sergeant Grischa« in »Neue Zürcher Zeitung« vom 18. 12. 1927.

England und Amerika – »The case of Sergeant Grischa« erschien im Verlag The Viking Press, New York 1927 und bei Secker, London 1928, in der Übersetzung von Eric Sutton.

»Erziehung vor Verdun« – Gemeint ist die Urfassung des Romans von 1930, die Zweig verwarf, als er 1934 die Fabel neu konzipierte. Die neue Fassung erschien 1935 im Querido Verlag, Amsterdam, die Urfassung wurde später zur Grundlage für »Die Feuerpause« (1954).

319 *nach Süden* – Arnold und Beatrice Zweig hielten sich vom 5. Februar bis zum 6. März 1928 in Arosa auf; auf dem Rückweg verbrachten sie drei Tage in Zürich.

Biographie des Cervantes – Dieser Plan wurde nicht ausgeführt.

320 *Mutter nicht mehr lebend* – Am 9. März 1928 hatte Zweig noch in Zürich telegrafisch die Nachricht vom Zustand seiner Mutter erhalten; sie starb am gleichen Tage.

321 *Schwester* – Ruth Zweig.

322 *Buch über Quanten und Gruppen* – »Gruppentheorie und Quantenmechanik« von Hermann Weyl (1928).

324 *Buch-Embryo* – »El sombrero de tres picos« (»Der Dreispitz«) von Pedro Antonio de Alarcon y Ariza (Insel-Bücherei Nr. 223).

Unsere Schiffsplätze – Hermann Weyl war im Herbst 1928 für ein Jahr an die Princeton University berufen worden.

325 *Ereignisse im März und April* – Tod und Beerdigung von Arnold Zweigs Mutter.

326 *und Dita ... Weide.* – Zusatz handschriftlich.

327 *kohlschwarze Mädelchen* – Liselotte Thron, Nichte von Helene Weyl.

328 *ins tschechische Gebirge* – Vom 21. August bis 1. September 1928 hielten sich Zweigs in Hirschberg, Schmiedeberg und Petzer im Riesengebirge auf.

Zébu – »Familiendämon« der Familie Zweig, dessen »Dazwischentreten« und »Verhindern« spaßhaft gefürchtet wurde. Vermutlich abgeleitet von »Zebaot«, dem Gott der Heerscharen, der himmlischen Chöre und Mächte.

»Bertin« – Zeitweilig Titel der Urfassung von »Erziehung vor Verdun«.

Pont und Anna – Die 1925 im Novellenband »Regenbogen« erstmals gedruckte längere Erzählung erschien 1928 überarbeitet und als selbständiges Buch im Verlag Gustav Kiepenheuer, Potsdam.

Laubheu – Die Schicksalskomödie »Laubheu und keine Bleibe« erschien 1930 bei Kiepenheuer.

Schutzverbandsarbeiten – Zweig engagierte sich etwa ab 1928 zunehmend im Schutzverband Deutscher Schriftsteller. 1929/30 amtierte er als 1. Vorsitzender.

329 *eine Art kleiner Novelle* – Nicht zu ermitteln.

331 *Jüdin aus Toledo* – Titelfigur von Lope de Vegas historischem Schauspiel »Las paces de los reyes Judia de Toledo« (»Die Jüdin von Toledo«), um 1600.

332 *Zürich ohne mich* – Vom 4. bis zum 11. September 1928 hatten Arnold und Beatrice Zweig eine Reise durch die Schweiz unternommen und hielten sich u. a. in Zürich auf.

333 *»Babbitt«* – Roman von Sinclair Lewis (1922).

Lindsay's – Gemeint ist vermutlich der amerikanische Lyriker Vachel Lindsay.

334 *in Mainz* – Mainz war Station einer Vortragsreise vom 28. September bis 10. Oktober 1929. Am 2. Oktober sprach Zweig im Mainzer »Verein für Kunst und Literatur« über »Kunst und Leben 1929«.

Aufführung des Grischa-Dramas – Der Moskauer Regisseur Alexander Granowski inszenierte Zweigs Trauerspiel als Gastspiel des Deutschen Theaters im Theater am Nollendorffplatz. Die Premiere fand am 31. März 1930 statt.

335 *(Die 4!)* – Bezieht sich auf Arnold Zweigs Absicht, in insgesamt vier Romanen – einschließlich des »Streits um den Sergeanten Grischa« – einen Zyklus über den Ersten Weltkrieg zu gestalten. Schon während der Arbeit an der Urfassung von »Erziehung vor Verdun« diktierte er Kapitel für »Junge Frau von 1914« und beschäftigte sich mit dem Aufbau von »Einsetzung eines Königs«.

336 *Studie über Oscar Wilde* – Zweigs »Versuch über Oscar Wilde« entstand vom 31. 12. 1929 bis 13. 1. 1930. Er wurde abgedruckt in »Oscar Wilde. Werke in zwei Bänden. Herausgegeben und eingeleitet von Arnold Zweig« im Th. Knaur Verlag, Berlin 1930.

im Februarheft – Die »Neue Schweizer Rundschau« wurde von Max Rychner herausgegeben.

Kim – Roman von Rudyard Kipling (1901).

337 *mein Stück* – Vermutlich ist das Manuskript oder die im Kiepenheuer-Verlag publizierte Bühnenfassung gemeint.

Tausend … Dita – Zusatz handschriftlich.

Elmshorn – Wohnort der Eltern von Hermann Weyl.

338 *Premiere* – »Der Streit um den Sergeanten Grischa« in Berlin.

Atelierhaus – Das Haus Kühler Weg 9 wurde von dem Architekten Harry Rosenthal im Bauhausstil entworfen.

339 *Rüchner* – Max Rychner.

der französische »Grischa« – »Le Cas du Sergeant Grischa« erschien 1930 im Verlag Michel, Paris, übersetzt von Maurice Rémon.

treuen Sekretärin – Claire Rooz begleitete Zweig vom 19. 5. bis 16. 6. 1930 nach Oberbozen. Sie arbeiteten an »Junge Frau von 1914«.

340 *uns in Zürich sehen* – In seinem Notizkalender von 1930 notierte Zweig am 12. 6.: »Zürich wunderschöne Seestadt. Sehr heiß. Mit Helen im

Strandbad. Erstes Schwimmen des Sommers. Weldlers. Abendgesellschaft mit Professoren u. Damen.« (AZA).

342 *Stellungnahme gegen die Kirche* – Voltaire hat vor allem im »Traité sur la tolérance« (1763) und im »Dictionnaire philosophique« (1764) gegen die Kirche Stellung genommen.

Kunstschule – Im Frühjahr und Sommer 1930 besuchte Beatrice Zweig die private Johannes Itten-Schule in Berlin.

343 *Wahlen* – Am 14. September 1930 fanden Reichstagswahlen statt. Sie ergaben einen sensationellen Stimmenzuwachs der NSDAP von 12 auf 107 Mandate.

Meine Augen ... Tempo – Zusatz handschriftlich.

Meine liebe ... Dita – Handschriftlicher Briefteil.

345 *neues Buch Ortegas* – »La rebelión de las masas« erschien 1931 in der Übersetzung von Helene Weyl unter dem Titel »Der Aufstand der Massen«.

op. 111 – Klaviersonate c-moll von Ludwig van Beethoven, entstanden 1821/22.

346 *den Gynäkologen* – Heinrich Martius.

347 *erste Roman der Trilogie* – »Junge Frau von 1914« erschien Ende 1931 im Gustav Kiepenheuer Verlag, Berlin.

349 *Deiner ... Übersetzung* – Von Lytton Giles Stracheys »Portraits in miniatures« (1931) übersetzte Helene Weyl »Drei englische Historiker« (Gibbon, Macauly und Carlyle), die in dem Band »Geist und Abenteuer. Sieben Bildnisse« bei S. Fischer, Berlin 1931 erschienen.

Vermittlung – Zweig schrieb den Brief ab »lung« handschriftlich am Rande zu Ende.

Juden nach Spanien zurückzukehren – Bezieht sich auf die Vertreibung der Juden aus Spanien 1492–1496 durch den Großinquisitor Torquemada.

Sekretärin – Lily Offenstadt arbeitete schon seit 1929 als Zweigs Sekretärin; zunächst zusammen mit Claire Rooz. Nach deren Weggang 1930 war sie allein für ihn tätig.

Dezember-Heft der »Neuen Linie« – Die Leipziger Modezeitschrift »die neue linie« veröffentlichte in Heft 4/1932 Helene Weyls Übersetzung von Ortega y Gassets »Divagación ante el retrato de la Marquesa de Santillana« (1918) unter dem Titel »Scheu und Leidenschaft. Betrachtungen vor dem Porträt der Marquesa de Santillana«. Zweig bezieht sich auf eine gegen ihn gerichtete Veröffentlichung mit seinem Porträtfoto in Heft 2/1932 dieser Zeitschrift. Zur Begründung, warum man sich mit ihm befasse, lieferte das Blatt folgenden Text: »Arnold Zweig? Weil wir es auf das Tiefste beklagen, daß man ihn im Krieg nur als Armierungssoldat verwendet hat. Weil der Staat durch diese Verkennung ›schöpferischer Fähigkeiten‹ ihm eine Wunde geschlagen hat, unter deren Nachwehen noch heute die Bücher des Unglücklichen stehen. Weil er ins Panoptikum gehört, da er – wie sein ›Sergeant Grischa‹ beweist – als Hassender Zerrbilder von monströser Scheußlichkeit darzustellen versteht, als Liebender jedoch – wie seine ›Novellen um Claudia‹ zeigen – an schwüler Flamme so zuckersüße Schmalztörtchen bäckt, daß er im Pantheon zwischen Clauren und der Marlitt aufgehängt werden müßte. Vor allem aber, weil man unrecht täte, Clauren und Marlitt in die Gesellschaft eines Mannes zu stellen, der jüngst in einer englischen Zeitung [»Manchester Guardian Weekly«, 29. 7. 1932] sein Land in einer so fatalen Weise denunziert hat.«

349 *Giftmischerin, die ihre* – Handschriftliche Korrektur von Arnold Zweig.

350 *hämische und dumme Kritik* – Gemeint ist Emanuel bin Gorions Kritik »Von Erfolg zu Erfolg. 1000 neue Seiten Feuchtwanger« im 2. Morgenblatt der »Frankfurter Zeitung« vom 12. 10. 1930.

»De Vriendt« – »De Vriendt kehrt heim« erschien 1932 im Gustav Kiepenheuer Verlag, Berlin.

Dita ist nach Paris abgedampft – Wegen Arnold Zweigs Beziehung zu Lily Offenstadt geriet das Zusammenleben der Eheleute in eine schwierige Phase, so daß die zeitweilige räumliche Trennung neben der künstlerischen Weiterbildung einer der Gründe für Beatrice Zweigs Paris-Aufenthalt war.

352 *von Arnold ... beruhigende Nachrichten* – Arnold Zweig war am 21. Februar 1933 von einer Vortragsreise nach Wien und mehreren Städten in der ČSR nach Berlin zurückgekehrt. Die allgemeine Besorgnis über die politische Lage nach der Machtübernahme durch die Nationalsozialisten teilte er nicht. Noch nach dem Reichstagsbrand schrieb er am 4. März an seine Frau nach Paris: »Also: Eichkamp ist ganz ruhig. Berlin ist auch ganz ruhig. Unruhig sind nur die Nerven der Nervösen. Es gibt keinen einzigen Leut unserer Umgebung, nächster wie fernster Klasse, der nicht in mich gedrungen hätte: ich müsste verreisen, ganz wie im September 23. [...] Sei nur ja unbekümmert und lebe dein liebes Leben vor dich hin. Wir haben ohnehin nur dies eine.« Am 11. März schrieb er jedoch: »Liebstes Didel, diesmal setzt mich deine Karte in Verlegenheit. Natürlich möchte ich sagen: wenn du es für nötig hältst, so bleib. In der Sachlage läge es ferner, zu sagen: fahre nach Meudon und Sèvres und suche was für uns Passendes, dann miete. Das Politische wird für uns unerquicklich sein, das Wirtschaftliche, der Boykott jüdischer Autoren, kann uns außer Landes treiben. (Du mußt dir die ›Voss‹ von heute früh kaufen.) Ich schreibe dies bei funkelndem Wetter, Eichkamp ist so still wie je, aber ich kann mir nicht helfen: der Zahn ist locker geworden, er wird ausfallen.« (AZA). Der letzte Teil des Satzes war die zwischen den Eheleuten verabredete Formel für die Notwendigkeit, Deutschland zu verlassen.

353 *Aufsatz für Manchester Guardian* – Unter dem Titel »What a Nazi win would mean« hatte der »Manchester Guardian Weekly« am 29. 7. 1932 einen Brief Arnold Zweigs »To the Editor« abgedruckt.

353 *Verträge mit Verlegern* – Der holländische Verleger Emanuel Querido gliederte seinem Amsterdamer Verlag 1933 eine Abteilung für deutsche Literatur an, die der aus Deutschland emigrierte ehemalige Mitinhaber des Kiepenheuer-Verlages Fritz Landshoff leitete. Landshoff übernahm eine Reihe früherer Autoren des Kiepenheuer-Verlages in die neue Verlagsabteilung. Von Arnold Zweig erschien bereits 1933 der Erzählungsband »Spielzeug der Zeit«. Anfang 1934 folgte das Essaybuch »Bilanz der deutschen Judenheit 1933«. Im Pariser Verlag des Europäischen Merkur konnte Zweig 1933, zusammen mit einem Beitrag von Lion Feuchtwanger, seinen Aufsatz »Jüdischer Ausdruckswille« veröffentlichen. 1933 erschienen die amerikanische und die holländische Ausgabe von »De Vriendt kehrt heim« sowie die polnische von »Junge Frau von 1914«.

eine Arbeit zu feilen – Gemeint ist die »Schlesische Novelle«, die schon 1932 entstanden war. Sie ist in »Spielzeug der Zeit« enthalten.

Pressburg und Wien – Am 29. 3. und 1. 4. 1933 hielt Zweig in diesen Städten den Vortrag »Die geistige Struktur der Gegenwart«.

354 *dein Eddingtonbuch* – Helene Weyl übersetzte Arthur Eddingtons Buch »The Expanding Universe« (1932) unter dem Titel »Dehnt sich das Weltall aus?«, Stuttgart 1935.

355 *26. März, bis zum 8. Mai* – Zeitabschnitt von Beatrice Zweigs Rückkehr aus Paris bis zu ihrem Verlassen Deutschlands.

der spanische Aufenthalt – Nach ihrem ersten Aufenthalt 1922 reiste Helene Weyl noch mehrere Male nach Spanien.

»Dr Doolittle auf dem Mond« – Bezieht sich auf das 1929 erschienene Buch »Doctor Dolittle in the Moon« des englischen Kinderbuchautors Hugh Lofting.

359 *astronomisches Buch* – Helene Weyls Übersetzung des Buches »The Stars in their Courses« von James Hopwood Jeans erschien unter dem Titel »Die Wunderwelt der Sterne«, Stuttgart 1934. Im gleichen Jahr erschien auch ihre Übersetzung »Die neuen Grundlagen der Naturerkenntnis«.

Revista de Occidente ... – Name und Adresse der von Ortega y Gasset herausgegebenen Zeitschrift (Abendländische Rundschau).

Beth Moses – (hebr.) Haus des (Besitzers) Moses. Nach kurzen Aufenthalten im Wollstein- und Teltsch-Haus in Haifa hatten Zweigs Mitte Mai 1934 ihre erste Wohnung im neuerbauten Beth Moses auf dem Berg Carmel bezogen.

361 *die ungeborenen Kinder* – Anspielung auf das 18. Kapitel »Geburtserklärungen« des Romans »Erewhon or Over the Range« (1872) des englischen Schriftstellers Samuel Butler, (dt. »Ergindwon oder Jenseits der Berge«, 1879).

alles, was wir in Deutschland hatten ... Nazi geschluckt – Die Familie Zweig verlor durch die erzwungene Emigration ihre beiden Häuser in Berlin-Eichkamp; die bei Verkäufen durch Dritte erzielten Beträge mußten auf innerdeutsche Sperrkonten eingezahlt werden und gingen ihnen verloren. Die Einrichtungen der Häuser, die von Verwandten und Freunden auf einen Möbelspeicher verbracht worden waren, darunter wertvolle Gemälde und Möbel, eine Bibliothek von großem sammlerischen Wert sowie ein beträchtlicher Teil der Manuskripte und Briefe Zweigs und fast alle Bilder von Beatrice Zweig, wurden von der Gestapo beschlagnahmt.

362 *ich fuhr nach Eichkamp* –Vom 21. Januar bis zum 6. Februar 1933 besuchte Zweig seine Frau in Paris. Anschließend reiste er weiter nach Luxemburg und hielt dort noch am Abend des 6. Februar einen Vortrag. Die Reise ging weiter über Basel nach Wien, wo er mit Lily Offenstadt zusammentraf. Am 10. Februar besuchte er Sigmund Freud. Am 13., 15. und 16. Februar folgten Vorträge in Wien, Brünn und Mährisch-Ostrau über das Thema »Die horizontale und vertikale Kulturgliederung«. Am 17. Februar traf Zweig in Prag ein, wurde am 19. in der Akademischen Lesehalle empfangen und sprach am nächsten Abend anläßlich einer großen Versammlung im Lesesaal der Bibliothek. Am 21. Februar kehrte er nach Berlin zurück.

Einleitung des Boykotts – Am 1. April 1933 fand in Deutschland der erste von der Regierung angeordnete Boykott gegen die jüdische Bevölkerung statt. Arnold Zweig schrieb im ersten Abschnitt seiner »Bilanz der deutschen Judenheit 1933« darüber: »So wird am 1. April in ganz Deutschland der offizielle Trennungsschnitt zwischen Deutschen und Juden vollzogen, Die Geschäfte jüdischer Bürger, die Kanzleien jüdischer Anwälte, die Namensschilder jüdischer Ärzte, die Werke jüdischer Schriftsteller werden geächtet und verfemt, die Träger jüdischer Namen aus der Volksgemeinschaft ausgeschlossen.«

Abtransport der Kinder – Michael und Adam Zweig wurden noch bis zu den großen Ferien in eine Berliner Jüdische Schule umgeschult. Am 8. August begleitete Marie Zweig die Kinder nach Straßburg, wo sie von ihrer Mutter in Empfang genommen und nach Sanary gebracht wurden.

sie fühlte sich … bedroht – In seinem »Bericht in Sachen Zw.« (Anfang November 1933) schrieb Zweig: »In der Nacht zum Boykott-Tag benutzte Herr Goebbels ein geschickt und irreführend herausgeschnittenes Zitat aus meinem Aufsatz über Rathenau vom Jahre 1922, um gegen mich Stimmung zu machen. Aus dem gleichen Aufsatz verwandte er ebenfalls falsch bezogene und aus dem Zusammenhang gerissene Stellen in einer grossen Rede auf dem Partei-Tag in Nürnberg. Dadurch wurden meinen Unterhändlern die Nerven gelähmt, sie begingen einen folgenschweren Fehler.« (AZA).

363 *zwölf Autoren* – In einem Sonderdruck aus dem »Börsenblatt für den Deutschen Buchhandel« Nr. 110 vom 13. 5. 1933 wurde folgende »Bekanntmachung« veröffentlicht: »Der Vorstand des Börsenvereins der

Deutschen Buchhändler ist sich mit der Reichsleitung des Kampfbundes für deutsche Kultur und der Zentralstelle für das deutsche Bibliothekswesen darin einig geworden, daß die zwölf Schriftsteller Lion Feuchtwanger – Ernst Glaeser – Arthur Holitscher – Alfred Kerr – Egon Erwin Kisch – Emil Ludwig – Heinrich Mann – Ernst Ottwalt – Theodor Plivier – Erich Maria Remarque – Kurt Tucholsky alias Theobald Tiger, Peter Panter, Ignaz Wrobel, Kaspar Hauser – Arnold Zweig für das deutsche Verlagswesen als schädigend zu erachten sind. Der Vorstand erwartet, daß der Buchhandel die Werke dieser Schriftsteller nicht weiter verbreitet. Leipzig, am 11. Mai 1933« (zitiert nach »In jenen Tagen. Schriftsteller zwischen Reichstagsbrand und Bücherverbrennung. Eine Dokumentation« Leipzig und Weimar 1983, S. 315).

364 *Kinderdorf … Kinderheim* – Michael Zweig lebte nach der Übersiedlung etwa ein dreiviertel Jahr im Kinderdorf Ben-Shemen, Adam Zweig blieb für ein halbes Jahr in einem Kinderheim in Jerusalem-Talpioth, das von Verwandten der Familie Zweig geleitet wurde.

365 *Michi … später* – Zusatz handschriftlich.

Verständigungs-Mai – In einem Abkommen zwischen Großbritannien und Italien vom 14. 4. 1938 hatten die Briten die italienische Herrschaft in Abessinien anerkannt, während Italien sich im Gegenzug verpflichtete, italienische Freiwillige aus Spanien nach dem Ende des Bürgerkriegs zurückzuziehen. Außerdem wurden Regelungen aller strittigen Fragen im Nahen Osten vereinbart.

366 *»Versunkene Jahre«* – Der Roman erschien 1938 mit dem Titel »Versunkene Tage« im Querido Verlag, Amsterdam. Er geht auf die erhalten gebliebene Abschrift eines 1933 verloren gegangenen Manuskripts aus dem Jahre 1909 zurück, die Zweig 1937 bearbeitete. Die Nachkriegsausgabe des Romans, 1950 im Kurt Desch Verlag in München erschienen, erhielt auf Drängen des Verlegers den Titel »Verklungene Tage«.

Einsetzung eines Königs … – Nach der deutschen Ausgabe des Romans 1937 im Querido Verlag erschien die von Eric Sutton besorgte englische Übersetzung 1938 bei Secker & Warburg, London, und im Verlag The Viking Press, New York.

ihr Göttinger und Zürcher 7 – Anspielung auf die sieben Göttinger Professoren, die von König Ernst August am 14. Dezember 1837 aus dem Dienst entlassen wurden, weil sie ihn des Verfassungsbruchs beschuldigt hatten.

369 *University in Exile* – Als in Deutschland mit dem Gesetz zur Wiedereinführung des Berufsbeamtentums vom 7. April 1933 die Entlassung antinationalsozialistischer und jüdischer Hochschullehrer einsetzte, gründete der Sozialwissenschaftler Alvin Johnson, Direktor der New School for Social Research in New York City im Herbst 1933 an seinem Institut mit Unterstützung privater Spender die University in Exile. An ihr wirkten neben emigrierten Soziologen, Nationalökonomen, Politologen, Psychologen und Historikern auch Psychoanalytiker, Literaturhi-

storiker, Komponisten und Theaterfachleute. Den Namen »University in Exile« ersetzte Johnson später durch »Graduate Faculty of Political and Social Science of the New School for Social Research«.

371 *Hermanns Sekretärin* – Mrs. Blake.

Michael ist ... der zweite – In der Zweig-Familie ist Michael der älteste Sohn.

seine Freundin – Margareta Granström, seit 1943 verheiratet mit Michael Weyl.

Achim ... Adam's Pendant – Adam ist der jüngere Zweig-Sohn.

seine erste mathematische Arbeit – Der Artikel »Meromorphic Curves« von Hermann und Joachim Weyl erschien in den »Annals of Mathematics« Heft 39, 1938.

mein Neffe – Wolf Thron.

372 *Besprechung der »Einsetzung eines Königs«* – »Arnold Zweig's War Chronicle« von Louis Kronenburger erschien am 22. 5. 1938 in der »New York Times«.

des dritten Bandes – Thomas Manns dritter Roman der Tetralogie »Joseph und seine Brüder« – »Der junge Joseph« – erschien 1936.

373 *Freud ... vor einer Operation* – 1923 war im Gaumen Sigmund Freuds eine bösartige Geschwulst diagnostiziert worden. Bis zu seinem Tode im Jahre 1939 mußte sich Freud insgesamt 33 Mundoperationen unterziehen. Am 8. September 1938 erfolgte in London die Operation durch Professor Pichler, auf die Zweig hier hinweist.

Septemberkrise – Die diplomatischen Auseinandersetzungen zwischen den Westmächten und der deutschen Regierung führten am 29. September 1938 zum Münchener Abkommen, das die Abtretung der tschechoslowakischen Grenzgebiete bis zum 30. Oktober des Jahres festlegte.

374 *Penclub-Congress* – Vom 8.–10. Mai 1939 fand anläßlich der Weltausstellung auf Antrag des amerikanischen PEN in New York ein außerordentlicher Schriftstellerkongreß statt, auf dem Arnold Zweig am 9. Mai über das Thema »How Can Culture Survive Exile« sprach. Auf der Rednerliste des Kongresses standen u. a. auch Thomas und Erika Mann, Ernst Toller, Ferdinand Bruckner, Dorothy Thomson, Jules Romains und André Maurois.

377 *Ernst Toller* – Anläßlich seines Todes am 22. Mai 1939 sprach Arnold Zweig am 25. Mai über den New Yorker Sender W. E. D. C. einen Nachruf. (»In memoriam Ernst Toller« in »Über Schriftsteller«, Berlin 1967.)

378 *Ich habe was für »Maß und Wert«* – Die Zweimonatsschrift erschien von September/Oktober 1937 bis September/Oktober 1940 im Zürcher Verlag Oprecht; Herausgeber waren Thomas Mann und Konrad Falke, Redaktion ab November/Dezember 1939 Golo Mann und Emil Oprecht. Von Arnold Zweig erschienen hier keine Beiträge. Am 13. 6. [1939] schrieb Golo Mann an Arnold Zweig: »Sehr verehrter Herr Arnold Zweig, besten Dank für Ihren Brief – das Manuscript ist im Augen-

blick noch nicht in meinen Händen. Sehr muss ich es bedauern, dass mir die Gelegenheit entging, Ihre Meinung zum Kapitel ›Zeitschriften‹ zu hören, zugleich aber betonen, dass hier keine Schuld mich trifft, da mir Frau Weyl Ihren Wunsch durchaus nicht mitteilte. Selbstverständlich würde ich mich sonst bei Ihnen gemeldet haben. – Wegen des Manuscriptes schreibe ich Ihnen nach Palestina. Leider ist meine eigene Lage zur Zeit noch völlig unklar; von einigen Konsulaten oder Innenministerien hängt es ab, ob ich die Redaktion überhaupt werde übernehmen können. Ihnen gute Fahrt wünschend und mit besten Grüssen Ihr ganz ergebener Golo Mann« (AZA). Um welches Manuskript Zweigs es sich gehandelt hat, ist nicht bekannt.

378 *Grischa-Stück* – Über eine Aufführung des Dramas in den USA gibt es keine Hinweise.

Jost Hermand

Dita, Arnold und Lady Helen

Der Versuch einer Liebe zu dritt

Arnold Zweig war einer der letzten großen Briefsteller dieses Jahrhunderts. Als junger Mann relativ einsam lebend und später in steigendem Maße von Sehbehinderungen geplagt, ergriff er jede Gelegenheit, welche sich ihm bot, die ihn umgebenden Schweigemauern wenigstens mit schriftlich fixierten Zeugnissen seiner Sehnsucht nach ihm verwandten Menschen zu durchbrechen. Während er bis zum Ende der zwanziger Jahre diese Briefe noch selber schreiben konnte, mußte er sich später häufig auf die Hilfe von Sekretärinnen verlassen, denen er jedoch zum Teil so vertraute, daß der Ton seiner Briefe dadurch nicht unpersönlicher wurde. Daher liegen im Arnold-Zweig-Archiv noch immer Tausende, ja Abertausende unveröffentlichter Briefe von und an Zweig, deren Publikation eine Fülle neuer Streiflichter auf sein Leben und seine Werke werfen würde. Selbstverständlich sind nicht alle diese Briefe gleichgewichtig. Aber schon die bisher edierte Korrespondenz Zweigs mit Sigmund Freud, Lion Feuchtwanger und Louis Fürnberg hat gezeigt, welche Schätze es hier zu heben gibt. Von ähnlicher Bedeutsamkeit ist sein Briefwechsel mit Martin Buber, den Brüdern Mann, Georg Lukács, Robert Neumann, Benjamin W. Huebsch und vielen anderen Autoren, Wissenschaftlern und Politikern der ersten Hälfte dieses Jahrhunderts. Warum werden also in diesem Band gerade seine Briefe und die sie ergänzenden Schreiben seiner Frau Beatrice an Helene Weyl abgedruckt, von deren Existenz bisher lediglich einige Zweig-Kenner etwas wußten? Wer war diese Helene, die Zweig gern »Lady Helen« nannte und mit der er einen vertrauten, ja zeitweise höchst passionierten Briefwechsel führte, der sich über 27 Jahre erstreckte?

Als sich der Student Arnold Zweig und die Studentin Helene Joseph 1912 in Göttingen kennenlernten, war er 25 und sie 19 Jahre alt. Da er aus kleinbürgerlichen Verhältnissen stammte und trotz seiner geistigen Überlegenheit sicher etwas linkisch wirkte, wird ihn diese schöne, geistvolle und selbstbewußt auftretende junge Frau, die aus einer vermögenden jüdischen Arztfamilie im Pommerschen stammte, sofort angezogen, aber auch etwas eingeschüchtert haben. Seine ersten Briefe an sie, die er ihr im nächsten Semester aus Rostock schrieb, können darum trotz aller Geistreicheleien und beigelegten Gedichte nicht über die innere Beklommenheit hinwegtäuschen, welche Zweig dieser Frau gegenüber empfand. Wie in den Schlußabschnitten seiner »Aufzeichnungen über eine Familie Klopfer«, die ein Jahr vorher erschienen waren, steigerte er sich in ihnen in eine Welt hinein, in welcher ein verfeinerter Umgang mit Kunst sowie eine jenseits aller bürgerlich-moralingesäuerten Auffassungen stehende Liebesvorstellung als die auszeichnenden Merkmale aller wahrhaft »edlen Seelen« galten. Wie in seinem neuen Werk, den »Novellen um Claudia«, die er gerade zum Druck vorbereitete und deren Titelheldin sowohl an Helene Joseph als auch an seine Kusine Beatrice Zweig gemahnt, in die er sich zur gleichen Zeit verliebte, betonte Zweig in diesen Briefen nachdrücklich sein menschliches und kulturelles Außenseitertum, kurz: seine Unbürgerlichkeit, um sich so mit Helene und der ebenfalls aus vermögendem Hause stammenden Beatrice auf die gleiche Stufe stellen zu können.

Selbst der Zustand der Verliebtheit sollte im Zeichen dieser Unbürgerlichkeit stehen. Sich in einem seelisch so komplizierten und körperlich intimen Bereich, wie dem der Sympathie zwischen zwei auserwählten, kulturell verfeinerten Menschen, den herrschenden Konventionen zu unterwerfen, erschien ihm als ausgesprochen unfein, ja geradezu niedrig. Und so wie Zweig dachten damals viele junge Künstler. In diesen Kreisen erwartete fast niemand, daß sich aus der ersten Liebesnacht, wenn nicht dem ersten Kuß, sofort eine lebenslängliche Verpflichtung ergab, die mit einem Verlobungsring und dann mit einem Trauschein besiegelt werden mußte. Hier herrschte der Eros der flüchtigen

Begegnung, das aufregende Spiel der beim Kunstgenuß ineinander versinkenden Augen, der zarten, beinahe absichtslosen Berührungen, der ersten verstohlenen Küsse – und schließlich jene Liebe ohne Reue, über die man den Schleier der Verschwiegenheit breitete.

Wie schade, daß sich aus dieser und der folgenden Zeit vornehmlich die Briefe Arnold Zweigs und nur wenige von Helene Weyl erhalten haben. Daß er sie als durchaus ebenbürtige Partnerin betrachtete und nicht bloß heimliche Liebesfäden spinnen wollte, beweisen schon seine ersten Briefe zur Genüge. In ihnen berichtete er ihr, die in Göttingen Philosophie und Mathematik studierte, nicht nur von seiner Einsamkeit und seiner Abscheu vor jenen »Tüchtigen«, »Leistungsbetonten«, welche keinen Sinn für das »Abtasten der Seelen« hätten, sondern versuchte auch, Probleme der Phänomenologie Husserls, der psychoanalytischen Methode Freuds und des modernen Judentums anzuschneiden. Außerdem riet er ihr besorgt, sich stets an die »wertvollen Menschen« zu halten und keineswegs in den mecklenburgischen Landadel hinein zu heiraten, mit dem ihre Eltern offenbar gute Kontakte hatten. Als sie ihm 1913 mitteilte, daß sie sich mit dem nichtjüdischen Privatdozenten für Mathematik Hermann Weyl vermählen wollte, war er sicher enttäuscht. Doch diese Heirat ermöglichte Zweig zugleich, ihr in der Folgezeit – da sie ihm als unmittelbares Liebesobjekt erst einmal entzogen war – über seine Liebe zu Beatrice, einer der »elegantesten jungen Damen Münchens«, zu erzählen und damit einen Ton der Vertrautheit anzuschlagen, der sich in seinen Briefanfängen schnell von »Sehr wertes Fräulein Joseph« über »Liebes Fräulein Joseph« und »Liebe Freundin« zu »Liebste Freundin« steigerte.

Was Zweig in dieser Zeit als die beiden Hauptziele seines Lebens ins Auge faßte und wofür er bei Beatrice und Helene vollstes Verständnis fand, waren die dichterische Produktivität und der Zustand des Verliebtseins. Seine im Herbst 1913 mit Beatrice nach Oberitalien unternommene Reise stellte er darum Helene gegenüber als die gelungene Utopie »eines Lebens ohne häßlich-praktische Umwelt« hin. »Beieinander und produktiv« zu sein, schrieb er ihr, das sei der »Inbegriff des Glücks«. Und auch Beatrice, die ab August 1913 seinen Briefen häufig einen Gruß anfügte, betonte immer wieder, daß sie nur als Liebende und Künstlerin glücklich sein könne und deshalb das von ihren Eltern empfohlene Leben einer geschäftstüchtigen »Modezeichnerin« als »richtig häßlich« ablehne. Ja, als sich die beiden Paare im April 1914 in Zürich trafen, wo Hermann Weyl inzwischen eine Professur erhalten hatte, forderten Arnold und Beatrice ihre Gastgeberin auf, sich doch stärker ihrem eigenen Schreibtalent zu widmen und versuchten auch ihren Mann ein wenig von der Mathematik zur Kunst »abzuziehen«. Doch nicht nur das. In den Wochen danach wollte Zweig ihr »dauernd Liebeserklärungen machen«, so sehr hatte die Begegnung mit Helene seinen seit zwei Jahren unterdrückten Liebesgefühlen einen neuen Auftrieb gegeben.

Wie stark Zweig im August 1914 – unter Berufung auf Max Scheler – selbst den Beginn des Ersten Weltkriegs als primär ästhetisch empfindender Mensch erlebte, wird wohl nirgends so klar wie in den Briefen an Helene Weyl. In ihnen huldigte er einer kulturmissionarischen Aufbruchsstimmung, die völlig im Zeichen der »Kantischen Intuition«, der »Beethovenschen Allegretti« und des Dürerschen »Reiters« zwischen Tod und Teufel stand und durch die, wie er hoffte, selbst der »fette Bürger, unser Antagonist«, wieder »schön« werde. Aber neben solchen Stimmungen, die Zweig mit vielen jungen Intellektuellen dieser Wochen und Monate teilte, bricht in diesen Briefen zugleich seine kaum noch verschleierte Liebe zu Helene durch. Unter Berufung auf seine »Novellen um Claudia«, die bereits Zeugnis von der »autonomen Sittlichkeit der Frau« ablegten, wandte er sich in ihnen plötzlich ganz offen gegen die herrschende »bürgerliche Moral«: also die »Keuschheit« vor der Ehe, die erzwungene »Distanz« im zwischenmenschlichen Verkehr sowie alle gesellschaftlichen Konventionen, die viele Menschen zur »Lebenslüge« im Sinne der Ibsenschen »Wildente« verurteilten. Es sei an der Zeit, schrieb er, daß aus Triebkrüppeln endlich erotisch »selbständige Menschen« würden. Statt dauernd zu »lügen« und sich zu »verkriechen«, dauernd »Kompromisse« zu schließen, dauernd ins »Bürgerliche« abzugleiten und in der staatlich sanktionierten »Ehe« die einzig erlaubte Form der Erotik zu sehen, müßten sich die »edleren« Menschen endlich zu neuen Liebesvorstellungen entschließen, die – auf der Basis beiderseitiger »Ehrlichkeit« – eine größere Toleranz im Bereich seelischer und körperlicher Beziehungen erlaubten.

Doch solchen verliebten und emanzipationssüchtigen Spekulationen setzte der Dienst in der Armee, dem sich Zweig erst in Serbien, dann vor Verdun und schließlich in der östlichen Etappe unterziehen mußte, erst einmal ein Ende. Und auch Beatrice, die in dieser Zeit immer stärker in den Briefwechsel eingriff, schrieb 1917, daß sie in der »grauen Luft harter materieller Nötigungen« kaum noch Lust »zum geigen, zum singen, zum lesen und zum spazierengehen« habe. Was beide, Arnold und Beatrice Zweig, in diesen Jahren immer stärker beschäftigte, war eine tiefere Auseinandersetzung mit der Buberschen Form des Zionismus, gegen die sich jedoch Helene, die 1913 zum Christentum übergetreten war, offenbar sperrte. Während ihr, im sicheren Hafen der Schweiz und in einer materiell wohlfundierten Ehe, das Judentum immer unwichtiger wurde, richteten die Zweigs aufgrund der Balfour-Deklaration, die allen Juden in Palästina eine bleibende Heimstatt versprach, ab 1917 ihre Augen mehr und mehr auf das künftige Zionsland, ja gedachten sich dort nach dem Ende des Krieges – mit den Bubers – eventuell auf immer anzusiedeln. Als jedoch der Krieg im November 1918 endgültig zum Stillstand kam und in Deutschland die Revolution ausbrach, wurden Arnold und Beatrice Zweig, die inzwischen geheiratet hatten, wieder unschlüssig, wie sie sich ihr Leben in Zukunft einrichten sollten.

Ihre Auswanderungspläne scheinen sie in den folgenden Monaten erst verschoben und dann endgültig aufgegeben zu haben, da ihnen Palästina als ein zu »kulturloses« Land erschien. Statt dessen richteten sich Arnold und Beatrice Zweig im Winter 1919/20 in Starnberg auf einen längeren Aufenthalt ein, das heißt wollten endlich das langersehnte Familienleben genießen. Ihr erstes Kind kam im Sommer 1920 zur Welt und erhielt wie Helenes zweiter Sohn den Vornamen Michael. Obwohl das Glück der Eltern über diesen Sohn groß war, wurde Zweig in dieser

Zeit häufig von tiefen Depressionen heimgesucht, litt an literarischen Produktionshemmungen und war auch sonst relativ entschlußunfähig. Sowohl das Weltkriegserlebnis, vor allem die langen Monate vor Verdun, als auch seine Zwitterexistenz als Deutscher und Jude, das heißt die uneingelöste Identitätsfrage, bedrückten ihn sehr. Sogar das Eingebettetsein ins Familiäre erschien Zweig, der unruhig zwischen den verschiedensten Welt- und Moralanschauungen hin- und herschwankte, nicht als das ihm Gemäße. Überhaupt sind die frühen zwanziger Jahre wohl die unruhigste Phase in seinem Leben. So trat er zwar für die revolutionären Forderungen des Spartakus-Bundes ein, sympathisierte aber anschließend mit den Sozialdemokraten, bekannte sich zeitweilig als Redakteur der »Jüdischen Rundschau« zum Zionismus, blieb aber dennoch im Deutschland der Weimarer Republik, verklärte in mehreren Schriften das nichtassimilierte Ostjudentum, hielt aber zugleich an den höchsten Werten der deutsch-abendländischen Kultur fest, versuchte sein Kriegserleben in einem Roman zu gestalten, kam aber wegen tiefer Gedächtnisstörungen kaum über die ersten Seiten hinaus und verschwendete obendrein viel Zeit an die Dramenentwürfe »Lucilla« sowie »Laubheu und keine Bleibe«, da er seit dem Kleistpreis, den er 1915 für sein Drama »Ritualmord in Ungarn« erhalten hatte, immer noch die Hoffnung hegte, ein bedeutender Dramatiker zu werden.

Die gleiche Zwiespältigkeit äußert sich in Zweigs Liebes- und Moralvorstellungen dieser Jahre. Und auch dafür liefern die Briefe an Helene Weyl besonders interessante Aufschlüsse. So schlug er ihr schon im November 1919, kaum daß er mit Beatrice seine Starnberger Wohnung bezogen hatte, eine »Freundschaft zu dreien« vor und forderte sie auf, nicht ausschließlich die Rolle der »mater familias« zu spielen und ihre Lebensaufgabe in »Mann und Kind« zu sehen, sondern auch seine »süße Helen« zu sein. Ja, 1920 wird der Ton seiner Briefe immer werbender. Obwohl er sich auch gegen den »Hochkapitalismus«, das »Staatschristentum« und die Möglichkeit einer »Diktatur von unten« ereiferte, obwohl er sich anklagte, früher ein aristokratischer Ästhet ohne soziales Gewissen gewesen zu sein, obwohl er ausführlich von seinen Dramen- und Romanplänen berichtete, klingt in diesen Briefen immer wieder die ungestillte Liebe zu Helene, seiner »liebsten schönen Helen«, durch. Und auch Sätze wie, der »eigentliche Brief bleibe ungeschrieben«, können nicht über Zweigs kaum gezügelte Leidenschaft hinwegtäuschen, sondern weisen nur noch deutlicher auf diese hin. Das gleiche gilt für die auf englisch oder französisch geschriebenen Passagen, in denen sich weniger seine Bildungsbeflissenheit als seine Frustrierung äußert. Doch dann, als könne er nicht anders, läßt Zweig plötzlich die Maske fallen, bezeichnet sich als ihren »Liebhaber«, flicht ständig das Wort »komm« in seine Sätze ein und wagt sogar, sich ihre »Nacktheit« vor seinem inneren Auge vorzustellen.

Und zwar geschah das alles in Absprache mit Beatrice, die mit einer Liebe zu dritt offenbar einverstanden war und auch den »Vierten«, nämlich Hermann Weyl, in dieses Vertrauensverhältnis einbeziehen wollte. Als daher Arnold und Beatrice Zweig erfuhren, daß Helene Weyl im Jahr 1921 viermal in München war, ohne sie aufzusuchen, waren sie zutiefst empört. Sie hatten auf »Offenheit« gehofft und sahen sich plötzlich mit einem Verhalten konfrontiert, das ihnen als unwürdiges »Lavieren« erschien. Trotzdem ließen beide nicht von ihrer Liebe zu Helene ab. Vor allem er warf ihr immer wieder mangelnden »Mut« vor und bot ihr sein vollstes »Vertrauen« an. Aufgrund seines Drängens kam es schließlich doch zu einem Treffen in Zürich, bei dem zwar zwischen den beiden Männern weiterhin das Gefühl der »Abneigung« beherrschend blieb und ihm auch Helene weder »Kuß noch Umarmung« gewährte. Dennoch bezeichnete Zweig diese Tage im nachhinein als eine Zeit, die zu den »glücklichsten« in seinem Lebens gehöre. Und in diesem Zusammenhang formulierte er in einem Brief an Helene vom 30./31. Dezember 1921 erstmals sein Konzept einer »polygamen Ehe«. Während der »Bürger, d h. der Mensch, der lebendige Gebilde nur konventionell sehen kann, mit seiner Angst vor der eigenen inneren Anarchie« an der Monogamie festhalte, heißt es hier, brauche der höher stehende Mensch gleichzeitig mehrere »Menschen des anderen Geschlechts und von gleich hohem seelischen Niveau in völliger Vereinigung, ohne dass die anderen Bindungen der Partner dabei im mindesten stören, gestört oder beeinträchtigt werden«. Ja, er würde es sogar hinnehmen, fügte er hinzu, wenn Beatrice ein Kind von einem anderen Manne empfinge.

Doch auch darauf wollte sich Helene nicht einlassen, sondern fühlte sich eher noch stärker in die Defensive gedrängt. Deshalb brachte Zweig in den Jahren 1922/23 noch einen weiteren Gedanken in seine werbenden Konzepte ein. Noch immer von tiefen Depressionen und Produktionshemmungen geplagt, beschwor er sie, endlich auf seine Liebe einzugehen, um ihn aus seiner »Neurose« zu befreien. Nur dann würde er als Dichter all das leisten können, was ihm seit Jahren vorschwebe, nämlich seinen vielen Entwürfen eine große poetische Form zu geben. Das Wesen der Frau sei das große, überlegene »Sein«, durch das sie den Mann zu jenen »Leistungen« anfeuere, schrieb er ihr, mit denen er diesem »Sein« auf seine Weise gerecht zu werden versuche. Und das treffe vor allem auf den Künstler zu. Deshalb beschwor er seine »liebste Helen« im Sommer 1923 immer dringlicher, doch endlich seinem Werben nachzugeben und einige Tage mit ihm in zweisamer Vertrautheit zu verbringen. »Ich will mit Dir und bei Dir sein«, heißt es auf dem Höhepunkt dieser erwartungsvollen Sehnsucht, »und Dich als meinen Freund und meine Geliebte in einer Atmosphäre mit allem, was ich bin aufgehn sehn – eine Hingabe, die mehr als die letzte körperliche Vereinigung zeugt, geistige Gebilde und ätherisch fliegendes Glück.« Als auch darauf keine Zusage kam, kühlten sich Zweigs Gefühle für Helene allmählich ab, ohne jedoch ganz zu verlöschen.

Nicht Helene bewirkte daher die Befreiung von seiner »Neurose«, sondern jene Psychoanalyse, der sich Zweig im Jahr 1924, also kurz nach seiner Übersiedlung nach Berlin, unterzog. Durch sie wurde er ab 1925 fähig, endlich all das niederzuschreiben, was ihm seit Jahren auf der Seele lag: nämlich das Erlebnis des Ersten Weltkriegs und die durch ihn ausgelöste Identitätskrise. Das erste tat er im »Streit um den Sergeanten Grischa«, der 1927 herauskam, das zweite in dem bereits 1925 erschienenen Kurzroman »Pont und Anna«. Während der »Grischa« aus distanzierender Rückschau geschrieben ist, wirkt der Roman »Pont und Anna« wie ein unverblümtes Spiegelbild der durch die psychoanalytische

Therapie ausgelösten Krisen und ersten Heilungsversuche. In ihm geht es um den vierzigjährigen Architekten Laurenz Pont, der sich in die bildschöne Tänzerin Anna Maréchal verliebt, seinen Beruf aufgibt sowie Frau und Kinder verläßt, um der neuen, reizvollen Geliebten von Stadt zu Stadt nachreisen zu können. Da ihm Anna, der als Urbild neben Helene Weyl auch die von Zweig zu diesem Zeitpunkt ebenfalls angebetete Elisabeth Bergner zugrunde liegt, keine Intimitäten erlaubt, genießt er ihre Nacktheit nur in seinen Tagträumen, in denen er sich aufs Wollüstig-Lieblichste mit ihr vereinigt. Was auf den ersten Blick wie eine typische Midlife-Krise aussieht, erweist sich jedoch im Verlauf der Handlung als ein tiefgreifender Wandlungsprozeß, der Pont erneut in die individuelle und soziale Wirklichkeit zurückführt, ja sogar sein Erinnerungsvermögen wieder belebt. Dementsprechend kann er am Schluß befreit zu seiner Familie zurückkehren und in seinem Beruf wieder Nützliches, Aufbauendes leisten.

Obwohl Zweig an seinem Konzept der »polygamen Ehe« auch in den folgenden Jahren festhielt und gegen Ende der zwanziger Jahre in Lily Offenstadt endlich die langersehnte, ihn anfeuernde und beglückende Bereicherungspartnerin fand, ließ er dennoch von Helene Weyl, die sich ihm gegenüber immer »kühler« verhielt, keineswegs ab. Allerdings verwandelte sie sich dabei in seiner Sicht zusehends in eine Dame, in »Lady Helen«, die neben einer verfeinerten Kultur auch das »ehrenvolle Eingebettetsein« in die bürgerliche Gesellschaft zu schätzen wisse. Er warf ihr ab 1926 sogar manchmal vor, daß sie sich vor der Wärme und den Verstrickungen der Gefühle gern in »papierne Beziehungen« flüchte, also lieber Briefe schreibe, als sich auf ein persönliches Treffen einzulassen. Statt auch auf ihr Herz zu hören, schrieb ihr Zweig, befände sie sich in ständiger »Flucht« vor sich selber und weiche so in den Bereich jener »Halbheiten« aus, die er als ausgesprochen »bürgerlich« empfinde. Wie weit hierbei seine Resignation ging, wird aus dem Satz deutlich: »Dich zu sehen wäre herrlich. Aber ich hafte nicht mehr an diesem Gedanken.«

Doch je kühler sein Ton der noch kurz zuvor heiß ersehnten Helene gegenüber wurde, desto vertrauter gestaltete sich das Verhältnis Beatrices, die sich jetzt Dita nannte, Helene gegenüber. Daher werden in den Jahren nach 1926 Beatrices Briefe an sie immer interessanter,während seine allmählich an Verbindlichkeit verlieren. Und zwar geht es in diesen Briefen unter anderem um jene modernen, selbständig auftretenden »Girls«, von denen sie sich als Nur-Hausfrauen deutlich »an die Wand gequetscht« fühlten. Dennoch waren beide stolz auf ihr Künstlertum: Helene auf ihre ersten Aufsätze wie auch Übersetzungen der Werke Ortega y Gassets, die sie in diesen Jahren publizierte, und Beatrice auf ihre Zeichnungen und Graphiken. Sie hatten sogar das Gefühl, auf diese Weise ebenfalls einen wichtigen Beitrag zur »Pionier- und Durchbruchsarbeit« der damaligen Frauenemanzipationsbewegung geleistet zu haben. Beatrice ging in ihren feministischen Wünschen sogar noch weiter und fand es durchaus angemessen, wenn ihr der Staat für ihre »Mutterarbeit und -leistung« ein »Existenzminimum« garantieren würde, um ihr so das Gefühl der Unselbständigkeit zu nehmen. Doch das Zentrum ihres Lebens blieb weiterhin die Kunst. Als daher Zweigs Bindung an Lily Offenstadt immer stärker und offensichtlicher wurde, fuhr sie 1932 nach Paris, um endlich »Arnolds Fittichen« zu entfleuchen, wie sie an Helene schrieb, und nur ihrem »schöpferischen Drang« zu leben. Wieder wie in ihrer Jugend Malstunden zu nehmen und darüber alle Mutter- und Ehefrausorgen zu vergessen, tat ihr so wohl, daß sie sich schon nach kurzer Zeit wesentlich »stärker« fühlte als zuvor, als sie mehrfach von Nervenkrisen heimgesucht wurde.

Doch der Januar 1933 setzte mit der Machtübergabe an Adolf Hitler all diesem Spekulieren, Verliebtsein und Kunstschaffen ein jähes Ende. Während Hermann Weyl, der 1930 eine Professur in Göttingen übernommen hatte, 1933 eine Einladung an das Institute for Advanced Studies in Princeton annahm und sich somit keinen peinlichen Befragungen wegen seiner »jüdischen« Frau unterziehen mußte, gelang es Arnold und Beatrice Zweig erst nach der Überwindung vieler politischer und auch menschlicher Schwierigkeiten, im März bzw. Mai 1933 aus Berlin zu entkommen und zu den Feuchtwangers nach Sanary-sur-Mer zu flüchten, wo Zweig in den folgenden Monaten Lily seine »Bilanz der deutschen Judenheit« diktierte. Die wenigen Briefe, welche die Zweigs und Helene Weyl danach noch wechselten, sind weitgehend Briefe der menschlichen Besorgtheit sowie der Trauer, nicht mehr im Bereich des »deutschen Geistes« leben zu dürfen, sondern sich in den USA und in Palästina neue Lebensräume schaffen zu müssen. Ja, zwischen 1934 und 1938 schlief der Briefwechsel völlig ein. Zweig nahm ihn erst wieder auf, als er einsah, daß Palästina wegen des ihm fremd gewordenen Zionismus keine Heimstatt für ihn war. Außerdem befürchtete er, daß die Nazis einen zweiten Weltkrieg anzetteln wollten. Darum faßte er plötzlich wieder die USA als Exilland ins Auge, das er 1933 – noch von »romantischen« Illusionen befangen – zugunsten Palästinas zurückgestellt hatte, und erkundigte sich bei Helene Weyl, seiner »liebsten alten Freundin«, wie er sie jetzt nannte, ob nicht in Princeton oder einer anderen amerikanischen Stadt die Möglichkeit für ihn bestände, »soziologische Vorlesungen« zu halten. Doch auch dieser Plan erwies sich als eine Illusion, wie er bald einsehen mußte. Dennoch ließ Zweig die Idee, in die USA überzusiedeln, nicht sofort wieder fallen. Als er Anfang 1939 eine Einladung erhielt, an der im Mai des gleichen Jahres in New York stattfindenden Tagung des Pen-Clubs teilzunehmen, sagte er sofort zu, um sich dort nach geeigneten Lebensbedingungen umzuschauen und außerdem neue Verlagsbeziehungen anzuknüpfen. Und in diesem Zusammenhang meldete er sich auch zu einem Besuch bei den Weyls in Princeton an, wo er zugleich Albert Einstein wiederzusehen hoffte.

Wie dieses Zusammentreffen verlaufen ist, können wir nur ahnen. Ohne Zweifel ist es dort zu politischen Zwistigkeiten gekommen. Und auch der menschliche Kontakt hat sich nicht wieder in jenen Formen herstellen lassen, wie sich der leicht entzündliche Zweig erhofft hatte. In seinem letzten Brief an Helene Weyl am 23. Mai 1939, in dem er sich bei ihr für die Gastfreundschaft bedankte, ging er über die »Unterschiede des Denkens in wichtigen Bezirken«, die bei diesem Wiedersehen offenbar noch weiter aufklafften, als das bereits in den zwanziger Jahren der Fall war, mit einer schmerzlichen, aber konzilianten Geste hinweg. Um so deutlicher wurde er dafür am 29. Mai, also sechs Tage nach dem Brief an Helene, in einem Schreiben an seine Frau, wo es unter anderem heißt: »Bei Weyls war es sehr schön. Aber einen Kuß der Weyl? Unmöglich. Sie ist tiefst reaktionär. Er nicht, aber sie. Sie lehnt alles Emigrantische ab. Sie glaubt an Deutschland, wie es konservativ ist. Nicht Nazi, aber ganz ›von Bülow‹. Schade. Sie leben isoliert deshalb. Th. Manns Politik lehnt sie schroffst ab.«

Wie sehr diese Enttäuschung über die ladyhafte Kühle und zugleich national-konservative Gesinnung auf seiten seiner einstmals so umworbenen Helen in Zweig weitergewirkt haben muß, klingt noch in einer kurzen Szene aus dem Roman »Das Beil von Wandsbek« nach, den er wenige Jahre später zu diktieren begann. Hier taucht in Hamburg plötzlich das Ehepaar Walter und Claudia Rohme aus den »Novellen um Claudia« auf, das sich auf einer Reise von Zürich nach Boston befindet, wo er seine Nietzsche-Studien fortsetzen will. Beide äußern sich dabei höchst abschätzig über die »Emigranten«, mit denen sie nichts zu tun haben wollen. In dieser Episode unterzieht Zweig einerseits seine jugendliche Schwärmerei für Nietzsche einer scharfen Selbstkritik, während er andererseits seine Erfahrungen mit den Weyls in Princeton soweit überspitzt und fiktionalisiert, bis sie sich in sein Bild der vielen Vertreter eines national-konservativen Geistes einfügen, den er in diesem Roman in all seinen politischen, ökonomischen, sozialen, psychologischen und auch kulturellen Ausfächerungen analysieren wollte. Die Rohmes im »Beil von Wandsbek« sind daher die Weyls und sind es auch nicht, das heißt werden als autobiographische Erinnerungsfiguren eindeutig ins Negative verzerrt, um auch sie in das genau kalkulierte Motivgewebe dieses Romans einflechten zu können.

Nach all diesen Erfahrungen und dichterischen Verarbeitungen dieser Erfahrungen war es Zweig unmöglich, noch einmal einen brieflichen Kontakt mit »Lady Helen« aufzunehmen. Und damit ging ein Briefwechsel zu Ende, der zu den ausführlichsten und spannendsten der vielen Zweigschen Korrespondenzen gehört. Da er diese Frau wegen ihrer ästhetischen Sensibilität und ihres persönlichen Charmes fast zwanzig Jahre lang umwarb, ohne auf die von ihm erhoffte Form der Gegenliebe zu stoßen, bot er in seinen Briefen geradezu alles auf, um ihr einen Einblick in seine dichterischen Pläne, politischen Ansichten und zionistischen Neigungen zu bieten. Eine Biographie Zweigs ist daher im Hinblick auf die Jahre von 1912 bis 1939 ohne die Kenntnis dieses Briefwechsels kaum zu schreiben. In diesen Briefen steigert sich Zweig zwar oft bis ins Irreale einer erträumten »Liebe zu dritt« mit Beatrice und Helene hinein, die fast den Charakter des Fiktionalen annimmt, weiht aber zugleich die bewunderte Helen, die Helena seiner Träume, auch in seine höchst konkreten Lebensumstände ein. Daher lassen sich diese Briefe auf zwei Ebenen lesen: einer der autobiographischen Berichterstattung und zugleich einer der vor anderen geheimgehaltenen Sehnsüchte und Triebregungen, die er in ähnlicher Direktheit nur jener Lily Offenstadt offenbarte, mit der er in den frühen dreißiger Jahren wohl das beglückendste Liebesbündnis seines Lebens einging, das jedoch später ebenfalls in einer als schmerzlich empfundenen Entfremdung endete.

Trotz der tiefen Enttäuschung, die der Besuch bei den Weyls im Mai 1939 bei Zweig hinterließ, muß ihn die Nachricht ihres Sohns Michael vom 6. September 1948, daß seine Mutter einen Tag zuvor einer »langen und schweren Krebskrankheit« erlegen sei, tief getroffen haben. Menschen, die einmal seinem Herzen nahegestanden hatten, blieben Zweig auch jenseits aller späteren Entfremdungen »heilig«. Sein Kondolenzbrief an Hermann Weyl zeugt daher von einer tiefen Anteilnahme. Noch bewegter schrieb er zwei Monate später an den gleichen Weyl, als ihm dieser die genaueren Umstände von Helenes Krankheit mitteilte, die er ihr bis zu ihrem Tode verheimlicht habe, um sie seelisch nicht allzu sehr zu belasten. Ein Jahr später entwarf Zweig sogar ein Opernlibretto unter dem Titel »Die Heilung«, dem die Idee zugrunde liegt, daß es schon längst keinen Krebs mehr geben würde, wenn die kriegstreibenden Regierungen in den letzten zehn Jahren all ihr überschüssiges Geld nicht in die Rüstungsindustrie, sondern in die Krebsforschung gesteckt hätten. Nach diesem Projekt, das aufs engste mit dem Schock zusammenhängt, den der Tod Helene Weyls in ihm auslöste, bricht die Beziehung zu Hermann Weyl und seinem Sohn Michael ab. Erst im Jahr 1956, als Zweig hörte, daß Hermann Weyl gestorben sei, wurde die Erinnerung an Helene Weyl noch einmal lebendig, und er bat dessen zweite Frau, die in Zürich lebende Ellen Weyl-Bär, doch dafür zu sorgen, daß ihm alle Briefe, die er im Laufe seines Lebens an Helene geschrieben habe, zugeschickt würden, da diese als »Zeugnisse« einer inzwischen untergegangenen Welt »für die Philologen und Literaturwissenschaftler« sicher von Interesse seien. Ellen Weyl-Bär gab diesem Wunsch sofort nach und beauftragte ihren Stiefsohn Michael, alle Zweigschen Briefe aus dem Nachlaß seiner Mutter herauszusuchen und an ihren Urheber zu senden. Und diesen Ratschlag befolgte Michael auch. Danach lagen diese Briefe viele Jahre in Zweigs Manuskriptschränken, bis sie nach seinem Tode von Ilse Lange, seiner Nachlaßverwalterin, sorgfältig transkribiert, kommentiert und für den Druck vorbereitet wurden, der mit diesem Buch endlich seine Verwirklichung findet.

Zu dieser Ausgabe

Zwei Umständen vor allem ist diese Briefausgabe zu verdanken: der Sorgfalt, mit der Helene Weyl Arnold Zweigs Briefe so gut wie lückenlos aufbewahrte und 1933 mit nach Princeton, USA, nahm, und der Rückgabe des Briefkonvoluts 1956 an Arnold Zweig durch ihre Angehörigen.

Als Arnold Zweig 1968 starb, gelangten seine Briefe, wie er es testamentarisch verfügt hatte, zusammen mit den nachgelassenen literarischen Werken, frühen Fassungen, persönlichen Aufzeichnungen und Tausenden anderer Briefe in das Arnold-Zweig-Archiv der Akademie der Künste (Berlin-Ost). Innerhalb des großen Brieffundus gehören die Briefe Arnold Zweigs und seiner Frau Beatrice an Helene Weyl zu den wenigen überlieferten Dokumenten ihrer frühen Lebensepoche. Dagegen sind nur fünfzehn Briefe und Karten von Helene Weyl erhalten geblieben. Der Verlust ihrer Briefe ist auf die unvorbereitete Flucht Arnold Zweigs aus Berlin im Frühjahr 1933 zurückzuführen.

Nach den bisher erschienenen Brief-Editionen (Briefwechsel mit Sigmund Freud, S. Fischer Verlag 1968; Briefwechsel mit Louis Fürnberg, 1978, und Lion Feuchtwanger, 1984, beide Aufbau-Verlag) erschließt der vorliegende Band eine weitere Korrespondenz Arnold Zweigs.

Der überwiegende Teil der abgedruckten Briefe folgt handschriftlichen Originalen. Folgende maschinenschriftlichen Briefe Arnold Zweigs wurden nach seinem Diktat geschrieben, von ihm unterzeichnet und in einigen Fällen mit handschriftlichen Zusätzen versehen: 107, 111, 119, 120, 121, 122, 123, 125, 126, 131. Bis auf Brief 106 sind die Briefe von Beatrice Zweig wie auch die Briefe von Helene Weyl handschriftlich. Während Arnold Zweig und Helene Weyl stets die lateinische Schrift benutzten, schrieb Beatrice Zweig zunächst in der sogenannten deutschen Schrift, mischte im folgenden beide Schriftarten und benutzte dann ab Brief 105 die lateinische Schrift.

Die Dokumente sind wort- und zeichengetreu wiedergegeben. Zusätzliche Eingriffe der Herausgeberin, wie erschlossene oder ergänzte Datumsangaben, Wort- oder Zeichenergänzungen, stehen in eckigen Klammern. Von Arnold Zweig benutzte eckige Klammern wurden durch ⟨ ⟩ ersetzt. Offensichtliche Schreibfehler, wie fehlende Buchstaben oder vergessene Umlautstriche, sind stillschweigend korrigiert. Die von Arnold Zweig in den frühen Briefen verwendeten Umlautkennzeichnungen aͤ, oͤ, uͤ und yͤ wurden durch Umlautstriche ersetzt. Bei maschinengeschriebenen Briefen wurde Ue durch Ü wiedergegeben. Sinnentstellende Wörter, die offensichtlich irrtümlich verwendet wurden, sind im Text durch drei Punkte in eckigen Klammern ersetzt und in den Anmerkungen erläutert.

Die Wiedergabe von Daten, Ortsangaben und Unterschriften wurde vereinheitlicht, gedruckte Briefköpfe wurden verkürzt aufgenommen. Einfache Unterstreichungen sind kursiv wiedergegeben, doppelte Unterstreichungen kursiv und gesperrt. Nachträge am Rande oder am Schluß der Briefe, die durch Ankreuzungen auf eine bestimmte Stelle im Brieftext verweisen, sind ohne besondere Herausgeberbemerkung dort eingefügt.

Die Originale aller Briefe befinden sich in der Stiftung Archiv der Akademie der Künste, Berlin.

Für Auskünfte und für die freundliche Genehmigung zum Abdruck der Briefe Helene Weyls und des Textes von Hermann Weyl danke ich Michael Weyl, Bethesda, USA, und Frau Ellen Weyl-Bär, Zürich. Michael Zweig, Traitsching, und Dr. Adam Zweig, Bremgarten, danke ich für Informationen sowie für die Abdruckgenehmigung der Briefe ihrer Eltern. Mein Dank gilt zudem: Gerda Berger, Lehnitz, Dr. Lilo Caesar, Gießen, Dr. Ruth Etienne, Paris, Dr. Almut Giesecke, Berlin, Prof. Dr. Jost Hermand, Madison, Wisc., Maren Horn, Berlin, Dr. Ernst Lustig, Wolffenbüttel, Barbara Malmquist-Hirsch, Helsingborg, Prof. Dr. Hans-Harald Müller, Hamburg, Prof. Dr. Volker Riedel, Berlin/Jena, Klaus Täubert, Berlin, Annemarie Thron †, Gießen,

Dr. Deborah Vietor-Engländer, Mainz, Wolfgang und Ursula Wehlitz, Berlin, Dr. Arie Wolf, Jerusalem, Walter Zweig, Buenos-Aires.

Folgende Institutionen haben mich bei meiner Recherchearbeit unterstützt: die Universitätsarchive der Georg-August-Universität, Göttingen, der Ludwig-Maximilians- Universität, München, und der Universität Rostock, das Archiv der Sozialen Demokratie der Friedrich-Ebert-Stiftung, Bonn, das Deutsche Literaturarchiv Marbach a. N. (Kurt-Tucholsky-Archiv), die Eidgenössische Technische Hochschule, Zürich, The Central Zionist Archives, Jerusalem, The Jewish National & University Library Jerusalem, The University of Texas at Austin, und insbesondere die Stiftung Archiv der Akademie der Künste, Berlin, bei der Bereitstellung von Kopien der Dokumente. Bis auf das Foto S. 8 (Archiv des Aufbau-Verlages, Berlin) wurden alle übrigen Fotos von der Stiftung Archiv der Akademie der Künste, Arnold-Zweig-Archiv, freundlicherweise zur Verfügung gestellt.

Mein besonderer Dank gilt Julia Bernhard, Berlin, für Hinweise, die Kollationierung der Brieftexte und die abschließende Durchsicht des Manuskripts.

Berlin, Juni 1996 *Ilse Lange*

Register

Personen, Periodika, Verlage, Theater

Werke von Arnold Zweig

Werke von Helene Weyl

Inhalt

Anhang